GOLDMANN

Robert Shea wurde 1933 in New York geboren. Nach dem Besuch der Schule studierte er Englisch und Literaturgeschichte und arbeitete anschließend als Redakteur bei verschiedenen Zeitschriften und als freier Schriftsteller. Seine spannenden historischen Romane haben viele Leser gefunden.

Der vorliegende Roman wird fortgesetzt durch:

Der Sarazene. Band II: Der Heilige Krieg. Roman
(Goldmann-Taschenbuch 41552)

Außerdem sind von Robert Shea erschienen:

Das Kreuz und die Laute. Roman
(Goldmann-Taschenbuch 11989)
Der weiße Schamane. Roman
(Goldmann-Taschenbuch 41519)

Robert Shea

Der Sarazene I

Die Ungläubigen

Roman

Aus dem Englischen
von Edith Walter

GOLDMANN VERLAG

Deutsche Erstveröffentlichung

Titel der Originalausgabe:
The Saracen: Land of the Infidel
Originalverlag: William Collins Sons & Co. Ltd., Glasgow

Umwelthinweis:
Alle bedruckten Materialien dieses Taschenbuches
sind chlorfrei und umweltschonend.

Der Goldmann Verlag
ist ein Unternehmen der Verlagsgruppe Bertelsmann

Umschlagentwurf: Design Team, München
Umschlagfoto: Archiv für Kunst und Geschichte, Berlin
Satz: Uhl + Massopust, Aalen
Druck: Graph. Großbetriebe Pößneck
Verlagsnummer: 41503
MV · Herstellung: Ludwig Weidenbeck
Made in Germany
ISBN 3-442-41503-9

3 5 7 9 10 8 6 4 2

Anno Domini 1263/64 / Jahr der Hedschra 661/62

»Wer daher kämpft nach Gottes Willen, werde er erschlagen oder sei er siegreich, über den wird reicher Segen kommen.«

Der Koran, Sure 4

»Nichts ist wahr. Alles ist erlaubt.«

Hassan ibn-al-Sabbah,
*Gründer der Haschischia**

* Haschischia, die Haschischesser, auch Assassinen, Geheimbund der Ismaeliten, um 1090 auf der Bergfestung Alamut von Hassan ibn-al-Sabbah, auch genannt »Der Alte vom Berge«, gegründet. Von den Mitgliedern des Ordens wurde bedingungsloser Gehorsam verlangt; mit Haschisch gefügig gemacht, verübten sie die entsetzlichsten Greueltaten.

1

Auf den nebelverhangenen Ebenen rund um Lucera krähten die Hähne.

Daoud ibn Abdallah kam langsam auf die Füße. Nachdem er Tag und Nacht ununterbrochen gegangen war, taten ihm die Beine abscheulich weh.

Obwohl er sehr müde war, sah er sich vorsichtig um, musterte die anderen Reisenden, die in seiner Nähe an der Straße ruhten, und spähte zu der etwa hundert Schritte entfernten Stadtmauer, zu dem geschlossenen und mit Eisennägeln beschlagenen Tor aus Eichenholz hinüber. Im Magen hatte er ein Angstgefühl, das ihn nicht mehr verlassen hatte, seit er in Italien gelandet war.

Ich bin allein im Land der Ungläubigen, dachte er.

Die Morgendämmerung überzog die hellgelben Steine der Mauer, die ungefähr doppelt so hoch war wie ein Mann, mit einem zartrosa Schimmer. In der Ferne thronte, die Mauer weit überragend, auf dem mittleren Hügel die Zitadelle von Lucera, umgeben von einer eigenen riesigen Mauer, die mit mehr als einem Dutzend vieleckiger Türme besetzt war.

Daoud fühlte Schmerz in den Füßen, die in kniehohen Stiefeln steckten. Vom Hafen von Manfredonia an der adriatischen Küste war er drei Tage lang der Handelsstraße bis zu den Hügeln bei Lucera gefolgt. Gestern bei Tagesanbruch hatte er aus großer Entfernung die Umrisse der Festung gesehen, die sich aus der Mitte der Ebene erhoben. Er hatte noch einen Tag und eine Nacht gebraucht, ehe er vor ihren Toren stand.

Um Daoud herum wimmelte es von Dutzenden von Leuten, die sich im Lauf der Nacht am Tor versammelt hatten, hauptsächlich Kaufleute mit Packen auf dem Rücken. Ein paar Bauern, vor Karren gespannt, die mit Melonen, Pfirsichen und Orangen beladen waren, hatten ihre Last über die Ebene gezogen. Die wohlhabenden unter ihnen hatten Esel als Zugtiere.

Ein Mann mit einem langen Stock trieb sechs kleine Schafe vor sich her. Auf einem Karren in Daouds Nähe stapelten sich Holzkäfige mit gackernden Hühnern.

Auf ihn zu kam ein winziger Zwerg von einem Mann, der stark vorgebeugt ging, als sei sein Rücken gebrochen. Sein kleiner Karren war mit zerhackten Ästen hoch beladen, Feuerholz, das er in der Stadt verkaufen wollte.

Der Zwerg hob den Kopf und grinste Daoud hinter einem buschigen schwarzen Schnurrbart hervor an. Daoud erwiderte das Lächeln und dachte: Möge Gott gütig zu dir sein, mein Freund.

Aus der Stadt kam ein vertrauter Ruf auf arabisch, der an Daouds Herzen riß. »Kommt zum Gebet! Begebt euch in Sicherheit! Gott ist groß!« Es war der Ruf der Muezzins von den Minaretten der Moscheen von Lucera. Denn obwohl Daoud in einem christlichen Land war, wurde Lucera hauptsächlich von Moslems bewohnt.

Daoud wollte niederknien, doch er gab vor, Christ zu sein, und so konnte er nur dastehen und den Ruf zum Gebet mißachten wie die anderen Christen um ihn herum. Er sprach die Worte der Salat, des vorgeschriebenen Gebets, im Geist mit.

Die Leute in Daouds Nähe redeten verschlafen und leise in der Mundart Süditaliens miteinander. Einer lachte, ein anderer sang ein paar Takte. Als das moslemische Gebet zu Ende war, blickten alle erwartungsvoll zur Stadtmauer hinauf.

Daoud sah in dem Turm links vom Tor zwei Soldaten. Sie waren wie Moslems gekleidet, mit Turbanen, die sie sich um die Helme gewickelt hatten, und Krummschwertern am Gürtel. Einer hob eine große Messingtrompete an die Lippen und blies eine Reihe von Tönen, die Daoud einen Schauer das Rückgrat hinunterjagten. Mit ein paar Änderungen hätte es der Ruf sein können, der ihn jeden Morgen in der Mameluckenkaserne auf der Nilinsel Roda geweckt hatte.

Der andere Soldat hißte an einem hohen Mast eine gelbe Flagge mit dem Bild eines schwarzen Vogels mit ausgebreiteten Schwingen, gespreizten Klauen und zwei Köpfen, von denen einer nach links, der andere nach rechts blickte. Es war der doppelköpfige Adler der Familie von König Manfred, der Hohenstaufen.

Von ächzenden Seilzügen bewegt und laut in den Angeln quietschend, schwang das hölzerne Tor weit auf.

Daoud bückte sich und griff nach dem Ledertornister, der zwischen seinen Füßen gelegen hatte. Er beugte sich vor und schob die Arme durch die Schultergurte.

Unter dem Tornister trug er einen langen Bauernkaftan aus billigem braunen Wollstoff. Seine Tunika und die Hose waren aus leichter, ungefärbter Baumwolle. Nur die hohen Stiefel waren teuer gewesen. Für den langen Marsch von der Küste nach Lucera hatte er gutes, festes Schuhwerk gebraucht. An seinem Gürtel hing ein kurzes, kunstloses Schwert, wie jeder wenig begüterte Mann es trug. Er hatte es sich in El Kahira aus einem Haufen von Schwertern ausgesucht, die während des letzten Kreuzzugs christlichen Soldaten abgenommen worden waren.

Er zog sich die Kapuze seines Umhangs über den Kopf. Später würde dank seiner blonden Haare und seiner grauen Augen niemand vermuten, was er war, doch hier, im Süden Italiens, wo die meisten Menschen eine dunkle Hautfarbe und dunkle Haare hatten, konnte sein Aussehen unerwünschte Aufmerksamkeit erregen.

Die Sonne war zwar erst aufgegangen, aber er fühlte schon die Hitze auf dem Rücken. Es war jedoch nicht Ägyptens trockene Hitze, an die er gewöhnt war. Eine Schwere lag in der Luft, die ihm die Feuchtigkeit aus dem Körper zog. Die Tunika klebte an ihm.

Wenn ein Christ mich fragt, was für einen Monat wir haben, darf ich nicht vergessen, »Juli« zu antworten, ermahnte er sich.

Er klopfte sich den Staub von den Kleidern und ging hinter dem gekrümmten Mann mit der Ladung Feuerholz her.

Sobald er in Lucera war, mußte er das Gasthaus von Al-Kharim aufsuchen. Und heute abend kam, von König Manfred gesandt, der Kanzler Aziz, um mit ihm zu sprechen.

Die Menschenschlange trottete vorwärts. Im Schatten dicht hinter dem Tor standen drei Wachposten. Es waren große dunkle Männer in grünen Umhängen über roten Tuniken. Über den mit Spitzen versehenen Helmen trugen sie rote Turbane. Krummschwerter hingen an ihren Gürteln.

Ihre dichten Bärte erinnerten Daoud daran, wie sehr sein Bart ihm fehlte, den er abgenommen hatte, als er sich auf diese Mission vorbereitete.

Mein Volk, sagte sich Daoud. Wärme überrieselte ihn bei dem vertrauten Anblick islamischer Krieger.

Was für ein unsinniges Gefühl, sagte er sich. Diese Männer waren nicht sein Volk, es waren die Sarazenen von Manfred von Hohenstaufen. Ihre arabischen Vorfahren hatten einst Süditalien beherrscht, doch die Christen hatten sie vor mehr als einem Jahrhundert besiegt.

Nein, diese Moslems waren nicht Daouds Volk. Es gab auf der ganzen weiten Welt kein Volk, das Daoud ibn Abdallah mit Recht sein eigen nennen konnte.

Einst war er David Langmuir gewesen und hatte mit seinen Kreuzfahrereltern in einer Burg bei Askalon nahe der Ebene von Gaza gewohnt. Ein englischer Vorfahre war als einer der ersten Kreuzfahrer ins Heilige Land gezogen.

Kurz nach Davids neuntem Geburtstag war sein Vater in schimmernder Rüstung mit einem Kreuz aus roter Seide auf dem weißen Wappenrock ausgeritten. David hatte ihn nicht wiedergesehen.

Ein paar Wochen später tauchten die Sarazenen vor dem Schloß auf, und es folgten Tage in Durst und Hunger und ständiger Angst. Er erinnerte sich an den donnernden Beschuß, unter dem die Wehrmauern bebten, und an die dunklen Gestalten in gelben Gewändern und grünen Turbanen, an die halbmondförmigen Schwerter voller Blut. Er erinnerte sich an seine Mutter, Lady Evelyn, die in einem blauen Kleid die Wendeltreppe zu einem Turm hinauflief. Und er hörte von fernher ihren Schrei. Als die Sarazenen ihn aus dem Schloß zerrten, während um ihn herum Männer durch das Schwert fielen und Frauen von lachenden Türken zu Boden gerissen wurden, sah er am Sockel eines Turmes ein blaues, rot bespritztes Bündel liegen, das seine Mutter gewesen sein mußte.

Auf dem gemächlichen Rückmarsch zum Nil zwangen ihn die Türken, sich auf den Bauch zu legen, und sie benutzten ihn, wie Männer Frauen benutzen. Nie würde er die nadelfeine Spitze eines Krummdolchs vergessen, die seine Pupille berührte, als ein Baschi mit einem wilden schwarzen Bart verlangte, daß David ihm mit dem Mund Lust verschaffte. Wenn Daoud sich an diese Zeit erinnerte, verkrampfte sich sein Inneres, und sein Gesicht brannte vor Scham.

Eines Tages stand er nackt auf einem Podium in El Kahira, der Hauptstadt der Sultans – der Stadt, die die Christen Kairo nannten. Ein fetter, lachender Sklavenhändler, der ihn in der Nacht vorher mißbraucht hatte, bis er blutete, bot ihn zum Verkauf an.

Ein hochgewachsener Mann mit einem glitzernden blauen Auge und einer leeren weißen Augenhöhle, einen Krummsäbel in der juwelenbesetzten Scheide, die in einer gestickten Schärpe steckte, kam auf das Podium zu.

Die Leute, die sich auf dem Markt eingefunden hatten, um Sklaven zu kaufen, verstummten und flüsterten dann nur noch. Der einäugige Krieger bezahlte den Preis in Golddenaren, ohne zu feilschen. Und als der Sklavenhändler noch einmal Davids Lenden streichelte, bevor er ihm eine zerfetzte Tunika überwarf, packte der Krieger ihn an der Kehle, zwang ihn in die Knie und würgte ihn, bis er bewußtlos in den Staub des Marktes fiel.

David war fast wahnsinnig vor Angst, als der einäugige Krieger ihn in seine Villa am Ufer eines Sees im Zentrum von El Kahira brachte. Aber der große Mann redete freundlich mit ihm und behandelte ihn anständig. Erstaunlicherweise sprach er Französisch, Davids Muttersprache, wenn auch mit einem merkwürdigen und starken Akzent. Er sagte David, er heiße Baibars al-Bunduqdari, Baibars, der Armbrustschütze. Er war ein Emir der Bhari-Mamelucken, was, wie er sagte, »Sklaven des Flusses« bedeutete. Doch obwohl die Mamelucken Sklaven waren, waren sie auch große und mächtige Krieger.

Baibars gab David den neuen Namen – Daoud – und sagte zu ihm, er habe ihn gekauft, weil er einen Mamelucken aus ihm machen wolle. Er erklärte Daoud freundlich, aber entschieden, er habe eine andere Möglichkeit: ein Leben im Elend eines gewöhnlichen Sklaven. Als Mameluck sollte Daoud freigelassen werden, sobald seine Ausbildung beendet war; er konnte dann Reichtum und Ruhm erwerben und ein Krieger für Gott und seinen Emir werden.

»Ich habe lange nach jemand wie dir Ausschau gehalten«, sagte Baibars. »Nach jemand, der aussieht wie ein Christ, aber den Verstand und das Herz eines Mamelucken hat. Jemand wie du könnte eine großartige Waffe im Kampf gegen die Feinde des Glaubens sein.«

Aber dein Glaube ist nicht der meine, dachte David, der Daoud heißen sollte, jedoch nichts zu sagen wagte, und deine Feinde sind nicht die meinen.

Sein Wunsch, dem Mann eine Freude zu machen, dem ersten Moslem, der ihn mit Achtung behandelt hatte, triumphierte im Lauf der Jahre über seine Erinnerungen an eine christliche Kindheit. Daoud wurde, von Baibars sehr genau beobachtet, zum Mamelucken ausgebildet, trat zum Islam über und wählte als Zunamen den gewöhnlichen eines Übergetretenen – ibn Abdallah. Das Leben eines Kriegers behagte ihm, und er wurde kräftiger und geschickter.

Baibars' Macht nahm von Jahr zu Jahr zu. Schließlich machte er sich zum Sultan von El Kahira, Herrscher über ein Reich, das sich von Nordafrika bis nach Syrien erstreckte. Daouds Hand hatte den Flammendolch der Haschischia geführt, der das Leben des bisherigen Sultans beendete.

Nachdem er Daoud aufgezogen, zum Mamelucken ausgebildet, in Staatskunst unterrichtet und am Ende zu den Sufi und den Haschischia geschickt hatte, damit die einen ihn Weisheit und die anderen Grausamkeit lehrten, und nachdem er ihm einen neuen Namen und einen neuen Glauben gegeben hatte, sandte Baibars ihn in das christliche Land, das Italien hieß.

Die Steine der Toreinfassung schienen aus Marmor zu sein, ungewöhnlich für eine Festung. Daoud sah, daß unter dem Torbogen in Abständen große Eisenringe angebracht waren. Unter seinen Schuhen raschelte frisches Stroh.

Der Abstand vom äußeren zum inneren Tor betrug ungefähr zehn Schritte. An einer Seite saß an einem Tisch ein breitschultriger Beamter. Der Mann blickte zu Daoud auf, schaute dann in das ledergebundene Hauptbuch, in das er etwas hineinschrieb, und hob wieder die Augen zu einer gründlicheren Musterung. Diesmal trafen sich seine braunen Augen mit denen von Daoud.

Das angegraute Haar des Beamten schmiegte sich wie eine Kappe um seinen Kopf und verbarg seine Ohren. Er hatte einen dichten schwarzweißen Bart. Sein violettes Seidenhemd sah teuer aus. Ihm zur Seite lag auf dem Stroh ein riesiger Hund mit grauem Fell, zweifellos für die Jagd gezüchtet. Die Vorderpfoten hatte er ausgestreckt wie eine Sphinx.

Diese Leute leben mit unreinen Tieren zusammen, dachte Daoud angeekelt.

Als der Beamte sich auf dem Stuhl zurücklehnte, sah Daoud den langen, geraden Dolch, der in einer am Gürtel hängenden, mit gekreuzten Goldbändern verzierten Scheide steckte.

Furcht würgte Daoud in der Kehle. Wird dieser Mann mich durchschauen? Wird er erraten, was ich bin? fragte er sich. Komm, komm, schalt er sich selbst, du hast dich schon früher unter Christen bewegt. Du bist inmitten von Kreuzfahrern durch die Straßen von Akka und Antiochien gegangen. Du bist auf der Insel Zypern gelandet. Du warst sogar als Baibars' Abgesandter bei den Griechen in Konstantinopel. Gib dich in Gottes Hand und lege deine Furcht ab.

Er setzte die Miene auf, die die Haschischia »Gesicht aus Stahl hinter einer Maske aus Lehm« nannten. Er würde diesem Beamten seine Maske aus Lehm zeigen, das Aussehen und Benehmen des Kaufmanns, als den er sich ausgab. Darunter, unsichtbar, lag sein wahres Gesicht, ein Gesicht aus Stahl, in Jahren körperlicher und geistiger Ertüchtigung geschmiedet.

Der bärtige Mann erlaubte den meisten Leuten, die Stadt zu betreten, nachdem er ihnen ein paar kurze Fragen gestellt hatte.

Als Daoud an der Reihe war, beschleunigte sich sein Herzschlag, und sein ganzer Körper spannte sich.

»Komm her«, sagte der Beamte. »Nimm die Kapuze ab.«

Langsam ging Daoud auf ihn zu und streifte dabei die Kapuze ab.

Der Beamte hob die dichten schwarzen Brauen und winkte einem Posten. »Wenn er eine Bewegung macht, die dir nicht gefällt, spieß ihn auf.«

»Ja, Messer Lorenzo.«

Daoud fühlte eine Steifheit im Nacken. König Manfreds Kanzler Aziz hatte geschrieben, man werde Daoud ohne Aufhebens in die Stadt einlassen.

Der untersetzte, schwarzbärtige Moslemsoldat richtete seinen Speer unbeweglichen Gesichts gegen Daoud.

»Und nun«, sagte Lorenzo, »gib uns dein Schwert.«

Dieser übereifrige Wachoffizier – oder was er war – zollte ihm zu große Aufmerksamkeit. Aber um nicht noch mehr aufzufallen, mußte Daoud tun, was man von ihm verlangte. Er nahm sein Schwertgehenk ab und hielt es in der ausgestreckten Hand. Ein zweiter Moslemsoldat griff danach und entfernte sich sofort wieder aus Daouds Reichweite.

»Und jetzt«, sagte Lorenzo, »mach deinen Tornister auf und zeig mir, was drin ist.«

»Seide, Signore.« Daoud nahm den Tornister von den Schultern und legte ihn auf den Tisch. Er nestelte die Verschlußriemen auf, schlug die

Klappe zurück und nahm eine zusammengefaltete Bahn tiefblauer und dann karminroter Seide heraus. Das glänzende Tuch glitt ihm durch die schmalen Finger.

»Ich bin nicht von Adel«, sagte Lorenzo leise und streckte die Hand aus, um die Seide zu streicheln. »Beleidige mich nicht durch eine falsche Anrede.«

»Ja, Messere.«

Lorenzo nahm den Stoffballen mit beiden Händen und schüttelte ihn. Ein glänzender, runder Gegenstand, ein wenig größer als eine Männerhand, fiel heraus. Lorenzo hob ihn auf und betrachtete ihn stirnrunzelnd. »Was ist das? Ein Spiegel?«

»Ja, Messere. Unsere Spiegel aus Trapezunt sind in ganz Byzanz, Persien und dem Heiligen Land berühmt. Ich habe ihn als weiteres Muster für das mitgebracht, was wir anzubieten haben.«

»Es ist ein guter Spiegel«, pflichtete Lorenzo ihm bei. »Er zeigt mein häßliches Gesicht nur allzu deutlich.«

Daoud war erleichtert, weil Lorenzo das Geheimnis des Spiegels nicht entdeckt hatte – nicht merkte, daß er eine tödliche Wurfscheibe aus Hindustan enthielt. Richtig geworfen, schlitzte die Scheibe einen Gegner auf wie ein Messer.

Auf Lorenzos Befehl durchsuchten zwei Wachposten Daoud schnell und gründlich. Er mußte sogar die Stiefel ausziehen.

Die Finger eines Wachpostens fanden die Kette, die Daoud um den Hals trug, und zogen daran. Das Medaillon, das Daoud unter der Tunika versteckt hatte, kam zum Vorschein.

»Was ist das?« knurrte Lorenzo.

Ein Frösteln überlief Daouds ganzen Körper. War es möglich, daß Lorenzo erriet, was für ein Medaillon das war? »Ein Medaillon mit einer heiligen Inschrift auf griechisch, Messere.«

»Mach es auf!«

Mit einem bleiernen Gefühl im Magen drehte Daoud an einer kleinen Schraube des gehämmerten silbernen Medaillons. Vielleicht hätte er es nicht mitnehmen sollen. Der Deckel schnappte auf, und Daoud blickte auf die aus dem Bergkristall im Innern kunstvoll herausgearbeiteten Linien und Kurven hinunter. Als er sah, daß sich auf der kristallenen Oberfläche das Gesicht einer dunkelhäutigen Frau mit einem Hauch blauschwarzer Farbe um die Augen abzuzeichnen begann, wandte er das

Gesicht ab. Er beugte sich vor, damit Lorenzo das Medaillon aus der Nähe betrachten konnte. Da hörte er ein leises Knurren. Der große Hund hatte sich erhoben und starrte ihn aus Augen an, die vom gleichen Braun waren wie die seines Herrn. Er zog die obere Lefze zurück und enthüllte Zähne, die elfenbeinernen Krummdolchen glichen.

»Ruhig, Scipio«, sagte Lorenzo leise, aber im Befehlston.

Der Hund setzte sich wieder, ließ Daoud aber nicht aus den Augen.

Mit klopfendem Herzen wartete Daoud darauf, wie Lorenzo auf das Medaillon reagieren würde.

Der Beamte packte es und zog Daouds Kopf noch näher. »Hm. Das ist griechische Schrift, sagst du. Für mich sieht es eher aus wie Arabisch.«

»Sie ist sehr, sehr alt, Messere, und die beiden Alphabete sind einander sehr ähnlich. Ich selbst kann die Schrift nicht lesen. Aber sie wurde von Euren christlichen Priestern gesegnet.«

Lorenzo ließ das Medaillon los und musterte Daoud finster. »Von welchen christlichen Priestern? Woher kommst du, hast du gesagt? Wie heißt du?«

Mit großer Erleichterung trat Daoud ein paar Schritte zurück, ließ das Medaillon zuschnappen und versteckte es unter dem Kragen der Tunika. »Ich bin David Burian aus Trapezunt, Messere.«

»Trapezunt, nie gehört«, sagte der bärtige Mann.

»Es liegt an der Ostküste des Schwarzen Meeres.«

»Du hast einen so weiten Weg mit ein paar Ellen Seide und einem Spiegel in deinem Tornister zurückgelegt? Soll ich etwa glauben, daß du damit ein Vermögen machen willst?«

»Messere, meine Stadt Trapezunt liegt an der einzigen ostwärts führenden Straße, die nicht von den Sarazenen besetzt ist. Ein paar mutige Kaufleute kommen mit Gewürzen und Seide aus dem Land Cathay*. Die Muster, die ich mitgebracht habe, sind, wie Ihr zweifellos seht, von höchster Qualität. Wir können Euch viele Ballen von dieser Seide auf dem Landweg von Trapezunt nach Konstantinopel und dann per Schiff in Euren Hafen Manfredonia schicken. Ich bin hier, um den Handel abzuschließen.«

»Und mit wem willst du ihn abschließen?«

Daoud zögerte. Er war nach Lucera gekommen, um sich mit König

* China.

Manfred zu treffen. Wenn er den falschen Leuten in die Hände fiel, mußte er versuchen, dem König eine Nachricht zukommen zu lassen, wo er war. »Mit den ortsansässigen Kaufleuten, den königlichen Beamten«, sagte er. »Sogar mit König Manfred selbst, falls er mit mir zu sprechen wünscht.«

»Kommt so ein staubiger Klinkenputzer daher und möchte mit dem König reden!« Lorenzo wandte sich an den Wachposten mit dem Speer. »Bring ihn in die Burg.«

Daoud gab seinem Gesicht aus Lehm einen Ausdruck naiven Staunens. »In die Burg, wo König Manfred ist?«

Lorenzo lachte grimmig. »Wo König Manfreds Verlies ist, guter Mann. Wo wir die Leute hängen, die vom Papst geschickt werden, um König Manfred zu ermorden.«

Lorenzos Augen waren so hart wie Obsidiansplitter, und als er das Wort »hängen« aussprach, fühlte Daoud förmlich, wie sich der rauhe Henkerstrick um seinen Hals zusammenzog.

Doch er war eher wütend als verängstigt. Seine Kiefermuskeln spannten sich. Warum hatte Aziz nicht dafür gesorgt, daß ein solcher Fehler ausgeschlossen war? »Warum tut Ihr mir das an, Messer Lorenzo? Ich will keinem übel.«

»Und ich werde nicht zulassen, daß Ihr an diesem Ort ein Übel anrichten könnt«, antwortete Lorenzo. Er winkte dem Posten. »In die Wachstube, Ahmad!«

Mögen tausend Afrits* diesen Ungläubigen zu Tode hetzen, dachte Daoud zornig. »Und was werdet Ihr mit mir tun, Messer Lorenzo?«

»Ich werde dich in aller Ruhe überprüfen, nachdem ich all diese guten Leute in die Stadt eingelassen habe.« Lorenzos violetter Arm machte eine umfassende Geste in Richtung der wartenden Menge.

Daoud sah, daß der Feuerholzverkäufer, der die Wachen schon passiert hatte, am inneren Tor stehengeblieben war. Er schüttelte traurig den Kopf und berührte Stirn, Schultern und Brust mit jenem Zeichen, das alle Christen machten, um sich das Kreuz Jesu zu vergegenwärtigen, der ihr Messias war. Ich glaube gar, er betet für mich, dachte Daoud.

Ahmad zeigte mit dem Speer auf Daoud und machte eine ruckartige Bewegung mit dem Kopf.

* In der arabischen Mythologie mächtige, bösartige Dämonen.

Daoud rührte sich nicht von der Stelle. »Was ist mit meiner Seide? Wenn Ihr sie behaltet, habe ich in Lucera wirklich nichts mehr zu tun.«

Lorenzo lächelte. Er stopfte Seide und Spiegel wieder in den Tornister und reichte ihn Daoud. »Es lohnt sich nicht, das bißchen Zeug zu stehlen. Hier hast du es wieder.«

»Und mein Schwert?«

Lorenzo lachte rauh. »Vergiß dein Schwert. Bring ihn weg, Ahmad!«

Sie hatten den kostbaren Gegenstand übersehen, den er, in einem Beutel versteckt, in der Leistengegend am Körper trug. Und sie hatten den Skorpion übersehen, die von den Haschischia erfundene Miniaturarmbrust, deren Einzelteile im Saum seines Umhangs versteckt waren. Sie hatten auch keine Ahnung, daß die Schnur, die seinen Umhang am Hals festhielt, herausgezogen werden konnte und dann zu einer tödlichen Waffe wurde, einer langen Würgeschnur, elastisch wie Seide und eisenhart.

Daoud schulterte den Tornister und setzte sich in Bewegung. Bei jedem Schritt wallte Zorn in ihm auf. Er hätte seine Würgeschnur gern dem Mann um den Hals gelegt.

Vielleicht verbreitete sich die Nachricht im Norden, daß ein blonder Kaufmann festgenommen worden war, als er versuchte, das Stadttor von Lucera zu passieren. Und wenn dieser Mann später am päpstlichen Hof auftauchen sollte, würde es einige geben, die sich erinnerten, von ihm gehört zu haben, und die sich wunderten, warum er zuerst Manfred von Hohenstaufen, den Feind des Papstes, aufgesucht hatte.

Sein anfänglicher Ärger wurde zu einem Tumult in seinem Bauch, wenn er daran dachte, was geschehen konnte, falls seine Mission schiefging – El Kahira dem Erdboden gleichgemacht, seine Bewohner erschlagen, der Islam von den Füßen barbarischer Eroberer in den Boden gestampft. Das durfte er nicht zulassen.

Die schmale Straße, durch die er ging, wurde von kegelförmigen Häusern gesäumt, mit Ziegelmauern von einem warmen Gelb. Die spitzzulaufenden Dächer waren mit dünnen Schieferplatten gedeckt.

Ein moslemischer Schwertschmied blickte von seinem Schmiedefeuer auf und musterte Daoud und seinen Wächter. Verschleierte Frauen mit roten Tonkrügen auf dem Kopf blieben stehen und sahen ihm kühn in die Augen.

Daoud hob den Blick zu dem achteckigen Mittelturm der Zitadelle, an dessen Zinnen leuchtend gelbe und schwarze Banner wehten. Anstatt mit einer geraden Linie abzuschließen, gabelten sich die Zinnen oben wie Schwalbenschwänze – ein unübersehbares Bekenntnis zu dem Bündnis mit den Ghibellinen, Anhängern der Familie der Hohenstaufen, Feinden des Papstes.

Je näher sie der Zitadelle kamen, um so lauter drang von allen Seiten der Lärm von Männern und Tieren auf Daoud ein. Er sah viele Gebäude, alle miteinander verbunden, die kleinen Fenster durch Eisengitter geschützt. Zu seiner Rechten schwangen auf einer großen Wiese an die hundert Moslemwachen in Rot und Grün ihre Krummschwerter im Takt der Befehle, die ein Offizier auf arabisch von einer Plattform herunterschrie. Daoud und sein Wächter passierten einen zweiten Hof, wo andere Moslemsoldaten ihre schlanken Araberpferde pflegten.

Der beißende Geruch vieler eingepferchter Tiere hing in der warmen, feuchten Luft. In einer Gebäudereihe kreischten Vögel. Falkner in gelbschwarzen Tuniken schritten mit geflochtenen Käfigen auf und ab. Als Daoud durch eine offene Tür spähte, funkelten ihm aus dem Schatten die goldenen Augen von Greifvögeln entgegen.

Die Sonne stand hoch, als sie vor dem Burgtor standen.

Nun, dachte Daoud grimmig, bisher hat man mich ja dahin geführt, wohin ich will.

Die Eingangshalle der Burg war ein großer, gewölbter Raum, genau wie Daoud es erwartet hatte. Ebenso wie viele andere italienische Festungen hatte er die Zitadelle von Lucera studiert, bevor er Ägypten verließ, sich die Gebäudepläne eingeprägt und sich lange mit Abgesandten des Sultans unterhalten, die schon dort gewesen waren.

Ein seltsames, beinahe schwindelerregendes Gefühl überkam Daoud. Er kannte es, es hatte ihn schon früher ein paarmal überfallen, wenn er in Verkleidung eine christliche Festung betrat. Als er sich in der schattigen Halle aus Stein umsah, deren Düsternis durch das Licht gemildert wurde, das durch die hohen, schmalen Fenster strömte, schien er alles mit zwei Paar Augen zu sehen. Ein Paar gehörte dem Mameluckenkrieger Daoud ibn Abdallah, der ein feindliches Bollwerk auskundschaftete. Die anderen Augen waren die eines Jungen namens David Langmuir, dessen Zuhause eine christliche Burg gewesen war. Und wie immer, wenn er sich dieses inneren Zwiespalts bewußt wurde, empfand Daoud tiefe Traurigkeit.

Ahmad führte Daoud durch mehrere kleine, niedrige Räume im Untergeschoß der Burg. Er sprach kurz mit einem Offizier, der an einem Tisch saß und wie er eine grüne Tunika und einen roten Turban trug.

Der Offizier zeigte auf eine schwere Tür, die mit Eisenbändern verstärkt war. »Hier hinein, Messer David.«

Jeder Muskel in Daouds Körper spannte sich protestierend. Ein Teil seiner Aufnahme unter die Haschischia hatte daraus bestanden, daß er tagelang in einer winzigen pechschwarzen Kammer in der Großen Pyramide eingeschlossen war; abgesehen vom Tod seines Vaters und seiner Mutter war dies die schrecklichste Erinnerung seines Lebens. Jetzt wünschte er sich verzweifelt, Ahmad erschlagen und fliehen zu können. Statt dessen fragte er leise: »Wie lange werde ich warten müssen?«

Ahmad zuckte die Schultern. »Das weiß Gott allein.« Er sprach das Süditalienisch mit genauso starkem Akzent wie Daoud.

Wie überrascht er wäre, wenn ich ihn plötzlich auf arabisch anspräche, sagte sich Daoud. »Wer ist der Mann, der befohlen hat, mich einzusperren?« fragte er.

»Das ist Messer Lorenzo Celino aus Sizilien. Er dient König Manfred.«

»Was tut er für König Manfred?«

»Was der König ihm befiehlt.« Ahmad lächelte Daoud an und zeigte wieder auf die Tür mit den eisernen Bändern. »Ich danke dir, daß du mir die Arbeit, dich zu bewachen, so leicht gemacht hast. Möge Gott dir gnädig sein.«

Daoud verbeugte sich dankend. Dann fiel ihm der christliche Abschiedsgruß ein, und er sagte: »Addio.«

Ahmad sperrte die Tür mit einem großen eisernen Schlüssel auf, und Daoud betrat widerstrebend einen ziemlich dunklen Raum. Die Tür schlug hinter ihm zu, und wieder wurde er ganz starr, so sehr verabscheute er es, gefangen zu sein.

Die Wände waren erst vor kurzem frisch getüncht worden, aber in dem kleinen Raum stank es widerwärtig. Der Gestank kam, wie Daoud sah, von einem Abtritt in der Ecke, den ein Schwarm großer, schwarzer, laut summender Fliegen umkreiste. Gedämpftes Licht drang durch ein Fenster mit einem schwarzen Eisengitter. Daoud entdeckte an einer Wand etwas, das wie zusammengerolltes Bettzeug aussah, ging darauf zu und hockte sich auf die Fersen, um es näher zu betrachten. Er tastete darauf herum und fühlte unter einem fleckigen Baumwollaken Stroh. Während er herumtastete, begannen schwarze Punkte schnell über das Laken zu krabbeln.

Daoud durchquerte den Raum, nahm den Tornister ab und ließ ihn auf den Boden fallen. So weit wie möglich vom Abtritt und dem Bettzeug entfernt, setzte er sich auf den Steinboden, lehnte sich mit dem Rücken an die Wand und zog die Knie hoch wie ein Beduine in seinem Zelt.

Ich bin hilflos, dachte er, und Angst und Wut stiegen in ihm auf und drohten ihn zu überwältigen. Er saß völlig reglos da. Um die Kontrolle über sich nicht ganz zu verlieren, begann er die geistige Übung, die sein Sufi-Lehrer Scheich Saadi die Gegenwart Gottes nannte.

»Gott ist überall, aber vor allem in den Herzen der Menschen«, hatte Scheich Saadi gesagt und dabei mit den alten Augen gezwinkert. »Man kann ihn weder sehen noch hören noch anfassen, auch nicht riechen oder schmecken. Daher mach Herz und Geist so leer wie die Große Wüste, dann kannst du mit Gott sprechen. Sein Name sei gelobt.«

Daoud berührte das Abschiedsgeschenk, das Scheich Saadi ihm gegeben hatte, bevor er El Kahira verließ und zu seiner Reise nach Italien aufbrach. Es war ein ledernes Etui, das er um den Hals trug und das ein Papier enthielt, Tawhid genannt, eine Anrufung, bei der die Worte durch arabische Ziffern ersetzt wurden.

Wenn man ihn noch einmal durchsuchte und das Lederetui gefunden wurde, würde es die gleiche Neugier erregen wie das Medaillon. Aber er konnte es leicht als einen jener seltsamen Gegenstände erklären, die ein Reisender aus fernen Ländern manchmal bei sich trug.

2

Messer Lorenzo Celino stolzierte in die Zelle. In der Hand hielt er eine große, runde, mit mehreren dampfenden Fleischschnitten belegte Brotscheibe.

Daoud erhob sich langsam. Der Hund Scipio, der hinter Lorenzo hertrottete, blieb auf der Schwelle stehen und beäugte Daoud wachsam, schien jedoch nicht bereit, den übelriechenden Raum zu betreten.

Daoud musterte Lorenzo. Der Sizilianer reichte ihm knapp bis ans

Kinn, aber die Schultern unter der violetten Tunika waren breit und gerade, und er bewegte sich mit einer gefährlich wirkenden Geschmeidigkeit. Daoud schätzte Lorenzos Alter auf ungefähr fünfzig Jahre, aber bestimmt hatte er noch flinke Hände und Füße und war ein guter Schwertkämpfer.

»Beim Bart Gottes, Mann, ich wollte nicht, daß du den ganzen Tag hier drinsitzest und nichts zu essen und zu trinken bekommst«, sagte Lorenzo. »Aber es sind immer noch mehr von diesen verdammten Bauern und Händlern gekommen. Auf keinen Fall kannst du in diesem stinkenden Loch essen. Komm mit hinaus.«

In der Wachstube winkte Lorenzo seinen Gefangenen an den Tisch der Wache. Obwohl Daoud sehr erleichtert war, daß er die stinkende Zelle verlassen durfte, fühlte er, daß er in größerer Gefahr war als vorher. Sein Mund wurde trocken und seine Handteller eiskalt, während er mit den Augen den Raum nach Waffen oder einer Fluchtmöglichkeit absuchte.

Lorenzo legte das Brot mit dem dampfenden Fleischberg vor Daoud auf den Tisch. »Frisch geschlachtet. Iß, und möge es dir gut bekommen. Und hier ist ein Becher unseres guten Rotweins vom Monte Vultura.«

Daoud hörte den falschen Ton in Lorenzos Herzlichkeit, die ihm noch weniger gefiel als seine ursprüngliche mißtrauische Schroffheit.

Wein. Eine Scheußlichkeit, die der Prophet verboten hatte. Als Lorenzo einen Krug und zwei Becher auf den Tisch stellte, erinnerte sich Daoud an die Nächte, in denen Scheich Saadi ihn gelehrt hatte, mit Wein und anderen Drogen umzugehen.

»Gott verbietet uns, Wein zu trinken und unreine Speisen zu verzehren, nicht um Seinetwillen, denn nichts kann Ihm Schaden zufügen, sondern zu unserem Besten. Doch wenn ein Mann als Spion zu den Ungläubigen geht, erlaubt ihm Gott, die verbotenen Dinge zu essen und zu trinken, weil er sonst entdeckt und getötet wird. Du mußt lernen, deinen Geist von deinem Körper zu trennen, so daß alles, was deinem Körper schadet, deinem Geist nichts anhaben kann.«

Daoud hob den Becher und fragte sich, ob er hier, im Land der Ungläubigen, genauso viel Macht über den Wein haben würde wie damals, als er ihn mit seinem Lehrer trank. Er nippte daran. Die Flüssigkeit war dick und bitter und brannte ihm im Mund, doch er zwang sich zu lächeln, seufzte anerkennend und trank noch einmal. Gott bildete den Mittelpunkt seiner Gedanken.

Lorenzo beobachtete ihn scharf. Er hob seinen Becher und trank selbst. »Gut, gut. Jetzt iß. Frisch gebraten. Schweinefleisch.«

Daouds Finger, die schon nach dem Fleisch griffen, hielten inne. Fast krank vor Hunger, vom widerlichen Gestank der Zelle, in die man ihn gesperrt hatte, und vom Wein, der ihm den Magen umdrehte, war er kurz davor, sich zu übergeben. Denn seit fast zwanzig Jahren hatte man ihm so nachdrücklich den Widerwillen gegen Schweinefleisch eingeimpft, bis ihm schon übel wurde, wenn er nur daran dachte. Er wußte, er hätte sich, bevor er El Kahira verließ, darauf vorbereiten sollen, indem er Schweinefleisch aß, aber er hatte nie die Zeit dafür gefunden. Daher sah er sich jetzt als Gefangener in Gegenwart des Feindes genötigt, es zum erstenmal zu probieren.

Lorenzo betrachtete ihn mit einem halben Lächeln.

Er würde mich nicht mit Wein und Schweinefleisch auf die Probe stellen, wenn er nicht den Verdacht hätte, daß ich ein Moslem bin, dachte Daoud.

Mit den Fingern nahm er eine Scheibe heißes Fleisch. Er riß sie entzwei, wobei er die reine rechte und die unreine linke Hand benutzte wie jeder Nicht-Moslem. Er steckte ein Stück Fleisch in den Mund. Es hatte gut gerochen, bis er erfahren hatte, was es war. Jetzt kam es ihm schleimig und geschmacklos vor. Sein Magen krampfte sich zusammen, doch er hielt sich aufrecht und verzog keine Miene. Er begann zu kauen und stellte fest, daß sein Mund strohtrocken war. Sein Leben hing vielleicht davon ab, daß er jetzt überzeugend Genuß an der Mahlzeit heuchelte. Er kaute das Fleisch lange, als genieße er es, und schluckte die Abscheulichkeit Bissen für Bissen.

Er merkte, daß er das zweite Stück Fleisch noch in der linken Hand hielt. Um sich eine Atempause zu verschaffen, warf er es auf den Fliesenboden, Lorenzos Hund vor die Pfoten. Unreines zu Unreinem, dachte er.

Scipio sah Daoud mit einem fast menschlichen Blick überrascht an und senkte den Kopf, um das Fleisch zu verschlingen.

»Freitag, Scipio«, sagte Lorenzo scharf. »Du darfst kein Fleisch essen.«

Der Hund sah Lorenzo traurig an, leckte sich die Lefzen, setzte sich auf die Hinterkeulen und ließ das Fleisch unberührt. Trotz seiner mißlichen Lage mußte Daoud lachen.

»Siehst du?« sagte Lorenzo. »Sogar ein Hund kann lernen, die Zehn Gebote zu befolgen.« Er winkte dem Hund. »In Ordnung, Scipio, der Bischof von Palermo gewährt dir Dispens.«

Der Hund schnappte nach dem Fleisch und verschlang es geräuschvoll schluckend.

»Ihm schmeckt es besser als dir«, sagte Lorenzo. »Du verhältst dich nicht wie jemand, der den ganzen Tag nichts gegessen hat. Komm schon, Mann, schlag dir den Bauch voll!«

Da ihm klar war, daß das Schweinefleisch kalt noch schlechter schmecken würde, straffte sich Daoud, steckte ein Stück nach dem anderen in den Mund, kaute und schluckte, so schnell er konnte.

»Und«, sagte Lorenzo, der ihn aus schmalen Augen beobachtete, »man kann einen Hund dazu erziehen, die Gebote zu brechen, wenn man es ihm erlaubt.«

Von Zeit zu Zeit warf Daoud Scipio einen Fleischbrocken hin und war dem Hund geradezu dankbar. Aber während er aß, merkte er, daß das Fleisch ihm besser zu schmecken begann, die Säfte in seinem Mund flossen. Wieder überkam ihn das vertraute Angstgefühl, und er betrachtete die weißen Wände, die ebenfalls weiße Decke und die blau gestrichenen Deckenbalken. Vor seinem geistigen Auge sah er an ihrer Statt gelbe Steinmauern und eine gewölbte Decke und erinnerte sich, daß er Schweinefleisch das letztemal am Tisch seiner Eltern gegessen hatte. Er wischte sich mit dem Ärmel den Mund ab und lehnte sich zurück. »Danke. Jetzt geht es mir besser.«

Lorenzo stand auf, griff nach der altbackenen Brotscheibe und ließ sie auf den Boden fallen. Scipio nahm sie in die Schnauze. »Dann sei so gut und begleite mich in den Saal des Mars«, sagte Lorenzo und wandte sich ab.

Er zeigt mir, daß er keine Angst hat, mir den Rücken zuzukehren, dachte Daoud, schulterte seinen Tornister und folgte Lorenzo. Der Saal des Mars war, wie ihm einfiel, ein Exerziersaal für Manfreds Truppen. Sie stiegen Treppen hinauf und gingen durch Räume, in denen Moslemsoldaten Helme, Harnische, Panzerhemden und Waffen polierten. In einem Raum wurden Schilde bemalt. Alle waren gelb und trugen den doppelköpfigen schwarzen Adler der Hohenstaufen.

Daoud folgte Lorenzo in einen sehr großen, kahlen Raum mit einem Fußboden aus poliertem Hartholz. An den Wänden und von der Balkendecke herunter hingen Seile und Ketten. Hohe Fenster, weit oben in glatte Wände geschnitten, ließen die Nachmittagssonne und frische Luft herein, die jedoch den lastenden Schweißgeruch nicht völlig vertreiben konnte. Gegenüber der Tür, durch die sie eingetreten waren, war eine zweite, größere Doppeltür. Die Wände waren verschieden lang. Daoud erkannte den achteckigen Grundriß des Hauptturms.

Er rief sich den Plan des Kastells Lucera ins Gedächtnis, den er in El Kahira auswendig gelernt hatte. Er war sicher, daß hinter der Doppeltür der große Audienzsaal des Königs lag. Die breite Tür gestattete es den im Saal des Mars versammelten Truppen, im Audienzsaal zur Parade aufzumarschieren.

Daoud entdeckte ein paar Moslemsoldaten, die in einer Ecke herumlungerten. Als Lorenzo eintrat, legten sie die Hand salutierend an den Turban. Lorenzo antwortete mit der gleichen Geste. Scipio trug das harte Brot in eine Ecke, wo er sich hinlegte und anfing, es mit seinen furchteinflößenden Zähnen zu bearbeiten.

Lorenzo führte Daoud in die Mitte des Raums. Unvermittelt fuhr er zu ihm herum. »Und jetzt, Spion, wirst du mir haargenau sagen, wer du bist und woher du kommst«, sagte er rasch. »Du wirst mir die Wahrheit sagen oder auf der Stelle sterben.«

Daoud hätte um ein Haar geantwortet, doch gerade noch rechtzeitig wurde ihm bewußt, daß Lorenzo Arabisch gesprochen hatte. Erleichtertes Lachen stieg ihm in die Kehle – er hatte sich nicht erwischen lassen. Er unterdrückte das Lachen und sah Lorenzo verwirrt an. »Ich habe nicht verstanden«, sagte er auf italienisch. »Was für eine Sprache habt Ihr eben gesprochen, Messer Lorenzo?«

»Lügner«, sagte Lorenzo, wieder auf arabisch.

»Ich spreche Italienisch, Griechisch und selbstverständlich Skythisch«, sagte Daoud. »Wenn Ihr mich verhören wollt, müßt Ihr Euch einer dieser Sprachen bedienen.«

Daoud ahnte, daß die plötzlichen Stimmungsschwankungen des Sizilianers Absicht waren. Während der Vorwürfe, die er gegen Daoud erhob, beobachtete er ihn mit einem Ausdruck ruhiger Kälte im Blick, die Daoud an einen Emir erinnerte, der ein schönes Pferd auf verborgene Mängel untersucht.

Aus den Augenwinkeln sah Daoud, daß die Moslemsoldaten, die bisher in der Ecke gesessen hatten, in Bewegung geraten waren. Er blickte schnell nach rechts und nach links. Drei Männer, jetzt noch etwa fünfzig Schritt entfernt, kamen mit gezogenen Krummschwertern auf ihn zu. Der Hund Scipio hatte sein Stück Brot im Stich gelassen, war aufgestanden und näherte sich, die großen gelben Zähne fletschend, Daoud ebenfalls.

Lorenzo trat von Daoud zurück, zeigte aber immer noch auf ihn. »Tötet ihn!« rief er auf italienisch.

Spannung fuhr durch Daouds Mitte wie ein Peitschenhieb. Drei Schwerter und ein Hund, der aussah, als sei er fähig, einen Menschen zu töten. Keine der Waffen, die er an seinem Körper versteckt hatte, reichte hier aus. Er warf seinen Tornister an die Wand hinter sich und hatte beide Hände frei.

Er drehte sich halb um, um Lorenzo im Blickfeld zu haben, während er die näher kommenden Männer beobachtete. Der Sizilianer trug rechts eine Scheide mit einem langen Dolch, zog ihn jedoch nicht.

Die drei Schwerter vor sich, hatte Daoud die Hände noch nicht gehoben, doch seine Beine spannten sich. Er beugte die Knie und verlagerte sein Gewicht auf die Fußballen.

Er wirbelte herum und sprang Lorenzo an. Der Sizilianer wich nach hinten aus, und Daoud hörte hinter sich das Stampfen von Stiefeln auf dem Holzfußboden. Der Hund bellte wütend.

Daoud rang mit Lorenzo. Der Sizilianer packte ihn an den Unterarmen, und seine Kraft war kaum geringer als die von Daoud. Aber dieser befreite sich aus der Umklammerung, griff an und zwängte Lorenzos Kopf in seine linke Ellenbeuge. Dann drehte er ihn herum, so daß der Körper des Sizilianers zwischen ihm und den drei angreifenden Soldaten war. Als Lorenzo stolperte, zog Daoud ihm den Dolch aus der Scheide. Er hatte zwei scharfe Schneiden und eine diamantglänzende Spitze.

Scipio sprang ihn an, aber Daoud brachte Lorenzo zwischen sich und den Hund, und das Tier wich zurück. Sein wütendes Gebell war so ohrenbetäubend wie das Gebrüll eines Löwen. Seine Reißzähne glichen knöchernen Speerspitzen. Es tänzelte nach rechts und nach links und versuchte an Lorenzo vorbeizukommen, um Daoud angreifen zu können.

Die Waffe in seiner Hand gab Daoud das Gefühl, daß seinem Arm

Kraft zuströmte. Aber der verdammte Hund mußte aufgehalten werden. Seine Zähne waren für Daoud genauso gefährlich wie die Schwerter der drei Moslemsoldaten. Die Reißzähne konnten ihm die Stiefel durchbeißen, die Beinmuskeln zerfetzen und ihn zum Krüppel machen.

Er ließ Lorenzos Hals los, packte ihn am Handgelenk und drehte ihm den Arm auf den Rücken. Lorenzo wollte nicht nachgeben, aber er mußte sich umdrehen und bücken, sonst hätte ihm der ungeheure Druck den Arm gebrochen.

Daoud legte ihm seine eigene Klinge an die Kehle. »Ruft Euren Hund zurück, sonst schneide ich Euch die Kehle durch.«

»Tu, was du nicht lassen kannst«, fauchte Lorenzo. »Dann beißt dir Scipio die Kehle durch.«

»Wenn der Hund mich anspringt, schneide ich ihm die Eingeweide heraus.«

»Möge der Satan deine Eier rösten«, sagte Lorenzo wütend. »Scipio, sitz.«

Der Hund hörte auf zu bellen und sah Lorenzo an.

»Platz, Scipio!« sagte Lorenzo. »Er wird mir nichts tun.« Zu Daoud sagte er: »Wenn du mich verletzest, wirst du Dinge erleiden, die so furchtbar sind, daß du uns anflehen wirst, dich zu töten.«

Mordlust in den braunen Augen und immer wieder bösartig knurrend, legte Scipio sich widerwillig hin. Die drei Moslemsoldaten bewegten sich immer noch vorwärts, aber viel vorsichtiger als vorher.

Daoud fühlte sich jetzt stark und durchaus imstande, mit diesen vier Männern fertig zu werden, spürte jedoch das Gewicht der überwältigenden Falle, in der er steckte. Die dicken Mauern. Tausende von Soldaten. Es war hoffnungslos. Er konnte nur kämpfen, bis er starb. Aber dazu war er nicht hergekommen. Er wich zu der weiter entfernten Tür zurück und schleppte Lorenzo mit sich.

»Ich werde Euch so lange weh tun«, sagte er zu Lorenzo, »bis Ihr sie bittet, ihre Schwerter abzulegen. Als erstes breche ich Euch den Arm.« Er drehte Lorenzos Arm brutal weiter nach oben, bis er die zum Zerreißen gespannten Sehnen fühlte. Lorenzo stöhnte, und Scipio bellte zornig. Die meisten Männer, dachte Daoud, hätten jetzt laut geschrien.

»Gleichgültig, was du mit mir tust, es wird dir nichts helfen«, sagte Lorenzo.

Drei weitere turbantragende Moslemsoldaten gesellten sich zu den anderen, die auf Daoud eindrangen. Sie schwärmten in einem weiten Kreis aus, und einige versuchten, unbemerkt hinter Daoud zu kommen.

»Bleibt, wo ihr seid, oder ich töte ihn!« schrie Daoud. Um zu zeigen, daß er es ernst meinte, drückte er den Dolch gerade so tief in Lorenzos Kehle, daß sie blutete.

»Ich hoffe, du wirst den Geschmack deiner eigenen Gedärme genießen«, sagte Lorenzo. Er stemmte die Absätze in den Holzfußboden und bemühte sich, Daoud aufzuhalten.

Daoud fürchtete den Tod nicht, und er würde sich nicht gefangennehmen lassen, damit sie ihn foltern konnten. Er würde im Kampf sterben. Aber wie sinnlos das alles war! Sein Leben und das Leben derer geopfert, die er mitnehmen würde. Und viele von denen, die er töten mußte, waren Moslems wie er. »Ihr sollt wissen, daß Ihr der erste sein werdet, der hier stirbt«, sagte er zu Lorenzo. »Und glaubt mir, ich werde viele von Euren Männern mitnehmen. Vielleicht gelingt es mir sogar, Euren kostbaren Hund zu töten. Ich bin nicht hergekommen, um mit König Manfreds Männern zu kämpfen. Warum tut Ihr das?«

Lorenzo, der sich, so gut er konnte, gegen Daoud gewehrt hatte, wandte den Kopf. »Du bist zu gefährlich, als daß du weiterleben dürftest.«

»Gefährlich für wen?«

»Für mich«, sagte eine tiefe Stimme hinter Daoud.

3

Lorenzo mit sich ziehend, drehte sich Daoud um. Da stand ein blonder Mann, die Hände in die Hüften gestemmt, und musterte ihn mit einem leichten Lächeln. Eine der großen Türen, die in den königlichen Audienzsaal führten, stand einen Spalt offen. Daoud war wütend auf sich, weil er es zugelassen hatte, daß jemand unbemerkt hinter ihn schlüpfen konnte.

»Zurück, Herr, zurück!« schrie Lorenzo.

Herr. Daoud wußte sofort, wer das war. So groß wie Lorenzo, hatte der Mann die sehr breiten Schultern, die christliche Ritter durch die ständige Übung mit ihren riesigen beidhändigen Schwertern bekamen. Daoud schätzte sein Alter auf etwas über Dreißig. Sein Haar, so blond, daß es fast silbrig wirkte, hing ihm in weichen Wellen über die Ohren und war an den Spitzen gelockt, sein silberblonder Schnurrbart sorgfältig gestutzt. Seine Augenwinkel waren leicht gerunzelt, so sehr schien ihn die Szene zu amüsieren. Unter einem kurzen, grünen, mit weißem Pelz besetzten Umhang trug er eine Tunika aus limonenfarbener Seide. Seine Stiefel und die Hose waren ebenfalls grün. An einer Kette, die er um den Hals trug, hing ein silberner Stern mit fünf Spitzen und einem kugelförmigen Rubin in der Mitte. Der Mann paßte in jedem einzelnen Punkt zu der Beschreibung, die man Daoud gegeben hatte.

Die Hoffnungslosigkeit, die Daoud eben noch empfunden hatte, wich einer ungeheuren Erleichterung. Es hatte so ausgesehen, als stelle sich einer Begegnung mit diesem Mann alles nur Erdenkliche in den Weg, und jetzt standen sie sich doch von Angesicht zu Angesicht gegenüber.

»Herr«, sagte Daoud auf italienisch, »ich weiß, wer Ihr seid, und Ihr wißt, wer ich bin.«

»Das weiß ich tatsächlich«, sagte Manfred von Hohenstaufen, noch immer lächelnd. »Bitte gebt Messer Lorenzo frei.«

Daoud zögerte nur einen Augenblick. Aber wenn Manfred Lorenzo jetzt erlaubte, ihn zu verletzen, war seine Mission ohnehin gescheitert. Auf einen Angriff vorbereitet, ließ er Lorenzo los, der hastig zurückwich.

In der nächsten Sekunde hatte der Sizilianer einem Soldaten das Schwert entrissen. »Herr, geht wenigstens ein paar Schritte zurück«, sagte er. »Ihr wißt, womit wir es hier zu tun haben.«

»Still, Lorenzo«, antwortete Manfred ungehalten. »Der, mit dem wir es hier zu tun haben, ist ein Händler aus einem nebelhaften Land jenseits des Schwarzen Meeres, ein Mann, der zufällig sehr flink und gewandt ist.«

Daoud war froh, daß Manfred ihm seinen Deckmantel ließ. Er entspannte sich ein wenig und betrachtete den König von Sizilien. Ein glänzend aussehender Mann, dessen Charme sich Daoud schon nach wenigen Augenblicken nicht mehr entziehen konnte.

»Wäre der Händler so freundlich, mir meinen Dolch zurückzugeben?« fragte Lorenzo mit vor Ironie triefender Stimme. »Diesseits des Schwarzen Meeres findet man es unhöflich, in Anwesenheit des Königs eine blanke Waffe in der Hand zu halten.«

»Selbstverständlich«, antwortete Daoud, umfaßte die Schneide und reichte Lorenzo den Dolch mit dem Griff; Lorenzo wiederum gab dem Soldaten sein Schwert zurück.

Daoud war glücklich, daß er nicht gezwungen gewesen war, Lorenzo zu töten. Der Sizilianer war, ebenso wie sein König, ganz offensichtlich ein Mann weit über dem Durchschnitt. Sein Verhalten gegen Daoud hatte aus einer Reihe kluger Verstellungen bestanden.

»Ich danke Euch, daß Ihr uns mit einer Vorstellung Eurer kämpferischen Qualitäten unterhalten habt, Messer David«, sagte König Manfred. »Jetzt wollen wir über den Seidenhandel sprechen. Komm mit, Lorenzo.«

Manfred ging ihnen in den Audienzsaal hinter dem Saal des Mars voraus. Lorenzo, an Daouds Seite, schnippte mit den Fingern, und Scipio erhob sich und folgte, Daoud einen feindseligen Blick zuwerfend, den Männern.

Im Audienzsaal trugen Marmorsäulen eine gewölbte Decke, in die runde Glasfenster eingelassen waren. Ein Dutzend oder mehr Männer und Frauen standen da und sahen Daoud an, der mit einem Blick die mit Federn geschmückten Mützen der Männer, die blaßrosa und veilchenfarbenen Kleider der Frauen und die vergoldeten Netze in sich aufnahm, mit denen sie ihre Haare bändigten.

Er bemühte sich, die Frauen nicht anzustarren, deren Gesichter nach Art der Ungläubigen nicht bedeckt, aber, wie er feststellte, alle auf verschiedenartige Weise schön waren. Einige hatten auffallend blondes Haar und blaue Augen. Obwohl das seine eigenen Farben waren, war er es nicht gewöhnt, hellhaarige Frauen zu sehen, und sein Herzschlag beschleunigte sich.

Dann begegnete der Blick einer dunkleren Frau dem seinen. Ihre bernsteinfarbenen Augen schienen zu brennen. Sie hatte eine kleine Nase mit leicht geblähten Flügeln und volle dunkelrote Lippen. Das Gesicht verriet so wenig, als sei es verschleiert.

Die dunkle Frau trug das zu Zöpfen geflochtene Haar aufgesteckt, und in die Zöpfe hineingeschlungen waren Perlenschnüre. Ihr scharlachrotes Kleid war mit eingestickten Blumenmustern verziert. Ein flammendrotes Seidentuch umhüllte ihre schmalen Schultern. Daoud, der schon in Konstantinopel gewesen war, erkannte, daß sie sich nach byzantinischer Mode kleidete. Neben ihr sahen die anderen Frauen am Hof von König Manfred wie Barbarinnen aus.

Ruhig hielt sie seinen Blick fest. Er neigte höflich den Kopf, und sie antwortete mit einem leichten Nicken. Dann war er an ihr vorüber.

Auf einem großen Podium am Ende des Saales stand ein Sessel aus schwarzem Holz; links vom Podium saß eine kleine Gruppe purpurn gekleideter Männer mit Streich- und Blasinstrumenten. Rechts war eine schmale Tür. Ein Diener lief voraus, um sie für Manfred zu öffnen, der zielbewußt darauf zuschritt und dabei seinen Höflingen launige Bemerkungen zurief.

Durch die Tür gelangte man in mehrere Räume, in denen Schreiber saßen, die eifrig arbeiteten, und Daoud bemerkte erstaunt, daß sie ruhig weiterkritzelten, als ihr König vorbeiging. Offensichtlich zog Manfred ihre Arbeit ihren Huldigungen vor.

Daoud glaubte zu wissen, daß sie einen Rundgang durch das große achteckige Bauwerk machten. Sie kamen durch eine kleine Küche, in der Bäcker Obstkuchen zubereiteten. Manfred nahm sich ein Stück frisch gebackenen Kirschkuchens von einem Tablett, biß hinein und nickte dem Koch zu, der sich tief vor ihm verbeugte.

Zu seiner Überraschung entdeckte Daoud in einer Ecke eine kleine Gestalt, den Mann mit dem krummen Rücken, der ihn am Tor so mitleidig angesehen hatte. Der Zwerg lag mit geschlossenen Augen zusammengerollt auf seinem leeren Brennholzkarren. Kein schlechter Beruf, dachte Daoud, die königliche Kuchenbäckerei mit Brennholz zu versorgen.

Aus der Küche kamen die drei Männer in einen anderen großen Saal, in dem es so hell war, daß Daoud anfangs die Augen weh taten. Die Nachmittagssonne strömte durch verglaste Fenster, die wie im Saal des Mars sehr hoch angebracht waren. Die Borde an den Wänden waren mit Büchern vollgestopft, und in mehreren Fächern stapelten sich Schriftrollen. Die Wände entlang zogen sich Laufgänge in drei Ebenen, die man über Leitern erreichen konnte. Männer in langen grauen Tuniken standen grübelnd vor den Bücherwänden oder saßen an Tischen in der Mitte des Raums, lasen in Büchern und Schriftrollen und machten sich Notizen.

Ein Diener öffnete ein schmiedeeisernes Gitter in der kürzesten Wand der Bibliothek, und die drei Männer traten ins Freie, in einen achteckigen Garten mit Bäumen und Pflanzen, der auf allen Seiten von einem Säulengang umgeben war. In der Mitte des Gartens sprudelte ein

Springbrunnen; das Wasser strömte aus der Schnauze eines bronzenen Delphins, auf dem eine nackte Frau ritt. Daoud war im ersten Augenblick geradezu betroffen. Der mächtigste und lasterhafteste aller Emire Ägyptens hätte es nicht gewagt, eine solche Statue aufzustellen, wenn Fremde sie sehen konnten.

Manfred winkte, und Daoud folgte ihm über einen Kiesweg zum Becken des Springbrunnens. Kleine dunkelgrüne Fische flitzten durch das Wasser. Der König setzte sich auf eine Marmorbank, und die beiden Männer blieben vor ihm stehen. Auf eine Geste von Lorenzo legte Scipio sich neben einem Rosenstrauch, der Dutzende dunkelroter Rosen trug, in die Sonne.

»Was wünscht Euer Sultan von mir?« fragte Manfred.

»Ich habe Befehl, offen nur vor Euch und Eurem Sekretär Aziz zu sprechen«, sagte Daoud mit einem Blick auf Lorenzo.

»Ah, Ihr habt also nicht gewußt, daß Aziz der Name ist, den Lorenzo Celino benutzt, wenn er für mich an den Sultan von Kairo schreibt?«

Lorenzo Celino – Aziz? Daoud wandte sich zu Lorenzo um und lachte überrascht. »Ihr schreibt ein ausgezeichnetes Arabisch. Ich hätte nie vermutet, daß Ihr nicht einer von uns seid.«

Lorenzo nahm Daouds Kompliment mit einer leichten Verneigung entgegen.

»Einer von *uns*?« fragte Manfred. »Und was seid Ihr dann, Messere? Ich sehe vor mir einen strammen jungen Mann, blond genug, um einer meiner schwäbischen Ritter zu sein, der aber dennoch behauptet, vom Sultan von Kairo zu kommen. Ihr seid kein Araber oder Türke.«

»Nein, das bin ich nicht«, sagte Daoud. »Ich bin ein Mameluck.«

»Ein blonder Mameluck.« Manfred nickte. »Woher kommt Ihr? Seid Ihr Russe oder Tscherkesse?«

Ohne Gefühlsregung berichtete Daoud dem König, daß er von Kreuzfahrern abstamme und von den Moslems gefangen und verschleppt worden sei.

»Was für eine merkwürdige Welt«, sagte Manfred. »Und wann ist Euch das widerfahren?«

»Vor zwanzig Jahren. Den größten Teil dieser Jahre habe ich meinem Herrn Baibars al-Bunduqdari gedient, der jetzt Sultan von Kairo ist.«

»Und Ihr seid ein Moslem?«

»Selbstverständlich.«

Manfred erhob sich und trat dicht vor Daoud hin. »Selbstverständlich? Ihr sagt das so entschieden. Erinnert Ihr euch nicht mehr an die christlichen Lehren Eurer Kindheit?«

Die Frage ärgerte Daoud. König oder nicht, wie durfte ein Ungläubiger es wagen, das zu bezweifeln? »Gott hat gewollt, daß ich die Wahrheit finde«, sagte er einfach.

Manfred zuckte die Schultern. »Mir ist es egal. Ich habe mein Leben lang unter Moslems gelebt.«

»Darf ich erfahren, Herr, warum Euer Sekretär, zu dem mein Herr mich vertrauensvoll sandte, versucht hat, mich zu töten?« fragte Daoud.

Manfred kehrte ihm den Rücken und wanderte ein Stück den Kiesweg entlang. »Lorenzo ist weder mein Sekretär, noch befehligt er normalerweise meine Torwachen. Er erledigt ungewöhnliche Aufträge für mich, die eines Mannes mit ungewöhnlichem Mut und Verstand und mit ungewöhnlicher Treue bedürfen. Wie zum Beispiel Euch zu überprüfen – zuerst, indem er Euch gefangennahm, dann, indem er Euch Schweinefleisch und Wein gab und Arabisch mit Euch sprach, und schließlich, indem er versuchte, Euch zu töten.«

»Aber ich hätte ihn töten können.«

»Mir war nicht klar, welches Risiko ich auf mich nahm«, sagte Lorenzo.

»Wir haben nicht geglaubt, daß Baibars irgendwo in seinem Reich einen Mann finden würde, der an den päpstlichen Hof gehen könnte, ohne entlarvt zu werden. Wir hofften, ihm seinen Irrtum zu beweisen, und wollten Euch zurückschicken. Aber Ihr seid ein recht bemerkenswerter Mann, David.«

Baibars seinen Irrtum beweisen? Manfred unterschätzte Baibars offensichtlich. Daoud fühlte sich ein wenig überlegen und ermahnte sich, nicht den gleichen Fehler zu begehen und Manfred zu unterschätzen. »Nachdem Ihr Euch jetzt von meinen Fähigkeiten überzeugt habt, Herr, seid Ihr vielleicht eher geneigt, mir zu helfen.«

»Helfen – wobei?« fragte Manfred mit leichter Gereiztheit in der Stimme. »Euer Sultan Baibars hat mich nur gebeten, Euch bei einer Mission am päpstlichen Hof zu unterstützen. Worin besteht Eure Mission?«

»Mein Herr hat beschlossen«, antwortete Daoud, »seinen Plan nicht schriftlich niederzulegen, und hat statt dessen mich zu Euch gesandt, damit ich Euch mündlich informiere. Ich bin aus einem einzigen Grund hier – ich muß versuchen, ein Bündnis zwischen Christen und Tataren zu verhindern.«

Manfred musterte Daoud eindringlich. »Tataren? Diese Barbaren, die Europa überrannten – vor ... Wie lange ist das her, Lorenzo?«

Lorenzo runzelte die Stirn. »Über zwanzig Jahre, Herr.«

»Vor fünf Jahren noch waren sie ein Nichts«, sagte Daoud. »Verstreut lebende Hirten, wie die Beduinen. Heute sind sie das mächtigste Volk der Erde.«

Manfred nickte. »Jetzt erinnere ich mich. Als sie in Polen und Ungarn einfielen, war ich noch ein kleiner Junge. Alle hatten furchtbare Angst vor ihnen. Ihr Kaiser schrieb an alle Monarchen in Europa und forderte sie auf, sich zu ergeben. Er machte sich über sie lustig, indem er ihnen Stellungen an seinem Hof anbot.« Er lächelte Daoud zu. »Mein Vater hat mir den Brief gezeigt und ihn dann zurückgeschickt. Wenn es einem Tatarenkaiser gelänge, Europa zu erobern, sagte mein Vater, dann sei er hervorragend geeignet, dem neuen Herrscher als Falkner zu dienen.«

Daoud neigte den Kopf. »Die Liebe Eurer Familie zur Falknerei ist Euren Bewunderern in den Ländern des Islam wohlbekannt. Mein Herr, der Sultan, betrachtet Euch als alten Freund und hofft, daß Ihr ihm in diesen Notzeiten helft.«

Manfred streckte beide Hände aus, mit den Handtellern nach oben. »Wenn ich kann.«

»Jetzt sind die Tataren über die Länder des Islam hergefallen«, sagte Daoud. »Sie haben Persien erobert. Sie haben hunderttausend berittene Krieger im Feld, haben Verbündete und Hilfstruppen. Sie haben unsere heilige Stadt Bagdad dem Erdboden gleichgemacht, haben dort jeden Mann, jede Frau, jedes Kind getötet und sogar den Beherrscher der Gläubigen, unseren Kalifen. Was ich Euch da berichte, sind keine Ammenmärchen, Herr. Ich habe gegen die Tataren gekämpft. Ich habe mit eigenen Augen die Asche von Bagdad und die Toten gesehen.« Um das Bild aus seinem Gedächtnis zu verdrängen, fuhr er rasch mit dem fort, was er zu sagen hatte. »Jetzt marschieren die Tataren durch Syrien und bedrohen das Reich meines Herrn, des Sultans von Kairo. Wir haben erfahren, daß Hulagu Khan, der Kommandant der Tatarenarmeen in Persien, zwei hochrangige Gesandte zum Papst geschickt hat. Sie segeln von Zypern aus über das Mittelmeer nach Venedig. Hulagu Khan möchte mit den christlichen Herrschern Europas ein Bündnis schließen, um uns von Ost und West gleichzeitig angreifen zu können. Unser ganzes Volk, der islamische Glaube könnten völlig ausgelöscht werden.«

Manfred nickte grimmig. »Und das ganze christliche Europa würde sich freuen, wenn ihr vernichtet werden würdet. Ich nicht, aber alle anderen. Was wollt Ihr wegen dieser tatarischen Abgesandten unternehmen, die zum Papst unterwegs sind?«

»Dafür brauche ich Eure Hilfe. Auch ich will an den Hof des Papstes gehen. So viel ich weiß, residiert er in Orvieto, einer kleinen Stadt nördlich von Rom.«

»Ja«, warf Lorenzo ein, »und dort wird er auch bleiben. Er hat keinen Fuß mehr nach Rom gesetzt, seit er in den Petersdom hineingaloppierte, um die Insignien zu empfangen, und sofort wieder herausgaloppierte. Er hat eine Heidenangst vor dem römischen Pöbel. Und das mit Recht, da die meisten Anführer dieses Pöbels von uns bezahlt werden.«

»Geschäftsgeheimnisse, Lorenzo«, sagte Manfred mit mahnend erhobenem Zeigefinger. »Ihr wollt also nach Orvieto gehen? Und dann?«

»Ich werde mich am päpstlichen Hof genauso präsentieren wie hier – als David, Kaufmann aus Trapezunt. Ich werde bei Freunden wohnen, die mir bei einflußreichen Männern Gehör verschaffen können. Und ich werde in Orvieto Geschichten verbreiten, wahre Geschichten über die überall von den Tataren verübten Greueltaten und ihre Entschlossenheit, sich die ganze Welt zu unterwerfen.«

Manfred schüttelte den Kopf. »Was Ihr plant, ist sehr gefährlich. Ihr habt uns bewiesen, daß Ihr ein fähiger und findiger Mann seid, aber was geschieht, wenn man Euch entlarvt? Habt Ihr eine Ahnung, wie verhaßt Euer Volk in Europa ist, David? Wenn bekannt würde, daß ich einem Moslemspion geholfen habe, sich in den päpstlichen Hof einzuschleichen, würden sich alle christlichen Herrscher gegen mich wenden. Der Papst brauchte nur mit den Fingern zu schnippen, und mein kleines Reich würde hinweggefegt. Nein, David. Um was Ihr mich da bittet, ist zu riskant für mich.«

Daoud war zuerst überrascht, dann verärgert. Er hatte erwartet, daß Manfred auf seine Bitte eingehen werde. Wenn der junge König wankelmütig war, hatte er, Daoud, die Reise von Ägypten nach Italien möglicherweise vergeblich unternommen. Und dann rieselte es ihm kalt das Rückgrat hinunter. Denn wenn es ihm nicht gelang, Manfred zu überreden, würden die Tataren vielleicht die Welt zerstören, die er lieben gelernt hatte und an die er glaubte. Gott hilf mir, sie aufzuhalten. Ich darf nicht als Versager nach El Kahira zurückkehren, dachte er.

Er mußte seine Worte mit Sorgfalt wählen. Er hatte es hier mit einem König zu tun, und mit Königen stritt man nicht. Es war besser, Fragen zu stellen als Gründe zu vertreten. »Will der Papst Euch nicht Euren Thron wegnehmen, Herr?« fragte er. »Wie können die Dinge zwischen Euch und ihm noch schlimmer werden?«

Manfred nickte. »Das stimmt, Papst Urban bietet meine Krone dauernd diesem oder jenem Prinzen an und behauptet, ich hätte nicht das Recht gehabt, meinen Vater zu beerben, und daß schon dieser kein Recht gehabt habe, sie zu tragen.« Er biß sich auf die Unterlippe, und die leichte Röte auf seinen Wangen vertiefte sich. »Aber nur die Franzosen sind mächtig genug, sie mir wegzunehmen. König Ludwig von Frankreich ist mir geneigt und wird keinem der großen Herrn gestatten, gegen mich Krieg zu führen. Ich verlasse mich darauf, daß Ludwigs guter Wille beständig ist.«

»Aber der Mann, der sich mit den Tataren verbünden will, um den Islam auszurotten, ist genau derselbe König Ludwig von Frankreich«, sagte Daoud. »Nur mit Hilfe des mächtigen Frankreich ist, wie Ihr selbst gesagt habt, der Papst imstande, Euch zu entthronen. Sollte der Papst sich gegen ein Bündnis mit den Tataren entscheiden, wird König Ludwig seinen Untertanen weiterhin verbieten, an einem Krieg teilzunehmen, den der Papst gegen Euch anzettelt. Helft mir, und Ihr stellt Euch zwischen König Ludwig und den Papst.«

»Intrigen bedürfen des Goldes«, sagte Manfred. »Erwartet Euer Herr, daß ich Euch für das, was Ihr tut, bezahle?«

»Was ich mitgebracht habe, bezahlt für alles«, antwortete Daoud. Er löste seinen Gürtel und die Bänder, die seine Hose an der Taille festhielten.

Lorenzo kam näher, sprungbereit für den Fall, daß Daoud nach einer Waffe griff. Daoud steckte die Finger in die Kniebundhose, die er unter der Hose trug, und fand den Beutel, den er an einer Schnur am Leib befestigt hatte.

»Was macht er denn?« fragte Manfred.

Lorenzo schüttelte den Kopf.

Daoud brachte einen prallen roten Seidenbeutel zum Vorschein. »Zahlt mir aus Eurer königlichen Schatulle den Gegenwert des Inhalts dieses Beutels«, sagte Daoud, »und ich werde alles Gold haben, das ich brauche.« Er zog den Verschluß des Seidenbeutels auseinander und nahm eine Kugel aus grünem Feuer heraus, die er Manfred entgegenhielt.

Lorenzo schnappte hörbar nach Luft.

Daoud wurde durch das Staunen der beiden Männer belohnt.

»Habt Ihr keine Angst, ich könnte Euch diese Kostbarkeit stehlen und Euch in einem namenlosen Grab verscharren?« fragte Manfred mit einem breiten Lächeln.

»Die Familie der Hohenstaufen ist seit Eures Vaters Lebzeiten mit den Sultanen von Ägypten befreundet«, sagte Daoud. »Wir haben gelernt, Euch zu vertrauen.«

»Hör dir das an, Lorenzo«, rief Manfred. »Die Sarazenen denken besser von mir als der Papst.«

Außerdem, dachte Daoud, weiß Manfred, daß Baibars' Arm weit reicht. Manfred wußte auch, daß Baibars keinem, auch nicht einem noch so weit entfernten Staatsoberhaupt erlauben würde, ihn auf so plumpe Weise zu betrügen; dessen war Daoud sicher.

Manfred streckte die Hand aus, und Daoud legte den Smaragd ohne Zögern hinein. Manfred hob ihn dicht an die Augen und spähte durch seine dunklen Tiefen in sein glühendes Herz. Der Edelstein, von unregelmäßiger Form, aber beinahe kugelrund, warf kleine Flecken blaßgrünen Lichts auf seine Wangen. Er schüttelte den Kopf. »Grün, die Farbe, die ich am meisten liebe. Die Farbe der Hoffnung.« Er legte Daumen und Zeigefinger um den Stein. »Schau, Lorenzo, ich kann ihn mit den Fingern nicht einmal ganz umschließen. Ich bin erstaunt, daß Euer Herr bereit ist, sich von einem solchen Wunder zu trennen. Wie hat er es erworben?«

»Es ist durch viele Hände gegangen«, sagte Daoud. »Früher einmal hat der Stein dem Emir Fakr ad-Din gehört, der die Armee kommandierte, als König Ludwig unser Land besetzte.«

»Sich vorzustellen, daß Baibars Euch den Smaragd mitgegeben hat und Ihr ihn auf dem weiten Weg von Alexandria bei Euch getragen und ihn bei mir abgeliefert habt . . . Und Baibars hat Euch vertraut.«

»Ebenso wie er Euch vertraut«, warf Daoud schnell ein.

»Ihr seid wie ein Falke, nicht wahr?« sagte Manfred und sah Daoud lächelnd in die Augen. »Freigelassen, um für Euren Sultan weit, weit über Land zu fliegen.« Plötzlich ging er auf Daoud zu und schlug ihm auf die Schulter. »Dann wollen wir tun, was Euer Herr wünscht. Der Händler aus Trapezunt wird mit meiner Hilfe an den päpstlichen Hof gehen.«

Freude wallte in Daoud auf und strömte ihm beinahe über die Lippen. Er verneigte sich mit klopfendem Herzen. Gott sei gedankt!

»Wir müssen dieses Euer Juwel in Goldmünzen umtauschen«, sagte Manfred. »Oder in kleinere Steine. Sie wären leichter mitzuführen als Gold.« Liebevoll betrachtete er wieder den Smaragd, dann ließ er ihn mit einem Lächeln in seiner Gürteltasche verschwinden. »Ihr solltet nicht allein an den päpstlichen Hof gehen, David. Ihr mögt Europa aus der Ferne studiert haben, aber Ihr kennt Italien nicht aus erster Hand. Lorenzo wird Euch begleiten. Ich vertraue Lorenzo genauso, wie Euer Herr Euch vertraut.«

Lorenzo seufzte. Daoud und er musterten einander.

Daoud begann zu überlegen, wie er Manfred von seinem Plan abbringen könnte. Vor einer Weile erst hatten Lorenzo und er versucht, einander umzubringen. Und Lorenzo würde vor allem Manfreds Interessen vertreten und nicht die des Islam.

Manfred, dem Daouds Zögern offensichtlich nicht entging, nahm seinen Arm. »Hört mich an, Mameluck. Ihr tut gut daran, auch die kleinste Hilfe anzunehmen. Ich habe in Norditalien mächtige Verbündete, in Florenz, Pisa, Siena und anderen Städten. Aber Ihr kennt sie nicht, und sie kennen Euch nicht. Lorenzo spricht für mich. Er weiß, wer im Norden die mächtigsten Ghibellinen sind, und sie kennen ihn. Weigert Euch nicht, ihn mitzunehmen.«

Daoud war klar, daß Manfred ihn nicht gehen lassen würde, wenn er Lorenzos Begleitung ausschlug. Und das Argument, daß Lorenzo ihn mit den Ghibellinen des Nordens zusammenbringen würde, wog schwer.

Ein zögerndes Lächeln zeigte sich unter Lorenzos angegrautem Schnurrbart. »Mein königlicher Herr ist in dieser Sache fest entschlossen. Was meint Ihr dazu?«

Daoud verneigte sich. »Ich nehme an, mit Dank. Wir werden diese Straße gemeinsam bereisen.«

»Was Euch beiden auch widerfährt«, sagte Manfred, »nie darf jemand erfahren, daß ich damit zu tun habe.«

»Das garantiere ich Euch«, versprach Lorenzo.

Manfred rieb sich die Hände. »Ich habe die Absicht, Euch noch jemand mitzugeben. Sie kann eine große Hilfe für Euch sein.«

Lorenzo wandte sich hastig zu Manfred um. »Ich rate ab, Herr.«

»Warum?« meinte Manfred.

»Sie wird nicht mitgehen wollen.« In Lorenzos dunklen Augen stand Mißbilligung, und Manfred erwiderte den Blick mit knabenhaftem Trotz.

»Frag mich nicht«, sagte er. »Ich habe keine andere Wahl. Um ihret- und um meinetwillen muß sie von hier fort. Und sie wird Euch nützlich sein.«

Anstatt zu antworten, seufzte Lorenzo noch einmal.

»Eine Frau?« Daoud war wie vom Donner getroffen. In El Kahira verließen Frauen das Haus nur, um andere Frauen zu besuchen. Sein Magen krampfte sich vor Angst zusammen. Jeder Fehler konnte den ganzen Plan zum Scheitern bringen und ihn und Lorenzo zu einem schrecklichen Tod verdammen.

»Eine sehr schöne Frau«, sagte Manfred lachend. »Eine, die ihr Leben lang im Intrigieren geschult wurde. Sie stammt aus Konstantinopel und heißt Sophia, was ›Weisheit‹ bedeutet.«

Es gibt auf dieser Welt keine heimtückischeren Menschen als die Byzantiner, dachte Daoud, und sie waren seit jeher Feinde des Islam. Widerspruch regte sich in ihm, doch er sah in Manfreds Augen eine Härte, die ihm sagte, daß sich der König nicht würde umstimmen lassen. Er schaute zu Lorenzo hinüber und entdeckte in dem dunklen, bärtigen Gesicht nur widerwillige Resignation. Wer diese Sophia auch sein mochte, er würde sie mitnehmen müssen.

4

Sophia preßte den Hinterkopf in das Kissen und schrie vor Lust. Sie grub die Finger in den Rücken des Mannes, umklammerte seine Hüften mit den Beinen und versuchte ihn an sich zu pressen, als sollten ihre Körper für immer vereint bleiben.

»Oh – oh – oh«, stöhnte sie. Die Wärme breitete sich bis in ihre Zehen, ihre Fingerspitzen, ihre Kopfhaut aus und erfüllte sie mit Glückseligkeit.

Als die Flamme der Ekstase erlosch, fühlte sie, wie Manfred tief in sie eindrang. Sie fühlte seine Härte, anders als noch vor wenigen Augenblicken, als sie ihren Höhepunkt erreicht hatte und sie miteinander zu einem Wesen zu verschmelzen schienen.

Sein Rhythmus war gleichmäßig wie ein Herzschlag. Seine Hände unter ihrem Rücken waren angespannt.

Der Anblick seiner kraftvollen Schultern entzückte sie. Fast war es so, als werde sie von einem Gott geliebt.

Manfred preßte das Gesicht an ihre Schulter, atmete mit offenem Mund an ihrem Schlüsselbein. Sie drehte sich zu ihm um und sah das Licht in seinem weißgoldenen Haar. Sie hob eine Hand und begann es zu streicheln, während sie ihm mit der anderen Hand in kreisenden Bewegungen den Rücken rieb.

Sie fühlte, wie seine Muskeln sich spannten. Er holte tief und zitternd Atem.

»Ja – ja – gut«, flüsterte sie, noch immer sein Haar streichelnd und seinen Rücken liebkosend.

Er entspannte sich schwer atmend.

Er wird nie laut, dachte sie, schreit nicht wie ich.

Reglos lagen sie eine Weile da, dann richtete sich Manfred halb auf und stützte den Kopf in die Hand. Seine freie Hand spielte mit den Locken von Sophias Haar. Sie strich ihm mit der Handfläche über die Brust.

Sie erinnerte sich an eine antike Skulptur, die sie in einem Haus bei Athen gesehen hatte, den Torso eines Mannes – der Kopf hatte gefehlt, die Arme waren an den Schultern abgebrochen, ebenso wie die Beine unterhalb der Knie. Nur der herrliche Körper hatte barbarische Invasionen, die Christianisierung, die Bilderstürme, die Eroberung durch die Franken überdauert und stand jetzt auf einem schlichten Sockel in einem Raum mit purpurnen Wänden. Der gelbliche Marmor schimmerte im Licht vieler Kerzen. Ihr Gastgeber hatte die Kostbarkeit nur wirklich guten Freunden gezeigt, denen er vertrauen konnte.

»Welcher Gott ist das?« hatte sie gefragt.

»Ich glaube, es ist nur ein Athlet«, sagte ihr Gastgeber. »Die alten Griechen machten Götter aus ihren Athleten.«

Manfreds nackter Oberkörper, hell wie Marmor, schien ihr ebenso schön und war lebendig. Sie seufzte glücklich. »Es macht mich froh, daß mein König heute nachmittag Zeit für die Liebe hatte.« Sie sprach die sizilianische Mundart, die Manfred über alles liebte. Wie gut, dachte sie, daß ich nach den Jahren der Wanderschaft endlich einen Platz in der Welt gefunden habe, wo ich geliebt und gebraucht werde.

Seine Lippen verzogen sich zu einem Lächeln, doch seine blauen Augen waren ausdruckslos. Unbehagen flog sie an. Sie ahnte, daß er ihr gleich etwas sagen würde, das sie nicht hören wollte.

Im Geist hörte sie eine Stimme sagen: »Italien hat vor nicht allzu langer Zeit uns gehört und könnte wieder zu uns gehören.« Mit diesen Worten hatte Michael Paläologos, der Kaiser von Konstantinopel, ihr den Vorschlag gemacht, daß sie nach Italien gehen solle, und zwar genau in einem Augenblick wie diesem, als sie nämlich in seinem Jagdschloß außerhalb von Nizäa zusammen im Bett gewesen waren.

Der Gedanke, sich von Michael trennen zu müssen, hatte sie nicht bedrückt. Er war ein knochiger Mann mit einem langen grauen Bart, und sie liebte ihn nicht, obwohl sie sich unendlich glücklich schätzte, seine Aufmerksamkeit erregt zu haben.

Sie war als Michaels Gesandte zu Manfred gekommen, ein Geschenk eines Monarchen an einen anderen. Sie vermutete, daß sie sich geschmeichelt fühlen sollte.

Sie hatte Manfreds Hof in dem gestickten und mit Juwelen besetzten Umhang betreten, den Michael ihr geschenkt hatte, das Haar mit einem silbernen Netz hochgebunden. Lorenzo Celino hatte sie zum Thron geführt, sie hatte sich verneigt und aufgeblickt. Und es war gewesen, als sehe sie in die Sonne.

Manfred von Hohenstaufen hatte ein strahlendes Lächeln, weißgoldenes Haar und Augen wie Saphire.

Er stieg vom Thron herunter, nahm ihre Hand und führte sie in den achteckigen Garten. Zuerst teilte sie ihm mit, daß ein Tatarenheer die Kreuzfahrerstadt Sidon erobert und dem Erdboden gleichgemacht habe und wieder davongeritten sei und daß Papst Urban die Krone von Neapel und Sizilien, Manfreds Krone, insgeheim Prinz Eduard, dem voraussichtlichen englischen Thronerben, angeboten hatte.

»Euer kaiserlicher Herr ist gütig, aber das Geheimnis des Papstes ist nicht mehr geheim«, hatte Manfred lachend erwidert. »Der englische Adel hat Prinz Eduard kurz und bündig erklärt, er könne für ein italienisches Abenteuer weder mit Geld noch mit Truppen rechnen. Der Papst muß sich einen anderen Raubritter suchen, der mir die Krone stiehlt.« Und dann hatte er sie allerlei persönliche Dinge gefragt, und sie hatten über sie und über ihn gesprochen.

Sie hatte geglaubt, alle Menschen des Westens seien Barbaren, aber Manfred überraschte sie mit seiner Kultiviertheit. Er wußte mehr als viele Byzantiner, für die Konstantinopel – das sie nur Polis, die Stadt, nannten, als sei es die einzige – die ganze Welt bedeutete. Während der kurzen Zeit, in der Manfred und sie an diesem Tag umherspazierten, sprach er Griechisch, Latein und Italienisch mit ihr, und später erfuhr sie, daß er auch Französisch, Deutsch und Arabisch beherrschte.

Er sang ihr ein Lied in einer Sprache, von der er ihr sagte, es sei Provenzalisch, die Sprache der Troubadoure. Er öffnete die Schnalle ihres Umhangs und ließ ihn ins Gras gleiten. Er küßte sie im hellen Sonnenlicht, und sie vergaß Michael Paläologos. Sie gehörte mit Leib und Seele Manfred von Hohenstaufen.

Jetzt vergegenwärtigte sie sich mit einem leichten Frösteln, daß sie ihm tatsächlich gehörte. Sie war nicht seine Gefährtin, sondern seine Dienerin.

Mit den Fingerspitzen streichelte er ihre Brustwarze, doch sie wartete darauf, daß er sagte, was er zu sagen hatte.

»Ist dir der hellhaarige Moslem aufgefallen, der heute gekommen ist?« fragte er.

»Der Mann aus Ägypten? Habt Ihr ihn töten lassen?«

»Ich habe es mir anders überlegt«, erwiderte Manfred.

Sie war erleichtert und wunderte sich über sich selbst, denn sie hatte sich gewünscht, daß der Mann am Leben blieb. Sie erinnerte sich an das Erstaunen, das sie empfunden hatte, als Manfred mit der Geste eines Zauberkünstlers die Tür des Audienzsaales aufgerissen hatte und der ganze Hof den blonden Mann erblickte, der Lorenzo Celino einen Dolch an die Kehle gesetzt hatte.

Sie war überrascht gewesen, als Manfred ihr erzählt hatte, daß dieser Mann, in blaugrauer Tunika und Hose schlechter gekleidet als ein armer Italiener, der erwartete Abgesandte des ägyptischen Sultans war.

Als er durch den Audienzsaal schritt, raubte sein Anblick ihr sekundenlang den Atem. Er sah wie einer jener blonden Männer aus Westeuropa aus, die das Volk von Konstantinopel Franken nannte und die ihm zutiefst verhaßt waren. Sein Haar war nicht so hell wie das Manfreds; es hatte eher die Farbe von Messing, nicht von Gold. Manfreds Lippen waren voll und rot, dieses Mannes Mund zog sich an den Winkeln nach unten, der Mund eines Menschen, der klaglos Grausamkeiten erlitten hatte und selbst grausam sein konnte. Sie fragte sich, was er gesehen und getan haben mochte.

Als er an ihr vorüberkam, trafen sich seine Augen mit den ihren, seltsame Augen, sie konnte nicht sagen, welche Farbe sie hatten. Sie waren so starr wie die eines Wahnsinnigen. Das Gesicht war ausdruckslos, wie aus Stein gehauen. Das war kein gewöhnlicher Mann, dessen war sie sicher; seiner konnte man sich nicht einfach entledigen, als sei er etwas Lästiges. Sie war nicht überrascht, daß Manfred ihn am Leben gelassen hatte.

»Warum hast du es dir anders überlegt?«

»Ich denke, der Mameluck kann mir von Nutzen sein«, erwiderte Manfred. »Deshalb werde ich ihm helfen. Er geht nach Orvieto, um einen Auftrag seines Sultans auszuführen. Ich gebe ihm Lorenzo mit.«

»Wie habt Ihr ihn genannt?«

»Einen Mamelucken. Einen Sklavenkrieger. Die Türken, die in moslemischen Ländern herrschen, nehmen sehr junge Knaben als Sklaven und erziehen sie in Kasernen zu Soldaten. Sie vergessen ihre Eltern und werden mit äußerster Strenge ausgebildet. Es heißt, sie seien die besten Krieger der Welt.«

Was tut ein solches Leben einem Mann an? dachte Sophia. Es muß ihn entweder zerbrechen oder unbesiegbar machen. »Der Mann sieht wie ein Franke aus«, sagte sie.

»Er stammt von Engländern ab«, erwiderte Manfred. »Ihr Byzantiner schert uns alle über einen Kamm – Engländer, Franzosen, Deutsche –, alles Franken für euch, nicht wahr? Aber meinetwegen nenne ihn einen Franken, wenn es dir Spaß macht. Denn egal, wie er aussieht, im Herzen ist er Türke. Das habe ich aus meinem Gespräch mit ihm erfahren. Es ist wirklich erstaunlich.«

Wie einsam muß sich der Mameluck fühlen, dachte Sophia. Sogar hier, wo Moslems geduldet werden, haben sie versucht, ihn zu töten.

Und sobald er auf päpstlichem Gebiet ist, wird er jeden Mannes Feind sein. Sie erinnerte sich an das harte Gesicht mit den markanten Wangenknochen und den hellen Augen und dachte: Vielleicht hat das Alleinsein keine Schrecken für ihn. Schließlich bin auch ich allein und habe das Beste daraus gemacht. »Was ist sein Auftrag in Orvieto?« fragte sie.

Sie hörte aufmerksam zu, als Manfred ihr erzählte, der Mameluck wolle versuchen zu verhindern, daß die Großmächte aus Ost und West sich miteinander verbündeten und den Islam zwischen sich zermalmten. »David hofft«, fuhr Manfred fort, »den Kanzler des Papstes so weit beeinflussen zu können, daß Rom sich gegen die Tataren wendet.«

»Wie kann ein einzelner Mann so etwas wagen?«

»Er hat mir einen unendlich kostbaren Edelstein mitgebracht, einen Smaragd, den ich gegen andere Edelsteine tausche, die er nach Orvieto mitnehmen und dort in Münzen umwechseln kann. Es schmeichelt mir sehr, daß der Sultan mir eine solche Kostbarkeit überläßt. Das hat viel dazu beigetragen, daß ich meine Meinung von David geändert habe. Die Sarazenen sind auf ihre Art Männer von Ehre.«

Er lächelte sie an, als sei er mit der Situation und mit sich selbst zufrieden. Aber sie blieb still, reglos, wartete darauf, daß er aussprach, wovor sie sich fürchtete.

»Aber du hast recht«, fuhr Manfred fort. »Er schafft es nicht allein. Ich habe beschlossen, David mein kostbarstes Juwel anzuvertrauen.« Er legte die Hand auf die ihre.

O nein! dachte sie, und der Schmerz wollte ihr das Herz zerreißen, als sie ihre Vermutung bestätigt sah. Sie wollte sich an Manfred klammern, ihn festhalten, gegen seinen Willen. So verloren hatte sie sich nicht mehr gefühlt, seit ihre Eltern und der Junge, den sie geliebt hatte, von den Franken ermordet worden waren.

Sie betrachtete sein Gesicht, um es sich einzuprägen, denn bald würde sie ihn verlassen und wahrscheinlich nicht wiedersehen. Es würde ihr nichts nützen, ihn merken zu lassen, wie ihr zumute war. Sie mußte sich entscheiden, welches Gesicht sie ihm zeigen sollte.

Sie setzte sich im Bett auf, legte die Arme um die Knie und dachte nach. »Wie kann ich Euch damit helfen, daß ich mit ihm gehe?«

Er schien wie von einer Last befreit. Sie machte es ihm leicht. Und sie spürte, daß sich in ihr ein leises Gefühl der Abneigung gegen ihn zu regen begann.

»Ich dachte, daß du für diese Aufgabe wie geschaffen bist. Und das trifft auch zu.«

Seine Worte verblüfften sie, und um ein Haar hätte sie sich ihren Zorn anmerken lassen. »Ich sehe nicht, was Ihr seht, Herr.«

»Wir sind im Bett. Du darfst mich Manfred nennen.«

Aber gerade das will ich nicht, dachte sie aufsässig. »Was kann ich Eurer Meinung nach so unvergleichlich gut?«

»Du kannst deine Gefühle hinter einer Maske verbergen«, sagte er lächelnd. »Genau wie jetzt. Kannst es hervorragend.«

»Danke, Herr.«

Er richtete sich neben ihr auf und legte ihr den Arm um die Schultern. »Es war mir ernst, als ich sagte, daß du mir kostbar bist. Aber du mußt diesen Mann begleiten. Ich kann dir nicht alle meine Gründe nennen, doch es ist auch zu deiner eigenen Sicherheit.«

Kein Zweifel, er war ehrlich zu ihr, obwohl er ihr nicht alles sagte. Erst vor ein paar Tagen hatte ihr einer von Manfreds Dienern, dessen Ergebenheit sie sich mit Geschenken erkauft hatte, berichtet, daß Manfreds Königin, Helene von Zypern, verlange, Manfred müsse mit Sophia brechen. Selbstverständlich würde er nie zugeben, daß seine Frau ihn zu so etwas zwingen konnte.

Sophia wollte allein sein, alles bis zum Ende durchdenken und weinen, mit den Tränen ein wenig von dem Schmerz wegspülen, der sie peinigte. Das Himmelbett mit den geschlossenen Vorhängen gab ihr das Gefühl, in einer Kerkerzelle eingesperrt zu sein. Sie nahm ihr weißes Hemd, erhob sich auf die Knie und schlüpfte in das Hemd.

»Wohin gehst du?« fragte Manfred.

Auf der Suche nach ihrem Kleid und dem Gürtel kroch sie um das Bett herum. »Ich muß Vorbereitungen treffen und packen.«

»Ich habe dich noch nicht entlassen«, sagte er ein wenig mürrisch.

»O ja, das habt Ihr«, antwortete sie.

»Du weißt noch nicht alles«, sagte er und hielt ihren Arm fest. Sie wollte sich ihm entziehen, aber er ließ sie nicht los. »Ich brauche deine Hilfe«, fuhr er fort. »Denn wenn David versagt, bin ich in ein, zwei Jahren vielleicht tot.«

Er gab sie frei. Sie hob das blaue Kleid auf, das sie vor einer Stunde voller Ungeduld abgestreift hatte, und kniete neben Manfred nieder. »Das möge Gott verhüten, Herr! Warum solltet Ihr sterben?«

»Diesmal bietet der Papst meine Krone den Franzosen an.«

Sie setzte sich und legte das Kleid über ihren Schoß. »Warum könnt Ihr mit dem Papst nicht Frieden machen? Warum ist er so wild entschlossen, Euch zu entthronen?«

»Wie alle uralten Fehden reicht auch diese so weit zurück, daß keiner mehr weiß, wer sie begonnen hat«, erwiderte Manfred. »Im Augenblick weigert sich der Papst, mich anzuerkennen, weil mein Vater versprochen hat, der Krone von Sizilien zu entsagen.« Er musterte sie eindringlich. »Und weil mein Vater meine Mutter nicht geheiratet hat. Obwohl er nur sie und keine seiner drei Kaiserinnen liebte. Daß ein Hohenstaufe in Süditalien und Sizilien regiert, ist für die Päpste so, als halte ihnen jemand ein Messer an die Kehle. Papst Urban ist Franzose, und er bemüht sich um die Unterstützung der Franzosen, um uns zu vertreiben. Er läßt nicht locker, er haßt uns.«

Die Franzosen, dachte Sophia. Es waren die Franzosen, die vor über fünfzig Jahren Konstantinopel erstürmt, geplündert und beherrscht hatten, bis Michael Paläologos sie verjagte. Und jetzt bedrohen die Franzosen Manfred. Wie leicht war es, von seiner Insel Sizilien einen neuen Angriff auf Konstantinopel vorzubereiten.

Sie sah Alexis vor sich, den Jungen, den sie geliebt hatte. Er fiel, vom Pfeil einer französischen Armbrust getroffen.

Warum wurde ich in jener Nacht gerettet, wenn nicht, um Konstantinopel vor einer zweiten Eroberung durch die Franzosen zu bewahren? dachte sie.

»Ich kann kein Heer nach Orvieto schicken, um die päpstlichen Intrigen gegen mich zu unterbinden«, sagte Manfred. »Dadurch würde ich die gesamte Christenheit gegen mich aufbringen. Aber ich kann meine beiden besten Leute senden, meinen tapferen, klugen Lorenzo und meine schöne, kluge Sophia. Gemeinsam mit David schafft ihr es möglicherweise, daß meine Feinde sich gegeneinander wenden. Es dauert vielleicht sechs Monate, vielleicht ein Jahr. Dann kommst du wieder zu mir zurück.«

Er sah sie unverwandt an, während er das sagte, doch ein Flackern tief in seinen Augen verriet ihr, daß er nicht aufrichtig zu ihr war.

»Wann lerne ich diesen – Mamelucken kennen?«

»Morgen gehen wir auf die Falkenjagd. Im Wald kann man offen und ungezwungen reden.« Er machte eine kleine Pause, und dann lächelte er.

»Aber zieh dich jetzt noch nicht an. Es könnte die letzte Gelegenheit für mich sein, deinen schönen Körper zu genießen.«

Sie wandte den Blick ab. Sie hatte keine Lust mehr, genossen zu werden. »Vergebt mir, Herr, ich habe viel zu tun«, sagte sie. Bevor er widersprechen konnte, war sie durch die Bettvorhänge geschlüpft und zog das blaue Kleid an. Sie hatte die Hälfte ihrer Kleider bei Manfred zurückgelassen, aber das war ihr gleich. Sie eilte hinaus und tat so, als höre sie Manfreds zornigen Ausruf nicht.

Sophia schlug den Satinumhang, in dem sie Manfred vorgestellt worden war, in weißes Leinen ein und legte ihn in ihre Reisetruhe; dann nahm sie ihre Schmuckschatulle vom Tisch, wo sie seit ihrer Ankunft gestanden hatte, und stellte sie auf den Kaminsims. Sie betrachtete die Schatulle aus poliertem Ebenholz mit der Einlegearbeit aus Perlmutt, die den doppelköpfigen Adler von Konstantinopel darstellte. Ein Abschiedsgeschenk des Kaisers, als er sie nach Sizilien schickte. Der Adler von Konstantinopel, hieß es, habe den Hohenstaufen als Vorbild für ihren eigenen Doppeladler gedient. Sie faltete eine grüne Wolltunika zusammen und legte sie über die Schatulle.

Sorge stieg in ihr auf. Hatte es je eine Frau gegeben, die auf dieser Welt so allein war wie sie?

In einer einzigen Nacht, in der ein Flammensturm über die Stadt hinwegfegte und die Luft erfüllt war von den Schreien der Sterbenden, hatte sie ihren Vater, den Silberschmied Demetrios Karaiannides, ihre Mutter Danuta und ihre beiden Schwestern Euphemia und Eirene verloren. Die Bürger von Konstantinopel hatten sich gegen die Franken erhoben, und die Franken hatten Vergeltung geübt, indem sie jeden töteten, dessen sie habhaft werden konnten.

Der junge Mann, den sie heiraten wollte, war mit ihr in den Hafen am Marmarameer geflohen. Sie hatten ein kleines Boot gefunden, und dann hatte ihm der Pfeil der Armbrust den Rücken aufgerissen. Im Sterben hatte er das Boot mit ihr ins Wasser gestoßen. »Geh, Sophia, geh!« Von da an war sie allein. Was bin ich? Was ist eine Frau allein? fragte sie sich. Weder Königin noch Kaiserin, weder Ehefrau noch Mutter, keine Frau, keine Nonne. Seit Michael und Manfred sie fortgeschickt hatten, war sie auch keine Mätresse mehr.

Sie hatte den Bosporus überquert und war am Leben geblieben. Aber daran, mit welchen Mitteln sie überlebt hatte, wollte sie sich nicht erinnern. Das am wenigsten ehrenrührige von allen war Diebstahl gewesen.

Sie hatte sich benutzen lassen und konnte wirklich von großem Nutzen sein. Und irgendwie fand sie den Weg zu dem byzantinischen General Michael Paläologos, der Konstantinopel von den Franken zurückerobern wollte.

Ihre Hilfe war für Michael sehr wichtig gewesen, und er hatte sie belohnt, nachdem er die Stadt eingenommen und sich zum Kaiser gemacht hatte; er hatte sie belohnt, indem er sie zu seiner Favoritin erhob. Und sie hatte gejubelt, als Konstantinopel von den Barbaren befreit wurde, obwohl niemand mehr am Leben war, den sie liebte.

Dann hatte Michael sie gezwungen, den einzigen Ort zu verlassen, den sie liebte, hatte sie zu Manfred nach Italien geschickt.

Und gerade jetzt, als sie allmählich das Gefühl verlor, nirgends hinzugehören, als sie glaubte, bei Manfred eine Heimat gefunden zu haben, zog man ihr wieder den Boden unter den Füßen weg.

Sie kämpfte gegen die Tränen an, die ihr in die Augen stiegen, und bemühte sich, nur daran zu denken, daß sie packen mußte.

Der heilige Symeon kommt in die nächste Truhe, sagte sie zu sich, in die Mitte zwischen die Kleidungsstücke, die ihn von allen Seiten schützen. Sie ging zu dem Tisch am Fenster, wo die kleine Ikone zwischen zwei Kerzen auf hohen Messingleuchtern stand. Sie nahm den Heiligen in die Hand, küßte ihn ehrerbietig auf die Stirn und hielt ihn dann auf Armeslänge von sich ab, um ihn zu betrachten. Seine Augen durchbohrten sie mit ihrem blauen Blick.

Sie hatte die Ikone vor ein paar Jahren selbst gemalt; es war die Kopie einer größeren, die dem Kaiser gehörte. Symeon war hohlwangig, sein Mund dünnlippig, sein Kinn spitz. Das Haar hing ihm, das Gesicht einrahmend, offen und glatt bis auf die Schultern.

Für den Heiligenschein hatte sie echten Goldstaub benutzt. Michael war großzügig zu ihr und hatte gelacht, als sie ihm erzählte, sie habe etwas von dem Geld, das sie von ihm bekommen hatte, für teure Farben ausgegeben, um eine Ikone zu malen. Die Vorstellung einer malenden Frau amüsierte ihn wie der Bär, der im Hippodrom tanzte.

Hinter dem Gold des Heiligenscheins war der Ocker der Wüste zu sehen, und hinter der rechten Schulter des Heiligen ragte die einzeln stehende Säule empor, auf der er, Buße tuend, fünfzehn Jahre lebte, die Säule, die ihm seinen Namen gab – Symeon Stylites.

Warum verehre ich diesen Heiligen? fragte sie sich. Weil er wußte, wie man allein durchhält und daß das am allerwichtigsten ist.

Sie versenkte die Ikone in der Truhe aus Zedernholz. Als nächstes klappte sie eine kleine Kassette aus dunklem, poliertem Holz auf, deren Deckel mit einer Einlegearbeit aus Perlmutt verziert war, die einen Vogel mit ausgebreiteten Flügeln darstellte. Auf einem Samtbett lag in eigens für sie geschaffenen Vertiefungen ein Dutzend kleiner Porzellankrüge. Jeder Krug trug ein Blumenmuster in einer bestimmten Farbe, und jeder Krug enthielt einen pulverisierten Farbstoff in derselben Tönung. Die Krüge waren fest zugekorkt. Nahm man ein wenig von dem Pulver, fügte Wasser und rohes Eiweiß hinzu, erhielt man eine leuchtende Farbe. In Leinen eingeschlagen, lagen an einem Ende der Kassette Sophias Federkiele, Pinsel und Kohlestifte.

Wie immer beim Anblick dieser Dinge, hatte sie auch jetzt den Wunsch, alles liegen und stehen zu lassen und zu malen. Sie klappte den Deckel liebevoll zu, strich darüber und dachte an den Kaufmann aus Soldaia auf der Krim, der ihr die Kassette vor der Kirche des heiligen Johannes verkauft und ihr gesagt hatte, sie komme aus einem Land namens Cathay. Die Cathayer müssen genauso zivilisiert sein wie wir, wenn sie so etwas herstellen können, dachte sie, als sie die Kassette in die Truhe legte.

Dieser blonde Mameluck, den sie kurz gesehen hatte und morgen näher kennenlernen sollte, war bestimmt kein zivilisierter Mann. Er war Türke und Franke zugleich und demnach ein doppelter Barbar.

»Christe, eleison«, flüsterte sie. »Christus, erbarme dich.« Bis jetzt hatte sie es fertiggebracht, die Angst vor der Gefahr, in die sie sich begab, beiseite zu schieben. Jetzt fiel sie mit Übermacht über sie her, und sie stand wie gelähmt vor ihrer Reisetruhe, die bebenden Hände noch auf dem Malkasten, als sei er ein Talisman, der sie beschützen konnte.

Sie begab sich zu den schlimmsten Feinden, die ihr Volk auf Erden hatte, gefürchteter noch als die Sarazenen, zu den römischen Christen des Westens. Der Boden schien unter ihr zu schwanken, und ihr wurde kalt und dann wieder heiß. Wenn sie entdeckten, daß sie eine Frau aus Konstantinopel war, würden sie ihr das Fleisch von den Knochen reißen.

Eine Frau aus Konstantinopel, die einem Sarazenen half, ein Komplott gegen den Papst zu schmieden!

Die Angst war wie ein kaltes schwarzes Meer, und sie ertrank darin. Sie wagte nicht, sich die Qualen vorzustellen, die ihr Leben beenden würden, wenn die Leute in Orvieto sie entlarvten.

Aber sie mußte ja mit Lorenzo und dem Mamelucken gehen. Nun, sie würde die Sache durchstehen. Mit Gottes Hilfe konnte sie sich behaupten. Und danach? Was hatte eine Frau, die so allein dastand wie sie, von der Zukunft zu erwarten?

Sie zuckte die Schultern. An die Zukunft denken konnte sie noch genug, wenn sie in Orvieto gewesen war und überlebt hatte. Eines wußte sie jedoch schon jetzt. Sie würde nicht zu Manfred zurückkehren.

Sie ging zum Tisch. Von einem Lesepult neben dem Tisch nahm sie ein ledergebundenes Buch mit Pergamentseiten und schlug es bei einem Lesezeichen auf. Sie studierte das Porträt von Manfred, das sie erst vor zwei Tagen angefangen hatte und das bisher fast nur aus flüchtig hingeworfenen Kohlestrichen bestand. Den Bart in einer Mischung aus Gelb und Weiß hatte sie schon in Farbe ausgeführt, weil es die wichtigste war und sie alle anderen darauf abstimmen mußte. Die Augen wollte sie zuletzt malen, denn mit ihnen würde sie dem Bild Leben einhauchen. Soll ich es heute abend fertigmachen und ihm zum Abschied schenken? fragte sie sich.

Nachdem sie einen Augenblick überlegt hatte, krampften sich ihre Finger um das Pergament und rissen das geheftete Blatt aus dem Buch. Dann rollten sie es zusammen und hielten ein Ende an die Kerzenflamme.

5

Ernsten Gesichtes ging Simon de Gobignon an den sechs Rittern vorbei, die in einer Reihe auf dem Kai standen. Die Gesichter der Männer waren rot und glänzten unter den Helmen vor Schweiß. Simon fühlte, wie auch ihm der Schweiß in kleinen Rinnsalen den Rücken hinunterlief, unter das wattierte Unterhemd, das Kettenhemd und den Wappenrock.

Möwen schrien, und der Geruch von Salzwasser und faulendem Fisch hing schwer in der warmen Luft.

Venedig im Juli, dachte Simon, ist nicht der rechte Ort, eine Rüstung zu tragen.

Die beiden Banner, von zwei Rittern am Ende der Reihe gehalten, hingen schlaff herunter: die Standarte des Königs von Frankreich – goldene Lilien auf azurblauem Grund – und die der Gobignons – goldene Kronen auf purpurnem Grund.

Simon machte sich Vorwürfe. Kaum hatte er gehört, daß die Galeere mit den tatarischen Gesandten aus Zypern eingetroffen war, hatte er seine Kompanie in den Hafen geführt. Doch das war zu früh gewesen. Die Galeere war da, das war sicher; er sah sie, einen langen dunklen Schiffsrumpf, ein paar hundert Meter vom Ufer entfernt. Aber sie lag dort draußen vor Anker, während Beamte der Stadt sie inspizierten, auf Krankheiten untersuchten und die Ladung registrierten, eine Arbeit, die seit Stunden andauerte, während Simon und seine Männer an Land vor Hitze fast verschmachteten.

Hinter den sechs Rittern standen Armbrustschützen – vierzig Männer in vier Reihen. Sie lachten und unterhielten sich in ihrer venezianischen Mundart, die Simon kaum verstand. Als Junge hatte er Sizilianisch gelernt, aber das war fast eine andere Sprache.

Die Armbrustschützen sollten nicht schwatzen, dachte Simon. Es ist unmilitärisch. Er trat einen Schritt zurück und rief: »Silenzio!« Die Männer blickten auf, und er las mehr Überraschung und Ärger als Achtung in ihren Gesichtern. Einige musterten ihn erwartungsvoll, als glaubten sie, er wolle eine Rede halten. Er starrte sie finster an, wandte sich dann ab und ging bis ans Ende der Mole, die Daumen in sein Schwertgehenk geschoben. Er überhörte das aufsässige Gemurmel, das sofort laut wurde, als er den Männern den Rücken kehrte.

»Verzeiht, Signor«, sagte eine rauhe Stimme neben ihm.

Simon wandte sich um.

Andrea Sordello, der Hauptmann der Armbrustschützen, lächelte ihn breit an und entblößte dort, wo einer seiner Vorderzähne sein sollte, eine Lücke. Seine Nase war plattgedrückt.

»Was gibt es, Sordello?«

Der Hauptmann war mit einem Empfehlungsschreiben des Grafen Karl von Anjou, des Bruders des französischen Königs Ludwig, zu Simon gekommen, aber eine gewisse Überheblichkeit in seinem Verhalten bereitete diesem Unbehagen.

»Wenn Ihr die Armbrustschützen befehligen wollt, Signor, ist es vielleicht besser, Ihr erteilt Eure Befehle durch mich. Die Männer verstehen nicht, warum Ihr ihnen eben Schweigen geboten habt. Sie sind es nicht gewohnt, daß man ihnen sagt, sie müßten ohne jeden Grund wie die Statuen dastehen.«

Und du würdest dich gern bei ihnen beliebt machen, indem du meine Befehle in Zweifel ziehst, nicht wahr? dachte Simon. »Sagt ihnen, sie stehen jetzt im Dienst des Königs von Frankreich«, antwortete er Sordello. »Es ist bei französischen Soldaten üblich, militärisches Verhalten zu zeigen.«

»Verzeiht, Signor, aber das könnte sie beleidigen.«

»Es ist nicht an mir, ihnen zu sagen, was sie hören wollen, sondern was sie hören *müssen*«, erwiderte Simon.

»Sì, Signor.« Sordello entfernte sich.

Simon fiel auf, daß er leicht hinkte. Der Mann war offensichtlich im Kampf übel zugerichtet worden. Und in Onkel Karls Brief stand, daß er ein begabter Troubadour sei oder Trovatore, wie es auf italienisch hieß.

»Simon!« Ein Ausruf unterbrach Simons Gedanken.

Alain de Pirenne, sein engster Freund unter den Rittern, die er mitgebracht hatte, zeigte ins Hafenbecken.

Die beiden Ruderreihen auf jeder Seite der Galeere waren in Bewegung. Sogar aus dieser Entfernung hörte Simon den Trommelschlag und die Stimme des Aufsehers, der den Takt angab. Simon hatte Lieder gehört, in denen die Ruder der Galeeren mit Vogelschwingen verglichen wurden, und jetzt sah er mit eigenen Augen die Ähnlichkeit, als die Ruderreihen, die aus dieser Entfernung wie zartes Vogelgefieder aussahen, sich zugleich über dem Wasser hoben und senkten. »Dem Himmel sei Dank!« sagte er.

»Wahrhaftig«, entgegnete Alain. »Allmählich komme ich mir nicht mehr vor wie ein Mann, sondern eher wie eine gebratene Taube.«

Als die Galeere am Kai anlegte und Leinen durch die Luft flogen, hörte Simon plötzlich einen Schrei hinter sich und wandte mit einem Ruck den Kopf.

»Macht Platz für den erhabenen Dogen!« riefen die Läufer. Hornbläser, Musiker mit Drehleiern und Trommler führten einen bunten Zug an, der auf dem Kai erschien. Zwei Männer in knielangen scharlachroten und goldbetreßten Tuniken trugen Stangen, zwischen die ein riesiges

Banner gespannt war. Auf dem Banner schritt ein geflügelter Löwe vor einem grünen Hintergrund einher. Simon erblickte Reihen schimmernder Helme und in die Höhe gehaltener blanker Schwerter, dahinter Männerreihen in smaragdgrünen und silbernen Gewändern. Überragt wurde alles von einer riesigen Sänfte mit vergoldetem Dach und goldfarbenen Vorhängen; ihr folgten Männer mit langen Speeren. Die Nachhut bildeten lachende und schwatzende Männer in farbenfrohen Tuniken und Seidengewändern.

Ein Mann in einem knöchellangen Gewand und goldbetreßter Kappe sprach Simon an. Er war, wie dieser sich erinnerte, ein Kämmerer und bei der kurzen Audienz anwesend gewesen, die der Doge Simon vor zwei Wochen gewährt hatte, als er ihm sein Beglaubigungsschreiben überreichte.

»Schätze, Eure Truppe besetzt den Platz, den der Doge braucht, um unsere Gäste gebührend zu empfangen. Geht zur Seite, wenn ich bitten darf.« Dieses »Wenn ich bitten darf« wurde in einem so herablassenden Ton geäußert, daß es fast beleidigend klang. Simons Gesicht brannte, und seine Muskeln spannten sich; doch wenn der Herrscher von Venedig verlangte, daß man ihm Platz machte, konnte er sich nicht widersetzen. Er verneigte sich kurz, drehte sich um und befahl seinen Männern, den Kai zu verlassen.

Und so kam es, daß Simon sich zu seinem Ärger plötzlich hinter den venezianischen Armbrustschützen wiederfand, die viel besser gekleidet waren als seine Söldner, und von dort aus die Ankunft der Gesandten beobachten mußte.

Als erster ging ein Mönch in brauner Kutte über die Laufplanke der Galeere an Land. Am Hinterkopf hatte er in Scheitelhöhe eine rasierte Stelle, und sein Bart war lang und weiß. Er warf sich auf den Boden und küßte ihn mit einem lauten Schmatzen. Dann stand er auf und verneigte sich vor der Sänfte des Dogen.

Der Doge von Venedig, Rainerio Zeno, erschien zwischen den Vorhängen, die von zwei Dienern in Purpur gehalten wurden. Zeno war ein sehr alter, zahnloser Mann mit funkelnden rabenschwarzen Augen. Seinen kahlen Kopf bedeckte eine mit Perlen eingefaßte weiße Kappe. Sein goldgestickter Umhang sah so steif und hart aus wie der Panzer eines Käfers. Links und rechts von ihm standen Pagen, auf deren Schultern er sich stützte. Der Mönch beugte das Knie und küßte Zenos Ring.

Simon konnte nicht hören, was der Doge und der Mönch zueinander sagten. Der Mönch zeigte zum Schiff. Bewaffnete Männer – Simon zählte ihrer zehn – schritten die Laufplanke herunter und bildeten eine Doppelreihe, die zum Dogen führte. Sie waren klein und dunkelhäutig, trugen schwarzrote Brustpanzer aus gelacktem Leder und runde, auf Hochglanz polierte und mit Stacheln besetzte Helme. Sie hatten die Bogen kreuzweise über die Schultern gehängt, und an ihren Gürteln baumelten lange Krummschwerter. Sind das Tataren? fragte sich Simon.

Die Schwerter waren dem sehr ähnlich, das er selbst trug. Das seine war ein ägyptisches Krummschwert, ein kostbares Besitztum, nicht wegen des mit einer Perle, einem Rubin und mehreren anderen Steinen besetzten Griffs, sondern des Mannes wegen, der ihm die Waffe gegeben hatte. Immer wenn er es ansah, erinnerte es ihn an ein Geheimnis, das nur drei Menschen kannten, und er mußte daran denken, daß sein ganzes Leben auf einer Lüge aufgebaut war.

Schon wollte er sich nach vorn drängen, um Platz für seine Männer zu fordern, als der Mönch, der eben vom Schiff gekommen war, den Arm hob. Simon folgte der Geste mit den Augen.

Am oberen Ende der Laufplanke standen zwei der seltsamsten Männer, die Simon je gesehen hatte. Ihre Gesichter waren von dem dunklen Braun gut gegerbten Leders. Ihre Schlitzaugen blinzelten hinter den stark hervortretenden Wangenknochen wie hinter Festungsmauern hervor. Ihre Schnurrbärte hingen in langen Strähnen bis unter die kleinen Kinne, die dünne Bärte zierten. Ein Mann hatte einen weißen, der andere einen schwarzen Bart. Aber auch der schwarzbärtige war nicht mehr jung; tiefe Falten durchzogen sein Gesicht. Die zylinderförmigen Mützen der Männer schmückte ein kugelförmiger roter Stein. Ihre knöchellangen Gewänder waren aus kastanienbrauner Seide und mit goldenen Fäden bestickt; dazu trugen sie eine kurze Jacke mit weiten Ärmeln und um den Hals eine Goldkette mit einer kleinen rechteckigen Tafel.

Simons Staunen verwandelte sich in Furcht, als er sah, daß die tatarischen Gesandten da, wo sie jetzt standen, prächtige Zielscheiben abgaben.

Er warf sich mit seinem ganzen Gewicht gegen die vor ihm stehenden Männer und Frauen, erzwang sich einen Weg durch die Menge und sah sich einem Armbrustschützen des Dogen gegenüber. Drohend hob der

Mann seine Armbrust, aber Simon merkte sofort, daß die Sehne nicht gespannt war.

»Pirenne! Puys!« befahl er den beiden französischen Rittern, die ihm am nächsten waren. »Folgt mir!« Er wandte sich wieder an den Armbrustschützen und rief, so laut er konnte: »Platz da! Ich bin der Graf de Gobignon!«

Wie erhofft, drang sein Befehl bis zu dem Dogen durch, der jetzt das runzlige Gesicht in Simons Richtung wandte.

»Durchlaucht!« rief Simon, die für den Dogen übliche Anrede verwendend. »Es ist meine Aufgabe, die Gesandten zu beschützen!«

Neben Simon sagte Hauptmann Sordello leise: »Ihr seid ein mächtiger Herr in Eurem Land, Signor, aber es wäre besser, wenn Ihr Euch nicht den Zorn des Dogen von Venedig zuziehen würdet.«

»Seid still!« fauchte Simon.

Behelmte Schützen rückten von allen Seiten gegen Simon vor, aber er sah, daß der Doge ihrem Hauptmann ein Signal gab. Auf einen gebrüllten Befehl des Hauptmanns wichen die Schützen zurück und ließen Simon passieren.

»Warum stört Ihr die Zeremonie, Herr Graf?« Die Stimme des Dogen war nur ein heiseres Flüstern. Er lächelte leicht, aber seine Augen waren kalt wie der Winter.

Simon geriet in Verlegenheit. Der Herrscher der mächtigsten Stadt am Mittelmeer konnte es an Macht schließlich mit jedem König dieser Welt aufnehmen.

Er fiel vor dem Dogen auf die Knie. »Verzeiht, Durchlaucht. Ich habe nur den Wunsch, Euch beim Schutz der Gesandten beizustehen, wie mein König es mir befohlen hat.« Ihm zitterten die Knie, und sein Herz hämmerte.

Das Lächeln verschwand, und die alten Augen wurden noch eisiger. »Glaubt der französische Graf, Venedig sei zu schwach, um seine Besucher zu schützen?«

»Aber nein, Durchlaucht, natürlich nicht«, antwortete Simon hastig. »Laßt mich nur meine Stärke in den Dienst der Euren stellen.«

»Kein Wort weiter!« befahl der Doge mit schneidender Stimme.

Inzwischen hatten die beiden Tataren die Laufplanke verlassen und standen vor dem Dogen. Kurz trafen sich Simons Augen mit denen des weißbärtigen Tataren, und eine neue, unerklärliche Angst befiel ihn. Er trat einen Schritt zurück, als habe er einen heftigen Schlag bekommen, und umklammerte, um sich sicherer zu fühlen, den Griff seines Schwertes.

Der Tatar wandte sich dem Dogen zu. Simons Angst ließ zwar nach, aber er fragte sich, was dieser kleine braunhäutige Mann an sich haben mochte, daß er sie auslöste. Was hatte er, Simon, in diesen Augen gesehen? Härte, geradezu unmenschliche Gleichgültigkeit.

»Durchlaucht, das ist der Noyon Johannes Khagan«, sagte der Mönch und zeigte auf den älteren Tataren. »Ein Noyon bekleidet bei den Tataren einen Rang, der dem eines Prinzen in unserem Land entspricht. Khan Hulagu sendet Euch einen Prinzen, um zu zeigen, wie ernst es ihm mit dem Wunsch ist, sich mit dem Christentum zu verbünden, um unsere gemeinsamen Feinde, die Moslems, zu vernichten. Der andere Herr ist Philipp Uzbek Baghadur. Baghadur bedeutet Kühnheit, und er ist ein Tuman-baschi, der Kommandant einer Armee von zehntausend Mann. Er bekleidet einen hohen Rang im Rat von Hulagu Khan.«

Die Tataren falteten, als ihr Name genannt wurde, die Hände vor der Brust und verneigten sich tief vor dem Dogen.

»Wie kommt es, daß sie christliche Namen tragen?« fragte der Doge.

Der Mönch lächelte. »Johannes Khagan stammt aus einer alten christlichen Familie, ehemaligen Untertanen des großen christlichen Königs von Asien, des Priesters Johannes. Und Philipp Uzbek wurde als Kind vom Bischof von Karakorum getauft.«

Der Doge winkte mit der knochigen Hand, und sein steifes Gewand raschelte. »Christliche Tataren! Priester Johannes! Der Bischof von Karakorum! Das ist für einen alten Mann zu viel auf einmal. Aber gewiß kann ich von Euch und den beiden edlen Herren viel erfahren, was gut für Venedig ist. Sagt ihnen, ich lade sie ein, mir in meinem Palast Gesellschaft zu leisten, wo wir heute abend zusammen speisen werden und ich noch mehr über die Wunder des großen Reichs erfahren möchte, aus dem sie kommen.«

Simon wußte, daß der Dogenpalast, mehr als eine halbe Meile entfernt, auf dieser Seite des Canale Grande lag, und die Vorstellung, daß die Gesandten eine solche Strecke zurücklegen sollten, erschreckte ihn aufs neue. Wieder überfiel ihn Angst vor einer Katastrophe und zwang ihn, allen Regeln der Höflichkeit zum Trotz, das Wort an den Dogen zu richten. »Durchlaucht! Gewährt mir die Bitte, meine Truppe mit der Euren zu vereinen und die Gesandten zu Eurem Palast zu geleiten.«

Diesmal funkelten die Augen des Dogen vor Zorn, als er sich Simon zuwandte. »Junger Mann, wenn Ihr noch einmal sprecht, ohne dazu aufgefordert zu sein, lasse ich Euch in den Kanal werfen.«

Simon zweifelte nicht daran, daß es für den Dogen ein Vergnügen gewesen wäre, seine Drohung wahrzumachen. Doch würde der Herrscher von Venedig in Anwesenheit der beiden Gesandten so etwas tun? Das schien Simon unwahrscheinlich, und er beschloß, auf seinem Standpunkt zu beharren. »Verzeiht mir, Durchlaucht«, sagte er, den Kopf neigend. »Es ist meine Sorge um das Leben der beiden Gesandten, die mich nicht schweigen läßt.«

Der Doge holte tief Atem. Dann verzog sich sein kleiner Mund zu einem Lächeln. »Nun gut, Herr Graf, Ihr dürft uns folgen.«

Während der Doge den Tataren die anwesenden venezianischen Würdenträger vorstellte, befahl Simon Henri de Puys und Alain de Pirenne, die Ritter zusammenzurufen, und Sordello, die Armbrustschützen antreten zu lassen, damit sie dem Zug der Gesandten in militärischer Ordnung folgten.

Träger brachten eine Sänfte für die Tataren, die lächelnd und sich verneigend hineinkletterten. Zu Simons Bestürzung handelte es sich um eine offene Sänfte.

Der Mönch kam auf Simon zu und legte ihm die Hand auf den Arm. »Ihr seid sehr mutig, junger Mann, daß Ihr es wagt, Euch dem Herrscher von Venedig zu widersetzen. Darf ich erfahren, wer Ihr seid?«

Simon stellte sich vor, und der Mönch verneigte sich und redete ihn auf französisch an. »Es tut mir gut, wieder einmal meine Muttersprache zu sprechen. Ich bin Mathieu d'Alcon von den minderen Brüdern des heiligen Franz von Assisi und wurde in der Nähe von Limoges geboren, das in der Nähe Eurer Güter liegt, Herr Graf. Es war unser gütiger König Ludwig, der mich vor Jahren zu den Tataren geschickt hat. Ich bin froh, daß wir, wenn wir Venedig verlassen, in französischen Händen sein werden.« Er drückte fest Simons Arm und kehrte zum Gefolge des Dogen zurück.

Bruder Mathieus Worte heiterten Simon beträchtlich auf. Er betrachtete den weißbärtigen Mönch, der eben mit einem Kopfschütteln die für ihn bereitgestellte Sänfte ablehnte, mit herzlichen Gefühlen. Wie es einem guten Franziskaner geziemte, der Armut und ein schlichtes Leben gelobt hat, ließ sich der Mönch nicht tragen, sondern bestand darauf, auf eigenen Füßen hinter der Sänfte der Tataren herzugehen.

Simon und seine Männer folgten den venezianischen Fußsoldaten durch das Hafengebiet. Vor ihnen wölbte sich eine steinerne Brücke über einen Kanal.

Nachdem sie sie überquert hatten, schwenkte die Sänfte der Gesandten um eine Ecke, und Simons Pulsschlag beschleunigte sich, weil er seine Schutzbefohlenen nicht mehr sah. Um die vor ihm Marschierenden zu überholen, war nicht Platz genug. Simon beschleunigte seine Schritte, bis er dem Speerträger vor ihm fast auf die Absätze seiner Lederstiefel trat. Er bog um die Ecke und kam auf den Platz vor dem Dogenpalast. Die Sänfte des Dogen und die der Tataren passierten eben das Tor zwischen dem Palast und der Basilika des heiligen Markus.

Simon blieb stehen. Das hohe Tor, das in den Palast führte, schwang zu, und vor ihm stand ein dreifacher Kordon Bewaffneter der Republik in grüngoldenen Tuniken und mit langen Speeren. »Mère de Dieu!« flüsterte er.

Er konnte sich den Zugang zum Palast nicht erzwingen. Er zweifelte sogar daran, daß seine Männer kämpfen würden. Warum sollten die venezianischen Söldner den Befehlen eines französischen Adligen gehorchen, der sie erst gestern angeworben hatte, und gegen ihre eigenen Landsleute kämpfen?

»Ich habe den Eindruck, daß wir im Palast nicht willkommen sind, Signor«, sagte eine Stimme neben ihm.

Simon wandte sich zur Seite und sah Sordello finster an, dessen wettergegerbtes Gesicht nur mühsam seine Belustigung zu verbergen schien.

Verärgert überlegte Simon, wie er seine Würde bewahren konnte. »Sucht den Kommandanten der Palastwache und sagt ihm, ich möchte ihn sprechen.«

Sordello zuckte die Schultern. »Wie Ihr wünscht, Signor.«

Mit der in einem Panzerhandschuh steckenden Rechten den Griff seines Schwertes umklammernd, rief Alain de Pirenne hochfahrend: »Verdammte italienische Unhöflichkeit!«

Sordello kam mit einem venezianischen Soldaten zurück, der respektvoll die Hand an den Helm legte. »Dieser Sergente hat eine Botschaft von Seiner Durchlaucht dem Dogen für Euch, Signor.«

»Dann laßt ihn reden.«

Simon war des Venezianischen nicht ausreichend mächtig, um alles zu verstehen, was der Behelmte sagte. »Was hat er gesagt, Sordello?«

»Verzeiht, Signor«, erwiderte Sordello. »Die Botschaft könnte Euch beleidigen. Ich wiederhole sie nur, wenn Ihr es wünscht.«

»Was hat er gesagt?« wiederholte Simon gepreßt.

»Der Doge läßt Euch ausrichten, Ihr sollt in einem Quartier Eurer Wahl warten, bis die Gesandten aus dem Tatarenland wieder abreisen. Dann wird er sie Eurer Obhut übergeben. Bis dahin sollt Ihr ihn nicht mehr belästigen, es sei denn, Ihr wärt ein sehr guter Schwimmer.«

Simon ballte die Hände. »Sagt ihm, ich danke Seiner Durchlaucht für seine Höflichkeit und werde Sein Andenken stets in Ehren halten.«

Während Sordello dem Sergente der Palastwache übersetzte, was Simon gesagt hatte, machte Simon kehrt, ging den Weg, den er gekommen war, zurück und blickte aufs Meer. Tränen ohnmächtiger Wut brannten ihm in den Augen. In seinen Schläfen pochte das Blut. Der Doge hatte ihn wie einen kleinen Jungen behandelt. Diese häßliche alte Kröte hatte ihn beleidigt, hatte das Haus Gobignon beleidigt, hatte König Ludwig beleidigt.

Aber Simon konnte nichts dagegen tun. Er war wütend und unglücklich. Ein Mißerfolg, schon zu Beginn seiner Mission.

6

Zutiefst niedergeschlagen beschloß Simon, seine französischen Ritter und die venezianischen Schützen wenigstens so nah wie möglich beim Dogenpalast einzuquartieren. Vorläufig mußte der Doge die Tataren allein beschützen, und Simon hatte keine andere Wahl, er mußte es dulden.

Mit Sordellos Hilfe fand er eine Unterkunft für seine Männer, zum Wucherpreis von zwei Deniers je Mann und Nacht in einem Gasthaus in der Nähe der Markuskirche. Er hätte gern gewußt, wieviel von dem, was er dem Gastwirt zahlte, am Ende in Sordellos Tasche wanderte. Dann ging er in Begleitung von Alain de Pirenne zum Tor des Dogenpalastes zurück, eines langen, dreistöckigen Gebäudes, das sich vom Hafen bis zur Basilika erstreckte. Durch einen Wachposten schickte er Bruder Mathieu eine Nachricht mit der Bitte, sich mit ihm auf der Piazza zu treffen. Der freundliche Franziskaner war seiner Ansicht nach der wichtigste Mann im Gefolge der Tataren.

Simon und Alain hatten ihre Rüstungen abgelegt und trugen jetzt bequemere Seidentuniken, kurze Umhänge und Samtmützen. Auf ihr Schwertgehenk mit dem Langschwert auf der linken und dem Dolch auf der rechten Seite hatten sie nicht verzichtet. Als sie auf der Piazza hin und her gingen und auf Bruder Mathieu warteten, hallten die Lederabsätze ihrer spitzen Stiefel laut auf den Steinen.

Alain war immer noch empört. »Sie haben keine Ahnung, wer du bist, Simon. Du meine Güte, du könntest diese ganze Stadt in einer Ecke des Besitzes der Gobignons unterbringen, und man würde sie dort nicht einmal bemerken.« Sein blonder Schnurrbart sträubte sich.

Nachdem eine Stunde oder mehr vergangen war, fühlte Simon sich entspannter und war geneigt, die Situation hinzunehmen. Wenn er nicht in den Dogenpalast vordringen konnte, konnte er vernünftigerweise hoffen, daß es auch keinem gelang, der den Tataren Schaden zufügen wollte. »Es sind der Reichtum und die Schiffe, die diese Stadt bedeutend machen, Alain, nicht ihre Größe.«

»Geld ist alles, wofür sich diese Venezianer interessieren.« Wie jeder echte Ritter verachtete Alain das Geld und jene, die es liebten.

Simon dagegen hatte, während er lernte, seinen Besitz zu verwalten, einen größeren Respekt vor dem Geld bekommen. »Nicht einmal Paris kann sich mit der Schönheit dieser Stadt messen«, erklärte er. »Schau dir diese Pferde an!« Er zeigte auf die Fassade über dem Haupteingang der Markuskirche, wo vier vergoldete Bronzepferde tänzelten, so stolz und so voller Energie, daß es aussah, als seien sie tatsächlich in Bewegung.

Alain pfiff anerkennend durch die Zähne. »Möchte wissen, wer die geschmiedet hat.«

Simon hatte in der Woche, die sie schon hier waren, viele Fragen gestellt. »Sie kommen aus Konstantinopel. Vor ungefähr sechzig Jahren haben die Venezianer ein Heer französischer Kreuzfahrer – unsere Vorväter – dafür bezahlt, daß sie nicht ins Heilige Land zogen, sondern statt dessen Konstantinopel eroberten. Die Venezianer nahmen diese Pferde und verpflanzten sie hierher, damit sie von ihrem Triumph künden.«

»Einen Kreuzzug umzuleiten ist gewiß eine große Sünde«, sagte Alain. »Und Diebstahl bleibt Diebstahl. Aber keiner meiner Vorväter hatte mit diesem Unternehmen etwas zu tun.«

»Nein, und die meinen ebenso wenig«, erwiderte Simon. »Trotz allem haben die Venezianer einen bewundernswert guten Geschmack«, fuhr er fort, noch immer die Pferde betrachtend.

»Nach allem, was ich weiß, könnte Venedig die reichste Stadt der Welt sein«, meinte Alain. »Aber was ist dieser Reichtum wert, wenn er zusammengestohlen ist?«

»Venedig ist durchaus nicht die reichste Stadt der Welt«, sagte jemand neben ihnen.

Verblüfft wandte Simon den Kopf zur Seite und entdeckte Bruder Mathieu, der sich unbemerkt zu ihnen gesellt hatte. Sein Blick war so warm und freundlich, daß Simon den alten Mann am liebsten umarmt und an sich gedrückt hätte.

»Im Fernen Osten gibt es Städte, so groß und so reich, daß Venedig sich im Vergleich mit ihnen wie ein Fischerdorf ausnimmt«, fuhr Bruder Mathieu fort, und sein langer weißer Bart blähte sich leicht in der Brise, die vom Hafen kam.

»Die Leute erzählen gern die wildesten Geschichten über den Osten«, sagte Alain skeptisch. »Ich habe von Städten aus purem Gold gehört, von Vögeln, die so groß sind wie Elefanten, und so weiter und so fort.«

Aber dieser Mann war dort! hätte Simon am liebsten gerufen. So gern er Alain hatte, er entdeckte an seinem Freund eine Engstirnigkeit, die ihn zu einem ernüchternden Reisegefährten machte. In Gegenwart von Alain würde die Unterhaltung mühsam vorwärtsstolpern, und Simon wollte, daß sie galoppierte. »Alain«, sagte er daher, »ich fürchte, unsere Söldner könnten durch Wein, Händel und Frauen in Schwierigkeiten geraten, wenn nicht jemand ein scharfes Auge auf sie hat. Kümmert Euch bitte um sie.«

Alain hob seine breite Hand. »Wenn nötig, verpasse ich ihnen eine Tracht Prügel.«

Nun, da ein Dritter anwesend war, waren sie zur förmlichen Anrede zurückgekehrt.

»Reisen, heißt es, erweitert den Horizont des Menschen«, sagte Bruder Mathieu, als Alain gegangen war. »Aber mit so manchem Verstand ist es so wie mit den Schlößchen auf dem Land. Nähert sich ihnen etwas

Fremdes, werden sofort Fenster und Türen verriegelt.« Er nahm Simons Arm und führte ihn über das Steinpflaster der Piazza zur Basilika.

Die Fassade mit den zahlreichen Säulen aus rosafarbenem, grünem und weißem Marmor, den Skulpturen und Mosaiken war atemraubend schön. Die fünf mächtigen Kuppeln waren von einer Pracht, die Simon vom sagenumwobenen Reichtum des Ostens zu erzählen schien, und ganz anders als die spitzen Türme der neuerbauten französischen Kathedralen.

»Ich bin Euch sehr dankbar, Simon, daß Ihr Euch heute so große Mühe gegeben habt, uns zu beschützen«, sagte Bruder Mathieu. »Die Unhöflichkeit des Dogen war die schlimmste Art der Unverschämtheit, die eines Menschen, der sich über alle anderen erhaben fühlt.«

Simon war jetzt wohler, er fragte sich jedoch, ob der Mönch das nur aus Freundlichkeit sagte. »Es ist sehr gütig von Euch, daß Ihr mich tröstet«, entgegnete er. »Aber der Doge scheint die Gesandten ausreichend zu schützen.«

»Alles nur Schein«, sagte Bruder Mathieu. »Die Venezianer sind nicht wachsam genug. Der Doge ahnt nicht, daß wir in Gefahr geraten könnten. Es scheint ihm außerdem gleich zu sein. Ich glaube, er ist sich noch nicht schlüssig darüber, ob er durch ein Bündnis zwischen Christen und Tataren wirklich etwas zu gewinnen hat. Schließlich treiben die Venezianer einen lebhaften Handel mit den Moslems.«

Simon war entsetzt. »Das ist doch eine Sünde, oder?«

»Gegen Gott, nicht aber gegen den Profit. Und das übliche Motto in den Kontobüchern unserer venezianischen Kaufleute lautet: ›Für Gott und den Profit.‹ Junger Herr, Ihr ahnt nicht, wie glücklich ich bin, nach so vielen Jahren wieder mit einem Franzosen sprechen zu können.«

»Wie lange seid Ihr schon bei den Tataren, Bruder Mathieu?«

Der alte Franziskaner seufzte. »Lange genug, um die Jahre nach Zwölf-Jahres-Zyklen zu zählen. Die Tataren geben jedem Jahr den Namen eines bestimmten Tieres.«

»Ein merkwürdiges System.«

»Ein vernünftiges System. Man merkt sich Tiere leichter als Zahlen. Dieses Jahr, 1263, nennen sie das Jahr des Schafes; als ich das erstemal ins Lager von Hulagu Khan kam, sagten mir die Tataren, es sei das Jahr des Drachen. Vom Drachen zum Schaf sind es« – er zählte an den Fingern ab, während er die Namen der Tiere vor sich hinmurmelte –

»sieben Tiere. Also ist es jetzt sieben Jahre her, daß unser gütiger König Ludwig mich mit einer Botschaft zu den Tataren sandte.«

»Das war demnach im Jahr 1256.«

»Das ist richtig.«

Simon wollte noch viel mehr über das Leben bei den Tataren erfahren.

Als er eben anfangen wollte zu sprechen, zeigte der Mönch auf das Tor zwischen der Basilika und dem Dogenpalast. »Dort gehen die Armenier.«

Simon sah sechs dunkelhäutige Männer in einer Linie die Piazza überqueren. Sie hatten ihre Lederrüstungen abgelegt und trugen Tuniken aus weißer Seide mit roten Pluderhosen über schwarzen Stiefeln. Ihre Tuniken wurden in der Taille von schwarzen Ledergürteln zusammengehalten, und in jedem Gürtel steckte in einer juwelenbesetzten Scheide ein Krummsäbel. Die Bogen hatten sie sich mit schwarzen Lederköchern lässig über den Rücken gehängt.

»Vier sind zurückgeblieben, um die Tataren zu bewachen«, sagte Bruder Mathieu.

»Warum haben die Gesandten Armenier und nicht ihre eigenen Tatarenkrieger mitgebracht?« fragte Simon.

»Weil die Armenier Christen und den Europäern ähnlicher sind als sie. Die Armenier sind Verbündete, nicht Untertanen der Tataren. Die zehn, die mit uns reisen, sind bedeutende Männer. Einer von ihnen, Hethum, wird eines Tages der König der Armenier sein. Man fühlt sich sicherer, wenn man mit solchen Männern reist.«

Simon beobachtete die sechs Armenier, die in einer engen Seitengasse verschwanden. Beunruhigt stellte er fest, daß sie in Richtung jener Straße gingen, in der seine Männer untergebracht waren. »Wie ich gehört habe, gibt es auch Christen unter den Tataren«, sagte er.

»Sie gehören vielen Religionen an.«

Sie waren vor St. Markus angelangt, und Bruder Mathieu lenkte, noch immer Simons Arm festhaltend, seine Schritte zum Dogenpalast zurück. »Hulagus Ehefrau Khatun ist Christin, obwohl er Heide ist. Aber was alle Tataren wirklich verehren, ist Stärke. In ihrer eigenen Sprache nennen sie sich ›Mongolen‹, was ›stark‹ bedeutet.«

Simon sah den Mönch an und entdeckte in seinen Augen einen fernen, ehrfürchtigen Blick.

»Man fragt sich, warum Gott sie geschaffen hat. Um uns für unsere

Sünden zu bestrafen? Oder damit sie die Welt beherrschen und der ganzen Menschheit Frieden bringen?«

»Die Welt beherrschen?« fragte Simon. Er dachte an die beiden schlitzäugigen Männer in Seidengewändern, die vor ein paar Stunden von Bord der Galeere gegangen waren. Er erinnerte sich an den Blick, mit dem der ältere Tatar ihn angesehen hatte – so gefühllos, als sehe er aus einer ungeheuren Ferne auf ihn herunter.

»Sie glauben, es sei ihre Bestimmung, die Welt zu regieren«, meinte Bruder Mathieu. »Und es ist durchaus kein törichter Traum. Sie haben schon ein ganzes Stück davon erobert. Wenn ich Euch sagte, wie ungeheuer groß ihr Reich jetzt schon ist, würdet Ihr mich vielleicht genauso verspotten wie Euer skeptischer Ritter. Nehmt Frankreich, England und das Heilige Römische Reich zusammen, und sie würden in den Ländern verschwinden, die schon heute von Tataren beherrscht werden.«

»Nennt mich bitte Simon, Bruder Mathieu.«

Bruder Mathieu tätschelte Simon die Hand. »Simon, das ist sehr großmütig von Euch. Es wäre gut für uns beide, wenn wir Freunde wären, denn wir haben einen sehr schwierigen Auftrag.«

»Wieso?«

»Wir können nicht sicher sein, daß wir das Richtige tun. Diese beiden Männer, Johannes und Philipp, kommandieren im Tatarenreich große Armeen. Beobachtet sie, Simon. Paßt auf, wie eifrig sie Festungsanlagen und Waffen studieren. Dieselben Mönche, die sie zum Christentum bekehrt haben, haben sie auch schreiben gelehrt. In Syrien und auf Zypern habe ich sie häufig miteinander sprechen sehen, habe gesehen, daß sie sich Notizen machten und Landkarten zeichneten. Ob sie dieses Bündnis schließen oder nicht, sie werden ihrem Khan sehr viele nützliche Informationen mitbringen.«

Wäre es dann nicht für uns alle besser, wenn ich die Tataren nicht so gut bewache und einem Feind der Christenheit die Möglichkeit gebe, sie zu töten? dachte Simon. Er wünschte sich verzweifelt, daß dieses Bündnis zustande kam, denn er wollte dem französischen Adel beweisen, daß er und die gesamte Familie Gobignon seine Verachtung nicht mehr verdiente. Wenn das Bündnis nicht geschlossen wurde, hatte er versagt, und das Haus Gobignon würde noch tiefer in Unehre versinken.

»Herr!«

Die Stimme, die Simon von der anderen Seite des Platzes her rief, klang aufgeregt, und Furcht überkam ihn. Er drehte sich um und sah seinen Stallmeister Thierry d'Hauteville, das lockige schwarze Haar unbedeckt, auf sich zustürzen.

»Sie kämpfen, Herr!« rief Thierry. »Unsere venezianischen Schützen und die Männer aus dem Tatarenland sind in Streit geraten. Kommt sofort!«

»Jesus, hilf!« flüsterte Bruder Mathieu neben Simon.

Als Simon in Thierrys ängstliche Augen blickte, wurde er ärgerlich. Sechs Ritter hatte er mitgebracht. Jeder Ritter, der seine Sporen wert war, mußte doch imstande sein, solche Händel zu verhindern. Und wenn sie es nicht können, dachte er sorgenvoll, was erwarten sie von mir? Doch für lange Überlegungen war keine Zeit. »Kommt bitte mit«, sagte er zu Bruder Mathieu, gab, ohne auf Antwort zu warten, Thierry einen Schlag auf die Schulter und begann mit ihm zu laufen.

»Ich komme, so schnell ich kann, mein Sohn!« rief der Mönch hinter ihm her.

»Konntet ihr sie nicht aufhalten?« fragte Simon Thierry, als sie Seite an Seite über das Kopfsteinpflaster der schmalen Straße eilten.

»Wir konnten nichts tun, ohne den Leibwächter der Tataren zu töten«, sagte Thierry. »Ihr werdet selbst sehen, wie es ist.«

Das Gasthaus war ein steinernes Gebäude zwischen zwei anderen Häusern. Die untere Hälfte der geteilten Tür war geschlossen, die obere offen, und Simon hörte von drinnen laute Schreie. Thierry, der vor ihm war, riß die Tür auf.

Simons Augen brauchten einen Moment, um sich an die Dunkelheit zu gewöhnen, die in dem großen Raum herrschte. Schattenhafte Gestalten rempelten ihn an, als er sich zwischen ihnen durchdrängte. Die vergitterten Fenster ließen ein wenig Licht herein, und auf einem Tisch stand ein Kerzenhalter mit einer gelben, brennenden Kerze. Der Raum roch nach Schweiß und Wein.

»Macht Platz für den Herrn Grafen!« rief Thierry, ohne gehört zu werden, da die venezianischen Söldner zornig durcheinanderschwatzten.

Simon drängte sich in die Ecke durch, die vom Licht der Kerze erhellt wurde, und sah sich einem finster dreinblickenden, dunkelhäutigen Mann gegenüber, der ein schimmerndes Schwert auf ihn richtete. Fünf Armenier, die Schwerter gezogen, bildeten einen schützenden Kreis.

Innerhalb des Kreises hatte der sechste Armenier einen Mann mit dem Oberkörper auf den Tisch gezwungen. Der Mann schlug schwach mit den Armen, und seine Augen traten aus den Höhlen. Trotz des schlechten Lichts sah Simon, daß sein auf dem Tisch liegendes Gesicht dunkelrot war. Der Armenier hielt seinen Bogen hinter dem Hals des Mannes und drehte ihn langsam. Die Sehne schnitt dem Opfer tief in den Hals.

Simon mußte Einhalt gebieten, bevor der Venezianer starb. »Beim Blut Gottes!« flüsterte er. Er hatte das dunkle, verzerrte Gesicht erkannt.

Sordello.

Um Simon herum schoben sich die Venezianer immer näher an die Armenier heran, und ihre Dolche funkelten im Kerzenlicht. Aber keiner der Fußsoldaten wollte der erste sein, der sich den blanken Säbeln entgegenstellte.

Das bedeutet, dachte Simon, daß ich es tun muß. Wo zum Teufel sind meine Ritter? Er blickte nach rechts und nach links und sah Alain, Henri de Puys und die vier anderen mit gezogenem Schwert, aber ohne Rüstung wie er selbst, unschlüssig zwischen den Venezianern stehen. Vor einer Wand drängten sich mehrere Frauen, deren bloße Busen im schwachen Licht der Kerze schimmerten. Vor die Frauen hatte sich schützend ein Mann gestellt, in dem Simon den Wirt erkannte. Warum konnte der Mensch für den Preis, den Simon ihm zahlte, im eigenen Haus nicht für Ordnung sorgen?

»Aha, jetzt haben wir sie, die stinkenden Söhne einer Hündin!« brüllte ein Mann hinter Simon.

Simon drehte sich um und erblickte eine auf die Gegner zielende Armbrust. Er hatte befohlen, die Waffen der Venezianer unter Verschluß zu halten. Offensichtlich hatte jemand sie mit Gewalt herausgeholt. Wenn die übrigen Venezianer sich mit ihren Armbrüsten bewaffneten, würden die Armenier hingemetzelt werden. Simon hätte am liebsten den Narren umgebracht, der den Venezianern zu ihren Waffen verholfen hatte.

Aber auch die Armenier hatten ihre Bogen, und einer nach dem anderen griff jetzt danach. Die Venezianer spannten ihre Armbrüste. Bevor die Armenier den Pfeil in die Kerbe legen und den Bogen ebenfalls spannen konnten, würden ihnen die Pfeile der Venezianer um die Ohren fliegen.

Simon überlegte nicht lange und handelte sofort. »Aufhören!« brüllte er und hoffte, daß wenigstens die Venezianer ihn verstanden. »Sofort aufhören!«

Alle Augen wandten sich ihm zu. Die Hände der Venezianer hielten still, als die Männer ihren Kommandanten erkannten.

»Pirenne, Puys und ihr übrigen, sorgt dafür, daß eure Männer die Armbrüste weglegen!«

Aber gerade als Simon das sagte, drehte der Armenier, der Sordello drosselte, den Bogen noch zweimal herum, und der alte Haudegen würgte und keuchte.

Simon war klar, daß sich der Raum, sobald er sein Schwert zog, in Sekunden in ein Leichenhaus verwandeln würde. Er ging auf den Armenier zu, der ihm am nächsten stand, und streckte die geöffneten Hände aus, um zu zeigen, daß sie leer waren. Er betete darum, daß der Mann, dessen Pfeil und Bogen auf seine Brust zielten, nicht sah, wie sehr diese ausgestreckten Hände zitterten. »Runter mit deinem Bogen!« befahl er und hoffte, der Mann werde, wenn er die Sprache schon nicht verstand, wenigstens den Ton verstehen.

Der Armenier trat zur Seite und ließ Simon passieren. Dieser atmete erleichtert auf. Als er weiterging, rutschte er leicht aus. Der Fußboden war naß, vermutlich von verschüttetem Wein.

Jetzt stand er dem Mann gegenüber, der dabei war, Sordello zu ermorden. Ich kann Sordello nicht ausstehen, dachte er flüchtig. Es würde mir nichts ausmachen, wenn der Armenier ihn umbrächte. Warum soll ich mein Leben für ihn aufs Spiel setzen? »Hör auf!« sagte er dennoch. »Das ist mein Mann, und du darfst ihn nicht töten. Laß ihn los!« Er legte die Hand fest auf den Unterarm des Mannes, der ein gutes Stück kleiner war als er.

Der Mann runzelte die dunklen Brauen und betrachtete aufmerksam Simon.

Simon sah, daß das Gesicht des Armeniers faltenlos war und daß er klare Augen hatte. Sein schwarzer Schnurrbart war klein und dünn. Er muß ungefähr in meinem Alter sein, dachte er, vielleicht sogar noch jünger. Er empfand Wärme für den jungen Armenier und hoffte, ihn für sich gewinnen zu können. Aber wie brachte ein so sympathisch aussehender Mann es fertig, einen anderen mit einer Bogensehne zu erdrosseln? Vielleicht hatte Sordello ihm etwas wirklich Schlimmes angetan.

»Komm«, sagte Simon und schüttelte leicht den Arm des jungen Mannes, »laß ihn los!«

Der Armenier seufzte tief auf und schloß die Augen. Dann ließ er den Bogen los und schlug mit der Hand dagegen, so daß die angespannte Sehne sich schnell wieder aufzwirbelte. Simon hörte einen schwachen, erstickten Laut von Sordello, dann glitt der Venezianer auf den Boden.

Eine Frau mit hennagefärbten Haaren, die im Kerzenlicht rotgolden schimmerten, eilte zu dem jungen Armenier, hielt seinen Arm fest und redete auf italienisch beschwichtigend auf ihn ein. Er schien zuerst zu erstarren, dann lächelte er ihr zu.

»Danke«, sagte Simon zu dem Armenier. Er lächelte und klopfte dem dunkelhäutigen Mann auf den freien Arm. Bisher war alles erstaunlich gut gegangen. Aber, sagte er sich, noch ist es nicht vorbei. »Puys, bringt die Venezianer von hier weg. Laßt sie draußen antreten. Sammelt ihre Waffen ein und verschließt sie wieder. Dann verschwindet Ihr mit ihnen. Ihr hättet nie zulassen dürfen, daß sie an die Waffen kommen. Pirenne, Ihr bleibt und berichtet mir, was geschehen ist.«

»Nun, es hat sich so abgespielt«, sagte Alain und sah beschämt aus. »Unsere Männer haben hier still vor sich hingetrunken, und diese Rothaarige saß bei Sordello. Dann kamen die Männer aus dem Tatarenland herein. Auch sie machten keine Schwierigkeiten und setzten sich in ihre Ecke. Aber dann hat die Frau an dem jungen Mann Gefallen gefunden, der, wie Ihr gesehen habt, versucht hat, Sordello umzubringen. Sie brachte ihm Wein und setzte sich neben ihn. Sordello wollte sie zurückholen. Es gab einen Wortwechsel. Sie haben einander natürlich nicht verstanden, aber der Sinn war klar. Sordello ging mit einem Messer auf den anderen los. Und der hat es ihm aus der Hand geschlagen und war im nächsten Augenblick dabei, Sordello zu erdrosseln, und seine Kumpane duldeten nicht, daß jemand dazwischenging. Sordello hatte den Schlüssel zu dem Lagerraum, in dem die Armbrüste aufbewahrt wurden. Als der Armenier ihn packte, warf er den Schlüssel einem Venezianer zu.«

Sordello, der zusammengekrümmt auf dem Boden lag, schlug plötzlich wild um sich.

Die Frau schrie. Als Simon hinsah, fiel der junge Armenier schwer auf den nassen Fußboden. Sordello sprang auf, und ein Dolch blitzte. Er zielte auf die Brust des Armeniers.

Simon packte Sordellos Arm, zu spät, um den Dolch zurückzuhalten. Doch er stieß ihn nach oben, so daß er nur oberflächlich die Brustmuskeln des Armeniers traf, anstatt tief einzudringen. Der Armenier heulte vor Schmerz auf. Mit aller Kraft riß Simon Sordello von dem Armenier weg und schleuderte ihn nach hinten. Alain fing ihn auf und hielt ihn fest.

Mit drohend klingendem Geschrei stürzten sich die anderen Armenier auf Sordello.

Eine bekannte Stimme rief einen Satz in einer fremden Sprache. Bruder Mathieu tauchte im Licht der Kerze auf, die Hände erhoben.

Gott sei Dank! Jetzt brauchte Simon die Last der Verantwortung nicht mehr allein zu tragen.

Bruder Mathieu sagte ein paar Sätze zu den Armeniern. Es gelang Simon nicht, dem Ton zu entnehmen, ob er sie schalt oder beschwichtigte. Da standen fünf zornige Männer, bewaffnet mit Schwertern, Bogen und Pfeilen, und Simon hatte seine Ritter – bis auf einen – und alle Armbrustschützen weggeschickt.

Jetzt fiel Bruder Mathieu neben dem jungen Armenier, dessen weiße Tunika mit Blut getränkt war, auf die Knie, sprach tröstend auf ihn ein und wandte dann Simon sein Gesicht zu. »Das ist Prinz Hethum«, sagte er. »Die Tataren werden außer sich sein, wenn sie erfahren, was geschehen ist. Das könnte für das Bündnis das Ende bedeuten. Und sie werden gewiß Genugtuung verlangen – das ist das mindeste.«

Ich bin hier, um die Gesandten zu bewachen, und einer meiner Männer hat einen Prinzen von Armenien mit dem Dolch schwer verletzt . . . »Was für eine Genugtuung?«

»Ich fürchte, sie werden das Leben dieses Mannes fordern«, sagte Bruder Mathieu bekümmert.

»Beim Bart Gottes, ich habe nichts Unrechtes getan!« sagte Sordello krächzend.

»Seid still!« fauchte Simon. »Ihr seid ein Narr, aber das wird Euch nicht retten.«

»Signore!« rief Sordello. »Wie konnte ich es zulassen, daß er mir die Frau wegnimmt? Meine Ehre –«

»Eure Ehre!« tobte Simon. »Ihr seid doch nur Gesindel – was gilt Eure käufliche Ehre gegen die Ehre Frankreichs? Die Frau hat sich für ihn entschieden. Das seht Ihr doch!«

Sordello funkelte Simon zornig an, schwieg aber. Die rothaarige Frau kauerte bei Prinz Hethum und tröstete ihn auf italienisch.

Und doch würde Onkel Karl nicht wollen, daß ich Sordello opfere, dachte Simon. Außerdem hat der Armenier tatsächlich versucht, ihn zu töten. Meine Ritter und Soldaten werden allen Respekt vor mir verlieren, wenn ich Sordello den Armeniern überlasse. Aber wenn er ungestraft davonkommt, wenn dem armenischen Prinzen die Rache versagt bleibt, wird es kein Bündnis geben. Und das wäre meine Schuld. Das letzte bißchen Ehre, das dem Haus Gobignon noch geblieben ist, wäre dann verloren.

Eine Welle des Zorns gegen sich selbst schlug über ihm zusammen. Hatte er seine Kraft nur in den Dienst des Bündnisses gestellt, damit er sich von der Qual seiner geheimen Schuld befreien und seinem Haus die Ehre wiedergeben konnte? Er dachte an König Ludwig und daran, wie rein sein Wunsch war, für die Christenheit die Stätten zurückzugewinnen, an denen Christus gelebt und gewirkt hatte. Wie unrein waren hingegen seine, Simons, eigene Motive!

Solange er seine Interessen über alle anderen stellte, verdiente er es, die Last von Schuld und Schande weiterzutragen.

7

»Im Namen Gottes, des Wohltäters, des Allerbarmers. Ihm sei der Ruhm, Ihm, dem Herrn aller Welten, dem Herrn über den Tag des Jüngsten Gerichts.«

Daoud stand ganz still da, blickte zum violetten Himmel auf und sprach im Geist die Salat, das Gebet, das ein Moslem fünfmal täglich beten muß. Jetzt war Muhgrab, der Augenblick, in dem das letzte Licht des Sonnenuntergangs verschwunden war. Eine Abendbrise kühlte Daoud das Gesicht, höchst willkommen nach einer Tagesreise unter dem italienischen Sommerhimmel. Er orientierte sich an der Mondsichel, die eben aufging, und blickte nach Südosten, nach Mekka. Er stand mit dem Rücken zu der Mauer des Gasthauses mit Namen »Ochsenkopf«, wo er und Sophia und Lorenzo die Nacht verbringen wollten. Laute Stimmen hinter der Mauer erregten seine Aufmerksamkeit, die Stimmen von Reisenden, die sich in der Schankstube zum Abendessen versammelten.

Daß er hier in der Abenddämmerung betete, machte Daoud bewußt, wie allein er war. Wie würde es wohl jetzt in El Kahira sein? Er würde in der Grauen Moschee Schulter an Schulter mit Hunderten von moslemischen Brüdern beten, die vor Gott alle gleich waren; alle würden den blinden Muezzins lauschen, die von den Minaretten riefen: »Kommt in das Haus der Lobpreisung! Gott ist allmächtig! Es gibt nur einen Gott!«

Überall um ihn herum ragten Ruinen auf. Die Silhouetten zerbrochener Säulen hoben sich vom dunkelnden Himmel ab, jenseits der Via Appia sah man noch die zerklüfteten Trümmer einer alten Mauer. Hoch und schwarz standen Pappeln an einem Platz, wo, wie Lorenzo sagte, eine reiche Frau des antiken Rom ihre letzte Ruhestätte gefunden hatte.

Daoud versuchte seine Umgebung zu vergessen und nur an die Salat zu denken. Es war schwer, sich zu konzentrieren, wenn er nicht die richtige Gebetshaltung einnehmen, nicht mit erhobenen Händen niederknien und mit der Stirn den Boden berühren konnte.

»Versuch nicht, Ihn zu sehen« hatte Abu Hamid al-Din Saadi zu ihm gesagt. »Wenn du Ihn im Geist vor dir siehst, siehst du einen Götzen.«

Daoud bemühte sich, Gott nicht zu sehen, aber während er betete, sah er unwillkürlich Scheich Saadi vor sich, den Sufi-Meister, der ihn zum Islam bekehrt hatte.

Das Gesicht war sehr dunkel, so glänzend schwarz wie Kaffee. Aus dieser Schwärze blickten die Augen eines Sehers – Augen, denen in den Seelen seiner Schüler nichts verborgen blieb.

Oft, wenn Daoud dasaß und Scheich Saadi zuhörte, der aus dem Koran vorlas, dem Buch der Offenbarungen, und den Sinn des Gelesenen erklärte, kamen Stimmen aus der Vergangenheit über ihn. Er erinnerte sich an die Stimme von Pater Adrian, dem Geistlichen des elterlichen Schlosses. Die ruhige Stimme seiner Mutter, die ihn das Vaterunser und den Englischen Gruß lehrte, flüsterte auf ihn ein. Und wie ein Donner kam die Stimme seines Vaters über ihn, der vom Krieg sprach und was es bedeutete, ein Ritter zu sein.

Er konnte diesen Stimmen nur entrinnen, wenn er dem Sufi-Meister sehr aufmerksam zuhörte. Scheich Saadi versuchte ihn zu lehren, wie man ein guter Mensch wurde, und genau das hatten seine Mutter und sein Vater auch gewollt.

Scheich Saadi, der das wollene weiße Gewand eines Sufi trug, saß auf einem bunten Teppich aus Mossul, und vor ihm auf dem kunstvoll geschnitzten Lesepult lag der Koran. Seine Hand, so dunkel wie das Mahagoniholz des Pultes, liebkoste die Seite, während er las: »Jene, die beharrlich sind in ihrer Suche nach dem Antlitz Gottes, regelmäßig beten und Böses mit Gutem vergelten, die werden das Himmelreich schauen.«

»Mohammedanische Hunde!« hatte, wie David sich erinnerte, Pater Adrian in seiner schwarzweißen Soutane in der Kapelle von Schloß Langmuir geschrien. »Satan ist der Autor des widerwärtigen Buches, das sie den Koran nennen!«

Im Alter von elf Jahren hatte Daoud Grausamkeiten von den Türken erlebt, die ihn verschleppt hatten, Freundlichkeit von Baibars und Güte von Scheich Saadi. Der Sufi-Meister hatte es zwar nie behauptet, aber Daoud war überzeugt, daß er oft mit Gott redete.

»Im geheimen und offen müssen wir geben«, sagte der alte Mann. »Gott war großzügig zu uns, daher müssen auch wir großzügig sein. Wenn du zu einem Vogel oder Esel oder sogar zu einem unreinen Tier wie einem Schwein oder einem Hund freundlich bist, liebt Er dich dafür. Er liebt dich noch mehr, wenn du zu einem Sklaven oder zu einer Frau freundlich bist, zu einem Unglücklichen, einem Krüppel oder einem Ungläubigen.«

»Daoud ist beides, ein Sklave und ein Ungläubiger«, sagte Gamal ibn Nasir mit leichtem Hohn. »Muß ich freundlich zu ihm sein?«

Daoud starrte Gamal mit brennendem Haß an, vor allem weil das, was er gesagt hatte, die Wahrheit war.

Gamal war ein schlanker Junge mit olivfarbener Haut, dem sich niemand zu widersetzen wagte, weil er der Enkel des regierenden Sultans von Ägypten Al Salih Ayub war. Die meisten von Scheich Saadis Schülern kamen aus vornehmen Familien, und Daoud wußte, daß man ihn in diesen Kreis nur aufgenommen hatte, weil Baibars von allen Männern gefürchtet und geachtet wurde. Und obwohl Daoud mit ihnen den Islam studierte, weil Baibars es wünschte, blieb er ein Außenseiter, denn er war ein Ungläubiger.

Die Jungen saßen in einem Halbkreis auf ihren rechteckigen Gebetsteppichen, die sie über die blauen und weißen Fliesen des inneren Hofes der Grauen Moschee gebreitet hatten, wo Scheich Saadi schon gelehrt hatte, als diese Schüler noch nicht geboren waren. Der alte Mann saß mit dem Rücken zu den grauen Steinen der westlichen Mauer – jenen Steinen, die der Moschee ihren Namen gaben. Er lehrte am Spätnachmittag, wenn er und die Jungen im Schatten sitzen konnten.

»Gott ist das Mitleid selbst, Gamal«, sagte Scheich Saadi lächelnd, »aber selbst Ihm könnte es schwerfallen, eine niederträchtige Seele zu lieben.«

Der Enkel des Sultans senkte den Blick und wurde rot vor Zorn.

An das Mitleid Gottes denkend, riß Daoud die Augen weit auf, da ihm eine verblüffende Idee gekommen war.

Scheich Saadi sah ihn herzlich an. »Daoud hat eine Frage?«

Daoud blickte auf seine Hände hinunter, die ihm sehr groß vorkamen, als sie so locker in seinem Schoß lagen. »Ja, Meister. Wie kann Gott, wenn Er die Mitleidigen liebt, wohlwollend auf den Krieger herabblikken, der verwundet und tötet?«

Scheich Saadi hob den Kopf. Sein angegrauter Bart sträubte sich, und seine Augen unter dem Turban wurden ernst. »Ich sage dir, Daoud, und Gamal und euch allen – das Handwerk des Kriegers ist eine heilige Berufung. Als der Prophet Mohammed, möge Gott ihn segnen, anfing zu lehren, wollte er nicht, daß die Gläubigen zu Männern des Schwertes wurden. Aber die Heiden schlugen jene, die zu ihm gingen, um ihn zu hören, und sie wollten ihm verbieten zu lehren. Und da begriff er, daß der wahre Mann Gottes mit dem Buch in der einen und dem Schwert in der anderen Hand leben muß.«

Stolz durchrieselte Daouds Brust. Er war kein verachtenswürdiger Sklave. Eines Tages würde er ein Krieger sein, in einer gewissen Weise ein heiliger Mann wie Scheich Saadi, der half, die Lehre Gottes zu verbreiten. Aber ich bin ein Ungläubiger . . .

Er horchte auf die fränkischen Stimmen in seinem Kopf, die laut die Sarazenen verfluchten und gegen die teuflische Religion des Propheten wetterten. Aber die Stimmen schwiegen.

Ein blasser Junge mit einem ernsten Gesicht fragte: »Wie kann Gott, der den Menschen geschaffen hat, jemand lieben, der seine Geschöpfe niedermetzelt?«

Scheich Saadi hob mahnend den Finger. »Der Krieger Gottes ist kein Schlächter. Es schmerzt ihn, wenn er tötet, und er ist voller Mitgefühl. Er haßt das Böse, aber er liebt seine Mitmenschen, auch jene, die er bekämpft. Nicht der Wille zum Töten zeichnet den Krieger Gottes aus, sondern der Wille, selbst zu sterben. Er ist ein Mann, der für seine Freunde sein Leben hingeben würde.«

Daouds Gedächtnis prägten sich für immer und ewig zwei Worte ein: Krieger Gottes.

Seit dem Tag, an dem die Sarazenen ihn verschleppten, hatte er kein Heim gehabt. Er hatte in Baibars' Palast aus goldenen Tassen getrunken, hatte gesehen, daß ein Mameluck zu irdischem Ruhm gelangen konnte. Aber solcher Lohn wurde nur einem unter tausend zuteil. Für die gewöhnlichen Männer war das Leben als Mameluck sehr hart und endete oft mit einem frühen Tod.

In jüngster Zeit hatte Baibars ihn mit anderen Mameluckenjungen zur Ausbildung auf die Insel Roda im Nil geschickt. Jeden Morgen erwachte er davon, daß der Ausbilder mit seinem Stock über die Planken der Holzbaracke fuhr, in der er schlief, und das erste, was er nach dem Aufwachen empfand, war Angst. Manchmal betete er vor dem Einschlafen darum, nie wieder aufwachen zu müssen. Nur wenn er zweimal in der Woche Scheich Saadi zu Füßen saß, fühlte er ein bißchen Frieden.

Doch wie, wenn Gott ihn zum Mamelucken bestimmt hatte? Dann war sein Leben gesegnet, eine heilige Berufung, wie Scheich Saadi gesagt hatte. Es gab eine Welt jenseits der irdischen, einen Ort, den der Koran »himmlische Heimat« nannte. Daran glaubten alle Menschen, Christen und Moslems. Als Krieger konnte er hoffen, daß seine Not in jener himmlischen Heimat ein Ende haben und zu Freude werden würde. In jener Welt würde nicht einer unter zehntausend, sondern jeder gute Mensch in einem Palast wohnen.

In seine Gedanken versunken, hörte er Scheich Saadis sanfte, tiefe Stimme, wie man das unaufhörliche Rieseln windverwehten Sandes in der Wüste hört. Die Jungen um ihn herum und die Männer, die in die Graue Moschee kamen, waren Gläubige. Als Krieger Gottes konnte er zu ihnen gehören und nicht als der geringsten einer. Er würde nicht mehr ein Fremder in dieser Welt sein. Er würde zu Hause sein.

Der Unterricht war zu Ende. Die Jungen standen mit Scheich Saadi auf und neigten sich im Gebet. Nach dem Gebet verneigten sie sich vor ihrem Lehrer, allein oder paarweise, und verließen im Laufschritt den Hof der Grauen Moschee.

Als alle anderen gegangen waren, stand nur noch Daoud vor Scheich Saadi.

»Was hat Daoud mir zu sagen?«

Im Überschwang seiner Liebe zu seinem Meister warf sich Daoud auf die Knie.

»Was gibt es, Daoud?«

Daoud richtete sich auf. Die Gestalt des Sufi-Meisters ragte vor ihm auf. Scheich Saadi neigte den Kopf, und als Daoud in das dunkle Gesicht sah, hatte er das Gefühl, ein mächtiger Riese halte ihn in den Armen. »Meister«, sagte er, »ich möchte den Islam umarmen.«

Daoud wiederholte im Geist die Salat zum drittenmal, als er auf der Straße Schritte und Pferdegetrappel hörte. Er schloß die Augen, um der Ablenkung zu widerstehen. Eine Stimme unterbrach die vierte Wiederholung. »Friede sei mit Euch, Signore. Könnt Ihr mir sagen, ob im ›Ochsenkopf‹ für meinen Sohn und mich und unseren Esel Platz ist?«

Daoud war verärgert, weil er sein Gebet unterbrechen mußte, aber er mußte antworten, denn sonst erregte er unliebsame Aufmerksamkeit. Er öffnete die Augen und sah einen kleinen weißbärtigen Mann vor sich, der die Zügel eines Esels hielt. Das Tier atmete schwer und scharrte auf den großen schwarzen Pflastersteinen der Via Appia. Auf dem Esel saß, von Dunkelheit verhüllt, eine zweite Gestalt. Die beiden schienen für den Sommer zu dick angezogen. Der Bärtige trug einen runden schwarzen Hut mit einer schmalen Krempe, einen Hut, wie Daoud ihn nie vorher gesehen hatte.

»Das Gasthaus ist nicht allzu voll«, sagte er ungeduldig.

Aber der Mann mit dem schwarzen Hut rührte sich nicht von der Stelle. »Seid Ihr sicher, daß wir willkommen sein werden, Signore?«

»Ihr könnt doch einen Platz in einem gewöhnlichen Bett bezahlen, oder nicht?« entgegnete Daoud, der darauf brannte, sein Gebet zu beenden.

»Oh, wir wollen kein Bett, Signore«, sagte der Alte. »Wir werden im Stall schlafen oder im Sitzen oder sogar im Stehen wie unser Esel. Wir können nur heute abend nicht mehr weiter. Rom hat mehr Räuber als ein Hund Flöhe.«

Warum, in Gottes Namen, zögerte der Mann so? Daoud schwieg.

Der Alte seufzte. »Friede sei mit Euch, Signore«, sagte er abermals. »Komm, mein Sohn.«

Der Sohn stieg ab, und die beiden Reisenden zogen den Esel durch das

Tor in den Hof des Gasthauses. Das Tier trug an beiden Seiten große lederne Satteltaschen, und Daoud fragte sich, was sie enthalten mochten. Wahrscheinlich nichts Wertvolles, aber die Räuber fielen über jeden her, und die Furcht des Alten war zweifellos berechtigt.

Daoud dachte an die kostbaren Steine, die er und Lorenzo bei sich hatten. Er fühlte den kalten Atem der Gefahr im Nacken. Hier in diesem Gasthaus mögen ja lauter ehrliche Männer sein, sagte er sich, aber wenn sie von unseren Schätzen wüßten, würden sogar sie versuchen, uns die Kehle durchzuschneiden.

Er konzentrierte sich wieder auf sein Gebet. Als er fertig war und sich umwandte, um durch das Tor in den Hof zu gehen, merkte er, daß die Geräusche, die aus dem Schankraum kamen, sich verändert hatten. Schrille, zornige Stimmen hatten das Gemurmel der allgemeinen Unterhaltung abgelöst.

Der Esel und der Junge, der ihn geritten hatte, drückten sich in der Ecke herum, wo Stall und Haupthaus zusammenstießen.

Daoud blieb lauschend in der Mitte des Hofes stehen. Seine Hand ruhte leicht auf dem Heft des Dolches, der in seinem Gürtel steckte. Er musterte das einstöckige Gebäude mit dem Speiseraum im Erdgeschoß und den Betten im ersten Stock. Zum Schlafraum gelangte man über eine hölzerne Außentreppe, die zu einer Plattform und einer Tür führte. Die Türen und Fensterläden in beiden Stockwerken standen offen, damit die kühle Abendluft ins Haus konnte. Links von Daoud war der Stall, der eine Halbtür hatte, rechts stand ein Vorratsschuppen.

Als Daoud am Sohn des alten Mannes vorüberkam, erhaschte er einen Blick auf glänzend schwarze Augen, in denen sich das Licht der Öllaternen spiegelte, die zu beiden Seiten der Haustür in großer Höhe an Haken hingen.

Daoud ging auf die Tür zu, und als er in den verrauchten, von Kerzenlicht erhellten Speisesaal blickte, stockte ihm der Atem.

Alle Männer und Frauen im Raum hatten sich Lorenzo zugewandt. Er stand an der vom Eingang am weitesten entfernten Wand sechs blanken Dolchen gegenüber. Die lange Klinge seines Schwertes funkelte im Kerzenlicht.

Neben Lorenzo stand steifbeinig der Hund Scipio, die Lefzen zurückgezogen, die Reißzähne entblößt, und knurrte leise.

Der bärtige alte Mann, der draußen mit Daoud gesprochen hatte, stand links hinter Lorenzo. Lorenzos Blick irrte einen Sekundenbruchteil zu Daoud ab, kehrte aber sofort wieder zurück, bevor jemand merkte, daß er zur Tür gesehen hatte.

Daoud schaute sich suchend nach Sophia um. Sie stand im Schatten, fast unsichtbar in ihrem langen Umhang mit Kapuze. Niemand bedrohte sie.

Einer der Männer, die Lorenzo gegenüberstanden, war der Gastwirt selbst. Er war ein riesiger Mensch mit breiten, runden Schultern und einem dicken Schopf schwarzer Haare, die um den ganzen Kopf herum in gleicher Länge abgeschnitten waren, so daß sie wie eine Schüssel aussahen. Sein Dolch hatte eine große Klinge, die in seiner Hand jedoch wie ein Spielzeug aussah.

»Gebt uns den Juden«, sagte der Wirt zu Lorenzo. »Mit Euch haben wir keinen Streit.«

Der alte Mann ist Jude? Wie kommt es, dachte Daoud, daß diese Leute das wissen und ich nicht?

»Ihr habt Streit mit mir«, sagte Lorenzo, »weil ich nicht mitansehen will, wie ihr diesen alten Mann quält und beraubt.«

Daoud fluchte in sich hinein. Was war das nur für ein Wahnsinniger, mit dem Manfred ihn zusammengespannt hatte? Lorenzo war zu höchster Geheimhaltung verpflichtet, trug ein Vermögen an Edelsteinen in der Tasche und brachte ein ganzes Gasthaus gegen sich auf, weil er irgendeinen staubigen alten Mann verteidigte! Aber liebt Gott nicht die Mitleidigen?

»Gib uns den Juden«, hatte der Wirt gesagt.

Daoud wußte, daß es für Christen ein Vergnügen war, Juden zu mißhandeln. Und ich habe dem Alten gesagt, er soll hineingehen. Aber ich wußte nicht, daß er Jude ist oder daß diese Leute ihm etwas tun würden.

Ob Lorenzo nun verrückt war oder nicht, Daoud mußte ihn da herausholen, denn er hatte die Hälfte ihrer kostbaren Steine bei sich. Bevor sie Lucera verließen, hatten sie die vierundzwanzig Edelsteine geteilt, die Manfred ihm für den großen Smaragd gegeben hatte. Beide trugen ihren Schatz in einem Beutel unter der Tunika.

Daoud sah sich um. Es mußten gut dreißig Leute im Raum sein, hauptsächlich Männer. Außer den sechs Männern, die Lorenzo umringten, wirkte keiner bedrohlich. Aber wenn sich jemand auf Lorenzos Seite stellte, würden sie vielleicht ebenfalls Partei ergreifen – für ihre Landsleute.

Wen habe ich, der mir helfen könnte? dachte Daoud. Den Jungen, der mit dem Alten gekommen ist, Sophia, Lorenzo und den Hund. Wenn ich nur meinen Skorpion hätte. Aber der ist bei allem übrigen Gepäck im Speisesaal – bei Lorenzo, dem Narren, der darauf aufpassen sollte.

Daoud wich in den Hof zurück und stieß mit dem Jungen zusammen, der ihm zur Tür gefolgt war. »Du, dein Vater ist dort drin in Gefahr. Mein Freund hat Schwierigkeiten mit den Leuten, weil er ihm helfen will. Wir müssen sie herausholen, du und ich.«

»Warum sollten Christen uns wohl helfen?« Die junge Stimme klang bitter. Der Junge war wie ein Beduine gekleidet. Kopf und Gesicht waren mit dunklem Tuch umwickelt, außerdem trug er einen langen Umhang. Zu sehen waren nur die funkelnden Augen.

»Ich muß meinem Freund helfen. Wenn er am Leben bleibt, kannst du ihn fragen, warum er deinen Vater verteidigt hat. Willst du einfach hier stehen bleiben?«

»Was sollte ich sonst tun?«

Daoud schaute zu den Laternen des Hofs hinauf. Ein Feuer würde die Leute bestimmt von einem Kampf ablenken. »Nimm die Laternen und lauf hinauf. Wirf sie ins Bettzeug und sieh zu, daß es ordentlich anfängt zu brennen. Sorg dafür, daß der Fußboden brennt, dann komm zu mir zurück.«

Daoud nahm die beiden Laternen von den Haken und reichte sie dem Jungen, der die Außentreppe hinauflief. Daoud ging in den Stall und öffnete die Türen der Boxen, in denen ihre vier Pferde standen. Er holte die Sättel und das Zaumzeug, warf die Sättel den Pferden über den Rücken und legte ihnen das Zaumzeug an. Da er mit Pferden aufgewachsen war, ging alles sehr schnell. Als der Junge wieder neben ihm auftauchte, hatte Daoud schon zwei Pferde gesattelt.

Er blickte hinauf und sah gelbe Flammen an den oberen Fenstern lecken. »Das hast du gut gemacht«, sagte er. »Kannst du ein Pferd satteln?«

»Ja, Messere.«

»Dann mach die beiden fertig. Und ordentlich, ja! Du wirst eins davon reiten.« Daoud drehte sich um und schrie: »Feuer!« Er lief zum

Eingang, sah den dunklen Fleck an der Holzdecke des Speisesaals und zeigte aufgeregt nach oben, während er wieder »Feuer!« schrie. Dann trat er zurück, und die Leute stürzten an ihm vorbei ins Freie.

Der stämmige Wirt war einer der ersten, die herauskamen. Er schob seinen Dolch in die Scheide und schrie um Hilfe. »Holt Wasser aus der Pferdetränke! Holt Eimer, Töpfe, irgend etwas!« Mit den langen Armen fuchtelnd, überragte er die ziellos umherlaufenden Männer wie ein Riese, der ein Zwergenheer befehligte.

Als die erste Gruppe sich durch die Tür drängte, lief Daoud in den Speisesaal. Er sah, daß der schwarze Kreis in der Decke sich ausbreitete und Flammen an seinen Rändern leckten. Lorenzo und der alte Jude standen noch immer an der Wand, ihnen gegenüber jetzt nur noch drei Männer.

»Kommt!« rief Daoud. Er ging zu dem Tisch, an dem sie gesessen hatten, und griff sich ihr Gepäck.

»Bleibt, wo Ihr seid!« schrie eine Frauenstimme. Sie gehörte der Wirtin, einer hageren Frau mit hervorquellenden Augen und Zügen, die so scharf waren wie die Schneide des Messers, das sie schwang.

Ein Tonkrug zerbarst auf ihrem Kopf. Ihre Augen verdrehten sich, bis man nur noch das Weiße sah. Als sie zu Boden stürzte, erblickte Daoud hinter ihr Sophia. Gut gemacht, Byzantinerin!

»Scipio!« rief Lorenzo.

Wie ein Löwe sprang Scipio den mittleren der drei Angreifer an, die seinem Herrn gegenüberstanden. Scipios Opfer heulte auf, stolperte über eine Bank und stürzte rücklings zu Boden. Der Hund stellte ihm die Vorderpfoten auf die Brust, und sein wütendes Knurren ging fast in den Angstschreien des Mannes unter. Die anderen beiden Männer rannten an Daoud vorbei, ohne ihn zu sehen.

»Pfeift Euren Hund zurück!« rief Daoud Lorenzo zu. »Ich will nicht, daß jemand getötet wird!« Rauch, der von oben kam, brannte ihm in der Nase.

Daoud, Lorenzo und Sophia gingen, gefolgt von dem alten Mann und dem Hund, zur Tür. Daoud warf Lorenzo und Sophia die Satteltaschen zu. Männer zerrten ihre vor Angst sich aufbäumenden Pferde aus dem Stall und durch das Hoftor. Der riesige Wirt und ein paar andere Männer rannten die Außentreppe, die zu brennen begann, hinauf und herunter und schütteten eimerweise Wasser in die Flammen. Mehrere Männer versuchten durch Rauch und Feuer zum Schlafraum vorzudringen, um ihre Habe zu retten.

Der Junge stand bei ihren Pferden, genau da, wo Daoud ihn zurückgelassen hatte. Gut gemacht, dachte Daoud. Hastig befestigte er seine Satteltaschen und öffnete dann die eine. Sie enthielt zwei Waffen – einen Skorpion, die Miniaturarmbrust der Assassinen, und eine zweite Armbrust in Normalgröße. Daoud wählte die größere Waffe, eine genuesische Arbeit, die mit einer Kurbel gespannt wurde, ein Geschenk von König Manfred. Die Bolzen – sechs auf einmal – wurden mit Hilfe einer Feder in die Bolzenrinne geschoben, so daß der Schütze nur die Sehne spannen mußte und sechsmal hintereinander schießen konnte, ohne nachzuladen.

Die Armbrust in einer Hand, schwang Daoud sich in den Sattel. Lorenzo und Sophia waren bereits aufgesessen, der alte Mann war mühsam auf ihr Ersatzpferd geklettert, und der Junge ritt den Esel.

Ich sollte den Alten zurücklassen, dachte Daoud verärgert. Wäre er nicht, könnte ich jetzt in aller Ruhe schlafen.

»Sie haben das Feuer gelegt!« Unter der Tür stand die Wirtin. Ihre langen Arme hoben sich deutlich von den züngelnden Flammen hinter ihr ab. Anklagend zeigte sie auf Daoud und seine Gefährten. »Haltet sie auf!«

Die Männer, die versuchten, den Brand zu löschen, schickten sich an, die Gruppe um Daoud anzugreifen.

»Werft sie ins Feuer!« kreischte die Frau in der Tür.

Die anderen zum Tor winkend, stellte Daoud sein Pferd quer und beschrieb mit seiner Armbrust einen Halbkreis. Die Männer blieben stehen, aber die Frau drängte sich laut fluchend zwischen ihnen durch.

Ihr riesiger Mann schloß sich ihr an. Er holte mit dem Arm aus und warf einen Dolch, der durch die Luft schwirrte wie das Geschoß einer Schleuder. Daoud hörte einen dumpfen Aufschlag und ein Stöhnen hinter sich. Automatisch zog er mit dem Daumen den Abzug der Armbrust durch, und die Sehne schnellte mit einem sirrenden Geräusch nach vorn. Der Wirt heulte vor Schmerz auf, dann brach er zusammen, und sein Schrei erstarb. Der Bolzen hatte ihn durchbohrt.

»Blut Jesu! Pandolfo!« jammerte die Wirtin.

Daoud packte mit der linken Hand die Zügel, drehte sein Pferd herum und jagte zum Tor hinaus.

Die drei anderen Pferde und der Esel standen dicht beieinander vor dem Tor auf dem unbefestigten Weg, der zwischen Bäumen zur Via Appia führte. Ein paar Männer aus dem Gasthaus waren auch da, aber als Daoud mit der Armbrust auf sie zielte, wichen sie in den Hof zurück.

»Laßt mich hier«, sagte der alte Mann stöhnend. »Ich sterbe.« Er war es also, den der Dolch getroffen hatte.

Lorenzo lenkte sein Pferd zu dem alten Mann hin, der im Sattel schwankte und die Hand auf den Bauch preßte. »Tut mir leid, daß ich Euch weh tun muß, aber wir lassen Euch nicht zurück«, sagte er, zog den stöhnenden Verletzten auf sein Pferd und hob eines seiner Beine über den Sattel, so daß er rittlings dasaß.

Daoud sah, daß dem alten Mann Blut aus dem Mund in den weißen Bart rann.

»Kannst du ein Pferd reiten?« fragte Lorenzo den Sohn barsch.

»Ja«, antwortete der Junge schluchzend.

»Dann steig hier auf«, sagte Lorenzo und zeigte auf das Pferd, von dem er den alten Mann heruntergezogen hatte. »Nimm dem Esel eure Satteltaschen ab, wenn ihr sie braucht. Schnell, schnell, beeil dich! Laß den Esel zurück.«

»Hier kommen sie!« rief Sophia. Schwerter, Hellebarden, Knüppel und Stöcke schwingend, drängte die Menge durch das Tor.

»Reitet zu!« schrie Daoud mit der Stimme, mit der er seine Mameluk-ken befehligte. Er gab seinem Pferd die Sporen und galoppierte die Straße entlang.

Er und Lorenzo hatten sich über ihren Fluchtweg nicht miteinander verständigt, aber es gab im Grunde nur eine Richtung, in die sie sich wenden konnten – nach Norden, ihrem Ziel entgegen. Ihr Weg würde sie, wie er wußte, in das Herz von Rom führen.

Sie würden für das Blut bezahlen müssen, das sie in dieser Nacht vergossen hatten. Der große Salah al-Din hatte gesagt: »Blut schläft nie.«

8

Die Hufe der vier Pferde klapperten über die Pflastersteine der Via Appia. Hinter sich hörte Daoud die lauten Stimmen der Männer aus dem Gasthaus, die die Verfolgung aufnahmen. Von Lorenzos kraftvollem Arm festgehalten, stöhnte neben ihm der alte Mann immer wieder auf, weil ihn bei dem wilden Ritt seine Wunde stark schmerzte.

Der Junge hielt, an Lorenzos anderer Seite reitend, wacker mit. Er hatte das Gewand geschürzt, und seine mageren Beine schimmerten im Mondlicht.

Als Daoud zu Sophia hinüberblickte, die an seiner anderen Seite ritt, sah er, daß sie steif im Sattel saß wie jemand, der das Reiten nicht gewohnt ist. Aber sie beklagte sich nicht. Sie saß wie ein Mann im Sattel und trug Hosen unter einem geteilten Rock. Daoud bewunderte sie. Bisher war sie ihnen noch nicht zur Last gefallen. Lorenzo hatte Schwierigkeiten heraufbeschworen, sie nicht.

Er warf noch einmal einen raschen Blick auf ihr vom Mondlicht erhelltes Gesicht und stellte bestürzt fest, daß sie ihn an ein anderes erinnerte, das er seit vielen Jahren nicht mehr gesehen hatte. An Nicetas' Gesicht. Sophia hatte dieselbe hohe Stirn, dieselbe lange, gerade Nase. Ihr Mund war voller, aber ebenso feingeschnitten wie der von Nicetas.

Die Schreie der Verfolger wurden lauter, und Daoud hörte Hufschläge hinter sich. Er sah sich um und erblickte eine Reitergruppe, die hinter ihnen herpreschte. Fünf oder sechs Männer, schätzte er. Mehr Pferde waren wohl auch nicht im Stall des Gasthauses untergebracht gewesen.

Er hatte keine Angst um sich. Das Land mochte ihm fremd sein, Reiten und Kämpfen im Dunkeln hingegen nicht. Doch sein Magen krampfte sich zusammen bei dem Gedanken an die vier Menschen, die bei ihm waren. Einer war schon schwer verletzt. Konnte er sie in Sicherheit bringen? Sie waren jetzt in seiner Obhut, und sie zu schützen war Pflicht.

Lorenzo war der einzige, der für sich selbst einstehen konnte. Und, dachte Daoud zornig, er ist derjenige, der es am wenigsten verdient zu überleben. Aber er hat die Hälfte der verfluchten Edelsteine bei sich. Wenn wir jetzt davonkommen, ist es vielleicht das Beste, wenn ich Lorenzo töte.

Im Weiterreiten warf Daoud immer wieder einen Blick zurück. Die Verfolger holten auf. Lorenzos Pferd, das zwei Reiter trug, verlangsamte ihre Flucht. Das bedeutete, daß die Männer aus dem Gasthaus bald auf Schußweite herangekommen sein würden. Daoud hatte nur noch drei Bolzen in der Bolzenrinne und wünschte, er hätte einen schweren türkischen Bogen wie jenen, den er in der Schlacht an Goliaths Brunnen benutzt hatte. Seine Durchschlagskraft war fast so groß wie die einer Armbrust, aber er war im Sattel leichter zu handhaben und hatte eine viel größere Reichweite.

Jetzt werden sie sehen, wie Mamelucken kämpfen.

Seine Augen hatten sich inzwischen auf das schwache Mondlicht eingestellt. Die Straße führte in einen Pinienwald. Die Pferde wateten durch einen Tümpel, dann ging es eine Steigung hinauf und wieder hinunter. Am Fuß der nächsten Steigung drehte Daoud sich im Sattel um. Die Zügel loslassend und das Pferd mit den Knien lenkend, zielte er mit der Armbrust auf den Hügelkamm. Als, im Mondlicht deutlich sichtbar, der erste Reiter dort oben auftauchte, drückte Daoud ab und ließ den ersten Bolzen fliegen. Schon einen Augenblick später fiel der Mann lautlos.

Daoud spannte die Sehne aufs neue, und ein zweiter Bolzen glitt in die Rinne. Er traf den nächsten Mann, der sich schon anschickte, den Hügel herunterzureiten. Dieser Mann starb nicht sofort, sondern kippte schreiend aus dem Sattel.

Nach einem kurzen Blick auf die vor ihnen liegende Straße drehte Daoud sich wieder um und sah, daß die drei übriggebliebenen Männer anhielten. Sie würden die Verfolgung jetzt abbrechen, dessen war Daoud sicher. Sie hatten bestimmt keine richtigen Waffen und konnten einer Armbrust nichts Wirksames entgegensetzen. Er und seine Begleiter ritten auf den nächsten Hügel, und als er wieder zurückschaute, waren ihre Verfolger verschwunden.

Daoud hob die Hände und rief: »Laßt die Pferde traben. Niemand scheint uns zu folgen.«

»Bald führt uns die Via Appia zu den Mauern von Rom«, sagte Lorenzo. »Die Wächter dort werden uns ausfragen. Aber wir können nach links zum Tiber ausweichen und um die Stadt herumreiten.«

Im Weiterreiten fiel es Daoud auf, daß der alte Mann aufgehört hatte zu stöhnen. Er hörte Lorenzo etwas flüstern, das wie ein Gebet klang.

»Wie geht es dem alten Mann?«

»Er ist tot«, antwortete Lorenzo zornig.

An seiner anderen Seite weinte der Junge bitterlich.

Auch in Daoud wallte Schmerz auf. »Wir sollten seine Leiche zurücklassen«, sagte er zu Lorenzo. »Bei dem schnellen Ritt kann das Pferd Euch und ihn nicht mehr lange tragen.«

»Nein!« rief der Junge. Es klang fast wie ein Schrei.

»Ich schaffe es schon«, sagte Lorenzo.

»Ich verlasse ihn nicht!« rief der Junge.

»Ich wünschte, wir hätten sie nie gesehen«, flüsterte Sophia. »Ohne unsere Hilfe wären sie vielleicht nur beraubt worden. Der arme Junge!«

Lorenzo ballte die Hand zur Faust und murmelte etwas vor sich hin. Dann blickte er auf und wies auf eine Straße, die von der Via Appia nach Westen abzweigte. Daoud zog an den Zügeln seines Pferdes, und die Hufe trommelten nicht mehr über alte römische Pflastersteine, sondern über steinharten Lehm. Die Bäume schlossen sich über ihnen, und sie ritten eine Zeitlang durch fast völlige Finsternis.

Lorenzo blieb jetzt zurück, und Daoud, der nach einiger Zeit über die Schulter blickte, sah ihn und den Jungen in ein Gespräch vertieft Seite an Seite reiten. Nach etwa einer Meile gesellte Lorenzo sich wieder zu Daoud und Sophia. Die Leiche des alten Mannes lag vor ihm quer auf dem Widerrist des Pferdes.

»Ihr habt mir eine Menge zu erklären«, sagte Daoud.

»Das weiß ich«, antwortete Lorenzo. »Aber wenn wir bis morgen früh Rom hinter uns gelassen haben, sind wir sicher. Die Giudecca, das Judenviertel, liegt südlich der Stadt am Tiber. Dort können wir den Jungen verlassen, man wird ihm helfen, seinen Vater zu begraben, und wird ihn selbst aufnehmen.«

Daoud konnte im Dunkeln Lorenzos Gesicht nur undeutlich sehen, doch seine Stimme hatte einen bittenden Unterton. »Wie weit?« fragte er.

»Wir sind lange vor Tagesanbruch da.«

»Aber dann müssen wir in die Stadt«, erwiderte Daoud. »Wie sollen wir den Wachen erklären, daß wir einen alten Mann bei uns haben, der an einer Messerwunde gestorben ist? Man wird unser Gepäck mindestens genauso gründlich durchsuchen wie Ihr das meine in Lucera.«

Lorenzo schwieg einen Augenblick. »Ihr und Sophia könnt eine

Brücke nehmen, die Euch westlich an der Stadt vorbeiführt. Ich bringe die Leiche des alten Mannes und den Jungen zur Giudecca und werde der einzige sein, der es mit den Wachen zu tun bekommt.«

»So wie mit den Raufbolden im Gasthaus?« meldete sich Sophia zu Wort. »Dann wird ganz Rom hinter uns her sein.«

»Ganz Rom?« Lorenzo lachte leise. »Die Römer sind sich nur in einem einig, und zwar darin, sich gegenseitig zu bekämpfen. Es gibt hier mächtige Ghibellinen-Familien, die uns, wenn nötig, beschützen werden.«

»Woran haben die Leute im Gasthaus erkannt, daß der alte Mann Jude ist?« fragte Daoud Lorenzo.

»An seinem Hut. In den päpstlichen Staaten müssen alle Juden diese runden schwarzen Hüte tragen. Damit die braven Christen sie leichter verfolgen können.«

Während sie weiter westwärts ritten, hörte Daoud den Jungen weinen. Unwillkürlich mußte er an die Nächte in der Mameluckenkaserne auf der Insel Roda denken, als er sich, auf seinem Strohsack liegend, die Fingerknöchel wundgebissen hatte, damit niemand ihn schluchzen hörte, wenn er um Vater und Mutter und um sich selbst weinte, der so allein und verloren war.

Auch dieser Junge war allein und verloren. Wie Daoud während seiner Ausbildung zum Mamelucken. Wie Nicetas . . .

Es war kalt gewesen an dem Tag, an dem Daoud und Nicetas Freunde geworden waren.

Im Osten über der Wüste Sinai hatten sich riesige graue Wolken geballt. An der windgeschützten Seite einer Klippe aus rotem Sandstein drängte sich ein Dutzend kleiner Zelte eng aneinander.

Auf einem unruhigen braunen Pony sitzend, wartete Daoud in einer Linie mit dreißig anderen Mamelucken in der Ausbildung, die genauso beritten waren wie er. Bald war er an der Reihe, an dem hölzernen Reifen vorbeizureiten, den zwei Sklaven zwischen den Längsstreben eines Gerüsts hin und her bewegten. In der Hand hielt Daoud eine leichte Lanze mit einer Spitze aus einem geschärften Knochen.

Der Tscherkesse Mahmoud, der ihren Trupp befehligte, saß auf einem arabischen Halbblut. Er sah in seinem langen scharlachroten Kaftan und der rötlichbraunen Pelzmütze beinahe königlich aus. Sein Bart war dicht und grau, und um den Hals trug er eine Kette aus Goldmünzen, die ihm bis zur Taille reichte. Die Jungen hatten eine Mütze aus ungefärbtem Baumwollstoff auf dem Kopf und waren mit einem gestreiften Gewand bekleidet. Sie ritten wahrhaft kümmerliche Ponys.

Aus dem Sattel ihres galoppierenden Pferdes sollten die Jungen ihre Lanzen zielsicher durch den Ring werfen, der einen Durchmesser von ungefähr sechs Zoll hatte. Der Ring war an drei dünnen, aber festen Seilen befestigt. Das eine hing von dem Gerüst herunter, die beiden anderen wurden von den Sklaven gehalten, die abwechselnd an ihrem Seil zogen, so daß der Ring hin und her schwang.

Der Junge vor Daoud war neu in der Truppe junger Mamelucken. Er hatte ein glattes Gesicht und blasse Haut; Haare und Augen waren sehr schwarz. Er wandte sich Daoud zu und fragte ihn: »Was geschieht, wenn wir irrtümlich einen der beiden Sklaven treffen?«

»Wenn du einen Sklaven verletzest, wirst du geschlagen«, sagte Daoud. »Tötest du einen, bekommst du drei Tage lang kein Wasser. Das ist in der Wüste ein Todesurteil.«

Der Junge pfiff durch die Zähne und zuckte mit den Schultern. »Harte Strafen für uns, aber für die Sklaven kaum ein Trost, meine ich.«

»Es tröstet sie schon zu wissen, daß wir allen Grund haben, vorsichtig zu sein«, antwortete Daoud.

Nach ein paar Sekunden lächelte der Junge zögernd und sagte: »Ich bin Nicetas. Aus Trapezunt. Woher kommst du?«

Daoud rieb seinem Pony den Hals, um es zu beruhigen. »Aus Askalon. Nicht weit von hier. Man ruft mich Daoud.« Er sah Nicetas' verblüffte Miene und fügte hinzu: »Meine Eltern waren Franken.«

»Oh«, sagte Nicetas und sah Daoud mitfühlend an, als habe er sofort begriffen, was mit Daouds Eltern geschehen und wie er zum Mamelukken geworden war. »Meine Mutter war eine Hure«, fuhr er ohne das geringste Zeichen von Verlegenheit fort. »Als ich acht war, hat sie mich an die Türken verkauft. Und ich war froh, von ihr wegzukommen. Das hier ist ein gutes Leben. Man lernt reiten und schießen. Mamelucken herrschen über jeden.«

»Mamelucken haben ein gutes Leben – sofern sie es schaffen, es sich lange genug zu erhalten«, meinte Daoud. »Wo liegt Trapezunt?«

Nicetas machte eine unbestimmte Bewegung mit der Hand. »Nördlich von hier. Es ist eine griechische Stadt am Schwarzen Meer. Aber ich nehme an, daß du noch nie am Schwarzen Meer warst.«

»Ich weiß aber, wo es liegt«, sagte Daoud, ein wenig verärgert, weil Nicetas ihn für unwissend hielt. »Wie bist du in unser Lager gekommen?«

»Ich wurde von den Fakri angeworben, den Mamelucken von Emir Fakr al-Din. Den Emir haben vergangenes Jahr die fränkischen Invasoren ermordet. Die älteren Fakri sind beieinander geblieben, aber die jungen wurden auf die anderen Garnisonen verteilt.«

Daoud stellte fest, daß Nicetas ihm ein bißchen leid tat. Er wußte, wie einsam der griechische Junge sich fühlen mußte. Daouds Khuschdaschia – die Kameraden seines Trupps – waren gewissermaßen seine Familie. Eine andere hatte er nicht. Und selbst da stand er den anderen Jungen nicht wirklich nahe. Er war der einzige Franke unter ihnen, und um mit ihnen reden zu können, mußte er ihre verschiedenen Sprachen lernen – Türkisch, Kurdisch, Farsi – eine Sprache, die in Persien gesprochen wurde –, Tscherkessisch, Tatarisch. Sie machten sich nicht die Mühe, das normannische Fränkisch zu lernen, die Sprache, die er noch in seinen Träumen hörte. Die meisten Jungen schliefen im Feldlager zu zweit in einem Zelt, aber Daoud hatte keinen engen Freund, mit dem er ein Zelt teilen konnte.

»Los!« schrie Mahmoud Nicetas zu.

Auf dem Sattel stehend, ritt der griechische Junge mit einem Schrei, der Nachahmung eines Kriegsrufs der Beduinen, über das Feld. Die Hose bauschte sich um seine langen Beine. Als er den Kopf wandte und die Augen auf das hin und her schwingende Ziel richtete, betrachtete Daoud sein hübsches Profil mit der geraden Nase. Der lange Arm mit den schlanken Muskeln hob sich, schnellte nach vorn. Der schwarze Schaft der Lanze flog durch die Luft und glatt durch den Ring und landete in der Sanddüne dahinter.

Daoud hörte anerkennendes Gemurmel um sich herum. Als der Tscherkesse das nächstemal »Los!« schrie, trat er seinem Pony in die Rippen und stürmte vorwärts.

Er lenkte sein Pferd durch den Druck seiner Knie, kniff die Augen gegen den Wind zusammen und richtete sie fest auf den Ring, stützte sich mit einer Hand auf den Widerrist des Ponys, packte die Lanze in der Mitte und hob sie hoch über den Kopf.

Das Pony raste auf den Ring zu. Daoud holte tief Atem, ließ den Arm vorwärtsschnellen – und verfehlte den Ring.

Hinter sich hörte Daoud Stöhnen und Flüche. Nicht ein einziges Mal an diesem Morgen hatte der Trupp eine fehlerlose Runde geschafft. Daoud ritt hinter das Gerüst, wo die beiden Sklaven saßen, bis der nächste Junge an der Reihe war. Sie hatten die Augen gesenkt, ihre schwarzen Gesichter waren ausdruckslos. Zornig riß Daoud die Lanze aus dem Sand und reihte sich als letzter wieder bei den Kameraden ein.

Nicetas klopfte ihm tröstend auf den Arm. Noch zwei Jungen verfehlten nach ihm das Ziel, und er fühlte sich ein wenig besser. Nicetas gehörte zu denjenigen, die an diesem Morgen den Ring nicht ein einziges Mal verfehlt hatten. Er war ein guter Reiter und schien ein bemerkenswert gutes Auge zu haben.

Der einzige andere Junge ihres Trupps, der genauso gut war wie Nicetas, war Kassar, der Kiptschak-Tatar. Daoud schaute sich nach Kassar um und entdeckte ihn ein wenig außerhalb der Reihe auf seinem Pony sitzend; Kassar musterte Nicetas mißmutig. Kassar hatte einen runden Kopf, ein flaches Gesicht und war schon alt genug, sich einen kleinen schwarzen Bart stehen zu lassen.

»Von nun an«, bellte der Ausbilder, »müssen alle, die einmal nicht treffen, auf ihre Mahlzeiten verzichten, und jeder, der den Ring zweimal verfehlt, muß heute nacht in der Wüste schlafen, ohne Zelt und ohne Decken.«

Nicetas, der ein langes, ärmelloses Gewand trug, grinste und schüttelte sich. »Dort draußen wird es heute nacht ziemlich kalt sein.«

»Was passiert, wenn einer den Ring ein drittes Mal nicht trifft?« rief einer.

»Der ist kein Mameluck mehr«, sagte Mahmoud mit leiser, doch scharfer Stimme. »Er muß nach El Kahira zurück und bleibt sein Leben lang ein Sklave.«

Betroffenes Schweigen senkte sich über den Trupp. Das einzige Geräusch, das Daoud hörte, war der Wüstenwind, der an seinen Ohren vorüberstrich. Aber er spürte die Angst um sich herum genauso wie den Wind.

Mahmouds Drohung schien die Treffsicherheit des Trupps wesentlich zu verbessern. Nur ein Junge verfehlte in der nächsten Runde den Ring. In dieser und in der folgenden Runde traf Daouds Lanze perfekt. Beim zweitenmal war ihm vor Erleichterung ganz schwindlig, und als er auf seinen Platz zurückritt, beugte er sich vor und legte seinem Pferd die Arme um den Hals.

Noch eine Runde, dann konnten sie sich ausruhen. Daoud tat der ganze Körper weh, besonders Rücken und Arme. Sein Magen krampfte sich zusammen, denn er wußte, daß seine Lanze diesmal richtig treffen mußte. Wenn er den Ring verfehlte, würden seine Khuschdaschia ihn hassen, und er würde sich selbst verabscheuen. Und je mehr er sich davor fürchtete zu versagen, um so wahrscheinlicher war es, daß es passierte.

»Triff keinen Sklaven«, sagte Nicetas, kurz bevor er an der Reihe war. »Tu uns allen einen Gefallen und triff den Ausbilder.«

Daoud lachte. Nicetas preschte vorwärts und traf sein Ziel. Nicht mehr so verkrampft, ritt auch Daoud zu seinem dritten Wurf los. Er hielt den Atem an, bis er seine Lanze durch den Kreis mit dem dunklen Rand fliegen sah. Er schrie vor Freude auf und wendete sein Pferd, um zum Trupp zurückzureiten. Diesmal umarmte er nicht das Tier. Lachend hielt er neben Nicetas an, warf die Arme um ihn, zog die magere Gestalt an sich und preßte sie gegen seinen größeren und breiteren Körper. Nicetas' Augen schienen zu funkeln, als er Daoud ansah.

Wieder war es eine fehlerlose Runde, und Mahmoud erklärte, sie könnten jetzt aufhören, um zu beten und zu essen.

Gott sei Dank! sagte Daoud zu sich selbst.

Die Sonne war vom Zenit zum westlichen Himmel gewandert. Das Gesicht nach Süden, gen Mekka gewandt, machte Mahmoud den Vorbeter für sie. Dann nahm jeder ein Stück altbackenes Brot und trockenen Ziegenkäse aus der Tasche, die an seinem Sattel hing, und einen Zug aus seinem Wasserbeutel. Der Schluck lauwarmen Wassers schmeckte faulig, aber Daoud mußte sich sehr beherrschen, nicht noch mehr zu trinken. Zum Essen setzte er sich vor sein kleines Zelt.

»Darf ich mich zu dir setzen?«

Daoud blinzelte gegen die Sonne und sah den griechischen Jungen vor sich stehen. »Bitte«, meinte er und zeigte auf den Sand neben sich.

Eine Zeitlang aßen sie schweigend. Daoud blickte von dem harten Brot auf, das er kaute, und sah, daß Nicetas ihn anlächelte. Er lächelte ebenfalls.

»Du hast allein gegessen«, sagte Nicetas. »Schläfst du auch allein?«

Daoud nickte.

»Hättest du gern einen Schlafkameraden?«

Bevor Daoud antworten konnte, fiel ein Schatten über sie. Daoud hob den Kopf.

Kassar stand zwischen ihnen und der Sonne und um ihn herum ein halbes Dutzend seiner Freunde. Finster blickte er auf Nicetas herunter. »Du glaubst, du bist gut?«

Nicetas lächelte freundlich. »Das liegt uns im Blut. Griechen sind bei allen Spielen gut.«

»Du wirfst wie ein Mädchen«, sagte Kassar zu Nicetas.

Die Freunde Kassars lachten pflichtgemäß.

Daouds Gesicht brannte vor Zorn. Er wollte etwas zu Nicetas' Gunsten sagen, obwohl es die Regel war, daß jeder Junge sich selbst verteidigen mußte.

Nicetas, der noch immer freundlich lächelte und völlig furchtlos dreinsah, stand geschmeidig auf. »Meine Lanze durchbohrt das Ziel«, sagte er, machte mit Daumen und Zeigefinger einen Kreis und stieß den anderen Zeigefinger durch. »Man muß ein Mann sein, um das zu können.«

»Ich wette mit dir, daß ich die Lanze besser schleudern kann als du«, sagte Kassar grimmig. »Ich biete dir eine Wette an, die sich lohnt. Ich setze das Kettenhemd, das ich einem fränkischen Ritter in Matsura abgenommen habe.«

Daoud fühlte einen Anflug von Neid. Wenn er nur ein oder zwei Jahre älter gewesen wäre, hätte er aus dieser Schlacht auch ein paar Andenken mitgebracht.

»Ich besitze nichts von Wert«, sagte Nicetas. »Was soll ich gegen dein Kettenhemd setzen?«

Grinsend trat Kassar einen Schritt näher an den Griechen heran und senkte das Gesicht, bis Nicetas' spitze Nase beinahe seine flache berührte. »Du wirst die Nacht in meinem Zelt verbringen, so oft ich dich will.« Seine dicken Finger packten Nicetas' Kinn und kneteten es.

Nicetas wurde rot, wich zurück und rieb sich das Kinn, aber er lächelte noch immer. »Bei deiner derben Hand wundert es mich nicht, daß du einen neuen Zeltgefährten brauchst.«

Die anderen Jungen brüllten vor Lachen.

Daoud hatte noch nie jemand so offen über das sprechen hören, was alle Jungen wußten, über das jedoch nur hinter vorgehaltener Hand geflüstert wurde. Seit mehr als einem Jahr hatte er gesehen und gefühlt, daß sein Körper sich veränderte, und war von einem ständig wachsenden Verlangen gequält worden. Er spürte, daß andere aus seiner Khuschdaschia vom gleichen fast unerträglichen Hunger gepeinigt wurden. Er wußte aus Gesprächen älterer Männer, daß die Antwort auf alle Sehnsüchte bei den Frauen lag. Aber den Jungen war es verboten, mit Frauen zusammenzukommen. Er lernte schnell, sich zu erleichtern, wenn er allein war, und vermutete, daß viele das Gleiche taten. Aber manche, dessen war er sicher, benutzten gegenseitig ihre Körper.

»Ich nehme die Herausforderung an«, sagte Nicetas, Kassar furchtlos in die Augen sehend.

»Wir müssen die Erlaubnis des Ausbilders einholen«, erwiderte Kassar. »Aber unsere Einsätze wollen wir ihm nicht verraten. Sonst wirft er am Ende selbst ein Auge auf dich.« Er grinste Nicetas so schamlos an, daß Daoud, der sich daran erinnerte, wie die Tataren ihn vor Jahren mißbraucht hatten, diesem Tataren am liebsten die großen weißen Zähne eingeschlagen hätte.

Er folgte Nicetas und Kassar zu Mahmouds großem seidenen Zelt, wo sie diesem von ihrem Wettstreit erzählten.

»Gut«, sagte Mahmoud und ritt ihnen zum Übungsplatz voraus. »Hängt den Drei-Zoll-Ring auf. Ihr reitet fünfzig Schritt vom Ziel entfernt los und werft, bis einer von euch einen Fehlwurf macht und der andere einen Treffer landet. Wenn ihr beide verfehlt, bekommt ihr Prügel, weil ihr mich aus meiner Ruhe aufgescheucht habt.«

Die Sklaven ersetzten den Sechs-Zoll-Ring durch den kleineren und begannen an den Seilen zu ziehen, die ihn hin und her schwingen ließen. Der Ausbilder schritt die Entfernung ab.

Auf Mahmouds Befehl preschte Kassar über den Übungsplatz. Er traf ausgezeichnet, und seine Freunde jubelten. Jetzt war Nicetas an der Reihe, und er ritt, in den Steigbügeln stehend, auf das Ziel los. Seine Lanze flog glatt durch den Ring.

»Gott führt deinen Arm, Nicetas!« rief Daoud. Ein paar Jungen starrten ihn an, und er wurde feuerrot.

Beide Wettkämpfer schafften einen makellosen zweiten Wurf, aber als Kassar das drittemal warf, wackelte der Ring leicht; seine Lanze mußte den inneren Rand berührt haben. Nicetas' dritter Versuch gelang ebenfalls.

»Wir können nicht bis Sonnenuntergang so weitermachen«, brummte Mahmoud. »Ihr werft jetzt aus siebzig Schritt Entfernung.« Er schritt die neue Entfernung ab, und Kassar und Nicetas ritten mit steinernen Gesichtern und ohne sich gegenseitig anzusehen zu dem Punkt, auf den er zeigte.

Auf Mahmouds bellendes Kommando galoppierte Kassar über den Platz. Er hob sich halb aus dem Sattel, als er auf das Ziel zuritt, und Daoud sah, wie sich seine mächtigen Schultermuskeln wölbten.

Es krachte laut, als Kassars Lanze mit voller Wucht den Ring traf. Schwarze Teile flogen durch die Luft, und Daoud stockte vor Überraschung der Atem.

»Na, na!« Mahmoud wandte sich mit einem Lachen zu Nicetas um. »Das Ziel ist zerstört.«

»Hängen wir einen neuen Ring auf«, antwortete Nicetas prompt, als Kassar eben hinzukam.

Kassars Gesicht verzerrte sich vor Wut. »Die Ringe haben nicht die gleiche Größe. Es wäre nicht fair, wenn du einen größeren Ring bekämst.«

»Ich möchte einen kleineren«, rief Nicetas lächelnd.

Mahmoud schickte einen Jungen mit dem Befehl zu den Sklaven, einen neuen Ring zu befestigen. Von da, wo er stand, konnte Daoud nicht einmal das Tageslicht durch den neuen Ring scheinen sehen.

»Stell dir vor, daß ein Kreuzfahrer dich angreift und daß du ihn ins Auge treffen mußt, um ihn abzuwehren«, sagte Mahmoud zu Nicetas. »Los!«

Nicetas ritt davon, und Daoud schrie vor Überraschung auf, als die Lanze durch den Ring sauste.

Bewunderungsrufe wurden laut. Nicetas holte seine Lanze, schwenkte sie hoch über dem Kopf und kam, in den Steigbügeln stehend, zum Trupp zurück.

Er sprang vom Pferd, und Kassar, der schon abgestiegen war, ging auf ihn zu. Kassars schwere Schritte, die geballten Hände, die Wut in seinem Gesicht verrieten Daoud, daß es Schwierigkeiten geben würde.

Die Jungen und der Ausbilder in seinem grünen Turban umringten Kassar und Nicetas.

»Bring mir das Kettenhemd«, sagte Nicetas.

»Ich habe gewonnen«, erklärte Kassar. »Ich habe den Ring zerbrochen, und dazu wärst du viel zu schwach.« Er wandte den Blick von Nicetas ab und starrte finster in den Kreis der Jungen. Sollte nur einer wagen, ihm zu widersprechen!

Niemand sagte etwas. Niemand wollte Streit mit Kassar, besonders nicht wegen eines Jungen, den keiner kannte.

Zornige Worte drängten sich Daoud auf die Lippen, doch er beherrschte sich. Sollten die Dinge außer Kontrolle geraten, würde der Ausbilder vermitteln.

Plötzlich fühlte Daoud sich beiseite gestoßen. Er drehte sich um und wollte protestieren, schwieg dann jedoch. Es war Mahmoud, der den Kreis um Nicetas und Kassar verließ. Daoud sah ihm erstaunt nach. Der Graubärtige ging zu seinem rotweiß gestreiften Zelt, setzte sich mit gekreuzten Beinen vor dem Eingang auf den Gebetsteppich und betrachtete gelassen die Klippe aus Sandstein, als gehe ihn das, was geschah, überhaupt nichts an.

Er müßte Nicetas zum Sieger erklären, dachte Daoud. Hat denn auch er Angst vor Kassar?

»Als du den Ring zerbrachst, war das ein Fehlwurf«, meinte Nicetas. »Du hast verloren. Das Hemd gehört mir.«

»Du wirst es mir schon wegnehmen müssen«, sagte Kassar grinsend. »Komm in mein Zelt, dann kannst du mit mir darum ringen.« Jetzt machte er die Geste mit Daumen und Zeigefinger, die Nicetas vorher gemacht hatte.

Was wird Nicetas tun? fragte sich Daoud. Wenn er nachgab, würde Kassar ihn zu seinem Sklaven erniedrigen und allerlei Scheußlichkeiten von ihm verlangen.

»Ich habe gehört, daß ein Tatar immer zu seinem Wort steht«, wandte Nicetas ein. »Jetzt sehe ich, daß zumindest einer von ihnen ein verlogener Schakal ist.«

Gut! dachte Daoud. In einem Rededuell würde der beredte Grieche die Oberhand über den Tataren behalten, davon war Daoud überzeugt. Kassar wurde rot und schmetterte Nicetas die Faust unters Kinn. Der Grieche ging zu Boden, rappelte sich aber wieder auf.

»Deine Faust kann dir deine Ehre nicht zurückgeben, Kassar. Du hast sie schon zu oft in den Dreck gezogen.«

Die Jungen brachen in lautes Gelächter aus, das jedoch erstarb, als der Tatar wieder ausholte und Nicetas auf die Lippen schlug. Der Junge wurde nach hinten gegen die Zuschauer geschleudert, und Blut lief ihm aus Nase und Mund.

»Nimm zurück, was du gesagt hast!« knurrte Kassar und kam langsam näher.

Daoud konnte Nicetas hinter Kassars bulliger Gestalt nicht sehen. Doch plötzlich flog der Kopf des Tataren nach hinten, und seine weiße Mütze fiel in den Sand. Daoud sah, daß Nicetas auf den Beinen stand, sich die Knöchel rieb und grinste, obwohl er stark blutete.

»Hurra, Nicetas!« schrie Daoud, aber er jubelte allein.

Kassar stürzte sich auf Nicetas, hämmerte mit beiden Fäusten auf ihn ein. Als Nicetas zusammenbrach, trat Kassar ihn, von seinen Freunden angefeuert, gegen den Kopf.

Nicetas rollte sich auf den Bauch, erhob sich auf Hände und Knie und spuckte Blut. Er ließ die Augen über die Reihen der Jungen schweifen, die Kassar und ihn beobachteten, und Daoud wußte, daß er nach einem Freund Ausschau hielt.

»Nicetas!« rief Daoud.

Der benommene Blick des Griechen fand ihn, und sein blutiger Mund verzog sich zu einem Grinsen. Aber wenn er nicht aufgab, würde Kassar ihn umbringen.

Daoud drängte sich zwischen den anderen Jungen durch und lief zu Mahmoud. »Warum macht Ihr dem kein Ende?« fragte er. »Es ist Eure Pflicht, für Ordnung unter uns zu sorgen.«

»Sag mir nicht, was meine Pflicht ist«, erwiderte Mahmoud. »Hast du vergessen, wie mein Stock sich anfühlt?«

»Ihr würdet mich schlagen?« rief Daoud empört. »Obwohl Kassar betrügt?«

Um Mahmouds blaue Tscherkessenaugen bildete sich ein Netz aus tausend winzigen Runzeln. »Ich will dir sagen, was meine Pflicht ist, Daoud. Meine Pflicht ist es, aus euch Burschen Mamelucken zu machen. Bei den Mamelucken hat der Stärkste das Sagen. Wenn Kassar in eurem Trupp der stärkste ist, müßt ihr euch ihm fügen.«

Daoud lief zum Kampfplatz zurück.

Nicetas war wieder auf die Beine gekommen, obwohl er sich keuchend wehrte. Er schaffte es, vorwärtszutaumeln und Kassar mit der Faust auf die Nase zu schlagen. Aus den breiten Nasenflügeln des Tataren begann das Blut in den Bart zu tropfen.

Kassar griff sich an die Oberlippe, nahm die Finger wieder weg und starrte auf das Blut. Seine Augen wurden ganz weit vor Wut. Dann ging er auf einen Jungen in der ersten Reihe zu. Aus der Schärpe des Jungen zog er einen Streitkolben und stürzte sich mit ihm auf Nicetas. Die Jungen wichen zurück, öffneten den Kreis ein wenig weiter.

Zum erstenmal sah Daoud Furcht in Nicetas' Augen. Dieser duckte sich, als Kassar den Streitkolben gegen seinen Kopf schwang, aber seine Bewegungen waren langsam. Er war zu oft getroffen worden. Er stürzte, stand auf, stolperte nach rückwärts.

Der Ausbilder würde sich nicht einmischen. Dieser Streit konnte nur auf eine Weise enden. Aber Daoud wollte Nicetas nicht vor seinen Augen sterben sehen. Er würde es nicht zulassen. Ohne weiter zu überlegen, trat er hinter Kassar in den Kreis und brüllte: »Kassar! Es reicht!«

Der Tatar wirbelte herum. »Misch dich nicht ein, beschissener Franke!«

»Laß ihn in Ruhe, Kassar!«

Kassar stürmte auf Daoud zu.

Daoud ließ Kassar nicht aus den Augen und sah, wie der Streitkolben auf seinen Kopf zuflog, den nur eine Stoffmütze schützte. In letzter Sekunde hob er die Hand und packte Kassars Handgelenk. Er trat zurück und riß Kassars Arm nach unten. Das Gewicht des Streitkolbens half, Kassar aus dem Gleichgewicht zu bringen, und er landete mit einem Schrei auf der Brust.

Daoud stellte den Fuß auf Kassars Unterarm und entwand ihm den Streitkolben. Dann warf er sich über den Tataren. »Nicetas hat den Wettbewerb gewonnen«, knurrte er, den Streitkolben über Kassars Kopf schwingend. »Gib es zu, oder ich schlag' dir den Schädel ein.«

Kassar schwieg.

Daoud schlug den Streitkolben auf Kassars dichten, glatten schwarzen Schopf, nur so leicht, daß Kassar kaum mehr als das Gewicht der Waffe fühlte. »Gib zu, daß Nicetas gewonnen hat!«

»In Ordnung«, brummte Kassar mit dem Gesicht im Sand.

»Schwör beim Propheten, daß du ihn von jetzt an in Ruhe lassen wirst.«

»Ich schwöre«, kam die erstickte Stimme.

»Beim Propheten.«

»Beim Propheten.«

Vorsichtig stand Daoud auf und gab den Streitkolben dem Jungen zurück, dem er gehörte.

Kassar erhob sich langsam und rieb sich den Sand vom Gesicht. Seine Augen schienen vor Haß zu sprühen.

Daoud sah sich nach Nicetas um. Der Grieche hatte sich aufgerappelt. Mit dem Saum seines Gewandes wischte er sich das Blut aus dem Gesicht. Er lächelte Daoud zu.

Daoud fühlte große Dankbarkeit, weil Gott ihm die Kraft gegeben hatte, Nicetas' Leben zu retten. Hätte er nicht mit Kassar gekämpft, wäre Nicetas jetzt tot. Das Gesicht mit den klaren Linien, dieses Gesicht voller Wärme und Witz wäre jetzt so leblos wie Lehm. Daoud war stolz auf seine Kraft. Er hatte sie eingesetzt, um ein kostbares Leben zu retten. Er war ein Krieger Gottes. Lächelnd ging er zu Nicetas und legte ihm den Arm um die Schultern.

»Ihr elenden Söhne von Wüstenratten!« meldete sich Mahmoud jetzt zu Wort. Er zwängte sich mit funkelnder Münzkette und zornblitzenden Augen zur Mitte des Kreises durch. »Miteinander kämpfen, wie? Einander umbringen wollen, wie? Hebt euch eure Kraft für die Feinde des Emirs auf! Ihr seid Khuschdaschia, Mameluckenbrüder von Emir Baibars. Wenn ich noch einmal sehe, daß einer die Hand gegen einen seiner Brüder erhebt, werde ich ihn in der Wüste pfählen, das schwöre ich.« Er streckte die rechte Hand gen Himmel. »Höre mich, Gott!«

In dieser Nacht brachte Nicetas, ohne daß noch einmal darüber gesprochen wurde, sein Zelt und sein Bettzeug zu Daoud. Sie verglichen ihre Zelte und stellten fest, daß das von Daoud das größere war. Darin wollten sie schlafen.

Nachdem sie sich um ihre Ponys gekümmert und mit den anderen das letzte Nachtgebet gesprochen hatten, krochen sie ins Zelt und breiteten nebeneinander ihr Bettzeug aus. Daoud merkte, daß Nicetas sich in seiner Zelthälfte bewegte, und hörte ein Rascheln, als ziehe er die Kleider aus. Warum tat er das in einer so kalten Nacht?

Nicetas zog die Decken über sie beide und wälzte sich auf Daouds Seite. Seine Haut fühlte sich warm und seidenweich an. Er rückte noch näher an Daoud heran, streichelte seine Brust, und Daoud fühlte ein angenehmes Prickeln. Deutlicher denn je spürte er das übermächtige Verlangen, das ihn so oft quälte. Aber dann erinnerte er sich an das grausame Gelächter der Türken, an die groben Hände, den unerträglichen Schmerz und die unerträgliche Scham seiner ersten Nacht als Gefangener. Hastig versuchte er sich aus Nicetas' Armen zu befreien.

Nicetas ließ ihn plötzlich los, drehte sich um und ließ einen kleinen Zwischenraum zwischen sich und Daoud. »Schlaf gut, Daoud«, sagte er, und seine Stimme klang leicht gekränkt.

Reuevoll griff Daoud nach dem Freund. Als seine Hand dessen bloße Schulter berührte, faßten seine Finger unwillkürlich fester zu. Nicetas kam wieder näher, bis ihre Körper sich eng aneinanderpreßten.

»Ah, Daoud!« flüsterte Nicetas.

Nachdem sie sich geliebt hatten, dachte Daoud: Vielleicht hat Gott mir Nicetas geschickt, und er schlief befriedigt ein.

Daoud, Sophia, Lorenzo und der Junge erreichten das Ufer eines Flusses. Die Mondsichel stand tief am westlichen Himmel und übergoß das sich kräuselnde Wasser mit ihrem Glanz. Daoud hielt an und sah auf den Tiber hinunter. Nach dem Nil war dies der berühmteste Fluß der Welt ... Flußabwärts blickend, sah Daoud, daß der Tiber sich in zahlreichen Windungen auf hohe, dunkle, nur ab und zu von gelben Lichtern erleuchtete Klötze zubewegte, die große Gebäude sein mußten. Rom.

Sie legten die Leiche des alten Mannes auf eine zersprungene Marmorplatte am Fluß. Lorenzo gab den Dolch des Toten Daoud. Es war ein gut ausbalanciertes Wurfmesser, mit einer Schicht getrockneten Blutes bedeckt.

Daoud kniete nieder, wusch das Messer im Tiber und trocknete es mit dem Saum seines Umhangs ab. Er reichte es dem Jungen.

»Ich will ihn nicht.« Das Gesicht des Jungen war von dem blauen Tuch verhüllt, aber Daoud sah, daß in seinen Augen Tränen glitzerten.

»Es ist ein gutes Messer. Vielleicht brauchst du es einmal, jetzt, da du keinen Vater mehr hast.«

»Es ist das Messer, das ihn getötet hat.« Der Junge zögerte. »Gut, gebt es mir.«

Daoud legte es ihm in die Hand, und der Junge drehte sich um und warf es in den Fluß. Es flog ein kurzes Stück, und als es in das Wasser tauchte, versprühte es Licht wie eine Handvoll Perlen.

»Nun«, meinte Daoud, »niemand hatte ein größeres Recht als du, das zu tun.«

An der Armbewegung, mit der der Junge ausgeholt und das Messer geworfen hatte, war etwas merkwürdig gewesen. Daoud rief sich einen Satz ins Gedächtnis: »Du wirfst wie ein Mädchen.«

Das hatte auf Nicetas nicht zugetroffen, traf aber auf diesen Jungen zu. Plötzlich kam Daoud ein Verdacht, und er streckte so überraschend, daß der Junge nicht mehr zurückweichen konnte, den Arm aus und zog ihm das Tuch vom Gesicht.

Dann beugte er sich vor, um besser sehen zu können, und hörte, wie Lorenzo, der hinter ihm stand, vor Überraschung einen heiseren Laut ausstieß.

Vor ihnen stand im verräterischen Mondlicht kein Junge, der noch nicht im Stimmbruch gewesen war, sondern ein Mädchen. Ihre Augen waren vom Weinen verschwollen, aber die Wimpern waren lang und dicht, die Nase fein, die Lippen voll. Die Augen, die mit einer Mischung aus Furcht und Trotz seinen Blick erwiderten, wirkten in diesem Licht schwarz wie Obsidian. Das Haar hatte sie sich, zu einem dicken Zopf geflochten, am Hinterkopf aufgesteckt, wo es unter dem Tuch versteckt gewesen war.

Daoud brauchte nicht nach dem Grund für diese Täuschung zu fragen. Da sie mit einem alten Vater als einzigem Schutz gereist war, war sie als Junge verkleidet sicherer gewesen.

Sophia ging an Daoud vorbei und nahm das Mädchen, das wieder zu weinen begann, in die Arme. »Du armes Kind, bist du jetzt ganz allein? Sei nur ruhig, alles wird gut. Wir helfen dir.«

»Wer war dein Vater?« fragte Lorenzo genauso freundlich.

»Er war nicht mein Vater«, flüsterte das Mädchen. »Er war Angelo Ben Ezra aus Florenz, ein Buchhändler, und er war mein Mann.«

Sophia wich überrascht zurück und drückte dann das Mädchen noch fester an sich. »O du arme Kleine! So jung und mit einem so alten Mann verheiratet! Wie konnten deine Eltern dir das antun?«

Das Mädchen löste sich aus Sophias Umarmung. »Sprecht nicht so! Meine Eltern waren gut zu mir – und mein Mann auch. Er hat mich nie berührt. Als meine Eltern am Tertianfieber gestorben waren, nahm er mich bei sich auf und heiratete mich, damit es keinen Skandal gab. Er hat mich lesen gelehrt.«

»Wie heißt du, Mädchen?« fragte Lorenzo.

»Rachel.« Sie fiel neben dem auf der Marmorplatte ruhenden Toten in die Knie, und ihre Tränen strömten auf sein weißes Gesicht. Sie beugte sich über ihn und küßte ihn. »Er ist so kalt.«

»Wir müssen weiterreiten«, sagte Daoud. »Wir haben drei Menschen getötet und ein Gasthaus niedergebrannt. Ich bin sicher, sie haben die Verfolgung nur für kurze Zeit aufgegeben. Lorenzo, auf ein Wort! Sophia, helft dem Mädchen, den Leichnam einzuhüllen, damit wir aufbrechen können.«

»Ich nehme keine Befehle entgegen«, antwortete Sophia scharf, als Daoud ihr den Rücken zuwandte und Lorenzo winkte, ihm zu folgen.

Daoud stieg ein paar zerborstene Stufen zum Ufer des Tiber hinunter. Dort folgte er einer Reihe kreuz und quer liegender Steine, Überresten eines alten Dammes, bis er sicher war, daß weder Sophia noch das Mädchen ihn hören konnte. Dann fuhr er herum und brachte sein Gesicht ganz nahe an das von Lorenzo heran. »Ihr Narr! Ich sollte Euch töten für das, was Ihr getan habt.« Zu seiner Rechten hörte er ein leises Knurren. »Schickt Euren verdammten Hund weg«, sagte er, ohne den Blick von Lorenzo abzuwenden.

»Selbstverständlich«, antwortete Lorenzo gelassen. »Scipio!« Er schnalzte mit den Fingern. »Zu den Pferden! Los!«

Der Hund machte, Kopf und Rute gesenkt, kehrt und entfernte sich.

»Gebt mir die Edelsteine, die Ihr bei Euch habt«, sagte Daoud.

»Selbstverständlich«, meinte Lorenzo und öffnete seinen Gürtel.

Daoud straffte sich für den Fall, daß der Sizilianer nach seinem Dolch griff.

Aber Lorenzo hielt den Gürtel in die Höhe, so daß die zwölf ungefaßten Steine – Rubine, Perlen und Amethyste – aus der versteckten Tasche in Daouds Hand gleiten konnten. Daoud tat sie zu den anderen in seinen Beutel.

»So, jetzt habt Ihr die Steine wieder. Wollt Ihr jetzt versuchen, mich zu töten?«

Das Wort »versuchen« enthielt eine Herausforderung.

»Hätte ich schon im Gasthaus alle Edelsteine gehabt, wäre ich weggeritten und hätte es diesem Pöbel überlassen, Euch zu töten. Wie konntet Ihr nur so dumm sein und uns in eine Gasthausrauferei verwickeln?«

»Ich bin keines Mannes Sklave«, sagte Lorenzo grollend. »Nicht der König Manfreds und ganz bestimmt nicht der Eure.«

»Glaubt Ihr denn, Lorenzo, daß Ihr ein besserer Mann seid als ich?« fragte Daoud leise.

»Ich halte mich nicht für besser als andere Männer und andere Männer nicht für besser als mich selbst.«

Daoud wandte sich ab – das Gerede eines Verrückten. Flußaufwärts blickend entdeckte er eine riesige Kuppel, die sich massig vor dem Horizont erhob – eine Festung. Aus dieser Richtung konnte Gefahr kommen. »Lorenzo, Ihr und Sophia seid meine kleine Armee im Land unserer Feinde. Eine Armee kann nur einen Anführer haben.«

Lorenzo nickte. »Das weiß ich. Aber Ihr müßt Euch eines vergegenwärtigen: Wenn ich Euch als unseren Anführer annehme, dann nur aus freiem Willen. Ich bin immer noch mein eigener Herr.«

Daoud überkam bei seinen Worten ein sonderbares Gefühl – eine Mischung aus Bewunderung und Sorge. Ihm war schmerzlich bewußt, daß ein Krieger in Lorenzos Alter von den Mamelucken mit großer Achtung behandelt werden würde. Daß er sich bemüht hatte, den alten Mann zu retten, war eigentlich eine hochherzige Geste. Aber ein Impuls zur unrechten Zeit, auch ein hochherziger, konnte ihrer aller Tod bedeuten.

»Heißt das, daß Ihr Euch frei fühlt, mir nicht zu gehorchen?«

»Bisher habe ich immer getan, was Ihr wolltet. Nur nicht in diesem Gasthaus. Das war etwas anderes.«

»Warum war es etwas anderes?« fragte Daoud. »Ihr seid kein dummer Mann, Lorenzo. Warum habt Ihr etwas so Dummes getan?«

Lorenzo schüttelte den Kopf und wandte sich ab. »So zornig Ihr auch auf mich sein mögt, Daoud, Euer Zorn kann nicht größer sein als der meine. Hätte ich mich nicht eingemischt, könnte Angelo Ben Ezra noch am Leben sein, und seine Frau wäre nicht Witwe. Sie wären vielleicht verletzt und ganz bestimmt beraubt worden. Aber ich glaube nicht, daß der Pöbel so weit gegangen wäre, sie zu töten.«

Daoud war überrascht, daß Lorenzo nicht zu rechtfertigen versuchte, was er getan hatte.

»Genauso wenig, wie es unsere Absicht war, diese Männer zu töten«, stimmte Daoud zu.

»Der alte Mann suchte Gastfreundschaft. Anstatt sie ihm zu gewähren, haben sie ihn geschlagen, wollten ihm den Esel und seine ganze übrige Habe wegnehmen und ihn hinauswerfen. Weil er Jude war.«

»Ja, ihr Christen seid sehr grausam gegen Juden. In den Ländern des Islam ist es nicht so. Ihr aber solltet an solche Dinge gewöhnt sein.«

»Ich bin kein Christ, Daoud. Ich bin Jude. Deshalb bin ich dem alten Mann zu Hilfe geeilt.«

Daoud blinzelte überrascht und begann dann zu lachen.

»Ihr findet das komisch?«

»Ich bin nur überrascht zu erfahren, daß Ihr Jude seid. Andere würden staunen, wenn sie hörten, daß ich Moslem bin.« Daoud hörte auf zu lachen. »In Ägypten habe ich viele Juden gekannt. Abd ibn Adam, Sultan Baibars' Leibarzt, ist Jude. Aber wieso tragt Ihr nicht den bewußten Hut?«

»Das ist in König Manfreds Reich nicht erforderlich. Und bei dieser Mission würde ich ihn ebenso wenig tragen wie Ihr den Turban eines Moslems.« Dann lachte Lorenzo. »Aber wenn ich die Hosen herunterließe, würdet Ihr das Mal Abrahams sehen.«

»Das habe ich auch«, sagte Daoud lächelnd. »Moslems sind auch beschnitten. Ich war damals elf.« Mit einem innerlichen Zusammenzukken erinnerte er sich an die auf arabisch gesungenen Gebete des alten Mullah und an das stählerne Messer, das kälter und schärfer aussah als alle, die er vorher oder nachher gesehen hatte.

»Heute ist dieses Mal alles, was bei mir von der Religion übrig ist, in die ich hineingeboren wurde«, fuhr Lorenzo fort.

»Wie meint Ihr das? Seid Ihr zum Christentum übergetreten?«

»Ich habe Euch doch gesagt, daß ich kein Christ bin. Ich bekenne mich zu keinem Glauben.«

»Ihr glaubt an gar nichts?«

»Einer von Manfreds sarazenischen Gelehrten hat mir ein Buch Eures arabischen Philosophen Averroes gegeben. Er lehrt darin, daß es keine Geister, keine Götter, keine Engel, keine menschlichen Seelen gibt. Alles ist nur Materie. Das ist es, woran ich glaube.«

Daoud machte eine wegwerfende Handbewegung. »Ich habe gelernt, daß Averroes ein großer Ketzer ist. Jetzt begreife ich, wie weise es ist, daß wir ihn nicht lesen dürfen.«

»Es war das Leben, das mich zum Ungläubigen gemacht hat. Averroes hat mir nur gezeigt, daß gelehrte Männer genauso denken wie ich.«

Daoud schüttelte den Kopf. »Wieso erlaubt Euch Euer König, ohne Religion zu sein?«

»Weil er in Wahrheit so denkt wie ich. Genauso wie sein Vater Kaiser Friedrich II. Im Königreich Sizilien unter den Hohenstaufen dürfen die Menschen glauben, was sie wollen, solange sie klug damit umgehen. Natürlich muß König Manfred so tun, als sei er Katholik, weil sonst alle Heere der Christenheit über sein Königreich herfallen und ihn vernichten würden. Mir vertraut Manfred, weil er weiß, daß ich kein Anhänger des Papstes bin. Aus demselben Grund verläßt er sich auf seine sarazenischen Krieger.«

»Aber warum habt Ihr Euch für den alten Mann eingesetzt? Seht doch, wohin uns das gebracht hat.«

Lorenzo seufzte. »Er hat mich an meinen Vater erinnert. Ich konnte nicht anders.«

»Das ist eine dürftige Rechtfertigung.«

Lorenzo blickte Daoud fest in die Augen. »Für Euch vielleicht. Es heißt, die Mamelucken könnten sich an ihre Mütter und Väter kaum erinnern.«

Daoud wurde ganz starr vor Wut. Lorenzos Worte waren wie ein Schlag, der eine alte Wunde aufriß. »Darüber wißt Ihr nichts, und um Eurer Sicherheit willen ist es am besten, wenn Ihr es vor mir nie wieder erwähnt«, flüsterte er erstickt.

Lorenzo neigte den Kopf. »Ich bitte Euch um Vergebung.«

»Denkt daran, daß es Eurem König Manfred, der so gütig zu Euch war und Euch so hoch erhoben hat, sehr schaden wird, wenn wir bei unserem Auftrag versagen«, mahnte Daoud.

Lorenzo hielt den Kopf noch immer gesenkt. »Ihr habt ganz recht, daß Ihr mich daran erinnert. Ich habe unüberlegt und töricht gehandelt.«

Daoud packte Lorenzos Handgelenk. Der Sizilianer hob den Kopf und sah Daoud starr in die Augen.

»Ihr müßt mir schwören, daß so etwas nie wieder vorkommt«, sagte Daoud. »Und solltet Ihr Zeuge sein, wie man hundert Juden die Kehle durschschneidet, werdet Ihr dazu lächeln wie ein guter Christ und erklären, es sei ein gottgefälliger Anblick.«

»Ich werde mein Bestes tun, Daoud. Das ist alles, was ich ehrlichen Herzens versprechen kann, aber ich glaube, es wird genügen.«

»Und Ihr werdet von nun an meinen Befehlen gehorchen, als kämen sie von Eurem König?«

»Ihr habt mein Ehrenwort.«

9

Die Stadt, die meine Stadt gegründet hat, dachte Sophia.

Sophia und Daoud ritten am Tiber entlang, der sich wie eine braune Schlange durch Rom wand. Vom Flußufer aufsehend, erblickte Sophia die Türme und Kuppeln von Kirchen und die Zinnen befestigter Paläste. Die Häuser des gewöhnlichen Volkes drängten sich zu Füßen der Hügel, und hier und da ragten Reste des antiken Rom auf.

Sophia war nur vom Alter der Stadt beeindruckt. Ihre Stadt, Konstantinopel, war heute alles, was dieser Ort vor Jahrhunderten gewesen war. Rom hatte Kultur besessen und verloren. Konstantinopel besaß sie noch, aber in einem großartigeren Stil.

Bei Tagesanbruch hatte Daouds Gruppe den Platz erreicht, an dem der Tiber unter der bröckelnden Stadtmauer durchfloß. Lorenzo und Rachel überquerten den Fluß nach Trastevere, wo die Juden lebten. Sophia fragte sich, wie sie mit dem Leichnam des alten Mannes an der Torwache vorbeikommen wollten. Würde Lorenzo eine glaubwürdige Geschichte erfinden? Würde er es mit Bestechung versuchen oder seine Verbindungen zu den Ghibellinen nutzen? Wenn er Pech hatte, würde man ihn und Rachel verhaften.

Daoud schien nicht besorgt zu sein. Sie hatte gemerkt, wie zornig er auf Lorenzo gewesen war. Vielleicht hoffte er, ihn auf diese Weise loszuwerden. Sie hingegen hatte das Gefühl, daß Lorenzo viel mehr ihr Freund war als Daoud. Sie kannte Lorenzo länger, und er war immer freundlich zu ihr gewesen. Sie betete, er möge zu ihnen zurückkehren, nachdem er für Rachel bei den Juden von Rom eine sichere Zuflucht gefunden hatte. Daoud und sie kamen ohne Schwierigkeiten durch ein Tor am Ostufer des Tiber in die Stadt. Offensichtlich hatte die Neuigkeit von dem Zwischenfall im Gasthaus die Torwache noch nicht erreicht. In der Stadt ritt sie an Daouds Seite. Sie berührte Daouds Schulter und zeigte auf einen Hügel. »Dieser Hügel heißt das Capitol«, sagte sie. »Einst wurde die Welt von dort aus regiert.«

Sie durchquerten eines der belebtesten Viertel von Rom. Zu ihrer Linken holten am Fluß Fischer ihre Netze ein und warfen zappelnde Fische in Körbe. Die Läden in den Häusern auf der rechten Seite boten Früchte, Blumen, Gemüse, Fische, Schuhe, Stroh, Rosenkränze, Heiligenbilder, Reliquien und Kerzen feil. Sogar um diese frühe Stunde drängten sich die Menschen in der Straße. Die Römer rempelten Daouds und Sophias Pferde an, ließen jedoch Scipio viel Platz. Lorenzo hatte streng mit dem großen Hund gesprochen, und daraufhin hatte Scipio sich gnädig von Daoud an die Leine nehmen lassen.

»Ich habe zwei andere große Kaiserstädte gesehen«, sagte Daoud. »Die eine war Bagdad, bevor die Tataren es zerstörten. Es sah damals so ähnlich aus wie diese Stadt heute – die Pracht versunken und verblaßt, aber noch immer das Zentrum unseres Glaubens, wie Rom das Zentrum der Christenheit ist.«

Sophia war über seinen Irrtum bestürzt. »Rom ist das Zentrum des römischen Christentums«, sagte sie scharf.

»Ah, wie konnte ich nur Konstantinopel und die griechische Kirche vergessen?« Er lächelte, und dieses Lächeln erhellte sein tief gebräuntes Gesicht auf eine Weise, die sie überraschte, ihren Blick fesselte.

»Ihr dürft Konstantinopel nie vergessen«, sagte sie vorwurfsvoll.

»Ich habe vor ein paar Jahren einen Monat in Konstantinopel verbracht – das war die andere Kaiserstadt –, und ich werde es nicht vergessen.« Dann verblaßte sein Lächeln. »Auch Eure Stadt hat durch die Barbaren gelitten – durch die Franken, die uns vernichten wollen.«

Uns vernichten? wiederholte sie in Gedanken. War er nicht auch ein Kind dieser fränkischen Barbaren? Auf der Straße von Lucera nach Rom hatte er ihr – so schroff, als spreche er von einem anderen, nicht von sich selbst – die Geschichte seiner Kindheit erzählt und wie er zu den Mamelucken gekommen war. Sie bezweifelte nicht, daß er ein durch und durch gläubiger Moslem war. »Denkt Ihr nie daran, daß Ihr eigentlich Franke seid, Daoud?«

Er lächelte wieder. »Niemals. Und ich hoffe, auch Ihr seht in mir keinen Franken. Weil ich weiß, daß Ihr die Franken hassen müßt.«

Die Franken hassen? Sie fürchten kam der Wahrheit viel näher. In der vergangenen Nacht, als sie sich in dem Gasthaus den Weg freigekämpft hatten, hatte sie sich an das Grauen erinnert, das sie als Mädchen in Konstantinopel mitansehen mußte. Es war das Wiederaufleben dieses Grauens in ihr gewesen, das ihr die Kraft gegeben hatte, einen Krug auf dem Kopf der entsetzlichen Frau zu zerschmettern.

Sie wollte Daoud antworten, als Scipio in lautes Gebell ausbrach. Daoud runzelte die Stirn, weil er etwas vor sich sah. Der Tiber machte hier eine scharfe Biegung, und dahinter erhob sich auf dem anderen Ufer eine riesige Festung, ein großer Zylinder aus altersbraunem Marmor – die Engelsburg.

Am Fuß der Festung war eine Brücke, die Lorenzo eben überquerte. Sophia erkannte ihn an seiner purpurnen Mütze und dem braunen Umhang. Sie hatte erwartet, daß Lorenzo allein zurückkehren würde. Jetzt zuckte sie vor Überraschung leicht zusammen, denn Rachel war noch bei ihm, ritt noch auf dem Ersatzpferd.

Daoud murmelte einen arabischen Fluch. Er brachte sein Pferd zum Stehen, und auch sie zügelte ihre Stute. Seite an Seite warteten sie auf Rachel und Lorenzo.

»Sie wollen mich so weit wie möglich fort haben«, sagte Rachel. Sie sah Daoud flehend an und stieg vom Pferd. Sie nahm den Schal, unter dem sie ihr schwarzes Haar versteckt hatte, das ihr, zu einem dicken Zopf geflochten, über den Rücken hing. Ihre schmale Gestalt war in einen staubigen, purpurfarbenen Reiseumhang gehüllt. Ihre Haut war weiß wie feines Porzellan, die Augen unter den geraden schwarzen Brauen lebhaft, aber Sophia sah die Angst in ihnen.

Sie erinnerte sich daran, wie sie vor zehn Jahren selbst gewesen war – ein verängstigtes, verwaistes Mädchen in Konstantinopel. Ich muß diesem Kind helfen . . .

»Warum wollen deine Leute dich nicht?« fragte Daoud barsch.

»Sie haben Angst«, antwortete Rachel. »Als wir ihnen erzählten, was gestern abend geschehen ist, sagten sie, wir hätten sie in tödliche Gefahr gebracht.«

Lorenzo, der in die Hocke gegangen war und Scipio unter der Schnauze kraulte, blickte auf. »Wir sollten zusehen, so schnell wie möglich aus der Stadt hinauszukommen, bevor die römischen Behörden anfangen, Jagd auf uns zu machen.«

»Ein Rabbi hat mir versprochen, Angelo sofort zu begraben«, fuhr Rachel fort. »Dazu sind sie bereit, zu mehr nicht. Sie haben gesagt, sie könnten mich nicht beschützen, wenn man mich entdeckte. Auch sie würden dann bestraft werden.«

»Aber du bist doch in dem Gasthaus als Junge aufgetreten«, wandte Daoud ein.

»Die Leute im Gasthaus haben eine junge Person gesehen, die ein Junge oder ein Mädchen sein konnte«, sagte Lorenzo. »Die Juden stehen hier ständig unter Beobachtung. Es gibt bezahlte Spitzel unter ihnen. Die Gemeindeältesten meinen, es sei zu gefährlich, Rachel zu behalten, und da ich weiß, für wie viele Menschen sie verantwortlich sind, kann ich es ihnen nicht übelnehmen.«

Daoud musterte Lorenzo finster. »Habt Ihr nicht mehr tun können, sie zu überreden?«

Lorenzo breitete die Hände aus. »Anfangs haben sie mir mißtraut, weil sie mich für einen Christen hielten. Als ich ihnen sagte, ich sei auch Jude, haben sie mir immer noch mißtraut, weil ich Sizilianer bin. Denn das macht mich zum Untertanen von König Manfred. Die Juden in Rom sind ganz vom Wohlwollen des Papstes abhängig. Sie können es sich nicht leisten, mit den Ghibellinen in Verbindung gebracht zu werden.«

Rachel preßte die Hände auf Daouds Knie, der, im Sattel sitzend, auf sie herunterblickte. »Ich bitte Euch, laßt mich mit Euch gehen. Hier in Rom ist kein Platz für mich.«

»Und da, wo wir hingehen, auch nicht«, erwiderte er schroff.

Sophia schmolz innerlich dahin, als sie den Jammer in Rachels Gesicht sah. Sie stieg vom Pferd, lief zu dem Mädchen, nahm es in die Arme und blickte zu Daoud auf. »Daoud, bitte!«

Er schaute auf sie herunter, das Gesicht so hart, als sei es aus dunklem Holz geschnitzt; seine Augen glitzerten wie Glassplitter. Sie konnte seine Miene nicht enträtseln.

Daoud sprang aus dem Sattel und winkte Lorenzo und Sophia. Sie folgten ihm ein Stück die Straße hinunter. Als er sich zu ihnen umdrehte, sah Sophia unverhüllten Zorn in seinen Augen. Er sprach leise, preßte die Worte zwischen den Lippen hervor, und seine Stimme klang so beängstigend wie das Zischen einer Schlange. »Ich fange an zu denken, daß König Manfred mein Feind und der Feind meines Volkes ist, weil er mir Euch beide auf diese Reise mitgegeben hat. Von nun an werdet Ihr meine Befehle befolgen, und das ohne Widerrede!«

Verzweifelt wandte sich Sophia an Lorenzo. »Könnt Ihr nicht mit ihm sprechen?«

Das Kopfsteinpflaster betrachtend, schüttelte Lorenzo den Kopf. »Ich habe einen schrecklichen Fehler gemacht, als ich versuchte, Rachel und ihrem Mann zu helfen. Von nun an müssen wir auf Daouds Kommando hören.«

»Aber Daoud, wie kann Rachel uns schaden?« rief Sophia.

»Wir werden in Orvieto Dinge über uns sagen, die, wie sie jetzt schon weiß, nicht wahr sind.« Er wandte sich an Lorenzo. »Ihr sprecht von den Menschen, für die die Häupter der Juden die Verantwortung tragen. Ihr versteht nicht – könnt nicht verstehen –, was mit meinem Volk geschehen wird, wenn ich versage. Was bedeutet es Euch, wenn die Tataren in Kairo jeden Mann, jede Frau und jedes Kind töten?«

Seine Stimme bebte, und Sophia wurde klar, daß er im Osten schreckliche Dinge gesehen haben mußte, daß die Greueltaten der Tataren für ihn eine Realität waren, die sie nicht nachempfinden konnte.

»Ich schulde dem Mädchen nichts«, fuhr Daoud heftig fort. »Nichts! Nicht ich habe es in diese Lage gebracht.«

Aber ein junges Mädchen, das sein ganzes Leben noch vor sich hatte, gehängt oder vom Pöbel in Stücke gerissen . . . Die Vorstellung war so entsetzlich, daß Sophia Daoud am liebsten angeschrien hätte. Sie erinnerte sich an das blinde Entsetzen, das sie empfunden hatte, als Alexis und sie, von einer Schar fränkischer Soldaten verfolgt, durch die Straßen von Konstantinopel gelaufen waren. Gestern nacht, bei ihrer Flucht aus dem Gasthaus, hatte sie dieses Entsetzen aufs neue erlebt. Sie dachte, daß sie lieber selbst sterben als Rachel vom Pöbel gefangennehmen lassen würde. Ich kann Rachel nicht im Stich lassen, sagte sie sich. Ich muß versuchen, ihn umzustimmen. »Daoud«, rief sie, »vor Jahren, als Ihr ein kleiner Junge wart, als die Türken Eure Eltern töteten – wißt Ihr noch, was Ihr damals gefühlt habt?«

Daoud sah sie an. So starr war sein Blick, daß sie eine Sekunde lang dachte, er werde sein Schwert ziehen und sie töten. Zitternd wartete sie.

»Ihr habt nicht das Recht, darüber mit mir zu sprechen«, sagte er mit schmerzerstickter Stimme.

»Ich weiß, daß ich nicht das Recht habe«, sagte sie. »Seht Ihr denn nicht, wie verzweifelt ich bin?« Hoffnung regte sich schwach in ihr. Ihre Worte hatten ihn getroffen.

Sein Schweigen dehnte sich, während der Lärm der Stadt um sie herum anschwoll und abebbte.

»Er, der mich im Islam unterwies«, erwiderte er endlich, »sagte zu mir: ›Eine verletzte Schwalbe aufheben heißt sein Herz zu Gott erheben.‹«

Erleichterung durchflutete Sophia.

»Schwört mir, daß das Mädchen von Euch nichts über unseren Auftrag erfahren wird«, sagte er. »Und schwört auch Ihr, Lorenzo. Schwört bei allem, was Euch heilig ist.«

»Ich schwöre es bei Konstantinopel«, rief Sophia leidenschaftlich.

»Ich schwöre es beim Leben meiner Frau und meiner Kinder«, sagte Lorenzo.

»Das nehme ich an«, entgegnete Daoud. »Und sobald wir in Orvieto sind, verläßt uns das Mädchen, und wenn es auf der Straße verhungern muß. Für den Fall, daß Ihr später Euren jetzigen Eid bestreitet, gibt es ein Mittel, Euch beim Wort zu nehmen. Falls das Mädchen auch nur ein Wort von dem erfährt, was wir tun, wird es von meiner Hand sterben.« Er legte die Hand um den Griff seines Schwertes.

Sie gingen zurück. Sophia sah Rachel vor dem Laden eines Strohverkäufers stehen. Die Zügel der vier Pferde in Händen haltend, blickte sie ihnen ängstlich entgegen. Sophia lief mit ausgestreckten Armen auf Rachel zu und umarmte sie, die ängstlich ihr Lächeln erwiderte. »Du bleibst bis Orvieto bei uns«, sagte Sophia. »Dort mußt du dich von uns trennen, aber wir werden dir helfen, ein Zuhause zu finden.«

»O danke, danke!« rief Rachel und brach in Tränen aus.

Lorenzo lachte beruhigend. »Ich habe dir gesagt, es geht gut aus.«

Rachel sah zu Daoud auf. »Ich danke Euch, Signore. Ich weiß, es war Eure Entscheidung. Darf ich den Namen meines Wohltäters erfahren?«

Daoud lächelte bitter. »Wohltäter? Rachel, wenn du uns nicht begegnet wärst, wäre dein Beschützer noch am Leben. Ich bin David Burian, Seidenhändler aus Trapezunt. Ich gehe nach Orvieto, weil ich hoffe, zwischen Trapezunt und dem päpstlichen Staat Handelsbeziehungen zu knüpfen, und ich habe diese beiden als meine Helfer eingestellt.«

»Darf ich Euch helfen, Signore?« fragte Rachel. »Ich habe von meinem Ehemann einiges über Geschäfte gelernt.«

»Ich denke«, sagte Daoud und musterte Sophia und Lorenzo mit bitterem Humor, »ich habe bereits alle Hilfe, die ich brauche.«

Wenigstens ist der Mann menschlich, dachte Sophia. Er kann sogar scherzen. Sie fühlte sich ermutigt. Es war ihr tatsächlich gelungen, an das Herz des Mannes zu rühren, dessen Welt und Leben ihr unendlich fremd waren.

10

Es gibt so viel Wasser in diesem Land, dachte Daoud. Regentropfen funkelten auf jedem Zweig und jedem Blatt der Bäume um ihn herum. Der Himmel, wieder leuchtend blau, nachdem das Gewitter vorüber war, spiegelte sich im Wasser, das durch die Straßengräben floß.

Was für ein Glück, daß Rachels Ehemann ein Zelt mitgeführt hatte – dieser Mann, der viele Monate des Jahres auf den Straßen Italiens verbracht und in jüdischen Gemeinden Bücher angekauft und verkauft hatte. Daoud, Sophia, Rachel und sogar Scipio hatten sich, als das Gewitter aufkam, in dem Zelt verkrochen. Es war undicht, aber die Hitze des Augustnachmittags würde ihre feuchten Kleider bald wieder trocknen.

Daoud ging bis an den Rand der Straße, um zu sehen, ob Lorenzo aus Orvieto zurückkam.

Orvieto.

Jenseits des Tales erhob sich aus einem dunkelgrünen Wald ein gigantischer gelber Felsen, der die Form eines Kamelhöckers hatte. Den Buckel krönte eine Mauer aus grauem Stein, die die Dächer und Glockentürme von Kirchen, die Zinnen von Palästen und die roten Ziegeldächer von Bürgerhäusern einfriedete. Eine schmale Straße führte im Zickzack die steile Flanke des Felsens hinauf, verschwand manchmal in einer Baumgruppe, tauchte wieder auf, ein weißer Strich an der ockerfarbenen Klippe. Eine Stadt, erbaut auf einem fast uneinnehmbaren Berggipfel wie die Festungen der Assassinen.

Daoud erspähte einen Reiter mit einer purpurnen Kappe und einem braunen Umhang, der aus der Stadt kam: Lorenzo. Ihm folgte, von vier Männern getragen, eine goldfunkelnde Sänfte.

Der Wind, der das Gewitter gebracht hatte, war abgeflaut, und Daoud begann im Nacken die Sonnenhitze zu spüren. Eine milde Sonne, verglichen mit der Sonne Ägyptens, obwohl in Italien jetzt Hochsommer war, aber er zog sich die Baumwollkapuze über den Kopf.

Er blickte über die Schulter zurück. Rachel und Sophia tränkten in der Lichtung auf der anderen Seite der Straße die Pferde aus einem kleinen Bach, der den Hügel herunterkam. Sophia sprach, und Rachel nickte eifrig. Er hoffte nur, Sophia erzählte Rachel nicht zu viel.

Lorenzo erreichte Daouds Lager eine ganze Weile vor der Sänfte. Scipio war seinem Herrn entgegengesprungen und leckte ihm die Hand, während er absaß.

»Kardinal Ugolini schickt diesen Boten, der Euch überraschen dürfte«, sagte Lorenzo.

Als die Träger die Sänfte am Straßenrand absetzten, sah Daoud, daß es Schwarze aus Afrika waren. Sie trugen scharlachrote Westen, und auf ihren bloßen Armen glänzte der Schweiß. Scheich Saadi war ein solcher Mann gewesen, und es gab ihrer viele in der ägyptischen Armee. Ob diese Männer auch Moslems waren? In der Residenz des Papstes? Unwahrscheinlich.

Zwei Träger zogen die Vorhänge der Sänfte zur Seite und griffen ins Innere. Juwelengeschmückte weiße Finger schlossen sich um ihre muskulösen Arme, und ein mit Goldlitzen besetzter Turban schob sich zwischen den Vorhängen ins Freie, gefolgt von einem runden Körper, der in limonengrüne Seide gekleidet war.

Daoud war nicht überrascht. Das muß die sein, die sich in ihren Briefen an Baibars, die er regelmäßig durch Brieftauben und Schiffe aus Italien bekommt, Morgiana nennt, dachte er.

Sich noch immer an die Träger klammernd, richtete die untersetzte Frau sich zu voller Höhe auf, winkte ihre Diener beiseite, wobei ihre Armbänder klirrten, und musterte Daoud aus zusammengekniffenen Augen.

»Ist es Zeit?« fragte Daoud. Er sprach Arabisch.

»Noch nicht«, antwortete sie in derselben Sprache. »Aber bald.« Die Worte waren die verabredete Losung gewesen, an der sie sich gegenseitig erkennen sollten.

»Salaam aleikum, Morgiana«, sagte Daoud. »Friede sei mit Euch.« Er schob die Kapuze zurück und verneigte sich vor Morgiana. Er hatte das Gefühl, eine alte Freundin wiederzusehen, denn er hatte viele ihrer Berichte über die Zustände in Italien gelesen.

»Wa aleikum es-salaam, Daoud«, antwortete sie. »Auch Euch wünsche ich Frieden. Ihr müßt jetzt meinen richtigen Namen kennenlernen. Tilia Caballo, zu Euren Diensten.«

Er hatte sich Morgiana als große, schlanke, reife Frau vorgestellt, dunkel und anziehend. Die echte Morgiana war ganz anders. Sie hatte breite schwarze Brauen, und ihre Nase stand klein zwischen den runden roten Wangen. Ihr Gesicht glänzte vor Schweiß, obwohl sie nur in der Sänfte gesessen hatte. Beim Anblick ihres kugelrunden Körpers empfand Daoud große Achtung vor der Kraft der Männer, die sie trugen. Die Seide, die sich an ihren Körper schmiegte, zeichnete überquellende Brüste nach, und ihr Bauch sah wie der einer Schwangeren wenige Wochen vor der Entbindung aus. War sie wirklich die Mätresse eines Kardinals? Ebenso wie Sultane und Emire alte und hochgeehrte Hauptfrauen hatten und sich jüngere Frauen für Scherz und Spiel hielten, hielt Kardinal Ugolini sich Tilia Caballo vielleicht als offizielle Mätresse.

Die Schnalle an ihrem Turban war mit Diamanten besetzt. Eine schwere goldene Halskette hing über die breiten Hügel ihrer Brüste hinunter; an der Kette baumelte ein mit blauen und roten Edelsteinen besetztes Kreuz.

»Ich habe Kardinal Ugolini nur einen Augenblick zu sehen bekommen, Messer Daoud«, sagte Lorenzo. »Als er erfuhr, daß ich von Euch komme, bestand er darauf, daß ich mich in das Etablissement dieser Dame begebe.«

»Er meint das vornehmste Freudenhaus im ganzen Papststaat«, sagte Tilia und strich sich mit einem selbstzufriedenen Blick glättend über das Kleid. »Natürlich kann Seine Eminenz Kardinal Ugolini es nicht riskieren, sich in aller Öffentlichkeit mit Euch zu treffen, ehe ich nicht in seinem Auftrag mit Euch gesprochen habe.« Sie war vom Arabischen zu einem italienischen Dialekt übergangen, der Daoud neu war. Es fiel ihm schwer, sie zu verstehen.

Seines Wissens war weder in ihren Briefen je die Rede davon gewesen, daß sie ein Bordell leitete, noch hatte Baibars es erwähnt. Leicht angeekelt fragte sich Daoud, ob Baibars es wußte. Er mußte es wissen, Baibars wußte alles.

»Laßt uns allein, Lorenzo«, sagte Daoud. »Und sagt den beiden dort drüben, sie sollen bleiben, wo sie sind.« Er zeigte auf die Waldlichtung, auf der Sophia und Rachel sich ihnen langsam näherten. »Ich muß mit Madonna Tilia allein sein.«

»Ja, Messere«, sagte Lorenzo und verneigte sich. Scipio ging, als er sich entfernte, wie ein zahmer Löwe vor ihm her.

»Wir haben erwartet, daß Ihr allein nach Orvieto kommt«, sagte Tilia zu Sophia und Rachel hinüberblickend, die sie von der anderen Seite der Straße her neugierig musterten. »Warum dieses Gefolge?«

Und ich habe erwartet, sofort mit Kardinal Ugolini zusammenzutreffen, dachte Daoud mit wachsender Gereiztheit. Setzt er diese Frau als Barriere zwischen ihm und mir ein? Er erklärte kurz, wie es kam, daß Lorenzo Celino, Sophia und Rachel mit ihm reisten.

Tilia sah ihn mit durchdringendem Blick an. Daoud war es nicht gewöhnt, von einer Frau angestarrt zu werden, und er fühlte sich unbehaglich. Er hielt jedoch ihrem Blick stand, bis sie sich an ihre Sklaven wandte und ihnen winkte. Die Afrikaner gingen auf der grasbedeckten Lichtung, auf der sie Tilias Sänfte abgesetzt hatten, in die Hocke. Daoud wurde erst jetzt bewußt, daß er von ihnen noch keinen Laut gehört hatte, und vermutete, daß man sie stumm gemacht hatte.

»Kommt.« Tilia nahm seinen Arm und überraschte ihn abermals.

In Ägypten berührte eine Frau keinen Mann, den sie eben erst kennengelernt hatte. Aber sie war die Besitzerin eines Freudenhauses. Sie war keine ehrbare Frau.

Tilia zog Daoud beiseite und setzte sich dann auf seinen Umhang, den er auf dem Boden ausgebreitet hatte. »Gestern hat der Papst erfahren, daß die Gesandten der Tataren in Venedig gelandet sind«, sagte sie. »Sie sind jetzt auf dem Weg nach Orvieto und werden etwa in einer Woche ankommen. Außer von ihrer eigenen Leibwache werden sie von französischen Rittern und venezianischen Bogenschützen unter dem Befehl eines Grafen de Gobignon beschützt. Bereits ist auch Kardinal Paulus de Verceuil in Orvieto eingetroffen. Er spricht für den König von Frankreich und hat schon damit angefangen, Papst Urban die Allianz mit den Tataren schmackhaft zu machen. Wohnen werden die Tataren und ihre Leibwache im Palast der Familie Monaldeschi.«

Daoud schloß aus der besonderen Betonung, mit der Tilia das sagte, daß es ein großer Vorzug war, im Palast der Familie Monaldeschi zu wohnen. Wollte sie ihn entmutigen? »Was sind die Monaldeschis für eine Familie?« fragte er.

»Die älteste und reichste in Orvieto«, antwortete sie. »Im Moment ist Gräfin Elvira di Monaldeschi das Familienoberhaupt. Sie ist über Achtzig. Aber sie ist skrupelloser und grausamer als so mancher junge Mann. Beinahe alle männlichen Monaldeschis sind der Blutrache ihrer Feinde, der Filippeschis, zum Opfer gefallen, und sie hat viele Filippeschis umbringen lassen.«

»Weshalb bekämpfen sie einander?« fragte Daoud.

»Wer weiß das schon? Ein Monaldeschi tötet einen Filippeschi, also tötet ein Filippeschi einen Monaldeschi. Das geht schon seit Ewigkeiten so. Euch muß nur klar sein, daß die Tataren sehr gut bewacht sein werden, weil die Gräfin über mehr Soldaten verfügt als der Papst und ihr Palast eine wahre Festung ist.«

Daoud wandte sich von Tilia ab. Er blickte zu der sonnigen Felsplatte hinüber, auf der Orvieto stand. Ein Wagen plagte sich die schmale Straße hinauf.

»Wer ist dieser französische Graf, der die Tataren bewacht?« fragte er.

»Simon de Gobignon. Sehr jung und sehr reich. Er besitzt in Frankreich riesige Güter und zählt seine Vasallen nach Tausenden. Er steht Frankreichs königlicher Familie nahe, sogar König Ludwig und Karl von Anjou, dem Bruder des Königs.«

Karl von Anjou. Daoud erinnerte sich, daß Lorenzo gesagt hatte, Karl strebe nach dem Thron von Sizilien.

Aufblitzendes Licht erregte Daouds Aufmerksamkeit. Ein Trupp behelmter Männer in gelbweißen Wappenröcken hatte Orvieto durch das Haupttor verlassen, bildete eine Kolonne und patrouillierte an der Stadtmauer entlang. Angeführt wurden die Männer von einem Mann, der am Helm eine weiße Feder trug.

»Was sind das für Soldaten?« fragte Daoud.

Tilia beugte sich vor. »Papst Urban hat zweihundert Guelfenkrieger in Orvieto stationiert, Daoud –«

»Nennt mich David«, unterbrach er sie. »Hier muß man mich unter einem christlichen Namen kennen.«

»Nun, David, ich denke, Ihr kehrt am besten ganz schnell nach Ägypten zurück. Was kann ein Mann gegen die französische Königsfamilie, die Hälfte der Kardinäle, den Papst, die Monaldeschis und die Tataren ausrichten?«

Hitziger Zorn wallte in ihm auf. Er wußte genauso wie sie, welcher Übermacht er gegenüberstand. Warum versuchte sie ihn zu schwächen, indem sie ihm Angst machte? Ugolini hat sie geschickt, um mich zu entmutigen, dachte er. Er ist es, der Angst hat . . .

Er empfand vor ihr, die sich mit ihm getroffen hatte und jetzt versuchte, ihn zu beeinflussen, größere Achtung als vor Kardinal Ugolini, der nur sich selbst schützen wollte. Er wußte aus ihren Briefen, daß sie eine kluge und mutige Frau war. Er mußte sie für sich gewinnen. Lächelnd sah er sie an. »Gewinnt man durch großen Reichtum nicht große Macht?«

Sie erwiderte sein Lächeln.

Er stellte fest, daß sie sich die Wangen mit roter Farbe eingerieben hatte, um gesünder auszusehen. Ihre Augen waren blauschwarz umrandet wie die der Ägypterinnen, aber an manchen Stellen hatte der Schweiß die Farbe in kleine Rinnsale aufgelöst. »Nur der Glaube ist mächtiger als Geld«, sagte sie.

»Dann ist dies hier Macht.« Daoud öffnete seinen Gürtel und ließ die Edelsteine aus der versteckten Tasche in die hohle Hand gleiten. Er hörte Tilia nach Luft schnappen. Als die funkelnden Steine seine Hand füllten, ließ er sie vorsichtig auf den dünnen wollenen Umhang fallen, den er auf dem Boden ausgebreitet hatte, und schüttelte dann die übrigen heraus.

»Sanctissima Maria! Darf ich sie anfassen?«

»Aber gern«, erwiderte er lächelnd. »Sorgt nur dafür, daß Euch keiner am Finger kleben bleibt.«

Sie nahm ein paar Steine und ließ sie durch die Finger gleiten. Sie hielt einen großen Rubin in die Höhe, studierte ihn, drehte ihn hin und her. »Ein Tropfen göttlichen Blutes.«

»Ihr hättet den einzelnen Smaragd sehen sollen, den ich König Manfred für diese kleineren Steine gegeben habe. Er war eine Schönheit. Diese hier kann man leichter in Gold umtauschen, immer ein paar auf einmal.«

Sie sah ihm in die Augen. »Sie müssen sehr zurückhaltend verkauft werden, sonst fällt ihr plötzliches Auftauchen auf«, sagte sie. »Wir können ein paar Stücke bei den Templern loswerden. Sie sind ungeheuer reich und sehr diskret.«

Daoud lächelte bei dem Gedanken, daß die wütenden Feinde der Mamelucken, die Tempelritter, Finanzhilfe bei dem Unternehmen leisten sollten, das ihre eigene Position in den islamischen Ländern schwächen würde. »Glaubt Ihr«, fragte er, »wir können es schaffen, einen Keil zwischen Tataren und Christen zu treiben?«

»Ja. Klug eingesetzt, können diese Edelsteine – oder ihr Gegenwert in Gold – die Männer aus der Umgebung des Papstes beeinflussen. Vielleicht schafft Ihr es sogar, ein paar französische Kardinäle ihre Königstreue vergessen zu lassen.«

Daoud begann die Steine einzusammeln und in der geheimen Tasche seines Gürtels unterzubringen. »Ihr müßt mir helfen, sie klug einzusetzen.«

»Erklärt mir einmal genau, was Ihr im Sinn habt«, erwiderte sie und konnte die Augen nicht von den nach und nach verschwindenden Steinen lassen.

»Ich erwarte, daß Kardinal Ugolini das Gold benutzt, um in Orvieto eine starke Partei um sich zu sammeln, die sich der Allianz widersetzt.« Er musterte sie, bemüht, ihr ins Herz zu schauen. »Könnt Ihr so etwas in die Wege leiten?«

»Oh, Alberto ist ein äußerst geschickter Intrigant. Wie sonst hätte er es zum Kardinal gebracht? Er ist sogar der Camerlengo des Kardinalkollegiums.«

»Was ist das?« fragte Daoud, während er den Gürtel umlegte und zuschnallte.

»Er ist eine Art päpstlicher Kanzler, veröffentlicht Bekanntmachungen, ruft das Kollegium zusammen, leitet Zeremonien und so weiter.«

Daoud nickte. »Gut. Ich hoffe, er kann das Geld dazu verwenden, Kardinäle und Bischöfe auf diese oder jene Weise auf seine Seite zu ziehen. Und sie wiederum sollen sich zusammentun, um den Papst gegen die Tataren zu beeinflussen.«

»Mit den Schätzen, die Ihr mitgebracht habt, könnt Ihr einen solchen Zusammenschluß erreichen, aber ich weiß nicht, wie der Papst reagieren wird. Die Tataren bieten ihm die Chance, den Islam zu vernichten.«

»Ja, und danach werden die Tataren die Christenheit auslöschen«, sagte Daoud. »Ich kann allen, die mit uns zusammenarbeiten wollen, schildern, wie die Tataren in Wirklichkeit sind. Ich habe sie gesehen, ich habe gegen sie gekämpft. Ich habe gesehen, was sie mit den Menschen gemacht haben, deren Länder sie erobert haben.«

Tilia machte große Augen. »Ihr habt die Absicht, Euch mit Bischöfen, mit Kardinälen zu treffen und mit ihnen zu sprechen?«

»Deshalb hat Baibars mich geschickt – weil ich mich unter Christen als Christ ausgeben kann. Ich bin David von Trapezunt, ein Seidenhändler, der das von den Tataren verwüstete und gebrandschatzte Land bereist hat.«

»Trapezunt?«

»Trapezunt liegt an der Ostküste des Schwarzen Meeres. So weit weg, daß ich in Orvieto kaum jemand treffe, der es kennt.«

»Seid nicht so sicher. Der Papst legt großen Wert darauf, Menschen von überallher zu sehen.«

»Dann wird er wahrscheinlich mit mir sprechen wollen, da ich aus einem fremden und weit entfernten Land komme.«

Ihre Augen schienen noch größer zu werden. Ihre vollen Lippen öffneten sich leicht. Sie hatte kleine, schimmernde, weit auseinanderstehende Zähne. »Ihr wollt sogar mit dem Papst sprechen?«

»Aber gewiß. Kardinal Ugolini wird die Audienz für mich ermöglichen. Sollte der Papst noch keine Entscheidung getroffen haben, wird er jemand hören wollen, der mit eigenen Augen gesehen hat, wie diese Tataren sind. Ich werde ihm sagen, daß ein Bündnis mit ihnen das Gleiche wäre, wie wenn ein Lamm sich mit einem Panther verbündete.«

»Mit dem Papst sprechen! Wißt Ihr, wie Ihr Euch vor dem Papst zu benehmen habt?«

»Wahrscheinlich erwartet man von einem Reisenden aus Trapezunt, daß er sich falsch benimmt.«

»Wollt Ihr von vier Pferden auseinandergerissen werden?« flüsterte sie. »Ich nicht und Kardinal Ugolini ebenso wenig. Wir können nicht riskieren, daß Ihr entlarvt werdet.«

»Dann werdet Ihr mich zu Eurem Schutz alles lehren, was ich wissen muß«, erwiderte er. Wenn es Gottes Wille war, würde er es schaffen, mit Hilfe der Verbündeten, die er in Orvieto vorfand, die Allianz zu verhindern.

»Die Zeit kämpft auf der Seite des Islam«, hatte Baibars zu ihm gesagt. »Das Reich der Tataren fängt an auseinanderzubrechen, und die Begeisterung der Christen für Kreuzzüge läßt deutlich nach. Verhindere diese Allianz nur lange genug, und sie werden keine Gelegenheit mehr haben, uns zu vernichten.«

Tilia unterbrach seine Gedanken, indem sie ihm die Hände entgegenstreckte. »Helft mir auf. Ich bekomme einen Krampf in den Beinen. Ich habe Hunger. Habt Ihr etwas zu essen?«

Er war nicht überrascht, daß sie etwas essen wollte. Mustapha al-Zaid, der Obereunuch in Baibars' Harem, aß ununterbrochen und war widerlich fett.

Daoud sprang auf und zog sie in die Höhe. Das Kreuz auf ihrem Busen schaukelte hin und her und blitzte. Sie war klein und reichte ihm nur bis zur Brust, aber er vermutete, daß sie viel schwerer war als er.

Sie lächelte zu ihm auf. »Ihr seid stark und bewegt Euch wie ein Krieger.«

Ihre Schmeichelei überhörend, sagte er: »Sophia hat noch Brot und Käse, den wir in einem Dorf namens Bagnoregio gekauft haben, und ein bißchen Rotwein zum Hinunterspülen. Übrigens trinke ich Wein gewöhnlich nur, um die Christen zu täuschen. Er schmeckt mir nicht. Beenden wir das Gespräch, bevor Ihr Euch erfrischt. Ich möchte nicht, daß die beiden anderen mehr erfahren, als ich ihnen sage.«

Ärger flackerte in ihren Augen auf. Sie ist es nicht gewohnt, zurückgewiesen zu werden, dachte Daoud.

Aber sie zuckte nur die Schultern. »Ich nehme an, Ihr plant, die schöne Frau, die mit Euch reist, als Lockvogel einzusetzen, um durch sie hohe Kirchenmänner auf Eure Seite zu ziehen.«

»Sie ist eine erfahrene Kurtisane und war König Manfreds Mätresse«, erwiderte Daoud. »Und davor, hat mir König Manfred erzählt, war sie die Favoritin des Kaisers von Konstantinopel. Ich möchte sie als eiserne Reserve aufbewahren. Ich habe mir vorgestellt, daß sie beim Kardinal wohnen und sich als seine Nichte ausgeben könnte.«

»Hm. Und das junge Mädchen? Es ist sehr hübsch. Je älter und mächtiger ein Kirchenmann ist, um so mehr fühlt er sich zur Jugend hingezogen.«

»Wir sind Rachel etwas schuldig. Deshalb haben wir ihr versprochen, für sie bei den Juden von Orvieto ein Unterkommen zu finden.«

»Oh, sie ist Jüdin? Aber in Orvieto gibt es keine Juden.«

»Dann in der Nähe.«

»Die nächsten Juden leben in Rom.«

»Nach Rom kann sie nicht.«

»Nun, sie würde es bestimmt lohnender finden, für mich zu arbeiten als auf die Wohlätigkeit anderer angewiesen zu sein.«

»Davon bin ich überzeugt«, sagte Daoud. Aber eine Erinnerung aus längst vergangenen Tagen stieg beunruhigend in ihm auf. »Ihr würdet sie doch nicht zur Hurerei zwingen, oder?«

Tilia preßte mit gespieltem Entsetzen die Hand auf die Brust. »Zwingen? Die Frauen bitten darum, in die Familie von Tilia Caballo aufgenommen zu werden.«

»Vorläufig soll Rachel als Sophias Zofe im Haus des Kardinals wohnen.«

Tilia blickte erschrocken auf. »Ihr wollt alle im Haus des Kardinals wohnen?«

Daß sie so überrascht war, verblüffte wiederum Daoud. Aber dann merkte er, daß sie ihn beunruhigt ansah und etwas zu verbergen suchte. »Habt Ihr als Morgiana dies denn nicht mit meinem Herrn, dem Sultan, abgesprochen?«

Sie zuckte die Schultern. »Wir glaubten, Ihr kämt allein.«

»Sophia und Lorenzo werden uns eine große Hilfe sein. Wir werden erklären, ich sei ein Gast des Kardinals, Lorenzo mein Diener und Sophia Ugolinis Nichte.«

»Hm.« Tilia runzelte die Stirn. »Ich habe großen Hunger. Laßt mich die Dinge kosten, die Eure Griechin in Bagnoregio erstanden hat. Dann kehre ich in die Stadt zurück und werde dem Kardinal mitteilen lassen, was ich von Euch erfahren habe.«

Daoud hörte den falschen Unterton in ihrer Stimme, und Mißtrauen erfüllte ihn. »Ich werde ihm alles selbst sagen.«

Ihre Augen verschleierten sich. »Der Kardinal wird Euch holen lassen, nachdem er meinen Bericht gehört hat.«

»Großer Gott, Weib!« Daouds Stimme war heiser vor Zorn. »Glaubt Ihr, daß ich hier draußen warte, bis die Tataren in Orvieto sind? Ich bin ein Abgesandter des Sultans, ich bringe Euch und Eurem Herrn großen Reichtum. Ich kämpfe für meinen Glauben, und ich werde nicht warten!«

Tilia tätschelte beschwichtigend seinen Arm. »Hört zu, Daoud. Als Kardinal Ugolini von Baibars die Nachricht bekam, die Euch betrifft, hat er stundenlang geweint und sich immer wieder als Narren verflucht. Stellt Euch die Empörung der Christen vor, wenn sie dahinterkämen, daß ein moslemischer Agent so nahe an den Papst herangekommen ist. Der Kardinal hätte nie und nimmer das erste Goldstück von Eurem Sultan angenommen, wenn er gewußt hätte, wohin das führen würde – daß eines Tages ein Türke vor seiner Tür steht und von ihm verlangt, er solle ihn bei einer Intrige gegen den Papst unterstützen.«

»Ich stehe nicht vor seiner Tür«, sagte Daoud.

»Nein, und bevor es soweit ist, müßt Ihr mir Gelegenheit geben, ihm zu versichern, daß Ihr wißt, was Ihr tut, daß Ihr nicht ausseht wie ein Türke und ihm ein Vermögen mitbringt, so daß das Risiko, das er eingeht, sich wirklich lohnt. Wenn Ihr in seinem Palast auftaucht, obwohl er darauf bestanden hat, daß Ihr hier wartet, könnte er in Angst geraten und etwas sehr Unbedachtes tun.«

Zorn wallte in ihm auf. Sie hielt ihn hin, sie drohte ihm, und er hatte genug. Er packte Tilias Arm, und seine Finger gruben sich in das weiche Fleisch unter dem Seidenärmel. »Ich gehe mit meinen Begleitern zum Kardinal. Und Ihr gebt mir eine Nachricht für ihn mit, in der Ihr ihm mitteilt, daß er uns gefahrlos aufnehmen kann.«

Sie sah ihn ausdruckslos an.

Er fühlte, daß sie versuchte, ihm ins Herz zu schauen, seinen Willen auszuloten.

»Nein!« sagte sie. »Ihr geht nicht. Vorher –«

Er packte ihren Arm noch fester und wollte sie vor Zorn schütteln, als ihre freie Hand in die Höhe fuhr und nach dem Brustkreuz griff. Mit dem Daumen drückte sie auf einen dunklen Granat in der Mitte des Querbalkens, und aus dem Längsbalken sprang eine dünne Klinge. »David, ich kann Euch nicht verletzen, es sei denn, Ihr kommt mir zu nahe. Ich möchte Euch nicht angreifen. Die Klinge ist übrigens in Schlangengift getaucht.«

Sein Zorn wandte sich jetzt gegen sich selbst. Es war dumm, gegen eine solche Frau Gewalt anwenden zu wollen. Hatte er sich nicht gesagt, er könne weder Tilia noch Ugolini zu etwas zwingen, sondern müsse sie überreden? Er ließ ihren Arm los. »Ich bitte für meine Grobheit um Vergebung.«

Tilia drückte auf einen anderen Edelstein am Kreuz. Die Klinge verschwand wieder im Längsbalken. »Grobheit macht mir nichts aus«, sagte sie, »aber ich mag keine Gewalt.« Sie lächelte scheu. »Es sei denn, ich habe darum gebeten. Ich hatte mich bereits entschieden, bevor Ihr handgreiflich geworden seid, daß ich einverstanden bin, wenn Ihr sofort zum Kardinal geht. Ich bin zu dem Schluß gekommen, daß Ihr möglicherweise imstande seid zu erreichen, was Ihr erreichen wollt, ohne daß man uns alle umbringt. Ihr seid mutig, aber Ihr wißt auch, wie man verhandelt. Ihr wißt, wann Ihr nachgeben und wann Ihr auf Eurem Standpunkt beharren müßt.«

Daoud freute sich über ihre Komplimente, aber noch mehr freute ihn, daß sie bereit war, mit ihm zusammenzuarbeiten. »Warum habt Ihr eben gesagt, daß wir nicht zum Kardinal dürften?«

»Ich wollte hinzufügen, daß Ihr mich vorher mit Brot und Käse und dem köstlichen Wein aus Bagnoregio bewirten müßt. Dann gebe ich Euch eine Nachricht mit, die Euch Zutritt zu Kardinal Ugolinis Villa verschafft.«

11

Simon war erstaunt darüber, wie jung Kardinal Paulus de Verceuil aussah.

Der Mann, der mit ihm in einem Weingarten an der Straße nach Orvieto stand, hatte ein schmales Gesicht mit feiner Haut und glänzendes schwarzes Haar, das ihm in Wellen bis auf die Schultern fiel. Ob er das Haar auf dem Hinterkopf zur Tonsur geschoren trug, sah man nicht, weil das rotsamtene Käppchen sie verdeckte. Seine violette Seidentunika erinnerte Simon daran, daß sein Wappenrock fleckig war und Thierry seine Rüstung seit Tagen nicht mehr poliert hatte.

Verceuil warf die Traube mit den hellgrünen Beeren weg, an denen er geknabbert hatte, und sagte plötzlich: »Graf, man hat mir berichtet, daß Sie sich gegen den Dogen von Venedig ungehörig betragen haben.« Seine dröhnende Baßstimme klang, als käme sie aus den Tiefen einer Gruft. »Es ist Euch wohl klar, daß Euer Verhalten auf die Krone von Frankreich zurückfällt.«

Simons Gesicht begann zu brennen. »Ja, Euer Eminenz.«

»Und wie konntet Ihr den Troubadour Sordello des Postens entheben, den ihm Graf Karl persönlich übertragen hatte?«

»Hätte ich Sordello behalten, wären die Tataren möglicherweise so schwer beleidigt gewesen, daß sie in ihre Heimat zurückgekehrt wären.«

»Macht Euch nicht lächerlich. Würden sie wegen eines Wirtshausstreits wohl eine so wichtige Mission abbrechen?«

Simon fühlte Scham, aber noch tiefer war sein Groll. Seit seiner Kindheit hatte ihn niemand mehr so abgekanzelt. Er hörte ein Rascheln. Jemand kam zwischen den Rebstöcken den Abhang herunter auf sie zu. Als er sich umwandte, sah er, daß es Bruder Mathieu war, und hoffte, daß mit dem alten Mönch seine Rettung komme.

Nachdem der Franziskaner den Kardinal demütig gegrüßt und seinen Saphirring geküßt hatte, sagte er: »Ich muß Euch sagen, Euer Eminenz, daß das, was geschehen ist, kein einfacher Wirtshausstreit war. Sordello hätte den armenischen Thronerben, einen wichtigen Verbündeten der Tataren, um ein Haar getötet.«

Verceuil sah Bruder Mathieu an. Der Mund des Kardinals war so klein, daß er unter der großen Nase und über dem wuchtigen Kinn fast lächerlich aussah. »Eure Meinung interessiert mich nicht«, erklärte der Kardinal. »Ich kann mir einfach nicht erklären, wieso König Ludwig seine diplomatische Vertretung bei den Tataren einem Bettelpriester anvertraut hat.«

Der alte Mönch strich sich mit einem schiefen Lächeln den weißen Bart und erwiderte: »Genau das habe ich auch zu ihm gesagt, als er mir befahl, zu den Tataren zu gehen.«

Simon holte tief Atem und sagte: »Da Euer Eminenz der Meinung sind, daß ich dem König Unehre gemacht und den Grafen von Anjou verärgert habe, trete ich von der Führung der Leibwache der Gesandten zurück.« Er sah Verceuil starr in die Augen, und die Lider des Kardinals begannen zu flattern. In der Stille hörte Simon in einem nahen Olivenbaum eine Schwarzdrossel singen. Ich wollte nie hierherkommen, dachte er. Hab' mich von Onkel Karl dazu überreden lassen. Ich fürchte die Gefahr nicht, und es wäre aufregend, einen Feind aufzustöbern, der versucht, die Tataren zu ermorden. Aber ich kann nicht dulden, daß dieser Mann mich und meine Freunde demütigt. Ich kehre sofort nach Gobignon zurück.

»Ihr dürft Euch von einer gutgemeinten väterlichen Rüge nicht verletzen lassen, Graf«, sagte der Kardinal. »Ich würde nie behaupten, der Graf von Anjou habe einen Fehler gemacht, als er Euch dieses Kommando übergab.«

Väterlich! Was für ein widerlicher Gedanke. Aber Simon merkte, daß seine Drohung zurückzutreten Verceuil beunruhigte. Onkel Karl wünschte, daß er die Gesandten schützte, ebenso wie er gewollt hatte, daß Sordello die Armbrustschützen befehligte. Er hatte seine Gründe. Und Verceuil wollte Karl von Anjou nicht verärgern.

Bruder Mathieu lachte leise und klopfte Simon auf die Schulter. »Seid doch bitte so nett und überlegt Euch das mit Eurem Rücktritt noch einmal. Wir wissen, daß Ihr Eure Aufgabe mit Klugheit und großem Eifer meistert. Trifft das nicht zu, Euer Eminenz?«

»Selbstverständlich«, sagte Verceuil säuerlich. »Graf, ich möchte, daß Ihr mir die Würdenträger der Tataren vorstellt.«

»Ich werde mit Vergnügen für Euch dolmetschen, Euer Eminenz«, meinte Bruder Mathieu.

Verceuil antwortete ihm nicht. Als sie den Weingarten durchquerten, streckte er den Arm aus und sagte: »Ich habe Musiker, Jongleure, Senatoren von Orvieto, Soldaten, zwei Erzbischöfe, sechs Bischöfe, einen Abt und viele Monsignores und Priester mitgebracht.«

Auf der Straße standen Männer in einer langen Reihe, die sich bis zum nahen Wald erstreckte. Die meisten trugen verschiedene Schattierungen von Rot; einige waren in goldfarbene oder blaue Gewänder gehüllt. Die Spitzen langer Speere blitzten im Sonnenlicht. Banner mit goldenen und silbernen Fransen flatterten an hohen Schäften. Männer, die Schutz vor der Sonne suchten, gingen mit ihren Pferden im schattigen Wald auf und ab.

»Der Heilige Vater erwartet uns in der Kathedrale und wird eine Messe lesen zum Dank dafür, daß die Gesandten sicher eingetroffen sind«, sagte Verceuil. »Unsere Ankunft in Orvieto muß so glanzvoll sein, daß die Tataren und der Papst samt seinen Höflingen tief beeindruckt sind.«

»Ungeheuer!« – »Kannibalen!« Verfaulte Äpfel, Birnen und Zwiebeln und verschimmeltes Brot flogen durch die Luft.

Die Schmährufe und die Wurfgeschosse kamen von beiden Seiten der Straße. Vor den Geschäften drängten sich junge Männer, Frauen und Kinder. Alle waren in Grau gekleidet. Die Läden vor den Schaufenstern und die Haustüren waren geschlossen – ein sicheres Zeichen dafür, daß die Kaufleute Unruhen erwarteten; das wußte Simon noch aus seiner Studentenzeit in Paris.

Von der Porta Maggiore, dem Haupttor, durch das sie in die Stadt geritten waren, führte die kurvenreiche Straße auf die Südseite von Orvieto. Obwohl die oberen Stockwerke vieler Häuser die Straße überschatteten, war ausreichend Platz, daß vier Pferde Seite an Seite gehen konnten, und ausreichend Platz für das unbotmäßige Volk, das sich am Straßenrand versammelt hatte.

Als sich die Straße der südlichen Stadtmauer näherte, machte sie eine scharfe Linkskurve, und Simon verlor die Tataren hinter ihm aus den Augen, die in einer offenen Sänfte getragen wurden. Wurden auch sie mit Unrat beworfen?

Warum taten das die Leute? Natürlich, in der christlichen Welt hatte jeder wilde Geschichten über die Tataren gehört: daß sie Ungeheuer mit Hundeköpfen waren, daß sie den Frauen die Brüste abbissen, daß sie entsetzlich stanken und viele Heere nur mit diesem Gestank besiegt hatten, daß sie entschlossen waren, alle Menschen auf der Welt zu töten oder zu versklaven. Es gab Kirchen, in denen die Leute jeden Sonntag beteten, Gott möge sie vor der Tatarenwut bewahren.

Aber es waren inzwischen mehr als zwanzig Jahre vergangen, seit die Tataren in Europa eingefallen waren, und selbst damals waren sie nur bis Polen und Ungarn gekommen. Warum verhielten sich die Bewohner von Orvieto jetzt so feindselig gegen sie, da sie in friedlicher Absicht kamen?

Zweifellos wiegelte sie jemand auf.

Zur Hölle mit Verceuil! dachte Simon. Ich sollte bei den Gesandten sein. Wenn jemand sie töten will, hat er jetzt die beste Gelegenheit. Er zügelte sein Pferd und wendete es. »Platz da!« schrie er und ritt zurück. Soldaten mit Speeren und Armbrüsten verfluchten ihn in den verschiedensten italienischen Mundarten, gaben jedoch den Weg frei und stießen die Leute zurück. Thierry ritt auf einem kleinen Pferd hinter Simon her.

»Vasallen des Satans!« schrie jemand aus der Menge. »Die Tataren sind Teufel!«

Finster musterte Simon die Gesichter unter sich. Ein paar blickten zornig, andere ängstlich, die meisten schienen jedoch verwirrt. Glücklich sah niemand aus. Die Hoffnung des Kardinals auf einen glanzvollen Einzug in die Stadt war vergeblich gewesen.

Als er um die Ecke ritt, bei der die Prozession abgebogen war, kam er an einem Gebäude vorbei, das ihm schon einmal aufgefallen war, einem düster aussehenden zweistöckigen Würfel aus gelbem Stein. Vor den Fenstern im Erdgeschoß lagen mit Schlitzen versehene Läden; die größeren Fenster in den oberen Stockwerken waren vergittert. Und oben stand ein Mann, der glücklich aussah...

Er lehnte zwischen den viereckigen Zinnen auf dem Dach des großen Gebäudes. Sein Haar war so hell wie Messing, seine Haut so braun wie die der Pilger, die eben aus den Kreuzfahrerburgen jenseits des Meeres zurückgekommen waren. Der blonde Mann blickte auf die sich schiebende, stoßende, schreiende Menge herunter und lächelte leicht.

Als Simon an ihm vorüberritt, trafen sich ihre Augen. Simon war über die Kraft im Blick des anderen bestürzt. Es war, als sei zwischen ihnen eine wortlose Botschaft hin- und hergegangen, eine Herausforderung. Dann wandte der blonde Mann den Blick ab.

Die tatarischen Gesandten, die in einer großen Sänfte saßen, waren noch ein ganzes Stück zurück. Die Menge war verstummt, wie Simon erleichtert feststellte. Die Tataren waren von den Armeniern umringt, die zu Fuß marschierten, die Krummschwerter gezogen; dazu kamen noch Simons Ritter zu Pferde und die venezianischen Armbrustschützen. Die Armbrüste waren geladen und schußbereit, wie Simon feststellte. Wer hatte das befohlen?

Verceuil auf einem riesigen schwarzen Pferd schloß zu Simon auf. »Warum seid Ihr nicht bei der Vorhut geblieben? Was geht dort vor?«

Ohne den Versuch, sich zu verteidigen, schilderte Simon ihm die Lage.

»Konntet Ihr den Pöbel nicht zur Räson bringen?« knurrte Verceuil und machte kehrt, um neben der Sänfte der Tataren herzureiten.

Simons Gesicht brannte, und seine Hände zitterten, als er Verceuil folgte. Als sie an dem gelben Gebäude vorüberkamen, blickte Simon hinauf und sah, daß der junge Mann noch immer auf dem Dach stand. Mit demselben eindringlichen Blick, den er Simon zugeworfen hatte, starrte er jetzt auf die Tataren herunter, aber er hielt keine Waffe in den Händen.

Simon hörte ein Klatschen und dann einen zornigen Aufschrei. Er drehte sich um und sah, daß Verceuils rechte Wange braun verschmiert war. Jemand hatte ihn mit Kot beworfen und mitten ins Gesicht getroffen.

Der Kardinal, das Gesicht verzerrt, als müsse er sich übergeben, starrte auf die besudelte Hand, mit der er sich übers Gesicht gefahren war.

Gelächter stieg aus der Menge auf, vermischt mit zornigen Rufen.

Verceuil wandte sich an die Armbrustschützen, die ihm am nächsten waren. »Schießt!« brüllte er. »Erschießt den, der das getan hat!«

Die Venezianer zögerten nicht. Es war nicht ihre Stadt; es waren nicht ihre Mitbürger. Sie waren Soldaten, die taten, was man ihnen befahl.

Die Leute schrien und wichen gegen die verschlossenen Türen und Fenster zurück.

Das dreifache Schnalzen der Bogensehnen kam zugleich mit Simons laut herausgeschrienem »Nein!«. Er schrie, ohne zu denken, und war überrascht, daß er seine Stimme hörte. Sein Schrei hallte durch eine ebenso plötzliche wie schreckliche Stille.

Ihr folgten qualvolle Schmerzensschreie. Dort, wo die Armbrustschützen hingezielt hatten, stoben die Menschen auseinander, und die Straße war auf einmal leer, bis auf zwei Menschen. Einer war still – ein junger Mann, der halb liegend, halb sitzend an einer Hausmauer lehnte. Blut floß ihm aus dem Mund, und noch mehr Blut floß aus einem Loch in seiner Brust. Ein Blick in das weiße Gesicht verriet Simon, daß der Tote nicht älter als sechzehn Jahre gewesen sein konnte.

Neben dem Jungen kniete eine weinende Frau. Sie war plump und nicht mehr jung, vielleicht seine Mutter. Ihre weiße Leinentunika war blutig. »Er hat nichts getan!« rief sie. »O Jesus! Maria! Er hat nichts getan!«

Die anderen Schreie kamen von einem Mann, der neben dem toten Jungen aufrecht dastand. Ein Bolzen hatte seine Schulter dicht über der Achselhöhle durchbohrt und ihn an den eichenen Türstock eines Hauses genagelt. Er wollte umfallen, mußte jedoch stehen bleiben oder unerträgliche Schmerzen leiden. »Helft mir!« flehte er, mit schmerzblinden Augen nach links und nach rechts blickend. »Helft mir!«

Simon sprang vom Pferd, warf Thierry die Zügel zu und lief zu dem Mann hin. Er legte ihm die linke Hand auf die Brust und zog mit der rechten am gefiederten Ende des Bolzens. Er konnte ihn nicht bewegen, zu tief war das Geschoß in das Holz gedrungen. Die Stirn des Mannes fiel Simon auf die Schulter, und er schrie nicht mehr. Simon hoffte, daß er ohnmächtig geworden war.

Der Bolzen in der Schulter des Mannes war dick und aus hartem Holz. Simon hatte kein Werkzeug, mit dem er den Mann losschneiden konnte, ohne ihm noch mehr Schmerzen zuzufügen. Er blickte die Straße hinauf und hinunter. Sie war jetzt ganz leer, bis auf ein paar Leute, die in sicherer Entfernung standen und gafften. Die Prozession war weitergezogen. Simon schaute nach oben und sah, daß der blonde Mann seinen Platz auf dem Dach verlassen hatte.

Bruder Mathieu kniete neben dem toten Jungen und hatte eine Hand zum Segen erhoben, während die andere auf der Schulter der weinenden Frau ruhte.

Alain und Thierry sahen Simon unsicher an. Sie waren beide zu Pferd, und der Stallmeister führte Simons Stute am Zügel.

»Geh, Alain«, sagte Simon ungeduldig. »Bleib bei den Tataren.«

»Kann ich etwas tun, Herr?« fragte Thierry.

Simon wollte antworten, entdeckte jedoch zugleich einen Mann mittleren Alters, der eine Tischlerschürze trug. »Messere, könnt Ihr uns eine Säge bringen?« rief er ihm zu. »Beeilt Euch!«

Stunden schienen zu vergehen, ehe der Mann mit einer kleinen Säge zurückkam. Er hielt sie Simon hin.

Simon wollte ihn anschreien, beherrschte sich jedoch und sagte ungeduldig: »Ihr könnt natürlich viel besser sägen als ich. Sägt das Ende des Bolzens ab, damit wir den Mann befreien können.«

Zaghaft zuerst und dann energischer sägte der Tischler das gefiederte Ende des Bolzens ab. Der Verwundete kam wieder zu sich und stöhnte.

Als das herausragende Bolzenstück entfernt war, legte Simon die Arme um den Mann und zog ihn von der Mauer weg. Der Mann sackte zusammen. Blut strömte aus seiner Schulterwunde und tränkte seine Tunika.

Simon fiel neben dem Verwundeten auf die Knie. Auf den flachen Pflastersteinen bildete sich sehr schnell eine hellrote Blutlache. Er wandte sich an den Tischler. »Preßt ihm ganz fest die Hand auf die Wunde, das wird die Blutung verlangsamen.« Er nahm die Hand des Mannes und legte sie auf die Wunde.

»Kommt, laßt mich das tun.« Bruder Mathieu kniete neben dem Verletzten nieder und bedeckte die Wunde mit der Hand. »Messere«, sagte er zu dem Tischler, »reitet auf meinem Esel zum Krankenhaus der Franziskaner. Richtet ihnen aus, daß hier ein Schwerverletzter liegt und Bruder Mathieu d'Alcon sagt, sie müssen ein paar Brüder herschicken, die den Mann zur Behandlung ins Krankenhaus bringen sollen.«

Simon erhob sich langsam, während der Tischler auf Bruder Mathieus Esel kletterte.

»Es ist für Euch gefährlich, hier zu bleiben«, sagte Simon zu Bruder Mathieu. »Die Leute wissen, daß Ihr zum Zug der Gesandten gehört, und könnten Euch die Schuld an dem geben, was geschehen ist.«

Bruder Mathieu schüttelte den Kopf. »Mir wird niemand etwas tun. Geht nur, Ihr könnt mich ruhig allein lassen.«

Simon sprang in den Sattel und ließ seine Stute traben.

Thierry ritt an seiner Seite. »Die beiden haben nichts geworfen«, sagte er.

»Natürlich nicht.« Simon hätte gern gewußt, ob es Verceuil interessierte, daß die Venezianer auf zwei Unschuldige geschossen hatten.

Als Simon den Zug einholte, rieb sich Verceuil mit seinem hellvioletten Umhang noch immer wütend das Gesicht. »Wenn Ihr früher gegen die Übergriffe eingeschritten wärt, wäre mir diese Schmach erspart geblieben«, sagte er mit zornbebender Stimme.

Daß die Venezianer geschossen hatten, mußte sich wie ein Lauffeuer in der Stadt verbreitet haben, denn die Straße, die zur Kathedrale führte, war fast leer. Aber auf dem Platz vor der Kathedrale San Giovenale drängten sich die Menschen.

Simons Blicke schweiften zur obersten Stufe vor dem Hauptportal des Gotteshauses. Dort stand ein weißbärtiger Mann, der über einem weißen, goldfunkelnden Gewand einen roten Umhang trug. Auf dem Kopf hatte er eine hohe, weiße, kegelförmige Mitra, die ein rotgoldenes Kreuz schmückte. In der Hand hielt er einen goldenen, über zwei Meter langen Hirtenstab. Simon blieb der Mund offenstehen, und er hielt den Atem an.

Der Herr der römisch-katholischen Kirche in aller Welt, der von Gott Erwählte, der von Christus Gesalbte, der Erbe von Sankt Peter. Seine Heiligkeit Urban IV. Simon empfand fast die gleiche Ehrfurcht wie an jenem Tag in Paris, an dem König Ludwig ihn die Dornenkrone küssen ließ.

Simon schien es, als gehe vom Heiligen Vater ein überirdisches Licht aus. Links und rechts neben ihm standen etwa ein Dutzend Männer in leuchtend roten Gewändern und breitrandigen roten Hüten mit langen roten Quasten, die ihnen bis auf die Schultern hingen: die Kardinäle, die Fürsten der Kirche. Simon fragte sich, ob den Tataren klar war, was für eine Ehre ihnen hier widerfuhr.

Nachdem die Sänfte vor dem Papst abgesetzt worden war, stiegen die kleinen braunen Männer aus, knieten nieder und drückten die Stirn auf das Kopfsteinpflaster. So verharrten sie, bis der Papst Verceuil ein Zeichen gab, der sich bückte, sie an der Schulter berührte und ihnen half, sich aufzurichten.

Der Papst drehte sich um und betrat, gefolgt von den Tataren und den

Kardinälen, die Kathedrale. Damit diese Zusammenkunft ein Erfolg wurde, war eine Papstmesse der bestmögliche Anfang.

So viele Menschen gingen vor Simon, daß Bruder Mathieu ihn einholte, bevor er das Portal des Gotteshauses passiert hatte.

»Was, glaubt Ihr, hat die Menge so erregt?« fragte Simon, als sie sich durch die Leute drängten, die im Mittelgang der Kirche standen.

»In italienischen Städten wütet die Menge, oder sie jubelt«, antwortete Bruder Mathieu.

»Aber einen Kardinal zu besudeln! So etwas wäre in Frankreich nicht möglich.«

»Die Italiener verehren ihre Priester nicht so wie die Franzosen«, sagte der Franziskaner mit einem Lächeln. »Sie haben schon so lange mit den Kirchenfürsten zu tun, daß sie nicht mehr so viel Achtung vor ihnen haben.«

Das Innere der Kathedrale erstrahlte im Licht Tausender von Kerzen, aber von den kleinen, schmalen Fenstern mit den matten Scheiben war Simon nicht beeindruckt. Das ist eine alte Kirche, sagte er sich und dachte an die bunten Glasfenster in den neueren Kathedralen Frankreichs.

Die Menge war so dicht gedrängt, daß Simon und Bruder Mathieu es nicht schafften, sich bis zum Mittelschiff durchzukämpfen, wo Sessel für die Würdenträger bereitstanden.

Man hatte Papst Urban die Mitra abgenommen. Er stand jetzt barhäuptig da und hob eben die dünne, runde Brotscheibe zur Wandlung in die Höhe, als ein zorniger Aufschrei durch die Kathedrale hallte.

Simon überlief ein Frösteln. Seine Schulter als Keil einsetzend, zwängte er sich durch die Menge in die Richtung, aus der die Stimme kam. »Vor dem Zorn der Tataren, Herr, bewahre uns!«

»Macht Platz! Laßt mich durch!« schrie Simon. Wenn das ein Mörder war, mußte die Ehrerbietung vor der Messe, sogar die vor dem Papst, zurückstehen.

Der Unbekannte wiederholte seinen Ruf.

Simon erblickte ihn, einen jungen Mann mit braunem Haargestrüpp. Er war groß und breitschultrig und trug ein schlichtes weißes Gewand, das zerrissen und grau vom Straßenstaub war. In einer Hand hielt er einen Dolch.

Wollte er die Tataren ermorden?

»Halt!« rief Simon.

Der zottige Kopf fuhr herum, und dann stürzte sich der Mann, grünlich aussehende Zähne entblößend, auf Simon.

Er ist verrückt, dachte dieser und hielt sein Schwert vor sich.

»Tötet ihn nicht!« rief dröhnend eine tiefe Stimme, die Simon als die von Verceuil erkannte.

Der Mann mit dem Dolch zögerte jetzt.

Simon wich auf die rechte Seite des Weißgekleideten aus, sprang dann vor, hob sein Schwert und schlug dem anderen die flache Klinge auf die Hand, die den Dolch hielt.

Der Dolch flog durch die Luft. Simon sah sofort, daß der Mann nicht kampferprobt war.

Dieser machte einen Satz und ging in die Hocke, um sich seinen Dolch wiederzuholen, aber Simon gab ihm einen Tritt aufs Kinn. Der dichte Bart schwächte die Wirkung des Lederstiefels zwar ab, doch der Mann begann zu schwanken. Bevor er sich wieder erholt hatte, stürmte Alain de Pirenne durch die Menge, nahm ihn in den Schwitzkasten und zwang ihn zu Boden.

»Vor dem Zorn der Tataren, Herr, bewahre uns!« Immer wieder rief es der verhinderte Mörder, als Soldaten der päpstlichen Garde ihn aus der Kirche schleppten.

Papst Urban schüttelte langsam das weiße Haupt, dann wandte er sich zum marmornen Hochaltar zurück und hob noch einmal die Hostie.

Verceuil und Bruder Mathieu kamen gleichzeitig bei Simon an. Der Kardinal streckte die Hand nach dem Dolch aus, den Simon aufgehoben hatte, und betrachtete ihn. »Man kann sie zu Hunderten auf dem Markt kaufen«, sagte er leise, um die Messe nicht zu stören. Mit einem Schulterzucken schob er den Dolch in seinen schwarzen Ledergürtel.

»Das weiße Gewand und die Sandalen, die er trägt, sind Merkmale der Apostolischen Bruderschaft«, meinte Bruder Mathieu. »Es sind Ketzer, die der Lehre Joachims de Fiore vom Anbruch eines neuen Zeitalters der Erleuchtung und der Gleichheit aller huldigen.«

»Wenn es sich um Ketzerei handelt«, sagte Verceuil mit einem unangenehmen Lachen, »gibt es keinen großen Unterschied zwischen der Apostolischen Bruderschaft und den Franziskanern. Viele Eurer Brüder sind heimliche Joachimiten.«

»Er könnte natürlich auch nur so gekleidet gewesen sein, um uns zu täuschen«, fuhr Bruder Mathieu, die Beleidigung überhörend, fort.

»Wir werden schon feststellen, wer er ist und woher er kommt«, sagte Verceuil. »Ich habe angeordnet, ihn dem Richter von Orvieto zu übergeben, der ihn in der Folterkammer hochnotpeinlich befragen wird.« Er machte auf dem Fuß kehrt und schritt mit wehendem Umhang zum Altar zurück.

Simon beunruhigte sich bei dem Gedanken, daß der verrückte Ketzer Foltern ausgesetzt sein würde, weil er ihn gestellt hatte. Aber schlimmere Ängste plagten ihn. Die Tataren waren erst seit ein paar Stunden in Orvieto, und schon wären sie um ein Haar einem Mordanschlag zum Opfer gefallen. Irgendwo in dieser Stadt lauerte ein Feind.

12

Brief von Emir Daoud ibn Abdallah an El Malik Baibars al-Bunduqdari, geschrieben in Orvieto:

»Obwohl Mittelitalien unter der Oberhoheit des Papstes steht, habe ich festgestellt, daß seine Armee kaum groß genug ist, seine Person zu schützen.

Manfred könnte den Papst jederzeit angreifen, aber er tut es nicht, weil er fürchtet, daß dann die anderen europäischen Herrscher über ihn herfallen.

Der nördliche Teil Italiens ist unter mehrere Städte aufgeteilt, von denen jede ein unabhängiger Staat ist. Diese Städte führen häufig Krieg gegeneinander. Die bedeutendsten sind Venedig, Genua, Florenz, Mailand, Siena, Pisa und Lucca.

Innerhalb dieser Städte gibt es auch ständig Händel zwischen verschiedenen Parteien. Die Paläste der großen Familien sind wahre Festungen.

Italien ist in zwei große Parteien geteilt, die Ghibellinen und die Guelfen. Diese Parteien sind überall zu finden, insbesondere an der Kehle der jeweils anderen. Sie sind vor langer Zeit im nördlichen Teil des Heiligen Römischen Reiches entstanden, wo Deutsch gesprochen wird. Die Hohenstaufenkaiser kamen aus der Stadt Waiblingen. In ihrer Frühzeit waren sie mit einer Familie namens Welf verfeindet. In Italien sind aus Welf und Waiblingen die Guelfen und die Ghibellinen geworden.

Von Tag zu Tag wird mir klarer, wie verwickelt die europäische Geschichte ist. Es scheint, daß fast ganz Italien zum Heiligen Römischen Reich gehört, aber Rom selbst gehört nicht dazu. Die Hohenstaufen sind seit über hundert Jahren die Herrscher des Heiligen Römischen Reiches und haben sich mit den Päpsten immer in den Haaren gelegen. Ich verstehe nicht, warum ein Kaiser heilig genannt wird, wenn er der traditionelle Feind des Papstes ist.

Zur Zeit gibt es keinen Kaiser, der über das Heilige Römische Reich herrscht. Der letzte war Konrad, Sohn Friedrichs II. und Halbbruder von Manfred. Er starb vor zehn Jahren, und nach seinem Tod erklärte sich Manfred zum König von Süditalien und Sizilien.

Im deutschen Teil des Heiligen Römischen Reiches herrschen noch chaotischere Zustände als in Italien, wenn das für meinen Herrn überhaupt vorstellbar ist.

In Orvieto, wohin sich der Papst um seiner Sicherheit willen zurückgezogen hat, gibt es keine Ghibellinen. Man hat hier andere Gründe gefunden, sich zu bekämpfen.

Die Hauptfehde besteht zwischen zwei großen Familien, den Monaldeschis und den Filippeschis. Da die tatarischen Gesandten Gäste der Monaldeschis sind, hoffe ich, mich mit den Filippeschis anfreunden zu können.«

In seinem kleinen Zimmer in der Villa von Kardinal Ugolini an einem Tisch sitzend, machte Daoud von seinem Brief an Baibars eine Abschrift. Er hatte den Brief in einem Kode geschrieben, der aus arabischen Ziffern bestand. Selbst wenn der Bericht, was höchst unwahrscheinlich war, abgefangen werden und seinen Weg zu einem der wenigen Christen finden sollte, die Arabisch lesen konnten, würde ihn niemand enträtseln können.

Daoud rollte die beiden Briefe fest zusammen und steckte sie in die lederne Schäfertasche an seinem Gürtel. Er verließ sein Zimmer und trat in einen schmalen Korridor.

Ugolinis Studierzimmer lag am Ende des Korridors. Daoud blieb vor der schweren Eichentür stehen und hob die Faust, um zu klopfen.

Er fühlte sich leicht benommen – wie vor einem Kampf. In gewisser Weise war dies auch ein Kampf. Er war jetzt seit über zwei Wochen Gast in Ugolinis Villa, und es war ihm gelungen, wie er glaubte, die Aussichten der Tataren auf ein Bündnis mit den Christen zu vermindern. Aber er mußte noch viel mehr tun, und das mit Ugolinis Hilfe. Den Kardinal, das wußte Daoud, würde der Gedanke, seinem moslemischen Gast eine Audienz beim Papst zu verschaffen, zu Tode erschrecken. Aber vor dem Papst zu erscheinen war genau das, was Daoud wollte.

Er klopfte an die Tür des Studierzimmers. Auf die gedämpft klingende Frage von drinnen antwortete er: »Ich bin es, David.«

Ein Riegel wurde zurückgeschoben, und Daoud trat ein. Kardinal Ugolini setzte sich wieder in den Sessel mit der hohen Rückenlehne. Ledergebundene Folianten und Pergamentrollen waren auf dem Tisch vor ihm verstreut, und in der Mitte lag ein großes, rundes Messinginstrument, ein Astrolabium, mit dem man den Stand der Sterne bestimmen konnte. Auf Wandregalen hinter dem Kardinal standen, außer noch viel mehr Büchern, ein ausgestopfter Falke und eine ausgestopfte Eule; außerdem lag da ein menschlicher Schädel mit einem seltsamen Zeichen auf der Hirnschale. Fenster aus weißem Glas ließen eine Überfülle von Licht herein.

Hier läßt sich gut arbeiten, dachte Daoud. »Ich hoffe, Euer Eminenz nicht zu stören«, sagte er.

»Aber durchaus nicht, David«, erwiderte der Kardinal. »Wir müssen miteinander reden.«

Kardinal Alberto Ugolini war ein kleiner, untersetzter Mann mit langen grauen Schnurrbarthaaren, die wie Flügel von seinen feisten Wangen abstanden. Sein fliehendes Kinn war genauso kahl wie sein Kopf, den ein rotes Käppchen zum Teil bedeckte. Er trug eine schlichte schwarze Soutane wie ein Priester, aber an seiner Halskette hing ein goldenes Kreuz mit fünf blauen Edelsteinen.

Daoud fragte sich, ob in diesem Kreuz auch ein vergiftetes Stilett versteckt war wie bei Tilia.

»Der Mann, der in der Kathedrale gefangengenommen wurde, soll öffentlich in Stücke gerissen werden«, sagte Ugolini. »Sie haben ihn drei Tage und zwei Nächte gefoltert, aber nichts von ihm erfahren, außer daß er ein Mitglied der Apostolischen Bruderschaft, also ein Anhänger des Ketzers Joachim de Fiore, ist.«

Wenn ich zum Papst will, dachte Daoud, muß ich wissen, wie Christen miteinander reden. Es wäre nicht gut, wenn ich die christlichen Würdenträger durch unabsichtliche ketzerische Bemerkungen beleidigte. »Was lehrt dieser Joachim?«

Ugolini winkte ab. »Er ist schon lange tot, aber seine Verrücktheiten wiegeln noch immer das einfache Volk auf. Die Kirche ist zu reich, die Geistlichkeit verderbt. Das Zeitalter des Heiligen Geistes ist nah, in dem es Frieden, Gerechtigkeit und Freiheit geben und aller Besitz gemeinsam sein wird.«

Die Lehren der Apostolischen Bruderschaft klangen für Daoud wie die der Haschischia, die ihm von Imam Fayum al-Burz beigebracht worden waren.

Ugolini schüttelte sich. »Es ist gefährlich für Euch, wenn Ihr Euch mit Leuten wie der Bruderschaft einlaßt.«

»Dieser Ketzer kennt mich nicht, Ihr braucht also keine Angst zu haben.«

»Ich habe keine Angst«, meinte Ugolini großspurig. »Wie habt Ihr diesen Mann dazu gebracht, in der Kathedrale den Dolch zu ziehen?« fragte er. »Und wie habt Ihr die Menge aufgewiegelt?«

Daoud sah das kaum merkliche Flackern von Ugolinis Pupillen, seine zusammengepreßten Lippen, die verkrampften Kiefer, Anzeichen dafür, daß der Mann in großer Angst lebte.

Daoud zuckte lächelnd die Schultern. »Lorenzo hat den Verrückten entdeckt, als er an Straßenkreuzungen gegen die Tataren predigte, und ließ ihn von bezahlten Kreaturen nach Orvieto bringen. Wir haben ihm nicht gesagt, was er tun soll. Er hat es von sich aus getan. Und was die Massen anbelangt, so brauchte Lorenzo nur hier ein Wort fallen zu lassen und da eine Münze über den Tisch zu schieben. Viele Leute glauben, die Tataren seien Dämonen der Hölle. Vielleicht sind sie es auch. Jedenfalls glaube ich, daß wir das Volk von Orvieto zu Gegnern der Tataren gemacht haben.«

»Ihr kommt mir vor wie ein Kind, das in einer Scheune voll Stroh mit Feuerstein und Zunder spielt«, sagte Ugolini, schnell mit den Augen blinzelnd.

Man muß ihn anstacheln, damit er handelt, dachte Daoud. Tilia hat gesagt, daß er in Angst geraten wird, wenn er erfährt, daß er mir eine Audienz beim Papst verschaffen soll. Das muß heute noch geklärt werden . . .

Daoud trat an eines der Fenster. Es war geöffnet, damit frische Luft hereinkam. Durch die Gitterstäbe nach unten schauend, betrachtete Daoud die Straße, durch die die Tataren gekommen waren. Der Töpfer auf der anderen Straßenseite hatte die Blutflecke weggewaschen und saß jetzt vor seinem Laden inmitten seiner leuchtend bunten Waren.

Wie konnte man Ugolini beikommen? Mit Geld, Drohungen, dem Versprechen, ihm Macht zu verschaffen? Daoud drehte sich um und zwang sich zu einem Lächeln. »Ihr wollt mich nicht hier haben, Euer Eminenz.«

Ugolini sah ihn lange an und sagte endlich: »Mehr als ein Dutzend Jahre war Baibars eine ferne Gestalt, die mir für kleine, harmlose Informationen kleine Belohnungen zukommen ließ. Jetzt lebt plötzlich sein Agent in meinem Haus und verlangt von mir, daß ich, der Kardinal und Camerlengo des Kardinalskollegiums, den Foltertod riskiere, indem ich den Papst hintergehe und die Kirche verrate. In einer oder zwei Wochen werden sie auf dem Platz vor der Kathedrale diesem armen, verrückten Ketzer furchtbare Dinge antun. Aber seine Leiden werden höchstens den zehnten Teil dessen ausmachen, was sie mir antun werden – wenn man uns entdeckt.«

Daoud neigte den Kopf. »Je früher ich meine Aufgabe erfüllt habe, desto früher bin ich wieder fort. Deshalb müßt Ihr mich so bald wie möglich mit dem Papst zusammenbringen.«

Ugolinis Augen wurden groß, und seine Lippen zitterten. »Tilia hat mir gesagt, daß Ihr eine so wahnwitzige Idee habt«, erwiderte er. »Wenn Ihr vor dem Papst und seinem Hofstaat sprecht, wird Euch jeder wichtige Mann von Orvieto sehen. Begeht Ihr nur den geringsten Fehler und verratet Euch dadurch, werden sie über Euch herfallen wie die Meute über einen Fuchs.« Er lachte nervös. »Nein, nein, nein, nein! Genauso gut könnte ich Euch zu Verceuil bringen und sagen: ›Hier ist der Feind, nach dem Ihr sucht, ein Moslem, ein Mameluck sogar. Ach, und übrigens, ich war derjenige, der ihn nach Orvieto gebracht hat.‹« Er legte die Hand über die Augen.

Daoud begann vor Enttäuschung mit den Zähnen zu knirschen. Es war leichter, sich mit einem ganzen Trupp Tataren anzulegen als zu versuchen, diesem Mann Mut einzuflößen. Ich muß ihn dazu bringen, daß er mir nicht nur helfen, sondern die Opposition gegen die Tataren anführen will, sagte er sich. »Die Kardinäle sprechen miteinander Latein, nicht wahr?« fragte er. »Ich werde meine Rede auf griechisch halten, und Ihr werdet sie für mich ins Lateinische übersetzen. Das gibt Euch Gelegenheit, die Fehler zu vertuschen, die ich mache.«

»Warum wollt Ihr denn unbedingt zum Papst?« meinte Ugolini. »Bleibt im Hintergrund, sagt mir, was Ihr getan haben wollt, und ich sorge dafür, daß es geschieht.«

»Nur ich bin den Tataren in der Schlacht begegnet. Nur ich habe gesehen, was sie einer eroberten Stadt antun.« Die Erinnerung an den Anblick und den Gestank von verwesenden Leichen stieg in Daoud auf, und er mußte kurz die Augen schließen. »Was ich zu sagen habe, ist eine wichtige Waffe. Ich kenne die Tataren besser als sonst jemand in Orvieto – außer dem Priester in der braunen Kutte, der mit ihnen gekommen ist. Und er steht auf der anderen Seite.«

»Wie wollt Ihr berichten, was Ihr wißt, ohne zu verraten, daß Ihr ein moslemischer Krieger seid?«

»Viele christliche Händler besuchen jetzt Italien. David von Trapezunt ist einer von ihnen.« Daoud breitete die Arme aus. »Wie Ihr seht, kleide ich mich wie ein wohlhabender Kaufmann.«

Lorenzo war mit einem Beutel Goldstücken losgezogen, nachdem Ugolini die ersten Edelsteine verkauft hatte, und mit einer Truhe neuer Kleider für Daoud zurückgekehrt. Heute trug Daoud einen Seidenumhang in Kardinalsrot. Er war sehr leicht und reichte ihm bis zu den Knien. Unter dem Umhang hatte er eine purpurfarbene Tunika mit Goldlitzen an.

Ugolini schüttelte den Kopf. »Kleider werden den Papst und die um ihn herum nicht täuschen. Ihr verlangt zu viel von mir.«

Daoud wünschte sich, aufgeben zu können. Ugolini war nichts als ein Jammerlappen. Aber er hatte keine andere Wahl, er mußte es immer weiter versuchen. Der Kardinal war sein Schlüssel zum päpstlichen Hof. »Denkt an Euren Lohn«, drängte Daoud. »Ein Teil des Vermögens, das ich mitgebracht habe, gehört Euch schon. Wenn der Papst die Tataren fortschickt, ohne ein Abkommen mit ihnen getroffen zu haben, wird mein Sultan es Euch mit beiden Händen lohnen.«

Ugolini sah ihn gequält an. »Aber die Gefahr ...«

»Mein Herr hat mich zu Euch geschickt, weil er weiß, daß Ihr ein Freund des Islam seid«, sagte Daoud.

Ugolini hob abwehrend die Hand. »Vergeßt nicht, ich bin ein Christ.«

»Das bezweifle ich nicht«, erwiderte Daoud.

»Kein sehr guter«, fuhr Ugolini fort, seufzte und blickte ins Leere. »Gebe Gott, daß ich beichten kann, bevor ich meinen letzten Atemzug tue. Aber ich stamme aus Süditalien und habe in meiner Kindheit Seite an Seite mit Moslems gelebt. Ich hatte moslemische Lehrer, weise Männer. Sie haben mich in Philosophie, Medizin, Astrologie und Alchimie unterwiesen. Von ihnen habe ich gelernt, wie viel es zu wissen gibt, das ich vielleicht nie wissen werde.«

Daouds Herz schlug schneller. Ugolini sprach jetzt genauso, wie er es sich wünschte.

»Gott helfe mir, aber ich verzehre mich nach irdischem Wissen«, fuhr Ugolini fort. »Ich habe Theologie studiert, damit ich an die Universität von Neapel gehen konnte. Aber was man an einer christlichen Universität lernt, ist nicht genug. Ich möchte wissen, was ihr Sarazenen wißt. Und deshalb sehne ich mich nach Frieden zwischen dem Christentum und dem Islam.«

Erregung ergriff von Daoud Besitz. Er fühlte sich wie im Kampf, wenn er spürte, daß die Kräfte seines Gegners nachließen. »Ihr werdet Euch nie das Wissen aneignen können, nach dem Ihr Euch sehnt, wenn die Tataren es vernichten«, sagte er eindringlich. »Überlegt doch, was alles verloren ging, als sie Bagdad dem Erdboden gleichmachten. Stellt Euch vor, was verloren gehen wird, wenn sie Kairo zerstören, Theben, Alexandria.«

»O Gott!« rief Ugolini und fuchtelte in der Luft herum, die Hände wie zu Klauen gekrümmt. »In Ägypten gibt es so viel, was ich lernen könnte, wenn nur diese dumme Feinschaft zwischen Moslems und Christen mich nicht daran hinderte. Ich leide Qualen wie Tantalus.«

»Als Kardinalscamerlengo, als Haushofmeister des Papstes, könntet Ihr doch vorbringen, ich sei ein Reisender, der von weither kommt und etwas zu berichten hat, was die päpstlichen Entschlüsse im Hinblick auf die Tataren entscheidend beeinflussen könnte. Auf diese Weise könnt Ihr vielleicht bewahren, was sonst verloren wäre.«

Der Kardinal sah Daoud ernst an. »Ich habe die Laufbahn einiger Sterne berechnet, und ich weiß, wie sie unser Geschick lenken. Meine jüngsten Forschungen haben ergeben, daß ich ein Risiko eingehen werde, das mir allerdings überreichen Lohn einbringen kann.«

»Dann werdet Ihr mich also dem Papst als Zeugen tatarischer Greueltaten vorstellen?«

Ugolini schüttelte zuerst den Kopf, dann seufzte und nickte er. »Ich kann ein Treffen vorschlagen. Und mögen die Sterne über uns wachen«, fügte er hinzu, während er mit der Rechten auf Stirn, Brust und Schultern das Kreuzzeichen machte.

Daoud gestattete sich ein kurzes Triumphgefühl. Ugolini begann sich endlich in die von ihm gewünschte Richtung zu bewegen. Aber jetzt mußte er, Daoud, sich auf eine viel größere Prüfung vorbereiten, auf sein Treffen mit dem Papst.

Als Daoud eine Weile später das sonnige Atrium von Ugolinis Villa betrat, sah er Sophia und Rachel unter Orangen- und Zitronenbäumen am Fischteich stehen. Die glänzenden dunkelgrünen Blätter spiegelten das Licht der Vormittagssonne. Sonnenlicht spielte über Sophias pfirsichfarbenes Kleid. Ein schmales Goldarmband an ihrem Handgelenk blitzte auf, als sie die Hand hob, um zu unterstreichen, was sie gesagt hatte. Das Lächeln, das daraufhin Rachels Gesicht erhellte, prophezeite, daß sie in ein paar Jahren eine schöne Frau sein würde. Sie war, wie Daoud feststellte, besser gekleidet als an dem Abend, an dem sie sie kennengelernt hatten. Das knöchellange blaue Seidenkleid mußte Sophia gehören.

»Der Kardinal hat eben aus Livorno einen riesigen Steinbutt geliefert bekommen, Messer David«, sagte Rachel, und ihre schwarzen Augen glänzten vor Staunen. »Lebendig, in einem Faß Wasser. Schaut, Ihr könnt ihn unten auf dem Grund sehen.«

Daoud blickte in das klare Wasser und entdeckte dicht über den gelben Kieselsteinen auf dem Teichgrund einen schmalen dunklen Schatten, der gemächlich hin und her schwamm. Braune Karpfen flitzten über ihn hinweg.

»Das Gold des Kardinals macht vieles möglich«, meinte Daoud. »Sei so nett und laß uns eine Weile allein, Rachel.«

Sophia reichte Rachel ein kleines, ledergebundenes Buch. »Lies inzwischen die Gedichte von Ovid.«

Rachel drückte das Buch an ihre schmale Brust. »Latein kann ich nicht lesen, Signora, aber ich werde mir die Bilder ansehen.«

»Nimm dich in acht«, sagte Sophia leise auflachend. »Ein paar könnten dich schockieren.«

Rachel verneigte sich und enteilte.

Daoud hatte den Neckereien zwischen der Frau und dem Mädchen mit gemischten Gefühlen zugehört. Er hatte beide gern, und es gefiel ihm, wenn sie fröhlich waren. Er stellte sich vor, daß die Frauen in El Kahira auch so miteinander redeten, wenn sie unter sich waren; aber wenn sie es taten, bekamen es die Männer nie zu hören.

Es bereitete ihm jedoch auch Unbehagen, daß Rachel und Sophia sich immer enger aneinander anschlossen. Sie teilten sich im obersten Stockwerk der Villa ein Zimmer neben dem von Daoud und Lorenzo. Es wurde ihm unwohl, wenn er an die langen Gespräche dachte, die sie vielleicht miteinander führten. Wie, wenn Rachel erfuhr, daß Sophia in Wirklichkeit Byzantinerin war, obwohl sie doch vorgab, die Nichte des Kardinals aus Sizilien zu sein? Griechisch-Orthodoxe waren hier im Land der römischen Kirche fast ebenso verhaßt wie Moslems. Eine kleine, scheinbar harmlose Bemerkung dieser Art konnte sie alle vernichten. Er mußte die beiden trennen.

Als er sich Sophia zuwandte, war er wieder betroffen davon, daß so viel Schönheit sich unverschleiert außerhalb eines Harems zeigen durfte. Ein schmales goldfarbenes Band schlang sich um ihren Hals, kreuzte sich zwischen ihren Brüsten und hielt das pfirsichfarbene Kleid an der schmalen Taille zusammen. Ihr glänzendes schwarzes Haar war in ein Netz aus Goldfaden gehüllt.

Sie sah ihn fragend an. Daoud betrachtete ihr Gesicht – die lange gerade Nase, die dunkelroten Lippen und das zarte Kinn – und freute sich, daß Christinnen nicht verschleiert waren. Er fand es nicht erstaunlich, daß diese Frau die Aufmerksamkeit eines Kaisers und eines Königs erregt hatte. Er konnte sie auch nicht ansehen, ohne sich zu wünschen, sie in die Arme zu nehmen.

»Nun, mein fränkisch-türkischer Herr und Sklave, was hat Euer geschäftiges Gehirn mir für eine Aufgabe zugedacht? Soll ich mich auf der Straße von den Venezianern erschießen lassen? Oder in der Kirche für Aufruhr sorgen und dafür zu Tode gefoltert werden? Ich begreife nicht, warum Ihr einen frommen Einfaltspinsel in einen so furchtbaren Tod schicken mußtet.«

Schuldbewußtsein bohrte sich in Daoud wie ein Haschischia-Dolch. Trotzdem durfte er Sophia nicht gestehen, wie sehr er bedauerte, was mit dem Ketzer geschehen war. Sie mochte seine Gefühle richtig finden, aber sie würde auch ihr Vertrauen in ihn verlieren. »Ich benutze jede Waffe«, sagte er. »Auch wenn sie mir die Hand bricht.«

Sophia setzte sich auf den Marmorrand des Fischteichs. Nach einem kurzen Zögern setzte Daoud sich neben sie und strich seinen roten Umhang unter sich glatt.

»Wo ist Lorenzo?« fragte sie. »Ich habe ihn seit dem Tag, an dem die Tataren eintrafen, nicht mehr gesehen.«

»Er ist in Spoleto, um ein paar unerschrockene Männer für mich aufzutreiben.«

Lorenzo würde zwei oder drei Männer aus Spoleto mitbringen. Später würde er aus Viterbo, Chiusi und anderen nahen Städten weitere holen. Unauffällig würden sich im Lauf der nächsten Monate kleinere und größere Trupps Bewaffneter – die Italiener nannten sie »Bravi« – in Orvieto versammeln, um Daoud zu dienen.

»Die Männer, die Lorenzo mitbringt, werden weder meinen Namen noch mein Gesicht kennen«, fuhr Daoud fort. »In ein paar Tagen stellt mich Kardinal Ugolini dem Papst vor, und ich werde Urban vor den Tataren warnen. Schließlich habe ich sie ja selbst erlebt. Man darf mich nicht mit anderen Dingen in Verbindung bringen, die gegen die Tataren angezettelt werden – Unruhen unterm Volk, bewaffnete Überfälle. Deshalb ist Rachel eine Gefahr.«

Sophia hatte nachdenklich den gekiesten Pfad betrachtet. Als er Rachels Namen nannte, hob sie den Kopf und sah ihn an. »Wollt Ihr mich zwingen, Rachel fortzuschicken?«

»Ihr wart damit einverstanden. Schon vergessen?«

»Nein, aber ich habe gedacht, daß Ihr Eure Meinung vielleicht ändern werdet, da sie jetzt schon einige Zeit bei uns ist und es keine Schwierigkeiten gegeben hat.«

»So schnell ändere ich meine Meinung nicht.«

»Aber wo soll sie denn hin? Ihr würdet sie wirklich verhungern lassen?«

»Tilia Caballo nimmt sie bei sich auf.«

»Ihr wollt sie zwingen, in das Bordell dieser widerlichen Person zu gehen? Sie ist noch ein Kind.«

»Sie ist fast dreizehn. Viele Frauen sind in ihrem Alter schon verheiratet.«

»Sie hat noch nicht einmal ihre Regel.«

»Woher wißt Ihr das?« fragte Daoud peinlich berührt.

»Sie hat es mir gesagt.«

»Sie muß nicht bei Männern liegen, wenn sie es nicht will.«

»Glaubt Ihr wirklich, Tilia ließe ihr diese Wahl?« fragte Sophia zornig.

In Daoud kämpften die widerstreitendsten Gefühle. Ihm gefiel, daß Sophia sich so energisch für das Kind einsetzte. Gleichzeitig ärgerte er sich, weil sie es ihm so schwer machte, das Problem Rachel zu lösen. »Wie oft hat man in dieser Welt schon eine Wahl?« fragte er.

»Seid Ihr nicht freiwillig hier, Daoud?«

»Ich bin der Sklave meines Sultans«, sagte er. »Denn das ist es, was das Wort Mameluck bedeutet – Sklave. Er hat mir befohlen, nach Orvieto zu gehen. Aber ich habe es auch gewollt.«

»Um den Islam vor den Tataren zu retten.« Sie griff ins Wasser und benetzte sich damit die Stirn.

Er hörte einen Unterton von Skepsis in ihrer Stimme. »Ja.«

»Könnt Ihr Euch mit meinen Augen sehen?« Ihre Miene war ernst, als wünsche sie sich, nicht an ihm zweifeln zu müssen.

»Nun, wie seht Ihr mich?« fragte er freundlich.

»Ich sehe einen fränkischen Krieger mit blondem Haar und heller Haut.« Sie drehte sich um, sah ihn an und schlug dann schnell die Augen nieder. »Gut aussehend – für einen Franken.«

»Ihr und die Türken nennt alle Europäer Franken«, sagte er. »Meine Eltern waren aber nicht französischer, sondern englischer Abstammung.«

»Ihr könntet mit Euren Juwelen nach Frankreich oder England zurückkehren, Euch ein Schloß und eine Armee von Gefolgsleuten kaufen und wie ein kleiner König leben. Ihr könntet den Islam und die Tataren vergessen.«

»Ich halte mich für von Gott gesegnet, weil ich inmitten der Pracht und Herrlichkeit Ägyptens aufwachsen durfte und nicht in der Unwissenheit und dem Schmutz jener, die Ihr Franken nennt.«

Sie nickte. »Wir Griechen denken, daß die Araber und die Ägypter außer uns die einzigen kultivierten Menschen in der Welt sind. Beinahe so kultiviert wie wir.« Sie sagte es mit einem Lächeln, und er bemerkte, daß ihre Wangen Grübchen hatten.

Er lachte. »Wodurch seid ihr so kultiviert?«

Sie legte die Hände in den Schoß und richtete die Augen nach oben, als denke sie scharf nach. »Nun ja, unsere Kirchen sind prächtig.«

»Das sind auch unsere Moscheen.«

»Unsere Gemälde und Mosaiken und die Statuen von Heiligen und Engeln und Kaisern sind die schönsten der Welt.«

»Götzen«, unterbrach er sie. »Der Prophet hat befohlen, Götzen zu vernichten.«

»Und deshalb erlahmt die Kunst der Malerei bei euch«, sagte sie und tippte ihm mit dem Zeigefinger auf die Schulter. »Eines Tages werde ich Euch meine Bilder zeigen, wenn Ihr versprecht, sie nicht zu zerstören.«

Seine Schulter kribbelte an der Stelle, an der sie ihn berührt hatte. Sie mußte von ihren Gefühlen für die Künste ihres Heimatlandes fortgerissen worden sein, um so etwas zu tun; Absicht konnte es nicht gewesen sein. Seine Hand lag zwischen ihnen auf dem Rand des Beckens. Er rückte ein Stückchen näher an Sophia heran, so daß er fast ihren Oberschenkel berührte.

Seit Wochen schon sehnte er sich danach, die Hand auszustrecken und Sophias elfenbeinweiße Haut zu berühren. Jetzt tat er es. Federleicht strich er ihr mit den Fingerspitzen von der Schläfe bis zum Kinn.

Sie nahm seine Hand, nicht um sie wegzustoßen, wie er befürchtete, sondern um sie kurz an ihre Wange zu drücken. Dann ließ sie sie wieder los.

Stumm saßen sie da und sahen sich an. Sie war so still, daß sie nicht einmal zu atmen schien, während sein Herz schnell schlug. Er wollte sie küssen, aber nicht hier, wo verborgene Augen sie vielleicht beobachteten.

Aber sie war nicht für ihn da, sondern für seinen Auftrag. »Es ist besser, wenn wir einander nicht zu nahe kommen«, sagte er. »Ich muß Euch benutzen. Ich werde Euch ausschicken, wie mein Sultan mich ausgeschickt hat, und Ihr müßt bei dem Mann liegen, der meine Beute werden soll.«

Sie lächelte traurig. »Dann bin ich Eure Sklavin?«

Er schüttelte den Kopf. »Ich weiß nicht, wessen Sklavin Ihr seid – die König Manfreds, nehme ich an. Ihr seid mir anvertraut worden wie dieser Smaragd, den ich von El Kahira mitgebracht habe. Was Ihr hier tun müßt, wird, davon bin ich überzeugt, nicht schlimmer sein als das, was Ihr schon früher getan habt.«

»Sicherlich nicht.« Ihre Stimme hatte jetzt einen bitteren Unterton.

»Wenn ich mit Euren Diensten zufrieden bin, werde ich Euch belohnen«, versprach er. »Dann werdet Ihr alles tun können, was Ihr wollt.«

»Dessen kann ich nicht sicher sein«, erwiderte sie.

Diesmal war er es, der ihre Hand nahm und sie kurz festhielt. Kalt und leblos lag sie in der seinen.

»Wir mögen keine Liebenden sein, aber vielleicht können wir Freunde werden«, meinte er.

»Vielleicht«, erwiderte sie abweisend.

Ärgerlich stand er auf und verließ sie. Konnte er ihr trauen? Er wünschte sich, ihre Gedanken zu kennen. War es möglich, daß sie ihn liebte? Er wußte, daß er das nicht erhoffen sollte, weil es zu nichts führen konnte, aber er hoffte dennoch, daß sie es wenigstens ein bißchen tat.

Was sie erreicht hatte, wurde ihm erst in seinem Zimmer klar, als er sein Mittagsgebet beginnen wollte. Er brauchte eine Frau, es war höchste Zeit.

Es war vier Monate her seit der letzten Nacht in El Kahira, als seine Frau, Baibars' Tochter Blühendes Gras, ihn die ganze Nacht mit ihrer leidenschaftlichen Liebe wach gehalten hatte, ohne Rücksicht darauf, daß er sich am nächsten Tag auf eine große Reise begeben mußte.

Er erinnerte sich an die Worte, die sie vor der Schlacht an Goliaths Brunnen zu ihm gesagt hatte, als sie ihm das Medaillon gab: »Nimm dir zum Vergnügen so viele Frauen, wie du willst. Aber lieben darfst du immer nur mich.«

Es war am besten, wenn er in Tilia Caballos Bordell ging und sich dort eine Frau nahm, in die er sich wohl kaum verlieben würde.

Es dämmerte schon, als Daoud durch die belebten Straßen ging. Ihm gefiel das goldene Licht, das auf den oberen Stockwerken der gelben Häuser von Orvieto lag. Sein scharlachroter Umhang wehte um ihn her, und aus den Augenwinkeln beobachtete er, daß viele Köpfe sich nach ihm umdrehten. Er ging dicht an den Häusern entlang, um nicht in den Unrat in der Straßenmitte zu treten. Andere Männer traten in den Dreck, um ihm Platz zu machen. Er war größer und besser gekleidet als alle, denen er begegnete, und an seinem Gürtel hing ein neues Schwert mit einem edelsteinfunkelnden Griff. Die Blicke, mit denen die kleinen dunklen Männer von Orvieto ihn musterten, waren nicht gerade freundlich.

Zwischen den Häusern wühlten Schweine im Abfall. Kleine Hunde liefen ihm vor die Füße. Was für rückständige, unsaubere Menschen diese Europäer waren! Überall in Orvieto nur Schmutz und Gestank. Er sehnte sich nach den gepflasterten Straßen von El Kahira, die jeden Tag von einem ganzen Heer von Sklaven gesäubert wurden.

Das Haus von Tilia Caballo stand in einer Straße, die breiter war als die meisten am Ostende der Stadt. Obwohl Ugolini es ihm als ganz durchschnittlich beschrieben hatte, war Daoud überrascht, wie sehr es den schäbigen Gebäuden in seiner Nachbarschaft ähnelte. Er hatte einen gewissen Luxus, ein wenig Extravaganz erwartet. Er hatte geglaubt, er werde Musik hören, wenn er näher kam – wie man sie vor den Bordellen in El Kahira hörte, bevor Baibars sie geschlossen hatte. Das Haus war still, schmucklos, abgesehen von einem Balkon im zweiten Stock. Kein Zeichen wies darauf hin, wer die Bewohner waren. Er fand es nur dadurch, daß er die Häuser zählte. Das fünfte Haus von der Ecke, hatte Ugolini gesagt.

Er klopfte an das schlichte dunkelbraune Tor, das sofort aufging, als habe jemand dahintergestanden und ihn erwartet. Vor ihm stand einer von Tilias Schwarzen, in Turban, langem Gewand und langen Hosen, so daß er einem Haremswächter in El Kahira ähnelte. Der Sklave verneigte sich stumm und forderte Daoud mit einer weit ausholenden Geste zum Eintreten auf.

Die Eingangshalle war eine Überraschung. Sie schien für das Gebäude zu groß zu sein. Er stand in einem hohen, weitläufigen, lichterfüllten Raum auf einem Perserteppich. In den Wandleuchtern und den beiden Kronleuchtern, die von der Decke hingen, brannten unzählige Kerzen. Zu beiden Seiten einer Marmortreppe standen je ein mannshoher Bronzeleuchter mit hohen, dicken Kerzen.

Er begriff jetzt, warum ihr Etablissement innen so ganz anders aussah als außen. Sie mußte alle angrenzenden Häuser in dieser langen Straße aufgekauft haben und hatte die Wände herausreißen lassen. Dort, wo ursprünglich die Mauern des Hauses gewesen waren, das er betreten hatte, standen jetzt römische Marmorsäulen, zwei Stockwerke hoch. Er zählte die Säulenreihen links und rechts und kam zu dem Ergebnis, daß die große Halle sich mindestens über fünf der Häuser erstreckte, die Tilia ihrem Haus der Freuden einverleibt hatte.

Der Schwarze schlug auf einen Gong neben der Tür, der einen leisen Ton von sich gab.

Im Nu erschien Tilia auf der obersten Stufe und kam rasch die Treppe herunter. Das Gold und die Juwelen, die sie trug, sprühten Funken nach allen Richtungen. »Ich habe gewußt, daß Ihr bald kommen würdet, David«, sagte sie. »Und ich bin froh, daß es noch so früh ist, wir haben noch Zeit, miteinander zu reden.«

Daoud wies mit dem Kopf auf den schwarzen Diener. »Warum kleidet Ihr Eure Männer wie Moslems, obwohl die Sarazenen, wie man uns nennt, so verhaßt sind?«

Tilia lachte. »Wißt Ihr denn nicht, daß es bei den Christen seit langem Mode ist, Anleihen bei den Sarazenen zu nehmen? Sie kopieren alles, von der Kleidung bis zu Ideen. Die meisten Leute denken, die Hohenstaufen seien mit ihrem Sarazenenheer zu weit gegangen, aber in den großen Häusern Italiens muß jeder schwarze Diener einen großen Turban, Schärpe und lange Hosen tragen. Meine Gäste kommen sich besonders verrucht vor, wenn sie ein Haus aufsuchen, in dem die Sklaven diese Kleidung tragen.«

»Also für mich wäre es kein Vergnügen, in ein Bordell zu gehen, in dem die Diener wie christliche Mönche angezogen sind«, sagte Daoud verächtlich.

Tilia seufzte. »Ich will Euch sagen, was es für mich bedeutet, diese Männer in der Kleidung der Sarazenen um mich zu haben. Es erinnert mich an die Zeit, in der ich als junge Frau in Kairo gelebt habe.« Sie schaute sich in der Halle um und seufzte abermals. »Ich war jung und schön und unglücklich. Jetzt bin ich reich und zufrieden, aber ich sage Euch ganz ehrlich, ich würde alles aufgeben, wenn ich noch einmal jung und schön sein könnte.«

Daoud war überrascht. Er hatte nicht gewußt, daß Tilia früher in El Kahira gelebt hatte. Hatte Baibars sie dort kennengelernt? »Und wo finde ich in diesem Haus die jungen, schönen, unglücklichen Frauen?«

Sie lächelte und legte ihm die Hand auf den Arm. »Seid Ihr ihretwegen hier?«

»Zuerst möchte ich meinem Herrn eine Nachricht schicken. Dann sehen wir weiter.«

»Selbstverständlich. Kommt mit.«

Er folgte ihr die Marmortreppe hinauf in den zweiten Stock.

Tilia zeigte auf eine Falltür. »Öffnet sie.«

Daoud kletterte auf eine Leiter, stieß die Tür auf und kam auf einen Wehrgang, der über einen Dachfirst führte. Er war breit genug für zwei

Männer, hatte aber kein Geländer, und das Dach fiel nach einer Seite steil ab. Der Wehrgang führte zu einem hölzernen Käfig, in dem es flatterte und gurrte.

Er blieb stehen und schaute sich um. Von hier aus konnte er fast ganz Orvieto überblicken. Reihe um Reihe schimmerten die spitzen Dächer rot und orangefarben im Licht der untergehenden Sonne. Weit draußen in der Nordostecke der Stadt schwang sich das mächtige Dach der Kathedrale empor, das sich wie eine Galeere zwischen Ruderbooten ausnahm. Im Süden sah man die sechs quadratischen Türme des Papstpalastes. Umrahmt wurde die Stadt auf allen Seiten von runden grünen Hügeln.

»Die Täuberiche fliegen nach Neapel«, sagte Tilia außer Atem hinter ihm.

Daoud staunte, daß sie es bei ihrer Dicke geschafft hatte, so viele Stufen und dann noch die Leiter heraufzuklettern. Er öffnete die Tür des Taubenschlags.

Sein Eintritt hatte ein wildes Geflatter zur Folge und löste in dem dunklen Verschlag einen wahren Federsturm aus. In der warmen Luft roch es ätzend nach Taubenkot. Tilia drängte sich an ihm vorbei, pfiff und gluckste, um die Tauben zu beruhigen.

»Wer bekommt die Nachricht in Neapel?« fragte er.

Sie drehte sich lächelnd zu ihm um. »Ein Bordellbesitzer. Ich werde Euch seinen Namen nicht nennen. Die Frauen meiner Täuberiche leben in seinem Taubenschlag. Lasse ich hier einen Täuberich los, fliegt er nach Neapel und besucht seine Frau, bis einer meiner Diener hinreist und ihn zurückbringt. Täuberiche sind ihren Gefährtinnen treuer als Männer ihren Frauen.«

Daoud lachte. Ihm gefiel Tilias Zynismus. »Wie lange dauert es, bis die Nachricht El Kahira erreicht?«

Sie sah ihn an, als halte sie ihn für einen Einfaltspinsel. »Wer kann das sagen? Einmal bekam ich schon nach knapp zwei Wochen Antwort. Ein andermal hat es einen Monat gedauert.«

»Möge diese Nachricht bald ihr Ziel erreichen.« Daoud holte die beiden eng mit winzigen arabischen Ziffern bedeckten Pergamentröllchen aus seiner Gürteltasche.

»Zwei Briefe? Wohin geht der andere?«

»Beide an Baibars. Ein Original und die Abschrift. So halten wir es immer. Da hat man die doppelte Chance, daß die Nachricht durchkommt.«

»Ich schicke die eine heute abend, die andere morgen früh ab. Was habt Ihr ihm berichtet?«

Daoud war sich nicht sicher, ob Tilia ihn das fragen durfte. Aber als Morgiana hatte sie Baibars aus Orvieto Dutzende von langen Briefen geschickt. Gewiß hatte niemand ein größeres Recht, über diese Korrespondenz Bescheid zu wissen.

David zuckte die Schultern. »Daß ich mit zwei Begleitern, die König Manfred mir mitgegeben hat, hier gut angekommen und wie erwartet empfangen worden bin. Obwohl ich einen Zahlencode benutzt habe, wird weder Euer Name noch der von Kardinal Ugolini erwähnt. Außerdem berichte ich, daß es uns gelungen ist, die Bürger von Orvieto gegen die Tataren aufzuwiegeln, und daß ich bald vor dem Papst gegen sie sprechen werde. Und ich erzähle Baibars einiges, was ich über Italien erfahren habe. Er ist sehr neugierig und will viel über die Länder der Ungläubigen wissen.«

»Dann ist der Kardinal also bereit, Euch dem Papst vorzustellen?«

»Er hat eingesehen, daß es der einzige gangbare Weg ist.«

»Ihr verfügt über eine große Überredungskunst. Ich verstehe jetzt besser, warum Euer Herr Euch geschickt hat.« Sie nahm ihm die Stückchen Pergament ab, rollte sie noch fester zusammen und steckte jedes in eine winzige Lederkapsel. Eine Kapsel verstaute sie in einer juwelenbesetzten Tasche, die an ihrer Hüfte hing. Die andere legte sie weg, griff in einen Käfig und holte einen Täuberich heraus. »Das ist Tonio. Er ist zehn Jahre alt, und er kommt immer durch.« Sie befestigte die Kapsel geschickt unter Tonios Flügel. Vor dem Taubenschlag öffnete sie die Hand, und der Vogel schwang sich in die Lüfte. »Nun«, sagte sie, »nachdem das erledigt ist, hättet Ihr vielleicht gern ein anderes Täubchen zu Eurem Vergnügen.«

»Ihr habt recht«, meinte Daoud und fühlte, wie sich Wärme in seinem Körper ausbreitete.

»Ich habe genau die Richtige für Euch«, erwiderte Tilia, seinen Arm tätschelnd, als sie zur Falltür zurückgingen. »Sie heißt Francesca. Sie wird Euch das Abendessen servieren, und wenn ihr wollt, könnt Ihr die Nacht mit ihr verbringen. Und Ihr braucht nichts zu bezahlen.«

»Ihr seid zu großzügig«, sagte Daoud, sich von einer kleinen Überraschung erholend. Er hatte vorausgesetzt, daß Tilia ihm aus reiner Gastfreundschaft Zutritt zu ihren Frauen gewähren würde; nie wäre ihm der Gedanke gekommen, daß er dafür bezahlen sollte.

13

Von einem Fuß auf den anderen tretend, stand Simon in dem gekiesten Hof vor Papst Urbans Palast. Ein italienischer Kardinal war eben mit seinem Gefolge aus Bischöfen, Monsignori, Priestern und Mönchen eingetroffen, und Simon wußte, daß es einige Zeit dauern würde, bevor der Zug alle Wachen und den Majordomus am Haupttor passiert haben würde.

Neben ihm sagte Alain de Pirenne leise: »Ich kann es noch nicht glauben. Wir werden bei einem Konzil zugegen sein, das vom Papst persönlich einberufen wurde.« Seine blauen Augen waren groß, und sein hellhäutiges Gesicht glühte vor Aufregung. Er trug seine besten Sachen, eine azurblaue Tunika mit Silberstickerei an Ärmeln und Kragen und an den Füßen schwarze Wildlederschuhe mit überlangen Spitzen. Der Griff des Langschwerts an seiner Seite war schlicht, aber Simon wußte, daß es seit Generationen in der Familie de Pirenne war.

»Glaub noch nicht daran, Alain«, sagte Simon mit einem schiefen Lächeln. »Wir sind nicht eingeladen, und man hat uns noch nicht eingelassen.«

»Aber sie werden doch einen so großen Herrn wie dich nicht ausschließen«, widersprach Alain. »Besonders nicht, nachdem du die Tataren einen Monat lang getreu geschützt hast.«

»Nun ja, darauf baue ich«, meinte Simon.

Sie standen innerhalb einer hohen Mauer aus cremefarbenem Kalktuff – dem gleichen Stein, auf dem Orvieto stand. Die Mauer, von quadratischen Zinnen gekrönt, umgab den ganzen päpstlichen Palast. Simon ließ den Blick über sie hinweg zu den nahen, in Morgendunst gehüllten bläulichen Hügelkämmen schweifen und dann zurück zu der Pinienreihe zwischen der Mauer und dem Palast; das dichte Grün der Nadeln war so dunkel, daß es fast schwarz wirkte. Der Palast selbst mit seinen sechs quadratischen Türmen war aus weißem Kalkstein. Es muß, dachte Simon, die päpstliche Schatulle ein Vermögen gekostet haben, diese großen Blöcke hier heraufzutransportieren. In diesem festen Bauwerk, von dieser hohen Mauer umgeben, auf dem fast uneinnehmbaren Felsen von Orvieto genoß der Heilige Vater bestimmt ausreichende Sicherheit.

Der letzte Mönch in grauer Kutte hatte die Wachen passiert. Simon holte tief Atem und begann die Treppe hinaufzusteigen. Alain lief hinter ihm her. Ich bin der Graf de Gobignon, sagte sich Simon.

Er sagte es auch zum Majordomus, der eine weiße Seidentunika trug, auf deren linker Brustseite in Schwarz die Schlüssel von St. Peter eingestickt waren.

»Ah, Signore, ich habe Euren tapferen Kampf gesehen, den Ihr in der Kathedrale gegen den ketzerischen Mörder geführt habt.« Der Majordomus hatte eine vorstehende Oberlippe, die ihn wie ein Pferd aussehen ließ. »Seid tausendmal willkommen im Palast Seiner Heiligkeit. Ich schätze mich glücklich, Papst Urban sagen zu können, daß Ihr am Konzil teilnehmt.« Er lächelte salbungsvoll und entblößte dabei große gelbe Zähne. Dann warf er einen Blick auf Simons Gürtel, und sein Gesicht wurde lang. »Ich bedaure, Signore, aber Ihr dürft im Papstpalast kein Schwert tragen, auch wenn Ihr es sehr erfolgreich im Dienste Seiner Heiligkeit eingesetzt habt. Nur die päpstliche Garde darf hier bewaffnet sein. Ich bitte Euch tausendmal um Entschuldigung, doch Ihr müßt es abnehmen. Wenn ihr wollt, könnt Ihr es dem Hauptmann der Garde anvertrauen.«

Mit einem Seufzer schnallte Simon seinen Gürtel ab und reichte ihn samt Dolch und juwelenbesetztem Krummschwert Alain. »Wenn ich nur daran gedacht hätte, Thierry mitzunehmen«, sagte er. »Verzeih mir, Alain, aber wärst du wohl so gut, die Waffen in den Palazzo Monaldeschi zu bringen? Dann treffen wir uns wieder hier.«

»Vergebt mir, Signore«, mischte sich der Majordomus ein. »Ich bin untröstlich, aber Seine Heiligkeit hat angeordnet, daß niemand mehr hinein darf, nachdem das Konzil begonnen hat.«

»Bring unsere Pferde mit«, sagte Simon. »Wir wollen nach dem Konzil über Land reiten.«

Der große Saal des päpstlichen Palastes war lang und hoch. Obwohl es ein sonniger Tag war, ließen die kleinen Glasfenster auf beiden Seiten des Raumes nicht genug Licht herein. Zwei Reihen dreistöckiger Kronleuchter mit Dutzenden von Kerzen unterstützten das Tageslicht.

Am Ende des Saales schwang sich eine lange Marmortreppe zu einem riesigen vergoldeten Thron empor, der im Augenblick noch leer war. Die Treppe war mit einem roten Teppich bedeckt.

Zwei Reihen hochlehniger Kirchenstühle standen sich zu beiden Seiten des Throns gegenüber, dazwischen ein Tisch mit Pergamentrollen, einem Tintenfaß und einem Bündel Schreibfedern. Das Gestühl war noch nicht besetzt, aber davor standen Kardinäle in leuchtend roten Gewändern und flachen, breitrandigen roten Hüten. Simon erinnerte sich, ein paar von den Würdenträgern vor vierzehn Tagen in der Kathedrale gesehen zu haben. Weiter vom Thron entfernt standen die viel zahlreicheren, purpurn gekleideten Erzbischöfe und Bischöfe. Priester, Mönche und Brüder in Schwarz, Weiß, Braun und Grau waren über den ganzen Saal verstreut. Die Stimmen verflochten sich zu einem unauflösbaren Gewirr.

Simon sah sich nach einem Platz um, wo er unauffällig stehenbleiben konnte.

Doch da erschien Kardinal Paulus de Verceuil. Der breite rote Hut mit den schweren Quasten saß ihm gefährlich schief auf dem Kopf. Sein goldenes Brustkreuz war mit Smaragden und Rubinen besetzt, die Knöpfe seiner scharlachroten Soutane mit Goldfaden bestickt. »Was zum Teufel tut Ihr denn hier?«

Simon suchte nach einer vernünftigen Antwort. Nichts, was er sagte, würde den Beifall dieses Kardinals finden, davon war er überzeugt. »Ich glaube, es ist wichtig für mich zu erfahren, was hier beschlossen wird, Euer Eminenz.«

»Diese Beratungen gehen Euch nichts an. Eure Pflicht ist es, die Gesandten zu schützen. Ihr habt Euren Posten verlassen.«

»Die Tataren befinden sich im Palast der Monaldeschis, bewacht von unseren Rittern und Soldaten. Als der Graf von Anjou mir diese Aufgabe übertrug, habe ich sie so verstanden, daß ich helfen sollte, das Bündnis mit den Tataren zu fördern. Das kann ich nicht, wenn ich nicht erfahre, wie die Dinge stehen.«

Verceuils Gesicht verfärbte sich dunkelbraun, aber bevor er etwas sagen konnte, tauchte eine Gestalt, ebenfalls in Kardinalsrot, neben ihnen auf.

»Paulus de Verceuil! Ist das nicht der junge Graf de Gobignon, ein Paladin des Königs? Ihr seid nachlässig, mon ami. Ihr hättet wissen müssen, daß die französischen Kardinäle hier in Orvieto sich freuen würden, einen der höchsten Adeligen Frankreichs kennenzulernen.«

Dieser Kardinal hatte einen langen schwarzen Bart und tiefliegende Augen. Er hätte sehr leicht hart und streng wirken können, stand aber mit über der breiten Brust gefalteten Händen lächelnd da.

Verceuil atmete ein paarmal tief durch, und seine Wangen nahmen wieder ihre normale Farbe an. »Kardinal Guy le Gros, ich stelle Euch Graf Simon de Gobignon vor«, sagte er mürrisch.

Simon fiel sofort auf ein Knie, neigte den Kopf und küßte den Ring an der Hand, die der Kardinal ihm entgegenstreckte. Der Stein war ein kugelförmiger, polierter Saphir mit einem kreuzförmigen Stern in der Mitte. Die kalte, weiche Hand des Kardinals festhaltend, berührte Simon den Stein leicht mit den Lippen. Eigentlich müßte mir dafür, daß ich diesen Ring geküßt habe, ein Ablaß gewährt werden, dachte er. Er stand wieder auf und versuchte sich zu erinnern, was er über Guy le Gros wußte. Ein bißchen hatte er über jeden der vierzehn französischen Kardinäle erfahren. Le Gros, fiel ihm ein, war früher Ritter und ein bekannter Anwalt gewesen und schließlich Mitglied der königlichen Regierung. Dann war er Geistlicher geworden. Er war der erste von Papst Urban ernannte Kardinal.

»Bestimmt habt Ihr Graf Simons verstorbenen Vater gekannt«, sagte Verceuil zu Le Gros. »Ihr wart ja Anwalt des Königs.«

Simon wäre am liebsten in den Erdboden versunken, als Verceuil Amalric de Gobignon erwähnte. Er hatte es aus purer Niedertracht getan, davon war Simon überzeugt.

»O ja, ich habe Euren Vater vor vielen Jahren kennengelernt«, sagte Le Gros, und sein ungezwungener Tonfall gab Simon ein wenig von seiner Selbstsicherheit zurück. »Er war so groß wie Ihr, aber blond, wenn ich mich recht erinnere.«

»Als Vater unverheirateter Töchter, Herr Kardinal«, sagte Verceuil, »wird es Euch vielleicht interessieren, daß der Graf unverheiratet ist.«

Le Gros zuckte die Schultern und lächelte Simon zu. »Seine Eminenz versäumt keine Gelegenheit, mich daran zu erinnern, daß ich früher eine Familie hatte. Vielleicht neidet er mir die größere Lebenserfahrung.«

»Aber keineswegs«, protestierte Verceuil.

»Vielleicht aber findet er es auch nur skandalös, daß ein Kardinal Töchter hat«, fuhr Le Gros fort, sich wieder an Simon wendend. »Meine sind wenigstens legitim, anders als die Nachkommen gewisser Kirchenfürsten. Das hohe Amt habe ich nicht angestrebt. Seine Heiligkeit hat es mir übertragen.« Vertraulich beugte er sich zu Simon vor. »Er brauchte mehr französische Kardinäle, denn er kann nicht darauf vertrauen, daß die italienischen Kardinäle ihm gegen den verfluchten Manfred von Hohenstaufen beistehen werden.«

»Mehr noch, er hat gehofft, Ihr könntet König Ludwig überreden, seinem Bruder Karl zu erlauben, Manfred anzugreifen«, sagte Verceuil. »In dieser Sache habt Ihr ihn enttäuscht.«

»Der Fall ist noch nicht abgeschlossen«, sagte Le Gros. »Tatsächlich könnte, was wir heute hier tun, zum Sturz des verhaßten Manfred führen.« Er lächelte zuerst Simon und dann Verceuil zu. »Aber sollten wir nicht Latein sprechen, die Muttersprache der Kirche? Jemand könnte uns belauschen.«

Verceuil antwortete auf lateinisch: »Ich fürchte, Graf Simon wäre außerstande, uns zu folgen.«

»Aber durchaus nicht«, warf Simon, ebenfalls auf lateinisch, rasch ein. »Ich habe die Sprache ein wenig gelernt.« Seine zahlreichen und häufig miteinander streitenden Vormünder waren sich wenigstens darin einig gewesen, daß er eine bessere Erziehung genießen sollte als die Söhne anderer Großgrundbesitzer, und er hatte zwei Jahre an der Universität Paris studiert.

Plötzlich ließ ein Trompetenstoß alle Gespräche verstummen. Diener öffneten eine Doppeltür in der Nähe des päpstlichen Thrones, und zwei Männer traten ein. Der eine war Papst Urban. Der weiße Bart lag in feinen Locken auf seiner Brust. Die Lippen waren zusammengepreßt, die Augen blickten hart. Simon wußte, daß er als Jacques Pantaleone, Sohn eines Schuhmachers, in Troyes in Frankreich, unweit von Gobignon, geboren war. Nur in der Kirche konnte ein Mann von so bescheidener Herkunft so hoch steigen. Urban hatte das Gesicht eines Mannes, der das härteste Stück Leder nach seinen Vorstellungen zurechtschneiden konnte.

Das Alter hatte den Papst ein wenig gebeugt, und er stützte sich auf die Schulter eines Mannes, der an seiner Seite ging. Dieser Mann trug Weiß wie der Papst, aber es war die Soutane des Dominikanerordens. Er war halb kahl, dick und hatte ein Vollmondgesicht. Er nickte wiederholt zu dem, was der Papst zu ihm sagte.

»Wer ist das?« flüsterte Simon und erntete dafür einen finsteren Blick von Verceuil.

»Bruder Thomas von Aquino«, sagte Le Gros. »Man hat mir gesagt, er sei der weiseste Mann unter uns Lebenden. Papa Pantaleone hat ihn unglücklicherweise dazu bestimmt, diese Untersuchung zu leiten.«

»Warum unglücklicherweise?«

»Schlimm genug, daß Thomas Italiener ist, aber seine älteren Brüder waren auch noch Gefolgsleute von Kaiser Friedrich II. und König Manfred. Papa Pantaleone haßt die Hohenstaufen mehr als sonst ein Mensch. Haben sie ihn nicht gezwungen, sich zwischen diese Hügel zurückzuziehen, obwohl er doch, wenn es rechtens zuginge, in Rom residieren müßte? Trotzdem begünstigt er Bruder Thomas, denn der ist der Kirche treu und gut informiert. Kommt, suchen wir unsere Plätze.«

Die beiden Kardinäle begaben sich zu den Kirchenstühlen in der Nähe des Papstthrones, und Simon sah sich plötzlich allein. Papst Urban blieb vor der untersten Stufe der Treppe stehen, die zu seinem Thron hinaufführte, drehte sich um, lächelte und breitete die Hände zum Segen. Er begann sehr schnell auf lateinisch ein Gebet zu sprechen, das mit den Worten »Dominus Deus« begann, dann begrüßte er alle Anwesenden. Er nannte jeden Kardinal, jeden Erzbischof, jeden Bischof und ein paar besonders verdientsvolle Äbte und Monsignori beim Namen.

Dann hörte Simon: »Und Wir begrüßen auch mit großer Freude Unseren Landsmann Graf Simon de Gobignon, der einen der ältesten und ehrenvollsten Namen Frankreichs trägt.« Welcher Edelmut! dachte Simon.

Der Papst fuhr fort: »Wir müssen bald entscheiden, ob es Gottes Wille ist, daß christliche Fürsten sich mit den Tataren verbünden und sie in ihrem Kampf gegen die Sarazenen unterstützen oder ob Wir diese Allianz mit Heiden verbieten sollen. Im Lauf dieser Woche werden Wir den beiden Gesandten der Tataren eine Privataudienz gewähren. Aber heute fragen Wir Unsere Berater. Damit jeder frei sprechen kann, haben Wir an die Gesandten keine Einladung ergehen lassen. Wir bitten Gott, Uns zu helfen, eine weise Entscheidung zu treffen.« Er stellte Bruder Thomas vor.

Zu Simons Erstaunen stieg der Papst nicht zu seinem Thron hinauf, sondern verschwand inmitten seiner Berater. Die Kardinäle saßen auf ihren hohen Stühlen, die geringeren Würdenträger auf kleineren, die, reihenweise angeordnet, dem Thron gegenüberstanden. Als alle saßen, entdeckte Simon Papst Urban auf einem hohen Eichenstuhl am Fuß der Treppe. Simon drängte sich so weit durch, bis er hinter der letzten Stuhlreihe stand und besser sehen und hören konnte.

Der beleibte Bruder Thomas nahm hinter dem Tisch auf einem wuchtigen Stuhl Platz, der breiter war als der des Papstes; allerdings war die Rückenlehne nicht so hoch. Er rief Kardinal Alberto Ugolini auf. Der Kardinal erhob sich und rief seinerseits einen Ritter auf, den er Cosmas nannte.

Cosmas, ein älterer Mann, ging steifbeinig zum Papst und kniete vor ihm nieder. Ugolini teilte der Versammlung mit, daß Cosmas gegen die tatarischen Eindringlinge in seiner Heimat gekämpft hatte und von ihnen vertrieben worden war.

Cosmas war schlank und dunkel. Er hatte graues Haar, das ihm bis auf die Schultern fiel. Über den scharlachroten Handschuhen trug er viele Ringe, die jedesmal aufblitzten, wenn er eine Handbewegung machte. »Sie sind so plötzlich gekommen wie ein Sommergewitter, niemand war gewarnt«, sagte er. »Eben hatten wir noch Frieden, und im nächsten Moment verdunkelten die Reihen tatarischer Reiter den östlichen Horizont.« Er sprach ausgezeichnet Latein, schnell und fließend.

Simon hörte gebannt zu, als Cosmas schilderte, wie eine russische Stadt nach der anderen fiel, wie die Tataren Moskau und Kiew dem Erdboden gleichmachten und die Menschen abschlachteten. Sie fingen die Frauen ein, schändeten sie und schnitten ihnen die Kehlen durch. Die Männer spießten sie auf Stangen, rösteten sie, häuteten sie bei lebendigem Leib ab, benutzten sie als Zielscheiben oder erstickten sie, indem sie ihnen Unrat in den Mund stopften.

Die Tataren zogen weiter nach Polen. Als Cosmas von dem Trompeter von Krakau erzählte, der vom Turm der Kathedrale Alarm blies, bis ein Tatarenpfeil ihn tötete, hatte Simon Tränen in den Augen. Er war vom Bericht des Ungarn gefesselt. Cosmas hatte die Geschichte wahrscheinlich schon oft wiederholt und sie bei jeder Gelegenheit ein bißchen mehr aufpoliert. Wieviel bezahlte ihm Kardinal Ugolini wohl für diese Vorstellung?

Die Blüte des europäischen Adels stellte sich den Tataren bei Liegnitz entgegen, erzählte Cosmas, und als die Schlacht zu Ende war, lagen Tausende ungarischer, polnischer, deutscher, italienischer, französischer und englischer Ritter tot oder sterbend auf dem Schlachtfeld. Sogar Ritter aus dem fernen Spanien waren darunter. Und die Tataren triumphierten. Ihr nächster Gegner war ein anderes christliches Heer, das des ungarischen Königs Bela. Es wurde bei Mohi vernichtend geschlagen.

»Ich habe in dieser Schlacht gekämpft«, sagte Cosmas. »Die hundegesichtigen Tataren bombardierten uns mit furchtbaren Waffen, die zu Flammen explodierten. Ihnen entwich giftiger Rauch, an dem die Männer, die ihn einatmeten, elend starben. Als wir angriffen, merkten wir, daß wir umzingelt waren. Die gnadenlosen Pfeile der Tataren schwirrten zu Tausenden heran, und wir wurden im Lauf dieses langen Tages immer weniger. Am Spätnachmittag sahen wir, daß die Horden sich zum Angriff sammelten, aber wir entdeckten auch eine Lücke in ihren Reihen. Viele von uns, darunter auch ich, stürmten auf diese Lücke zu und warfen unsere Waffen und die Rüstungen weg, damit wir leichter fliehen konnten. Es war eine teuflische List. Die schwere Reiterei der Tataren fiel über die Zurückbleibenden her – es waren nicht mehr viele – und metzelte sie nieder. Die leichten Reiter ritten neben den Fliehenden und erschossen sie, bis Tausende von Leichen die Erde bedeckten. Ich bin einer der wenigen, die überlebt haben – durch Gottes Gnade und weil ich mich totstellte. Die Tataren rückten an die Donau vor, brandschatzten alles, töteten die Menschen in Städten und Dörfern. Sie brannten Pest nieder. Am Weihnachtstag 1241 hatte die Donau eine feste Eisdecke. Die Tataren überquerten sie und zerstörten Buda. Sie zogen weiter nach Österreich. Von den Mauern Wiens sah man ihre Horden heranpreschen. Europa lag hilflos vor ihnen. Nur die Hand Gottes hat uns gerettet«, schloß er. »Sie hat gefügt, daß in diesem Augenblick der Kaiser der Tataren starb. Alle Könige und Generäle mußten sich mit ihren Armeen aus Europa zurückziehen, um ihren nächsten Kaiser zu wählen. Die Gebiete in Polen und Ungarn, die sie besetzt hatten, ließen sie als Wüsteneien zurück. Seit jener Zeit kämpfen die Tataren gegen die Sarazenen, was uns natürlich freut. Aber ist der Feind unseres Feindes wirklich unser Freund? Erlaubt mir, das zu bezweifeln, liebe Herren. Wir sind heute nicht besser gerüstet, uns gegen die Tataren zu wehren, als früher. Ich bitte Euch, laßt die Tataren und Sarazenen gegeneinander kämpfen, bis beide erschöpft sind. Wir sollten die Tataren nicht bei ihren Kriegen unterstützen und dabei Ritter und Soldaten verlieren, die wir später vielleicht brauchen werden, um Europa gegen diese Teufel zu verteidigen.«

Cosmas' Worte überzeugten Simon beinahe, daß die Tataren wirklich eine Gefahr für die Welt waren. Es konnte ein schwerer Fehler sein, ein Bündnis mit ihnen zu schließen.

Stimmengemurmel kam auf, als Cosmas geendet hatte und sich verneigte.

Bruder Thomas, der sich Notizen gemacht hatte, blickte auf und fragte: »Habt Ihr gesagt, die tatarischen Soldaten haben Hundegesichter, Herr Cosmas?«

Cosmas schüttelte den Kopf und machte, wie Simon fand, ein leicht einfältiges Gesicht. »Wir haben sie so genannt, weil ihre spitzen Pelzmützen sie wie Hunde aussehen ließen.«

»Ich habe nur gefragt, weil Aristoteles schreibt, daß in abgelegenen Regionen Menschen leben, die Tierköpfe haben«, erklärte der beleibte Dominikaner.

Cosmas' Miene wurde heller. »Sie essen aber das Fleisch lebender Menschen. Ich hoffe, ich beleidige nicht Eure Keuschheit, wenn ich Euch das berichte, aber sie schneiden den Frauen, die sie schänden, die Brüste ab und servieren sie ihren Fürsten als Delikatesse. Roh.«

»Von diesen Untaten zu hören weckt in normalen Männern wohl keine Lüsternheit«, sagte Bruder Thomas trocken. »Habt Ihr solche Scheußlichkeiten mit eigenen Augen gesehen?«

»Nein«, meinte Cosmas, »aber viele Leute haben mir davon erzählt.«

»Danke«, erwiderte Bruder Thomas. Er stemmte seinen schweren Leib vom Stuhl hoch. Ugolini legte ihm die Hand auf die Schulter, und der Dominikaner setzte sich wieder.

Ugolini winkte, und ein großer blonder Mann trat zu ihm. »Verehrte Väter«, sagte Ugolini, »die Vorsehung schickt uns diesen Mann, David von Trapezunt, einen Händler in chinesischer Seide. Er ist in den letzten Jahren auf seinen Reisen häufig mit Tataren zusammengetroffen. David spricht Griechisch, aber kein Latein. Ich werde übersetzen, was er sagt.«

Simon fiel ein, wo er David gesehen hatte – auf einem Dach zwischen den Zinnen stehend, hatte er zufrieden lächelnd zugesehen, wie die Leute gegen die tatarischen Gesandten demonstrierten. Und jetzt war er hier, um gegen das Bündnis zu sprechen. Simon dachte: Dieser Mann ist ein Feind.

14

Ugolini redete in einer Sprache, die vermutlich Griechisch war, auf den blonden Mann ein, und David antwortete ziemlich ausführlich.

»Ihr müßt euch vorstellen, daß ich jetzt David bin, der zu Euch spricht«, sagte Ugolini auf lateinisch zu den Versammelten und klopfte sich in Brusthöhe auf sein rotes Seidengewand. »Ich stamme aus einer alten Kaufmannsfamilie in Trapezunt. Karawanen aus Turkestan bringen uns chinesische Seide. Wir sind griechisch-orthodoxe Christen.«

Das löste unter den Zuhörern feindseliges Gemurmel aus.

Ugolini zögerte und sagte dann: »Auch ich neige dazu, dem zu mißtrauen, was mir ein sogenannter Christ der abtrünnigen griechischen Kirche berichtet. Aber ich habe mich lange mit David unterhalten und bin überzeugt, daß er ein tugendhafter Mann ist. Schließlich glauben die Griechen an Christus wie wir. Trapezunt führt außerdem Krieg gegen Konstantinopel, daher können wir diesem Mann um so mehr trauen.«

Wieder sagte David etwas auf griechisch zu Ugolini. Da er die Worte nicht verstand, lauschte Simon seiner Stimme. Sie war volltönend. Ein tugendhafter Mann? Ein fahrender Marktschreier, das war wahrscheinlicher. Simon mißtraute David und Ugolini zutiefst.

»Von Zeit zu Zeit haben die Sarazenen versucht, Trapezunt zu erobern, aber mit Gottes Gnade konnten wir sie immer wieder zurückwerfen«, sagte David durch Ugolini. »Und wenn wir nicht mit ihnen im Krieg liegen, handeln wir mit ihnen, denn Trapezunt lebt vom Handel. Jetzt, da die Tataren ganz Persien erobert haben, sind sie unsere Handelspartner.«

Bruder Thomas hob die Hand und fragte: »Findet Ihr, daß die Tataren ehrliche Partner sind?«

»Lieber würden sie erbeuten, was sie brauchen, oder als Tribut verlangen oder als Steuer einziehen. Eines Tages, denken sie, werden sie keinen Handel mehr treiben müssen. Sie glauben, der blaue Himmel, den sie anbeten, wird es ihnen ermöglichen, die ganze Welt zu erobern und alle Völker zu versklaven. Genauso, wie sie unterlegene Völker benutzen, werden sie Euch benutzen, wenn Ihr Euch mit ihnen verbündet. Ihr werdet ihnen helfen, die Moslems zu vernichten, und dann werden sie sich gegen Euch wenden.«

Er haßt die Tataren, dachte Simon. Ich höre es seiner Stimme an, sehe es im Glanz seiner Augen. In dieser Beziehung ist er aufrichtig.

Ein Kardinal rief etwas auf lateinisch, zu schnell für Simon, und er verstand es nicht. Ein Erzbischof bellte eine Antwort. Zwei Kardinäle stritten laut. Plötzlich schienen alle Kirchenführer auf einmal zu sprechen. Bruder Thomas nahm eine kleine Glocke vom Tisch und läutete energisch. Simon hörte das Läuten kaum, und die anderen beachteten es nicht.

Papst Urban stand auf und hob die Arme. »Ruhe!« rief er. Seine Stimme war schrill und lauter als Bruder Thomas' Glocke. Die hitzige Auseinandersetzung verstummte.

»Habt Ihr die tatarische Armee im Kampf erlebt, Messer David?« fragte Bruder Thomas.

David ließ sich mit der Antwort viel Zeit. Sein Gesicht nahm einen gehetzten Ausdruck an. Seine Augen schienen etwas zu sehen, das in weiter Ferne lag. »Ich war in Bagdad – eine Woche nachdem sie es eingenommen hatten. Ich wollte mit den Tataren Handel treiben. Im ganzen Land gab es keine anderen Menschen mehr, mit denen man hätte handeln können. Das Tatarenlager war viele Meilen von den Ruinen von Bagdad entfernt. Sie hatten die Stadt verlassen, um dem Geruch der Toten zu entgehen. Ich ging nach Bagdad, weil ich es sehen wollte. Aber ich habe nur Asche und Leichen gesehen. Der Gestank verwesenden Fleisches brachte mich fast um. Ich fand Leute, die überlebt hatten. Ein paar davon waren nicht wahnsinnig geworden, und sie erzählten mir, was geschehen war. Die Tataren hatten den Kalifen aufgefordert, sich zu ergeben. Er antwortete, er wolle Tribut zahlen, könne sich ihnen jedoch nicht unterwerfen, da er das geistige Oberhaupt des Islam sei.«

Simon hörte spöttisches Gemurmel, aber David überging es und sprach durch Ugolini weiter. »Über hunderttausend Tataren umzingelten Bagdad, und ihre Belagerungsmaschinen begannen, mit großen Felsstücken, die von Sklavenkarawanen aus den Bergen gebracht wurden, die Stadtmauern zu zerschmettern. Bald pflanzten sie ihre Standarten, die aus Hörnern, Häuten und Schwänzen von Tieren gemacht sind, auf den Überresten der südöstlichen Mauer auf. Die Stadt war verloren. Die Tataren versprachen, die Belagerten zu verschonen, wenn sie sich ergaben. Die Soldaten von Bagdad kamen unbewaffnet heraus, und die Tataren erschossen sie alle mit Pfeilen. Das ist tatarischer Ehrbegriff.«

»Sie werden das Gleiche mit uns tun!« rief ein Kardinal.

Der Papst schlug mit der flachen Hand laut auf die Armlehne seines Stuhls, und es kehrte wieder Ruhe ein.

»Dann kam Hulagu Khan, der Anführer der Tataren, in die Stadt und ließ sich vom Kalifen ein ausgezeichnetes Abendessen vorsetzen. Nach dem Essen forderte er den Kalifen auf, ihm alle Juwelen, alles Gold, alles Silber und die anderen Kostbarkeiten zu zeigen, die die Kalifen im Lauf der Jahrhunderte zusammengetragen hatten. Hulagu versprach, den Kalifen und hundert seiner Frauen am Leben zu lassen. Als nächstes befahlen die Tataren der gesamten Bevölkerung von Bagdad, sich auf der Ebene vor der Stadt zu versammeln. Man sagte den Leuten, sie müßten die Stadt nur so lange verlassen, bis die Tataren sie nach wertvollen Dingen durchsucht hätten. Als sich die Menschen ihnen auf Gnade und Ungnade ausgeliefert hatten, teilten die Tataren sie in drei Gruppen auf, Männer, Frauen und Kinder. Die Tataren metzelten sie mit Schwertern und Pfeilen nieder. Zweihunderttausend Männer, Frauen und Kinder töteten sie an jenem Tag, nachdem sie ihnen versprochen hatten, ihnen werde nichts geschehen.«

Simon versuchte sich dieses Abschlachten von zweihunderttausend Menschen vorzustellen. Ihn schauderte, wenn er im Geist diese zahllosen Toten vor sich sah.

»Die Tataren betraten jetzt eine Stadt, deren Bevölkerung ausgerottet war, plünderten sie und brannten sie nieder. Eine Stadt, die so groß war, daß sie sieben Tage brauchten, um die Ruinen einzuebnen. Ihr Aberglauben verbietet ihnen, das Blut königlicher Personen zu vergießen. Sie nahmen also den Kalifen und seine drei Söhne, die gesehen hatten, wie ihre Stadt zerstört, ihr Volk ermordet wurde, steckten sie in Säcke und ließen sie von ihren Pferden zu Tode trampeln.«

»Diese Taten der Tataren sind Gott wohlgefällig!« schrie Kardinal de Verceuil. Er bekam von allen Seiten Beifall.

Ohne darauf zu warten, daß David noch etwas sagte, antwortete Ugolini Verceuil: »Ja, Bagdad war der Sitz eines falschen Glaubens. Aber es war auch eine Stadt der Philosophen, Mathematiker, Historiker, Poeten, eine Stadt mit Hochschulen, Krankenhäusern, eine wohlhabende Stadt der Wissenschaften und Künste, in der zweihunderttausend Seelen lebten, wie David uns berichtet hat – moslemische Seelen, aber Seelen immerhin. Jetzt gibt es diese Stadt nicht mehr. Und wenn jemand glaubt, daß die Tataren das nur moslemischen Städten antun werden, dann ist er ein Narr.«

»Sie werden es überall tun!« rief jemand.

Jetzt sagte David durch Ugolini: »Was entscheidender ist – die Tataren, die in Rußland herrschen, sind zum Islam übergetreten. Sie träumen noch immer von der Eroberung Europas und können jederzeit angreifen, vielleicht während unsere Armeen in Ägypten oder Syrien eingesetzt sind.«

Bruder Thomas hob seine Feder, um auf sich aufmerksam zu machen: »Wie würdet Ihr den Charakter der Tataren beschreiben, Messer David? Was sind sie für Männer?«

David antwortete und sah sich, während Ugolini übersetzte, mit zwingenden Blicken im Saal um. »Ich habe bei den Tataren gelebt und bin mit ihnen gereist. Den Tataren rührt weder sein eigener Schmerz noch der seiner Gefährten. Über die Leiden anderer Menschen lacht er nur. Wenn er einem Ausländer sein Wort gibt, bedeutet das gar nichts für ihn. Er ist der Ansicht, sein Volk sei allen anderen auf der Welt überlegen.«

»Was Ihr uns berichtet habt, war sehr aufschlußreich, Messer David, denn Ihr habt es mit eigenen Augen gesehen«, erklärte Bruder Thomas. »Aber wie kommt es, daß Ihr hier seid und gegen die Tataren sprecht, wenn Trapezunt jetzt mit ihnen Handel treibt?«

»Ich bin als Kaufmann mit chinesischer Musterseide nach Orvieto gekommen«, sagte David. »Es ist, wie Kardinal Ugolini schon sagte, reine göttliche Vorsehung, daß ich hier bin, während Ihr über diese bedeutende Frage entscheidet.«

Bruder Thomas wandte sich an Papst Urban. »Heiliger Vater, habt Ihr noch Fragen, die ich für Euch stellen soll?«

Der Papst schüttelte den Kopf. »Wir haben vorläufig genug gehört. Wir wollen nicht den ganzen Tag hier sitzen.« Lächelnd wandte er sich an David. »Messer David, Wir danken Euch, daß Ihr von so weither gekommen seid, um Uns diese Warnung zu überbringen.«

Mit einer schwungvollen Bewegung verneigte sich David, und Simon murrte angewidert: »Verdammtes Pech! Warum ist keiner hier, der die Tataren kennt und diesem David antworten kann? Woher wissen wir, daß er kein Lügner ist? Ein griechischer Seidenhändler ist nicht der Mensch, dem ich vertrauen würde.« Aber Zweifel kühlten seinen Zorn ab. Er wollte es nicht zugeben, aber Cosmas' und Davids Berichte hatten ihn erschreckt. Wollen wir uns wirklich mit den Tataren verbünden. König Ludwig wollte es. Onkel Karl wollte die Allianz. Simon hatte sich bereit erklärt, nach Orvieto zu gehen. Wie konnte er Onkel Karl gegenübertreten, was konnte er sagen, wenn er seine Meinung änderte? Verachtung erwartete ihn dann.

David saß, die Hände auf den Knien, aufrecht da, als Kardinal Ugolini sich dem Papst näherte und bittend die Hand ausstreckte.

»Heiliger Vater, Euer Vorgänger Clemens III., an den wir alle glückliche Erinnerungen haben, rief einen Kreuzzug gegen die Tataren aus. Ich bitte Euch, schlagt Alarm wie der tapfere Trompeter von Krakau. Ein Papst sollte mit den Tataren ebenso wenig einen Pakt schließen wie mit dem Teufel. Laßt an die christlichen Nationen eine ernste Warnung ergehen. Wir sollten jeden christlichen Herrscher exkommunizieren, der sich mit den Tataren verbündet.«

Von allen Seiten hörte man erschrockene Ausrufe. Simon war beunruhigt. Der Gedanke, König Ludwig könnte exkommuniziert werden, entsetzte ihn. Aber gewiß würde es nicht so weit kommen. König Ludwig war ein viel zu treuer Katholik, um ein päpstliches Gebot zu mißachten. Doch das bedeutete, daß Simon seinen Auftrag nicht erfüllen konnte.

Verceuil sprang auf. »Ugolini, Ihr solltet exkommuniziert werden, weil Ihr so etwas vorzuschlagen wagt!«

»Kardinal de Verceuil, auch Ihr habt viel Unpassendes gesagt«, warf Papst Urban unwirsch ein. »Wir geben Euch jetzt Gelegenheit, zugunsten des Bündnisses zu sprechen.«

Verceuil begab sich vor den Papstthron, und Ugolini kehrte auf seinen Platz zurück.

Wenn der Papst nur mehr für uns übrig hätte, dachte Simon. Doch er ist schließlich Franzose. Aber was für ein Unglück für uns, daß er Verceuil aufgefordert hat zu sprechen. Wenn ein Mann aus Freunden Feinde machen kann, dann ist es Verceuil. Wir brauchen Bruder Mathieu. Wo ist er? Er könnte diesem David von Trapezunt antworten.

Verceuil tat den Bericht des Ungarn geringschätzig ab. All das, sagte er, liege eine Generation zurück. »Heute würden die Tataren in Europa keine so leichten Siege mehr erringen, weil wir mehr über sie wissen, und sie würden Europa nicht mehr angreifen, weil sie mehr über uns wissen. Die Tataren haben jetzt neue Anführer und deshalb beschlossen, einen Krieg gegen die Mohammedaner zu beginnen. Christliche Mönche leben unter ihnen, und viele Tataren haben sich taufen lassen. Die Frau von Hulagu Khan ist Christin. Egal wohin der Khan und seine Frau reisen, sie führen auf einem Karren eine christliche Kapelle mit, und täglich wird für sie eine Messe gelesen.«

»Ja!« rief Ugolini von seinem Platz aus. »Eine nestorianische Kapelle. Die Frau des Khans und die anderen Tataren, die Ihr Christen nennt, sind Anhänger des Nestorianismus und daher Ketzer.«

»Nach allem, was ich über Eure Alchimie und Astrologie erfahren habe, steht es Euch schlecht zu Gesicht, von Ketzerei zu reden, Kardinal Ugolini«, antwortete Verceuil gehässig.

Ugolini stand auf und ging auf Verceuil zu, der doppelt so groß war wie er. »Was die christlichen Mönche anbelangt, die zu den Tataren gegangen sind« – er hielt ein kleines Buch in die Höhe –, »so laßt mich vorlesen, was –«

Verceuil wandte sich an Papst Urban. »Heiliger Vater, Ihr habt mir die Erlaubnis gegeben zu sprechen –«

»Richtig, aber Ihr habt ihn auch mehr als einmal unterbrochen«, meinte Urban lächelnd. »Laßt hören, Kardinal Ugolini.«

»Auf Befehl von König Ludwig von Frankreich besuchte der Franziskanermönch Wilhelm von Rubruk den tatarischen Hof in Karakorum«, sagte Ugolini. »Dies ist der Bericht seiner Reise in die heidnische Hauptstadt. Er sagt, die Tataren hängen so starrsinnig an ihren Sitten, daß er keinen einzigen zum Christentum bekehren konnte.« Er schlug das Buch an einer mit einem Lesezeichen markierten Seite auf. »Hier ist sein Schlußwort, das er schrieb, nachdem er Jahre bei den Tataren verbracht hatte: ›Wäre es mir erlaubt, so würde ich meine ganze Kraft einsetzen, um in der ganzen Welt gegen sie zu predigen.‹« Er klappte das Buch zu und setzte sich mit triumphierender Miene.

Verceuil antwortete nicht sofort. »Bruder Wilhelm«, sagte er endlich, »hat das viele Jahre vor der Eroberung Bagdads durch die Tataren geschrieben. Ich selbst schätze mich glücklich, die Worte des Kaufmanns aus Trapezunt gehört zu haben.« Er zeigte mit dem ausgestreckten Finger auf David.

Dieser sah Verceuil unbewegten Gesichts mit unverhülltem Haß an.

»Glücklich, sage ich«, fuhr Verceuil fort, »weil ich so erfahren habe, wie Bagdad, das Herz der satanischen Anbetung Mohammeds, dem Erdboden gleichgemacht wurde. Es hat mich an den Regen aus Feuer und Schwefel erinnert, der Sodom und Gomorrha ausgelöscht hat. Mein Herz hat vor Freude gejubelt, als ich hörte, daß der Kalif, der Nachfolger des falschen Propheten, von Pferden zu Tode getrampelt wurde. Ich sage, die Tataren sind ein Werkzeug Gottes, dazu bestimmt, Seine Feinde endgültig zu vernichten. Was für wunderbare Verbündete werden sie sein, wenn es darum geht, das Heilige Land ein für allemal von den Sarazenen zu befreien.«

»Und wer soll das Heilige Land von den Tataren befreien?« rief ein Kardinal, sein Latein vergessend, auf italienisch.

»Schweigt, Ihr Narr!« rief ein anderer Kardinal auf französisch.

Der Italiener ging auf den Franzosen los. »Wer da sagt: ›Du Narr‹« – er versetzte dem Franzosen mit beiden Händen einen bösartigen Stoß –, »wird sich vor dem Jüngsten Gericht zu verantworten haben!«

Bruder Thomas läutete voller Zorn mit seiner Glocke, doch die wütenden Kardinäle kümmerten sich nicht darum.

Jetzt hatte jemand den Italiener von hinten gepackt. Simon war betroffen. Nicht einmal im Traum hätte er sich vorstellen können, daß hohe Kirchenführer so unbeherrscht waren. Es schien, daß die Italiener alles ablehnten, was die französischen Kardinäle befürworteten. Würde der Papst dem Bündnis zustimmen, wenn fast die Hälfte aller Kardinäle dagegen war? Und selbst wenn er zustimmte, konnte dieses Bündnis angesichts einer so starken Opposition Bestand haben?

»Pax!« rief der Papst, stieg ein paar Stufen zu seinem Thron hinauf und reckte die Arme gen Himmel. »Friede!« Seine zornige Stimme und sein Anblick brachten wieder Ruhe in den Saal.

Urban nahm sie ins Gebet. Die Zukunft der Christenheit stehe vielleicht auf dem Spiel, und sie stritten wie Schüler. Vielleicht sollte er sie daher auch wie Schüler behandeln und die Prügelstrafe über sie verhängen.

Betreten nahmen die Kardinäle und Bischöfe mit laut raschelnden Gewändern wieder Platz.

Bruder Thomas erkundigte sich bei Verceuil, ob er noch etwas zu sagen habe. Er verneinte.

»Aber ist nicht ein Franziskaner namens« – der Dominikaner befragte seine Notizen – »Mathieu d'Alcon mit den tatarischen Gesandten gekommen? Warum ist er nicht hier, um uns zu sagen, was er über sie weiß?«

Simon begann zu hoffen. Wenn sie Bruder Mathieu anhörten, wäre das Bündnis vielleicht gerettet.

»Ich habe angenommen, daß mein Zeugnis dieser erlauchten Gemeinde genügt«, sagte Verceuil leicht stotternd. »Was könnte schließlich ein einfacher Franziskanermönch hinzufügen?«

Bruder Thomas hob die Brauen. »Darf ich Euch daran erinnern, Herr Kardinal, daß Seine Heiligkeit die Leitung dieser Beratung einem ›einfachen Mönch‹ anvertraut hat, und zwar mir? Kann dieser Bruder Mathieu rasch gefunden werden?«

Verceuil spreizte die Hände. »Ich habe keine Ahnung, wo er ist. Er hat sich von uns getrennt, als wir nach Orvieto kamen, und uns nicht mitgeteilt, wo er sich aufhält.«

Eine Lüge!

Bruder Mathieu hatte allen gesagt, daß er im Franziskanerhospital Santa Clara zu finden sein würde. Die Ehre gebot Simon, das nicht zu verschweigen. »Ehrwürdiger Vater!« rief er.

Bruder Thomas wandte sich ihm zu.

»Ich weiß, wo Bruder Mathieu d'Alcon ist!« rief Simon. »Im Hospital der Franziskaner. Er hat mir gesagt, daß er dort arbeiten will, bis er gerufen wird, um seinem diplomatischen Auftrag nachzukommen.«

»Wir brauchen ihn jetzt«, sagte Bruder Thomas. »Ihn nicht einzuladen war ein Fehler.« Er warf Verceuil einen kühlen Blick zu. »Das Hospital ist hier in der Nähe.«

»Ich weiß, wo es ist, ehrwürdiger Vater.« Simon war im Hospital gewesen, um sich nach dem Mann zu erkundigen, auf den die Venezianer auf der Straße geschossen hatten. Er war gestorben, obwohl Bruder Mathieu sich sehr um ihn bemüht hatte.

»Dann laßt Bruder Mathieu freundlicherweise sofort holen, Herr Graf«, sagte Bruder Thomas.

Bevor Simon sich umwandte, um zu gehen, warf er Verceuil einen raschen Blick zu. Der Kardinal starrte ihn an, das lange Gesicht feuerrot, die Augen zu schwarzen Schlitzen zusammengekniffen. Ihre Blicke trafen sich, und Simon hatte das Gefühl, ihre Klingen hätten sich gekreuzt.

Warum war Verceuil, der das Bündnis wollte, so zornig? Er wollte wohl die einzige Autorität in Tataren-Angelegenheiten sein und ganz allein das Verdienst daran haben, daß das Bündnis zustande kam.

Zu seiner Erleichterung fand er Alain, der sich auf einen Tag auf dem Lande freute, mit den beiden Pferden vor der Mauer des Papstpalastes. Simon erklärte ihm, was ihm aufgetragen worden war, und gemeinsam ritten sie zum nahen Franziskanerhospital. Dort schickte der Pater Prior rasch nach Bruder Mathieu.

Alain lieh dem alten Franziskaner sein Pferd.

»Ich habe gewußt, daß der Heilige Vater für heute ein Konzil einberufen hat«, sagte Bruder Mathieu. »Aber ich habe angenommen, Kardinal de Verceuil werde schon nach mir schicken, wenn man mich braucht.«

»Man setzt besser voraus, daß er immer das Gegenteil von dem tut, was notwendig ist«, meinte Simon.

Als Simon mit Bruder Mathieu den Saal betrat, brachten die päpstlichen Diener gerade Karaffen mit Wein und Tabletts mit Fleischpastete. Die Auseinandersetzungen zwischen den geistlichen Herren hatten sich fast zum Tumult gesteigert, aber als sie Simon mit Mathieu d'Alcon, einer kleinen Gestalt in einer fadenscheinigen braunen Soutane, eintreten sahen, wurde es still. Simon führte Bruder Mathieu vor den päpstlichen Thron.

Bruder Thomas sprach leise und respektvoll mit dem älteren Franziskaner. Während Verceuil mit finsterer Miene auf seinem Stuhl saß, stand Bruder Mathieu ganz heiter und gelassen vor dem Papst.

Bruder Thomas faßte schnell zusammen, was bisher gesagt worden war. Als er hörte, wie klar der Dominikaner den bisherigen Verlauf des Konzils wiedergab, verstand Simon, daß er als großer Lehrer und Philosoph galt.

»Ich muß Euch, Heiliger Vater, und alle Exzellenzen warnen«, sagte Bruder Mathieu, »denn wenn man tausend Männer zu den Tataren schickte, würde man tausend ganz unterschiedliche Berichte über sie bekommen. Außerdem muß man bedenken, daß sie sich so rasch ändern, daß heute vielleicht nicht mehr wahr ist, was man noch vor einem Jahr über sie gesagt hat. – Italien, Frankreich, England, das Heilige Römische Reich, alle diese Länder gibt es schon seit Hunderten von Jahren. In der Kirche ist Christi Werk seit über tausend Jahren lebendig. Diese Stadt Orvieto ist sogar noch älter. Die Tataren hingegen waren noch vor hundert Jahren ein Hirtenvolk, einfacher als die Hebräer zu Moses Zeiten. Jetzt beherrschen sie das größte Reich, das die Welt je gesehen hat.«

Wie ist so etwas möglich? fragte sich Simon. Es schien fast ein Wunder. Gott mußte den Tataren geholfen haben – oder der Teufel.

»Stellt Euch einen Säugling mit den Kräften eines Riesen vor«, sagte Mathieu lächelnd. »Damit haben wir es hier zu tun. Ein so riesenhaftes Kind könnte in einem Augenblick unbeherrschten Zorns Tausende töten, sogar ganze Städte von der Landkarte tilgen. Aber ein Kleinkind lernt schnell, und das tun auch die Tataren. Der neue Kaiser Khubilai kann lesen und schreiben und sich in vielen Sprachen unterhalten. Und er zerstört die Städte nicht, er baut sie auf. Er ist der Bruder von Hulagu, der die Gesandten zu uns geschickt hat.«

Simon war erleichtert. Bruder Mathieus ruhige Worte nahmen ihm ein wenig von der Furcht, daß er unrecht tat, wenn er die Allianz unterstützte.

Bruder Thomas hob den gut gepolsterten Zeigefinger. »Sind diese so mächtigen Tataren, die sich ein immer größeres Wissen aneignen, nicht eine noch schlimmere Gefahr für die Christenheit?«

»Das könnte sein«, sagte der alte Franziskaner. »Ich, Bruder Thomas und Heiliger Vater« – er verneigte sich vor dem Papst –, »kann Euch nur berichten, was ich gesehen habe, dann müßt Ihr Euch mit Gottes Hilfe selbst ein Urteil bilden und entscheiden, was für die Christenheit am besten ist.«

Simon sah zu dem beunruhigenden David von Trapezunt hinüber. Bisher war er der Mann gewesen, der die Tataren am besten kannte. Er sah Bruder Mathieu starr an. Er ist wütend, dachte Simon. Und Verceuil, der sich freuen sollte, weil er Schützenhilfe bekommt, ist genauso wütend. Bruder Mathieu spielt ihn an die Wand, und das ärgert ihn.

»Man hat uns berichtet, daß die Tataren planen, die ganze Welt zu erobern«, sagte Bruder Thomas.

»Eine Zeitlang haben sie gedacht, daß sie es könnten.« Bruder Mathieu nickte. »Aber die Welt hat sich zu ihrer größten Überraschung weitergedreht, und jetzt ist ihr Reich so groß geworden, daß sie es nicht mehr zusammenhalten können. Sie sind so naiv, daß sie sich von den Nationen, die sie unterworfen haben, vernichten lassen. Sie sterben in großer Zahl an den Krankheiten der Städte. In ihrer Steppenheimat haben sie den starken Wein nicht gekannt, den die Bauern und die Stadtbewohner trinken, und jetzt sterben viele ihrer Anführer vorzeitig daran, daß sie ihn auch trinken. Und je reicher und mächtiger sie werden, um so wütender streiten sie um die Beute, die sie machen. Als sie in Europa einfielen, waren sie noch einig. Heute sind sie in vier von einander fast unabhängige Nationen zerfallen. So sind sie für die Christenheit zu einer viel geringeren Gefahr geworden.«

Wie hätten sie ihr Riesenreich auch zusammenhalten können, dachte Simon, da sie doch noch vor einer Generation ein unwissendes Hirtenvolk waren? Was Bruder Mathieu sagte, klang einleuchtend.

»Also«, sagte Bruder Thomas, »haben wir es nicht mehr mit einem Riesen, sondern mit einem Wesen zu tun, das annähernd so groß ist wie wir.«

»Ja«, erwiderte Bruder Mathieu. »Und der Beweis dafür ist, daß die Tataren erst vor ein paar Jahren eine große Schlacht verloren haben. Sie wurden in Syrien bei einem Ort, der Goliaths Brunnen genannt wird, von den ägyptischen Mamelucken besiegt. Hätte Hulagus Armee diese Schlacht gewonnen, wären die Tataren heute in Kairo und würden von uns Unterwerfung fordern, anstatt uns ein Bündnis anzubieten.«

»Aber haltet Ihr es für richtig, wenn wir uns jetzt mit ihnen verbünden? Ist es sicher?«

Bruder Mathieu sah ernst und traurig aus. »Wenn wir und die Tataren getrennt gegen die Mamelucken in den Krieg ziehen, werden wir auch getrennt geschlagen. Und dann werden die Mamelucken, so sicher wie der Winter dem Sommer folgt, die wenigen Städte und Burgen einnehmen, die unsere Kreuzfahrer noch besitzen, und die vielen, die ihr Blut für Gott und das Heilige Grab vergossen haben, werden vergeblich gestorben sein.«

Jetzt war Simon erleichtert. Er hatte das Gefühl, auf der richtigen Seite zu stehen.

Bruder Mathieu verstummte, und im ganzen Saal herrschte Stille.

Der Papst winkte Bruder Mathieu vor seinen Stuhl, redete ein paar Worte mit ihm, hielt ihn am Arm fest. Der alte Mönch kniete langsam nieder und küßte Urbans Ring.

Bruder Thomas bat um Ruhe, und der Papst erhob sich und segnete die Versammlung. Von Bruder Thomas und einer Schar von Priestern gefolgt, verließ der Heilige Vater den Saal durch eine Seitentür.

Als Simon aufstand, sah er Verceuil zum Hauptportal eilen, den auffallend kleinen Mund zusammengepreßt vor Zorn. Simon sah sich nach Bruder Mathieu um. Da stand er, im Mittelpunkt einer kleinen Gruppe von Mönchen, und Simon wollte auf ihn zugehen.

Eine Gestalt trat ihm in den Weg.

Obwohl er mit nichts Greifbarem zusammengestoßen war, blieb er plötzlich stehen, als sei er gegen eine Mauer gerannt. Das Gesicht, in das er blickte, war hart wie Granit, die Augen glänzten eiskalt wie Diamanten. Und dennoch war es kein kaltes Gesicht. Etwas brannte darin, ein Feuer, das der Mann die meiste Zeit bedeckt hielt. Dieses Feuer konnte, war es einmal zur Flamme entfacht, alles vernichten, was sich ihm in den Weg stellte, das fühlte Simon.

David von Trapezunt schwieg; aber so deutlich, als habe er laut gesprochen, hörte Simon eine Stimme sagen: »Ich kenne dich, und du bist mein Feind. Nimm dich in acht!«

Simon musterte den breitschultrigen Mann von Kopf bis Fuß. Das ist kein Kaufmann, dachte er, und es ist kein Zufall, daß er ausgerechnet jetzt hier ist, um gegen das Bündnis zu sprechen. Wer und was ist er wirklich? Simon holte tief Atem und sagte schroff auf italienisch: »Laßt mich passieren, Messere.«

Langsam, beinahe unverschämt langsam, trat David beiseite. »Verzeiht, Signore. Ich habe Euer Gesicht betrachtet.« Er sprach Italienisch mit einem merkwürdigen Akzent. »Ich habe gedacht, ich hätte Euch vielleicht vor langer Zeit irgendwo gesehen. Aber das ist nicht möglich, denn vor langer Zeit wart Ihr noch ein Kind.«

»Ich bin sicher, wir sind uns nie begegnet, Messere«, erwiderte Simon kalt.

»Ihr habt recht, Signore«, meinte David. »Doch ohne Zweifel werden wir uns wiedersehen.«

Simon ging an dem Mann aus Trapezunt vorbei. Sein Rücken schien ihn jedem Angriff preiszugeben, und unwillkürlich straffte er die Schultern. Er fühlte die Feindseligkeit hinter sich so brennend wie die Spitze eines Dolches.

15

Simon führte den Rappen vorsichtig die Straße hinunter, die in das bewaldete Tal westlich von Orvieto mündete. Sie war sehr uneben.

Wenn er nachdenken mußte, hielt Simon sich gern im Freien auf, mit einem guten Pferd unter dem Sattel. Seit dem päpstlichen Konzil war eine Woche vergangen, und das unbefriedigende Ergebnis bereitete ihm große Sorge. Der Papst hatte die Audienz mit den tatarischen Gesandten mehrfach verschoben und sich mit einer plötzlichen Erkrankung entschuldigt. Die Tataren wurden unruhig, gingen rastlos im Hof des Palazzo Monaldeschi auf und ab, redeten zornig miteinander und weigerten sich, mit jemand anderem zu sprechen.

Je länger die Verhandlungen hinausgeschoben wurden, um so größer wurde die Gefahr, daß die Tataren unverrichteter Dinge abziehen mußten. Vielleicht starben sie sogar. Bruder Mathieu hatte gesagt, daß sie, die aus einem so fernen und völlig anderen Land kamen, gegen die Krankheiten in Europa besonders anfällig waren.

Nachdem er Alain und Puys angewiesen hatte, die beiden Gesandten sorgfältig zu bewachen, war Simon in die Hügel geritten, um zu überlegen, was er tun konnte, um sein Anliegen zu fördern. Aber es steht mir nicht zu, etwas zu tun, um die Dinge zu beschleunigen, sagte er sich. Meine Aufgabe ist es, die Gesandten zu bewachen. Wenn ich nur das tue, habe ich meine Pflicht erfüllt. Doch als er im Schatten alter Olivenbäume durch das Tal ritt, hörte er im Geist König Ludwigs Stimme sagen: »Und auch Ihr, Simon, müßt tun, was Ihr könnt, um das Bündnis zu fördern.«

König Ludwig lag lang ausgestreckt auf dem Boden der Sainte Chapelle, das Gesicht in den Händen vergraben. Simon, der es nicht erwarten konnte, mit Ludwig über seine italienische Mission zu sprechen, kniete auf den Steinen, nur ein paar Schritte von der schwarzgekleideten Gestalt des Königs entfernt. Sie beide stellten an diesem Morgen die ganze Gemeinde dar.

Unfähig, sich auf die Messe zu konzentrieren, blickte Simon immer wieder zu den bunten Glasfenstern hinauf. Seit er mit acht Jahren in den königlichen Haushalt aufgenommen worden war, hatte er ein paar hundert Morgen in dieser Kapelle zugebracht, die an den königlichen Palast grenzte, aber er hatte nie aufgehört, sie zu bestaunen. Die Mauern schienen ganz aus Glas, waren lichterfüllt, funkelten in den Farben kostbarer Edelsteine. Was hielt das Gebäude aufrecht? Pierre de Montreuil, der königliche Baumeister, hatte Simon geduldig die Grundsätze der neuen Architektur erklärt, doch obwohl Simon sie durchaus verstanden hatte, kam ihm die Sainte Chapelle, die schönste der dreiundzwanzig Kirchen auf der Île de la Cité, noch immer wie ein Wunder vor.

Die Messe war zu Ende. Die Geistlichen kamen paarweise den Mittelgang entlang. Jeder Geistliche verneigte sich, wenn er an der hingestreckten Gestalt vorüberkam.

Als alle gegangen waren, begann König Ludwig sich langsam aufzurichten. Simon sprang auf, um ihm zu helfen, und umfaßte seinen linken Arm mit beiden Händen. Der königliche Arm war mager, aber Simon spürte die Muskeln unter seinen Händen wie harte Stricke. Obwohl schon fast fünfzig, übte der König, wie Simon wußte, in seinem Garten noch immer mit seinem beidhändigen Schwert. Das Alter hatte ihn nicht geschwächt, obwohl ein geheimnisvolles Leiden ihn manchmal zwang, das Bett zu hüten.

Ludwig machte ein gepeinigtes Gesicht. »Meine Beine wollen heute nicht so recht. Ich muß mich auf Euch stützen.«

Simon war dankbar, daß er Gelegenheit hatte, dem König zu helfen. Die Weste aus rauhem Pferdehaar, die Ludwig auf der bloßen Haut trug, um sich zu geißeln – zur Strafe für welche Sünden, konnte Simon sich allerdings nicht vorstellen –, raschelte, als er sich aufrichtete. Er legte Simon den Arm um die Schultern, und Simon stützte ihn. Ludwig sah Simon aus traurigen Augen an. Seine Nase war groß, aber dünn wie eine Klinge, die Wangen eingefallen. »Besuchen wir die Dornenkrone«, sagte er und zeigte nach vorn in die Apsis. Er stützte sich mit seinem ganzen Gewicht auf Simon, als sie langsam zu der hölzernen Galerie hinter dem Altar hinaufstiegen, wo die Dornenkrone aufbewahrt wurde.

Die hölzerne Wendeltreppe war kaum breit genug für zwei Menschen nebeneinander. Als sie vor der Sandelholztruhe standen, in der die Reliquie lag, nahm Ludwig den Arm von Simons Schultern. Aus einer Tasche seines schlichten schwarzen Gürtels holte er zwei Schlüssel und sperrte mit einem die Truhe auf. Ein goldener, mit Juwelen besetzter Deckel blitzte im Licht der bunten Glasfenster.

Mit dem zweiten Schlüssel öffnete Ludwig den zweiten Deckel und kniete mit Simons Hilfe nieder. In der Truhe stand auf einem Kissen aus weißem Satin der goldene Reliquienschrein mit der Dornenkrone. Sie hatte die Form einer Königskrone, war mit Perlen und Rubinen besetzt und lag auf einem hochstieligen, einem Becher ähnlichen Gestell. Simon wurde bei ihrem Anblick von Ehrfurcht erfüllt, einer überwältigenden Ehrfurcht. Eine ungeheuerliche Vorstellung, daß das, was in diesem goldenen Schrein lag, vor zwölfhundert Jahren von Jesus Christus in der Stunde seines Todes getragen worden war!

Noch immer kniend, holte Ludwig die Reliquie aus der Truhe und hielt sie in beiden Händen. Seine Augen glänzten vor Hingabe. Simon betete darum, der König möge den Schrein nicht öffnen. Den Anblick der bloßen Dornen, die Christi Haupt durchbohrt hatten, konnte er gewiß nicht ertragen.

Ludwig küßte den Deckel des Schreins und hielt ihn Simon entgegen. »Küßt dieses Andenken an den Leidensweg Christi, Simon, und bittet Ihn um seinen Segen für Eure Mission.«

Zitternd berührte Simon die kühle goldene Fläche mit den Lippen. Kaum ein Christ war der Dornenkrone so nah gewesen.

Als sie die Kapelle verließen, sagte Ludwig: »Balduin, der Kaiser von Konstantinopel, hat Uns zwei Kronen angeboten, nachdem Michael Paläologos ihn vertrieben hatte. Ich habe die Dornenkrone gekauft und mein Bruder Karl den Titel eines Kaisers von Konstantinopel. Ich frage mich, wer von uns das bessere Geschäft gemacht hat.«

Hofft Karl denn wirklich, eines Tages Konstantinopel zu erobern? dachte Simon. Und wenn ja, was haben die Tataren damit zu tun? »Wie Euer Bruder Graf Karl mir gesagt hat, ist es Euer Wunsch, daß ich die tatarischen Gesandten nach ihrer Ankunft in Italien als Leibwache begleite«, sagte er.

Ludwig blieb stehen. »O ja, ich wünsche es mir sehr. Seit mehr als zwanzig Jahren, seit ich den Kreuzfahrereid abgelegt habe, wünsche ich mir eines mehr als alles andere – ich möchte Jerusalem dem Christentum zurückgewinnen. Ich habe eine Armee nach Ägypten geführt, doch es war Gottes Wille, daß die Mamelucken mich besiegten.«

Gottes Wille und Amalric de Gobignons Verrat, dachte Simon.

»Jetzt könnten wir mit Hilfe der Tataren das Heilige Land den Sarazenen wieder entreißen«, fuhr Ludwig fort.

»Aber sollte ich, wenn Ihr ein Bündnis mit den Tataren eingehen wollt, die Gesandten dann nicht lieber zu Euch bringen?«

»Nein, ich kann ohne Papst Urbans Erlaubnis mit den Tataren keinen Vertrag abschließen. Nur der Heilige Vater darf zu einem Kreuzzug aufrufen. Wenn er es nicht will, kann ich keine Armee rekrutieren, die sich mit den Tataren vereinen soll, um das Heilige Land zu retten. Aber auch wenn er zu einem Kreuzzug aufruft, wird es schwer sein, ein Heer aufzustellen. Viele von denen, die das letztemal dabei waren und unsere furchtbare Niederlage nur mit Gottes Hilfe überlebten, haben mir gesagt, daß sie nicht noch einmal gehen oder ihre Söhne schicken. Ich brauche die volle Unterstützung Seiner Heiligkeit.« Der König legte Simon beide Hände auf die Schultern. »Ihr müßt mir helfen, Simon! Ich werde Kardinal de Verceuil ersuchen, mein Anliegen vor dem päpstlichen Stuhl zu vertreten. Und Bruder Mathieu d'Alcon wird anwesend sein und bezeugen, daß sich die Tataren vielleicht doch zum Christentum bekehren lassen. Und auch Ihr, Simon, müßt tun, was Ihr könnt, müßt bei jeder Gelegenheit für das Bündnis eintreten.«

Simon sah dem König in die Augen. Ihr Blau war ein wenig ausgeblaßt, und das Weiße war von feinen roten Streifen durchzogen, die Alter und Sorge zurückgelassen hatten. »Sire, ich will alles tun.«

Ludwig nickte. »Ich weiß, Ihr habt Euer Leben lang unter den Untaten Eures – eines Mannes gelitten, den ich hier nicht nennen will. Ich habe versucht, Euch zu beschützen. Aber über die Herzen der Menschen kann nicht einmal ein König gebieten. Am Ende könnt nur Ihr dem Haus Gobignon seinen Platz unter den großen Namen Frankreichs zurückgewinnen. Dieses Bündnis mit den Tataren, und was daraus folgt – die Befreiung Jerusalems –, kann Euch die Ehre wiedergeben.«

»Ich werde mich für die Allianz einsetzen, Sire«, erwiderte Simon. »Nicht nur um die Ehre meiner Familie wiederherzustellen, sondern auch um Euretwillen.« Für König Ludwig würde er alles tun.

Sein Pferd wurde langsamer, als es den langen Rebenhang gegenüber von Orvieto hinauftrottete. Bruder Mathieu war ein besserer Zeuge als David von Trapezunt, dachte Simon. Doch die italienischen Kardinäle lehnten das Bündnis nach wie vor ab. Mochte der Papst auch Franzose sein, leben mußte er bei den Italienern.

Kardinal Ugolini war der Schlüssel. Er war, so schien es, der Wortführer der Italiener im Kardinalskollegium. Schließlich war er der Camerlengo.

Jemand mußte versuchen, Ugolini zu überzeugen. Es konnte aber nicht Verceuil sein, der arrogant war und schlechte Manieren hatte. Bruder Mathieu konnte es. Er kannte die Tataren. Doch gleich darauf schüttelte Simon den Kopf. Viele Kirchenfürsten blickten geringschätzig auf die Bettelorden herab. Er stieg vom Pferd, um die Aussicht zu genießen, und blickte auf Orvieto hinunter. Es sah wie eine Stadt aus einem Märchen aus, eine phantastische Insel auf einem riesigen Felsen. Wie nannten die Italiener diesen graugelben Stein? Tuff. Die meisten Häuser in Orvieto waren aus Tuffstein erbaut.

Hufgeklapper unterbrach seine Gedanken. Er blickte auf und sah vier Reiter, die aus nördlicher Richtung kamen. Sie führten zwei schwerbeladene Packesel mit sich. Seine nachdenkliche Stimmung schlug sofort in Wachsamkeit um. Er prüfte nach, ob Schwert und Dolch griffbereit waren, damit er schnell ziehen konnte. In einem fremden Land mußte man sich vor Fremden in acht nehmen. Als die Männer näher kamen, sah er, daß sie ebenfalls Kurzschwerter und Dolche umgeschnallt hatten. Aus noch geringerer Entfernung stellte er fest, daß sie auch Langschwerter auf dem Rücken trugen, und an ihren Sätteln hingen Armbrüste.

Über sich selbst verärgert, weil er Angst hatte, folgte Simon der Stimme der Vernunft und bestieg sein Pferd. Als die Fremden näher kamen, legte er die Hand neben den juwelenbesetzten Griff seines Schwertes.

Der Mann, der die Gruppe anführte, trug eine weiche Samtmütze, die er sich schräg über ein Ohr gezogen hatte. Darunter sah Simon mit Weiß gesprenkeltes schwarzes Kraushaar. Der angegraute Schnurrbart war so dicht, daß er den Mund des Mannes verbarg. Höflich legte er die Hand an die Mütze und sagte: »Buon giorno, signore.«

Simon grüßte ebenfalls und dachte: Ich müßte eigentlich fragen, wer sie sind und wohin sie wollen. In Frankreich, besonders auf eigenem Grund und Boden, hätte er nicht gezögert. Aber in Frankreich war er auch selten allein unterwegs. Diese Männer schienen nicht auf Händel aus, und es schien ihm klüger, sie ebenfalls in Ruhe zu lassen.

Der Gedanke, daß noch mehr Bewaffnete in die Stadt kommen könnten, beunruhigte Simon. Orvieto war schon voll von Bewaffneten, die den einheimischen Familien dienten; andere wiederum gehörten zu den

Kirchenmännern, die mit dem Papst gekommen waren. Ihn fröstelte vor Unbehagen. Alles, was das Durcheinander in Orvieto vergrößerte, machte die Stadt für die tatarischen Gesandten gefährlicher.

Die Frage der Allianz mußte schnell geklärt werden. Jemand mußte mit Kardinal Ugolini sprechen und feststellen, ob es etwas gab, womit man seine Einwände entkräften konnte. Warum hatte Verceuil das nicht längst versucht?

Ich könnte zu Ugolini gehen, sagte sich Simon. Er weiß, wer ich bin. Alle kennen mich, seit der Papst mich öffentlich begrüßt hat. Ich brauche nur Thierry zu ihm zu schicken und um eine Audienz zu bitten.

Sofort versuchte er, sich die Idee wieder aus dem Kopf zu schlagen. Wie konnte er einen Kardinal überreden, in einer so wichtigen Angelegenheit seine Ansicht zu ändern? Was könnte er sagen oder tun? Und wie, wenn dieser Kardinal einer der wenigen war, die von der Schande des Hauses Gobignon wußten?

Kardinal Ugolini zuckte die Schultern. »Die Frage wurde gründlich erörtert, Herr Graf. Jetzt liegt es allein an Seiner Heiligkeit. Ich freue mich sehr, Euch kennenzulernen, aber was haben wir beide uns zu sagen?«

Das Sonnenzimmer, der Raum mit den großen Fenstern im zweiten Stock des Kardinalspalastes, war in helles Licht getaucht. Ein dicker rotschwarzer Teppich bedeckte den Fußboden, die Wände schmückten Fresken von üppig mit Blattgold verzierten Engeln und Heiligen. Simons Blicke kehrten immer wieder zu einer nackten Eva zurück; bei ihr fehlten sogar die Blätter oder Zweige, mit denen die Künstler sonst aus Schicklichkeitsgründen gewisse Stellen eines Frauenkörpers verhüllten. Sie reichte einem muskulösen und ebenfalls in voller Pracht dargestellten Adam eine goldene Frucht, die viel eher eine Orange oder Zitrone als ein Apfel sein konnte. Simon fand die beiden beunruhigend lüstern, obwohl es sich um ein religiöses Motiv handelte, und er war überrascht, daß ein Kardinal solche Bilder an seinen Wänden duldete.

Ugolinis kleiner, kunstvoll geschnitzter Eichentisch stand neben einem Fenster. Er war auf Hochglanz poliert und leer. In dem großen Raum gab es weder Bücher noch Pergamente. Simon vermutete, daß der Kardinal hier vor allem Besuche empfing und nur selten arbeitete. In die Rückenlehne des Kardinalsstuhls, über Ugolinis Kopf, war ein fünfzackiger Stern eingeschnitzt. Simon saß auf einem kleinen Stuhl ohne Armlehnen, aber mit einem Kissen auf dem Sitz, das ihn ein bißchen bequemer machte.

»Ich bin zu Euch gekommen, weil ich gehofft habe, ich könnte Euch den französischen Standpunkt im Hinblick auf die Allianz darlegen«, sagte Simon. Es klang ziemlich eindrucksvoll, wie er fand.

»Und Ihr sprecht für ganz Frankreich, junger Mann?«

»Nicht offiziell, Euer Eminenz«, sagte Simon nervös. »Ich meine damit nur, daß ich Franzose bin und daß König Ludwig und sein Bruder Karl geruhen, ihre Ansichten mit den meinen zu teilen.«

Ugolini beugte sich vor. Seine Miene war zwar ernst, doch in seinen Augen war ein Zwinkern, das Simon das unangenehme Gefühl gab, der Kardinal mache sich über ihn lustig.

»Ich bin begierig zu hören, was Ihr von König Ludwig und seinem Bruder erfahren habt.«

»Sie sehen in der Ankunft der Tataren eine Gelegenheit – man könnte fast sagen: eine gottgegebene Gelegenheit –, die Sarazenen ein für allemal auszurotten.«

Ugolini nickte nachdenklich. »Es geht also nicht nur darum, die heiligen Stätten zu retten?«

»Die Sarazenen glauben, daß sie aufgerufen sind, ihre Religion mit dem Schwert zu verbreiten. Sie werden uns weiterhin bekämpfen, wenn wir sie nicht bezwingen.«

Ugolini hob den Zeigefinger wie ein Schulmeister, der einen schlecht vorbereiteten Schüler rügt. »Der Prophet Mohammed hat seine Anhänger aufgefordert, ihre Religion mit dem Schwert zu verteidigen, aber ausdrücklich betont, daß Bekehrungen durch das Schwert wertlos sind und daß Christen und Juden, die weiterhin ihrem Glauben anhängen, in Ruhe gelassen werden sollen.«

»Ich kann nicht mit Euch diskutieren, Euer Eminenz. Ehrlich, ich weiß überhaupt nichts vom mohammedanischen Glauben.« Wozu falsche Religionen studieren? Das war die Meinung seiner Lehrer gewesen. »Aber Jerusalem, Bethlehem, Nazareth – diese kostbaren Stätten, von denen wir im Evangelium hören«, wandte Simon ein, »die können wir doch nicht den Feinden des Christentums überlassen.«

Der Kardinal schüttelte den Kopf. »Die Feinde der Christen. Ihr wißt wirklich wenig von ihnen, Herr Graf. Im heiligen Buch der Moslems, dem Koran, werden Jesus und Seine Mutter Maria verehrt. Unsere heiligen Stätten sind auch ihnen heilig. Kaiser Friedrich II. hatte die richtige Idee. Er schloß mit den Sarazenen eine Vertrag. Hätten die Kreuzfahrer ihn in Syrien nicht gebrochen, könnten wir heute glücklich auf den Spuren unseres Herrn wandeln.«

Friedrich II. Simon erinnerte sich an den Haß in den Stimmen von Verceuil und Le Gros, als sie vom Haus Hohenstaufen gesprochen hatten.

»Die Kreuzzüge waren ein Fehler von Anfang an«, fuhr Ugolini fort.

»Wir besitzen immer noch Acra und Tripoli und Antiochia und Cypern«, sagte Simon. »Die Templer und Johanniter haben ihre Burgen an der Küste. Denkt doch daran, wie viele Männer ihr Leben gegeben haben, um so viel zu erringen und zu bewahren. Und wenn wir die Sarazenen jetzt nicht schlagen, werden sie die Gelegenheit ergreifen und uns diese letzten Bastionen wegnehmen.«

Ugolini stand auf und ging langsam, mit raschelnder roter Satinrobe, zu einer kleinen Tür hinter seinem Tisch. Die Tür stand einen Spalt offen, und Ugolini warf einen Blick in den angrenzenden Raum. Was er hinter der Tür auch gesehen hatte, es schien ihn zufriedenzustellen. Lächelnd drehte er sich um. »Herr Graf, ich werde Euch jetzt etwas sagen, das Euch, davon bin ich überzeugt, zuerst schockieren wird: Vielleicht sollten wir uns aus dem Heiligen Land in Frieden zurückziehen.«

Simon war tief betroffen. Jetzt begriff er allmählich, wieso Verceuil von Ugolini wie von einem Ketzer gesprochen hatte. Wie konnte ein Mann mit solchen Ansichten Kardinal werden? »Das Heilige Land den Ungläubigen überlassen, Euer Eminenz? Hieße das nicht unseren Herrn selbst verraten?«

Ungerührt lächelnd ging Ugolini auf Simon zu. »Wie die Dinge liegen, glaube ich, daß wir jeden gesunden Mann der Christenheit in den Kampf schicken, aber Jerusalem trotzdem nicht zurückgewinnen könnten. Und wir könnten auch nicht verhindern, daß die Kreuzfahrerfestungen an die Moslems fallen. Die Ungläubigen, wie Ihr sie nennt, verteidigen ihr angestammtes Land, und ein Volk, das um seine Heimat kämpft, ist immer stärker als fremde Eindringlinge. Ein weiterer Kreuzzug, auch mit Unterstützung der Tataren, wäre eine tragische Verschwendung von Gut und Blut.«

Ugolini stand vor dem sitzenden Simon. Dieser wollte aufstehen, wagte es aber nicht, sich zu bewegen. Allmählich verzweifelte er. Er war in eine Falle geraten, die er nicht vorhergesehen hatte. Er hatte befürchtet, den Kardinal nicht umstimmen zu können; nicht in Betracht gezogen hatte er hingegen, daß der Kardinal ihn umstimmen könnte. »Ihr würdet also die Christen im Stich lassen, würdet dulden, daß sie von den Sarazenen niedergemetzelt werden?« fragte er.

Der Kardinal schüttelte den Kopf. »Ich würde alles in meiner Macht Stehende tun, um sie nach Hause zu bringen.« Mit einem Seufzer wandte er sich ab. »Ihr seid ein sehr imponierender junger Mann, Herr Graf. Ich bin froh, daß wir Gelegenheit zu diesem Meinungsaustausch hatten.«

Simon war tief betroffen. War es nicht dumm von ihm gewesen zu glauben, er könnte einen Mann von Ugolinis Klugheit mit seinen Gründen überzeugen?

Die Höflichkeit erforderte es, daß er sich jetzt verabschiedete. Er konnte nur hoffen, daß etwas von dem, was er gesagt hatte, hängen blieb und das Denken des Kardinals beeinflußte.

Dieser, der vor ihm stand, stieß ihm plötzlich die Hand unter die Nase, so daß Simon auf seinem Stuhl erschrocken zurückprallte. Dann wurde ihm klar, daß der Kardinal ihm seinen Ring zum Kuß hinstreckte. Er glitt vom Stuhl, fiel auf ein Knie und berührte mit den Lippen den runden blauen Saphir, den nur Kardinäle tragen durften.

Während er noch kniete, wurde die Tür hinter Ugolini geöffnet. Peinlich berührt, rappelte Simon sich auf. Er erblickte eine Frau.

Sie hatte zarte Gesichtszüge, volle Lippen und herausfordernd blikkende dunkle Augen. Sie trug ein gelbes Kleid, das unter dem Busen mit einem orangefarbenen Band gegürtet war.

»Buon giorno, meine liebe Sophia«, sagte Kardinal Ugolini. »Ich möchte dich mit unserem vornehmen Gast bekannt machen.« Zu Simon gewandt, fuhr er fort: »Meine Nichte Sophia Orfali, die Tochter meiner in Sirakusa auf Sizilien lebenden Schwester.«

In Simons Kopf meldete eine Stimme, daß Sizilien zum Königreich der Hohenstaufen gehörte, und er fragte sich, ob Sophia von vornehmer Herkunft war. Was ihn jedoch am meisten beeindruckte, war ihre ungewöhnliche Schönheit. Er beugte sich über ihre Hand. Als er zurücktrat, fiel ihm auf, daß sie leicht nach Orangen duftete.

Sie musterte ihn mit einem selbstsicheren Lächeln und wartete darauf, daß er etwas sagte.

Ihm schossen alle möglichen Phrasen durch den Kopf – unverschämte Komplimente, Liebeserklärungen. Das Oberteil ihres Kleides saß sehr eng, und er hatte größte Mühe, nicht ununterbrochen auf ihre Brüste zu starren. »Buon giorno, signora«, brachte er mühsam heraus. »Es ist mir eine große Ehre, Euch kennenzulernen.«

Sie hob leicht die feingezeichneten Brauen und entgegnete auf französisch: »Warum sprecht Ihr nicht Eure Muttersprache?«

»Weil ich dachte, daß Ihr Italienisch vorzieht.«

Sie lächelte. »Ich ziehe Französisch dem Italienischen vor, das *Ihr* sprecht.«

»Verzeiht, Madame«, flüsterte Simon.

»Da ist nichts zu verzeihen«, antwortete sie leichthin.

Simon dachte, der Kardinal werde seine Nichte rügen, weil sie so unfreundlich war, aber er strahlte nur wie ein Lehrer, der sich mit einer besonders begabten Schülerin brüstet.

Mit einer kleinen Glocke, die auf seinem Schreibtisch stand und derjenigen ähnelte, die Bruder Thomas benutzt hatte, um unter der Geistlichkeit für Ruhe zu sorgen, rief Ugolini einen Priester seines Hauspersonals herbei, der Simon aus der Villa begleitete.

Als Simon und der Priester durch die Galerie zum Haupteingang gingen, wurde die Tür geöffnet, und ein großer grauer Hund trottete herein. Er hatte eine kräftige Brust, lange Ohren, eine spitze Schnauze und kluge braune Augen. Der Hund sprang Simon an, legte ihm die Vorderpfoten auf die Brust und blickte zu ihm auf, als studiere er sein Gesicht.

Simon, der sein Leben lang mit Hunden gespielt und gejagt hatte, mochte diesen sofort und kraulte ihm den Nacken.

»Platz, Scipio«, sagte eine tiefe Stimme, und Simon erblickte den Herrn des Hundes – es war derselbe dunkelhäutige Mann mit dem angegrauten Kraushaar und dem dichten Schnurrbart, den er vor drei Tagen in Begleitung von drei anderen auf der Straße getroffen hatte.

Wieder überkam Simon ein Gefühl der Spannung. Es ging zu viel vor in Orvieto, fast alles war überraschend und vieles auch gefährlich.

Der Hund ließ sich auf alle viere fallen und stellte sich neben seinen Herrn, der so tat, als habe er Simon noch nie gesehen.

»Verzeiht uns, Signore. Ich fürchte, Scipio hat Eure Tunika staubig gemacht.«

»Da gibt es nichts zu verzeihen«, sagte Simon und klopfte die pflaumenblaue Tunika ab. »Seid Ihr ein Bediensteter von Kardinal Ugolini?« Diesmal ließ er den Mann nicht weg, ohne ihn ausgefragt zu haben.

»Ich bin Giancarlo, Signore, ein Diener von Messer David von Trapezunt.« Er verneigte sich tief.

Verärgert, weil er das Gefühl hatte, belogen zu werden, wollte Simon Giancarlo nach den Männern fragen, die auf der Straße bei ihm gewesen waren, fand es dann jedoch klüger, nicht allzu neugierig zu erscheinen. Sollen sie doch denken, ich sei ein naiver junger Adliger, der sich leicht hinters Licht führen läßt. Das ist außerdem gar nicht so weit von der Wahrheit entfernt. »Kommt Ihr auch aus Trapezunt, Messer Giancarlo?«

Die dunkelbraunen Augen hatten einen wachsamen Blick. »Nein, ich bin Neapolitaner, Signore. Messer David hat mich nach seiner Ankunft in Italien angestellt.«

Auf der Straße sah sich Simon die Stelle an, wo die Armbrustschützen das Blut zweier Männer vergossen hatten. Er fühlte ohnmächtigen Zorn. Zwei Leben ausgelöscht wegen dieses Narren Verceuil und seiner Eitelkeit.

Wo die beiden Männer gestorben waren, standen jetzt reihenweise Schüsseln und Töpfe in allen Größen. Sie waren weiß und wiesen hübsche Blumenmuster in Rot, Blau und Grün auf. Neben den Waren saß eine Frau auf dem Boden und bemalte einen frisch gebrannten Krug. Sie sah zu Simon auf, erhob sich und verneigte sich tief. »Schöne Vasen und Teller, Signore! Die Töpferware aus Orvieto ist die schönste der Welt.«

Simon lächelte. »Das bezweifle ich nicht, aber nicht heute, vielen Dank.« Er drehte sich um und blickte zu einem Gebäude zurück, einem großen cremefarbenen Würfel aus dem gleichen Tuff wie der Felsen, auf dem Orvieto stand.

Vom Dach dieses Hauses hatte David von Trapezunt die Unruhen beobachtet und zugesehen, wie Unrat geworfen und plötzlich zwei Männer getötet wurden. Simon erwartete fast, daß David auch jetzt auf dem Dach stand, aber es war leer.

16

Die Tür, die von Kardinal Ugolinis Studierzimmer in das Sonnenzimmer führte, ging auf, und Daoud trat ein. Wie immer, wenn Sophia ihn nach einiger Zeit zum erstenmal sah, schlug ihr Herz einen Purzelbaum. Sie liebte den Ausdruck seiner harten Augen mit dieser unterschwelligen Müdigkeit eines Menschen, der zu viel gesehen, zu viel erlebt hat. Jetzt waren diese Augen auf sie gerichtet und ganz schmal vor Zorn.

»Warum wart Ihr so unmöglich zu ihm?«

Sein schroffer Ton, während sie sich freute, ihn zu sehen, tat ihr weh. Sie hatte keine Antwort parat. Um Zeit zum Überlegen zu finden, ging sie zu dem kleinen Stuhl, auf dem Simon gesessen hatte, und ließ sich darauf nieder.

»Sophia hat ihn nur in seine Schranken verwiesen, indem sie ihm zeigte, daß sie besser Französisch spricht als er Italienisch«, meldete sich der Kardinal von seinem Platz hinter dem Schreibtisch zu Wort. »Die Anmaßung dieser Franzosen ist einfach unerträglich.«

Daoud sah noch immer Sophia an. Das Mittagslicht warf scharfe Schatten unter seine Wangenknochen, so daß er so ausgezehrt aussah wie ein Wüstenheiliger.

Gütiger Gott, wie gern würde ich ihn so malen, dachte Sophia. Dann hätte ich wenigstens das von ihm.

»Glaubt Ihr, ich wollte, daß Ihr ihn kennenlernt, um ihm bessere Manieren beizubringen?« fragte Daoud.

»Natürlich nicht«, antwortete sie. »Aber Ihr versteht nichts von Männern.«

Daouds Lachen war so hart wie sein Gesicht.

»O ja«, fuhr Sophia ungeduldig fort, »Ihr habt immer unter Männern gelebt, und Ihr führt Männer an und kämpft gegen Männer. Aber Ihr versteht nicht, wie christliche Männer, besonders Franzosen und Italiener, für Frauen empfinden. Ihr habt zum Beispiel keine Ahnung von der höfischen Liebe.«

»Ja«, sagte Ugolini. »Ein junger französischer Adliger hat nur zwei Dinge im Kopf – seine Ehre und l'amour courtois.«

Daoud blickte von Ugolini zu Sophia und wieder zurück zu Ugolini. »Was ist das, diese amour courtois?« fragte er. »Ihr müßt darüber Bescheid wissen. Warum habt Ihr mir nichts davon gesagt?«

Ugolini zuckte die Schultern. »Wir, mein Lieber, können nicht wissen, wo Eure Kenntnis der christlichen Welt Lücken aufweist. Deshalb ist es so gefährlich, wenn Ihr Euch in der Öffentlichkeit zeigt.«

Daoud streckte bittend die Hände aus. »Ihr habt mich vor dem Papst sprechen sehen. Wie könnt Ihr auch jetzt noch besorgt sein? Erzählt mir etwas, von der amour courtois.«

»Begonnen haben damit vor vielen Jahren mehrere vornehme Damen aus Frankreich und insbesondere Eleonore von Aquitanien, die ein absolut skandalöses Leben führte«, erklärte Ugolini. »Sie heiratete den König von Frankreich und begleitete ihn auf dem Kreuzzug. Als Amazone verkleidet, ritt sie barbusig durch Jerusalem. Sie ließ sich vom König von Frankreich scheiden, heiratete den König von England und hatte nebenher unzählige Liebhaber.«

Wäre ich adlig geboren, dachte Sophia wehmütig, wäre ich vielleicht eine solche Frau geworden.

Daoud schüttelte den Kopf, als umschwirrten ihn summende Fliegen. »Aber was hat das mit Simon de Gobignon zu tun?«

»Wie Seine Eminenz gesagt hat, dieser Simon kommt aus einer Welt, die von der höfischen Liebe geprägt ist«, antwortete Sophia. »Es gibt viele strenge Regeln darüber, wie Damen und Herren sich gegeneinander benehmen sollen. Eine der wichtigsten ist, daß die Frau den Mann beherrscht.«

Daoud lächelte schwach. Sie hatte ihn selten herzlich lächeln sehen, aber sie wußte noch, wie schön dieses Lächeln gewesen war, und wünschte sich, er möge jetzt wieder so lächeln.

»Ihr glaubt also, daß Ihr anziehender auf ihn wirkt, wenn Ihr über seine Italienischkenntnisse spottet?«

»Jedenfalls ist es besser, als wenn ich ihm erlaubte, mir den Fuß in den Nacken zu setzen, wie Eure Haremsfrauen das tun.«

»Ihr wißt nichts von unseren Frauen«, meinte Daoud. Um seine Augen bildeten sich Lachfältchen. »Noch weniger als ich von Euren Liebhabern, die der höfischen Liebe frönen. Und was haltet Ihr von meinem Italienisch?«

»Es ist besser als das seine«, antwortete sie und wurde mit einem Lächeln belohnt.

Es klopfte laut an der Außentür des Sonnenzimmers. Auf Ugolinis Aufforderung öffnete sich die Tür nach innen. Sophia erhaschte einen kurzen Blick auf die Spitzen sonnengesprenkelter Palmen und Zitronenbäume im Innenhof, hinter den Bogen und Säulen der Galerie. Dann schloß sich die Tür hinter Lorenzo, der mit Scipio hereinkam. In der Hand trug er eine kleine Pergamentrolle.

»Eben bin ich dem Grafen de Gobignon begegnet«, sagte er. »Als ich vor drei Tagen mit den Männern aus Castel Viscardo kam, habe ich ihn auf der Straße getroffen. Damals wußte ich allerdings noch nicht, wer er war.«

Daoud murmelte etwas auf sarazenisch. Es konnte Fluch oder Gebet sein.

Bevor er etwas sagen konnte, hieb Ugolini mit der Faust auf den Schreibtisch. »Er hat Euch in Begleitung der Bravi gesehen?« schrie er Lorenzo an. »Wollt Ihr uns alle umbringen? Jetzt verstehe ich! Gobignon ist nicht hergekommen, um mich wegen der Tataren umzustimmen. Er war hier, um bei uns zu spionieren.« Seine Stimme war schrill vor Angst.

Scipio knurrte den Kardinal an, und Lorenzo schlug ihm heftig auf den Kopf. Der Hund war sofort still und trottete in die von Lorenzo am weitesten entfernte Ecke. Ugolini und Daoud betrachteten das Tier voller Widerwillen.

»Dann sollte der Graf vielleicht getötet werden», sagte Daoud. »Bevor er gegen uns benutzen kann, was er erfahren hat.«

»O nein, bitte tötet ihn nicht!« hätte Sophia am liebsten gerufen. Sie sah ihn wieder vor sich – das glänzende, lockige dunkelbraune Haar, das ihm fast bis auf die Schultern hing, die blauen Augen in einem kantigen, klugen Gesicht, die hochgewachsene, schlanke Gestalt. Und dieser Name – Simon. Lag darin vielleicht ein Omen? Ähnelte dieser Simon nicht sogar ein wenig ihrem Bild des heiligen Symeon Stylites, das sie von Konstantinopel mitgebracht hatte? Sah Simon nicht aus, wie der Heilige als junger Mann ausgesehen haben mochte?

Als »Sophia Orfali« dem Grafen de Gobignon begegnet war, hatte sie das Gefühl gehabt, sich ein wenig in ihn zu verlieben.

»Wie könnt Ihr auch nur erwägen, den Grafen zu töten?« rief Ugolini, und die Stimme versagte ihm fast. »Die französischen Kardinäle und ihre Soldaten würden die Stadt in Stücke schlagen. Diese Tat könnte für Karl von Anjou oder sogar für König Ludwig ein ausreichender Grund sein, mit einer Armee hier zu erscheinen. Früher oder später würden sie uns auf die Spur kommen. Und dann – wenn Ihr wissen wollt, was unser weiteres Schicksal wäre«, sein Finger zeigte der Reihe nach auf Daoud, auf Lorenzo und schließlich auf Sophia, »dann geht und seht Euch an, was sie auf dem Platz vor der Kathedrale mit dem armen Teufel machen, den dieser Graf gefaßt hat.«

Sophia wurde übel, und sie hatte das Gefühl, ins Bodenlose zu fallen, als Ugolini sie daran erinnerte, in welcher Gefahr sie sich befand. Gewöhnlich schaffte sie es, ruhig zu bleiben, indem sie verdrängte, was geschehen würde, wenn man sie entlarvte.

Lorenzo fauchte: »Jetzt beherrscht Euch gefälligst, Herr Kardinal! Wie soll ein Mann denken, wenn Ihr die ganze Zeit wie eine verrückte Alte herumkreischt?«

Bravo, Lorenzo, dachte Sophia.

»Ich bin ein Fürst der römisch-katholischen Kirche!« brüllte Ugolini. »Erweist mir gefälligst Respekt!«

Ungerührt wandte sich Lorenzo an Daoud. »Trotz seiner Hysterie bin ich der Meinung, daß der Kardinal recht hat. Wenn Gobignon ermordet würde, geriete die ganze Stadt in Aufruhr. Wir könnten unsere Aufgabe nicht vollenden.«

»Lieber Gott!« stöhnte Ugolini. »Warum hast du mir diese Leute geschickt?«

Lorenzo reichte Daoud die kleine Pergamentrolle. »Dieser Fürst der Kirche hat sich so verrückt aufgeführt, daß ich das beinahe vergessen hätte. Ein Mann mit einer Tonsur hat es gebracht, kurz nachdem der Graf gegangen war.«

Der Dolch schien Daoud in die Hand zu springen. Wie schnell sich dieser Mann doch bewegt! dachte Sophia. Er schnitt das schwarze Band durch, mit dem die Rolle verschnürt war, und stieß den Dolch in die Scheide zurück. Dann rollte er das Pergament auf und studierte es stirnrunzelnd. »Das ist lateinisch«, sagte er und reichte es Ugolini.

Roten Gesichts und schwer atmend nahm Ugolini es entgegen und las, während sein Finger die Zeilen entlangglitt. Er schloß die Augen, als habe er Schmerzen. »Die Nachricht kommt von Bruder Thomas von Aquin. Er lädt Euch ein, ihn im Dominikanerkloster zu besuchen. Er schreibt, er möchte mehr über Eure Reisen erfahren.«

Daoud nickte. »Ausgezeichnet. Ich habe schon überlegt, wie ich es anstellen soll, mich privat mit ihm zu treffen.«

Ugolini warf das Pergament auf den Boden und schüttelte beide Fäuste. »Heilige Mutter Gottes! Begreift Ihr nicht, daß das eine Falle ist? Sie nennen sich Hunde Gottes. Sie können Ketzerei riechen.«

Daoud lachte. »An mir bestimmt nicht. Ich bin ein guter Moslem.«

Obwohl Sophia dazu neigte, Ugolinis Ängste zu teilen, war sie von Daouds humorvollem Mut entzückt. Er stand in der Mitte des Raumes, durch das Fenster fiel das Licht auf ihn, und sie konnte die Augen einfach nicht von seinem goldenen Kopf abwenden.

»Das wird Bruder Thomas sogar noch leichter entdecken als Ketzerei«, rief Ugolini.

Ein belustigtes Lächeln umspielte Daouds Lippen. »Glaubt Ihr denn, ich hätte mich auf ein solches Gespräch nicht vorbereitet? Wir brauchen einen geachteten Mann, der Briefe schreiben kann und Predigten hält, in denen er die Christenheit vor den Tataren warnt. Wenn ich Bruder Thomas davon überzeugen könnte, daß die Tataren gefährlich sind, und wenn ich ihm etwas anbieten kann, was er unbedingt haben möchte, könnte er der Mann sein.«

»Er und seine Mitbrüder werden Euch bei lebendigem Leib verzehren«, sagte Ugolini aufstöhnend.

»Ich bewirke nichts, wenn ich mich in Eurem Palast verstecke.« Daoud schaute unbeeindruckt auf den Kardinal hinunter.

Sophia saß mit auf dem Schoß gefalteten Händen ganz still da und betrachtete Ugolinis schönen Perserteppich. Sie war beunruhigt. Wenn sich die Männer nicht einigen konnten, wenn sie nicht vorsichtig planten, wenn sie anfingen einander zu hassen, würden sie bestimmt auf dem Blutgerüst enden. »Sprechen wir über den jungen französischen Grafen«, sagte sie. »Auch ihn können wir vielleicht benutzen. Ich habe heute mein Bestes getan, um sein Interesse an mir zu wecken.«

Daouds Augen hielten die ihren fest. »Das habe ich von Euch erwartet.« Seine Miene blieb unbewegt. »Nur deshalb habe ich Euch hierher mitgenommen.«

Sie nickte und dachte: Wenn nur du mein Liebhaber sein könntest! Das würde uns beide sehr glücklich machen. Doch hatte sie nicht erst kurz vorher um Simons Leben gefürchtet? Hatte sie nicht fast Liebe für ihn gefühlt?

Sie sah Daoud an und war sich zugleich der Gefühle bewußt, die Simon in ihr geweckt hatte, als seien es die eines anderen Menschen.

Sophia Karaiannides wollte Daoud. Ihr Verlangen nach ihm war immer stärker geworden, seit sie sich in König Manfreds Audienzsaal vor Monaten zum erstenmal in die Augen gesehen hatten.

»Was beunruhigt Euch?« fragte Daoud stirnrunzelnd.

»Nichts«, antwortete sie. Als er sie skeptisch ansah, fügte sie hinzu: »Ich weiß nicht, was er für mich empfindet.« Sie versuchte in seiner Miene zu lesen. Er sah zornig aus. War es ihm nicht recht, daß sie widerspruchslos bereit war, Simon zum Liebhaber zu nehmen? Er dachte wahrscheinlich, sie sei nicht besser als eine Hure.

»Wie wollt Ihr feststellen, was er für Euch empfindet?« fragte Daoud. »Wollt Ihr auf seinen nächsten Schritt warten?«

»Ich werde ihm ein kleines Geschenk schicken und ihn wissen lassen, daß es von mir kommt. Dann werden wir sehen, wie interessiert er ist.«

»Gut«, sagte Daoud knapp und wandte sich Lorenzo zu, als habe er keine Verwendung mehr für sie. »Da wir gerade von den Frauen und der Liebe reden – unsere junge Freundin Rachel wohnt noch immer hier. Ich möchte, daß Ihr sie heute nachmittag zu Frau Tilia bringt.«

Sophia stockte der Atem. Sie hätte am liebsten laut protestiert, doch sie wußte, es war sinnlos.

»Muß ich?« fragte Lorenzo, und sie sah Schmerz in seinen Augen.

»Erinnert Euch, was Ihr mir in Rom versprochen habt«, sagte Daoud und sah ihn mit einem grimmigen Blick an.

Lorenzo seufzte. »Ich erinnere mich.«

Sophia tat um Rachels willen das Herz weh. Doch wenn Ugolini recht hatte und sie wirklich in so großer Gefahr waren, dann war Rachel bei Tilia sicherer als hier. Wie kann ich Rachel helfen, dachte Sophia verzweifelt, ich, die ich selbst eine Fremde unter Fremden bin?

17

Am schönsten an Orvieto ist, dachte Simon, daß die Stadt, allein auf ihrem großen Felsen stehend, nie größer werden kann und man jeden Punkt schnell zu Fuß erreicht. Man konnte sich in dem Gassengewirr verirren, andererseits auf dem Corso von einem Ende der Stadt zum anderen gelangen, ehe der halbe Sand durch ein Stundenglas geronnen war. Von Ugolinis Villa auf der Südseite der Stadt zum Palazzo Monaldeschi in der Nähe der nördlichen Mauer war der Weg so kurz, daß Simon kaum Zeit hatte, die Ereignisse des Tages zu überdenken.

David von Trapezunt war Kaufmann, und Kaufleute brauchten bewaffnete Männer, die ihre Karawanen beschützten. Warum sich über die drei Männer mit Schwertern und Armbrüsten den Kopf zerbrechen, die er mit Giancarlo gesehen hatte? Sie waren alles andere als eine Armee. Aber schickte David Karawanen hinaus?

Bevor Simon den Palazzo Monaldeschi betrat, musterte er ihn mit den Augen eines Soldaten. Das Gebäude war aus braunem Stein, hatte zwei Stockwerke und ein Flachdach mit einem Wehrgang und rechteckigen Zinnen. An allen vier Ecken waren kleine Türme mit Schießscharten für Bogenschützen. Über dem zweiten Stock erhob sich ein würfelförmiger Mittelturm.

Als Simon aufblickte, entdeckte er eine Gestalt auf dem Dach, einen behelmten Mann mit einer Armbrust über der Schulter. Er schaute zu Simon herunter, legte die Hand an den Helm und ging weiter.

Es war gut zu wissen, daß die Monaldeschis ihren Palazzo rund um die Uhr bewachen ließen. Ein hinterhältiger Feind der Tataren konnte hier nur durch einen Sturmangriff an sie herankommen.

Simon ging um das Gebäude herum. Wenn in jedem kleinen Turm zwei Bogenschützen saßen, konnten sie mit ihren Pfeilen die ganze Umgebung bestreichen. Er stellte fest, daß der Platz vor dem Palazzo und die breiten Straßen an den übrigen Seiten keinem Angreifer Deckung boten. Die Stadtmauer war jedoch ziemlich nah. Von dort aus konnten Bogenschützen das Dach des Palazzo beschießen, und mindestens zwei Stadttürme waren so nah, daß Geschosse aus dort aufgestellten Steinschleudern das Gebäude leicht treffen konnten. Wie, wenn der Feind einen Sturmangriff wagte?

Wir müssen diesen Teil der Stadtmauer im Auge behalten, sagte sich Simon, und dort unsere erste Verteidigungslinie errichten; die Gebäude um den Palast herum wären die zweite, der Palazzo selbst die dritte. Um all das entsprechend durchzuführen, brauchen wir wenigstens noch vierzig Armbrustschützen. Aber wer soll sie bezahlen, ernähren und unter ihnen für Ordnung sorgen? Ich habe genug zu tun mit meinen Rittern, den Venezianern, den Armeniern und den Gefolgsleuten der Monaldeschis.

Die Last der Verantwortung lag wie ein Fels auf seinen Schultern. Er hatte bei altgedienten Soldaten die Kunst des Sturmangriffs studiert. Aber wie nützlich war sein theoretisches Wissen, wenn es wirklich zum Kampf kam? Praktische Erfahrungen hatte er bisher nur bei einem Sturmangriff gesammelt, der zu Ende gewesen war, als die aufrührerischen Vasallen die Überlegenheit von Simons Truppen sahen, bei einem Zusammenstoß mit Wilderern in seinem Forst, die jedoch flüchteten, als er sein Schwert zog, und vor zwei Jahren bei einem Turnier in Toulouse.

Man konnte nur auf zwei Wegen in den Palast gelangen. An der Westseite war ein durch ein Torhaus geschütztes, mit Eisen verstärktes Tor mit einem doppelten Fallgitter für Pferde und Wagen. Vorn auf dem Platz stand ein einstöckiges Torhaus, mit Eisenspitzen auf dem Dach und mit vorspringenden Schießscharten. Der Eingang lag seitlich im ersten Stock des Torhauses, und um ihn zu erreichen, mußte man eine schmale Treppe hinaufsteigen.

Die Tür ging auf, als Simon auf der obersten Stufe ankam.

»Oh, Ihr seht viel zu ernst aus, lieber Junge. Runzelt die Stirn nicht so stark, sonst bekommt Eure glatte Haut Falten. So melancholisch kann Euer Leben doch nicht sein.«

Fingernägel strichen ihm über Stirn und Wangen.

Simon erkannte die Stimme, aber nach dem strahlenden Sonnenschein im Freien brauchte er einen Augenblick, um sich an die Dunkelheit zu gewöhnen, und erst dann bemerkte er Gräfin Elvira Monaldeschi.

Sie nahm ihn bei der Hand und führte ihn durch das innere Tor, das im rechten Winkel zum äußeren stand. Der Flur, der sich durch das ganze Stockwerk zog, bekam durch die stark vergitterten Fenster nur wenig Licht. In Abständen hingen Öllampen aus Messing von der Decke, die jetzt allerdings nicht brannten.

»Ich habe Euch von meinem Fenster aus gesehen und bin heruntergekommen, um Euch selbst zu öffnen.« Die Nase der Gräfin war gekrümmt wie der Schnabel eines Falken. Bei einem Mann hätte das vielleicht gut ausgesehen, aber bei ihr wirkte es abstoßend. Simon ekelte es vor den seidigen Haaren auf ihrer Oberlippe, und er empfand Unbehagen, weil ihre glänzenden schwarzen Augen ihn gierig ansahen. Sie roch stark nach Wein. Er fragte sich, wie alt sie sein mochte. Mindestens achtzig.

Höflich beugte er sich über ihre knochige Hand und küßte sie rasch. Sie hielt seine Hand länger als nötig fest.

»Eure Begrüßung ist zu viel der Ehre für mich, Donna Elvira«, sagte er und entzog ihr die Hand. »Die Stirn habe ich nur gerunzelt, weil ich überlegt habe, was wir tun müssen, um die tatarischen Gesandten zu schützen. Ich habe mich gefreut, daß Ihr einen Posten auf dem Dach habt.«

»Immer.« Die Gräfin ballte und reckte die juwelengeschmückte Hand. »Aber Ihr fürchtet doch nicht um die Gesandten? Wer sollte den kleinen braunen Männern wohl etwas zuleide tun? Nein, ich bin immer nur vor den Erbfeinden meiner Familie auf der Hut – den Filippeschis.«

»Ist es möglich, daß die Familie Filippeschi uns hier angreift?«

Die Gräfin nickte grimmig. »Sie wollen Blut sehen, seit meine Gefolgsleute die drei Brüder Filippeschi getötet haben – den Vater und die Onkel von Marco di Filippeschi, der jetzt ihr neues Familienoberhaupt ist. Meine Leute haben die drei auf der Straße nach Rom erwischt und ihnen zu meiner ewigen Freude die Köpfe abgeschnitten. Das ist nun schon sechs Jahre her.«

»Mein Gott! Warum haben Ihre Leute das getan?«

Das zahnlose Lächeln der Gräfin verriet mehr als nur leichten Wahnsinn. Sie ist total verrückt, dachte Simon. »Ah, das war die Rache für den Tod meines Mannes, vor zwanzig Jahren, für den Tod meines Sohnes Gaetano, der an seiner Stelle kämpfte, und für den Tod meines Neffen Ermanno, den sie vor zwölf Jahren aus dem Hinterhalt mit einem Pfeil erschossen.« Sie hielt die knochige Hand in die Höhe und zählte die Schreckenstaten an den Fingern ab. »Meinem Mann haben sie die Zunge und das Herz herausgeschnitten.«

»Entsetzlich!« rief Simon.

»Jetzt sind nur noch ich und mein Großneffe Vittorio, ein Junge von zwölf Jahren, übrig.«

»Was ist aus Vittorios Mutter geworden?«

Die Gräfin zuckte die Schultern. »Sie ist wahnsinnig geworden.«

Wen wundert's? dachte Simon.

Das Gesicht der Gräfin wurde krebsrot. »Jetzt würde die Kanaille Marco natürlich liebend gern auch mich und Vittorio umbringen. Aber er ist nicht Manns genug dazu. Und eines Tages werde ich ihm die Zunge und das Herz herausschneiden.«

»Würden die Filippeschis Johannes und Philipp angreifen, weil sie denken, es würde Euch schaden?« fragte Simon.

Die Gräfin überlegte eine Weile und nickte dann. »Ah, das ist sehr klug von Euch. Gewiß würden sie meine Gäste als ihre Feinde ansehen.« Sie lächelte. »Auf jeden Fall braucht Ihr Euch um die beiden Tataren keine Sorgen zu machen. Sie sind nicht hier.«

Simon hatte das Gefühl, eine Falltür habe sich unter seinen Füßen geöffnet. »Wo sind sie?«

Die Gräfin zuckte die Schultern. »In die Hügel hinausgeritten. Vor Stunden schon. Sie haben ihre eigenen Leibwachen und den alten Franziskaner mitgenommen. Er hat mir gesagt, daß sie unruhig sind.«

Simon mußte an den blutigen Kampf zwischen den Venezianern und den Armeniern denken. Er dachte an Giancarlo und seine Bravi. Er dachte an das, was die Gräfin ihm eben von der Feindschaft der Filippeschis erzählt hatte, und stellte sich vor, daß die verstümmelten Leichen der Tataren irgendwo auf einer Bergstraße lagen. »Haben meine französischen Ritter sie begleitet?«

»Die sind unten im Hof des Palazzo und üben mit hölzernen Schwertern.«

Simon knirschte mit den Zähnen vor Zorn. Diese Idioten! Trainieren für eine künftige Schlacht, während ihre Schutzbefohlenen ausreiten und sich in Gott weiß welche Gefahr begeben. »Welche Straße haben die Tataren genommen? Ich muß ihnen folgen.«

Die Gräfin war ärgerlich, weil er ihr so wenig Aufmerksamkeit schenkte. »Das weiß ich nicht. Vielleicht weiß es Kardinal de Verceuil, der mit ihnen gesprochen hat, bevor sie weggeritten sind.«

Höflich verabschiedete sich Simon von der Gräfin. Sie bestand darauf, ihn zu umarmen.

Zum zweitenmal an diesem Tag saß Simon auf einem Stuhl, der zu klein für ihn war. Er hatte die Handschuhe ausgezogen und in sein Schwertgehenk gesteckt. Seine Hände lagen zu Fäusten geballt auf seinen Knien.

Verceuil kam durch den Raum auf ihn zu und blieb dicht vor ihm stehen. »Vielleicht verlange ich doch noch, daß Ihr nach Hause beordert werdet. Ich verstehe einfach nicht, warum der Graf von Anjou einen solchen Grünschnabel wie Euch mit einem so wichtigen Auftrag betraut hat.«

»Euer Eminenz will nicht billigen, daß ich Kardinal Ugolini aufgesucht habe«, erwiderte Simon mit fester Stimme, »aber könnt Ihr mir sagen, wo ich etwas falsch gemacht habe?«

Er wollte nicht über Ugolini sprechen, er wollte wissen, wo die Tataren waren.

»Ihr hättet auf tausenderlei Art etwas falsch machen können«, sagte Verceuil, auf Simon hinunterblickend. »Der König und Graf Karl haben Euch vertraut. Vorschnell, wie ich meine. Vielleicht habt Ihr über ihre Absichten mehr verraten als beabsichtigt.«

Simon erinnerte sich, wie Ugolini sofort auf die Idee reagiert hatte, daß es Zweck der Allianz sei, den Islam völlig zu vernichten. Daß er das gesagt hatte, mochte wirklich ein Fehler gewesen sein. Unbehagen und Zorn ließen ihn aufspringen. Verceuil mußte einen Schritt zurückweichen.

»Warum habt Ihr den Gesandten erlaubt, mit nur sechs Mann Begleitung in die Berge zu reiten?« fragte Simon. »Das nenne ich Nachlässigkeit, Euer Eminenz, sträfliche Nachlässigkeit, und sie ist viel gefährlicher als mein Besuch bei Kardinal Ugolini. Wohin sind sie geritten?«

Verceuil fuhr herum und ging zum Fenster. »Die Gesandten zu bewachen ist Eure Aufgabe, Herr Graf«, sagte er leise und unnachgiebig. »Ich habe mir nicht die Mühe gemacht, sie zu fragen, wohin sie wollen. Wenn Ihr der Meinung seid, sie hätten nicht ausreiten dürfen, hättet Ihr da sein müssen, um sie aufzuhalten. Ihr hättet nicht Kardinal Ugolini einen Besuch abstatten dürfen.«

Simon wurde feuerrot vor Scham. Verceuil hatte ihn am Schlafittchen. »Ich werde sie suchen«, sagte er und ging zur Tür.

»Ich habe Euch noch nicht entlassen.«

Simon begann vor Wut zu kochen. »Ich bin der Graf de Gobignon – nur der König kann mir befehlen.«

Verceuil kam auf Simon zu und brachte sein Gesicht ganz nah an das seine heran. »Gott kann Euch befehlen, junger Mann, und der Kardinal-Erzbischof de Verceuil spricht in seinem Namen. Hört zu, sonst bezweifle ich nicht, daß Gott Euch zeigen wird, wie flüchtig weltlicher Rang ist.«

Versucht er, mir mit Gott zu drohen? dachte Simon sprachlos.

»Wenn Ihr je wieder über Eure Grenzen hinausschießt«, fuhr Verceuil fort, »verspreche ich Euch, daß mein Bote zum Grafen von Anjou eilen und verlangen wird, daß Ihr Eures Postens enthoben werdet. Wenn der Graf zwischen mir und Euch wählen muß, wird er, das steht fest, den Erfahreneren wählen und den, der beim Papst größeren Einfluß hat.«

»Tut das«, antwortete Simon mit zornbebender Stimme. »Aber dann bekommt der Graf auch einen Bericht von mir.« Er machte auf dem Absatz kehrt.

»Was meint Ihr damit?« brüllte Verceuil ihm nach, doch seine Stimme ging in dem Krachen unter, mit dem Simon die schwere Eichentür hinter sich zuwarf.

Simon kam es so vor, als tanzten goldene Sonnenstäubchen in der Luft. Er, sein Stallmeister Thierry, Alain und Puys ritten hoch oben am Westhang eines dicht mit Pinien bewachsenen Berges. Über dem Tal unter ihnen lagen tiefe Schatten. Der Horizont im Westen war eine wellige schwarze Silhouette.

»Schau einmal nach vorn«, sagte Alain, packte Simon bei der Schulter und zeigte nach Norden auf einen dunkelgrünen Hügel mit runder Kuppe.

Simon erblickte Reiter, die sich hintereinander auf der Straße dahinbewegten. Sie ritten in der Sonne, und er erkannte die flammenfarbenen Tuniken der Armenier. Endlich! dachte er und lächelte. Die Tataren waren weit geritten. Er war ihnen fast den ganzen Nachmittag gefolgt und entdeckte sie erst jetzt, als sie auf dem Rückweg waren.

Er kniff die Augen zusammen und versuchte die beiden Tataren auszumachen. Dann schnalzte er mit der Zunge, und seine Stute fiel in einen leichten Trab. Seine drei Begleiter folgten ihm.

Hinter den Armeniern schaukelten zwei Karren mit hohen Seitenwänden die Straße herunter. Ein einziger Maulesel zog den ersten, zwei den zweiten Wagen. Sie wurden von je einem Mann in roter Tunika gelenkt. Wo, zum Teufel, waren die Tataren? Die Nachhut bildete, auf einem Esel sitzend, eine Gestalt in Braun: Bruder Mathieu. Simon bekam es wieder mit der Angst zu tun. »Seht ihr die Tataren?« fragte er seine Männer.

Puys schnaubte. »Die sind wahrscheinlich zu faul zum Reiten. Sie sitzen in einem dieser Karren und kommen sich wie die Herren der Welt vor.«

»Tataren finden es unmännlich, sich fahren zu lassen, wenn sie reiten können«, antwortete Simon, der sich über die Unwissenheit des alten Ritters ärgerte.

»Aber ich sehe reiterlose Pferde«, sagte Alain. »Vier Stück.«

Simon kniff die Augen zusammen und sah, daß jeder der vier armenischen Reiter ein reiterloses Pferd am Zügel führte. »Folgt mir!« stieß er hervor und gab seiner Stute die Sporen.

Sie ritten die felsige, ihnen unbekannte Straße hinunter, so schnell sie konnten. Der Schatten, den die westlichen Hügel warfen, hüllte sie immer dichter ein, je tiefer sie kamen.

Die Armenier hatten sich am Ufer eines sich durch das Tal schlängelnden Flusses versammelt und schienen zu überlegen, wo sie ihn überqueren sollten. Simon sah die Tataren noch immer nicht, doch inzwischen war es zu dunkel, um irgend etwas deutlich zu erkennen.

In seiner Angst ritt er ohne zu überlegen in den Fluß. Seine Stute stolperte ein- oder zweimal in dem felsigen Bett, geriet einmal in tiefes Wasser und mußte schwimmen.

Es war Ende August, und alle Flüsse in der Gegend hatten ihren tiefsten Stand erreicht. Trotzdem war Simon, als er das andere Ufer erreichte, bis zur Hüfte klatschnaß. Er sah, daß die Armenier ihre Bogen von den Schultern nahmen und Pfeile einlegten. »Ich bin es, Gobignon!« rief er.

Dann rief Bruder Mathieu den Männern etwas zu, und sie ließen die Bogen sinken. Gut, daß sie wachsam sind, dachte Simon. Aber was mag auf der Straße passiert sein, das sie so vorsichtig gemacht hat? Er ritt zwischen sie.

»Simon!« rief Bruder Mathieu.

Simon schaute dem Lenker des ersten Karrens über die Schulter, und der Armenier starrte ihn unter buschigen Brauen hervor finster an. Im Karren lagen auf einem Bett aus Stroh zwei kleine, breitschultrige Gestalten. Die beiden Gesandten.

»Heilige Maria, Mutter Gottes!« flüsterte Simon und stieg vom Pferd.

Bruder Mathieu war plötzlich an seiner Seite und faßte ihn am Arm. »Habt Ihr uns gesucht, Simon?«

»Was ist passiert?«

»Ihr könnt es auf Grund ihrer Unerfahrenheit Pech nennen. Ich habe versucht, sie zu warnen, aber sie wollten nicht auf mich hören.«

»Pech? Was für ein Pech?« fragte Simon. Doch war es wirklich noch wichtig, wie es passiert war? Er hatte versagt, nur das zählte. Sein törichter Entschluß, zu Ugolini zu gehen, hatte zu dieser Katastrophe geführt. Er schlug die Hände vors Gesicht. »Wäre ich nur heute vormittag bei ihnen geblieben!«

Bruder Mathieu tätschelte seinen Arm. »Macht Euch keine Vorwürfe. Niemand wird Euch die Schuld geben. Es wäre wahrscheinlich auch geschehen, wenn Ihr dabei gewesen wärt.«

Für Simon waren die Worte des alten Mönchs wie ein Schlag ins Gesicht. Was für eine Schande, für so unnütz gehalten zu werden, daß nicht einmal seine Anwesenheit die Tataren gerettet hätte. »Habt Ihr denn nicht gewußt, wie gefährlich diese Hügel sein können?« fragte er.

»Sie waren entschlossen, einen langen Ritt zu unternehmen«, sagte Bruder Mathieu. »Tataren sind an große Entfernungen und an weite Räume gewöhnt. Ihr könnt Euch nicht vorstellen, wie unglücklich es sie gemacht hat, in der Stadt eingesperrt zu sein, die hoch oben auf dem Felsen steht. Sie haben mir leid getan. Tatsächlich habe ich sogar um ihre Gesundheit gefürchtet.«

Simon war entrüstet. »Um ihre Gesundheit gefürchtet! Was Ihr nicht sagt, zum Teufel! Seht sie Euch jetzt an.«

Bruder Mathieu drückte Simons Arm. »Sprecht nicht vom Teufel. Er könnte kommen, wenn Ihr ihn ruft. Und was sie anbelangt«, er winkte mit der Hand zu den beiden leblosen Gestalten hinüber, »so ist es peinlich, das ist klar, aber wir brauchen uns keine Vorwürfe zu machen.«

»Peinlich? Ihr nennt das peinlich?«

Eine der beiden Gestalten im Stroh regte sich und erhob sich taumelnd auf die Knie. Simon, dem fast die Augen herausfielen, hörte ein paar verwischte Worte in der kehligen Sprache der Tataren. Die Gestalt kroch auf Händen und Füßen auf die Seite des Karrens, beugte sich hinaus und erbrach unter lautem Würgen.

»Sie sind nicht tot!« rief Simon.

»Tot? Nein, tot sind sie nicht, aber sturzbetrunken«, erwiderte Bruder Mathieu.

Die Erleichterung kam so plötzlich, daß Simon der Atem stockte. Er schluckte und brach dann in Gelächter aus.

Bruder Mathieu half dem Tataren, dem übel geworden war. Mit dem

Ärmel seiner Kutte wischte er dem Mann das Gesicht ab, ging zum Fluß und wusch den Ärmel aus, kam zurück und preßte dem Tataren den nassen Ärmel auf die Stirn.

»Könnt Ihr nicht aufhören zu lachen?« fragte er Simon, als er zum zweitenmal zum Fluß ging. »Den Armeniern gefällt nicht, daß Ihr über ihre Herren lacht.«

»Sturzbetrunken!« rief Simon und brach wieder in lautes Gelächter aus.

Es habe ganz harmlos angefangen, berichtete Bruder Mathieu, als sie gemeinsam zurückritten. Er selbst hatte vorgeschlagen, die Straße nach Montefiascone zu nehmen, von der aus man einen besonders schönen Ausblick auf Orvieto hatte. Simon erinnerte sich an die Stelle. Er hatte denselben Ausblick genossen, als der Diener Davids von Trapezunt, Giancarlo, mit den drei schwerbewaffneten Männern vorbeikam.

Auch den Tataren hatte die Aussicht gefallen, doch sie wollten weiterreiten. Bruder Mathieu befürchtete zwar, sie könnten in den Hügeln Straßenräubern begegnen. Aber er vertraute auch den Armeniern, und so setzten sie ihren Ausflug auf der Bergstraße fort.

»Sie haben alles beobachtet und so leise miteinander gesprochen, daß ich sie nicht verstand.« Bruder Mathieu drehte sich um und warf Simon einen gepeinigten Blick zu. »Ich denke, sie haben darüber gesprochen, wie man eine Armee durch diese Hügel führen könnte.«

Simon war entsetzt. Er stellte sich eine tatarische Armee vor, Zehntausende pelzgekleideter Wilder zu Pferde, die auf dem Ritt nach Rom durch Umbrien kamen, die Städte und Bauernhöfe brandschatzten und die Menschen niedermetzelten. Betroffen schüttelte er den Kopf. Wenn das geschah, dann hatte er seinen Teil dazu beigetragen.

Als die Tataren und ihr Gefolge die kleine Stadt Montefiascone inmitten der mit Rebstöcken bewachsenen Hügel erreicht hatten, fuhr Mathieu fort, waren sie alle hungrig und durstig. Sie besetzten das Gasthaus – die finsteren Blicke der Armenier genügten, um andere Gäste zu vertreiben – und begannen den reichlichen Vorrat an Wein auszutrinken, den der Wirt hatte.

»Der Wein von Montefiascone ist eine köstliche Gabe Gottes«, sagte Bruder Mathieu. »Sehr klar, beinahe so hell wie Quellwasser und etwas süß. Der Wirt holte ihn aus dem Keller herauf, in dem er herrlich kühl geblieben war. Es war wirklich kein schwerer Wein, aber die Tataren haben allen getrunken, bis zum letzten Tropfen.«

Bruder Mathieu zeigte auf den jungen armenischen Anführer, Prinz Hethum, der jetzt zusammen mit Alain den kleinen Zug anführte. Der Prinz trug die Börse der Tataren, in der die Goldstücke erheblich weniger geworden waren. Der Wirt der Taverne war natürlich glücklich gewesen, so durstige Gäste bedienen zu dürfen, aber als er keinen Wein mehr hatte, wurden die Tataren zornig. Der jüngere, Philipp, packte den Wirt bei der Kehle. Die Armenier, die absichtlich nur wenig getrunken hatten, fingerten an ihren Bogen herum. Der Wirt ließ seine Frau als Geisel zurück, fuhr zu den umliegenden Bauernhöfen und kam nach einer in großer Spannung verbrachten Stunde mit dem Wagen voller Weinfässer zurück. Diesmal mußten sich die Tataren geschlagen geben.

»Wein bekommt ihnen nicht, müßt Ihr wissen«, sagte Bruder Mathieu. »Arme, arglose Welteroberer! Sie trinken ein Gebräu, das sich Kumys nennt und mit Stutenmilch vergoren ist. Sehr mild, aber sie werden davon betrunken, und mehr wollen sie nicht. Als sie die zivilisierten Länder eroberten, bekamen sie zum erstenmal so viel Wein, wie sie wollten. Sie sind gotteslästerlich gierig danach.«

Als die tatarischen Gesandten bewußtlos zusammenbrachen, hatten Bruder Mathieu und der Wirt erleichtert aufgeseufzt. Mit dem Gold der Tataren erstand der Wirt zwei Karren und drei Maulesel, und sie luden Johannes und Philipp auf den einen Karren und die übrigen Fässer Montefiascone auf den anderen.

»Montefiascone ist vielleicht die einzige Stadt auf der Welt, die von sich behaupten kann, von den Tataren eingenommen worden zu sein und davon profitiert zu haben«, meinte Bruder Mathieu.

Simon lachte. Er hatte daran gedacht, Feuerstein, Zunder, eine Laterne und Kerzen mitzubringen, und jetzt ritt Thierry ihnen voran und hielt die an einem langen Ast befestigte Laterne in die Höhe, die ihnen ein wenig leuchtete. So würden die Tataren mit ihrem Karren im Dunkeln wenigstens nicht eine Steilwand hinunterstürzen.

»Wenn ich Euch heute morgen gefunden hätte, hätte ich Euch und ein paar von Euren Franzosen gebeten, uns zu begleiten«, sagte der alte Mönch. »Aber Ihr wart bei Kardinal Ugolini, nicht wahr?«

Als Bruder Mathieu Ugolini erwähnte, mußte Simon sofort an die schöne Nichte des Kardinals denken. Ob sie wohl älter war als er? Wie würde sie reagieren, wenn er versuchte, sie wiederzusehen? Er wünschte, er könnte Tataren, Kreuzzüge und Sarazenen vergessen und seine Zeit ausschließlich damit verbringen, Sophia den Hof zu machen. Aber wenn er sich noch einmal in der Nähe von Ugolinis Villa blicken ließ, würde Verceuil vermuten, er versuche die verbotenen Verhandlungen wiederaufzunehmen. »Meine Bemühungen sind fehlgeschlagen«, berichtete er Bruder Mathieu. Bevor er weitersprach, ließ er die Augen über die vor ihnen liegende Straße schweifen. Alain und Puys ritten an der Spitze, dicht hinter Thierry mit der Laterne. Die nächsten waren Hethum und seine Armenier, und sie verstanden kein Französisch. Simon und Bruder Mathieu bildeten hinter den beiden Karren die Nachhut. Sie konnten also gefahrlos miteinander reden.

»Kardinal Ugolini hätte mich beinahe überzeugt, daß unsere Anstrengungen, das Heilige Land zu befreien, vergeblich sind. Und Verceuil wußte, daß ich Ugolini aufgesucht habe. Er war wütend. Woher hat er gewußt, wo ich gewesen bin?« fragte Simon den Mönch.

Bruder Mathieu lächelte. »Er hat Euch beobachten lassen.«

»Diese Schlange!«

Der Franziskaner legte seine Hand leicht auf die Simons. »Still, Simon! Der Kardinal wird sich für sein irdisches Tun eines Tages vor Gott verantworten müssen.«

Simon schüttelte den Kopf. »Ich sage Euch eins, Bruder Mathieu, ich war von Ugolinis Überredungskunst und von Verceuils Tyrannei heute so zermürbt, daß ich Orvieto um ein Haar den Rücken gekehrt hätte.«

Doch er wußte, daß er nicht gegangen wäre, besonders nicht, nachdem er Sophia kennengelernt hatte. Er mußte an ihre vollen roten Lippen und ihre erregenden Brüste denken. Nein, nein, er mußte in Orvieto bleiben und Sophia Orfali näher kennenlernen.

18

Über den Wipfeln erschien ein gelber Mond, und Simon war für sein Licht dankbar. Jetzt würde es nicht mehr so schwierig sein, der Straße zu folgen.

»Es ist«, sagte Bruder Mathieu, »nicht einfach für einen jungen Mann, sich gegen zwei mächtige Kirchenmänner zu behaupten, die in

Dialektik geschult sind. Ich beglückwünsche Euch, daß Ihr es überhaupt gewagt habt.«

Simon hatte ein ungutes Gefühl. Er sah sich nach Frankreich zurückgeschickt und wegen seiner Ungeschicklichkeit verspottet. »Unsere Mission muß gelingen«, sagte er, die Hand zur Faust geballt. Seine Stimme übertönte das Ächzen und Knirschen der Karrenräder, und er war über seine Heftigkeit selbst überrascht.

»Gott hat seine eigenen Vorstellungen von dem, was gelingen, und von dem, was mißlingen soll«, erwiderte Bruder Mathieu. »Versucht nicht, Euch die ganze Last allein aufzuladen.«

»Ich muß«, sagte Simon.

»Warum müßt Ihr?«

»Weil ich bin, der ich bin«, entgegnete Simon leise.

»Wie meint Ihr das, Simon?«

Kann ich mit ihm darüber sprechen? fragte sich Simon. Seit seine Mutter und Roland ihm vor sieben Jahren das Geheimnis seiner Geburt enthüllt hatten, quälten ihn Fragen: Wer war er eigentlich? Was war Recht, was Unrecht? Doch es gab niemand, der ihm diese Frage beantwortet hätte. Er liebte seine Mutter, und er bewunderte Roland, aber sie waren nicht unbefangen, konnten es nicht sein. Wenn er aber mit einem Dritten darüber redete, konnte er sie alle ins Unglück stürzen.

In den Jahren, in denen Simon bei König Ludwig lebte, hatte er manchmal geglaubt, Ludwig sei bereit, ihm zuzuhören. Aber Simon hatte auch gewußt, daß Ludwig immer recht tun wollte, gleichgültig, wen er dadurch verletzte.

Bruder Mathieu jedoch schien eher zu verstehen, daß das Leben nicht einfach eine Sache von Recht und Unrecht war. Er kannte die Wildheit und die Grausamkeit der Tataren und war ihnen trotzdem wohlgesinnt. Seine Weisheit und Welterfahrenheit konnten Simon vielleicht helfen, mit sich ins reine zu kommen.

Aber als Simon zu sprechen versuchte, verkrampften sich seine Brust und seine Kehle, und seine Stimme klang wie ein Krächzen. Er hatte das Gefühl, unter einem Bann zu stehen, der ihn hinderte, über die Geheimnisse seiner Familie zu sprechen. »Ehrwürdiger Vater, darf ich mich Euch unter dem Siegel des Beichtgeheimnisses anvertrauen?«

Der alte Franziskaner zügelte seinen Esel, so daß er noch weiter hinter den anderen zurückblieb. Simon blieb mit seiner Stute an seiner Seite.

»Ist es eine echte Beichte, oder handelt es sich nur um ein Geheimnis?«

»Es ist eine Frage von Recht und Unrecht. Und wenn ich unrecht tue, begehe ich eine schwere Sünde.«

Bruder Mathieu drehte sich zu ihm um. »Nun gut, sprecht unter dem Siegel des Beichtgeheimnisses zu mir, ich bin dann an mein Schweigegelübde gebunden. Schlagt ein Kreuz und fangt an.«

Simon berührte Stirn, Brust und Schultern mit den Fingerspitzen. Einen Augenblick zögerte er noch. Er hatte seiner Mutter und Roland versprochen, sich nie einem Dritten anzuvertrauen. Aber ich muß! Es nagt an mir, und ich kann es nicht mein Leben lang mit mir herumschleppen.

Doch wie, wenn Bruder Mathieu ihn enttäuschte? Wie, wenn er ihm nichts Tröstliches zu sagen wußte, nachdem er ihm sein Geheimnis verraten hatte? Nun, es gab eine Möglichkeit, ihn zu prüfen. Denn eigentlich war es ein doppeltes Geheimnis. Der erste Teil war schon schlimm genug, aber dem König, der Königin und vielen Rittern, die am letzten Kreuzzug teilgenommen hatten, längst bekannt. Simon konnte Bruder Mathieu dieses weniger schlimme Geheimnis erzählen, seine Reaktion abwägen und dann entscheiden, ob er ihm auch anvertrauen sollte, was nur drei Menschen auf der Welt wußten. »Ich habe gesagt, ich habe diese Mission übernommen, weil ich der bin, der ich bin. Was wißt Ihr über den letzten Grafen de Gobignon?«

Inzwischen stand der Mond hoch am Himmel, und Simon konnte das Gesicht des alten Franziskaners ganz deutlich sehen. Bruder Mathieu runzelte die Stirn und strich sich über den langen weißen Bart. »Leider sehr wenig. Er besaß riesige Güter, war einer der fünf Pairs im Rat des Königs – wie Ihr jetzt – und hat mit heiligem Eifer gegen die Albigenser gekämpft.« Er warf Simon einen schmerzlichen Blick zu. »Ich bin in den Jahren, in denen Euer Vater auf der Höhe seiner Macht stand, als Bettler durch das Land gezogen, habe dann Theologie studiert und, fürchte ich, wenig auf das geachtet, was in der Welt um mich herum passiert ist.«

Bruder Mathieus Antwort brachte ein trauriges Lächeln auf Simons Lippen. »Daß Ihr – wie die meisten Leute – so wenig über Amalric de Gobignon wißt, verdanke ich der Großmut König Ludwigs und seiner engsten Freunde und Berater. Der Mann, dessen Namen ich geerbt habe, war ein Mörder, ein Erzverräter, ein Judas. Aber als König Ludwig von jenem fehlgeschlagenen Kreuzzug in Ägypten zurückkehrte, verfügte er, daß niemand etwas von Amalric de Gobignons Untaten erfahren dürfe.«

»Ich weiß noch, wie entsetzt ich war, als ich hörte, daß man den König gefangengenommen und seine Armee vernichtet hatte«, sagte Bruder Mathieu. »Ich fiel mitten auf der Straße auf die Knie, weinte und betete für ihn, die Königin und die anderen Gefangenen. Wie groß war meine Freude, als es dann hieß, daß sie gegen Lösegeld freigelassen werden und zu uns zurückkehren sollten.«

»An dieser Katastrophe war der Verräter Amalric de Gobignon schuld.« Es kam Simon so vor, als hätten seine Mutter Nicolette und ihr Ehemann Roland ihm diese Geschichte hundertmal erzählt. Sie wollten, daß er sie auswendig wußte. »Er hat geglaubt, daß die Katharer seinen Vater, also meinen Großvater, den Grafen Etienne de Gobignon, ermordeten«, fuhr er fort. »König Ludwig übte Gnade gegen Ketzer. Graf Amalric hatte auch einen Bruder, Hugues, einen Dominikaner und Inquisitor, der in Béziers vor seinen Augen vom Pfeil eines Mörders getötet wurde, während er die Verbrennung von Katharern beaufsichtigte.«

»Ach, diese ketzerjagenden Dominikaner!« Bruder Mathieu schüttelte den Kopf.

»Als Hugues getötet wurde, gab Graf Amalric dem König die Schuld daran, weil er gegen die Ketzer Milde walten ließ. Danach schien der Graf von einem Wahn besessen. Er glaubte, er könne den König stürzen und den Thron besteigen.«

»Er muß wirklich wahnsinnig gewesen sein«, sagte Bruder Mathieu. »Noch nie wurde ein König von Frankreich so geliebt wie dieser Ludwig.«

»Graf Amalric begleitete König Ludwig auf dem Kreuzzug und nahm meine Mutter, Gräfin Nicolette, ebenso mit wie König Ludwig Königin Margarete. Ich war damals noch sehr klein. Sie ließen mich in der Obhut der Schwestern meiner Mutter zurück. Die Kreuzfahrer nahmen Damiette an der Mündung des Nils ein, ließen die Frauen dort zurück und zogen südwärts – gegen Kairo.« Simon zögerte. Das waren die Verbrechen des Mannes, den jeder für seinen Vater hielt. Es war für ihn eine Qual, über sie zu sprechen.

Aber er berichtete weiter. »Bei einer Stadt namens Mansura führte

Graf Amalric einen Teil des französischen Heeres in eine Falle, und die meisten Männer fielen. Mit einer List brachte er den Rest des Heeres und den König dazu, sich den Mamelucken zu ergeben. Er allein entkam. Er kehrte nach Damiette zurück, angeblich um die Verteidigung der Stadt zu übernehmen. Er hatte dem Sultan von Kairo jedoch heimlich versprochen, ihm Damiette zusammen mit dem Lösegeld auszuliefern, wenn der Sultan den König und alle anderen gefangenen Kreuzfahrer erschlug.«

Bruder Mathieu schnappte hörbar nach Luft. »Warum sollte ein französischer Edelmann etwas so Entsetzliches tun?«

»Weil er, nach dem Tod des Königs und seiner Brüder, in Frankreich der mächtigste Mann gewesen wäre«, erwiderte Simon. »Sein Plan hätte gelingen können, aber es geschah zweierlei: Erstens erhoben sich die Mamelucken-Emire unter Baibars – demselben, der jetzt Ägypten regiert – und töteten den Sultan, mit dem Graf Amalric sich verbündet hatte. Zweitens zogen Baibars und die Mamelucken es vor, ihre Gefangenen ehrenvoll zu behandeln. Und dann erbot sich ein Ritter und Troubadour, der mit dem König gefangengenommen worden war und einen alten Groll gegen den Grafen de Gobignon hegte, nach Damiette zu gehen und dem Grafen von Mann zu Mann gegenüberzutreten. Nach einem heftigen Kampf erschlug er ihn. Der König und die überlebenden Kreuzfahrer waren gerettet. Der Name des Troubadours war Roland de Vency.«

»Ich habe nie von ihm gehört«, sagte Bruder Mathieu.

»Nein, ebenso wenig wie Ihr je von Graf Amalrics Verrat gehört habt. Nach dem Willen des Königs sollte die ganze Angelegenheit mit dem Grafen in einem anonymen Grab verscharrt werden.«

Sie schwiegen einen Augenblick. Simon lauschte dem Ächzen und Knirschen der Karrenräder und blickte zum Mond auf, der die umbrischen Hügel in Silber tauchte. Hinter der nächsten Biegung würden sie die Lichter von Orvieto sehen.

Von Schmerz gepeinigt, fragte sich Simon, was Bruder Mathieu jetzt wohl von ihm dachte. Verachtete er ihn wie so viele hohe Adlige? Ihm fiel ein, daß der Mönch früher auch ein Ritter gewesen war. Wie konnte er einen Mann nicht hassen, in dessen Adern Amalric de Gobignons Blut floß? Er sah den alten Franziskaner an, dessen Augen traurig auf ihn gerichtet waren.

»Aber was geschehen ist, ist nicht begraben, so sehr der König und Ihr es Euch wünschen mögt.«

Unglücklich schüttelte Simon den Kopf. »Nein. Was geschehen ist, wurde nie wirklich vergessen.«

»Ihr schämt Euch des Namens, den Ihr tragt. Wie alt seid Ihr? Zwanzig?«

Simon nickte.

»In Eurem Alter sind die meisten Männer, besonders jene, die über so riesige Güter verfügen und so große Verantwortung tragen wie Ihr, längst verheiratet oder verlobt.«

»Ich wurde zweimal abgewiesen«, entgegnete Simon schmerzlich. »Der Name Gobignon ist für immer und ewig besudelt.«

Bruder Mathieu rieb seinem Esel nachdenklich den Hals. »Offensichtlich denkt der König nicht so, sonst hätte er Euch nicht mit einer so wichtigen Aufgabe geehrt.«

»Er hat alles Erdenkliche getan, um mir zu helfen. Als meine Mutter und meine Großmutter sich darum stritten, wer meine Erziehung übernehmen sollte, beendete der König den Streit, indem er sich zu meinem Vormund ernannte und mich zu sich in den Palast holte. Dann hat sein Bruder Karl von Anjou mich eine Zeitlang zu seinem Pagen gemacht.«

»Warum haben Eure Mutter und Eure Großmutter Euretwegen gestritten?«

»Meine Mutter heiratete Roland de Vency. Meine Großmutter, die Mutter von Graf Amalric, konnte und wollte nicht hinnehmen, daß der mein Vater wurde, der ihren Sohn erschlagen hatte.«

Bruder Mathieu streckte die Hand aus und legte sie Simon tröstend auf den Arm. »Ah, ich verstehe Euch jetzt besser. Diese Familienschande, kein richtiges Elternhaus und dazu die Last des Reichtums und der Macht.«

»Nicht viele Männer würden Reichtum und Macht für eine Last halten. Die großen Familien verachten mich, weil ich den Namen Gobignon trage. Ich werde ein Leben in Unehre führen müssen.«

»Gott achtet Euch«, sagte Bruder Mathieu leise und eindringlich. »Im Vergleich damit bedeutet die Meinung der Menschen nichts.«

Das ist wahr, dachte Simon, und die schweren Ketten, die ihn zu Boden gezwungen hatten, seit er denken konnte, fielen plötzlich von ihm ab.

»Das Schönste an meinem Gelübde ist«, fuhr Bruder Mathieu fort, »daß ich mit seiner Hilfe zu mir selbst gefunden habe, daß ich jetzt weiß, wer ich wirklich bin. Ich habe meinen Namen, meinen Besitz, die Liebe der Frauen, meine weltliche Stellung aufgegeben. Das braucht Ihr nicht zu tun. Doch wenn Ihr Euch im Geist von ihnen trennen könnt, könnt Ihr Euch so wiederfinden, wie Gott Euch kennt. Dann werdet Ihr sehen, daß Ihr nicht seid, was die Menschen von Euch denken.«

»Ja«, flüsterte Simon. »Ja, ich verstehe.«

»Aber«, sagte Bruder Mathieu mit leichtem Vorwurf in der Stimme, »Ihr habt mir nicht alles gesagt.«

»Orvieto!« Nur schwach drang Alains Stimme zu Simon.

Aus dem Karren, der vor Simon und Bruder Mathieu über Stock und Stein rumpelte, kam lautes Schnarchen. Ein Armenier machte offenbar eine humorvolle Bemerkung, denn die anderen lachten.

Jenseits des Tales ragte die Silhouette von Orvieto wie eine Zauberburg vor dem mondhellen Himmel auf. Die Fenstervierecke schimmerten gelb im Licht der Kerzen, und die hohen, schmalen Fenster der Kathedrale San Giovenale glichen erleuchteten Bändern. Simon ertappte sich dabei, daß er sich fragte, wo Sophia, die Nichte des Kardinals, jetzt wohl war und was sie tat. Er ritt nach vorn zu den anderen.

»Was habt ihr dahinten so viel zu schwatzen, der alte Mönch und du?« fragte Alain.

»Er nimmt mir die Beichte ab«, antwortete Simon leichthin.

Alain lachte. »Wenn du etwas angestellt hast, das du beichten mußt, tust du gut daran, es vor mir zu verbergen.«

Als sie nach einer kurzen Rast aufbrachen, setzten sich Simon und Bruder Mathieu wieder ans Ende des Trupps.

»Woher habt Ihr gewußt, daß da noch mehr ist, ehrwürdiger Vater?«

»Ihr habt mich gebeten, das, was Ihr mir erzählt habt, als Beichtgeheimnis zu betrachten, aber noch habt Ihr Euch zu keiner Sünde bekannt.«

»Amalric de Gobignon war nicht mein Vater.«

Bruder Mathieu schwieg einen Augenblick, dann sagte er: »Der Mann, der den Grafen Amalric erschlug, der Mann, den Eure Mutter bald nach dem Tod des Grafen geheiratet hat – ist er es?«

»Ja. Und jetzt kennt Ihr meine Sünde. Die Welt glaubt, ich sei der Sohn eines Verräters und Mörders, was schlimm genug ist. Aber ich bin nicht der Sohn dieses Mannes. Ich bin ein Betrüger, ein Bastard, und ich habe kein Recht auf den Titel der Grafen de Gobignon.«

»Glaubt Ihr, daß Ihr eine schwere Sünde begeht, wenn Ihr Euch Graf de Gobignon nennt?«

»Meine Mutter und Roland sagen nein, aber ich denke, sie sind keine besonders guten Christen. Sie sind voll heidnischer Ideen. Ich bin Graf Amalrics einziger männlicher Erbe. Zwar bin ich nicht sein Sohn, aber trotzdem der Enkel seines Vaters Etienne de Gobignon.«

Bruder Mathieu schlug sich mit der Hand gegen die Stirn. »Ich muß sagen, diese komplizierte Blutsverwandtschaft verwirrt mich etwas. Wie meint Ihr das?«

»Roland de Vency ist der Bastard von Etienne de Gobignon, gezeugt durch Vergewaltigung im Languedoc. Roland und Amalric waren Halbbrüder.«

»Um Gottes willen!« rief Bruder Mathieu. »Aber dann habt Ihr durch Euer Blut Anspruch auf den Titel. An wen sonst sollte er fallen?«

»Ich nehme an, das Lehen könnte an meine älteste Schwester Isabelle und ihren Mann gehen. Er ist ein Ritter ohne Land, ein Vasall des Grafen von Artois. Meine drei Schwestern haben wegen der Verbrechen, die Graf Amalric beging, weit unter ihrem Stand geheiratet.«

Bruder Mathieu seufzte. »Glaubt Ihr, es könnte ein großes Übel daraus entstehen, wenn Ihr den Besitz aufgäbt?«

»Meine Mutter und mein Vater – mein leiblicher Vater, Roland de Vency – würden als Ehebrecher gebrandmarkt. Wir würden als Verbrecher angeklagt, weil wir die rechtmäßigen Erben betrogen haben – wer das auch sein mag.« Er sah seine Mutter vor einem Richtblock knien, die Stirn auf dem kalten Stein, und Entsetzen durchrieselte ihn.

»Das ist keine leichte Frage, die Ihr mir heute abend vorlegt, Simon. Das Leben Tausender, sogar die Zukunft des Königreichs, könnte davon abhängen, wem die Güter der Gobignons gehören. Ich denke, es ist nicht so wichtig, daß der Graf de Gobignon der rechtmäßige Erbe, sondern daß er der richtige Mann ist. Versteht ihr, was ich meine?«

»Ich glaube«, sagte Simon. Was Bruder Mathieu sagte, ließ ihn ein wenig hoffen.

»Ich kenne Euch inzwischen gut genug, um behaupten zu können, daß es für die Leute in Gobignon ein wahrer Segen ist, Euch zum Herrn zu haben. Wenn ein schlechter Mann einen Titel erbt, sagen wir, es ist

Gottes Wille, und alle, die ihm Gehorsam schulden, sind gezwungen, ihn als Herrn anzunehmen. Könnten wir dann nicht sagen, daß es auch Gottes Wille ist, wenn ein Mann wie Ihr einen solchen Titel verliehen bekommt, ganz gleich auf welche Art? Auf jeden Fall können wir diese Frage heute abend nicht mehr lösen. Es steht zu viel auf dem Spiel, und wir dürfen nicht unbesonnen vorgehen.«

»Aber wie, wenn mir etwas zustößt, während ich noch in Sünde lebe?« Simon stellte sich vor, daß er mit blutüberströmter Brust in einer Straße von Orvieto lag und Sophia sich weinend aus einem Fenster beugte. Und dann sah er Dämonen der Hölle mit Sarazenengesichtern, die mit Dolchen auf ihn einstachen.

»Ich kann Euch Absolution erteilen, weil Ihr den Willen habt zu tun, was richtig ist«, sagte Bruder Mathieu. »Versprecht Gott, daß Ihr alles tun werdet, um in dieser Angelegenheit seinen Willen zu erfüllen, daß Ihr Euch fügen werdet, sobald Ihr wißt, was Er will – ob das nun heißt, daß Ihr den Titel aufgeben oder Titel und Geheimnis bewahren sollt. Ich brauche Euch kaum daran zu erinnern, daß Gott in Euer Herz sieht und weiß, ob Ihr die ehrliche Absicht habt, das Richtige zu tun. Sprecht ein Gebet tätiger Reue.«

Die Last der Scham schien so niederdrückend wie immer, und Simon glaubte nicht, daß die lateinischen Worte, die Bruder Mathieu vor sich hinmurmelte, ihn von der Last befreien würden.

Simon wiederholte, was Bruder Mathieu ihm gesagt hatte – daß er bereit sein mußte, sich Gottes Willen zu beugen. Dann schlug der alte Franziskaner das Kreuzzeichen.

Die Straße wurde schmäler, so daß man nicht mehr zu zweit nebeneinander reiten konnte, also fiel Simon hinter Bruder Mathieu zurück.

Simon fühlte sich allmählich besser und begann eine Melodie zu summen, ein altes Kreuzfahrerlied, das Roland ihn gelehrt hatte. Es hieß der »Alte vom Berge«.

Bisher hatten andere sein Leben bestimmt. Von diesem Augenblick an hielt er sein Schicksal in eigenen Händen.

»Darf ich Euch einen Augenblick sprechen, Signore, bevor Ihr Euch zurückzieht?« Der Haushofmeister der Gräfin Monaldeschi war ein streng aussehender Mann mit langem, weißem, von schwarzen Strähnen durchzogenem Haar.

Simon hatte eben den Fuß auf die Treppe gesetzt, die in das zweite Stockwerk des Palazzo Monaldeschi führte, wo sein Schlafgemach lag. Er wollte an diesem Abend auf keinen Fall gestört werden. Aber der Haushofmeister hatte Umsicht und Diskretion bewiesen, als es darum ging, die betrunkenen Tataren ins Bett zu bringen, und Simon schien es, daß es sich lohnte, ihn anzuhören.

»Am Spätnachmittag ist ein Vagabund vor unserem Tor erschienen. Er behauptet, ein ehemaliger Gefolgsmann von Euch zu sein, und er bittet um ein Gespräch mit Euch – in aller Demut, soll ich Euch bestellen. Er wartet in der Küche.«

Ein ehemaliger Gefolgsmann? Simon kam ein Verdacht. »Hat er Euch wenigstens gesagt, wie er heißt?«

»O ja, Signore. Sordello.«

Das Blut begann in Simons Schläfen zu pochen, so heftig war sein Zorn. War der Halunke tatsächlich so tollkühn gewesen, ihm bis nach Orvieto zu folgen? »Schickt ihn fort«, sagte er schroff. »Und geht nicht allzu sanft mit ihm um.«

Das Gesicht des Haushofmeisters blieb ausdruckslos. »Wie Ihr wünscht, Signore.« Er entfernte sich mit zahlreichen Verbeugungen.

Ein guter Diener, dachte Simon. Er zeigt weder Zustimmung noch Mißbilligung. Was hätte Sordello mit mir zu bereden, zum Teufel? Vielleicht ist er bei Karl von Anjou gewesen und bringt eine Nachricht von ihm?

Der Haushofmeister war schon fast am Ende des langen Flurs verschwunden, als Simon ihm nachrief: »Wartet! Ich gehe zu ihm!«

Im Erdgeschoß des Palazzo Monaldeschi, in der Küche, köchelte unter einem Kamin in der Mitte des Raums auf niedrigem Feuer ein Kessel, der groß genug für einen Menschen war. Ihm entstieg ein kräftiger Duft von Huhn, Zwiebeln, Sellerie, Paprika, Knoblauch, Nelken und anderen Dingen, die Simon nicht kannte. Hinter dem Kessel verdeckte eine Falltür die Treppe zu einer verschlossenen Vorratskammer, in der die Monaldeschis Güter horteten, die so kostbar waren wie Juwelen – importierte Gewürze aus dem Osten.

Kaum hatte Simon einen Blick auf das rote Gesicht mit der gebrochenen Nase geworfen, fiel der Armbrustschütze und Troubadour auf die Knie und schlug mit der Stirn gegen den Steinfußboden. »Ich danke

Euch, Signore, daß Ihr bereit wart, mich zu sehen«, drang Sordellos Stimme gedämpft vom Fußboden herauf. »Ihr seid gütiger, als ich es verdiene.«

»Ja, das bin ich«, antwortete Simon schroff. »Steht auf. Warum seid Ihr hier?«

Sordello wippte auf die Fersen zurück und sprang mit einer einzigen Bewegung auf. Simon ermahnte sich, auf der Hut zu sein. Er konnte ihn ruhig barsch behandeln, durfte jedoch nicht vergessen, daß der Mann ein Kämpfer war, ein Mörder, und ein bösartiger, jähzorniger noch dazu. Das hatte er in Venedig bewiesen.

»Ich weiß nicht, wohin ich soll.« Sordello spreizte die leeren Hände. Er hatte sich einen struppigen schwarzen Bart wachsen lassen. Er hatte weder Hut noch Umhang, Tunika und Hose waren fleckig und zerdrückt. Die Tunika hing lose herunter, er trug keine Waffen. Simon fühlte sich ein bißchen wohler. Ein Schuh war an den Zehen aufgescheuert und der andere mit einem Lappen zugebunden, der die Sohle am Oberleder festhielt.

»Ich habe gedacht, Ihr würdet Euch zum Grafen von Anjou durchschlagen.« Simon hatte halb und halb erwartet, daß Onkel Karl Sordello mit einer Botschaft zurückschicken und darauf bestehen würde, daß er den Kerl wieder in seine Truppe aufnahm.

Sordello nickte lachend. »Es ist leicht zu sagen: ›Geht zum Grafen von Anjou‹, Signore. Aber es ist nicht leicht, das auch zu befolgen, wenn Ihr ein herrenloser Mann mit einer leeren Börse seid. Der Graf ist sehr reisefreudig und begibt sich schnell von einem Ort zum anderen. Aber ich habe ihn in Lyon eingeholt. Er kannte die ganze Geschichte bereits.«

»Ich habe ihm geschrieben«, sagte Simon.

»Nun, Euer Brief muß sehr deutlich gewesen sein, Signore, denn der Graf hat es abgelehnt, mich wieder in seine Dienste zu nehmen. Er nannte mich einen Esel und noch einiges mehr und erklärte mir, ich hätte nur bekommen, was ich verdiente. Wenn ich in einer Stunde noch in der Stadt sei, lasse er mich auspeitschen.«

»Ich hatte den Eindruck, daß der Graf großes Vertrauen zu Euch hatte, deshalb mußte ich ihn überzeugen, daß ich Euch zu Recht entlassen habe.«

»Ihr habt ihn überzeugt, und das gründlich.« Sordellos Demut wurde von Sekunde zu Sekunde geringer. »Hat Euch einmal ein Mann hinausgeworfen, der so bekannt ist wie der Graf von Anjou, dann bekommt Ihr keine Stellung mehr, weder in Frankreich noch in Italien. Nicht, wenn Eure einzigen Fähigkeiten der Kampf und der Gesang sind. Ich habe in Mailand mein Pferd verkauft und bin von dort aus zu Fuß gegangen. In Pisa war mein Geld zu Ende. Ich habe gehungert und im Straßengraben geschlafen, um hierherzukommen.«

»Und habt hier und dort gestohlen, darauf wette ich«, sagte Simon, entschlossen, hart mit Sordello umzuspringen. »Nun, jetzt seid Ihr hier, und warum?« Er kannte die Antwort sehr gut und war entschlossen, den Troubadour fortzuschicken, und wenn er noch so sehr auf sein Mitleid zählte. Selbst wenn er Sordello wieder aufnehmen wollte – was ganz bestimmt nicht der Fall war –, die Armenier und die Tataren würden es nicht erlauben, sie würden ihn nicht um sich dulden. Und ganz egal, was Sordello sagte, verhungern würde er nicht. Er konnte in den Gasthäusern für eine warme Mahlzeit singen.

»Ich könnte mich auf die Seite der Ghibellinen schlagen, Signore, aber ihre Aussichten sind nicht besonders rosig«, meinte Sordello, als kenne er Simons Gedanken. »Der Tag wird kommen, an dem Graf von Anjou über ganz Italien herrscht. Ich möchte von ihm wieder in Gnaden aufgenommen werden, und die einzige Möglichkeit, die ich habe, führt über Euch, Signore. Wenn Ihr mich wieder aufnehmt, dann tut auch er es.«

Simon ließ Sordello absichtlich auf Antwort warten. Der Troubadour kniff die Augen zusammen, hielt aber Simons Blick stand.

»Eigentlich wollte ich Euch sagen, daß ich nichts für Euch habe.«

Sordellos Gesicht hellte sich auf bei der Andeutung, daß Simon ihm vielleicht doch etwas anbieten wollte.

»Aber vielleicht könnt Ihr mir doch nützlich sein.«

Sordello begann zu lächeln.

»Ihr werdet es möglicherweise mit den Ghibellinen zu tun bekommen«, fuhr Simon fort, »aber in meinen und durch mich in Graf Karls Diensten stehen. Seid Ihr interessiert?«

Sordello fiel wieder auf die Knie, packte Simons Hand und küßte sie mit rauhen Lippen. »Ich soll bei den Ghibellinen spionieren? Signore, für eine solche Arbeit bin ich geboren. Ich danke Euch, daß ich Euch dienen darf. Erteilt mir Eure Befehle, Signore, ich bitte Euch!«

19

»Gibt es in Trapezunt eine große Büchersammlung?« Bruder Thomas von Aquin beugte sich lebhaft vor, und sein Bauch unter der weißen Kutte seines Ordens verschob den kleinen schwarzen Schreibtisch in Daouds Richtung.

Bruder Thomas' Dialekt zu verstehen bereitete Daoud keine Mühe. Es war derselbe, den Lorenzo sprach, denn der Mönch stammte auch aus Süditalien. Es war der Dialekt, den Daoud in Ägypten gelernt hatte.

Doch in anderer Beziehung war die Unterhaltung mit Bruder Thomas nicht einfach. Angespannt saß Daoud auf der Kante seines Stuhls, auf der Hut vor jeder Frage, die vielleicht eine Falle war. Zugleich wartete er jedoch auf eine Chance, den dicken Dominikaner zu überreden, daß er gegen das Bündnis mit den Tataren stimmte. Heute war er zugleich Jäger und Gejagter.

»Ja, ehrwürdiger Vater. Der Kaiser besitzt die größte Bibliothek und die Mönche vom Berg Gelesias die zweitgrößte. Ein paar vornehme Familien haben ebenfalls bedeutende Sammlungen sehr alter Manuskripte. Leider kann ich Euch nicht sagen, was diese Bibliotheken im einzelnen enthalten. Ich verstehe mehr von Gewürzen und Seide als von Büchern. Interessiert Ihr Euch für ein ganz besonderes Buch?«

Erleichtert beobachtete Daoud, wie sich Bruder Thomas' rundes Gesicht belebte, während er genießerisch an die Möglichkeiten dachte, die sich ihm hier zu erschließen schienen. Daoud hätte es vor Ugolini natürlich nie zugegeben, aber ganz frei von Angst war er nicht. Ihm war klar, daß ein winziger Fehler zu Festnahme und Folter führen konnte, zum Scheitern seiner Mission und schließlich zum Tod. Der Kopf tat ihm weh von der Anstrengung, sich zu verstellen und alle Fragen klug zu beantworten.

Doch jetzt schien sich ein Weg zu eröffnen, auf dem er vielleicht an Bruder Thomas herankommen konnte. Mehr als alles andere wünschte dieser Mann sich Bücher – Bücher, die ihm helfen sollten, selbst noch mehr Bücher zu schreiben. Vielleicht war sein riesiger physischer Appetit nur ein Ausdruck seines Hungers nach Wissen.

»Ah, Messer David.« Bruder Thomas lächelte, und Daoud fiel auf, daß sein Mund nicht klein war, sondern durch die runden Backen auf beiden

Seiten nur klein wirkte. »Ich habe von einem Buch gehört, für das ich alles hingeben würde, was ich besitze – wenn ich etwas besäße. Habt Ihr schon von dem Philosophen Aristoteles gehört?«

Daoud nickte. Wie weise war es doch von Baibars, dachte er, mich monatelang zu diesem Mullah aus Andalus zu schicken, der in der Philosophie der Christen und ihrer griechischen und römischen Vorgänger beschlagen war. Daoud hatte Aristoteles auf arabisch gelesen.

»Ein großer Teil meiner Werke – ebenso wie der Werke meiner Kollegen – stützt sich auf die Schriften von Aristoteles«, fuhr Bruder Thomas fort. »Man hat ihn schon den Meister der Wissenden genannt. Ich nenne ihn den Philosophen schlechthin. Er hat über jedes Thema unter der Sonne nachgedacht – und über die Sonne selbst, glaube ich. Die alten Schriftgelehrten zitieren ein Buch von Aristoteles mit dem Titel ›Über den Himmel‹. Darin schreibt der Philosoph über die Bewegung der Himmelskörper, die Sonne, die Sterne und ihre Beziehungen zueinander. Das Buch ist während der langen Kriege verschwunden, die zum Zerfall des Römischen Reiches führten. Jedesmal wenn ich einem Reisenden aus einem fernen Teil der Welt begegne, frage ich ihn nach diesem Buch.«

»Schreibt er auch darüber, welchen Einfluß die Planeten auf die Geschicke der Menschen haben?« fragte Daoud.

»Das ist ein lächerlicher, irrationaler und abergläubischer Gedanke.« Bruder Thomas wischte die Bemerkung mit der plumpen Hand geringschätzig weg.

Daoud überrieselte es eiskalt. Hatte er sich mit dieser Frage verraten? Aber der Dominikaner, der sich auf seinem ächzenden Stuhl zurücklehnte, schien nicht beunruhigt. Daoud erinnerte sich, daß Ugolini den Einfluß der Sterne auf die Menschen studierte. Es konnte also kein völlig unchristlicher Glaube sein.

Bruder Thomas zeigte über seine Schulter auf das Fenster seiner Zelle, ein großes Rechteck in der weißgekalkten Mauer. Es war einer der wenigen Räume, die Daoud in Italien betreten hatte und dessen Wände nicht mit götzendienerischen, obszönen Malereien bedeckt waren, und ihm gefiel seine Kargheit – abgesehen natürlich von dem allgegenwärtigen Gekreuzigten, der dem Fenster gegenüberhing. Daoud bemühte sich immer, Kruzifixe nicht anzusehen, weil sie ihn an seine Kindheit erinnerten, aber sie waren in Orvieto einfach überall.

»Aristoteles hat über die Beziehung der Himmelskörper zueinander philosophiert«, sagte Bruder Thomas. »In dem Buch ›Über den Himmel‹ steht unter anderem, daß er glaubte, die Sonne bewege sich nicht.«

»Aber wir sehen, daß sie sich bewegt«, sagte Daoud überrascht.

»Wir glauben es zu sehen.« Bruder Thomas lächelte. »Habt Ihr schon einmal an Deck einer Galeere gestanden, die sich vom Kai entfernte, und hattet Ihr da nicht auch das Gefühl, daß der Kai sich bewegte und das Schiff stillstand? Nun, wie wäre es, wenn die Erde sich bewegt, genauso wie ein Schiff, auf dessen Deck wir stehen, während die Sonne an Ort und Stelle bleibt?«

Daoud dachte an die riesige, feste Erde und die tägliche Reise der Sonne, die wie eine helle Lampe über den Himmel wanderte. Es war ganz offensichtlich, welche der beiden sich bewegte. Doch er sah, daß Bruder Thomas in diese Idee verliebt war. Am besten, er protestierte nicht allzu heftig dagegen. »Genial«, sagte er.

»Ich selbst habe schon vermutet, daß die Sonne stillsteht, lange bevor ich erfuhr, daß Aristoteles es vielleicht auch glaubte.« Bruder Thomas zeigte wieder zum Fenster.

Seine Zelle lag im obersten Stockwerk eines Wehrturms des Ordenshauses der Dominikaner, eines Ameisenhaufens ununterbrochener, geheimnisvoller Geschäftigkeit. Das Fenster war vorhanglos, und die Läden waren offen, um die kühle Bergluft hereinzulassen. Daoud sah zu den welligen, im Sonnenglast leuchtend grün schimmernden Hügeln hinüber, die hinter der mit Zinnen bewehrten Stadtmauer von Orvieto lagen. Was für ein schönes Land, dachte er. In Ägypten waren die Hügel um diese Jahreszeit braun.

»Seht doch, wieviel Licht und Wärme wir von der Sonne bekommen«, fuhr Bruder Thomas fort, »obwohl sie klein zu sein scheint – ich kann sie mit meinem Daumen verdecken.«

»Vielleicht ist sie klein«, meinte Daoud.

»Wenn sie so groß ist, wie sie sein muß, um so viel Licht und Wärme hervorzubringen, muß sie unendlich weit weg sein, damit sie uns so klein vorkommt. Aber wenn sie so weit weg ist, muß sie noch größer sein, da Hitze und Licht eine so riesige Entfernung überwinden müssen. Je größer sie ist, um so weiter weg muß sie sein – je weiter weg sie ist, um so größer muß sie sein. Könnt Ihr mir folgen?«

Daoud sagte sich, er müsse diesen Unsinn überhören und sich auf das

Wichtigste konzentrieren: Bruder Thomas wollte unbedingt ein Buch des Heiden Aristoteles haben. Dieses Buch konnte der Köder sein, mit dem er den Dominikaner für sich gewann. Natürlich durfte man ihn nicht offen bestechen, aber gewiß hätte er, wenn man ihm das Buch schenkte, ein offeneres Ohr für das, was Daoud zu sagen hatte. »Vielleicht, ehrwürdiger Vater, ist das Buch, das Ihr Euch wünscht, für immer verloren. Als ich vor Seiner Heiligkeit dem Papst von der Zerstörung Bagdads berichtete, hätte ich auch erwähnen sollen, daß die Tataren eine Bibliothek niedergebrannt haben, die nur der großen Bibliothek von Alexandria in ihrer Blütezeit gleichkam.« Eisige Kälte breitete sich in ihm aus. Das war ein Fehler gewesen. In seinem Eifer hatte er einen Augenblick vergessen, daß Christen die Bibliothek von Alexandria vernichtet hatten. Wie man sich in Ägypten erzählte, hatten die Moslemsoldaten, als sie Alexandria eroberten, festgestellt, daß der größte Teil dessen, was einst als bedeutendste Büchersammlung der Welt galt, zum Heizen der öffentlichen Bäder benutzt worden war.

Aber zu Daouds Erleichterung schloß Bruder Thomas nur die Augen und schüttelte den Kopf. »Gott vergebe den Tataren!«

»Gott wird uns ganz gewiß nicht vergeben, wenn wir den Tataren helfen, Damaskus und Kairo zu zerstören. Oder Trapezunt. Oder Konstantinopel.«

Der Dominikaner riß die Augen weit auf. »Konstantinopel?«

»Im fernen Osten haben sie viel größere Städte und viel größere Reiche erobert.«

Bruder Thomas bekreuzigte sich. »Aber es ist, wie schon Augustinus uns lehrt, Gottes Wille, daß Städte zerstört werden und ganze Reiche fallen. Vielleicht werden die Tataren die Baumeister eines weltumspannenden christlichen Reiches sein.«

Das möge Gott verhüten! Daoud wurde allmählich gereizt, weil der dicke Dominikaner immer nur »vielleicht« sagte. Vielleicht bewegt sich die Erde, und die Sonne steht still. Vielleicht sind die Tataren von Gott gesandt, um die ganze Welt christlich zu machen.

Doch welche Wirkung würde es haben, wenn man diesen klugen, rastlosen Geist dazu bringen konnte, gegen die Allianz zu arbeiten! Daoud hatte schon bemerkt, daß die meisten Führer der Christenheit zuhörten, wenn Bruder Thomas sprach. Daoud wagte der Behauptung nicht zu widersprechen, daß Gott die Geschicke der Nationen lenkte. Er erinnerte sich an eine Lehre seines Sufi-Meisters Scheich Saadi und überlegte, wie er sie Bruder Thomas am unauffälligsten vortragen konnte. »Ehrwürdiger Vater, natürlich müssen wir, was geschehen ist, als gottgewollt hinnehmen. Aber zu denken, wir könnten erraten, was in Zukunft Gottes Wille sein wird, ist sündiger Hochmut. Wir können uns nur von dem Gefühl für Recht und Unrecht leiten lassen, das Er uns mitgegeben hat.«

Bruder Thomas faltete die Hände über seinem dicken Bauch. Sein Blick richtete sich auf einen Punkt irgendwo hinter Daoud, der darauf wartete, daß der Dominikaner etwas sagte. Durch das offene Fenster beobachtete er einen Krähenschwarm, der unter dem tiefblauen Himmel kreiste. Die Vögel verschmolzen über den grünen Hügeln zu einer aus schwarzen Punkten zusammengesetzten Wolke.

»Das ist eine gute These«, sagte Bruder Thomas. »Ich kann keinen Einwand dagegen finden.«

Ermutigt sprach Daoud weiter: »Daraus folgt, daß wir gegen die Tataren kämpfen müssen, wenn wir der Meinung sind, daß es nicht richtig ist, unsere Kultur von ihnen zerstören zu lassen.« Er hoffte, daß nicht übereifrig klang, was er sagte. Bruder Thomas würde sicherlich mißtrauisch werden, wenn er merkte, wie sehr Daoud an seiner Unterstützung gelegen war.

»Darüber will ich nachdenken«, antwortete der Dominikaner. »Vielleicht können wir den Tataren den Wert der Kultur begreiflich machen. Wenn wir ein Bündnis mit ihnen schließen, könnten wir die Bedingung stellen, daß die großen Städte der Moslems unversehrt bleiben müssen. Unsere Missionare werden die Tataren ohnehin begleiten. Sie könnten ihnen sagen, was vernichtet werden darf und was nicht.«

Daoud atmete heftiger, so heftig schwoll der Zorn in seinem Innern. Das klang ganz so, als dürften die Tataren alle islamischen Menschen ruhig niedermetzeln, solange nur die Bibliotheken heil blieben. »In Trapezunt«, sagte er, »gibt es sicher noch viele Bücher, die anderswo nicht mehr existieren, vielleicht sogar das Buch, das Ihr erwähnt habt, das seltene Buch von Aristoteles. Schreibt mir bitte den Titel auf. Ich werde mich in meinem nächsten Brief an meine Handelspartner danach erkundigen.«

Der Dominikaner beugte sich vor, bis der größte Teil seines Bauches unter seinem Schreibtisch verschwunden war, tauchte eine Feder ins

Tintenfaß, kritzelte kurz etwas auf ein Stück Pergament und ließ sorgfältig aus einem Krug feinen weißen Sand über die Schrift rieseln, der die überflüssige Tinte aufsaugte.

Daoud stand auf und nahm das Pergament entgegen. »Soviel ich weiß, kann man die beiden Tataren bei einem Empfang kennenlernen, den die Gräfin Monaldeschi nächste Woche ihnen zu Ehren gibt«, sagte er. »Werdet Ihr teilnehmen, ehrwürdiger Vater?«

Bruder Thomas nickte. »Ich habe die Absicht, mich mit den beiden auch privat zu unterhalten, wie mit Euch.«

Daoud erstarrte, als er das hörte.

»Es wird interessant sein zu beobachten, wie sie sich in Gesellschaft benehmen«, fuhr der Dominikaner fort. »Ja, ich werde da sein. Und Ihr?«

»Ebenfalls, als Kardinal Ugolinis Gast«, antwortete Daoud bescheiden. »Und wie steht es mit der Hinrichtung des Ketzers, der die Gesandten in der Kathedrale bedroht hat? Werdet Ihr auch dort zugegen sein, ehrwürdiger Vater? Soviel ich höre, soll es ein erbauliches Schauspiel werden.« Er faltete das Stück Pergament zusammen, das Bruder Thomas ihm gegeben hatte, und schob es in den Beutel, den er am Gürtel trug.

Bruder Thomas schüttelte den Kopf. »Das Wohl der Gemeinde erfordert, daß wir an der bedauernswerten Kreatur ein Exempel statuieren. Er weigert sich, seine Fehler einzugestehen und zu widerrufen. Dennoch ertrage ich es nicht, einen Mitmenschen leiden zu sehen. Ich werde nicht dabei sein.«

Dieser fette Dominikaner, dachte Daoud verächtlich, gehört also zu denen, die das Blutvergießen zwar rechtfertigen, aber nicht zusehen können, wenn das Blut fließt. Genauso würde er sich für Krieg oder Frieden entscheiden und nie die Folgen seiner Entscheidung zu sehen bekommen. Daoud mochte sich wünschen, Truppen ins Feld zu führen, aber der eigentliche Krieg wurde in Studierzimmern wie diesem ausgetragen und entschieden, in denen einflußreiche Männer nachdachten, lasen und mit anderen sprachen.

20

Der Wahnsinnige hatte eine laute Stimme. Daoud hörte sie schon lange, bevor er das Opfer und seine Folterknechte sah. Die Menschen um Daoud drängten und schoben in die Richtung, aus der die Schreie kamen.

Der Ketzer war gemäß dem gegen ihn erlassenen Urteil durch jede Straße der Stadt getrieben und an jeder Kreuzung gefoltert worden, aber die meisten Bürger von Orvieto warteten auf der Piazza San Giovenale, um seine letzten Qualen vor der Kathedrale mitzuerleben, die er entweiht hatte.

Daoud stand am Fuß der Domtreppe. Vor sich sah er in der Mitte des Platzes eine neu errichtete hölzerne Plattform; sie ruhte auf vier Beinen von doppelter Mannshöhe. Das ganze Gerüst war ungestrichen – was nur vernünftig war, da es ohnehin bald verbrennen würde. Darunter stapelten sich Bündel mit Feuerholz.

Daoud hatte erwartet, daß es in Italien jetzt, in der Mitte des Monats September, kühler sein würde als in Ägypten, aber die feuchte Hitze des Sommers hatte nicht nachgelassen. Schwere graue Wolken hingen tief über der Stadt. Schweiß strömte unter Daouds roter Samtmütze hervor, und er wünschte sich, einen Turban oder Burnus tragen zu können, damit seine Stirn kühl und trocken blieb.

Auf der obersten Stufe der Treppe, auf einem von der päpstlichen Garde geräumten Platz, standen sechs rotgewandete Kardinäle. Ugolini war auch darunter. Er hatte der Hinrichtung nicht beiwohnen wollen, aber Daoud hatte ihn dazu überredet. Seine Anwesenheit konnte, ebenso wie die von Daoud, allen mißtrauischen Spekulationen ein Ende setzen, daß diejenigen, die gegen das Bündnis mit den Tataren waren, auch etwas mit den Demonstrationen gegen sie zu tun hatten.

In Ugolinis Nähe stand Kardinal Paulus de Verceuil, der Hauptfürsprecher der Tataren im Kardinalskollegium, in einem scharlachroten, mit Hermelin besetzten Gewand und einem breitrandigen roten Hut. Geringschätzig sah er auf einen anderen Kardinal hinunter – Guy Le Gros, ebenfalls ein Franzose, wie Ugolini zu Daoud gesagt hatte. Immer wieder horchte Verceuil aufmerksam in die Richtung, aus der die Schreie kamen, oder richtete die glänzenden, fanatisch blickenden Augen dorthin.

Hinter den Kardinälen stand ein Bewaffneter mit der Standarte des Papstes, einem goldenen und weißen Banner mit den kunstvoll in Rot ausgeführten, gekreuzten Schlüsseln des heiligen Petrus. Ugolini hatte vom Majordomus des Papstes erfahren, daß Seine Heiligkeit nicht anwesend sein würde. Wie Bruder Thomas hielt Urban es weder für erforderlich, noch hatte er den Wunsch, der Hinrichtung beizuwohnen.

Einer, der die Folter und die Hinrichtung des Ketzers als Zeuge beobachten mußte, stand mit vor der Brust gekreuzten Armen auf der Domtreppe. Er war untersetzt und viel kleiner als die beiden Gardesoldaten in Gelb und Blau, den Farben der Stadt, die mit Hellebarden links und rechts neben ihm standen. Er hatte ein grimmiges Gesicht und tiefe Schatten unter den Augen. Ein kleiner, dünner Schnurrbart zierte seine Oberlippe. Das war, wie Daoud wußte, Frescobaldo d'Ucello, der Bürgermeister von Orvieto.

Daouds Augen wanderten weiter. Dort stand der junge Held, der Mann, der den Attentäter gefaßt hatte. Simon de Gobignon hielt sich von den Kirchenmännern und dem Bürgermeister ein wenig fern und sprach mit niemand. Anscheinend hatte er keinen seiner Gefolgsleute mitgebracht. Seine schwarze Samtmütze und das lange dunkelbraune Haar betonten die Blässe seines schmalen Gesichts. Er war schmucklos gekleidet, sein Seidenumhang tiefes Kastanienbraun, seine Tunika purpurn. Seine in einem Handschuh steckende linke Hand spielte nervös mit dem Griff seines Schwertes, das dem Ketzer die Klinge aus der Hand geschlagen hatte.

Daoud erinnerte sich, wie er und Gobignon einander im Palast des Papstes angesehen hatten, fühlte wieder Zorn in sich aufwallen und fragte sich, warum er den jungen Edelmann so haßte. War es deshalb, weil er Sophia dazu benutzen wollte, daß sie bei Gobignon spionierte, ihn korrumpierte und, um das zu erreichen, mit ihm ins Bett gehen mußte? Aber das war ihr Handwerk, genauso wie der Krieg das seine war.

Doch war das überhaupt Krieg? War es Krieg, das Verlangen eines fetten Mönchs nach einem alten Buch anzustacheln? Eine schöne Frau in das Bett eines verwöhnten jungen Adligen zu schicken? Einen armen Narren in seinem Gotteswahn dazu zu bringen, sich zu Tode foltern zu lassen? Daoud wünschte sich, offen zu kämpfen – sein Schwert zu ziehen und Gobignon herauszufordern, ihn auf die Knie zu zwingen und zu erschlagen, immer wieder zuzuhauen – für die Menschen, die Daoud liebte, und für Gott. Ihn vor allem töten – wie er es mit Kassar gemacht hatte.

Daoud war allein wie Gobignon. Lorenzo wagte nicht zu kommen. Der zum Tod verdammte Mann hätte ihn vielleicht erkannt und ihm etwas zugerufen.

Ein Geheul stieg aus der Menge auf, und die Leute um Daoud schrien so laut, daß er befürchtete, taub zu werden. Ein Holzkäfig rumpelte auf den Platz. Die Leute jubelten und lachten. Zwei Scharfrichter in blutroten Tuniken, Kopf und Gesicht unter roten Kapuzen versteckt, standen beiderseits des Käfigs, und jeder hielt eine langstielige Zange in der Hand. Daoud stellte sich auf die Zehenspitzen und sah auf der Plattform des Karrens einen schwarzen Eisenkessel, aus dem grauer Rauch aufstieg.

Der Gefangene, der auf dem Boden des Käfigs hockte, war jetzt still. Seine Schultern zuckten krampfhaft. Er war nackt und hatte am ganzen Körper blutende, geschwärzte Wunden.

Die Scharfrichter stießen die Zangen in die Kohlen und ließen sie eine Weile darin. Als sie sie herausnahmen und drohend schwangen, waren die Backen glühend rot. Sie wandten sich zu dem Gefangenen um, der sofort zu schreien anfing. Ein Scharfrichter schob seine Zange in den Käfig. Der Gefangene versuchte auszuweichen, aber der Käfig war zu klein. Der Mann preßte die Hinterbacken gegen die Käfigstangen hinter ihm, wohin sich der zweite Scharfrichter geschlichen hatte, der jetzt die Zange tief in das Fleisch des Mannes bohrte. Die Menge johlte vor Lachen. Daoud hörte das Zischen. Der Schrei des Gemarterten erreichte eine Höhe, die Daouds Ohren klingen ließ. Der Scharfrichter hielt zum Gaudium der Zuschauer die Zange mit einem Stück verbrannten Fleisches in die Höhe, dann flog das Fleisch durch die Luft. Die Leute streckten die Arme nach oben, um es aufzufangen.

Dieser Mann stirbt meinetwegen auf so schreckliche Weise. Der Gedanke grub sich in Daouds Herz. Als Sophia ihm das vorgeworfen hatte, hatte er es mit einem Achselzucken abgetan. Jetzt mußte er sich damit auseinandersetzen.

Laß deine Schuld dein Herz durchbohren. Wappne dich nicht dagegen. Flieh nicht vor ihr. Das hatte Scheich Saadi ihm geraten, nachdem er sich an Kassar gerächt hatte.

Der Sand der östlichen Wüste hatte die Farbe getrockneten Blutes. Die Hufe von Daouds Pony sanken bei jedem Schritt ein, und er wünschte, er säße auf einem Kamel.

Ihre Truppe war noch nie so weit nach Süden gekommen, und Nicetas mußte verrückt gewesen sein, in einem unbekannten und gefährlichen Gebiet jagen zu wollen, und das mit einem Pony. Kein Wunder, daß er gestern nicht zurückgekommen ist, dachte Daoud. Wahrscheinlich hat die Sonne das Pony getötet, und Nicetas hockt in irgendeinem Wadi und wartet darauf, gerettet zu werden. Ich hätte mit ihm gehen sollen.

Aber sie waren seit zwei Jahren Freunde und mehr als das und mußten von Zeit zu Zeit allein sein. Als ihnen der Ausbilder Mahmoud nach ihrem Ritt von El Kahira in die Wüste einen Ruhetag zugebilligt und Nicetas gesagt hatte, er wolle allein losziehen, um sich ein Paar Antilopenhörner zu holen, hatte Daoud ihn nur umarmt und ihn gehen lassen.

Die mörderische Hitze der Mittagssonne brannte Daoud durch den Burnus auf den Kopf. Hier war es zehnmal heißer als in El Kahira, das weit im Norden lag. Der Wind wirbelte roten Staub auf. Daoud hatte sich ein Tuch vor Mund und Nase gebunden. Nur seine Augen waren unbedeckt und suchten nach Nicetas.

Antilopenhörner! Nicht einmal eine Eidechse konnte in dieser Wüste überleben.

Er hätte sich irgendwo im Schatten verkriechen sollen, aber er wollte die Suche nicht unterbrechen. Wenn Nicetas verletzt in der Sonne lag, würde sie ihn verbrennen. Daoud sah links eine Hügelkette mit steilen Kämmen. Dort gab es Schatten, und Nicetas würde versuchen, den Schatten zu erreichen. Daoud tippte dem Pony leicht mit der Gerte auf die Schulter und drehte seinen Kopf zu den Hügeln um.

Als er fast da war, tauchte vor ihm etwas auf, das wie ein halb im Sand begrabener schwarzer Felsblock aussah. Eine Leiche? Einen Augenblick schlug sein Herz wie ein Hammer. Doch nein, es war zu groß. Sein Pony quälte sich weiter durch den Sand, bis sie bei dem dunklen Etwas angelangt waren.

Es war Nicetas' Pony. Tot. Halb in einer Sandwehe begraben. Nicetas hatte ein schwarzes Pony.

Daoud schwang sich aus dem Sattel, schlang sich die Zügel ums Handgelenk, damit sein Pony nicht weglaufen konnte, und kniete nieder, um das tote Tier zu untersuchen. Er wischte den Sand von der Stirn.

Drei weiße Punkte; er kannte diese Male gut. Es hieß, daß wilde Sudanesen die Wüste durchstreiften.

Daoud zerrte an dem Pfeil. Er war tief eingedrungen und mußte eine breite Spitze haben. Daoud brauchte lange, um ihn herauszuziehen. Die Spitze war keilförmig und aus Stahl, mit Kanten so scharf wie eine Schwertklinge. Die Sudanesen hatten solche Pfeile. Sogar die Mameluk-ken hatten nur wenige – jeder höchstens zwei oder drei, um sich gegen besser bewaffnete Gegner wehren zu können.

O Gott, hilf mir, daß ich Nicetas finde! betete er.

Nicetas war irgendwo da draußen. Daoud verdrängte den Gedanken, daß er tot sein könnte.

Ob das die Strafe ist, weil wir uns in Sünde lieben? dachte er, als er sein kleines Pferd bestieg. Die Mullahs sagten, Gott mißbillige es, wenn Männer bei Männern lagen, doch jeder wußte, daß Männer ohne Frauen oft Trost beieinander suchten.

Er zog den Burnus tiefer über die Augen, um sie besser vor der Sonne zu schützen. Er wollte Wasser, aber er würde erst trinken, wenn er die Hügel erreicht hatte. Vielleicht fand er dort Nicetas, der das Wasser nötiger brauchte.

Die Hügel wuchsen jäh aus dem Sand. Von der grellen Sonne halb geblendet, sah er da, wo die Sonne nicht hinkam, nur undurchdringliche Schwärze.

Er glaubte im Schatten eine Bewegung zu sehen und trieb, die Stelle nicht aus den Augen lassend, sein Pony zur Eile an.

Ein tiefer Einschnitt spaltete die Hügel. Daoud ritt vorsichtig hinein. Der Nicetas' Pony getötet hatte, war vielleicht noch in der Nähe.

Endlich im Schatten, ließ er sich aus dem Sattel gleiten. Er sah kein Wasser, doch am Eingang der Spalte stand eine verdorrte Tamariske, die Zweige wie flehende Arme ausgebreitet. Er band das Pony an und drang langsam tiefer in den Schatten vor.

Der Boden der Spalte bestand aus Sand und winzigen Steinen. Daouds Herz zog sich schmerzhaft zusammen, als er eine Fährte runder dunkler Flecke entdeckte, jeder etwa so groß wie seine Hand. Sie können auch von einem verletzten Tier stammen, dachte er.

Dann sah er einen Handabdruck, der die gleiche dunkle Farbe hatte, und der Schmerz in seinem Herzen wurde heftiger.

Am Ende der Spalte bewegte sich etwas. Er sah eine Gestalt, die Beine lang ausgestreckt, mit dem Rücken an dem braunen Stein lehnend, die blassen Hände auf den Bauch pressend.

Daoud hörte ein leises Stöhnen, aber es kam nicht von Nicetas, sondern aus seinem eigenen Mund. Er begann zu laufen und fiel neben Nicetas auf die Knie. Die halb geschlossenen Augen öffneten sich weit, und der bernsteinfarbene Blick wandte sich ihm zu. Nicetas' Gesicht war rot vom Staub, der am Schweiß klebte. Die leicht geöffneten Lippen waren so trocken, daß sie wie Schorf aussahen. Daoud legte Nicetas die Hand auf die Wange. Sein Gesicht glühte.

Jetzt war der Schmerz in Daouds Herz wie der Tod selbst. Ich werde ihn verlieren.

Aber er hatte keine Zeit, zu jammern und zu weinen. Er mußte alles tun, was er konnte. Vielleicht war es Gottes Wille, daß er den Freund rettete. Laß ihn leben, Gott, und ich werde nie wieder mit ihm sündigen!

»Ich habe gewußt, daß du kommen würdest.« Die Stimme war so schwach, daß Daoud sie in dem Wind kaum hörte, der durch die Spalte pfiff.

Daoud sprang auf, rannte zu seinem Pony zurück und holte seine Wasserflasche. Über dem Mund seines Freundes zog er den Stöpsel heraus.

Nicetas schüttelte den Kopf. »Ich kann nicht schlucken. Gieß mir nur ein bißchen Wasser in den Mund, damit er feucht wird.« Das Wasser tröpfelte ihm aus den Mundwinkeln und bildete kleine Rinnsale in der staubigen Wange.

Hunderte von Gedanken schossen Daoud durch den Kopf. Seine Augen brannten, und Schmerz hämmerte ihm in der Brust. Doch er fragte nur: »Was ist passiert?«

»Es war Kassar«, flüsterte Nicetas. »Mit dem ersten Pfeil hat er mich getroffen. Dann hat er das Pony erschossen, und es ist auf mich gefallen. Er hat mir den Bogen abgenommen, bevor ich mich befreien konnte.«

Nach so langer Zeit! dachte Daoud. Kassar hatte nichts gesagt und nichts getan seit dem Tag, an dem Nicetas ihn bei ihrem Zweikampf besiegt hatte.

Zwei Jahre hatte Kassar gewartet.

Daoud beugte sich vor, um Nicetas in die Arme zu nehmen, aber der Freund schüttelte den Kopf. »Faß mich nicht an, beweg mich nicht, es tut zu weh.«

»Wo hat er dich getroffen?«

»In den Rücken. Der Pfeil steckt noch drin. Ich habe den Schaft abgebrochen.«

»Die Wunde kann nicht sehr schlimm sein.«

Nicetas schloß die Augen. »Schlimm genug, daß er mich für seine Lust mißbrauchen und ich mich nicht wehren konnte.«

Eine Schwärze, die ihn schwindlig machte, blendete Daoud. Er hatte das Gefühl, der Schädel müsse ihm platzen. »Bei Gott und dem Propheten, ich werde ihn töten!«

»Das wünsche ich mir von dir.«

»Hat er dich noch woanders verletzt?«

»Ja, hier.« Nicetas nahm die Hände von seinem Bauch. Das weiße Baumwollgewand war blutverkrustet und hatte in der Mitte einen Riß. Die Wunde war nicht breit, aber Daoud wußte, daß sie sehr tief sein mußte.

»Er hat seine Lanze benutzt, weißt du.«

»Weil du ihn mit ihr besiegt hast.«

Daoud wollte Nicetas nur in den Armen halten und weinen, spürte jedoch, daß er den Freund am besten trösten konnte, wenn er mit ihm über das sprach, was ihm widerfahren war.

»Nachdem er mir die Lanze in den Leib gerannt hatte, habe ich ganz still gelegen und den Atem angehalten. Er dachte, ich sei tot, und ließ mich bei dem Pony liegen. Er hat meine Waffen und meine Wasserflasche mitgenommen. Ich bin hierhergekrochen. In der Sonne. Gestern nachmittag. Ich habe geblutet und geblutet.«

Er wird sterben, dachte Daoud. Er wollte es nicht glauben. Einen Augenblick war er zornig auf Nicetas. Warum war er nur ein solcher Narr gewesen, allein so weit zu reiten? Dann war Daoud wütend auf sich selbst. Warum hatte er ihn gehen lassen? Und dann wütete er gegen Gott. Warum läßt du so etwas geschehen? Haßt du uns, weil wir uns lieben?

»Ich habe gewußt, du würdest kommen, Daoud. Ich bin am Leben geblieben, um dich zu grüßen.«

Daoud nahm Nicetas' Hand. »Ich bringe dich zurück.«

»Nein. Begrab mich hier draußen. Soll er denken, daß du mich nicht gefunden hast. Laß dir Zeit – wie er. Gib ihm keinen Anlaß, dich zu fürchten. Er fürchtet dich ohnehin, sonst hätte er es nie auf diese Weise getan.«

»Bevor das Jahr zu Ende ist, wirst du aus dem Paradies herabschauen und ihn in der Hölle brennen sehen.«

»Es tut mir leid. Ich war nie stark genug, ein Mameluck zu sein.«

»Das ist nicht wahr. Du bist stark.«

»Nicht stark genug, am Leben zu bleiben«, sagte Nicetas so leise, daß Daoud ihn kaum hörte. »Leb wohl, Daoud. Vergiß nicht das Griechisch, das ich dir beigebracht habe. Vielleicht lernst du jemand anders kennen, der Griechisch spricht.«

»Ich werde nie jemand kennenlernen, der ist wie du.« Tränen schossen Daoud aus den Augen, und er versuchte nicht, sie wegzuwischen. Die Hand, die er hielt, drückte schwach die seine und wurde schlaff.

Daoud bückte sich und berührte mit dem Mund die staubverkrusteten Lippen. Nicetas atmete nicht mehr. Ein Schleier aus Schatten legte sich über Daouds Augen, und er glaubte ohnmächtig zu werden.

Als Nicetas' Kopf haltlos auf die Seite fiel, sprang Daoud auf, warf die Arme über den Kopf und schrie. Dann fiel er mit noch immer erhobenen Armen auf die Knie. »O Gott!« Seine Stimme wurde von den Wänden der Felsspalte zurückgeworfen. »O Gott, Gott, Gott!«

Der Schmerz war so heftig, als habe eine Lanze sein Herz durchbohrt. Er hatte das Gefühl, er müsse auch sterben. Diesen Verlust konnte er einfach nicht ertragen. Nie wieder seinen Freund lächeln sehen, nie wieder sein Lachen hören. Der Körper, den er geliebt hatte, nur noch eine leblose, leere Hülle.

Er schaute zu Nicetas hinüber, hoffte, eine Bewegung zu sehen – ein Lidflattern vielleicht, ein Heben und Senken der Brust. Nichts. Nie wieder würde Daoud bewundernd zusehen, wie der Freund, in den Steigbügeln stehend, im wilden Galopp einen Pfeil abschoß oder die Lanze sicher ins Ziel warf. Nie würden sie, wie er es sich erträumt hatte, Seite an Seite in die Schlacht reiten.

Daoud ließ sich auf den Boden fallen und preßte die Stirn auf die spitzen Steine. Aber er betete nicht. Er hatte ganz einfach nicht die Kraft, sich aufrecht zu halten.

Erst Stunden später, wie ihm schien, regte er sich wieder. Weinend trug er Nicetas zum Eingang der Spalte, wo der Sand hereinwehte, und grub mit bloßen Händen ein Grab. Am Fuß des Hügels lagen viele Steine. Mit blutenden Händen stapelte er die Steine hoch über Nicetas' Leiche, bemühte sich jedoch, die Steinsäule so aussehen zu lassen, als sei sie natürlich gewachsen, so daß niemand auf den Gedanken kommen konnte, jemand liege dort begraben. Er kniete nieder, weinte und sprach mit Nicetas' Geist, bis die Sonne tief im Westen stand.

Als Daoud aus der Wüste zurückkam, befolgte er Nicetas' Rat und tat so, als wisse er nicht, was mit seinem Freund geschehen war. Der Ausbilder meinte, er müsse sudanesischen Eingeborenen oder wilden Tieren zum Opfer gefallen sein. Daoud war nicht allein mit seinem Kummer. Viele Jungen ihres Trupps hatten Nicetas gern gehabt.

Sogar Kassar rang sich mit ausdruckslosem Gesicht, die schrägen Augen undurchdringlich, ein paar Worte des Bedauerns ab. Daoud beherrschte seinen Zorn und bedankte sich mit erstickter Stimme bei Kassar.

Zuerst ging er wie benommen umher, unfähig zu denken. Er sagte sich, auch wenn er sich verstellte, würde Kassar auf der Hut sein. Um Rache zu nehmen, mußte er einen Augenblick wählen, in dem Kassar abgelenkt war. Und Daoud selbst mußte sich auch ständig in acht nehmen. Vielleicht war Kassar nicht damit zufrieden, nur Nicetas getötet zu haben. Daoud ließ drei Monate vergehen. Er hatte einen sehr einfachen Plan. Viel blieb dem Glück und dem Zufall überlassen und konnte völlig mißlingen – Kassar erriet vielleicht, was er vorhatte, drehte den Spieß um, tötete ihn und behauptete dann, es sei Notwehr gewesen. Vielleicht machten auch Kassars Freunde Daoud einen Strich durch die Rechnung.

Er würde nur eine Chance haben. Wenn er versagte, war er hinterher tot oder ein Krüppel oder – und das wäre das Schlimmste – dazu verdammt, sein Leben als Sklave zu fristen. Aber wenn sein Plan gelang, würde der Freund vor den Augen Baibars' gerächt werden.

Gleichgültig wie hinterher die Strafe gegen ihn ausfiel, für Nicetas glaubte er sie ertragen zu können. Der Krieger Gottes ist ein Mann, der für seine Freunde sein Leben hingibt.

An dem Tag, an dem Daoud beschloß zu handeln, ritten die Flußsklaven hinaus, um Mail zu spielen. Emir Baibars al-Bunduqdari führte sie von der Insel Roda über die Brücke zur Nasiri-Rennbahn, ihrem Sport- und Trainingsplatz in der Nähe der großen Pyramiden, erbaut von den uralten ägyptischen Götzenanbetern. Das Volk von El Kahira sah mit glänzenden Augen zu, als sie sich auf dem Spielfeld versammelten.

Baibars' berittene Kapelle trabte mit Trompeten und Kesselpauken, Zimbeln und Oboen vor ihnen her. Sultan al-Mudhaffar Qutuz kam als Gast von Baibars' Mamelucken aus seiner Festung herunter, um sich die Spiele anzusehen.

Die Trupps der in Ausbildung befindlichen Mamelucken bildeten auf ihren kleinen Ponys den Schluß der Parade; ihre Ausbilder ritten vor ihnen her, der älteste Junge führte sie an, und die Jungen im ersten und zweiten Jahr folgten zu Fuß. Sie trugen einfache braune Hemden und Hosen und Mützen aus weißer Baumwolle. Rangabzeichen durften diese jungen Sklaven erst anlegen, wenn sie voll ausgebildete Mamelucken waren.

Daouds Trupp, die Jungen im fünften Jahr ihrer Ausbildung, ritten hinter den Mamelucken. Jeder Junge trug einen Mailschlegel bei sich, der genauso zu seiner Ausrüstung gehörte wie sein Bogen, seine Lanze und sein Schwert. Die Schlegel waren aus Zedernholz, groß und schwer. Das mußten sie auch sein, um einen Holzball treiben zu können, der halb so groß war wie ein Männerkopf.

Damit der Staub nicht aufwirbelte, hatten Sklaven durchlöcherte Wasserfässer auf Karren über das Spielfeld gezogen. Baibars und der Sultan und die höchstrangigen Emire saßen auf Kissen in einem offenen Zelt mit Blick auf die Mitte des Spielfeldes.

Daouds Mannschaft schwatzte aufgeregt. Die Jungen liebten das Mailspiel, und vor dem Sultan zu spielen war eine besondere Ehre. Kassar, ihr Mannschaftskapitän, prahlte, daß er heute zehn Tore schießen werde. Sie mußten als zweite aufs Spielfeld.

Seinen Schlegel in der Hand wiegend, sah Daoud dem ersten Spiel zu, das ebenfalls zwei Mannschaften im fünften Jahr der Ausbildung bestritten. Jede aus acht Reitern bestehende Gruppe mußte versuchen, den Holzball zwischen zwei rot und gelb gestreifte Steinsäulen zu treiben, die von der anderen Mannschaft verteidigt wurden. Jedesmal, wenn ein Schlegel den Ball traf, brüllten die Mamelucken begeistert.

Ein Schiedsrichter mit einem Stundenglas unterbrach bei Halbzeit das Spiel, dann mußte das Feld wieder besprengt und die Ponys gewechselt werden. Am Ende des Spiels war der Staub so dicht, daß Daoud nicht sagen konnte, wer gewonnen hatte. Aber es war ihm egal. Er war ganz ruhig. Zorn und Angst hatte er weit hinter sich gelassen. Er dachte nur daran, daß er den richtigen Augenblick nicht verpassen durfte.

Jetzt war es Zeit für ihre Mannschaft. Kassar, Daoud und die anderen sechs Reiter reihten sich an der Ostseite des Spielfeldes auf, die acht Mitglieder des Trupps, gegen den sie spielten, auf der anderen Seite.

Der hölzerne Ball, den der Schiedsrichter in die Mitte des Feldes legte, war gelb mit einem leuchtend roten Streifen rundherum. Der Sultan hielt ein blaues Seidentuch in die Höhe und ließ es fallen. Kassar und der Führer des anderen Teams preschten mit Kriegsgeschrei auf den Ball zu. Kassar wirbelte den Schlegel über dem Kopf, und die Beine seines Ponys waren durch den Staub nur undeutlich zu sehen. Er erreichte den Ball einen Sekundenbruchteil früher als sein Gegner. Er traf ihn mit dem Schlegel, und es klang, als berste ein Brett. Der Ball flog bis in die Hälfte des gegnerischen Feldes. Jetzt durften sich auch die anderen beteiligen.

Du wirst heute nicht ein einziges Tor schießen, Kassar, dachte Daoud, als er mit der Mannschaft über das Feld galoppierte.

Die gegnerischen Spieler bemühten sich, den Ball von ihrem Tor wegzuschlagen. Kassar war mitten unter sie geritten, und sein Pony folgte dem Ball. Kassar hielt den Schlegel nach unten, um durch die Beine der gegnerischen Ponys schlagen zu können. Zwei Spieler der anderen Mannschaft waren zurückgeblieben, um das Tor zu verteidigen, falls Kassar den Ball treffen sollte.

Kassar war jetzt am Ball. Daoud trat seinem Pony fest in die Rippen und galoppierte hinter Kassar her.

Als Kassar sich aus dem Sattel beugte, um den Ball zu schlagen, tauchte Daoud an seiner Seite auf. Kassar blickte auf, Angst flog wie ein Schatten über sein breites Gesicht. Aber was ihm auch durch den Kopf gehen mochte, es war sein letzter Gedanke. Daoud holte weit aus und knallte seinen Schlegel mit voller Wucht gegen Kassars Kinn. Der Schlag war so heftig, daß Kassar die Mütze vom Kopf flog. Er war bewußtlos und schwankte, doch sein Nomadeninstinkt hielt ihn im Sattel.

Daoud riß sein Pony herum, um hinter Kassar herzusprengen. Im nächsten Augenblick schon ritt er Seite an Seite mit seinem Feind.

Er wollte einen Khuschdaschia töten, einen Kameraden aus seinem Trupp, handelte ganz offen wider den Mamelucken-Kodex, und das vor seinem Emir und seinem Sultan. Ich bin ein toter Mann, dachte er, als er noch einmal mit dem Schlegel ausholte.

Sein Körper fühlte sich so kalt an wie der Tod, und er zögerte. In diesem Augenblick wandte Kassar ihm den Kopf zu, und Daoud sah, daß das Bewußtsein in seine glasigen Augen zurückkehrte. Das war seine letzte Chance, Nicetas zu rächen.

Mit ganzer Kraft schmetterte er den Schlegel auf Kassars glänzendes schwarzes Haar. Der Zusammenprall war so heftig, daß er ihn durch den ganzen Arm bis in die Schulter spürte. Noch einmal schlug Daoud mit dem Schlegel zu.

Kassar fiel vom Pony. Als er auf dem Boden lag, schmetterte Daoud ihm den Schlegel ein drittes Mal auf den Kopf, als schlage er nach einem Ball. Dann sah er, daß der Kopf sich plötzlich verformte, flach wurde, und wußte, daß er Kassar den Schädel eingeschlagen hatte. Kassar lag auf dem Rücken, die Augen verdreht, so daß nur noch das Weiße sichtbar war, der Mund stand offen. Der Körper war zur Hälfte mit Staub bedeckt.

Daoud hörte die Rufe der Zuschauer, achtete jedoch nicht auf das, was sie riefen. Die anderen Spieler rasten auf ihn zu.

Schweigen senkte sich auf das Spielfeld.

»Steig ab!« Das war Mahmoud, der zu Fuß über das Feld gelaufen war. »Dafür wirst du dich vor El Malik Qutuz und Emir Baibars verantworten«, sagte er zu Daoud, als sie zusammen zum Zelt gingen. »Du Narr, hast du euren Streit öffentlich austragen müssen? Hast du vergessen, daß Baibars ein Kiptschak ist? Er wird dir nicht verzeihen.«

Obwohl er glücklich war, Nicetas' Mörder tot zu wissen, fühlte Daoud, als er sich den beiden Männern in den kostbaren Gewändern näherte, daß ihn die Angst an der Kehle packte. Nun, da die Tat nicht mehr ungeschehen gemacht werden konnte, fürchtete er sich davor, diesen beiden mächtigen Richtern gegenüberzutreten.

Baibars ist zwar ein Kiptschak, aber er hat mich für die Mamelucken gekauft, dachte Daoud. Ich bin neugierig, was ihm heute mehr gilt.

Baibars und Qutuz saßen vor dem Zelt unter einem seidenen Baldachin. Baibars trug eine Reiherfeder an seinem grünen Turban, das Symbol der Tapferkeit. Sein breiter, harter Mund war unter dem roten Schnurrbart fest zusammengepreßt und sein gesundes Auge so bar aller Gefühle wie das blinde Auge, über das die senkrechte Narbe eines Schwerthiebs lief.

El Malik al-Mudhaffar Qutuz, Sultan von El Kahira, ein Mameluck aus kurdischem Stamm, war etwas älter als Baibars. Ein Netz winziger Runzeln durchzog sein Gesicht. Sein pomadisierter Bart zeigte wie der

Bug einer Galeere nach vorn. Er trug einen großen schwarzen Turban und ein weites schwarzes Gewand mit Goldstickerei.

Daoud fiel vor dem Sultan auf die Knie und legte sich flach auf den Boden.

»Steh auf und nimm deine Mütze ab«, sagte Qutuz.

Daoud stand auf und nahm die Mütze vom Kopf.

»Seht Euch das blonde Haar an«, sagte Qutuz staunend. »Ich dachte es mir doch, daß er wie ein Franke aussieht, Bunduqdari.«

»Das hätte ich Euch sagen können«, antwortete Baibars knapp. »Er gehört mir. Ich habe ihn Daoud ibn Abdallah genannt. Seine Eltern waren Franken. Wir haben ihn gefangengenommen, als wir Askalon befreiten.«

Er spricht mit Qutuz, als wären sie einander gleichgestellt, dachte Daoud.

Baibars wandte ihm das einzige Auge zu. »Warum hast du das getan?« fragte er leise. »Du bist kein Narr und würdest nicht aus Dummheit töten.«

»Effendi, er hat meinen Freund ermordet«, antwortete Daoud, richtete sich kerzengerade auf und sah Baibars an. Der Emir mochte ihn zum Tode verurteilen, doch er wollte sich als echter Mameluck zeigen. Er würde nicht zittern oder flehen. Er würde Nicetas ehren.

»Woher weißt du das?«

Daoud berichtete, wie er Nicetas in der Wüste gefunden und was der Freund zu ihm gesagt hatte. Er versuchte ganz ruhig zu sprechen, damit man ihm seine Angst nicht anmerkte.

»Das hättest du mir melden müssen!« brüllte der Ausbilder Mahmoud mit bebendem Bart.

Er wird bestraft werden, weil ich gegen die Disziplin verstoßen habe, dachte Daoud. Er drehte sich zu Mahmoud um und gab ihm seine eigenen Worte zurück: »›Bei den Mamelucken hat immer nur der Stärkere das Sagen.‹«

»Er kann nicht einfach einen Kameraden töten und ohne Strafe bleiben«, sagte Qutuz. »Er müßte enthauptet werden.«

Obwohl er geglaubt hatte, er sei darauf vorbereitet, verkrampfte sich bei diesen Worten etwas in Daouds Innerem vor Furcht. Er fühlte förmlich die Klinge, die durch seinen Nacken schnitt. Der Sultan hatte gesprochen. Sein Leben war zu Ende.

»Er ist zu wertvoll, um enthauptet zu werden«, wandte Baibars ein. »Glaubt mir, Herr.«

Wertvoll?

Daoud hatte das Gefühl, von einer Klippe gestürzt und schon im Fallen von einer starken Hand zurückgerissen worden zu sein. Eine Erleichterung, die er kaum zu empfinden wagte, ließ seinen Atem stocken. Er versuchte Gesicht und Körper ganz stillzuhalten, während die beiden großen Männer sein Schicksal bestimmten, konnte aber nicht verhindern, daß seine Hände sich ballten, als hätten sie ein Eigenleben.

Die Augen des Sultans wurden schmal, und als er sich Baibars zuwandte, erschien zwischen seinen Brauen eine steile Falte. »Dann ist dieser fränkische Mörder wohl Euer Schützling?«

Baibars nickte. »Ich hatte einen bestimmten Grund, mich persönlich für ihn zu interessieren, wenn es Euch beliebt, Herr.«

Was bedeutete das? Was hatte Baibars an jenem Tag auf dem Sklavenmarkt in ihm gesehen, und warum war er überhaupt dort gewesen? »Ich habe lange einen wie dich gesucht, der wie ein christlicher Ritter aussieht, aber Herz und Geist eines Mamelucken hat. Einer wie du könnte eine unschätzbare Waffe gegen die Feinde des Glaubens sein.«

»Es beliebt mir nicht«, sagte Qutuz kurz angebunden. »Die Burschen verstoßen zu häufig gegen die Regeln.«

Er redet, dachte Daoud, als sei er ursprünglich nicht auch ein Mameluck gewesen.

»Es gibt bei den Mamelucken ein Gesetz, das bindender ist als andere Regeln«, entgegnete Baibars ruhig. »Wenn einer sich zutiefst gekränkt fühlt, muß er Vergeltung üben. Kann er das nicht, ist er nicht Manns genug, ein Mameluck zu sein. Wie schon dieser dumme Junge gesagt hat, befehlen bei den Mamelucken immer die Starken.«

Daoud sah in Baibars' braunem Gesicht ernstes Einverständnis mit seiner Tat und begriff. Es war dem Emir offensichtlich völlig gleichgültig, daß Kassar ein Kiptschak gewesen war. Seine Freude war groß, als ihm klar wurde, daß er Baibars auf seiner Seite hatte.

»Wenn alle Mamelucken nur an das Gesetz des Stärkeren glaubten, hätten wir ein Chaos«, sagte Qutuz.

Das nachdenkliche Schweigen, mit dem Baibars und Qutuz einander ansahen, schien eine Ewigkeit zu dauern.

Endlich wandte Qutuz den Blick ab. »Ihr müßt die Mamelucken

erziehen, wie Ihr es für richtig haltet, Bunduqdari. Ihr tragt die Verantwortung.«

»Ich danke Euch, Herr«, sagte Baibars mit einem kaum hörbaren Hauch von Sarkasmus. Er wandte sich an Mahmoud. »Bringt ihn fort.«

An Mahmouds Seite überquerte Daoud noch einmal das Feld. Ich habe Kassar getötet, dachte er. Ich habe ein Leben ausgelöscht. Es war das erstemal, und er war glücklich und stolz.

Aber er hätte diesen glücklichen Augenblick mit Freuden hingegeben, wenn Nicetas noch am Leben und bei ihm gewesen wäre. Seine Trauer um Nicetas schmerzte nicht weniger als bisher, Rache hatte sie nicht gelindert.

Hinter ihnen rief eine Stimme scharf: »Mahmoud!«

Daoud und der Ausbilder drehten sich gleichzeitig um, und Daoud sah überrascht, daß Baibars hinter ihnen herkam.

»Mahmoud«, sagte Baibars, »wenn wir heute abend auf die Insel Roda zurückkehren, werdet Ihr diesem Narren den mit schwarzem Pelz besetzten Stahlhelm der Mamelucken überreichen.« Er richtete das forschende blaue Auge wieder auf Daoud. »Heute abend werde ich in der Grauen Moschee die Zeremonie abhalten, die dich befreit. Du bist dann kein Sklave mehr und gehörst in Zukunft meiner persönlichen Garde an.«

Schwindlig vor Glück fiel Daoud auf die Knie und preßte die Stirn auf die kühle braune Erde zu Füßen des Emirs. »Gottes Lob und Segen über Euch, Emir Baibars!« rief er.

»Steh auf«, sagte Baibars schroff. »Hättest du deinen Freund nicht gerächt, wäre ich nicht länger an dir interessiert.«

Als Daoud aufstand, sah er Mahmoud hinter seinem Bart lächeln.

»Du hast die Lektion gut gelernt, die ich dir beizubringen versuchte.«

Noch immer schwindlig, versuchte Daoud zu begreifen, was in den Köpfen dieser Männer vorgegangen war, aber er kam nicht dahinter.

»Jetzt«, sagte Baibars, »mußt du nur noch lernen, mit mehr Raffinesse zu töten. Ich werde dafür sorgen, daß du von Meistern ausgebildet wirst, wie damals, als ich dich zu Scheich Abu Hamid al-Din Saadi schickte.«

Und ich muß wieder zu Scheich Saadi gehen, dachte Daoud. Er kann mir vielleicht sagen, ob ich unrecht getan habe.

Seit Kassar Nicetas und Daoud Kassar getötet hatte, waren mehr als zehn Jahre vergangen. Und obwohl Daoud sich wegen seiner Tat nie schuldig gefühlt hatte, verstand er, was Scheich Saadi meinte, wenn er sagte, man müsse sich einer Schuld stellen, dürfe ihr nicht ausweichen.

Hätte er es nicht verstanden, hätte er sich jetzt gesagt, es sei nicht seine Schuld, es seien die christlichen Barbaren, die den armen Narren so furchtbar marterten. Er hätte sich sagen können, daß Lorenzo und nicht er diesen Mann gefunden und nach Orvieto gebracht hatte. Er hätte sich ganz einfach sagen können – was er auch Sophia erklärt hatte –, im Krieg müsse es unschuldige Opfer geben. Und er hätte sich selbst zu bedenken geben können, daß Lorenzo und er geglaubt hatten, der Mann werde in der Kirche nur Unruhe stiften und nicht gleich ein Messer ziehen.

Er zwang sich, den Käfig zu beobachten, der langsam auf den Platz fuhr. Unbarmherzig und immer wieder stießen die Scharfrichter die rotglühenden Zangen in das Fleisch des Opfers. Sechs lachende, gut gekleidete junge Männer zogen den Käfigkarren. Natürlich. Kein Tier, dem der Gestank verbrannten Fleisches in die Nüstern stieg und das das qualvolle Geheul des Gefolterten hörte, wäre ruhig genug gewesen, um einen Karren durch eine rasende Menge zu ziehen.

Das waren dieselben Menschen, die sich vor einem Monat, an dem Tag, an dem der Mann gefangengenommen worden war, gegen die Tataren zusammengerottet hatten. Jetzt verhöhnten sie den Attentäter. Und das bedeutet, dachte Daoud, daß der Tod des Mannes sinnlos ist.

Als der Käfig sich der Plattform näherte, kam er dicht an Daoud vorbei. Daoud hielt den Atem an bei dem Gedanken, der Todgeweihte könnte ihm in die Augen sehen. Dann sah er jedoch, daß der Mann die Augen vor Angst und Schmerz zusammenkniff.

Daoud fühlte seine Schuld, als bohre sich die Klinge eines Haschischia in ihn hinein. Ein besserer Mann als ich hätte eine Möglichkeit gefunden, das Volk aufzuwiegeln, ohne das Leben eines Menschen zu opfern, dachte er.

Die beiden rotgekleideten Scharfrichter hatten die Zangen weggelegt und zerrten den Ketzer die Leiter zur Plattform hinauf. Seine Füße rutschten schlaff über die Sprossen. Auf der Plattform wartete ein dritter Mann auf das Opfer.

Daoud riß die Augen auf, und seine Lippen begannen zu zucken, als er sah, wer dieser dritte Scharfrichter war.

Sein Gesicht war nicht verhüllt; der lange Zipfel der schwarzen Kapuze hing neben seinem Kinn herunter. Es wäre sinnlos gewesen, das Gesicht dieses Mannes hinter einer Maske zu verstecken; an seiner Gestalt erkannte ihn jeder sofort, der ihn einmal gesehen hatte.

Er lächelte freundlich, beinahe gütig auf den stöhnenden Delinquenten hinunter. In der Hand hielt er ein Messer mit einer Klinge, die breit wie sein Handgelenk und so lang wie sein Unterarm war. Hätte er das Messer nicht in die Höhe gehalten, um es seinem Opfer zu zeigen, hätte die Spitze den Boden der Plattform berührt, denn der Rücken des Scharfrichters war nach vorn gekrümmt.

Der Feuerholzverkäufer aus Lucera!

Daoud suchte zu ergründen, wie es möglich war, daß der verkrüppelte Zwerg, der zu den Handelsleuten gehört hatte, die mit ihm in die große Festung der Hohenstaufen gekommen waren, und der dabei gewesen war, als Lorenzo Celino ihn verhaftet hatte – wie dieser Mensch hier in Orvieto, in der Stadt des Papstes, eine öffentliche Hinrichtung vornehmen konnte. Er mußte ein Spion der Guelfen gewesen sein, der durch Zufall zugleich mit Daoud nach Lucera gekommen war. Er war in Manfreds Kuchenbäckerei gewesen. Hatte er wirklich geschlafen, oder hatte er Manfred, Lorenzo und ihn gesehen, als sie zusammen durch die Bäckerei gegangen waren?

Wenn er mich hier in der Menge entdeckt, wird er mich entlarven. Die Menschen um Daoud, mit dem nach Zwiebeln und Knoblauch riechenden Atem, preßten sich von allen Seiten so an ihn, daß er sich kaum bewegen konnte. Er wand sich so lange, bis er der Plattform den Rücken zukehrte. Dadurch sah er sich einem breitschultrigen Mann in erdbrauner Tunika mit dichtem schwarzen Bart und Schnurrbart gegenüber.

Der Mann sah ihn lachend an. »Wendet Ihr Euch ab? Könnt Ihr den Anblick von Erculios heiligem Wirken nicht ertragen?«

Starr erwiderte Daoud den Blick des Mannes und stellte sich vor, was er ihm liebend gern antun würde. Wenn er jedoch versuchen wollte, sich durch die Menge zu kämpfen, um den Platz zu verlassen, würde der kleine Mann auf der Plattform ihn bestimmt bemerken. Blieb er einfach, wo er war, und sah zu, dann war sein Gesicht eins unter Tausenden, und der Zwerg hatte offensichtlich Wichtigeres zu tun. Daoud griff nach seiner Mütze und überzeugte sich, daß sie den größten Teil seines Blondhaars bedeckte. Ohne ein Wort zu dem Mann in Braun zu sagen, drehte Daoud sich wieder zur Plattform um, gerade rechtzeitig genug, um zu sehen, daß der verkrüppelte Zwerg – Erculio, wenn Daoud sich nicht irrte – sich bekreuzigte, genau wie in Lucera.

Daoud stellte sich vor, daß er, Lorenzo und Ugolini, einmal entlarvt, ebenso leiden würden wie dieser nackte, blutende, mit Wunden bedeckte Ketzer, und sein Herz begann zu hämmern. Und Sophia! Das möge Gott verhüten, dachte er. Bevor ich das an ihr geschehen ließe, würde ich ihr eigenhändig die Kehle durchschneiden.

Sie banden den wimmernden Delinquenten auf einen hölzernen Sägebock; er war so niedrig, daß der Zwerg jeden Teil des hilflos wie ein Käfer auf dem Rücken liegenden Körpers erreichen konnte. Einer der beiden Scharfrichter in Rot hielt dem Opfer den Mund offen, und der kleine Mann griff mit einer Hand hinein, zog die Zunge heraus und schnitt sie ab. Wie ein Zauberkünstler, der einen Apfel aus dem Ärmel geholt hat, schwenkte er die Zunge durch die Luft und warf sie dann in die Menge. Unzählige Hände griffen danach. Das gemeine Volk glaubte überall daran, daß Teile vom Körper eines zum Tode Verurteilten Zaubermittel waren.

Erculio brauchte nur einen Augenblick, um dem Ketzer die Nase abzuschneiden. Da er jetzt weder Nase noch Zunge hatte, hatten die Schreie des Unglückseligen nichts Menschliches mehr. Sie klangen wie das Geheul eines Ochsen, der qualvoll geschlachtet wurde.

Erculio stieß das Messer mit der Spitze in die Plattform und riß dem Ketzer mit beiden Händen die Augäpfel heraus. Der Gemarterte war jetzt still. Er mußte das Bewußtsein verloren haben. Doch der Zwerg tanzte um ihn herum und stieß mit dem Messer zu, bis die Schreie wieder einsetzten.

Genießen die Edelleute und die Kirchenmänner das Schauspiel ebenso wie das gemeine Volk? fragte sich Daoud. Als er sich umdrehte, schienen längst nicht mehr so viele Prälaten in Rot und Purpur auf der Domtreppe zu stehen. Ugolini hatte die Hände auf dem Rücken verschränkt und wandte die Augen von der Szene auf dem Platz ab, Verceuil jedoch starrte fasziniert auf das Opfer, den kleinen Mund zu einem Grinsen verzogen, das die weißen Zähne sehen ließ. D'Ucello stand mit über der Brust gekreuzten Armen gelassen zwischen seinen Garden. Er schien sich, seit Daoud ihn das erstemal gesehen hatte, weder bewegt noch eine Miene verzogen zu haben.

Simon de Gobignon, bleich wie Pergament, machte in dem Augenblick kehrt, in dem Daoud zu ihm hinsah, und eilte in die Kathedrale. Weichling! dachte Daoud. Deinetwegen leidet dieser Mensch so, aber du kannst den Anblick nicht ertragen.

Erculio umtanzte noch immer den Sägebock, grinste unter seinem schwarzen Schnurrbart hervor und führte mehrere Scheinangriffe gegen das Geschlecht des Delinquenten. Als das Gebrüll der Menge anschwoll, schnitt er dem Ketzer Hoden und Penis ab. Der Ketzer heulte noch einmal in Todesqual auf und war dann still. Der Zwerg schleuderte die blutigen Organe in die Luft. Ein Scharfrichter fing sie auf, warf sie dem zweiten zu, und der wiederum beförderte sie in die Menge.

Die beiden Scharfrichter banden den Verurteilten los und stellten ihn auf die Beine. Gesicht und Körper waren so blutüberströmt, daß man meinte, auch er sei rot gekleidet. Die Menge begann von der Plattform zurückzuweichen, und Daoud wurde mitgezogen. Die Scharfrichter banden den schlaffen Leib des Ketzers jetzt an den Pfahl in der Mitte der Plattform.

Der schwarzgekleidete Zwerg hüpfte wie ein Affe an den Rand der Plattform, und jemand reichte ihm eine brennende Fackel. Er tanzte mit ihr. Er wirbelte sie in großen Kreisen um seinen Kopf, und Daoud hörte das Zischen sogar über die Jubelschreie der Menge hinweg. Der Zwerg drehte sich zur Kathedrale um. Daoud folgte seinem Blick und sah, daß der Bürgermeister mit einem Gesicht so weiß wie eine Totenmaske die Hand hob und winkte.

Erculio machte auf dem Absatz kehrt, lief auf seinen kurzen Beinen wieselflink zur Leiter, kletterte ein paar Sprossen hinunter und schleuderte die Fackel in das unter der Plattform aufgestapelte Holz. Dann drehte er sich um und sprang. Die beiden Scharfrichter, die inzwischen von der Plattform gestiegen waren, standen am Fuß der Leiter, und einer von ihnen fing Erculio auf.

Brüllend schossen die Flammen in die Höhe, schlossen sich wie ein rotgoldener Vorhang um den Ketzer. Daoud hörte keine Schmerzensschreie mehr. Vielleicht war der arme Mensch schon an seinen Wunden gestorben. Daoud betete zu Gott, daß es so sein möge.

In der heißen, feuchten Luft stieg der Rauch nicht in die Höhe, sondern wälzte sich in Schwaden um die Plattform. Die Leute husteten, wischten sich über die Augen und zogen sich immer weiter zurück.

Daoud stand nahe genug, um die Hitze zu spüren, die an einem so stickigen Tag unerträglich war. Aber jetzt konnte er sich von der Stelle bewegen. Die Menge zerstreute sich. Es war nichts mehr zu sehen. Der Ketzer war bestimmt tot, und Rauch und Flammen verbargen die endgültige Vernichtung seines Leichnams.

Daoud schaute zur obersten Stufe der Treppe hinauf. Die roten und die purpurnen Gewänder waren verschwunden, und auch das päpstliche Banner war nicht mehr da. Der Graf de Gobignon war wiederaufgetaucht und starrte ins Feuer. Dann taumelte er mit schlaff herunterhängenden Armen die Stufen herunter.

Daoud machte sich auf den Weg zu Ugolinis Villa.

»Nun, Messer David, geht man in Trapezunt mit Ketzern auch so gründlich ins Gericht?«

Ein Mann in Scharlachrot verstellte ihm den Weg. Unter der breiten Krempe eines großen roten Hutes hervor sah ihn das lange dunkle Gesicht von Kardinal de Verceuil finster an. Hinter Verceuil standen sechs Männer. Einer trug ein weißes Banner mit einem roten Kreuz und einer stilisierten goldenen Blume in zwei Feldern; der andere, ein untersetzter, kahlrasierter junger Kleriker in schwarzer Soutane, hielt einen langen goldenen Stab, der in einer Spirale endete, in der Hand. Es war ein Krummstab, wie Daoud sich erinnerte, das Zeichen der Kardinalswürde. Den Schluß dieser Gruppe bildeten vier Soldaten, die Daoud finster musterten, als erwarteten sie, daß er ihren Herrn angriff oder beleidigte. Daoud fragte sich, ob der Kardinal es wagen würde, ihn hier in aller Öffentlichkeit töten zu lassen. Er sah den Kirchenmann durch die rauchige Luft abschätzend an und suchte nach den winzigen Anzeichen innerer Spannung, die gewöhnlich verrieten, daß ein Mann kurz davor war, einen Angriff zu befehlen. Verceuil schien jedoch ganz entspannt.

»Nein, Euer Eminenz, wir steinigen unsere Ketzer nur zu Tode.«

Verceuil lächelte. »Das scheint mir eine bessere Art, sich ihrer zu entledigen. Wenn wir einen verbrennen, dann kommt mir hinterher immer der unangenehme Gedanke, daß ich den Ketzer in Nase und Lungen forttrage.«

Obwohl Daoud übel wurde, als er sich an den widerlichen Geruch erinnerte, der vom Scheiterhaufen ausgegangen war, lächelte er über den schauerlichen Scherz, weil er glaubte, der Kardinal erwarte es von ihm. Er schwieg jedoch und wartete darauf, daß Verceuil ihm sagte, warum er diese Begegnung mit ihm gesucht hatte.

»Normalerweise werden Ketzer nur verbrannt«, fuhr der Kardinal fort. »Diesen Mann haben wir vorher gefoltert, weil er unsere Gäste, die tatarischen Gesandten, bedrohte und in der Kathedrale einen Gottesdienst störte, bei dem der Papst anwesend war. Wir mußten streng mit ihm verfahren.«

»Aber gewiß«, sagte Daoud, noch immer lächelnd.

»Doch da Ihr der Meinung seid, daß die Tataren für die Christenheit eine so große Gefahr sind«, sagte Verceuil mit leiserer, aber drohend klingender Stimme, »seid Ihr wohl auch einverstanden mit dem, was der Mann getan hat.« Er zeigte auf die brennende Plattform.

Der Pfahl war mit den Überresten der Leiche durch die Plattform in das brennende Holz gefallen. Wind war aufgekommen und blies den Rauch von Daoud und dem Kardinal fort, wofür Daoud Gott dankte.

»Ich bin hergekommen, um zu sehen, wie Gerechtigkeit geübt wird«, antwortete Daoud fest.

»Ihr seid Anhänger der griechischen Kirche, Messer David«, sagte Verceuil kalt, »das macht Euch selbst zum Ketzer.«

Die Soldaten hinter dem Kardinal waren seltsam unruhig, und Daoud fragte sich wieder, ob Verceuil einen Streit vom Zaun brechen wollte, der mit einem Mord endete. Oder wollte er ihn vielleicht verhaften lassen? Er blickte an Verceuil und seinen Soldaten vorbei und sah, daß sich um sie alle ein Kreis Neugieriger geschart hatte. Und da war auch Gobignon, der wachsam am Fuß der Treppe stand. Gehorchte auch sein Schwert dem Befehl des Kardinals?

»Wenn es Euch um Gerechtigkeit zu tun ist, ist es ein Jammer, daß Ihr während Eures Aufenthalts in Orvieto ausgerechnet Gast von Kardinal Ugolini seid«, sagte Verceuil. »In diesem Haus werdet Ihr nur einen korrupten italienischen Standpunkt kennenlernen.«

Gott sei Dank, der Kardinal verfolgte das Thema von Daouds Ketzerei nicht weiter.

Daoud zuckte die Schultern. »Ich habe die Verheerungen gesehen, die von den Tataren angerichtet wurden, Euer Eminenz. Laßt mich Euch sagen, daß sie für Euer Land, Frankreich, eine ebenso große Gefahr sind wie für Italien.«

Verceuil bedachte ihn mit einem Lächeln, das er vielleicht für liebenswürdig hielt, aber der kleine Mund gab ihm ein verschlagenes Aussehen. »Ich lade Euch ein, im Palazzo Monaldeschi zu wohnen. Die Gräfin würde Euch mit Freuden empfangen – ich habe schon mit ihr gesprochen. Die Monaldeschis sind die reichste Familie von Orvieto und haben Verbindung zu anderen großen Familien in den katholischen Ländern. Wenn Ihr hier gute Kunden für Eure Seide und Eure Gewürze finden wollt, müßt Ihr Euch an die Gräfin wenden. Und wenn Ihr auch mit Frankreich Handel treiben wollt, könnte vielleicht ich Euch helfen.«

Die Gelegenheit, ein paar Tage und Nächte im Hauptquartier des Feindes zu verbringen, war reizvoll. Aber war es klug, sich ganz in Verceuils und Gobignons Hände zu begeben? Daoud schüttelte mit einem, wie er hoffte, bedauernden Lächeln den Kopf. »Verzeiht, Euer Eminenz. Daß Ihr mir die Gastfreundschaft der Gräfin anbietet, überwältigt mich, aber ich habe Kardinal Ugolini versprochen, bei ihm zu bleiben, und er wäre tief gekränkt, wenn ich ihn verließe.«

Verceuil verzog spöttisch den kleinen Mund. »Ugolini kommt aus dem Lager der Hohenstaufen. Die Monaldeschis waren immer papsttreu und haben großen Einfluß bei Seiner Heiligkeit, ebenso wie ich bei König Ludwig von Frankreich und seinem Bruder Graf Karl. Kommt zu uns, und Ihr seid, wenn Ihr in Eure Heimat zurückkehrt, ein reicher Mann.«

»Kann es sein, daß Euer Eminenz hoffen, ich würde meine Aussage über die Tataren ändern?« Daoud hätte um ein Haar laut aufgelacht, als er sah, daß der Kardinal rot wurde.

Verceuil schlug zurück. »Könnte es sein, daß Euch Eure Feindschaft gegen die Tataren wichtiger ist als Euer Profit als Kaufmann?«

Daouds Herzschlag beschleunigte sich. Beinahe ins Schwarze getroffen. Aber wie töricht von ihm, seine Scherze mit einem Mann zu treiben, der die Macht hatte, ihn und seine Freunde foltern zu lassen und auf den Scheiterhaufen zu schicken wie den armen Narren.

»Es tut mir leid, daß ich Euch beleidigt habe, Euer Eminenz«, erwiderte Daoud. »Doch was ich gesehen habe, habe ich gesehen, und meine Ehre gebietet mir, die Wahrheit zu sprechen. Was wäre denn der größte Profit für mich noch wert, wenn die Tataren uns alle niedermetzelten?«

»Ihr wißt nichts von uns«, sagte Verceuil nach einer langen Pause, während der es zu regnen begann und Tropfen Daouds Gesicht benetzten. »Paßt auf, daß Ihr nicht in Fallen geratet, die Ihr nicht vorhersehen könnt.«

Daoud lag daran davonzukommen, ohne die Feindschaft zwischen sich und dem Kardinal zu vertiefen. »Ich danke Euch noch einmal für die angebotene Gastfreundschaft, Euer Eminenz. Auch wenn ich nicht in den Palazzo Monaldeschi umziehen kann, hoffe ich, die Gräfin kennenzulernen. Sie hat freundlicherweise Kardinal Ugolini zu ihrem Empfang für die tatarischen Gesandten eingeladen, und ich werde ihn begleiten.«

»Glaubt ja nicht, Ihr könnt in Orvieto tun, was Euch beliebt«, sagte Verceuil verärgert. »Ihr werdet sehr genau beobachtet.« Er machte kehrt und entfernte sich.

Höflich verneigte sich Daoud vor seinem scharlachroten Rücken. Verceuils Männer folgten ihm, Daoud ein paar häßliche Blicke zuwerfend.

Es regnete stärker. Im noch immer brennenden Scheiterhaufen zischte es.

Aus den Augenwinkeln fing Daoud in der Nähe der Treppe eine Bewegung auf. Er drehte sich um und sah Simon de Gobignon vor sich. Warum war er allein? Hatte er, wie Daoud, nicht gewollt, daß einer seiner Kameraden Zeuge des grausigen Schauspiels wurde? Wie unerträglich mußte es für diesen stolzen jungen Franken sein, so eng mit einem Mann wie Kardinal de Verceuil zusammenarbeiten zu müssen! Der Kardinal war so anmaßend und herrisch, daß sich die Leute von vornherein gegen jede Sache wenden mußten, die er vertrat, selbst dann, wenn es sich um eine gute Sache handelte.

Daoud merkte kaum noch, daß es regnete, denn fern am Horizont seiner Gedanken war wie eine Fata Morgana ein neuer Plan aufgetaucht.

21

»Guten Abend, Messire. Ich habe Euch seit dem Tag der Ketzerverbrennung nicht mehr gesehen. Hoffentlich hat das Spektakel Euch nicht aus der Ruhe gebracht.«

Simon hatte Daoud absichtlich auf französisch angesprochen, um festzustellen, ob der Kaufmann außer Griechisch und Italienisch auch dieser Sprache mächtig war. Er mochte zwar von der anderen Seite der Erde kommen, aber er hatte etwas sehr Französisches an sich.

Sie standen sich ein wenig abseits von der Menge gegenüber, die sich im großen Saal des Palazzo Monaldeschi eingefunden hatte. Der weitläufige Raum wurde von Hunderten von Kerzen erhellt. In einer entfernten Ecke betätigten sich vier Musiker an Drehleiern verschiedener Größe, die sie zwischen den Knien hielten, während zwei andere die Oboe bliesen. An den Wänden standen lange Tische, hoch mit Fleisch und Gebäck beladen. Diener gingen umher und schenkten aus Krügen Wein in die Becher.

Daoud, der Simon nicht gesehen hatte, drehte sich um und sah ihn starr an. Simon stellte fest, daß er unter der Sonnenbräune blaß geworden war.

Daoud reagierte auf das Französisch nicht wie ein Mann, der in einer ihm unbekannten Sprache angeredet worden war. Er sah eher so aus, als habe er eine Geisterstimme gehört. Er verneigte sich. »Verzeiht. Ich war nicht darauf gefaßt, auf französisch angesprochen zu werden.«

Überrascht hörte Simon aus Daouds Nordfranzösisch den harten Akzent der englischen Kanalküste heraus. »Wo habt Ihr meine Sprache gelernt, Messer?« fragte er.

Daoud zuckte die Schultern. »Seit Beginn der Kreuzzüge sind viele Landsleute von Euch durch Trapezunt gezogen.«

Viele Kreuzfahrer waren Normannen, dachte Simon. Es klang einleuchtend. Aber es war seltsam, daß dieser Mann, der behauptete, ein Grieche zu sein, nicht nur Normannisch konnte, sondern einem großen, blonden, normannischen Ritter verteufelt ähnlich sah. Simon war diesen Gesichtern – kantig, mit langen, geraden Nasen und kalten blaugrauen Augen – überall in der Normandie und in England begegnet, als er König Ludwig bei einem Staatsbesuch in das Reich seines Vasallen König Heinrich von England begleitet hatte.

Aber der Kaufmann kleidete sich nicht wie ein Normanne, sondern auffallend bunt. Er trug eine weiße Mütze mit blutroter Feder, einen kurzen goldenen Umhang, eine zweifarbige Hose – hellgrün und pfirsichfarben – und dunkelgrüne Stiefel.

Simon, der, König Ludwig nacheifernd, dunkle Farben vorzog, hatte für diesen Abend eine braune Samtweste und eine kastanienbraune Hose gewählt. Das Farbigste an ihm war der juwelenbesetzte Griff seines kostbaren Schwertes. »Ich hoffe, die blutige Hinrichtung des Ketzers vor einer Woche hat Euch nicht allzu sehr aufgeregt«, wiederholte er.

»O nein.« Daoud lächelte. »Aber ich habe Euch dort gesehen und hatte den Eindruck, daß Ihr sehr betroffen wart.«

Das war ich tatsächlich, war Simons erster Gedanke. Er hatte während der schrecklichen Hinrichtung des Ketzers wie erstarrt dagestanden, weil er befürchtet hatte, er müsse sich übergeben.

Doch wie beunruhigend, daß dieser griechische Kaufmann, scheinbar ein Feind, Simons Anstrengung, unbeeindruckt zu wirken, mühelos durchschaut hatte. Von allen Menschen in Orvieto war dieser Mann der letzte, dem Simon sich anvertraut hätte. Er verwünschte sich, weil er sich vor ihm eine solche Blöße gegeben hatte. Was bin ich doch für ein Narr! Und ich dachte, es sei so schlau von mir, ihn auf französisch anzusprechen.

Simon hatte seiner nächsten Begegnung mit Daoud mit einer Mischung aus ungeduldiger Erwartung, Furcht und Zorn entgegengesehen, fast als sollten sie sich in einer Schlacht gegenüberstehen. Jetzt wünschte er sich, er hätte sich von dem Mann ferngehalten. »Ich hatte Mitleid mit dem armen Teufel, wie jeder Christ es haben sollte«, sagte er. »Ihr nicht?«

Daoud hatte einen bösen Ausdruck in den Augen, als hasse er Simon wegen dieser Antwort. Dann zuckte er jedoch nur die Schultern und sagte: »Ich habe in meinem Leben schon so viel Blut und Schmerz gesehen.«

Eine wuchtige Gestalt in Weiß wogte auf Simon und Daoud zu. Es war Bruder Thomas von Aquin, der hochgeachtete Dominikaner. Der aus einem Rosenkranz bestehende Gürtel des Mönchs rasselte beim Gehen.

»Graf, Ihr vergebt mir gewiß, wenn ich Euch störe«, sagte er. »Ich hatte bereits das Vergnügen, Messer David von Trapezunt kennenzulernen, aber mit Euch möchte ich sprechen, seit Ihr in Orvieto eingetroffen seid. Als Seminarist habe ich in Paris ein Jahr bei Eurem Onkel Hugues de Gobignon studiert. Was für eine Tragödie, daß er ermordet wurde!«

Simon erinnerte sich nur ungern an den Onkel, der in Wirklichkeit nicht sein Onkel war. Während er sich mit Bruder Thomas unterhielt, ließ er seine Blicke durch den Raum schweifen. Die meisten Gäste sammelten sich um die beiden Tataren Johannes und Philipp. Sie saßen in großen, bequemen Sesseln in der Nähe eines gekrönten Schwans, der in der Mitte des mit Speisen beladenen Tisches thronte. Er sah, daß ein Diener Wein in einen Silberbecher goß, den Johannes ihm hinhielt.

Neben den Tataren stand eine Frau namens Ana aus dem Land der Bulgaren, das jetzt von den Tataren beherrscht wurde. Alles, dachte Simon bitter, um Bruder Mathieu in den Hintergrund zu drängen. Verceuil hatte sie entdeckt und als Dolmetscherin zur ersten Privataudienz mitgebracht, die der Papst den beiden Tataren gewährt hatte.

Eine andere Gruppe hatte sich bei dem Sessel eingefunden, in dem Papst Urban saß; viele davon trugen das Rot und den Purpur der Kardinäle, Erzbischöfe und Bischöfe. Verceuil war natürlich auch da und so nah beim Papst wie nur möglich. Seine Eitelkeit hatte den Papst bewogen, nicht in kirchlichen Gewändern zu erscheinen; er trug eine Tunika aus seidenem Goldgeflecht und einen Umhang aus aquamarinblauem Satin. Und zwischen den Schultern zweier Prälaten konnte Simon eben noch den Scheitel von Kardinal Ugolinis grauem Kopf ausmachen.

Hatte Ugolini vielleicht seine Nichte Sophia mitgebracht? Ja, dort stand sie in der Mitte des Saales bei der Gräfin Monaldeschi. Das blasse Violett von Sophias Kleid ließ ihre Haut dunkler erscheinen. Der gestickte Seidenschal war ihr von den bloßen Schultern geglitten, und Simon bewunderte ihre liebliche Zartheit. Unter einem hauchdünnen Schleier funkelten die Perlen in ihrem nachtschwarzen Haar wie Sterne.

»Entschuldigt mich, Bruder Thomas und Messer David«, bat Simon, »ich habe versprochen, der Gräfin eine überaus dringende Nachricht zu überbringen.«

Bruder Thomas, mitten in einer Anekdote über die raffinierten Verhörmethoden des Inquisitors Bruder Hugues, gestattete Simon, sich zu entfernen. Als dieser auf Sophia zuging, erschien der gräfliche Majordomus und verkündete mit tiefer Stimme: »Verehrte Damen, gnädige Herren, in der inneren Galerie sind Tische, Brettspiele und Spielkarten bereit.«

Als Simon sich vor der Gräfin verneigte, war er sich der Gegenwart von Sophia nur allzu deutlich bewußt. Er küßte die Hand der alten Dame und hoffte, sie auch Sophia küssen zu können.

»Mein lieber Junge, habt Ihr den Majordomus gehört? Spielt Ihr gern Karten oder Brettspiele? Man hat mir zugetragen, Euer frommer König verbiete solche Vergnügungen an seinem Hof. Aber unser Heiliger Vater selbst würfelt gern.« Sie merkte, daß Simon Sophia ansah, und lächelte. »Schaut doch, meine Liebe!« wandte sie sich an Sophia.

»Sieht dieser hervorragende junge Franzose so aus, als interessiere er sich für Karten oder Würfel? Vergeßt Eure Bescheidenheit.«

Sophia senkte die Lider und errötete. »Ihr seid unbarmherzig«, sagte sie leise.

»Unbarmherzig!« Die Gräfin lachte gackernd. »Meine Liebe, wenn ich neidisch wäre, dann wäre ich wirklich unbarmherzig. Beim heiligen Georg, ich ließe Euch vergiften. Vor vielen, vielen Jahren, als ich sah, daß meine Schönheit zu schwinden anfing, mußte ich mich entscheiden, ob ich die Schönheit anderer Frauen hassen oder mich an ihr freuen wollte. Doch schon damals verbrauchte ich meinen ganzen Haß für diese widerwärtigen Filippeschis. Daher entschloß ich mich, die Schönheit junger Frauen zu genießen, mich zugleich an meine eigene Jugend zu erinnern und mir vorzustellen, welche Freuden sie genossen.« Sie legte Simon die Hand auf den Arm. »Was meint Ihr, Graf Simon? Soll ich Euch die junge Dame vorstellen?«

»Tausend Dank, Gräfin«, sagte Simon, in die Ausdrucksweise verfallend, die der Gelegenheit angemessen schien. »Ich hatte schon den großen Vorzug, Madonna Sophia in der Villa ihres Onkels zu begegnen.«

Die Gräfin nickte. »Ah, Ihr habt Kardinal Ugolini besucht. Das freut mich, denn wenn Ihr es nicht von Euch aus getan hättet, hätte ich Euch dazu aufgefordert.« Sie wandte sich wieder an Sophia. »Euer Onkel und ich sind Freunde, seit der Heilige Vater seinen Haushalt nach Orvieto verlegt hat. Ich bewundere und achte ihn sehr. Wenn er mir die Sterne deutet, sind seine Vorhersagen bemerkenswert genau. Seine Arzneien helfen mir immer, was ich von den Mixturen anderer Ärzte, die ich befragt habe, nicht behaupten kann. Und das Beste von allem – er findet Zeit für eine einsame alte Dame, während andere, die ihr mehr Aufmerksamkeit schulden, immer neue Ausreden haben.«

»Mein Onkel ist ein wunderbarer Mann, Signora«, erwiderte Sophia. »Ich schätze mich sehr glücklich, seine Nichte zu sein. Wie sonst hätte ich hoffen dürfen, bei dem denkwürdigen Ereignis anwesend zu sein und überdies Euch kennenzulernen?«

»Und von einem so hübschen Kavalier bewundert zu werden«, schloß die Gräfin mit einem breiten Lächeln.

»Ich bin höchst erfreut, Euch wiederzusehen, Graf«, fuhr Sophia fort. Sie reichte ihm die Hand.

Als er sich darüberbeugte, sah er, daß sie einen einzigen Ring trug – einen Granat von so dunklem Rot, daß er fast schwarz wirkte. Seine Lippen berührten die cremefarbene Haut ihres Handrückens, und er glaubte zu merken, daß sie leicht zitterte.

Die Gräfin beobachtete die beiden, seufzte glücklich und sagte: »Ich denke, es ist höchste Zeit, mir Spielpartner zu suchen. Vielleicht werde ich Euren Onkel bitten, mir aus den Karten zu lesen. Darin ist er genauso gut wie im Deuten der Sterne.«

Simon und Sophia verneigten sich, als sie sich entfernte. Sie kehrte ihnen den Rücken, und Simon stellte fest, daß ihr langes blaues Samtkleid hinten ein paar fadenscheinige Stellen hatte. Sie ist so alt, daß ihr solche Dinge völlig unwichtig sind, dachte er. Vielleicht war es ein Lieblingskleid aus jenen Tagen, als sie noch jung und schön war, wie Sophia heute.

»Darf ich Euch Wein oder etwas zu essen holen, Madonna?« fragte er die junge Frau.

»Danke, ich habe keinen Hunger. Aber vielleicht wollt Ihr . . .«

»O nein, ich bin ganz zufrieden. Wie wäre es mit einer Kartenpartie?«

Sie holte tief Atem, und Simon fühlte leichte Erregung, als er sah, wie ihr Busen sich unter der feinen Seide ihres violetten Kleides hob und senkte. »Was mir wirklich Spaß machen würde, Graf, wäre ein Spaziergang im Garten. Der Saal ist zwar groß, aber überfüllt und zu heiß. Und obwohl wir schon September haben, ist der Abend sehr warm, findet Ihr nicht?«

»Sehr warm«, sagte Simon entzückt und reichte ihr den Arm.

Während Bruder Thomas sich mit ihm unterhielt, beobachtete Daoud Gobignon und Sophia, die durch den hell erleuchteten Saal zu der Tür schlenderten, die in die innere Galerie führte. Gobignon hat mich in der Sprache meiner Eltern angesprochen . . .

Sir Geoffrey und Dame Evelyn Langmuir waren englischer Abstammung gewesen, wie er wußte. Aber sein Vater hatte ihm einmal gesagt, der gesamte englische Adel spreche Französisch.

Seit Daoud in Italien gelandet war, war dies der erste Abend, an dem er Französisch gehört und gesprochen hatte. Als er auf französisch angeredet worden war, hatte ihn das erschreckende Gefühl ergriffen, sein toter Vater rede mit ihm. Er haßte Gobignon, weil er ihm das angetan hatte.

Und ich hasse ihn, weil er die Frau bekommt, die ich selbst haben möchte, dachte er weiter.

Die Stimme von Bruder Thomas wurde immer schwächer. Besinnungsloser Zorn blendete Daoud, machte ihn taub. In seinem Schädel hämmerte es. Er stellte sich Sophia nackt in Gobignons Armen vor und begann am ganzen Körper zu zittern. Gobignon würde nicht ahnen, wer Sophia wirklich war.

Sophia, das hatte Daoud inzwischen begriffen, hatte Leid kennengelernt. Sie hatte in den niedrigsten Verhältnissen überlebt und war zur Vertrauten eines Kaisers und eines Königs aufgestiegen.

Voller Unbehagen stellte Daoud fest, daß sie viel häufiger in seinen Gedanken war als Blühendes Gras zu Hause in El Kahira.

Simon würde Sophia Orfali kennenlernen, nicht Sophia Karaiannides, die Daoud mehr als einmal gesagt hatte, wie sehr sie die Franken hasse. Sie würde aus diesem Franken einen Narren machen.

Bruder Thomas schwatzte und schwatzte über die Seereise von der Normandie nach Neapel, die einzige, die er je unternommen hatte. »Man glaubt, es müßte viel länger dauern, den europäischen Kontinent zu umfahren als den Landweg zu nehmen. Wir haben nur einen Monat gebraucht, während es zu Lande mindestens drei gewesen wären.«

Aber eine Brieftaube reiste viel schneller als ein Schiff. In einem oder zwei Monaten würde die Nachricht mit Daouds Ersuchen, das Buch ausfindig zu machen, das Bruder Thomas wollte, bei Baibars eintreffen. Und wieder ein paar Monate später würde es der Mönch, falls Baibars es auftreiben konnte, in seinen plumpen Händen halten.

Mit halbem Ohr zuhörend, betrachtete Daoud die Marmorsäulen, die bis an die vergoldeten Deckenbalken reichten, die Engels- und Heiligenbilder an den Stuckwänden und die römischen Statuen, die da und dort herumstanden – hauptsächlich nackte Torsi. Götzenbilder, ja, aber wunderschön. Die Kunst der Christen und ihrer heidnischen Vorgänger war nicht annähernd so barbarisch, wie er sich vorgestellt hatte.

Plötzlich tauchte Ugolini an Daouds Seite auf und unterbrach seine Gedanken und Bruder Thomas' Sermon. »Entschuldigt, Bruder Thomas, aber Seine Heiligkeit möchte ein paar Worte mit David sprechen. – Habt Ihr Wein getrunken?« fragte er, als sie den Raum durchquerten.

Urban saß in weißer Soutane, einen roten Umhang um die Schultern, in einem großen Sessel mit hoher Rückenlehne. Der Vater aller Christen war für einen so warmen Abend zu dick angezogen, fand Daoud. Ein Beweis für seine schwache Gesundheit.

»Ich trinke nie Wein, wenn ich es vermeiden kann«, sagte Daoud zu Ugolini.

»Nun, das wird Euch heute abend kaum gelingen. Aber vergeßt nicht – Euer Kopf ist Wein nicht gewöhnt.«

Daoud wollte schon eine scharfe Antwort geben, schluckte sie jedoch hinunter. Mit diesem überflüssigen Rat bekämpfte Ugolini nur seine Furcht. Daoud hatte dem Kardinal nie erzählt, daß Scheich Saadi ihn gewissermaßen drogenfest gemacht hatte. Alkohol, die berauschende Substanz im Wein, konnte zwar auf seinen Körper wirken, nicht aber auf seinen Geist.

»Das ist eine sehr gefährliche Übung«, sagte Scheich Saadi, vor einem kleinen Kochtopf kauernd, der über einem niedrig brennenden Feuer an einem Dreifuß hing. »Aber für dich sehr wichtig.«

Was auch in dem Topf blubberte, es hatte einen merkwürdigen, widerlichen Geruch, den Daoud gleichzeitig verführerisch fand. Sie hielten sich im Garten von Scheich Saadis kleinem Haus in Al-Fustat auf, dem ältesten Viertel von El Kahira.

Halb sitzend und halb liegend ruhte Daoud auf einem Kissenstapel. Er legte sich zurück und sah, daß die Sterne weniger und der Himmel heller geworden war. Sie waren die ganze Nacht wach gewesen und hatten Kaviyeh getrunken.

Die Flüssigkeit, die Scheich Saadi jetzt braute, roch aber nicht wie Kaviyeh. Das süß duftende Gebräu betrachtend, schien er endlich zufrieden zu sein. Er nahm den Topf vom Feuer und stellte ihn auf einen Stein.

Noch immer kniend, dreht der Scheich sich um und sah Daoud lächelnd an. Im Feuerschein prägten viele Schattierungen von Braun und Schwarz sein Gesicht. Aber sein Bart hatte sich in den Jahren, seit Daoud ihn kannte, aus Grau in ein Weiß verwandelt, so rein wie die Wolle, von der die Sufi ihren Namen hatten.

»Knie nieder und geh in dich«, sagte Scheich Saadi.

Daoud erhob sich auf die Knie. Wie Scheich Saadi es ihn gelehrt und wie er es seit Jahren geübt hatte, stellte er sich seinen Geist als leeres Becken mit gekachelten Wänden vor. In der Mitte des Beckens rieselte ein Springbrunnen und füllte es langsam mit klarem Wasser. Die Wände des Beckens verschwanden, und es war nichts mehr da außer klarem Wasser, das sich in die Unendlichkeit erstreckte.

Scheich Saadi schien zu wissen, wann Daoud die Vision der Unendlichkeit erlangt hatte. Er sagte: »Denk an Gott.«

Daoud sah einen Berg, eine Flamme, die Sonne. Sie waren nicht Gott. Endlich sah er die schwarzen Räume zwischen den Sternen. Dort wohnte Gott wie der Schwarze Stein in der Kaaba. Daoud sah die Dunkelheit, die Gott verschleierte, und verschloß die Idee Gottes in seiner Seele.

»Jetzt halte den Gedanken an Gott fest und trinke.« Scheich Saadi hielt ihm einen Silberbecher an die Lippen.

Die Flüssigkeit war süß und dick. Daoud schluckte, und sie brannte ihm im Magen. »Was ist das?«

»Wein mit Haschisch vermischt.«

Daoud erschrak zutiefst. Schmutz, geistiges Gift! Scheich Saadi selbst hatte es ihn gelehrt. Und jetzt hatte er ihn mit einem Trick dazu gebracht, das Teufelszeug zu trinken.

Daoud schwankte auf den Knien, fühlte sich schwindlig und war zornig.

Scheich Saadi hob warnend die Hand. »Verharre in der Gegenwart Gottes. Er wird dich vor der bösen Wirkung des Giftes bewahren.«

Daoud bemühte sich, in die unendliche Leere zurückzukehren, in der Gott sich verborgen hielt, und fühlte, daß sein Kopf wieder klarer wurde. Die Drogen verbreiteten sich wie winzige Flämmchen in seinem Körper, aber sein Körper war weit weg, so daß er die Hitze nicht spürte.

Neben ihm sagte Scheich Saadi: »Alles von Gott Erschaffene hat zwei Seiten – eine nützliche und eine schädliche. Was einmal Gift ist, kann ein andermal Arznei sein. Sogar Kaviyeh, den wir in so großen Mengen trinken, kann Gift sein. Wird eine Substanz bei passender Gelegenheit und mit der richtigen inneren Haltung eingenommen, kann sie dein Bewußtsein erweitern. Unser Herr Baibars – Friede sei mit ihm! – hat mir gesagt, daß er plant, dich zur weiteren Ausbildung zu den Haschischia zu schicken. Dies hier wird dir helfen, aus ihren Lehren einen größeren Nutzen zu ziehen. In den nächsten Monaten wirst du lernen, jede berauschende Substanz zu dir zu nehmen und deinen Geist von ihr freizuhalten. Das ist keine Zauberei. Das ist die Macht des Geistes. Was fühlst du?«

»Die Droge verzehrt meinen Körper, aber Geist und Seele sind in der Gegenwart Gottes.«

»Eines Tages, wenn du von den Haschischia alles gelernt hast, werde ich dich in das Geheimnis der stärksten Droge einweihen – Soma, die Droge, die vom Geist gemacht ist und dem Körper nicht schadet.«

Mein Kopf ist Wein nicht gewöhnt? Kein Mann in diesem Raum ist gegen Alkohol unempfindlicher als ich.

Verceuil stand neben dem weißbärtigen Papst. Als Daouds und seine Augen sich trafen, verzog er das finstere Gesicht.

Daoud fiel vor dem Papst auf die Knie und küßte den schweren goldenen Ring, dessen winzige Gravur einen Mann in einem Boot zeigte. Daoud sah, daß der Papst Pantoffel aus weißem Satin trug.

Das Unerhörte dieses Augenblicks machte Daoud so schwindlig, daß der geflieste Boden unter ihm zu beben schien. Er hielt die Hand des Papstes in der seinen, des Nachfolgers jener Päpste, die ein Kreuzfahrerheer nach dem anderen ausgesandt hatten, deren Wort den Tod von Tausenden und Abertausenden Gläubiger verschuldet hatte. Er, Daoud ibn Abdallah, einst David Langmuir, war ins Herz der Christenheit eingedrungen.

»Messer David, die Venezianer haben eben die Preise von Safran, Curry, Ingwer und Kardamom erhöht«, sagte der Papst mit tiefer Stimme. »Aber diese Gewürze sind für meine Küche unentbehrlich. Könnt Ihr billiger liefern?«

Es bedurfte Daouds ganzer Selbstbeherrschung, um nicht laut herauszuplatzen. Ein Mameluck kniete vor dem Papst, und worüber reden sie? Über die Gewürzpreise.

Doch er wurde sofort wieder ernst, als er begriff, wie nützlich es für ihn sein konnte, daß der Papst sich für Gewürze interessierte. Als Gewürzlieferant für den Papstpalast wäre seine Stellung in Orvieto sicherer und er selbst geachteter. »Wenn Ihr mit uns Geschäfte macht, Heiliger Vater, dann macht Ihr sie mit den Leuten, von denen die Venezianer die Gewürze beziehen«, sagte er lächelnd und erhob sich. »Um sie dem Kirchenstaat billiger anzubieten, bin ich nach Orvieto gekommen.«

»Gut, gut. Kardinal Ugolini soll ein Treffen mit meinem Haushofmeister vereinbaren.«

Als sie sich entfernten, sagte Daoud leise zu Ugolini: »Wäre es kein Spaß, wenn der Sultan von Kairo die Gewürze für die Küche des Papstes lieferte?« Wieder fand er die Ironie, die darin steckte, umwerfend komisch. »Was für eine Geschichte für die Basare von El Kahira.«

Ugolini sah ihn an, und sein Backenbart bebte. »Nein, das wäre durchaus kein Spaß.«

Lorenzo Celino tauchte aus der Menge auf, die die Tataren umringte, und blieb vor Daoud stehen. Auf Daouds hartnäckiges Betreiben hatte der Sizilianer eigens für den heutigen Abend angefertigte Kleider angelegt, mit Goldstickerei an den Kanten seines taillenlangen, mit Hermelin besetzten Umhangs und seiner Satintunika.

»Was machen die Tataren?« fragte Daoud.

»Sie sitzen da und trinken und trinken und reden hauptsächlich miteinander«, antwortete Lorenzo. »Ein Haufen Neugieriger umlagert sie und stellt Fragen.«

»Wo ist dieser Bruder Mathieu, der für sie dolmetscht?«

Lorenzo zuckte die Schultern. »Nicht hier. Eine Frau aus einem östlichen Land übersetzt.«

Daoud fühlte prickelnde Erregung wie ein Jäger, der ein Wild gesichtet hat. Er sah sich im Raum um.

Simon de Gobignon war mit Sophia gegangen, genau wie Daoud und Sophia es geplant hatten. Verceuil hielt sich noch immer in der Nähe des Papstes auf.

»Lorenzo, wie Ihr bestimmt gehört habt, hat der Majordomus der Gräfin verkündet, daß im Nebenzimmer Spieltische bereitstehen. Schaut, ob Ihr Kardinal de Verceuil zu einem Spiel überreden könnt.«

»Er liebt Backgammon«, meinte Ugolini.

»Alle Franzosen sind verrückt nach Backgammon«, erwiderte Lorenzo. »In Frankreich nennt man es Tricktrack.«

»Lenkt ihn ab, beschäftigt ihn«, rief Daoud.

»Um Verceuil zu unterhalten, müßt Ihr Euch langweilen«, warf Ugolini ein. »Er liebt nur Spiele, bei denen der Gewinner von Anfang an feststcht.«

Daoud und Ugolini wandten sich zum Tisch mit den köstlichen Speisen, und Daoud begann sich methodisch durch die verschiedenen Schüsseln durchzuarbeiten. Da gab es in eine merkwürdige, fast faulig riechende Soße getauchte Aale, es gab kleine, zarte Hummer und große, fleischige. Es gab junge Vögel, die mit den Knochen und den Eingeweiden gegessen wurden. Es gab weißes Brot und herrliche Kuchen. Daoud füllte sich den Magen, zwang sich, die Speisen zu essen, die ihn anwiderten, und beobachtete dabei Lorenzo, der sich zu der Gruppe um den Papst gesellte.

Mit seinem Dolch schnitt Daoud sich eine Scheibe des gebratenen Kalbfleischs ab. Es war zart und saftig, und er nahm sich noch ein Stück. Das Fleisch schmeckte, als sei das Kalb am selben Tag geschlachtet worden. Wie angenehm, im Haus einer reichen Frau zu Abend zu essen. Als er den letzten Bissen der vierten Scheibe schluckte, waren Lorenzo und Verceuil miteinander ins Gespräch gekommen.

Daoud unterhielt sich mit Ugolini über Astrologie. Der Kardinal war der Meinung, daß der Abend unter einem glücklichen Stern stehe, und diese Einschätzung himmlischer Konstellationen beschwichtigte ihn ein wenig.

Es war Erntezeit und die Tische der Gräfin daher mit frischen Früchten beladen. Daoud verzehrte genießerisch Aprikosen und Trauben und schälte sich eine Orange. Er beobachtete, daß Lorenzo und Verceuil zur Galerie schlenderten, wo die Spieltische aufgestellt waren.

Daoud musterte die beiden kleinen braunhäutigen Männer in ihren glänzenden Gewändern. Von einem Kreis Neugieriger umringt, saßen sie entspannt im Großen Saal. Alle, die in erster Linie für sie verantwortlich waren – Verceuil, Gobignon und Bruder Mathieu –, hielten sich woanders auf.

Wie es hier Sitte war, tauchte Daoud die Hände in eine Schüssel mit Wasser und trocknete sie am Tischtuch. Dann drängte er sich zu den Tataren durch.

Schon ein paar Sekunden später stand er vor ihnen und blickte auf sie hinunter. Sie lachten über einen Scherz, den niemand außer ihnen verstand, und unterhielten sich in ihrer zwitschernden Sprache.

Bruder Thomas gehörte ebenso zu der Gruppe um die Tataren wie mehrere Bischöfe und zwei Kardinäle. Eine untersetzte Frau mittleren Alters stand neben Johannes, dem älteren Gesandten. Sie trug ein steifes blaues Brokatkleid, und ihr straff zurückgekämmtes Haar wurde von einem Netz aus Goldfäden zusammengehalten.

»Madonna Ana«, sagte Bruder Thomas, »fragt bitte Messer Johannes, ob die Stadt Karakorum noch die Hauptstadt des Tatarenreiches ist.«

Die Frau wandte sich an den weißbärtigen Johannes und wiederholte die Frage auf tatarisch, das sie schnell und fließend sprach.

Johannes verneigte sich, lächelte Bruder Thomas an und antwortete der Frau. Daoud empfand fast Neid beim Anblick des herrlichen, knöchellangen Seidengewandes, das Johannes trug – weiß, mit karminroten und purpurnen Blüten, Büscheln grüner Blätter und zarten goldenen Wolken bestickt. Johannes gestikulierte beim Sprechen. Seine Hände hatten kurze Fingernägel und sahen hart aus. Daoud bezweifelte nicht, daß diese Hände schon viele Menschen getötet hatten.

»Messer Johannes sagt, die Hauptstadt ihres Reiches ist immer dort, wo der Großkhan sich aufhält«, sagte die Bulgarin. »Früher war es Karakorum. Doch jetzt erbaut der Großkhan eine Stadt in Cathay. Sie heißt Xanadu.«

»Und wie lange würde eine Reise von Bagdad nach diesem Xanadu dauern?« fragte Bruder Thomas.

»Messer Johannes sagt, eine christliche Reisegesellschaft würde wahrscheinlich ein Jahr brauchen. Aber die tatarischen Postreiter bewältigen die Entfernung in zwei Monaten.«

»Zwei Monate!« rief Bruder Thomas. »Für eine Reise, für die ein Durchschnittsmensch ein Jahr braucht? Wie weit ist es denn?«

»Erlaubt, daß ich Euch diese Frage beantworte, ehrwürdiger Vater«, mischte Daoud sich ein. »Unsere Geographen in Trapezunt schätzen, daß eine Karawane, die diese Reise macht, ungefähr achtzehntausend Meilen zurückzulegen hat.«

»Und die Tataren schaffen das in zwei Monaten? Können sie fliegen?«

Daoud wandte sich an Ana. »Seid so freundlich und bittet die Gesandten, Bruder Thomas zu erklären, wie es möglich ist, daß ihre Reiter eine solche Entfernung so schnell zurücklegen.«

Nach einigem Hin und Her zwischen Ana und den Tataren bekam Bruder Thomas seine Antwort. »Die schnellsten Reiter und Pferde unseres Reiches befördern Nachrichten in Stafetten. Eine Nachricht ist Tag und Nacht unterwegs, bis sie ihr Ziel erreicht hat. Nachts werden die Reiter von Läufern mit Fackeln begleitet.«

Die Italiener staunten fast ehrfürchtig. Daoud blieb unbeeindruckt. Die Mamelucken hatten auch Postreiter. Sie konnten eine Nachricht in vier Tagen von Damaskus nach El Kahira bringen.

»Wie fortschrittlich!« rief Bruder Thomas. »Ich behaupte, daß wir hier in Europa besser regiert würden, wenn wir ein solches System hätten.«

Der bewundernde Unterton in Bruder Thomas' Stimme löste in Daoud Unbehagen aus. Ein Diener kam mit einem Tablett voll frisch gefüllter Weinbecher vorbei. Daoud bediente sich. Johannes und Philipp hoben ihre leeren Becher, und Ana füllte sie aus einem Krug, der auf dem Tisch stand.

»Euer Reich ist so groß«, wandte Daoud sich durch Ana an die Tataren, »daß Ihr es nicht zusammenhalten könnt, obwohl Nachrichten so schnell befördert werden, nicht wahr?«

Philipp, der schwarzbärtige Tatar, antwortete lächelnd: »Die Angst vor dem Großkhan hält unser Reich zusammen.«

»Wird der Großkhan auch in den Ländern von Khaidu Khan und Baraka Khan gefürchtet?« fragte Daoud, die beiden Rebellen nennend, die Khubilai, den Bruder von Hulagu Khan, nicht anerkannten. Er gab sich große Mühe, naive Neugier vorzutäuschen.

Die Mienen der beiden Tataren blieben ausdruckslos, aber Daoud, von seinen Haschischia-Meistern geschult, Zeichen der Erregung sogar im beherrschtesten Mann zu entdecken, beobachtete, daß ihnen leichte Röte in die braunen Wangen kroch, ihr Atem sich kaum merklich beschleunigte und ihre Finger nervös zuckten. Bisher hatten sie Daoud bereitwillig geantwortet wie allen Gästen der Gräfin. Jetzt musterten sie ihn schweigend. Er hielt Ana seinen Becher hin, die ihn aus dem Krug füllte, der auf dem Tisch stand.

Johannes sagte, und Ana übersetzte: »Ich glaube, wir hatten noch nicht die Ehre, Euch vorgestellt zu werden, Messere.«

Daoud wandte sich an Bruder Thomas, der die Unterhaltung aufmerksam verfolgte. »Wärt Ihr wohl so freundlich, uns miteinander bekannt zu machen?« Jede Gelegenheit, den Kontakt mit dem Dominikaner zu erneuern, konnte ihm nützen.

Während Bruder Thomas ihn vorstellte und Ana übersetzte, sah Daoud, seinen Becher leerend, Philipp herausfordernd an. Philipp verstand den Blick und trank ebenfalls, Johannes schloß sich ihm an.

»Trapezunt«, sagte Johannes. »In der Nähe unserer Grenze.«

Daoud hätte gern gewußt, ob einer der Gönner der Tataren ihnen von David von Trapezunt erzählt hatte, der sich beim Konzil des Papstes gegen sie und das Bündnis ausgesprochen hatte. »Euer Khan Hulagu hat von unserem Kaiser schon Tribut und Unterwerfung gefordert«, sagte er und füllte seinen Becher von neuem. Leichte Nervosität überkam ihn, weil er sich fragte, ob er die Tataren zu schnell zu weit reizte. Wenn sie sich beleidigt fühlten und sich weigerten, mit ihm zu sprechen, erreichte er gar nichts.

Er trank einen Schluck Wein. Bis heute abend hatte der Wein ihm immer den Mund zusammengezogen, und er hatte sich zwingen müssen, ihn zu trinken. Aber dieser strohfarbene Wein war so süß wie Frühlingswasser. Johannes und Philipp schien er zu schmecken. Sie leerten ihre Becher und ließen sofort wieder nachschenken.

Daoud betrachtete die beiden Tataren genau, während Ana seine letzte Bemerkung übersetzte. Eine Spur von Belustigung umspielte die Augen des weißbärtigen Johannes. Daoud schätzte ihn auf ungefähr sechzig Jahre, also alt genug, um noch unter dem Begründer des Tatarenreiches Dschingis Khan geritten zu sein. Philipp, der ein volles Gesicht hatte, war etwa halb so alt wie Johannes.

»Wir leben mit Trapezunt in Frieden«, sagte dieser. »Wir haben Botschafter ausgetauscht.« Er trank einen Schluck Wein und seufzte zufrieden auf.

»Wie kann ein Volk, das der Meinung ist, die ganze Welt gehöre ihm, lange mit anderen in Frieden leben?« fragte Daoud. Er beobachtete Ana. Wenn sie dem, was er sagte, beim Übersetzen die Spitze nahm, war seine Mühe vergebens. Doch seine Worte schienen sie nicht zu berühren, und sie wiederholte sie auf tatarisch.

Und jetzt starrten die Tataren ihn an, Philipp mit unverhüllter Wut, Johannes mit kalter Feindseligkeit, als sei Daoud ein Insekt, das man zertreten müsse.

Wie weit, fragte er sich, kann ich sie noch treiben?

22

Hier, im Atrium des Palazzo Monaldeschi, war es kühler als im Großen Saal. Wind wehte durch den Bogengang, der in den hinteren Hof führte, aber er war nicht stark genug, die Moskitos fernzuhalten.

Um sich gegen die Insekten zu schützen, legte sich Sophia den Schal um die Schultern und zog sich den Gazeschleier vor das Gesicht. Sie fand, daß sie dadurch noch geheimnisvoller und anziehender wirkte. Vielleicht war das der eigentliche Grund dafür, daß Moslemfrauen bereit waren, sich zu verschleiern. Ob Daoud in Kairo wohl eine Geliebte oder eine Ehefrau hatte? Wahrscheinlich ein halbes Dutzend von beiden.

Sie warf einen Blick zu dem jungen französischen Grafen hin, der, die Hände auf dem Rücken verschränkt, ernst an ihrer Seite ging. Die Moskitos schienen ihn nicht zu stören, zumindest schlug er nicht nach ihnen. Er war ein hochgewachsener Mann mit scharfen Zügen, dunklem Haar und blasser Haut. Vielleicht schmeckte das Blut eines solchen Mannes sauer und zog die Moskitos nicht an. Er sah gut aus, gewiß, wirkte aber verbittert. Sie hatte sofort gemerkt, daß er nicht glücklich war.

»Vielleicht sollte ich hier nicht so allein mit Euch spazierengehen, Madonna«, sagte er.

Sein Italienisch war in Wirklichkeit nicht schwer zu verstehen; sie hatte ihn, als sie ihn das erstemal sah, mit ihrer Bemerkung nur aus der Fassung bringen wollen. Vermutlich war ihr Französisch nicht besser als sein Italienisch, doch er war zu ritterlich gewesen, ihr das zu sagen.

»Fürchtet Ihr für Eure Tugend, Signore?« fragte sie leichthin.

Er lächelte, und dieses Lächeln verwandelte sein Gesicht und gab ihm etwas unendlich Liebenswertes, das zu seiner eben noch so strengen Miene im Widerspruch stand. »Über meine Tugend dürft Ihr ganz und gar verfügen, Madonna.« Sie fühlte sich von seinen Worten und seinem Lächeln erwärmt.

Bei einem quadratischen Wasserbecken in der Mitte des Atriums blieben sie stehen. Er bückte sich, tauchte die Hände ein und hielt sie ihr dann mit Wasser gefüllt entgegen. »Die Gräfin hat mir erzählt, das Becken werde von einer unterirdischen Quelle gespeist«, sagte er. »Reineres Wasser habe ich noch nie gekostet. Versucht.«

»Halten die Monaldeschis Fische darin?« Sie dachte an Kardinal Ugolinis Fischteich.

»Nein. Das ist ihr Trinkwasser. Kostet.«

Sie hob den Schleier und beugte sich über seine Hände. Das Wasser war rein und süß, wie er gesagt hatte. Als Liebhaber, dachte sie, wird Simon sein wie dieses Wasser – süß, nicht bitter. Ihre Lippen berührten seinen Handteller. Sie blieb einen Augenblick so stehen, bevor sie sich aufrichtete.

Er kam näher, doch sie wandte sich ab, als habe sie es nicht bemerkt, trat einen Schritt zurück und ließ den Gazeschleier über ihr Gesicht fallen. »Ihr habt mir noch nicht erklärt, warum Ihr glaubt, Ihr solltet hier nicht allein mit mir spazierengehen, Signore.«

»Nun . . .«

Er muß sich erst sammeln, dachte sie. Ein solches Kind! Ihre Liebhaber waren ein Kaiser mittleren Alters und ein wundervoller junger König gewesen. Jetzt war sie in einen seltsamen sarazenischen Krieger verliebt, einen Mamelucken, der empfindsam, grausam, freundlich, rätselhaft, tollkühn, der so vieles war, daß ihr schwindlig wurde, wenn sie nur an ihn dachte.

Aber Simons Gradlinigkeit brachte ihr die Erinnerung an Alexis zurück, den Jungen, den sie geliebt hatte, als sie noch so unschuldig gewesen war, wie Simon zu sein schien.

»Weil Euer Onkel der Führer der Partei ist, die sich dem Bündnis mit den Tataren widersetzt.«

»Was hat das mit Euch und mir zu tun, Simon?« Jetzt war der richtige Augenblick, ihn beim Namen zu nennen. »Staatsangelegenheiten interessieren mich nicht. In Siracusa wissen wir mit unserer Zeit Besseres anzufangen, als uns den Kopf über Allianzen und Kriege zu zerbrechen.«

»Jeder wird die Folgen zu spüren bekommen, gleichgültig, was hier mit den Tataren passiert«, erwiderte er. »Auch die Menschen in Siracusa.«

Sie bemühte sich, beeindruckt auszusehen. »Wenn Ihr glaubt, es wäre für Christen und Tataren gut, gemeinsam gegen die Sarazenen zu kämpfen, begreife ich nicht, warum mein Onkel dagegen ist.«

»Ich verstehe es ebenso wenig«, meinte Simon. »Oder warum er diesen David nach Orvieto geholt hat, der so viel Unruhe stiftet.«

Sie zuckte die Schultern. »Ich bekomme den Mann aus Trapezunt nur selten zu sehen. Die Villa meines Onkels ist so groß, und die Leute können kommen und gehen, ohne daß man ihnen je begegnet.« Sie hoffte, daß die Bemerkung auf fruchtbaren Boden fiel. Es war unendlich wichtig, daß er dachte, zwischen Daoud und ihr gebe es keine Verbindung.

»Das ist eine gottgesandte Gelegenheit für uns, das Heilige Land zu retten«, sagte er.

»Vielleicht kann ich Euch helfen.«

»Würdet Ihr das tun?« Sein Gesicht begann zu strahlen.

»Ich könnte versuchen zu erfahren, warum mein Onkel gegen Eure

Sache ist. Wenn Ihr mir erklärt, warum Ihr glaubt, daß wir Christen uns mit den Tataren verbünden sollen, werde ich ihm Eure Gründe darlegen. Ich werde nicht sagen, daß sie von Euch kommen. Wenn er sie unter vier Augen und von seiner geliebten Nichte zu hören bekommt, könnte es sein, daß er anfängt, darüber nachzudenken.«

Simon sah sie erstaunt an. »Das würdet Ihr wirklich tun? Aber warum seid Ihr eigentlich bereit, mir zu helfen, Madonna, obwohl Euer Onkel gegen mich ist?«

»Weil ich«, sie zögerte einen Herzschlag lang und legte ihm dann die Hand auf den Arm, »weil ich Euch gern öfter sehen möchte.«

Sie bewegte sich auf schwankendem Grund. Die Gebräuche der höfischen Liebe, nach denen er zweifellos erzogen worden war, verlangten, daß die Frau zurückhaltend blieb und der Mann um ein Wiedersehen bitten mußte. Aber Daoud hatte ihr erklärt, sie habe keine Zeit, diesem unerfahrenen jungen Mann zu gestatten, das Tempo zu bestimmen.

Er schien vor Glück überwältigt. Ihre Antwort hatte genau die Wirkung, die sie sich erhofft hatte.

»Aber Ihr müßt mir helfen«, sagte sie mit dem befriedigenden Gefühl, daß die Falle zuschnappte. »Ihr müßt mir beibringen, was ich meinem Onkel sagen soll. Wie ich schon angedeutet habe, wäre es ganz leicht für Euch, zu mir zu kommen, ohne daß jemand es merkt. Werdet Ihr mich besuchen, wenn ich Euch eine Botschaft sende?«

»Wie Ihr befehlt.« Seine Augen leuchteten, und er lächelte glücklich.

»Ich befehle Euch, jetzt zu mir zu kommen«, sagte sie und nahm ihn bei der Hand; da es leicht zu regnen begann, zog sie ihn in eine schattige Ecke der offenen Galerie, die den Garten umgab. Er preßte sie an eine Säule, sie hob ihren Schleier und ließ sich leidenschaftlich küssen, während der Regen auf die Zitronenbäume fiel.

Sie wurde ganz und gar zu Sophia Orfali, erwiderte hungrig seine Küsse, außer sich vor Freude, daß sie die Liebe eines so bedeutenden jungen Edelmannes gewonnen hatte.

»Natürlich habe ich in Rußland und in Polen gekämpft«, sagte Johannes, was Ana übersetzte. »Alle waren da.«

Daoud nickte lächelnd, lehnte sich auf dem Stuhl zurück, den man ihm gebracht hatte, und kreuzte das rechte Bein über das linke. Er bemühte sich, ganz entspannt zu wirken, obwohl sein Herz schnell schlug. Er kam sich wie ein Mann vor, der eine Klippe erklimmt, auf der ein winziger Fehltritt zu einem katastrophalen Sturz führen kann. »War das Euer erster Waffengang?« fragte er.

Als Antwort ließ Johannes eine längere Rede vom Stapel, strich sich immer wieder über die Brust und verlangte mehr Wein. Endlich übersetzte Ana. Sie schien aus Eisen zu sein, diese Bulgarin. Sie trank nicht, sie wurde nicht müde, sie setzte sich nicht einmal.

Johannes versicherte, daß er als junger Mann an der Eroberung des choresmischen Kaiserreichs teilgenommen hatte. Choresmien, wie Daoud sich erinnerte, war als erstes islamisches Land an die Tataren gefallen.

Er sah sich um und stellte fest, daß Ugolini und eine ganze Reihe anderer Kardinäle, französische und italienische, sich eingefunden hatten, um zuzuhören. Auch die Gräfin war da. Und im selben Augenblick teilte sich der Kreis, um Papst Urban Platz zu machen. Zwei Diener eilten mit seinem Sessel herbei, und er ließ sich schwer hineinfallen.

Die Tataren hatten Choresmien in eine Wüste verwandelt; doch das würde diesem Auditorium nicht viel ausmachen. Daoud fragte sich, ob er die beiden dazu bringen konnte, daß sie erzählten, was sie in christlichen Ländern angerichtet hatten. »Was war mit Moskau?« fragte er. Seine Stimme klang, als habe er Watte in den Ohren.

»Moskau?« erwiderte Johannes. »Das war viel später. Dort habe ich mein eigenes Tuman kommandiert – unter unserem großen General Subutai Baghadur. O ja, wir haben die ganze Bevölkerung von Moskau getötet.«

Daoud hatte das Gefühl, aufspringen zu müssen. Das war genau das, was er erhofft hatte. »Ich habe nie verstanden, wie es möglich ist, die Bevölkerung einer ganzen Stadt zu töten«, sagte er, sachliche Neugier heuchelnd. »Das muß doch tagelang dauern und sehr anstrengend sein.«

Philipp lachte, als das übersetzt wurde. Er hielt es offenbar für eine sehr dumme Bemerkung. Sein rundes, flaches Gesicht erinnerte Daoud an das von Kassar, und bei diesem Gedanken wallte roter Zornesnebel vor seinen Augen auf.

Johannes antwortete auf Daouds Bemerkung: »Überhaupt nicht anstrengend. Wir hatten fünf Tumans in Moskau, und in der Stadt lebten ungefähr fünfzigtausend Menschen. Viele von ihnen waren schon bei der Erstürmung der Stadt ums Leben gekommen. Nur das tapferste Tuman bekam von Subutai den ehrenvollen Auftrag zu töten, und ganz zufällig war es das meine. Wir haben sie einfach unter uns aufgeteilt. Jeder von uns nahm sich ungefähr fünf vor. Man kann fünf Leute im Handumdrehen töten. Es ist ja nicht wie im Kampf. Ein paar haben wir mit Pfeilen erschossen, anderen den Kopf abgeschlagen. Bei den Frauen war es besonders leicht. Man braucht sie nur am Haar zu packen, dann ein Hieb in den Nacken, und alles ist erledigt.«

»Die Kinder laufen manchmal davon, und man muß hinter ihnen herrennen«, meinte Philipp. »Am besten ist es, sie mit Pfeil und Bogen abzuschießen. Die Erwachsenen sind so verängstigt, daß sie stocksteif dastehen.«

Daoud warf wieder einen Blick auf die Menschen um sie herum. Der Mund der alten Gräfin hing schlaff herunter, so daß man ihr im Unterkiefer lückenhaftes Gebiß sah, wo ihr zwei oder drei Schneidezähne fehlten. Papst Urban saß mit ausdruckslosem Gesicht vorgebeugt in seinem Sessel.

»Es macht Euch nichts aus, Kinder zu töten?« fragte Daoud.

Die Frage schien Philipp zu verblüffen. »Was könnten wir sonst mit ihnen anfangen? Da ihre Eltern tot sind, würden sie nur verhungern. Wenn sie am Leben blieben, würden sie heranwachsen und uns hassen, und wir müßten gegen sie kämpfen.«

Ihr könntet sie zu Sklaven machen, sagte eine Stimme in Daoud, und der rote Nebel schwoll zu unbeschreiblicher Wut an, die ihn überschwemmte. Er zwang sich, völlig reglos zu bleiben, umklammerte mit der Faust den Stiel des Silberbechers und wartete darauf, daß das Gefühl verging. Dem Himmel sei Dank für seine Lehrzeit bei Scheich Saadi! Sie bewahrte ihn vor einem tödlichen Fehler.

»In Bagdad«, sagte Philipp, »habe ich ein Haus voller Säuglinge gefunden – dreißig oder vierzig waren es vielleicht. Ich habe allen die Kehle durchgeschnitten. Ihre Mütter waren schon tot. Ich vermute, sie haben ihre Säuglinge zurückgelassen, als sie zur Hinrichtung gingen, weil sie hofften, die Kinder würden am Leben bleiben. Aber da niemand da war, der sie stillen konnte, wären sie verhungert. Sie zu töten war ein Akt der Barmherzigkeit.«

Als er sich an das erinnerte, was er in Bagdad gesehen hatte, wurde Daouds Zorn eiskalt. Das waren Moslems gewesen – sein Volk! Am liebsten hätte er den Dolch gezogen und den beiden prahlerischen, betrunkenen Wilden die Kehle aufgeschlitzt. Um sich zu beherrschen, biß er sich fest auf die Unterlippe.

»Wenn wir Leute mit Pfeil und Bogen erschossen hatten«, sagte Johannes, »sind wir hinterher herumgegangen und haben die Pfeile aus den Leichen gezogen, damit wir sie wieder verwenden konnten. Wir verschwenden nichts.«

Daoud beobachtete Ana, die Johannes' Worte ins Italienische übersetzte und noch immer mit ausdrucksloser Miene dastand. Zu seiner Überraschung entdeckte er jedoch Tränen auf ihren runden Wangen.

Sie war in Bulgarien, als die Tataren kamen, dachte er. Sie hatte gesehen, was die Christen »Tatarenwut« nannten. Sie mußte zu den Überlebenden gehören, die sich ihnen unterworfen hatten, aber sie hatte nicht vergessen. Vielleicht war es ihre Art, sich zu rächen, indem sie das, was Johannes und Philipp sagten, wortgetreu übersetzte.

Johannes streckte ihr seinen Becher entgegen, und Ana schenkte nach. Er lachte leise und trank wieder.

»Aber warum tut Ihr das einer Stadt nach der anderen an?« fragte Daoud.

»Wenn wir ein Land besetzen, sind sein Herrscher und das Volk fest entschlossen, sich uns zu widersetzen«, sagte Johannes. »Gegen sie zu kämpfen würde Tausende unserer Krieger das Leben kosten. Aber wenn wir ein oder zwei Städte auslöschen, bekommen sie Angst. Sie verlieren ihren Willen zum Widerstand und ergeben sich schnell. Das rettet auf beiden Seiten viele Leben.«

Philipp grinste breit. »Das beweist nur, daß wir so mächtig sind wie kein anderes Volk auf der Erde.« Er schüttelte beide Fäuste. »Wir können ganze Städte dem Erdboden gleichmachen. Das lehrt alle Menschen, daß der Himmel uns zu Herren der Erde bestimmt hat.«

Daoud hörte die Leute um sich herum flüstern, und Papst Urban hustete leise.

Daoud konnte sein Glück fast nicht glauben. Gott hatte die Tataren seinen Händen ausgeliefert. »Der ganzen Erde?« fragte er. »Auch Europas?«

Philipp holte mit den Armen weit aus. »Der ganzen Erde.«

Daouds Zorn hatte sich gelegt. Statt dessen empfand er ein wildes Triumphgefühl und mußte die Kanten seines Stuhls umklammern, um sitzen zu bleiben. »Ihr habt gesagt, der Himmel gebe Euch das Recht, die Welt zu beherrschen«, fuhr Daoud fort. »Meint Ihr damit Gott?«

Johannes zuckte die Schultern. »Himmel haben unsere Vorfahren Ihn genannt. Jetzt sind wir Christen und nennen ihn Gott.«

Plötzlich mischte sich Bruder Thomas ein. »Aber Euch ist gewiß klar, daß der Himmel, oder was Ihr angebetet haben mögt, bevor Ihr Christen wurdet, nicht der wahre Gott ist?«

Nachdem Ana das übersetzt hatte, musterte Johannes den Dominikaner aus zusammengekniffenen Augen und stellte der Bulgarin ein paar Fragen, weil er nicht sicher war, was Bruder Thomas meinte.

»Hätte Gott uns wohl vernachlässigt, bevor die christlichen Priester den Weg in unser Land fanden?« antwortete Johannes endlich durch Ana. »Selbstverständlich hat Er mit uns gesprochen. Hat Er uns nicht zum mächtigsten Volk der Erde gemacht?«

»Vielleicht hat Er es getan, damit Ihr jetzt Sein Wort vernehmt«, sagte Bruder Thomas.

»Ich bin kein Priester«, sagte Johannes grinsend. »Aber wir haben heute abend die höchsten Priester des christlichen Glaubens hier. Sollen sie uns doch sagen, ob der Himmel und Gott ein und derselbe sind.« Er neigte den runden Kopf.

Es wurde sehr still. Das kleine Orchester mit seinen Drehleiern und Oboen, das in einer Ecke des Raumes musizierte, klang plötzlich sehr laut. Daoud drehte sich um und musterte wieder die Zuhörerschaft, die sein Dialog mit den Tataren angelockt hatte. Die Gräfin Monaldeschi, Bruder Thomas, wenigstens ein halbes Dutzend Kardinäle. Und Papst Urban. Die Gesichter der christlichen Führer sahen sehr ernst aus, und je grimmiger sie wirkten, um so mehr freute er sich. Besonders Bruder Thomas hatte, wie Daoud hoffte, genug gehört, um wankend zu werden.

Er wandte sich wieder den Tataren zu. Auch sie schienen sich des bedrückenden Schweigens bewußt zu sein. Das Lächeln Johannes' verblaßte, und er stellte vorsichtig seinen Becher ab. Philipps Blicke flogen hin und her. Johannes sagte leise etwas zu ihm, warnte ihn vermutlich davor, noch mehr zu sagen.

Hinter Daoud entstand Bewegung, und als er sich umdrehte, sah er, daß die Leute Papst Urban den Weg freimachten, der sich, vom breiten Rücken Bruder Thomas' gefolgt, eilig entfernte. Ein Priester in Schwarz brachte dem Papst einen ärmellosen Umhang aus Goldstoff. Die Gräfin hastete hinter Urban her, der sich zu ihr umwandte und ihr die Hand zum Kuß bot. Als die Gastgeberin ein bißchen wackelig vor ihm kniete, war es für Daoud geradezu ein Genuß, den besorgten und geistesabwesenden Ausdruck in den Augen des Papstes zu sehen.

Daoud stemmte sich von seinem Stuhl in die Höhe und blieb schwankend stehen. Kurz fiel es ihm schwer, einen festen Punkt ins Auge zu fassen, und er glaubte, er werde stürzen. Dann sah er, daß Johannes Khagan ihm einen durchbohrenden Blick zuwarf. Johannes wußte also, was Daoud ihm angetan hatte. Philipp saß nur halb wach auf seinem Stuhl, den leeren Becher in der Hand. Die untersetzte dunkelhaarige Ana stand, die Hände vor dem Bauch gefaltet, unbeteiligt da.

Wir haben deine Armee an Goliaths Brunnen niedergerungen, Tatar, und jetzt habe ich dich auch in Orvieto besiegt, dachte Daoud.

»Ungeheuer!« Das war die Stimme der Gräfin.

Verceuil eilte einen Schritt vor der Gräfin durch den Saal. Seine Augen waren weit aufgerissen, sein kleiner Mund zusammengepreßt vor Wut. Die Gräfin, die genauso zornig aussah wie er, versuchte mit ihm Schritt zu halten und ihm zu sagen, was sie dachte.

»Ihr habt Ungeheuer in mein Haus gebracht! Alles Schlechte, das ich von ihnen gehört habe, haben sie jetzt zugegeben. In ein oder zwei Jahren werden sie vor den Toren Roms stehen. Es ist, als seien die Hunnen wiederauferstanden.«

Daoud unterdrückte das Verlangen, vor Entzücken laut aufzulachen.

Verceuil hatte es plötzlich nicht mehr so eilig, zu seinen tatarischen Schützlingen zu kommen, und wandte sich an die Gräfin. »Gnädige Frau, ich bitte Euch, sie zu verstehen. Sie haben getrunken. Sie haben nicht mehr gewußt, was sie sagen. Alte Soldaten prahlen nun einmal, erzählen übertriebene Geschichten von ihren Kriegstaten. Die Tataren neigen zu solchen Dingen.«

»Das war nicht übertrieben!« rief die alte Dame schrill. »Wir haben schon früher Geschichten über ihre Massaker gehört. Jetzt höre ich dieselben Geschichten aus ihrem Mund. Die Hände dieser Männer, die ich in mein Haus gebeten habe, triefen vom Blut kleiner Kinder. Einer hat erzählt, daß er vierzig Säuglingen die Kehle durchgeschnitten hat. Und sie sind auch noch stolz auf das, was sie getan haben. Sie fühlen keine Reue, haben kein schlechtes Gewissen. Alte Soldaten, die prahlen? Alte Soldaten prahlen damit, daß sie starke Feinde besiegt haben. Diese –

diese Bestien brüsten sich damit, Hilflose abgeschlachtet zu haben. Vielleicht sehen sie sich meinen Palazzo an und denken, daß er eines Tages ihnen gehören wird. Und Ihr habt sie mir ins Haus gebracht – unter mein Dach!«

»Donna Elvira«, bat Verceuil, »erlaubt mir festzustellen, was hier eigentlich passiert ist.« Er brüllte die Bulgarin an.

Johannes lächelte, als könne Verceuil ihn allein durch sein Erscheinen von den Folgen seiner allzu offenen Rede lossprechen. Philipp war das fleischige Kinn auf die Brust gesunken.

Aus den Augenwinkeln erhaschte Daoud einen Blick auf etwas Weißes und wandte sich zu der Tür, die in die innere Galerie führte, wo noch immer gespielt wurde. Lorenzo kam eben herausgeschlendert. Er sah Daoud an, als warte er auf ein Zeichen von ihm, aber Daoud fiel keines ein.

Gut gemacht, Lorenzo, dachte Daoud. Wie schlecht habt Ihr Backgammon spielen müssen, um Verceuil so lange abzulenken.

»Wie hätte ich sie daran hindern sollen zu sprechen, Euer Eminenz?« protestierte Ana. »Ich bin nur hier, um zu übersetzen, was sie sagen. Dieser Mann hat sich mit ihnen unterhalten, und ich habe einfach wiederholt, was sie zu ihm sagten und was er zu ihnen sagte.«

»Welcher Mann?« fragte Verceuil fast flüsternd, und Ana sah Daoud an.

»Ihr habt diese unbedachten Äußerungen provoziert«, stieß der Kardinal hervor, Daoud haßerfüllt musternd. Auf seiner Brust funkelte das juwelenbesetzte Kreuz, das sich mit seinen schweren Atemzügen hob und senkte.

Daoud streckte die Hand aus und umklammerte die Lehne seines Sessels. Den Kardinal anlächelnd, lehnte er sich mit seinem ganzen Gewicht auf den Sessel und ging Schritt für Schritt um ihn herum. Er ließ sich so schwer auf die Armlehne fallen, daß der Sessel beinahe umkippte, und rutschte dann auf den Sitz hinunter. Er blickte zu Verceuil auf und sagte: »Was?«

Die Hände des Kardinals – sehr große Hände, wie Daoud bemerkte – ballten sich, öffneten sich wieder. »Warum habt Ihr versucht, die Gesandten bloßzustellen?« fragte Verceuil mit lauter Stimme.

Daoud ließ den Kopf nach vorn fallen. Wieder erhaschte er einen Blick auf Lorenzo. Der Sizilianer war näher gekommen. Daoud schüttelte fast unmerklich den Kopf und stieß das Kinn nach vorn. Verschwinde! Er ließ den Kopf wieder sinken.

Verceuil kam näher.

Die Augen öffnend, sah Daoud die Gürtelschnalle des Kardinals vor sich, ein goldenes Medaillon mit einem Engelskopf. »Ich habe keinen bloßgestellt«, lallte Daoud. »Ich kenne das Volk von Johannes und Philipp. Sie sind unsere Nachbarn.« Er lachte und hörte gar nicht mehr auf zu lachen. »Wir haben über Sachen geredet, die jeder weiß.«

Die großen Hände packten ihn an der Tunika und zerrten ihn in die Höhe. Das rote Gesicht des Kardinals war keine Handbreit von seinem entfernt. Verceuils Augen waren dunkel.

Daoud spürte, wie sich seine Muskeln spannten, und zwang sich, sie wieder erschlaffen zu lassen. Er hatte Angst. Nicht vor Verceuil, den er mühelos töten konnte, aber davor, die Beherrschung zu verlieren. Das konnte das Ende seiner Mission sein.

»Wer, zum Teufel, seid Ihr? Was tut Ihr in Orvieto? Antwortet mir!« Verceuil schüttelte Daoud heftig.

Daouds Kopf flog vor und zurück. Hätte er keinen Wein im Blut gehabt, wäre es ihm leichter gefallen, seine Angst und seinen Zorn zu beherrschen. Er wußte, daß er den unterwürfigen Kaufmann spielen mußte, der furchtbar erschrocken war, weil er den Zorn eines Kirchenfürsten erregt hatte.

»Ich könnte Euch töten lassen!« schrie Verceuil. »Und ich werde es tun, wenn Ihr mir nicht antwortet!«

»Halt!« Die kleine Gestalt Kardinal Ugolinis tauchte neben ihnen auf. »David von Trapezunt ist mein Gast.«

Daoud schielte auf Ugolini hinunter und sah, daß er heftig zitterte. Er fürchtet, ich könnte etwas tun, das uns alle entlarvt, dachte er.

»Trapezunt!« Verceuil spie das Wort förmlich heraus. »Dieser Mann ist ein verdammter Grieche, der hierhergekommen ist, um die Christenheit zu verraten!«

»Im Gegenteil«, sagte Ugolini, »vielleicht bewahrt er die Christenheit vor einem großen Fehler. Ich verlange, daß Ihr ihn loslaßt, Verceuil!«

Daoud ließ seinen Körper plötzlich erschlaffen, so daß sein ganzes Gewicht an der Tunika hing, die Verceuil in die Höhe halten mußte, damit Daoud nicht zusammensackte. Verceuil knurrte angewidert, ließ los und stieß Daoud dabei von sich fort.

Daoud fiel wie ein Häufchen Elend in seinen Sessel. »Ich bin nur ein Kaufmann«, rief er jammernd. »Tut mir leid, daß ich je ein Wort zu den verdammten Tataren gesagt habe. Bringt mir nichts als Scherereien ein. Warum habe ich nicht den Mund gehalten?« Starke Trunkenheit vortäuschend, ahmte er die Gesten griechischer Kaufleute nach, die er in den Basaren von El Kahira gesehen hatte. Er wandte den Kopf von einer Seite zur anderen, musterte die Zuschauer. Sophia sah er nicht, und das war gut. Er wünschte sie weit weg, wie Lorenzo. Vielleicht war sie noch mit Gobignon im Garten. Nein, der junge Franzose drängte sich mit hoch erhobenem Kopf durch die Zuhörer.

Die Gräfin Monaldeschi strich sich mit den Händen nervös über den Rock ihres Samtkleides und wandte sich an Verceuil. »Laßt diesen Mann in Ruhe, Eminenz. Er ist Gast in meinem Haus. Was auch Ihr seid, aber was ich allmählich zu bedauern beginne.«

»Gräfin, das alles ist doch nur ein Irrtum«, erwiderte Verceuil bittend.

Daoud vermutete, daß er die Schande fürchtete, plötzlich mit den beiden Gesandten auf der Straße zu stehen.

»Es ist kein Irrtum.« Ugolini schien jetzt Mut gefaßt zu haben. »Mein geschätzter Kollege aus dem Kardinalskollegium versucht David zu bestrafen, weil die Tataren offen mit ihm gesprochen haben. Doch David hat sie nicht angeklagt. Die Tataren haben sich selbst beschuldigt.«

Die Gräfin griff nach Ugolinis Arm. »Euer Eminenz, wird Gott mir zürnen, weil ich diese Dämonen beherbergt habe?«

Ugolini tätschelte ihr die Hand. »Es ist nicht Eure Schuld, meine liebe Gräfin. Ihr habt guten Glaubens gehandelt, weil Seine Heiligkeit Euch darum gebeten hat. Er, der gehört hat, was die Tataren heute abend hier gesagt haben, wird diese Angelegenheit wohl auch bedauern.« Er sah Verceuil vorwurfsvoll an.

Inzwischen hatte sich Simon de Gobignon durch den Kreis der Zuhörer nach vorn gedrängt. »Das«, sagte er zu Verceuil, »wäre nicht passiert, wäre Bruder Mathieu hier gewesen, um für die Tataren zu übersetzen und ihre Unbedachtsamkeit zu verhindern. Statt dessen habt Ihr diese Frau ins Spiel gebracht, die keine Ahnung hat, worum es hier geht. Ihr habt sie für die Tataren übersetzen lassen, weil Ihr Bruder Mathieu die Ehre neidet, am Zustandekommen dieses diplomatischen Austauschs beteiligt zu sein. Leider wird es jetzt wegen Eurer Stümperei keinen diplomatischen Austausch geben.«

So groß Verceuil auch war, Simon war größer, und seine blauen Augen blitzten in gerechtem Zorn.

Daoud hätte über den Zorn des Grafen und die Verlegenheit Verceuils am liebsten laut gelacht. Doch er kam zu dem Schluß, daß es besser war, so zu tun, als sei er zu betrunken, um zu verstehen, was vorging.

»Ihr habt kein Recht, mich zu kritisieren!« brüllte Verceuil.

»Ihr dürft sicher sein, daß der Graf von Anjou von dieser Sache erfährt«, antwortete Simon.

Daoud ließ den Kopf sinken und begegnete dem bohrenden Blick von Johannes. Der Tatar konnte nicht wissen, daß Daoud Mameluck war, aber er erkannte den Feind in ihm. Daoud sah sich derselben eisigen Entschlossenheit gegenüber, die ihm an Goliaths Brunnen unter den pelzverbrämten Eisenhelmen der Tataren hervor entgegengestarrt hatte – der Entschlossenheit, alle Feinde auszurotten. Aber er, Daoud, war ebenso unerbittlich entschlossen, sich zu wehren, bis der letzte Eindringling aus der Heimat des Islam vertrieben war.

Die tatarische Armee erschien als dunkles Band am östlichen Horizont, das immer breiter und immer dunkler wurde. Das ferne Donnern der Hufe erreichte die Führer der Mamelucken, als sie in der Ebene zwischen den Hügeln von Galiläa und dem Berg Gilboa in der Nähe eines Dorfes namens Ain-Dschalud, Goliaths Brunnen, halt machten. Heiß brannte die Sonne auf das gelbe Gras und die staubigen Tamarisken herunter.

El Malik al-Mudhaffar Qutuz saß, umringt von seinen Emiren, auf einem milchweißen Hengst aus Hedschas. Baibars al-Bunduqdari ritt eine rehbraune Halbblutstute, halb Araberin und halb Steppenpony. Daoud, Anfang Zwanzig und von Baibars' Leibwächter zum zweiten Befehlshaber einer fünfzehntausend Mann starken Armee avanciert, saß vor den anderen Emiren auf seinem ausdauernden jemenitischen Hengst. Sein roter Turban beschattete sein Gesicht und schützte seinen Stahlhelm vor der Sonne. Seine Brust steckte im stählernen, mit Gold eingelegten Panzer eines Emirs.

Die Emire der Mamelucken nahmen ihr Vermögen in die Schlacht mit – goldene Armbänder und Gürtel, Ringe mit kostbaren Steinen, Halsketten aus Münzen. Edelsteine funkelten an ihren Gürtelschnallen und den Griffen ihrer Krummschwerter, an ihren Turbanen, auf den Stiefelspitzen, an ihren Fingern. Über den Kettenhemden und den mit Gold eingelegten Brustpanzern trugen die Emire Samtwesten und lange Khalats aus karminrotem oder goldfarbenem Satin, eingefaßt mit weißer Seide, mit Goldknöpfen versehen und an Kragen, Manschetten und Saum mit Silberfaden gesäumt. Die Helme waren mit Seidenturbanen in Rot, Blau und Gelb umwickelt, die von juwelenbesetzten Spangen gehalten wurden und mit den Federn seltener Vögel geschmückt waren. Um die Taille hatten sie sich mit Sternen und Halbmonden bestickte breite Tücher geschlungen. Ihre spitzen Stiefel waren aus weichem Leder, karminrot gefärbt, mit Silbersporen und goldenen Spangen.

Alles, was ich habe, dachte Daoud, kann mir heute in einem einzigen Augenblick entrissen werden. Um den Hals trug er das silberne Medaillon von seiner ersten und bisher einzigen Ehefrau, Baibars' Tochter Blühendes Gras. Es sei, hatte sie zu ihm gesagt, ein Amulett.

Die Mamelucken waren jetzt die letzten Verteidiger des Islam. Nachdem die Tataren Bagdad und Damaskus erobert hatten, war El Kahira der einzige verbliebene Mittelpunkt moslemischer Macht. Wenn die Tataren die Mamelucken besiegten, würde alles, was von der Heimat Islam noch übrig war, offen und ungeschützt vor den Eroberern liegen, sogar Mekka, das Haus Gottes.

»Wir sind hundert- und sie nicht einmal fünfundzwanzigtausend«, sagte Qutuz beinahe mürrisch, die Augen auf die heranstürmenden Tataren gerichtet. »Wie können sie es wagen, umzukehren und uns anzugreifen?«

»Es sind Tataren«, erwiderte Baibars. »Sie fürchten sich nicht vor der Zahl ihrer Feinde.«

»Da Ihr selbst ein Tatar seid, könnt Ihr uns sagen, wie sie denken«, meinte Qutuz.

Daoud sah dem Sultan in das unbewegte Gesicht, und ihm war klar, daß Qutuz die Schlacht schon jetzt verloren gab. Seine Lippen, unter dem schwarzen Bart fast nicht zu sehen, hätten haltlos gezittert, hätte er sie nicht so fest zusammengepreßt.

»Mit Gottes Hilfe, meine Brüder«, sagte Qutuz mit hohler Stimme. »Reiten wir vorwärts und erschlagen wir sie! Ich befehlige die Mitte, Kalawun den linken und Baibars den rechten Flügel. Wenn Ihr seht, daß ich mein grünes Banner senke, umzingeln und vernichten wir sie.«

Er glaubt nicht daran, daß Gott ihm helfen wird, dachte Daoud. Und er glaubt auch nicht, daß er sich selbst helfen kann.

Daoud ritt über das staubige Feld zu den Männern, die seinem Befehl unterstanden. Er sehnte sich danach, daß der Kampf endlich begann.

Als die heranstürmenden Tataren deutlich zu sehen waren, war Daoud an den rechten Flügel der Mamelucken und an die Spitze seiner eigenen Truppe zurückgekehrt. Näher kommend, fielen die Tataren in einen lässigen Trab, formierten sich zu mehreren langen Reihen, ritten einer hinter dem anderen, und Daoud sah ihre pelzbesetzten Helme, ihre Lanzen, ihre bunten Signalflaggen. Er hörte ihr schrilles Kriegsgeschrei und das Blöken ihrer Hörner. Über der ersten Reihe wehte ihre wilde Standarte mit herunterhängenden, langen schwarzen Tierschwänzen.

Auf der anderen Seite der Ebene warteten hinter Baibars' gelbem Banner die dunklen Reihen der schweren Mameluckenreiterei; die Männer waren mit langen Speeren bewaffnet und trugen Kettenhemden und Helme aus Stahl.

Daoud sah, daß weit im Westen Qutuz' grüne Flagge sich senkte, hörte Baibars' Befehl und gab ihn an seine Männer weiter.

Im nächsten Augenblick bebte die ausgedörrte Erde an Goliaths Brunnen unter den Hufen von fünfzehntausend Mameluckenpferden. Die Kesselpauken von Baibars' berittener Kapelle donnerten, die Trompeten schmetterten, und Daouds Blut begann zu rasen.

Daoud nahm seinen Hornbogen aus der Hülle, die an seinem Sattel hing, und legte einen Pfeil an, obwohl sein galoppierendes Pferd ihn tüchtig durcheinanderschüttelte. Er befreite seine Stimme durch einen langen Schrei.

Das Blöken der tatarischen Signalhörner tönte über die Ebene. Auch die Tataren galoppierten jetzt, tief über die Hälse ihrer Ponys gebeugt. Die Tatarenpferde waren kurzbeinig, ihre tonnenförmigen Leiber in Lederpanzer geschnürt.

Vor sich sah Daoud Baibars' gelbe Standarte vor einem von grauem Staub verhüllten Himmel flattern. Baibars' Flügel und die Tataren preschten aneinander vorbei. Der Emir führte seine Männer nach Osten. Zu Daouds Linker, jenseits der grasigen Ebene, jagte die Tatarenarmee nach Westen. Ein paar Tatarenpfeile kamen geflogen, aber einzeln, nicht in ganzen Salven. Auch Daoud schoß einen Pfeil auf die Horde ab; dieser beschrieb einen Bogen und fiel mitten unter die Tataren, aber ohne sichtbare Wirkung.

Er blickte zurück und sah zwischen den Mameluckenkriegern kleine

Gestalten in weißen Gewändern, die zu Fuß gingen. Es waren Heilige, wie er wußte, Derwische, dem Tod geweiht. Während sie unbewaffnet gegen die Tataren marschierten, riefen sie Gott an, die Märtyrer des Islam zu rächen. Aus den Reihen der Tataren wurden die Derwische mit Pfeilen beschossen, und im nächsten Augenblick schienen sie, im hohen Gras zusammenbrechend, verschwunden zu sein.

Sie zeigen uns allen, wie man stirbt, dachte Daoud. Indem sie fröhlich in den Tod gingen, erinnerten die Derwische die Mamelucken daran, daß jeder Krieger, der heute starb, einer sein würde, der in einem Heiligen Krieg für den Islam gefallen war. Ein solcher Mann war für das Paradies bestimmt.

Doch zugleich wurde Daoud auch auf höchst unangenehme Weise klar, daß er eben eine Demonstration tatarischer Treffsicherheit zu sehen bekommen hatte.

Gelbe, grüne und rote Signalflaggen flatterten zwischen den tatarischen Reitern, und ihre Hörner jaulten. Daoud hörte vielstimmigen, dumpfen Trommelschlag. Aus zwanzigtausend Tatarenkehlen zugleich erhob sich ein langer, furchterregender Schrei. Daoud drehte sich im Sattel um und sah, daß die ganze tatarische Armee, jetzt in Keilform, die Standarte mit den Tierschwänzen an der Spitze, auf das grüne Banner von Sultan Qutuz zupreschte.

Neben Baibars' gelber Flagge flatterte eine blaue – das Signal, halt zu machen.

Daoud hob den Arm und brüllte seinen Truppen den Befehl zu. Der rechte Flügel der Mamelucken kam zum Stehen, und die Männer wendeten ihre Pferde, um sich dem Kampf zu stellen. Sein Pferd zügelnd, schob Daoud seinen Bogen wieder in die Hülle zurück.

Er blinzelte, als über den Reihen der Mamelucken helle Lichter aufblitzten. Im Handumdrehen war das Feld in dicke braune Rauchwolken gehüllt. Einen Augenblick später hörten sie lautes Knattern, das wie das Bersten unzähliger Bretter klang. Undeutlich waren durch den Rauch die Leiber sich aufbäumender und stürzender Pferde zu sehen.

Hinter Daoud begannen seine Männer zu murmeln. Sie glauben, die Tataren haben das Gras in Brand gesteckt, dachte er.

Doch Daoud, der die Tatarenarmee in Aktion gesehen hatte, als er, als christlicher Kaufmann verkleidet, Bagdad besuchte, kannte die feurigen Krachmacher. »Es ist kein Zauber!« rief er. »Es ist wie das Griechische

Feuer, verletzt aber nicht. Es macht nur Krach und vernebelt alles mit Rauch.«

Alle, die ihn gehört hatten, lächelten erleichtert. Sie würden es jenen weitersagen, die weiter hinten waren, und dann würde die Truppe sich wieder beruhigen.

Besorgt spähte Daoud in das Chaos aus Rauch und Staub, Pferden und Männern, bemühte sich, die tatarische Standarte mit den langen Schwänzen und Qutuz' grünes Banner auszumachen. Als er sie das letztemal gesehen hatte, waren sie dicht beieinander gewesen. Jetzt konnte er sie nicht mehr finden.

Eine Bewegung im Westen erregte seine Aufmerksamkeit. Er entdeckte ein Fetzchen Grün am Fuß der blauen Hügel von Galiläa, die die Ebene von Esdraelon von der Küste trennten: Qutuz' Banner.

Daoud wurde von Verzweiflung gepackt. Doch vielleicht täuschte Qutuz nur einen Rückzug vor, weil er die Tataren dazu verlocken wollte, ihre Truppen weit auseinanderzuziehen und sich dadurch selbst zu schwächen. Dann sah er – viel näher, aber hinter dichten Staubwolken nur undeutlich – die schwarze Tatarenstandarte inmitten eines wütenden Getümmels kämpfender Männer und stürzender Pferde. Qutuz hätte den Platz, den er sich auf dem Kampffeld selbst zugewiesen hatte, bestimmt nicht verlassen, wenn er nicht geflohen wäre. Daoud erinnerte sich an die Anspannung, die er vor der Schlacht im Gesicht des Sultans gesehen, und an die Hoffnungslosigkeit, die er aus seiner Stimme herausgehört hatte.

Daoud blickte nach Osten und sah, daß Baibars, eine kleine Gestalt, noch immer reglos im Sattel seiner rehbraunen Halbblutstute saß, hinter ihm der Träger der gelben Standarte.

Daoud drehte sich im Sattel um und ließ die Augen über die lange Reihe seiner eigenen Truppe schweifen. Die Pferde tänzelten, und die roten Turbane der Männer wippten auf und nieder. Der Wind kam von Norden, und ihre scharlachroten Umhänge flatterten hinter ihnen. Die bärtigen Gesichter in der ersten Reihe waren ernst, aber sie zeigten keine Furcht. Sie murmelten nicht mehr, stellten keine Fragen. Ihre Pferde, braun, weiß und schwarz, standen mit langgestreckten Hälsen und angelegten Ohren da und konnten es kaum erwarten loszustürmen.

Ein orangefarbener Wimpel neben Baibars' Standarte rief die Befehlshaber zu ihrem Anführer.

»Ich reite zum Befehlsempfang!« rief Daoud seinen Männern laut zu, damit sie nicht glaubten, er fliehe vor der Schlacht.

Als er bei Baibars ankam, umringten ihn schon im Halbkreis fünf Emire und zehn Baschis. Daoud hörte, daß Baibars leise etwas in der Sprache seiner Kindheit – der Sprache der Kiptschak-Tataren – vor sich hinmurmelte. Wahrscheinlich fluchte er.

Im Norden sah Daoud nach Westen abziehende Reiter, auch sie verließen das Schlachtfeld. Der linke Flügel unter Kalawun. Die Tataren waren nicht einmal in seine Nähe gekommen. Die Truppen mußten Angst bekommen haben, als sie beobachteten, daß sich Qutuz mit seinen Leuten zurückzog.

In Baibars' braunem Gesicht sah Daoud keine Angst. Sein breiter Mund mit den dünnen Lippen war zu einem müden Lächeln verzogen. Der Ausdruck seines blauen Auges war ruhig und selbstbewußt; das andere, durchsichtig und leer, wirkte furchteinflößend wie immer.

»Der größte Teil unserer Armee ist geflohen.« Seine tiefe Stimme klang so zuversichtlich, daß Daoud fast glaubte, ein Lachen herauszuhören. »Die Tataren denken schon, sie haben gesiegt. Deshalb wollen wir sie jetzt erst recht angreifen.«

Die Befehlshaber sahen einander erstaunt an.

Von Baibars' gelassener Ruhe angesteckt und mit Mut erfüllt, fühlte Daoud nichts als Verachtung für die Offiziere unter seinem und Baibars' Kommando. Sie glauben, Baibars sei verrückt, dachte er. Zum Teufel mit ihnen! Und selbst wenn er verrückt ist – ich werde ihm folgen und mit ihm sterben.

Baibars bemerkte die Furcht seiner Offiziere. »Ihr verdient es nicht, mit mir zu reiten«, sagte er verächtlich. »Habt Ihr in der Schlacht nicht immer Euer Leben aufs Spiel gesetzt? Können die Tataren mehr tun als Euch töten? Ich sage Euch, wenn wir geschlagen werden, ist es besser, hier zu sterben als weiterzuleben und ständig auf der Flucht zu sein. Geht jetzt zu Euren Männern zurück. Schon bald werdet Ihr sehen, daß meine Standarte sich auf die Tataren zubewegt. Tut, was Ihr wollt, folgt mir oder lauft weg. Gott wird Euch entsprechend belohnen. Wenn ich muß, reite ich auch allein.«

Daoud schoß das Blut in den Kopf. »Ihr müßt nicht allein reiten, Herr«, sagte er leidenschaftlich.

»Nein, Bunduqdari, nein«, sagte ein anderer Emir, Bektout, ein Kiptschak-Tatare wie Baibars. »Empfehlen wir Gott unser Leben und reiten wir leichten Herzens.«

Auch die anderen Offiziere riefen begeistert, sie seien bereit, für den Islam zu sterben. Daoud empfand tiefe Dankbarkeit. Baibars hatte ihnen wieder Mut und Kampfgeist eingeflößt. Er hatte getan, wozu Qutuz nie imstande gewesen wäre.

Nachdem die anderen Emire zu ihren Leuten zurückgeritten waren, sagte Baibars leise zu Daoud: »Ich glaube wirklich, daß ich siegen werde. Bis zu dem Augenblick, in dem sie mich töten, werde ich überzeugt sein, daß ich siege.«

Zu seiner eigenen Truppe zurückgekehrt, beobachtete Daoud Baibars und wartete. Einen Augenblick wurde es auf diesem Teil des Feldes still. Im Westen konnte man deutlich das Trommeln der Hufe, das Klirren von Stahl und die Schreie der Männer hören.

Baibars führte die Reihen der Mamelucken zu Pferd an. Er drehte sich um und winkte seinem Fahnenträger, der lostrabte. Das gelbe Seidenbanner trug in schwarzen Lettern einen Spruch aus dem Koran: »Für den Glauben erschlagt die Feinde des Islam.«

Baibars nahm das Banner in die rechte Hand, hielt es in die Höhe, senkte es dann und schob das Ende der Stange in eine Lederhülse neben seinem Fuß. In seiner Linken, der Schwerthand, blitzte das mit Gold eingelegte lange Krummschwert mit der dünnen Klinge in der Sonne. Seine rehbraune Halbblutstute bäumte sich auf und schlug mit den Vorderhufen in die Luft. »O Gott, schenk uns den Sieg!« rief er.

Wie ein Echo löste sich derselbe Ruf aus den Kehlen seiner Reiter. In seinen kupfernen Steigbügeln halb aufrecht stehend, die Stute mit dem Druck seiner Beine lenkend, ließ Baibars sie vorwärtsstürmen. Daoud hieb seinem Pferd die Sporen in die Flanken und raste hinter Baibars her. Er kniff die Augen gegen den Wind zusammen, der seinen langen blonden Bart zauste.

Das dunkle Gewimmel kämpfender Tataren und Mamelucken wurde schnell größer. Qutuz' Banner war nirgends zu sehen, aber die Tatarenstandarte aus Tierschwänzen erhob sich im Westen, und Kalawuns schwarzes Banner wehte weit im Norden.

Sie griffen die tatarischen Reiter von der Flanke und von hinten an. Daoud war nah genug, um zu sehen, wie die Tataren ihre Ponys herumrissen, um sich dem Angriff zu stellen.

Daoud holte wieder seinen Bogen heraus, suchte sich einen großen Tataren mit einem schwarzen Schnauzbart und schoß einen Pfeil auf ihn ab. Der Tatar fiel von seinem grauen Pony, das sofort langsamer wurde, aus der Tatarenformation ausbrach, stehen blieb und in der Nähe seines toten Reiters an dem langen verdorrten Gras zupfte.

Drei Tataren lösten sich aus ihrer Einheit und griffen Daoud an. Seine Pfeile töteten zwei von ihnen, und der dritte fiel durch den Pfeil eines seiner Männer.

In Hochstimmung flüsterte er ein Dankgebet. Baibars' gelbes Banner änderte die Richtung. Daoud wendete sein Pferd und raste hinter ihm her, fort von den Tataren. Er stand in den Steigbügeln, den Bogen und einen Pfeil in der Hand, einen zweiten mit Stahlspitze, der eine Rüstung durchbohren konnte, schußbereit auf der Kerbe. Das rechte Knie seitlich gegen den schweren Sattel gestemmt, wandte er sich nach hinten und zielte sorgfältig. Um sicher zu treffen, schoß er genau in dem Augenblick, in dem alle vier Hufe seines Pferdes den Boden berührten. Ein Tatar flog vom Pferd, und Daoud lachte laut auf.

Mehrere Tatareneinheiten lösten sich vom Hauptheer, das Qutuz und Kalawun verfolgte. Baibars' Angriff spaltete die gegnerischen Truppen.

Der gelben Standarte folgend, ritt Daoud kreuz und quer über das Feld. Er verlor völlig den Überblick über den Fortgang der Schlacht. Um zu sehen, in welche Richtung er ritt, ließ er die feindlichen Krieger ab und zu aus den Augen und blickte zur Sonne auf, die hinter einem Schleier aus Rauch und Staub nur als blasse Scheibe sichtbar war.

Unzählige Male schoß er, stieg dann vom Pferd und sammelte inmitten galoppierender Reiter Pfeile aus den Köchern gefallener Mameluk- ken und aus den Leibern toter Tataren.

Weder im Sattel noch zu Fuß hatte er das Gefühl, daß Schwert oder Pfeil ihm etwas anhaben konnten. Als er in die Schlacht aufgebrochen war, schien er die Angst hinter sich gelassen zu haben.

Er erkannte Mamelucken aus anderen Trupps, die an seiner Seite ritten, und ihr Anblick ließ ihn wieder hoffen. Sie mußten dem geflohenen linken Flügel oder der mittleren Streitmacht angehört haben und zurückgekommen sein, um zu kämpfen.

Die Sonne stand halbwegs zwischen dem Zenit und dem westlichen Horizont, als die gelbe Standarte anhielt. Die Mamelucken machten kehrt und stellten sich den Tataren, deren Standarte in ihrer Mitte aufragte. Links und rechts von Daoud stand eine geschwungene Linie berittener Mamelucken der Masse der Tataren gegenüber; sie reichte so weit, daß sie den Feind wie eine Klammer umschloß.

Was war geschehen? Baibars' Weigerung, das Schlachtfeld zu verlassen, und die überlegene Zahl der Mamelucken hatten die Gewichte anders verteilt. Daouds Herz schlug schneller vor Freude, als ihm klar wurde, daß sie den Feind geschwächt hatten.

Baibars rief seinen Leuten zu: »Erledigt sie, einen nach dem anderen!« Er hob sein Krummschwert und zeigte auf die Tataren.

Kurz wandte er sich Daoud zu, und Daoud sah die Begeisterung in seinem staubverkrusteten Gesicht. Sein goldenes Gewand war blutverschmiert, aber Daoud war überzeugt, daß es nicht Baibars' Blut war.

Mit dem erhobenen Krummschwert stürzte Baibars sich mitten unter die Tataren. Vor Wut aufheulend, rasten die Mamelucken hinter ihm her.

Daoud griff über die Schulter und zog sein zweischneidiges Krummschwert aus der ledernen Scheide. Er bemühte sich, an Baibars' Seite zu bleiben, aber die Tataren schoben sich wie eine Mauer zwischen sie. Während er um sein eigenes Leben kämpfte, konnte er nur darum beten, daß Gott Baibars beschütze. Und dann kämpfte er nicht mehr gegen viele Tataren, sondern nur noch gegen einen.

Daoud sah den Mann so deutlich, als habe er ihn stundenlang angestarrt. An den Seiten seines pelzverbrämten Helmes flatterten rote Bänder. Die Enden seines schwarzen Schnurrbarts hingen wie Peitschenschnüre neben seinen Mundwinkeln herab. In den Wangen und am Kinn hatte er breite, zerklüftete Narben von Schnitten, die er sich selbst beigebracht zu haben schien. Seine Nase war in einem früheren Kampf gebrochen und gequetscht worden und saß jetzt formlos zwischen den vorstehenden Wangenknochen. Seine Augen waren hart und ausdruckslos.

Daouds jemenitischer Hengst stürmte vorwärts. Daoud führte einen gewaltigen Schwerthieb, den der Tatar mit seinem lederverkleideten Rundschild abfing, während er zugleich Daoud hinter dem Schild hervor mit seinem Krummschwert zu treffen suchte. Die Klinge fuhr auf der Herzseite über Daouds Rippen. Die Ringe des Kettenhemdes, das Daoud unter der Tunika trug, hielten die Klinge zwar ab, doch der Hieb war so heftig gewesen, daß ein wütender Schmerz durch Daouds Körper raste.

Wieder führte er einen gewaltigen Hieb gegen den Feind, und diesmal riß sein Schwert ein klaffendes Loch in den Tatarenschild, und er stieß dem Tataren seine Klinge in die Kehle. Er hatte nicht geglaubt, gleich die richtige Stelle zu treffen, aber die Spitze seines Krummschwertes drang unter dem Kinn und über dem hohen Lederkragen ein. Blut strömte aus der Wunde, als Daoud sein Schwert wieder herauszog.

Zum erstenmal verriet das Gesicht des Tataren eine Spur von Gefühl. Er öffnete die Lippen und zog die Mundwinkel in einer Grimasse des Schmerzes und des Ekels nach unten.

Daoud mußte noch einen Schlag des Krummschwertes parieren, bevor der Tatar aus dem Sattel zu Boden rutschte und im Staub verschwand, den die Hufe der Pferde aufwirbelten. Noch in seinem letzten Augenblick hatte er versucht, Daoud zu töten.

»Wir haben sie vernichtet!« rief eine Stimme in seiner Nähe. Es war Mahmoud, Daouds alter Ausbilder. Er trug jetzt die schlichte goldene Gürtelschnalle eines Emirs der Trommeln, der vierzig berittene Krieger befehligte. Sein Bart war weißer geworden, aber er saß noch geschmeidig zu Pferd und führte das Krummschwert mit der Kraft eines jungen Mannes.

Mamelucken strömten von allen Seiten herbei und stießen mit ihren Krummschwertern in die Luft.

»Der große Baibars, Ehre seinem Namen, hat die geschlagen, die noch nie geschlagen wurden!« jubelte Mahmoud.

Beim letzten Wort bohrte sich ein Tatarenpfeil, lang wie ein Wurfspieß, in seine Brust. Er stöhnte auf, und sein schmerzvoller Blick traf sich mit dem Daouds. Er ließ das Krummschwert fallen, streckte die Hand aus und packte Daouds Arm. »Ein guter Augenblick«, stieß er ächzend hervor. »Gott sei gelobt!« Er sackte im Sattel zusammen, und sein langer weißer Bart flatterte im Wind.

Daoud wußte, was Mahmoud mit seinen letzten Worten gemeint hatte. Es war der beste Augenblick zu sterben. Ein Augenblick des Triumphs.

Daoud ritt über tote Tataren hinweg zu dem Platz auf einem kleinen Hügel, wo der Feind seine Standarte aufgepflanzt hatte. Dort kämpften die letzten Tataren zu Fuß. Leidenschaftliche Freude durchströmte Daoud. Sieg! Er hatte fest daran geglaubt, Gott werde nicht zulassen, daß die letzten Verteidiger des Islam besiegt wurden.

Inmitten der Tataren lief ein Mann bald hierhin, bald dorthin und schrie den wenigen Männern – mehr als ein paar Dutzend waren es nicht – Befehle zu, als seien es noch ein paar tausend. An einer Halskette trug er eine kleine goldene Tafel mit eingeritzten Symbolen, das Abzeichen eines hochrangigen Tatarenoffiziers. Kundschafter hatten berichtet, daß die Tatarenarmee von einem Mann namens Ket Bogha angeführt wurde. Das mußte er sein.

Ket Bogha verschoß alle seine Pfeile auf den immer dichter werdenden Kreis der Mamelucken. Er schleuderte drei Speere. Dann stand er, sein Schwert vor die Brust haltend, gelassen da; es war nicht das übliche Krummschwert, sondern ein beidhändiges Schwert, das er grimmig schwang, wenn jemand sich ihm näherte.

Mit einem einzigen Hieb trennte Ket Bogha einem Pferd, das auf ihn zustürmte, das Vorderbein ab. Die Schlacht war für ihn zu Ende, als sechs Ausbilder ihn mit den stumpfen Enden ihrer Lanzen niederknüppelten. Sie fesselten ihm die Arme.

Baibars selbst stieg vom Pferd und band das große Schwert des Tataren an seinen Sattel. Dann nahm er ihm die Kette mit der goldenen Tafel ab und ließ sie in seine Satteltasche fallen. Lächelnd sagte er etwas auf tatarisch zu ihm und band ihm einen Strick um den Hals. Dann bestieg er seine rehbraune Stute und führte ihn an Haufen toter Tataren und Mamelucken und an jubelnden Moslemkriegern vorbei. Daoud und nach ihm Baibars' andere Emire folgten. Qutuz' Standarte hatte sich wieder auf dem Feld eingefunden.

»Kann es sein? Ist es möglich, daß wir gesiegt haben?« riefen Mamelucken, neben Baibars' Pferd herlaufend. »Sagt uns, Baibars, daß wir gesiegt haben!«

Als Antwort wies Baibars auf seinen Gefangenen, der hinter ihm herstolperte.

Die Diener des Sultans stellten am Rand des Schlachtfeldes schon sein großes goldenes Seidenzelt auf. Als Baibars, Ket Bogha hinter sich herziehend, vor Qutuz anhielt, entrang sich den Kehlen der Emire und der gewöhnlichen Krieger ein ohrenbetäubender Jubelschrei.

Qutuz war blaß. Er mußte vom Ergebnis dieser Schlacht noch wie betäubt sein. Aber er trat näher, um sich Ket Bogha genauer anzusehen, während dieser von Baibars' Strick befreit wurde. Mit einer Geste befahl Qutuz einigen seiner Männer, Ket Bogha auch die Hände loszubinden.

Emire bildeten einen Kreis um Qutuz und den Tataren, weil sie hören wollten, was die beiden einander zu sagen hatten.

Qutuz hatte vor dem Ende der Schlacht noch Zeit gefunden, sich umzukleiden und sich den schwarzen Bart kämmen und einölen zu lassen. Sein schwarzgoldenes Gewand glitzerte im Sonnenlicht. Die Mamelucken hatten Ket Bogha die Rüstung abgenommen, und er stand jetzt in einer schmutzigen, blutverschmierten Tunika, die einmal leuchtend blau gewesen war, vor dem Sultan. Sein rasierter Kopf war rund wie eine Kugel, und seine kurzen Beine waren von einem langen Leben im Sattel krumm.

Da Baibars Tatarisch und Arabisch sprach, stand er zwischen dem Sultan und dem Tataren, um zu übersetzen.

»Ihr habt Königreiche vom Jordan bis zum Dach der Welt niedergerungen«, sagte Qutuz durch Baibars zu ihm. »Wie fühlt man sich, wenn man einmal selbst besiegt worden ist?«

Von den Fesseln befreit, ging Ket Bogha wütend vor Qutuz auf und ab. Er begann so rasch zu sprechen, daß der Dolmetscher nicht mitkam.

Überrascht sah Daoud, daß Ket Bogha über das, was Qutuz zu ihm gesagt hatte, zu lachen schien. In ihm pulsiert noch die Erregung der Schlacht, dachte Daoud.

»Niederlage?« übersetzte Baibars Ket Boghas Worte. »Sultan, macht Euch nicht zum Narren, indem Ihr dieses Scharmützel einen Sieg nennt. Ihr habt diese Handvoll Männer besiegt, aber Hulagu Khan habt Ihr damit nicht mehr angetan, als eine Mücke einem Elefanten antun kann. Ihr habt ihn nicht verletzt. Ihr habt ihn geärgert. Die Männer und Pferde, die er hier verloren hat, werden die Frauen seiner Soldaten und die Stuten auf seinen Koppeln in einer einzigen Nacht ersetzen.«

»Ihr redet wie ein Geschichtenerzähler auf dem Marktplatz, der versucht, die Kinder zu erschrecken«, rief Qutuz mit schriller Stimme.

Ket Bogha hörte auf, hin und her zu gehen. »Bald wird Hulagu Khan vom jenseitigen Ufer des Oxus kommen, und die Hufe seiner Pferde werden Euer Land bis zum Nil und darüber hinaus niedertrampeln. Er wird Eurem Kairo antun, was er Bagdad angetan hat.«

Qutuz lachte schroff. »Euer Vertrauen in Euren Herrn ist rührend, aber ich werde Euren Kopf auf einem Speer vor mir hertragen lassen, wenn ich nach Ägypten zurückreite. Davor kann er Euch nicht bewahren.«

»Ich sterbe lieber für meinen Khan, als so zu sein wie Ihr, der Ihr nur an die Macht gekommen seid, indem Ihr Euren rechtmäßigen Herrn ermordet habt!« rief Ket Bogha.

Baibars lächelte ein wenig schief, als er die Worte des Tataren auf arabisch wiederholte.

Qutuz wurde weiß vor Wut. »Bringt ihn fort und schlagt ihm den Kopf ab«, befahl er. »Und Ihr, Baibars, wie dürft Ihr es wagen, eine solche Verleumdung zu wiederholen? Ich habe nie jemand ermordet.«

Qutuz' Befehl machte Daoud wütend. Nach der kläglichen Rolle, die der Sultan in der Schlacht gespielt hatte, hatte er nicht das Recht, einem tapferen Feind den Kopf abzuschlagen.

Baibars schnaubte verächtlich und ging zu Qutuz hin. Er sprach sehr leise, aber Daoud hörte, was er sagte. »Das, Herr, ist eines Sultans in der Stunde seines Sieges nicht würdig. Dieser Mann ist ein tapferer Mann, und ich habe wiederholt, was er sagte, weil es Euer Wunsch war.«

Qutuz warf Baibars einen wilden Blick zu. »Seid still! Ich werde Euren Tatarenfreund nicht verschonen!«

Baibars kehrte Qutuz den Rücken. Das braune Gesicht war unbewegt, aber in dem blauen Auge sah Daoud Tod.

23

Die Ratten wühlten im Abfall, und die Katzen jagten die Ratten. Katzen und Ratten flüchteten vor den beiden Männern, die unter dem abnehmenden Mond durch die Straßen von Orvieto torkelten.

»Ich war richtig betrunken«, sagte Daoud. »Aber nur mein Körper war betrunken und ist es immer noch.« Er hatte Lorenzo den Arm um die Schultern gelegt.

»Ihr könnt schwere Trunkenheit sehr gut vortäuschen«, sagte Lorenzo.

Sie hatten sich, wie verabredet, auf der Straße vor dem Palazzo Monaldeschi getroffen. Sophia und Kardinal Ugolini waren früher aufgebrochen, in zwei Sänften und von der Leibwache des Kardinals begleitet.

»Welche Stunde haben wir?« fragte Daoud.

»Die neunte Nachtstunde ist vorüber. Sagt, habt Ihr in Ägypten nie Wein getrunken?«

Daoud hatte Lorenzo zwar sehr gern, aber Scheich Saadis geheimste Lehren wollte er dennoch nicht an einen Atheisten verraten. »Wir sind oft die ganze Nacht wach geblieben, haben Kaviyeh getrunken, geredet und den Tänzerinnen zugesehen. Aber Wein hat es nicht gegeben.«

»Wirklich nicht?« fragte Lorenzo. »Erlaubt mir, skeptisch zu sein. Ich kenne viele Moslems, die Wein trinken.«

Daoud schüttelte den Kopf. »Die meisten Moslems tun es nicht. Als Baibars Sultan wurde, ließ er alle Weinläden in El Kahira schließen.«

Sie kamen an der Kathedrale vorbei. Sie war innen beleuchtet, und die schmalen Glasfenster schimmerten rot, gelb, blau und weiß.

»Wunderschön«, meinte Daoud, »auch wenn es Götzenbilder sind.«

»Ihr solltet ein paar von den neuen Kathedralen in Frankreich sehen. Die Fenster sind viel größer und die Gestalten lebensechter.«

»Bewundert Ihr die christlichen Kirchen?«

»Ich bewundere Schönheit, wo ich sie finde. In Sizilien gibt es in vielen Synagogen herrliche Glasfenster.«

»Wir bauen in El Kahira eine Moschee, die ein Weltwunder sein wird.«

Als sie am offenen Portal der Kathedrale vorüberkamen, blickte Daoud die Stufen hinauf. Er sah das Licht unzähliger brennender Kerzen und hörte den Gesang eines Männerchores. Er hatte solche Gesänge schon gehört, vor langer Zeit. Die Kehle wurde ihm eng. »Warum singen die Priester noch so spät nachts?«

»Es sind die Priester des Domkapitels. Für sie beginnt jetzt der Tag. Sie singen den Lobgesang, das Morgengebet der Kirche.«

Daoud lauschte den Stimmen, und Tränen flossen ihm über die Wangen.

Lorenzo sah ihn an und lachte leise. »Wie ich sehe, seid Ihr gegen die Anziehungskraft des Christentums nicht gefeit.«

Daoud war verlegen, konnte den Tränenstrom aber nicht unterdrükken. »Es ist der Wein.« Er erinnerte sich an die Hochämter in der Schloßkapelle, als er, die Hand des Vaters auf der Schulter, neben ihm vor dem Altar kniete und der Priester im weißen und goldenen Chorrock die Hostie zum Himmel hob. Daouds Vater flüsterte: »Jesus ist jetzt mitten unter uns« und begann dann mit kräftiger Stimme mitzusingen: »Veni Creator Spiritus.« Ich weine jetzt um meinen Vater, weil ich nicht um ihn weinen konnte, als er getötet wurde, dachte Daoud. »Angenommen, er sitzt in irgendeinem christlichen Himmel und blickt auf mich herunter. Was denkt er jetzt wohl?« Er zuckte zusammen, als er sich sprechen hörte. Ich muß betrunken sein, sagte er sich. Sonst würde ich vor Lorenzo so etwas nie sagen.

»Wer schaut auf Euch herunter?« fragte Lorenzo.

Sie hatten die Kathedrale jetzt hinter sich gelassen und folgten einer geraden, sanft abfallenden Straße.

»Mein Vater«, erwiderte Daoud. »Wie muß er mich hassen und verfluchen, weil ich für den Islam kämpfe.«

Lorenzo blieb stehen und hob den Kopf. Dann ging er weiter. »Jemand folgt uns«, sagte er leise.

»Können sie uns hören?« fragte Daoud. Verceuil, dachte er. Er muß beschlossen haben, mich töten zu lassen. Daoud wurde eiskalt. Seine Reise aus Ägypten, der Triumph dieses Abends endeten vielleicht hier auf dieser Straße. Und was wurde aus Sophia, wenn er nicht mehr da war?

»Was wir sagen, hören sie nicht. Aber seid vorsichtig, sie könnten unseren Stimmen anhören, ob wir sie entdeckt haben. Könnt Ihr kämpfen?«

»Nicht gut. Überhaupt nicht gut.« Mit dem Skorpion, der kleinen Armbrust, die in seinem Umhang versteckt war, konnte er vielleicht einen oder zwei erledigen, falls er genug sah, um sicher zielen zu können.

»Glauben die Juden an eine unsterbliche Seele?« fragte er in normalem Tonfall und verfluchte seine mangelnde Voraussicht. Warum hatte er nicht daran gedacht, sich von einigen seiner Bravi abholen und zum Palazzo Ugolini begleiten zu lassen? Weil er mit den Raufbolden nicht in Verbindung gebracht werden wollte, die Lorenzo nach Orvieto gebracht hatte. Daß das vernünftig gewesen war, nahm ihm jetzt jedoch nicht seine Angst.

»Maimonides schreibt, daß Männer und Frauen nach ihrem Tod nur in der Erinnerung anderer weiterleben«, sagte Lorenzo. »Selbstverständlich behaupten die orthodoxen Rabbis, er sei ein Ketzer.«

»Wenn die Toten nur in der Erinnerung weiterleben, dann ist mein Vater wirklich tot, denn ich habe für sein Andenken nichts getan, und ich bekämpfe alles, wofür er gekämpft hat.« Daoud merkte, daß sein vom Wein betäubter Verstand kaum arbeitete. Er verließ sich darauf, daß

Lorenzo ein Ausweg aus dieser Situation einfiel, aber er fand es widerwärtig, daß sein Leben von der Schlauheit eines anderen Mannes abhing.

Plötzlich bog Lorenzo, Daouds Handgelenk umklammernd, scharf nach links in eine Gasse ein, die so schmal war, daß man sie beinahe nicht bemerkte. Sie fingen an zu laufen. Um sie herum war Schwärze, die nach Verfall roch. Daoud hörte allerlei Getier weghuschen. Vor ihnen tauchte ein bläuliches Rechteck auf – das Ende der Gasse – und dahinter mondheller Raum. Sie blieben stehen.

»Jetzt braucht Ihr einen klaren Kopf, Daoud. Ich höre sie kommen. Ich denke, sie haben gesehen, daß wir uns hier versteckt haben. Zieht Euer Schwert oder Euren Dolch und bereitet Euch darauf vor zu kämpfen.«

Daoud hörte das Stampfen rennender Stiefel. Er versuchte zu erraten, wie viele Verfolger es waren, aber dazu war sein Kopf noch zu benebelt. Er fiel gegen die rauh verputzte Mauer. Konnten er und Lorenzo in ein Haus eindringen und sich dort verstecken? Nein, die Bewohner würden sie vermutlich verraten.

Er hörte ein scharrendes Geräusch, als Lorenzo sein Schwert zog, und beschloß, nicht den Skorpion zu benutzen. Ihn zu laden und zu spannen würde zu lange dauern, und wenn er trödelte, würde er niedergemetzelt werden, ohne eine zweite Chance gehabt zu haben. Er griff nach seinem Schwert, das er in Orvieto gekauft hatte. Er zog es langsam, so leise er konnte, und wog es in der Hand.

Plötzlich hörte man keine Schritte mehr, die Männer waren stehengeblieben. Zum Ende der Gasse blickend, sah Daoud mehrere Gestalten. Es schienen sechs zu sein. Sie bewegten sich langsam, vorsichtig.

»Kapaune«, flüsterte Lorenzo. »Sie haben Angst, uns anzugreifen. Gehen wir dahin, wo ein bißchen Licht ist, dort läßt es sich besser kämpfen.« Er zog Daoud hinter sich her.

Daoud fühlte, daß sein Kopf klarer wurde.

Sie fanden sich in einem kleinen, von Häusern umgebenen Hof wieder. In der Mitte stand auf einem kleinen Sockel ein Heiligenbild. Daoud sah sich hastig um. Es schien keinen anderen Ausweg zu geben als die Gasse, durch die sie gekommen waren.

Rechts von sich hörte er einen dumpfen Aufprall. Plötzlich stand eine dunkle Gestalt neben ihm. Ein zweiter Aufprall rechts und ein nächster vor ihm. Männer sprangen von den Dächern.

Im nächsten Augenblick hatten vier Männer um Daoud und Lorenzo einen Halbkreis gebildet. Klingen blitzten im Mondlicht. Die sechs anderen, die sie verfolgt hatten, stürmten aus der Gasse in den Hof.

Von verzweifeltem Zorn erfüllt, biß Daoud die Zähne zusammen und hob das Schwert.

24

Rachels Körper fühlte sich kalt an. Im Raum war es unerträglich heiß, infolge der Draperien aus reiner Seide, die die Wärme speicherten, und der unzähligen Kerzen überall. Aber Rachels Hände und Füße waren eisig. Sie fror vor Angst, während sie dasaß und mit halbem Ohr Tilia zuhörte. Sie kauerte in einer Ecke des großen Bettes, hatte die Beine unter sich gezogen, und ihre Hände lagen geballt in ihrem Schoß. Am liebsten wäre sie aus dem Fenster gesprungen. Nur, sie war ganz freiwillig hier. Und außerdem war das Fenster vergittert.

»Wir werden durch Gucklöcher in der Wand zusehen«, sagte Tilia. »Wenigstens zu dritt. Wenn er dir weh tut, sind wir im Handumdrehen bei dir und retten dich.«

Die fette alte Frau versuchte sie aufzumuntern, aber Rachel haßte sie. Sie konnte nicht glauben, daß Tilia einen wohlhabenden Freier bei seinem Vergnügen stören würde, ganz gleich, wie böse eines ihrer Mädchen verletzt wurde.

»Ich kenne diesen Mann«, fuhr Tilia fort. »Er ist nicht einer von denen, die Frauen verletzen. Ich habe solche Kunden. Ihnen gebe ich Frauen wie Olivia. Wenn du nicht mehr so ängstlich bist, werde ich dir erzählen, was die Männer mit Olivia alles tun dürfen. Sie genießt es. Natürlich tut sie so, als sei es ihr zuwider. Ihre Kunden würden keine Lust empfinden, wenn sie wüßten, daß Olivia gern mag, was sie tun. Doch gleich, wie ich meinen Lebensunterhalt verdiene, ich bin immer noch eine ehrenhafte Frau. Bestimmte Dinge gestatte ich nicht in meinem Haus. Ich erlaube nicht, daß meine Frauen mißhandelt werden.«

»Ich weiß«, sagte Rachel. »Deshalb bin ich auch nicht davongelaufen.«

»Du brauchst nicht davonzulaufen«, sagte Tilia von oben herab. »Die Tür wird für dich offenstehen, wenn du uns verlassen willst.«

Rachel glaubte ihr, ebenso wie sie dem mürrischen Lorenzo geglaubt hatte, als er sagte, sie müsse nicht in Tilias Haus gehen. Aber sie wußte auch, daß diese Leute nichts mehr für sie tun würden, wenn sie sich entschlossen hätte, nicht zu Tilia zu gehen, oder das Haus jetzt verließe. So sehr ihr auch verhaßt sein mochte, was mit ihr geschehen würde, es war immer noch besser, als allein über die Straßen Italiens zu ziehen.

Sie blickte zum Betthimmel hinauf. Er war pfirsichfarben wie die Bettvorhänge. An den Wänden des kleinen Zimmers hingen gelbe Seidendraperien, die Fresken einrahmten, auf denen Bilder lächelnder, nackter Frauen zu sehen waren; sie flohen vor Geschöpfen, die halb Mann, halb Ziegenbock waren und vorn Auswüchse hatten, die wie Speere aussahen.

»Ein echter Mann hat keinen so großen Penis«, hatte Tilia gesagt, als sie Rachel zum erstenmal in dieses Zimmer geführt und auf ein leuchtend rotes Organ gezeigt hatte. »Obwohl er dir so groß vorkommen kann, wenn du ihn das erstemal in seiner ganzen Pracht siehst.« Dann hatte sie Rachel genau erklärt, was in dieser Nacht geschehen würde.

Ich bin besser vorbereitet, dachte Rachel, als viele Frauen vor ihrer Hochzeitsnacht. Tatsächlich hatte ihre Mutter ihr ein paar Monate vor ihrem Tod fast alles genauso erklärt. Aber an ihre Mutter zu denken brach ihr beinahe das Herz.

Viel lieber wäre sie die unwissende Braut eines Tischlers oder eines fahrenden Händlers – wie ihres armen Angelo, der nur dem Namen nach ihr Ehemann gewesen war – oder sogar die Frau eines Fleischers gewesen, als in diesem prächtig ausgestatteten Raum zu liegen und ihr Kostbarstes einem Fremden zu geben, der das Recht gekauft hatte, sie zu entjungfern.

Tilia hatte neben dem Bett in einem großen Sessel gesessen. Halb versteckt unter dem Goldspitzenbesatz am Kragen ihres Kleides ruhte auf ihrer Brust das juwelenbesetzte Kreuz, das sie immer trug und das Rachel daran erinnerte, daß sie hier unter Christen und daher nicht sicher war. »Du fragst dich vermutlich, ob du das Richtige tust, Kind.«

»Ja.«

»Dazu kann ich dir nur sagen, daß Tausende von Frauen alles darum gäben, an deiner Stelle zu sein.«

»An meiner Stelle? Um eine Dirne zu werden?«

Tilia lachte. »Du glaubst wohl, alle Frauen seien zufrieden verheiratet, hätten Ehemänner, die für sie sorgen, Kinder, die sie lieben, und Nachbarn, die sie achten, während nur wenige – wie ich und die Frauen, die für mich arbeiten – Dirnen sind, auf die die übrigen verächtlich herunterschauen. Aber glaub mir, meine Kleine, andere Frauen beneiden uns. Eine verheiratete Frau verkauft sich mit Leib und Seele an einen Mann, dessen Sklavin sie ein Leben lang bleibt. Und sie bekommt verdammt wenig dafür. Wir vermieten ein Stückchen unserer Anatomie« – sie klopfte sich auf den Schoß – »für einen Augenblick und behalten den Gewinn. Wenn wir klug sind, wie ich es war, lernen wir, unser Geld zu behalten und zu vermehren, damit wir, wenn wir Schönheit und Jugend nicht mehr zu verkaufen haben, für uns selbst sorgen können.«

Rachel seufzte. »Es ist ja nur, weil es nach heute nacht kein Zurück mehr gibt.«

»Das ist richtig«, sagte Tilia. »Du gibst etwas auf, das du nur einmal verlieren kannst. Wenn du etwas so Einzigartiges hast, mein Kind, bist du es dir selbst schuldig, dafür so viel wie möglich herauszuschlagen.« Ihre Augen wurden hart. »Jeder Mann möchte bei einer Frau der erste sein, will sie aufschreien hören und zum Bluten bringen. Aber welche Frau bekommt etwas von Wert dafür? Sie verschenkt es in einer dunklen Nacht an einen Schmeichler mit glatter Zunge und hübschem Bein, oder der Stoffel, den sie geheiratet hat, nimmt es sich einfach und befiehlt ihr hinterher, die Bettwäsche zu waschen.« Sie sah Rachel starr an. »Weißt du, was ich für meine Jungfräulichkeit bekommen habe?« Ihre Wangen waren rot vor Zorn.

»Was habt Ihr bekommen, Signora?«

»Schläge und Sklaverei.« Tilia schob ihr Gesicht ganz dicht an Rachels Gesicht heran, um ihre Worte zu unterstreichen. »Schläge und Sklaverei. Die Genuesen – möge Lepra ihre Glieder verfaulen lassen – haben Otranto angegriffen. Sie haben mich geschändet – so habe ich meine Unschuld verloren. Dann haben sie mich an die Türken verkauft.«

»Ihr wart Sklavin bei den Türken?« stieß Rachel hervor. »Wo? Und wie habt Ihr ihnen entfliehen können? Wie seid Ihr nach Orvieto gekommen und so reich geworden?«

Tilia wandte den Blick ab. »Lassen wir das. Es würde zu lange dauern, wenn ich es dir erzählte. Habe ich dir schon gesagt, was du heute nacht dafür bekommst, daß du diesem Mann zu dem Genuß verhilfst, eine Jungfrau zu besitzen?«

»Ich – ich weiß es nicht mehr.«

»Bei den fünf Wunden Jesu, du bist wirklich noch ein Kind! Wie kann man etwas so Wichtiges vergessen? Nun, behalte es diesmal im Gedächtnis und denk daran, wenn du dich fragst, ob du recht oder unrecht tust. Fünfhundert Goldgulden. Fünfhundert, in Florenz frisch geprägt. Das ist dein Anteil. Es ist die Hälfte von dem, was er bezahlt. Die andere Hälfte gehört mir, das ist nur gerecht. Vergiß nicht, er bezahlt den Preis eines Palazzo für dich, weil du eine sehr junge, schöne Jungfrau bist – genau das, wonach er giert. Vergleiche das mit dem, was die meisten Frauen bekommen, wenn sie sich einem Mann zum erstenmal hingeben.«

»Ich weiß gar nicht, was ich mit dem vielen Geld anfangen soll«, sagte Rachel leise.

Tilia verzog den Mund zu einem breiten Lachen. »Ich werde dir zeigen, wie man es richtig anpflanzt.«

»Anpflanzt?«

»Ja, und dann zusieht, wie es wächst und sich vermehrt. Es gibt viele Felder, auf denen man Geld anpflanzen kann. Du kannst es bei den Templern oder bestimmten lombardischen Bankhäusern anlegen oder zu Juden bringen, die ich kenne. Sie benutzen es, und wenn du es zurückbekommst, ist es mehr geworden. Ein Wunder! Du kannst aber auch schöne und wertvolle Dinge dafür kaufen, die im Wert steigen, wenn sie älter werden. Oder du kannst Anteile an einem Schiff aus Venedig oder Pisa kaufen, und wenn es zurückkehrt, hat sich dein Geld verzehnfacht. Das ist der schnellste Weg zu großem Reichtum.«

Rachel fühlte flüchtige Erregung, dann erinnerte sie sich, wofür sie das Geld bekommen sollte. Ihr Körper fühlte sich kälter an denn je, kalt wie der Tod. So, dachte sie, muß sich vorige Woche der arme Mann gefühlt haben, als er auf seine Folterer wartete. Sie schauderte und preßte unter dem durchsichtigen Gewand, das Tilia ihr gebracht hatte, die Knie ganz fest an die Brust.

Tilia mußte gesehen haben, daß Rachel sich plötzlich verdüsterte. Sie setzte sich neben ihr aufs Bett; der Bettkasten ächzte beängstigend. Dann legte sie Rachel leicht die Hand auf den Arm. »Hör zu. Ich wurde vergewaltigt und will nicht bei der Vergewaltigung eines anderen Mädchens die Hand im Spiel haben. Du brauchst es nicht zu tun. Sag mir ganz einfach, daß du es nicht willst.«

Plötzliche Hitze strömte durch Rachels Körper. Sie fror nicht mehr. Sie brannte vor Zorn. »Hört auf, das zu sagen!« schrie sie. »Laßt mich in Ruhe!« Immer und immer wieder daran erinnert zu werden, daß sie es freiwillig tat, war eine noch schlimmere Folter, als sich vorzustellen, was der Mann mit ihr tun würde. Sie preßte die Hände aufs Gesicht, um die Tränen zu unterdrücken.

»Ich habe dich gebeten, nachzudenken, nicht hysterisch zu werden«, sagte Tilia vorwurfsvoll. »Wenn es dir gut gehen soll im Leben, mußt du lernen, nicht sofort in Tränen auszubrechen, sobald du einen wichtigen Entschluß fassen mußt.«

Rachel atmete tief ein, um sich zu beruhigen. »Ich habe schon vor Tagen entschieden, daß ich für mich nichts Besseres tun kann als dies, Signora. Aber ich habe solche Angst. Vielleicht will mich der Mann gar nicht mehr, wenn er sieht, wie groß meine Angst ist.«

Tilia lachte. »Unsinn. Je unschuldiger und scheuer du zu sein scheinst, um so entzückter wird er von dir sein.«

Rachel hörte ein leises Klopfen, und ihr Herz schlug so schwer, daß sie glaubte, es müsse zerspringen.

Tilia stand auf und strich sich über ihr grünes Satinkleid. »Das Zeichen, daß er eingetroffen ist. Ich dachte schon, er käme nie. Es ist schon fast Morgen. Ich muß hinuntergehen und ihn begrüßen, Kind. Aber vergiß nicht, ich werde alles beobachten.« Sie zwinkerte ihr zu und stieß gegen ein Stuckpaneel in der Wand. Es schwang zurück, und sie quetschte sich durch.

Rachel saß auf der Ecke des Bettes, die von der Tür am weitesten entfernt war, und wartete. Nervös spielte sie mit ihren Fingern, die sich wie Eiszapfen anfühlten.

Nach einer Weile erhaschte sie einen Blick auf Tilia, die die Tür öffnete; doch ihr Hauptinteresse galt dem Mann, der auf der Schwelle stand.

Sie wollte schreien.

Der Mann auf der Schwelle war klein und breit. Er trug ein langes, leuchtend buntes Seidengewand. Seine Haut war braun, die Augen schmale schwarze Schlitze. Der Schnurrbart unter seiner platten Nase war weiß, und am Kinn sproß ihm ein ebenfalls weißer, dünner Ziegenbart.

Sie hatte diesen Mann schon einmal gesehen, hatte bei Kardinal

Ugolini aus Sophias Fenster seinen festlichen Einzug in Orvieto beobachtet.

Rachel stöhnte.

Der Mann, der gekommen war, um ihr die Unschuld zu nehmen, war ein Tatar.

»Es war ebenso mein Entschluß wie der Wunsch des Kardinals, daß ich am Empfang der Gräfin nicht teilgenommen habe«, sagte Bruder Mathieu gähnend. »Wie könnte einer der Minderen Brüder des heiligen Franziskus bis in die frühen Morgenstunden mit Leuten wachbleiben, die sich mit schwerem Essen vollstopfen und Wein trinken, die dem Glücksspiel huldigen und sich in dunklen Winkeln küssen?« Er saß auf dem Rand des Feldbettes, dem einzigen Möbelstück im Raum.

Außerstande, sich still zu halten, ging Simon auf und ab. Er spürte die Spitze, die in der Bemerkung über das Küssen steckte, aber er nahm sie nicht übel. Als er Bruder Mathieu aus seinem schmalen Bett geholt hatte, hatte er sofort zugegeben, daß er mit Kardinal Ugolinis Nichte Sophia im Atrium gewesen war, während David von Trapezunt die Tataren mit so verheerenden Folgen zum Sprechen verlockt hatte. »Es war unrecht von mir, daß ich der Nichte des Kardinals den Hof gemacht habe.« Er fühlte noch ihre Lippen unter den seinen. »Kardinal de Verceuil ist es gewesen, der diese unwissende Ana an Eurer Statt zur Dolmetscherin bestimmt hat, dann zum Spielen ging – ausgerechnet mit Davids Diener! – und die Tataren allein und ohne Schutz ließ.«

Bruder Mathieu schüttelte den Kopf. »Ja, und außerdem haben sie wieder den Wein aus Montefiascone getrunken. Ich frage mich, warum Gott gerade diese Trauben so unwiderstehlich gemacht hat?«

Simon schlug sich mit der Faust auf den Handteller. »Wir müssen Verceuil zur Rede stellen, Bruder Mathieu.«

Eine tiefe Falte erschien zwischen den buschigen weißen Brauen des Franziskaners. »Um diese Stunde?«

Simon sah die Müdigkeit in Bruder Mathieus runzligem Gesicht und bekam ein schlechtes Gewissen. »Es tut mir von Herzen leid, daß ich Euch um diese gottverlassene Stunde geweckt habe. Es war nur –«

»Nur, weil Ihr selbst nicht schlafen konntet.« Der Mönch lachte. »Aber es ist eine Gott wohlgefällige Zeit. Ich hätte sehr bald aufstehen müssen, um den ersten Teil meines Breviers zu beten. Lebte ich mit meinen Brüdern zusammen – was ich mir sehr wünsche –, wäre ich jetzt in der Kirche, um mit ihnen den Lobgesang zu singen. Ich fürchte jedoch, der Kardinal wird weder bereit noch imstande sein, jetzt mit uns zu sprechen.«

»Der Schaden ist sehr groß, Bruder Mathieu. Die Gräfin ist wütend. Ich konnte einfach nicht vernünftig mit ihr sprechen. Sie redete ununterbrochen von Mördern kleiner Kinder. Ich würde mich nicht wundern, wenn sie uns morgen aus dem Haus werfen würde.«

Der alte Mann hob die Hand. »Das würde Papst Urban nicht zulassen. Es wäre eine Beleidigung der Gesandten.«

»Kardinal Le Gros hat mir erzählt, der Papst sei bleich und sichtlich erschüttert gewesen, als er ging. Es ist ihm vielleicht gleichgültig, ob die Gesandten beleidigt werden oder nicht, aber wir dürfen Verceuils Nachlässigkeit nicht länger dulden.«

Bruder Mathieu drohte ihm mit dem Finger. »An dem, was heute nacht passiert ist, ist der Kardinal schuldlos. Nichts davon war Zufall. Die Ereignisse beweisen nur, daß Ugolini alles in seiner Macht Stehende tut, um die Allianz zu hintertreiben.«

»Aber Ugolini hat gar nichts getan. Es war nur dieser Mann aus Trapezunt.«

»Genauso könnte man sagen, es sei die Axt, die den Baum fällt, und nicht der Mann, der sie schwingt. Ugolini hat David zum Empfang der Gräfin mitgebracht. Er hat Davids Diener mitgebracht, einen gerissenen Glücksspieler, der ganz nebenbei Bravi anwirbt. Und er hat seine Nichte Sophia mitgebracht.«

Als Bruder Mathieu Sophia erwähnte, schnitt Simon ein scharfer Schmerz in die Brust. War es möglich, daß sie ihm im Atrium Leidenschaft nur vorgegaukelt hatte? »Es ist reiner Zufall, daß Sophia jetzt in Orvieto ist«, sagte er. »Was die Tataren anbelangt, ist sie ebenso unentschlossen wie der Papst selbst.«

»Ich habe nicht erwartet, daß Ihr etwas anderes sagt. Ein Ritter zweifelt nicht an der Ehre der Dame, die er geküßt hat.«

Simon brachte es nicht über sich zu glauben, daß Sophia im Auftrag von Kardinal Ugolini gehandelt hatte. Diese Frau hatte Italien für ihn verzaubert.

»Wir beide«, fuhr Bruder Mathieu fort, »stimmen doch darin überein, daß Davids Diener Giancarlo nach einem Plan von Ugolini gehandelt hat, als er Kardinal de Verceuil zum Glücksspiel verführte?«

Froh, auf sicherem Boden zu stehen, nickte Simon nachdrücklich. »Darin stimmen wir ganz gewiß überein.«

»Aber wir können nicht einfach zu Verceuil gehen, wie Ihr vorschlagt, und ihm Vorwürfe machen, weil er mit Giancarlo den Saal verlassen hat. Nicht, wenn er sofort den Spieß umdrehen und Euch vorwerfen kann, daß auch Ihr hinausgegangen seid – mit Sophia.«

Simon kehrte Bruder Mathieu den Rücken und starrte, fast ohne etwas zu sehen, durchs Fenster. Es war weder verglast, noch hatte es Läden, noch war Pergament in den Rahmen gespannt. In der Öffnung hing nur ein dünner Vorhang, um Insekten abzuhalten, und eiserne Gitterstäbe schützten vor größeren Eindringlingen. Simon war wütend auf sich.

Als Giancarlos Name gefallen war, hatte er sich daran erinnert, daß er nichts von Sordello gehört hatte. Inzwischen mußte es dem alten Söldner gelungen sein, sich der Bande anzuschließen, die Giancarlo um sich versammelte.

Vielleicht konnte er, mit Sordellos Hilfe, Sophias Unschuld beweisen. »Dann haltet Ihr es für sinnlos, wenn wir uns Verceuil vornehmen?«

»Ich glaube nicht, daß wir den Kardinal loswerden können. Ich bin der Meinung, daß wir uns mit ihm treffen sollten.«

Simon war verblüfft. »Um was zu tun?«

Bruder Mathieu zuckte die Schultern. »Kein Mann ist ganz ohne Einsicht. Ihm muß klar sein, daß wegen seiner Fehler von gestern abend – unserer Fehler – die Mission beinahe gescheitert ist. Vielleicht können wir ihn überzeugen, daß wir in Zukunft zusammenarbeiten müssen.«

Seite an Seite gingen sie durch dämmrige Flure, in denen Unmengen kaputter alter Sessel und Tische herumstanden, vorbei an Wänden mit zerrissenen Behängen, zerbeulten Schilden und rostigen Rüstungen. Die Familie Monaldeschi warf anscheinend nie etwas weg. Die Räume des Kardinals und seines Hofstaats lagen im zweiten Stock des Palazzo, wo die Fenster größer und verglast waren. Vor der Tür, die in die Zimmer des Kardinals führte, lag auf einem Strohsack ein in eine Decke gehüllter Mann. Sein Scheitel mit der rasierten Tonsur schimmerte matt im Licht der einzigen Kerze, die den Flur beleuchtete. Ein Geistlicher von niederem Rang, ohne Zweifel. Simon schüttelte ihn.

»Nein, Signore«, sagte der Geistliche, während er sich erhob, um sich vor dem Grafen zu verneigen. »Der Herr Kardinal schläft nicht, aber er ist auch nicht hier. Nach dem Empfang der Gräfin sind er, die Tataren und ihre Wachen ausgegangen. Seine Eminenz hat mir nicht verraten, wohin sie alle wollten.«

Simon war erstaunt. Er sah Bruder Mathieu an, der ein gepeinigtes Gesicht machte.

Wie konnte Verceuil nach allem, was geschehen war, mit den Tataren spät nachts auf die Straße gehen? Sie konnten mit Bravi oder wilden jungen Männern aus Orvietos verfeindeten Familien zusammenstoßen. Warum nahm Verceuil ein solches Risiko auf sich?

Dann begriff Simon, warum Bruder Mathieu so dreinblickte. Wenn die Männer um diese Stunde noch den Palazzo Monaldeschi verlassen hatten, konnte das nur einen einzigen Grund haben – lockere Frauen.

Simon hatte gehört, daß in Orvieto, hinter verschwiegenen Mauern verborgen, in den Nachtstunden eine verderbte, heimliche Welt strahlend erwachte. Es gab auch Gerüchte, daß sich hochrangige Kirchenmänner hinter diesen Mauern vergnügten, ja, daß es diese geheime Welt nur gab, weil solche Männer zu ihren Gönnern gehörten. Selbstverständlich war auch Verceuil ein Gast dieser sündigen Welt. Und selbstverständlich würde er die Tataren in sie einführen. Barbaren wie sie sahen es zweifellos als ihr gutes Recht an, die Dienste von Huren in Anspruch zu nehmen.

Daß mich das überrascht, beweist nur, was für ein Bauer ich bin, dachte Simon, über sich selbst verärgert und angewidert von Verceuil. Ich muß beten, dachte er fröstelnd, beten, daß die Wachen der Tataren gut bewaffnet und auf der Hut sind.

25

Mit gezogenen Schwerten standen Daoud und Lorenzo Rücken an Rükken in dem dunklen Hof. Vor Lorenzo hatten sich die sechs Männer aufgebaut, die aus dem Gäßchen gestürmt waren. Daoud sah sich den vieren gegenüber, die von den Dächern in den Hof gesprungen waren.

Im ersten Stock eines Hauses ging ein Fensterladen auf, und als Daoud hinaufsah, entdeckte er ein Gesicht, das herausschaute. Dann flog der Fensterladen mit einer Endgültigkeit zu, die deutlich machte, daß der Mann mit dem, was da unten vorging, nichts zu tun haben wollte.

Es war zu dunkel, als daß Daoud die Gesichter der Männer vor ihm hätte erkennen können. Sie trugen lange Umhänge, und zwei von ihnen hatten einen langen Dolch in der einen und ein Schwert in der anderen Hand. Eine der Schattengestalten trat auf ihn zu, und Daoud fragte sich, ob sie ihn angreifen würde.

»Wir müssen schnell reden, Messere. Ihr seid David von Trapezunt, nicht wahr?«

Der Mann hatte die Frage drängend, aber in respektvollem Ton gestellt.

»Ja, ich bin David.«

»Wer zum Teufel seid Ihr?« rief eine Stimme hinter Daoud.

Der Mann richtete seine Antwort an Daoud. »Ich bin Andrea Sordello aus Rimini, Messer David. Diese drei Männer sind meine Kameraden. Es wäre eine große Ehre für uns, wenn wir Euch zu Diensten sein dürften.«

»Nehmt an«, sagte Lorenzo hinter Daoud. »Wir haben nichts zu verlieren.«

Daoud kam zu einem raschen Entschluß. »Wenn Ihr bereit seid, mir zu helfen, danke ich Euch.«

»Verschwindet, Messer Sordello!« rief einer der ursprünglichen Verfolger. »Dieser Streit ist nicht Eure Sache.«

»Und was habt Ihr für einen Streit mit diesen Männern?« fragte Sordello.

»Das geht Euch nichts an, Messere!« Das war die Stimme eines sehr jungen Mannes, eindringlich, leidenschaftlich.

Daoud wandte sich zu der jungen Stimme um. Sofort war Sordello an seiner Seite.

Daoud konnte jetzt besser sehen. Die Morgendämmerung brach an. Auch sein Kopf war klarer. Die Erregung des bevorstehenden Kampfes verbrannte das Gift in seinem Blut.

Die Männer, die ihnen gegenüberstanden, bildeten eine weit auseinandergezogene Kette. Der Sprecher war schlank und trug eine Kappe, die ihm über ein Ohr fiel. Auf der Kappe glitzerte ein silbernes Abzeichen.

»Da Ihr es nicht aussprechen wollt, Messere«, begann Sordello von neuem, »will ich Euch sagen, um was es Euch geht. Ihr gehört zur Familie Filippeschi, habt die beiden Herren den Palazzo Monaldeschi verlassen sehen und seid zu dem Schluß gekommen, daß ein Gast der Monaldeschis Euer Feind sein muß. Und so habt Ihr beschlossen, daß Ihr diese Herren verfolgen und töten müßt, weil sie bei Euren Rivalen zu

Gast waren – obgleich Sie Euch nichts getan haben und nicht einmal Bürger von Orvieto sind.«

Filippeschi. Daoud hatte sich seit seiner Ankunft in Orvieto mit ihnen in Verbindung setzen wollen. Jetzt war er ihnen begegnet, und – verdammtes Pech! – sie wollten ihn umbringen. »Lorenzo«, murmelte er, »es sind Filippeschis. Sprecht mit ihnen.«

»Die lassen nicht mit sich reden, Messer David«, erwiderte Sordello. »Sie wollen Euer Blut sehen.«

»Seid still», sagte Daoud. Der Mann hatte ihm seine Dienste angeboten.

Lorenzo trat vor Daoud, das Schwert ausgestreckt, aber mit der Spitze zu Boden zeigend. »Meine Herren, Ihr sollt wenigstens wissen, wen Ihr töten wollt. Ich bin Giancarlo aus Neapel, und das ist mein Herr David. Er ist ein Kaufmann aus dem fernen Trapezunt. Es ist viel zu weit weg, als daß er irgend etwas mit den Händeln von Orvieto zu tun haben könnte.«

Einer der Filippeschi-Bravi, ein kleiner Mann, der links neben dem schlanken Anführer stand, sagte: »Ihr spinnt ein Märchen zusammen und versucht uns zum Narren zu halten. Jeder kann sehen, daß Euer Herr Franzose ist. Zu viele verdammte Franzosen sind in Italien. Die Monaldeschis sind die Speichellecker der Franzosen. Tod den Monaldeschis und Tod den Franzosen!«

»Ihr seid sechs«, meinte Lorenzo. »Aber nachdem diese vier Männer zu uns gestoßen sind, sind auch wir zu sechst. Die Chancen stehen schlecht für Euch, denn so schwer Ihr uns auch verletzen mögt, Ihr werdet nach diesem Streit gewiß schlechter dran sein als vorher.« Die Schwertspitze noch tiefer senkend, ging er ein paar Schritte auf den jungen Mann mit dem silbernen Abzeichen auf der Kappe zu. »Signore, welchen dieser Männer wollt Ihr opfern – als Preis für die Möglichkeit, uns zu verletzen?« Mit der freien Hand zeigte er auf einen der im Kreis dastehenden Männer nach dem anderen. »Diesen Mann? Diesen? Jenen? Euch selbst?«

»Wir fangen mit Euch an!« schrie der kleine Mann. Er stürzte sich auf Lorenzo, und die Spitze seines Schwertes war auf Lorenzos Brust gerichtet. Lorenzo riß sein Schwert hoch und parierte den Angriff. Im selben Moment sah Daoud aus den Augenwinkeln, wie Sordello blitzschnell den Arm hob und senkte.

Der kleine Mann schrie auf, taumelte ein paar Schritte, brach dann zusammen und fiel den anderen Bravi vor die Füße.

Lorenzo trat zurück, so daß Sordello und er Daoud flankierten. Die drei Gefährten von Sordello stellten sich neben sie, einer links, zwei rechts.

»Kümmert Euch um den Verletzten«, sagte Lorenzo. »Es sei denn, Ihr wollt den Kampf fortsetzen.«

»Wenn er nur verletzt ist, gehe ich ins Kloster.« Sordello lachte.

Der Mann auf dem Boden rührte sich nicht mehr.

Der junge Mann mit dem silbernen Abzeichen auf der Kappe kniete neben dem Bravo nieder und griff unter seinen Umhang. »Tot«, sagte er schroff und stand wieder auf.

»Nun, meine Herren, jetzt sind wir sechs gegen fünf. Wir haben diesen Streit nicht gewollt und wollen ihn noch immer nicht. Tatsächlich sind auch wir uneins mit den Monaldeschis.«

»Wieso denn das?« fragte der junge Mann.

»Ist der Kampf zu Ende? Ich möchte Euch einen Vorschlag machen.«

Der Sprecher der Filippeschis sah seine Gefährten an. »Was meint ihr?«

»Alfredo war mein Vetter«, sagte ein hochgewachsener Bravo in einem rostfarbenen Umhang. »Aber allein kann ich ihn nicht rächen.«

»Alfredo war zu ungestüm«, antwortete der junge Mann. »Er hat gehandelt, bevor ich den Befehl gegeben habe.«

»Wenn einer Eurer Männer es Euch nicht wert ist, daß Ihr an seinem Mörder Blutrache übt, seid Ihr kein Anführer, Marco.«

»Ich werde dir zeigen, was für ein Anführer ich bin, wenn du noch einmal wagst, so mit mir zu sprechen«, rief Marco.

»Genug, genug«, sagte ein anderer Bravo, und der Mann im rostroten Umhang zuckte die Schultern.

Inzwischen war es fast hell, und Daoud musterte das Gesicht des jungen Mannes, der Marco hieß. Er kann nicht älter sein als siebzehn, dachte Daoud, die glatten Wangen und den weichen Bart betrachtend. Marco! Er hatte gehört, daß das Oberhaupt der Filippeschis ein junger Graf Marco sei.

»Was schlagt Ihr vor, Signore?« fragte Marco.

»Trefft mich heute abend zur Stunde des Abendgebets vor der Kirche Sankt Agnes«, sagte Lorenzo. »Kommt allein – wie ich. Ich glaube, wir haben einiges miteinander zu besprechen, das für uns beide von Vorteil sein könnte.«

Marco verneigte sich vor Lorenzo. »Ich werde Euch erwarten.« Auf einen Wink von ihm hoben der Mann im rötlichen Umhang und ein zweiter den toten Alfredo auf.

»Einen Augenblick«, murmelte Sordello und war mit drei raschen Schritten bei dem Toten. Er bückte sich, griff unter den Leichnam und zog ein langes, dünnes Wurfmesser heraus, das er an seinem Umhang abwischte. »Ich kann es mir nicht leisten, ein gut ausbalanciertes Messer wie dieses zu verlieren.«

Alfredos Vetter, der den Toten bei den Schultern hielt, sagte: »Ich kenne Euren Namen, Andrea Sordello, und Euer Gesicht. Ihr werdet dieses Messer nicht mehr lange brauchen.«

Sordello verneigte sich spöttisch. »Seid versichert, dieses Messer wird Euch nicht verfehlen, falls wir uns wiedersehen sollten.«

Einen Augenblick später waren die Filippeschis mit ihrer Last in der schmalen Gasse verschwunden.

»Ich rate Euch, Euch nicht mit den Filippeschis einzulassen, Signori«, sagte Sordello plötzlich. »Sie werden Euch verraten.«

»Haben wir Euch um Rat gebeten?« fragte Lorenzo grollend.

»Verzeiht mir«, sagte Sordello. »Ich habe mich zu weit vorgewagt.« Er zog die Mütze und verbeugte sich vor dem überraschten Daoud. Entweder war er ein besserer Mann, als es auf den ersten Blick schien, oder er war sehr durchtrieben.

»Verzeiht uns.« Auch Daoud verbeugte sich. »Wir sind Euch zu tiefstem Dank verpflichtet. Wie kommt es, daß Ihr ausgerechnet von den Dächern gesprungen seid, als wir Eure Hilfe so dringend brauchten?«

»Ich habe schon lange eine Gelegenheit gesucht, Messer Giancarlo kennenzulernen. Heute abend wartete ich vor dem Palazzo Monaldeschi und hoffte, Ihr würdet nach dem Empfang guter Laune sein. Während meine Gefährten und ich uns in der Nähe des Palazzo herumtrieben, haben wir zufällig diese Bravi im Schatten lauern sehen. Als Ihr herauskamt, sind sie Euch gefolgt, also folgten wir ihnen. Als Ihr in dieser schmalen Gasse verschwunden seid, sind wir auf die Dächer geklettert, um Eure Feinde besser überrumpeln zu können.«

»Warum habt Ihr mich gesucht?« fragte Lorenzo unwirsch.

»Ich habe gehört, daß Ihr Männer gut entlohnt, die mit Schwert und

Dolch flink umgehen können und nicht wissen wollen, wozu man sie angeworben hat.«

»Ich habe auch gern Männer um mich, die nicht viel reden«, sagte Lorenzo. »Ihr redet sehr viel.«

»Ja, Messer Giancarlo.« Sordello schlug die Augen nieder.

»Wie seid Ihr nach Orvieto gekommen, Sordello?« fragte Daoud.

»Ich habe Sigismundo Malatesta, dem Herrn von Rimini, bis zu seinem Tod gedient«, antwortete Sordello. »Seitdem habe ich keinen passenden Herrn mehr gefunden. Ich bin nach dem Süden gereist, weil ich dachte, daß ich vielleicht König Manfred mein Schwert zur Verfügung stellen könnte, aber als ich durch Viterbo kam, habe ich von Euch gehört, Messer Giancarlo.«

Daoud flog ein Unbehagen an, als er hörte, daß über Lorenzos Anwerbungen in den umliegenden Städten geklatscht wurde. Und wie leicht war es Sordello gefallen, die Verbindung zwischen Giancarlo und David von Trapezunt herzustellen.

Lorenzo wartete ganz offensichtlich darauf, daß Daoud sprach.

»Ihr dürft uns zur Villa von Kardinal Ugolini begleiten«, sagte dieser.

Als sie das Gäßchen verließen, war von den Filippeschis nichts mehr zu sehen. Zwei von Sordellos Männern gingen vor Daoud und Lorenzo her, Sordello und sein dritter Mann folgten ihnen. Den Wein spürte Daoud jetzt nicht mehr, aber hinter seinen Augen klopfte es schmerzhaft, und er hatte ein großes Verlangen nach Schlaf.

»Nun?« meinte Lorenzo leise. »Der Mann möchte sich von uns anwerben lassen.«

»Wir brauchen noch mehr Männer, und wir brauchen geschickte Straßenkämpfer«, antwortete Daoud. »Er ist beides.«

»Ja, aber er ist der Typ Mann, den ich verabscheue«, sagte Lorenzo. »Es war völlig überflüssig, meinetwegen diesen Bravo der Filippeschis zu töten. Er handelt vorschnell und denkt erst hinterher.«

»Nach heute nacht müssen wir die Franzosen vielleicht nicht angreifen«, sagte Daoud. »Andererseits brauchen wir ganz sicher noch mehr Leibwächter, und Sordello und seine Männer würden passen. Lassen wir uns Zeit zum Überlegen! Sagt ihm, er bekommt unsere Antwort in zwei Tagen.«

26

Schlimmer entwürdigt konnte sie nicht werden, dachte Rachel. Ein alter Mann und ein Tatar. Waren die Tataren überhaupt Menschen, oder war sie drauf und dran, eine Sünde zu begehen und sich mit einem Tier zu paaren?

Die Tür war mit einem schrecklich endgültigen Geräusch hinter ihm zugefallen, er stand grinsend davor und zeigte dabei sehr große, sehr kräftige und sehr weiße Zähne.

Ob er wohl sah, daß ihr Knie und Hände zitterten? Hätte sie nur Signora Tilias Angebot angenommen und nein gesagt. War es zu spät? Konnte sie noch an dem Tataren vorbeistürzen, die Tür aufreißen und fortlaufen? Doch das wäre eine schwere Beleidigung für ihn. Nach allem, was sie über diese Kreaturen wußte, war es sehr gefährlich, ihn gegen sich aufzubringen.

Ich werde so tun, als sei ich krank. Wenn er nicht hersieht, stecke ich mir den Finger in den Hals und übergebe mich. Das wird ihn so anwidern, daß er mich in Ruhe läßt.

Oder er wurde wütend und tötete sie. Am ganzen Körper brach ihr der kalte Schweiß aus. Sie hatte die Augen geschlossen, hörte das Ungeheuer jedoch näher kommen. Sie dachte an das, was er mit ihr tun würde, und ihr hob sich der Magen – sie würde sich übergeben, ohne es herbeiführen zu müssen. Sie hoffte, daß er sie töte. Besser das, als das Ding dieses Tieres in sich zu haben.

Sie öffnete die Augen und sah, daß er auf halbem Weg zwischen der geschlossenen Tür und dem Bett stehengeblieben war. Eigentlich war er gar kein solches Scheusal. Er hatte ein rundes braunes Gesicht, glänzende schwarze Augen, und sein Bart war so weiß, wie der von Angelo gewesen war, aber nicht so dicht und wallend, sondern dünn und strähnig.

»Buona sera«, sagte er. Er hatte ein bißchen Italienisch gelernt. Aber es war nicht Abend, sondern fast Morgen.

»Buona sera, signore«, antwortete sie und neigte leicht den Kopf. Sie drückte sich in die entfernteste Ecke des Bettes und wünschte, sie könnte sich durch einen Riß in der Wand zwängen und verschwinden.

Der Tatar tippte sich lächelnd und nickend auf die Brust. »Johannes.« Er trug eine karminrote Seidentunika und darüber ein vorn offenes hellgrünes Gewand mit weiten Ärmeln. Als sie in der Villa des Kardinals am Fenster gestanden und den Einzug der Tataren beobachtet hatte, hatten er und der andere Tatar fremdländisch aussehende Seidengewänder getragen, blutrot und mit blauen Vögeln bedeckt, die alle lange goldene Schwänze hatten. Jetzt war er wie ein Italiener gekleidet.

Er nickte noch immer mit fragender Miene. Er wollte, daß sie ihren Namen nannte.

»Rachel«, sagte sie, sich ebenfalls auf die Brust tippend. Um ein Haar hätte sie gelächelt, beherrschte sich jedoch. Wenn sie ihn zu ermutigen schien, würde er über sie herfallen. Wieder brach ihr der kalte Schweiß aus.

Auf einem kleinen Marmortischchen neben dem Bett standen ein Silberkrug mit Wein und zwei Becher. Der Wein konnte es ihr erleichtern. Aber wenn sie zu viel trank, wurde ihr schlecht. Doch das war es ja, was sie wollte! Sie streckte die zitternde Hand danach aus. »Wollt Ihr einen Schluck Wein, Messer Johannes?« Woher in aller Welt nahm er einen Namen wie Johannes?

Sie füllte die Becher vorsichtig nur zu zwei Dritteln, damit ihre bebenden Hände den Wein nicht verschütteten.

Der Tatar durchquerte den Raum und ließ sich in dem Sessel nieder, in dem noch vor kurzem Tilia gesessen hatte. Rachel reichte ihm einen Becher, und ihre Hand zitterte so stark, daß sie ihn beinahe hätte fallen lassen. Er schien es nicht zu bemerken. Vielleicht war er es gewöhnt, von zitternden Frauen bedient zu werden. Er lächelte und nickte.

Rachel fiel ein, daß Tilia alles beobachtete. Rasch trank sie ihren Wein aus, dem das Silber einen leicht metallischen Geschmack gab. Sie schenkte sich zum zweitenmal ein und sah Johannes an. Er hatte kaum aus seinem Becher genippt, bevor er ihn auf den Tisch stellte und die Hand darüber hielt. Das ist schlecht, dachte sie. Sie hatte gehört, daß Männer, die zu viel tranken, nicht steif genug wurden, um in Frauen eindringen zu können.

Johannes begann in seiner Sprache auf sie einzureden. Er sprach lange, mit vielen Gesten. Sie gab sich verzweifelte Mühe zu erraten, was er meinte, wollte nicht falsch reagieren, um ihn nicht zu verärgern.

Er schien völlig entspannt und lachte gelegentlich, als erzähle er komische Geschichten, die ihn selbst belustigten. In den Winkeln seiner

Augen entdeckte sie ganze Netze feiner Fältchen und dachte: Er könnte noch älter sein als Angelo.

Er gab einen merkwürdigen Laut von sich, ein langgezogenes Stöhnen. Vielleicht hatte er Schmerzen. Vielleicht wurde ihm schlecht. Ihr Herz schlug hoffnungsvoll höher. Dann ging das Stöhnen in eine andere Tonlage über, und sein Mund begann Worte zu formen. Es mußten tatarische Worte sein. Er sang ihr etwas vor. Es war unverkennbar ein Lied, aber in ihren Ohren klang es schrill. Um ein Haar hätte sie laut aufgelacht, hatte jedoch sofort Angst bei dem Gedanken, sie könnte ihn beleidigen.

Allmählich wurde ihr klar, daß Johannes sich nicht wie der Unmensch benahm, für den sie ihn gehalten hatte, als sie ihn in der Tür stehen sah. Wenn sie hinter die schwarzen Schlitze blickte, die seine Augen waren, schien er ein freundlicher alter Mann zu sein. Seine Sprache mochte ihr wie Geschnatter vorkommen, aber offenbar versuchte er sie zu unterhalten, ja sogar um sie zu werben. Doch der Gedanke, zu welchem Zweck er um sie »warb«, war ihr verhaßt.

Er beendete sein Lied mit neunmaligem, rhythmischem Händeklatschen – sie hatte mitgezählt. Dann lächelte und nickte er noch eifriger als vorher. Er wollte wissen, wie ihr sein Lied gefallen habe.

Sie lächelte und nickte ebenfalls. »Ja, sehr schön, Johannes.« Vielleicht konnte sie ihn dazu bringen, noch mehr zu singen, und so den Augenblick hinauszögern, den sie fürchtete.

Aber er stand mit einem Ausdruck im Gesicht auf, der ihr das Herz in der Brust gefrieren ließ. Er verriet keine Lüsternheit, aber auch keine Freundlichkeit und kein Mitgefühl, überhaupt nichts, was sie akzeptiert hätte. Es war die zufriedene Miene eines Mannes, der einen Besitz betrachtete. Er schlüpfte aus dem weitärmeligen Gewand und öffnete den Gürtel. Sie begann zu zittern.

Wie ein Häufchen Elend kauerte Daoud auf dem Teppich in Ugolinis Arbeitszimmer. Die lange Nacht, die eben zu Ende gegangen war, hatte ihn aller Kraft beraubt. Er wollte schlafen, aber vorher mußte er dafür sorgen, daß Ugolini den Vorteil gut nutzte, den sie sich beim Empfang der Gräfin Monaldeschi verschafft hatten.

Ein kräftiger, würziger, vertrauter Geruch stieg ihm in die Nase, und sein Kopf hob sich. Die Tür ging auf, und ein Diener brachte ein Tablett mit zwei Kannen und sechs kleinen Porzellantassen – je eine für Ugolini, Daoud, Sophia und Lorenzo und zwei überzählige. Ugolini schob einen Stapel Pergamente auf seinem Arbeitstisch beiseite, und der Diener setzte das Tablett ab.

Als die Tür sich wieder hinter ihm geschlossen hatte, atmete Daoud, der den Duft erkannte, tief ein. Er war freudig überrascht. »Ist es möglich?« sagte er zu Ugolini. »Ihr habt Kaviyeh gefunden?«

Ugolini, der in seinem großen Sessel hinter dem Arbeitstisch saß und von dem man nur Kopf und Schultern sah, lächelte freundlich. »Ihr mögt die Tataren hassen, weil sie islamische Länder erobert haben, mein Freund, doch das bedeutet, daß wir Christen jetzt mit diesem Teil der Welt Handel treiben können. Die Venezianer haben die Bohnen aus Persien importiert, in sehr kleinen und sehr teuren Mengen. Ich habe diese für eine ganz besondere Gelegenheit aufgehoben. Der heutige Morgen schien mir der richtige, nachdem Ihr über die Tataren triumphiert habt und so dem Tod entronnen seid.«

Daoud fand die Kraft, aufzustehen und eine Tasse mit der dampfenden schwarzen Flüssigkeit zu füllen. Er hielt sich die Tasse mit beiden Händen ans Gesicht und roch ausgiebig daran. Seit langem hatte er sich nicht mehr so glücklich gefühlt.

Sophia, die gegenüber von Ugolinis Schreibtisch auf einer Polsterbank saß, sagte: »Was ist das?«

Der Kardinal lachte gutmütig. »Das ist nur ein Getränk, meine Liebe. Im Orient trinken es Weise und Poeten seit langer Zeit. Es macht den Geist wacher und steigert die Lebensfreude.«

Daoud schlürfte die heiße Flüssigkeit. Nachdem er Kaviyeh so lange entbehrt hatte, genoß er den wunderbaren Geschmack, doch das Getränk war nicht stark genug.

»Er ist sehr gut, und ich bin auf ewig Euer dankbarer Sklave«, sagte er. »Aber Ihr solltet Eure Diener anweisen, ihn länger zu kochen.« Da er spürte, daß Sophia sich vor dem ihr unbekannten Gebräu fürchtete, wollte er sein Vergnügen mit ihr teilen, um ihr zu zeigen, wie harmlos es war. Er ging zu ihr und reichte ihr seine Tasse. »Versucht einmal! Aber Vorsicht, die Tasse ist heiß.«

Sie nahm ihm die Tasse ab, und ihre Finger streiften die seinen. Er fühlte ein Prickeln im Arm. Sie hob die Tasse, schnupperte mißtrauisch daran, schnitt eine Grimasse, trank aber einen winzigen Schluck.

Er war enttäuscht, als er sah, daß sie den Mund verzog. Es schmeckte ihr nicht. Nun, er konnte nicht erwarten, daß sie den Geschmack sofort mochte. Er trank Kaviyeh schon seit seiner Jugend.

»Schmeckt sehr interessant«, sagte sie und gab ihm die Tasse zurück. Eine typisch byzantinische Bemerkung, dachte er. Er hörte Lorenzo kichern.

Eifersucht versetzte ihm einen schmerzhaften Stich. Ebenso wenig wie er erwarten konnte, von ihr geliebt zu werden, konnte er erwarten, daß sie Kaviyeh mochte, besonders nicht, nachdem sie im Atrium des Palazzo Monaldeschi mit dem verdammten französischen Grafen allein gewesen war. Aber er mußte herausfinden, was sie bei Gobignon erreicht hatte. »Wie seid Ihr mit diesem französischen Grafen verblieben?«

»Eurem Wunsch gemäß.«

Er kehrte zum Tisch des Kardinals zurück und drehte sich zu ihr um. Ihre bernsteinfarbenen Augen waren auf ihn gerichtet. Sie mußte ihn beobachtet haben, als er durchs Zimmer ging. »Will er Euch wiedersehen?« fragte er.

Sie zuckte die Schultern. »Als ich ihn verließ, wollte er es. Aber inzwischen haben er und der Kardinal de Verceuil wahrscheinlich miteinander gesprochen, und er hat möglicherweise die Rolle durchschaut, die ich gespielt habe.«

»Nun«, sagte Ugolini, sich die Hände reibend, »Ihr habt es nicht mehr nötig, Euch mit Graf Simon abzugeben, meine Liebe, und Messer Lorenzo braucht nicht mehr mit dem französischen Kardinal Backgammon zu spielen. Auch unser David hat es nicht mehr nötig, sich auf verbale Kämpfe mit den Tataren einzulassen.«

Leichte Gereiztheit stieg in Daoud auf. Genau wie er befürchtet hatte, wollte Ugolini glauben, daß ihre Arbeit getan war, nachdem sie vergangene Nacht über die Tataren triumphiert hatten. Würde er es schaffen, den Kardinal davon zu überzeugen, daß dies nur der Anfang eines langen Kampfes war, in dem er, Ugolini, die Hauptrolle übernehmen sollte?

»Verceuil ist ein schlauer, aber nachlässiger Spieler«, warf Lorenzo ein. »Es ist mir gelungen, achtzig Gulden an ihn zu verlieren. Das hat sein Interesse wachgehalten. Sobald er überzeugt war, daß ich kein gerissener Spieler bin, hat er die Einsätze verdoppelt und mich gedrängt, das Gleiche zu tun.« Er ging zu Ugolinis Arbeitstisch hinüber und schenkte sich eine Tasse Kaviyeh ein.

Ugolini lachte. »Inzwischen weiß er wohl, daß diese achtzig Gulden ihn teuer zu stehen gekommen sind.« Er füllte eine Tasse aus der anderen Kanne, sprang auf und trug die Tasse zu Sophia hinüber. »Euch wird diese Gewürzmilch sicherlich besser munden als der moslemische Kaviyeh, meine Liebe. Sie ist mein liebstes Morgengetränk.«

»Ihr denkt, es sei alles vorbei, Kardinal?« fragte Daoud grollend. »Ihr denkt, ich könne jetzt gehen und Euch in Frieden – und reicher – zurücklassen?« Vielleicht wäre es Ugolini gar nicht so unrecht gewesen, wenn die Filippeschis mich erledigt hätten, dachte Daoud, als der Kardinal ihm in plötzlicher Empörung das Gesicht zuwandte.

»War die vergangene Nacht denn kein Sieg?« fragte Ugolini erstickt.

»Wir haben eine Schlacht gewonnen, aber nicht den Krieg. Kennt Ihr den Unterschied nicht?«

»Was können die Franzosen denn noch tun?« fragte Ugolini.

»Darüber müssen wir sprechen«, antwortete Daoud. »Auch wenn mein Körper trotz dieses guten Kaviyehs nach Schlaf schreit.« Er leerte die Tasse und stellte sie ab. Nur mit Mühe konnte er seinen Zorn beherrschen. Er mußte Ugolini für sich gewinnen, durfte sich ihn nicht zum Feind machen.

Ugolini nahm wieder in seinem hochlehnigen Sessel hinter dem Arbeitstisch Platz. Seine schmalen Finger strichen unaufhörlich über den vor ihm liegenden Totenschädel mit dem aufgemalten Diagramm. Er schaute so düster drein, als denke er an den Tag, an dem auch er nur noch ein Skelett sein würde. Lorenzo stand leise auf und schenkte sich noch eine Tasse Kaviyeh ein.

Daoud wandte sich an Sophia. »Was empfindet Gobignon Eurer Meinung nach für Euch?« Er fand es abscheulich, diese Frage zu stellen, und beobachtete ihr Gesicht sehr genau. In Wahrheit wollte er wissen, was *sie* für Gobignon empfand.

Sie hatte schwere Lider. Selbst mit seinen durch die Ausbildung bei den Haschischia geschärften Sinnen konnte er nicht erraten, was sich hinter dieser undurchdringlichen Maske verbarg.

»Ich denke, ich habe ihn überzeugt, daß die Nichte des Kardinals weder etwas über Bündnisse und Kreuzzüge weiß noch sich dafür interessiert. Ich glaube, er könnte sich in mich verlieben.«

Zorn hämmerte in Daouds Schläfen. »Sich in Euch verlieben?« fragte er herausfordernd. »Das ist wenig wahrscheinlich.«

Sie prallte zurück, als habe er sie geschlagen. »Haltet Ihr mich der Liebe eines Edelmannes nicht für würdig?«

Mit drei raschen Schritten durchquerte Daoud den Raum und blieb vor ihr stehen. »So verhätschelte Jüngelchen wie er sind nicht fähig zu lieben.«

Sophia zuckte die Schultern. »Er fühlt sich von mir angezogen. Wollt Ihr Euch das zunutze machen?«

»Schickt ihm durch einen Diener des Kardinals eine Nachricht und bittet ihn, sich in ein paar Tagen mit Euch zu treffen.« Daoud machte kehrt, ging zu dem Himmelsglobus neben dem Tisch des Kardinals und drehte ihn geistesabwesend, während er Sophia betrachtete. »Laßt ihn den Treffpunkt wählen, damit er sich sicher fühlt.«

Ihre Augen weiteten sich vor Angst. Sie dachte, er habe die Absicht, Gobignon zu töten. Das ärgerte ihn. Lag ihr denn so viel an dem Franzosen, daß sie bei dem Gedanken an seinen möglichen Tod die Fassung verlor?

Zu Daouds Überraschung sprang Ugolini aus seinem Sessel auf, kam auf ihn zu und rief, wobei er ihm mit dem Finger drohte: »Ganz Frankreich wird wie eine Lawine über uns hereinstürzen, wenn Ihr dem Jungen etwas antut!«

Daoud unterdrückte den Impuls, laut aufzulachen. In dem flatternden weißen Gewand, das er nach seiner Heimkehr angezogen hatte, bot der Kardinal einen komischen Anblick. Für Daoud, der den größten Teil seines Lebens unter Männern verbracht hatte, für die der Tod etwas Alltägliches und Angst etwas Seltenes war, war die Neigung des kleinen Mannes, ständig in Panik zu geraten, überaus verächtlich. Aber wieder erinnerte er sich daran, daß er Ugolini brauchte und daher mit Achtung behandeln mußte.

»Bitte, Euer Eminenz«, sagte er. »Wollte ich Gobignon töten lassen, würde ich Sophia nicht in die Sache hineinziehen. Ich möchte, daß sie ihm erklärt, was wir angeblich tun. Ich hoffe zwischen die Befürworter der Allianz Zwietracht zu säen.«

»Aber es ist für Sophia sehr riskant, sich mit ihm zu treffen«, meinte Ugolini. »Wie, wenn er versucht, sie mit Gewalt zur Wahrheit zu zwingen?«

Der Gedanke, Gobignon könnte gegen Sophia gewalttätig werden, weckte Daouds Zorn, und er stieß hervor: »Dann töte ich ihn.«

»Gott helfe uns!« Ugolini ging zu seinem Tisch zurück, setzte sich wieder und bedeckte das Gesicht mit den Händen.

Daoud bedauerte sofort, was er gesagt hatte. Aber gab es denn keine Möglichkeit, diesem Mann ein bißchen Mut einzuflößen? »Ihr habt viel zu tun, Kardinal«, sagte er. »Ihr dürft jetzt nicht wankelmütig werden.«

»Dann sprecht aber auch nicht mehr vom Töten«, entgegnete Ugolini heftig und nahm die Hände vom Gesicht.

»Ihr wißt doch, daß ich nichts Unüberlegtes tun würde, wenn so viel auf dem Spiel steht.«

»Ihr braucht nicht einmal daran zu denken, etwas zu tun«, erwiderte Ugolini. »Solange der Papst seine Entscheidung wegen der Tataren aufschiebt, ist Euer Volk sicher.«

Da hat er recht, dachte Daoud. Aufschub zu erlangen war ein wesentlicher Zweck seiner Mission. Aber gleichgültig, was Ugolini denken mochte, es war nicht genug. Um der Sicherheit des Islam willen mußte ein Bündnis zwischen Tataren und Christen unmöglich gemacht werden. »Euer Eminenz, wärt Ihr damit einverstanden, die Kardinäle zu besuchen, die gestern nacht gehört haben, wie die Tataren sich selbst verdammten?« Er bemühte sich, so zu sprechen, daß es nicht wie ein Befehl klang.

»Dazu sehe ich keine Notwendigkeit«, sagte Ugolini.

Natürlich nicht, dachte Daoud. Der kleine Kardinal war so voller Furcht, daß er überhaupt nichts sah. »Aber ich hoffe, Ihr könnt eine Delegation von Kardinälen zusammenbringen, die beim Papst vorstellig wird und ihn drängt, die Idee eines Bündnisses mit den Tataren aufzugeben. Schließlich seid Ihr der Kardinalscamerlengo. Euer Wort hat Gewicht.«

»Ich habe die Tataren bereits beim Konzil des Papstes angegriffen. Ich habe Euch mit den höchsten Kreisen von Orvieto bekannt gemacht. Ich habe Euch erlaubt, Übeltäter anzuwerben, die Unruhe stiften, während Ihr in meiner Villa wohnt. Ich höre, daß Ihr an Mord denkt.« Plötzlich rief Ugolini: »Es reicht!«

Daoud wurde ganz schwach vor Hoffnungslosigkeit. Aber er war ein Mameluck und mußte weiter angreifen. Er ging nicht direkt auf Ugolinis Weigerung ein. »Ich hoffe auch, Ihr könnt Bruder Thomas überreden, einen offenen Brief zu schreiben – an den Papst oder an den König von

Frankreich –, in dem er die Tataren öffentlich verurteilt. Abschriften dieses Briefes könnten an alle in der Christenheit einflußreichen Männer gegeben werden.«

Ugolini schüttelte den Kopf, und sein Backenbart zitterte. »Bruder Thomas ist neutral und will es auch bleiben.«

»Was er gestern nacht zu hören bekommen hat, kann ihn doch nicht ungerührt gelassen haben«, erwiderte Daoud. »Ich habe gesehen, daß es ihn sogar stark berührt hat.«

»Von diesem Vorfall läßt sich Bruder Thomas gewiß nicht umstimmen, da müßte schon noch einiges hinzukommen«, meinte Ugolini.

Jetzt habe ich ihn! dachte Daoud mit einem Blick auf Lorenzo, der ihm ermutigend zunickte. Beide Hände auf die Tischplatte drückend, beugte Daoud sich vor. »Jetzt habt Ihr selbst genau das gesagt, was ich Euch begreiflich machen will. Der Vorfall gestern nacht hat nicht genügt, um Bruder Thomas oder die Kardinäle oder den Papst umzustimmen. Wir müssen mehr tun. Ihr könnt alles, was wir wollen, durch Überredung und List erreichen. Wenn Ihr das tut, brauche ich nie die Hand auf meinen Dolch zu legen, und Ihr habt nichts zu befürchten. Ergreift die nötigen Maßnahmen.«

Ugolini starrte den Totenschädel an, dann zupfte er an seinem Backenbart und fragte: »Was muß ich tun?«

»Sagt mir«, begann Daoud, »was würden die Franzosen Eurer Meinung nach tun, wenn Bruder Thomas sich gegen die Tataren wendet?«

Ugolini runzelte die Stirn. »Wenn seine Oberen ihn anwiesen, seine Ansicht über die Tataren zu ändern oder zu schweigen, dann müßte er gehorchen.«

»Und wer von den Hauptbefürwortern der Allianz würde die Forderung der Franzosen an die Dominikaner weitergeben?« drängte Daoud.

»Graf Simon hat nicht die nötige Autorität«, meinte Ugolini. »Bruder Mathieu ist redegewandt und kennt die Tataren gut, aber ich kann mir nicht vorstellen, daß die Oberen der Dominikaner auf einen einfachen Franziskanerpriester hören würden.«

»Was ist mit Verceuil?« fragte Daoud.

Ugolini nickte. »Verceuil ist Kardinal und kann als Gleichgestellter mit dem Dominikanerorden sprechen.«

»Gut«, sagte Daoud. »Ich habe gehofft, daß Ihr das sagen würdet.« Er wandte sich von Ugolini ab. Was er für den Augenblick erreichen konnte, hatte er erreicht. Erschöpfung schlug ihm wie ein Knüppel auf den Hinterkopf. »Lorenzo, wenn Ihr diesem Bravo Sordello begegnet, sagt ihm, ich hätte entschieden, daß er und die drei anderen sich uns anschließen können. Ich gehe ins Bett.«

»Ich habe seinetwegen ein schlechtes Gefühl«, erwiderte Lorenzo.

Daoud legte Lorenzo die Hand auf die Schulter. »Wenn er hier spioniert, müssen wir erfahren, wer ihn in unser Lager geschickt hat. Er soll sich bei uns sicher fühlen. Dann fangt Ihr an, ihn scharf zu beobachten. Wir werden sehen, zu wem er uns führt.« Er wandte sich von Lorenzo ab und Sophia zu. Sie sah ihn eindringlich an, aber er ahnte nicht, was sie dachte oder fühlte. So müde er auch war, er wünschte, sie käme zu ihm ins Bett.

Rachel lag mit dem Gesicht zur Wand und weinte leise. Alles war vorbei.

Sie merkte, daß ihr Gewand noch immer über die Taille hinaufgeschoben war, und hob die Hüften, um es herunterzuziehen. Doch wozu jetzt noch sittsam sein? Besonders vor diesem Mann, der ihr die Jungfräulichkeit genommen hatte.

Sie hörte Seide rascheln, als er sich hinter ihr anzog. Sein Glied war kleiner, als sie es sich vorgestellt hatte. Einmal, in einem Stall in Perugia, hatte sich ihr ein Stalljunge gezeigt und versucht, sie zu vergewaltigen, aber sie war davongelaufen. Das Ding dieses Stalljungen war viel größer gewesen.

Johannes sagte etwas zu ihr, doch sie verstand es nicht. Wahrscheinlich wollte er, daß sie aufhörte zu weinen.

Obwohl er freundlich gewesen war, bevor er zu ihr ins Bett kam, hatte sie geglaubt, er werde sich in einen der wilden, grausamen Tataren verwandeln, von denen sie gehört hatte. Er war zwar klein, aber sein Gewicht hatte sie erschreckt, als er auf ihr lag. Er war langsam in sie eingedrungen und hatte innegehalten, als sie aufschrie. Am Ende war sie es gewesen, die es hinter sich bringen wollte, indem sie die Hüften hob und ihm entgegenstemmte. Ein paar schnelle Stöße und sein Lustschrei – der langgezogene Schrei eines Reiters – folgten gleich darauf. Und mehr war da nicht gewesen.

Der Tatar sagte wieder etwas und tippte ihr auf die Schulter. Seine Stimme klang leise und freundlich. Sie wälzte sich herum und sah ihn an. Er lächelte und nickte wieder. Ja, er wollte sie aufmuntern. Sie fühlte, daß er etwas von Frauen wußte und daß dieses Wissen nicht von Vergewaltigungen kam. Er mußte in dem fernen Land, aus dem er stammte, eine Ehefrau haben, und er mußte vor langer Zeit mit ihr getan haben, was er eben mit Rachel getan hatte.

Völlig angekleidet stand er neben dem Bett. Sein Lächeln wurde breiter, als sie ihn ansah. Rachel hatte noch nie einen Juden oder einen Christen in Johannes' Alter mit so guten Zähnen gesehen.

Er löste einen kleinen Beutel von seinem Gürtel und reichte ihn ihr. Sollte sie ihn nehmen? Aber selbstverständlich sollte sie. Hatte sie nicht alles nur über sich ergehen lassen, um bezahlt zu werden? Sollte ihr Körper von nun an nicht immer für Geld feil sein? »Danke, Messer Johannes«, sagte sie und streckte die Hand aus.

Aber er kam näher und strich ihr mit dem weichen Leder des Beutels über die Wangen, um ihre Tränen zu trocknen. Sie verstand, was er ihr sagen wollte – daß dieses Geld sie für ihren Schmerz entschädigen sollte. Da er Heide war, konnte er nicht begreifen, daß der Schmerz in ihrer Seele viel größer war, weil sie gesündigt, ihrer Familie Schande gemacht und sich selbst für immer entehrt hatte. Aber ich habe keine Familie, sagte sie sich.

Johannes legte ihr den Beutel in die Hand und schloß ihre Finger darüber. Der Beutel war zwar klein, aber schwer. Johannes runzelte die Stirn, legte den Finger auf die Lippen und winkte mit der Hand. Er versucht mir zu sagen, dachte sie, daß das ein Geschenk nur für mich ist und ich Tilia nichts davon erzählen soll. Er weiß ja nicht, daß Tilia bei allem zugesehen hat, was wir taten.

Er machte kehrt und verließ schnell den Raum.

Rachel war allein mit ihrer Verzweiflung. Sie wollte schlafen. Das Zimmer war fensterlos, und inzwischen mußte es Morgen sein. Sie war zwar müde, aber nicht schläfrig, und sie fühlte einen dumpfen Schmerz dort, wo er das Siegel ihrer Jungfräulichkeit erbrochen hatte. Der Beutel mit dem Geld lag schwer in ihrem Schoß. Vielleicht konnte sie schlafen, wenn sie ein bißchen Wein trank.

Aus anderen Teilen des Hauses drangen Männerstimmen zu ihr, laut und rauh. Ein Mann lachte und dann eine Frau. Wie viele Männer waren mit dem Tataren gekommen? Sie war sogar zu müde, zum Bettrand zu kriechen und sich Wein einzuschenken. Sie nahm das Geld und schob es unter das Kissen. Vielleicht hatte Tilia nicht gesehen, wie er es ihr gab.

Die Tür ging auf, und Tilia kam herein, den Mund zu einem breiten Lächeln verzogen. »Du warst genau das, was er wollte. Er schien sehr, sehr zufrieden.«

Rachel versuchte zu lächeln. »Es war nicht so schrecklich, wie ich erwartet hatte.«

Tilia zuckte die Schultern. »Männer, die im Krieg furchtbar sind, sind im Bett manchmal um so liebevoller. Ich habe seinen Zipfel ziemlich klein gefunden, du nicht? Das war ein Glück für dich. Aber so klein er auch gewesen sein mag, sein Besitzer konnte dich zweimal besteigen, und das ist bemerkenswert für einen weißhaarigen Mann, der die ganze Nacht getrunken hat.« Dann lachte sie. »Doch du hättest den französischen Kardinal sehen sollen, der mit dem Tataren gekommen ist. Er hat drei Frauen verlangt und jede mächtig hergenommen. Diese Franzosen! Ich mag sie nicht besonders, weil sie immer auf dem hohen Roß sitzen, aber sie sind ein lüsterner Haufen.«

Rachel mußte lächeln. War es so leicht, wie eine Hure zu denken und über Hurenwitze zu lachen?

»Tja«, sagte Tilia, »und jetzt müssen wir dich sofort waschen. Du willst doch nicht schon in deinem ersten Jahr als Frau einen kleinen Tataren zur Welt bringen, oder?« Sie ging zu einem Schrank und holte eine grauweiße Blase mit einem aufgerollten Schlauch heraus. »Sieht merkwürdig aus, wenn man es nicht kennt«, meinte sie. »Aber du brauchst dir keine Gedanken zu machen, es tut nicht weh. Wir füllen diese Schweinsblase mit warmem Wasser, drücken sie zusammen, und das Wasser fließt durch den Schlauch aus feinem Pergament in dich hinein.«

Rachel betrachtete das Ding, das Tilia neben sie auf das Bett gelegt hatte, und ihr wurde übel.

»Ach, übrigens«, sagte Tilia, während sie Waschbecken und Krug aus dem Schrank holte, »du darfst die Börse behalten, die er dir zugesteckt hat. Er hat so glücklich ausgesehen, als er ging, daß ich denke, du hast sie dir verdient.«

Das Beste, was Rachel erhoffen konnte, war, dieses Leben ein, zwei Jahre zu ertragen und herauszuholen, was herauszuholen war und reich zu werden. Wenn sie dann fortging, hatte sie bestimmt genug Geld, um sich Leibwächter zu halten, die sie begleiteten. Sie würde irgendwohin gehen, wo niemand sie kannte, nach Sizilien vielleicht, und dort als reiche Frau ein neues Leben beginnen, selbst Bankgeschäfte abwickeln oder Handel treiben.

Die Hoffnung auf ein neues Leben – sie war das Floß, das sie tragen würde, wenn sie das Gefühl hatte, in Kummer und Leid ertrinken zu müssen.

27

Daouds müde Augen brannten. Als er sein Schlafgemach betrat, schloß er sie vor dem grellen Licht, das durch die Fensterscheiben strömte. Aber so müde er auch war, einschlafen konnte er nicht.

Er hatte die richtige Zeit für das Morgengebet versäumt, goß jetzt jedoch Wasser in ein Becken, wusch sich Gesicht und Hände, wandte sich dann der Sonne zu, die schon aufgegangen war, und betete demütig zu Gott, verneigte sich zuerst, kniete dann nieder und schlug schließlich mit der Stirn auf den Teppich.

Nach dem Gebet stieß er den eisernen Fensterrahmen mit den rautenförmigen Glasscheiben auf, damit frische Luft hereinkam, und zog dann die grünen Samtvorhänge vor, um das Licht auszusperren. Jetzt bewegte er sich in einem kühlen Halbdunkel, wie unter Wasser. Er mußte ruhen, um für die nächste Schlacht stark zu sein.

Seine Schlafmatratze lag nach ägyptischem Brauch auf dem Boden. Er streifte die Tunika ab und ließ sie einfach fallen. Dann schnallte er den Gürtel ab, legte ihn sorgfältig auf die Matratze, schleuderte die Stiefel von sich, zog die Hose aus und nahm das Lendentuch ab. Nachdem er sich von Kopf bis Fuß gewaschen hatte, fühlte er sich sauber.

Gestern nacht hatte er den Tataren vor allen Größen von Orvieto die Maske vom Gesicht gerissen, und er hatte einen Überfall von Bravi überlebt, die ihn töten wollten. Daher durfte er sich heute morgen erlauben, was er sich bisher verboten hatte.

Er hatte aus Ugolinis Zimmer eine Tasse Kaviyeh mitgebracht und sie auf den schwarzen Marmortisch neben seiner Schlafmatratze gestellt. Jetzt nahm er aus einer Reisetruhe den dunklen Ledertornister, der ihn von Lucera bis hierher begleitet hatte, und holte ein kleines Paket heraus. Er schlug das ölgetränkte Pergament zurück und betrachtete die quadratische schwarze Masse, etwa so lang und so breit wie sein halber

Finger. Er zog den Dolch aus der Scheide – den Dolch, der sein Schutz gewesen wäre, hätte er gegen die Filippeschi-Leute kämpfen müssen. Sorgfältig schabte er von der schwarzen Masse kleine Flocken auf den polierten schwarzen Marmor. Er hielt die Tasse mit der Flüssigkeit unter den Rand der Tischplatte und strich die Flocken hinein. Dann rührte er den Kaviyeh mit der Dolchspitze um.

Er hob die Tasse, als wolle er einen Trinkspruch ausbringen, und sprach die Beschwörungsformel der Haschischia: »Im Namen der Stimme kommt das Licht.« Er setzte die Tasse an die Lippen und trank langsam. Der Kaffeegeschmack überdeckte den anderen, aber Daoud wußte, der Stoff würde wirken. Er spähte auf den Grund der Tasse, um sicherzugehen, daß er ja keine Flocke vergeudet hatte. Dann setzte er die Tasse ab.

Das Zauberpferd, das ins Paradies fliegt, nannten es die Haschischia.

Von Scheich Saadi hatte er gelernt, wie man der Macht der Drogen widerstand. Imam Fayum, der Alte vom Berge, hatte ihm beigebracht, wie er sie benutzen konnte, wenn ihm danach zumute war.

Mit einem Seufzer legte sich Daoud nackt auf die Matratze. Wären die Filippeschis jetzt gekommen, um ihn zu töten, hätte er sie mit einem Lächeln und offenen Armen empfangen. Auf dem Rücken liegend, den Kopf auf einem mit Federn gefüllten Kissen, weiteten sich sein Bewußtsein und seine Sinne. Das Summen einer großen schwarzen Fliege, die durch das offene Fenster und die geschlossenen Vorhänge ins Zimmer getaumelt war, klang ihm wie ein Derwischchor in den Ohren, der sich durch seinen Gesang in Ekstase versetzte.

Gerüche wehten durch das offene Fenster herein: klare Bergluft, mit Pinienduft untermischt, aber auch jeder nur erdenkliche faulige Gestank, den Tausende von Menschen erzeugten, die zu eng beieinander lebten. Am Abend vorher hatte es geregnet, aber nicht genug, um die Straßen zu reinigen, und die im Abfall wühlenden Schweine – mit den geschärften Sinnen konnte Daoud sie hören – wurden mit dem Unrat und den Abwässern dieser übervölkerten Stadt nicht fertig.

Doch er brauchte nicht in Orvieto zu bleiben. Er hob den Kopf und griff dann nach der Halskette, an der das silberne Medaillon hing. Dann drehte er an der kleinen Schraube, die den Deckel hielt, und er klappte auf. Die Kristallscheibe mit dem silbernen Rücken dicht vor die Augen haltend, sah Daoud sein Gesicht, das von der Oberfläche widergespiegelt wurde. Als die Droge seine innere Welt noch erweiterte, war ihm, als starrte ihn aus der Scheibe das Gesicht von Sophia Karaiannides an. Ihre dunklen Lippen, üppig wie rote Trauben, waren leicht geöffnet und ließen regelmäßige weiße Zähne sehen. Die dicht bewimperten Lider waren halb gesenkt. Das Haar rahmte in brünetten Wellen das Gesicht ein. Sie hatte es mit Wasser benetzt, und die Tropfen funkelten auf Stirn und Wangen wie Edelsteine.

Daoud bezweifelte nicht, daß er sie genauso sah, wie sie in diesem Augenblick war, irgendwo in der Villa. Ich will nicht Sophia sehen, dachte er. Ich will Blühendes Gras.

Dann sprach Sophia sogar. »O David, warum kommst du nicht in mein Bett?«

Ihre Stimme klang samtweich. Seine Muskeln spannten sich in plötzlichem Verlangen, einer ihn seit langem quälenden Sehnsucht, die Francesca nie und nimmer stillen konnte – die Frau, mit der er jetzt ab und zu im Haus von Tilia Caballo ins Bett ging. Sophia, erkannte er, konnte ihm geben, was er wollte und vermißte, seit er seine Heimat verlassen hatte.

»Nein! Zeig mir Blühendes Gras!« rief er und schloß die Augen. Sophias Gesicht verblaßte, und nach und nach zeigte sich das Gesicht von Blühendes Gras. Ihre mit Kohle schwarz umrandeten, schrägen Augen blitzten. Ihre Mundwinkel waren geringschätzig nach unten gezogen, die Flügel ihrer Adlernase stolz gebläht. In ihrem Gesicht stand eine Nachricht an ihn. Was wußte sie, und was versuchte sie ihm zu sagen?

Blühendes Gras, Tochter Baibars' und seiner kanaanitischen Ehefrau, die er aus der Kreuzfahrerfestung in Sidon entführt hatte. Man munkelte, daß die Mutter von Blühendes Gras einen Zauber übte, der schon uralt gewesen war, als die Hebräer in ägyptischer Gefangenschaft waren. Aber würde Baibars, der mächtigste Verteidiger des Glaubens seit Saladin, in seinem Haus einen Teufelskult dulden? Daoud konnte das nicht glauben.

Und dennoch, was war dieses Medaillon anderes als das Werk eines bösen Zauberers? Er hätte es nie angefaßt, geschweige denn getragen, wenn es nicht von Blühendes Gras gekommen wäre, die er liebte.

Blühendes Gras, mit Brüsten wie Äpfeln und Fingernägeln, die ihm den Rücken zerkratzten, wenn sie sich liebten, im Alter von zwölf Jahren mit ihm verlobt und zwei Jahre später mit ihm verheiratet. Blühendes Gras, eine Gabe, mit der Baibars ihn besonders ehren wollte, Siegel und

Symbol der ewigen Freundschaft zwischen Baibars al-Bunduqdari und Daoud ibn Abdallah. Blühendes Gras, die jetzt durch den Zauber des Medaillons und des Haschischs zornig zu ihm sprach.

»Geh zum Brunnen zurück, Daoud!«

»Zum Brunnen zurück?«

»Zu Goliaths Brunnen!«

Wieder sah er die mit Tamarisken, Dorngestrüpp und Gras bewachsene Ebene vor sich, sah die angreifenden Tataren heranjagen. Voller Eifer beugte er sich, den Sattelknopf umklammernd, im Sattel vor. Jetzt, ihr Teufel, sollt ihr für Bagdad bezahlen.

Er hatte diesen Tag, die größte Schlacht seines Lebens, Hunderte von Malen von neuem durchlebt – in nachdenklichen Augenblicken, in Träumen, in Haschischvisionen. Was er jetzt sah, waren Augenblicke, die ihn aus der Dunkelheit ansprangen.

Einen Kriegsruf ausstoßend und das Krummschwert schwingend, galoppierte ein Tatar auf ihn zu. Sie waren auf offenem Feld. Daoud wich ihm in einem weiten Bogen aus, schob sein Schwert in die Scheide und holte den Bogen aus der Hülle. Der Tatar lenkte sein Pferd mit den Knien und schoß Pfeil um Pfeil auf Daoud ab. Aber er zielte nicht sorgfältig genug, und alle Pfeile pfiffen über Daouds Kopf hinweg.

Die Muskeln des schwarzen jemenitischen Hengstes traten hervor, und seine Hufe donnerten über die Ebene. Daoud wandte sich um und zielte sorgfältig auf die Brust des Tataren. Dieser mußte nur eine leichte Lederrüstung tragen, denn der Pfeil, der eine Stahlspitze hatte, drang tief in ihn ein. Der Tatar schrie kurz auf, ließ seinen Bogen fallen und stürzte dann wie ein Stein aus dem Sattel.

Daoud zügelte seinen Jemeniten und sprang mit gezogenem Schwert aus dem Sattel. Der Tatar hatte sich auf alle viere aufgerappelt, erbrach aber Blut in den Sand.

Daoud versetzte ihm mit der Spitze seines roten Stiefels einen Tritt und wälzte ihn auf den Rücken. Das Schwert hoch erhoben, blickte er in Nicetas' von Schmerz und Angst verzerrtes Gesicht. »O Gott!« flüsterte er. »O Gott, nein!« Er stand wie gelähmt.

Ihre Blicke trafen sich.

»Du mußt es tun«, sagte Nicetas.

»Gott sei mir gnädig«, sagte Daoud und schlug zu.

28

Lorenzo taten die Augen weh, als er durch ein Guckloch in der Tür eines Vorratsraumes in die Schankstube des Gasthauses spähte. Abwechselnd das linke und das rechte Auge an das Guckloch haltend, sah er zu einer Bank an der gegenüberliegenden Wand, auf der ganz allein eine Gestalt saß, die sich eine Kapuze über den Kopf gezogen hatte und einen Becher Wein auf den Knien hielt. Wie von Lorenzo angewiesen, hatte der Wirt eine brennende Kerze in einen Wandleuchter in der Nähe von Sordellos Sitzplatz gesteckt, so daß Lorenzo sein Wild beobachten konnte. Es war früher Abend, und im Schankraum saßen nur sechs Männer und Frauen. Alle außer Sordello hatten auf Bänken an dem langen Tisch in der Nähe des Weinfasses Platz genommen. Sordello, der mit dem Rücken an der roh behauenen Holzwand lehnte, mußte seinen Becher neben sich abstellen.

Daouds heimliche Armee wurde immer größer. Am Abend nach dem Empfang bei der Gräfin hatte Lorenzo einen Vertrag mit Marco di Filippeschi geschlossen; Marco war bereit, Daoud im Kampf gegen das Bündnis zu unterstützen, wenn er zugleich sein Mütchen an den Monaldeschis kühlen und ihnen einen entscheidenden Schlag versetzen konnte. Aber bevor sie Pläne schmiedeten, mußten sie sich Klarheit über Sordello verschaffen.

Eine untersetzte Frau in Schwarz betrat die Schankstube und ging schnurstracks auf den Mann mit Kapuze zu. Den unteren Teil ihres Gesichts verdeckte ein schwarzes Tuch. Jeder, der den Mann mit Kapuze und die verschleierte Frau sah, mußte denken, daß es sich bei den beiden um etwas so Alltägliches wie ein ehebrecherisches Paar bei einem verbotenen Treffen handelte. Sie setzte sich neben ihn auf die Bank, und dann steckten sie die Köpfe zusammen. Aber Lorenzo war zu weit entfernt, um etwas zu hören.

Was er hörte, war ein Scharren hinter sich. Er drehte sich um. Ratten, dachte er. Diese Arbeit bringt einen Mann ständig mit Ratten in Berührung – mit vierbeinigen Ratten und Männern wie Sordello. Er legte das Auge gerade rechtzeitig wieder an das Guckloch, um ein Stück Papier in dem weiten Ärmel der Frau verschwinden zu sehen. Wem Sordello auch Bericht erstatten mochte, er tat es schriftlich. Interessant, daß der Mann schreiben konnte. Damit mußte man ihn eine Stufe höher einordnen als den durchschnittlichen Bravo.

Der Wirt kam auf die beiden zu und bot der Frau Wein an, aber sie würdigte ihn keines Blickes. Sie stand auf und verließ Sordello so schnell, wie sie gekommen war. Um Liebe ging es bei diesen beiden nicht.

Lorenzo beschloß, der Frau zu folgen. Er verließ schnell das Gasthaus, um noch einen Blick auf die Frau zu erhaschen, ehe sie um eine Ecke bog. Sie war in der Dunkelheit kaum zu sehen, und er verlor sie beinahe zweimal aus den Augen, bevor sie in eine breitere Straße einbog. Hier erleichterte ihm das Licht, das aus den Fenstern fiel, die Verfolgung. Jetzt war er ganz sicher, wohin sie ging, und er war nicht überrascht, als sie die Stufen hinaufeilte, die zum Haupttor des Palazzo Monaldeschi führten. Das Tor wurde geöffnet. Im hellen Licht der Fackeln zog sie den Schal vom Gesicht und gab sich zu erkennen. Auch Lorenzo erkannte sie, obwohl er auf der anderen Straßenseite stand.

Es war Ana, die Frau, die für die Tataren dolmetschte.

Sophia betrat Kardinal Ugolinis Arbeitszimmer mit einem Brief in der Hand, den Simon de Gobignon ihr geschrieben hatte. Der junge Stallmeister des Grafen hatte ihn ihr auf einem Spaziergang zugesteckt. Sie hatte ihn ein paarmal gelesen, bevor sie ihn Daoud brachte.

Er war allein im Zimmer.

Als er von dem Kissenstapel aufblickte, auf dem er saß, hielt sie den Atem an. Im weißen Licht, das durch die Glasscheiben fiel, bekamen seine grauen Augen etwas Schillerndes.

Das Zimmer des Kardinals im obersten Stockwerk war der hellste Raum in der ganzen Villa. Wenn Ugolini es nicht benutzte, kam Daoud oft hierher, um zu lesen, zu schreiben und zu meditieren. Und wenn weder Daoud noch Ugolini es benutzten, hielt sich Sophia manchmal darin auf, um zu zeichnen und zu malen.

»Die lang erwartete Antwort von Simon ist da«, sagte sie und warf Daoud die geöffnete Pergamentrolle zu.

Daoud breitete Gobignons Brief auf den Knien aus und las ihn, während Sophia sich im Zimmer umsah. Auf einem Tisch in Fensternähe lag der bemalte Totenschädel, mit dem Ugolini immer spielte. An einer Wand hingen zwei Himmelskarten. Interessiert betrachtete sie die Malereien auf den an die Wände genagelten Pergamentrollen – Bilder von Pflanzen und Tieren, die so merkwürdig aussahen, daß sie sie für Phantasiegeschöpfe eines Künstlers hielt. Eines stellte einen flügellosen Vogel dar, das zweite ein geflecktes Tier, das einen unglaublich langen Hals hatte.

Während Daoud hastig Gobignons Brief überflog, verzog er die Lippen zu einem leichten Lächeln über Simons leidenschaftliche Ergüsse, die Sophia fast auswendig gelernt hatte, weil sie sie entzückten.

»Herrin, ich erflehe Eure Gnade. Ihr ahnt es nicht, aber Eure sanften Augen haben größere Gewalt über mich als der mächtigste aller Herren. Aus diesen Augen kamen Pfeile geflogen, die verwunden, nicht aber töten sollten, und sie haben mein Herz durchbohrt. Es wird in alle Ewigkeit bluten, und alle werden sich über meine Blässe und meine Schwäche wundern, die keine äußere Ursache hat.

Die Weisen lehren uns, daß Wunden oder Krankheit nur durch das geheilt werden können, was sie verursacht hat. Daher könnt nur Ihr, die Ihr mir diese Wunde geschlagen habt, sie auch heilen. Laßt mich im Schutz der Nacht zu Euch kommen, ich flehe Euch an. Laßt mich Euch in aller Heimlichkeit anbeten, nur einen Augenblick, und meine Kraft wird wiederkehren . . .«

»Er ist fast so gut wie ein arabischer Dichter«, sagte Daoud spöttisch und gab ihr den Brief zurück. Beunruhigte es ihn, daß Simon ihr Liebesworte schrieb? Wie sie sah, schrieb er selbst einen Brief, auf ein Stück Pergament, das auf einem Schreibbrett auf seinen Knien lag.

Wie um ihr zu zeigen, daß Simons Brief bedeutungslos für ihn war, schrieb er schnell an seinem eigenen weiter. Er benutzte eine Feder, die er in ein Tintenfaß tauchte, und schrieb von rechts nach links.

»Ihr schreibt verkehrt?« sagte sie, setzte sich neben ihn auf den Boden und sah ihm bei der Arbeit zu.

»Nein, das tun die Christen«, antwortete er mit einem leichten Lächeln. Er bedeckte das Geschriebene mit der Hand, doch sie erhaschte einen Blick auf die Zeilen, die sich wanden und schlängelten wie winzige schwarze Reptilien.

»Warum macht Ihr Euch die Mühe, die Schrift zuzudecken? Glaubt Ihr wirklich, ich könnte das lesen?« Sie berührte seine Hand, die auf dem Pergament lag, und bemerkte zugleich die feinen blonden Haare auf deren Rücken.

»Geheimhaltung ist mir zur Gewohnheit geworden.« Er bedachte sie mit einem herzlichen Lächeln, und sie hätte am liebsten sein Gesicht in beide Hände genommen.

Wir sind einander so nahe, dachte sie, sitzen hier Seite an Seite auf dem Boden. Und sind allein ... Sie brauchten sich nur auf diesem dicken arabischen Teppich auszustrecken und einander zu umarmen. Aber natürlich konnte jeden Augenblick Ugolini oder einer seiner Diener hereinkommen. Ihr Verlangen nach Daoud war ein unaufhörlicher Schmerz. Sie hatte seit Wochen nicht mehr an Manfred gedacht, und wenn sie sich nicht mit Simon treffen mußte, war sie ganz Sophia Karaiannides und wurde nicht von der Sehnsucht der Sophia Orfali nach dem jungen französischen Grafen bedrängt.

»Wollt Ihr noch immer, daß Simon de Gobignon mich heimlich besucht?« fragte sie.

»Habe ich Euch vielleicht gesagt, daß sich die Pläne geändert hätten?« gab er schroff zurück, den Blick starr auf das Pergament gerichtet.

»Was soll ich ihn tun lassen, wenn wir zusammen sind?« fragte sie leise. Sie wußte daß Daoud eifersüchtig war, und sie wollte seine Eifersucht hören.

Er stand auf und legte seine Schreibtafel auf den Tisch. Dann trat er an ein offenes Fenster, schaute hinaus und rollte das dünne Pergament zwischen den Fingern hin und her. »Tut, was Ihr für nötig haltet«, sagte er kalt.

»Nötig wofür?« fragte sie mit zusammengebissenen Zähnen.

Er drehte sich um und streckte einen Finger in die Höhe. »Um sein Vertrauen zu gewinnen.« Er hob einen zweiten Finger. »Um alles zu hören und im Gedächtnis zu behalten, was ihm vielleicht herausrutscht.« Er hob den dritten Finger. »Aber am wichtigsten ist es, daß Ihr ihm alles Mögliche erzählt.«

»Was zum Beispiel?«

»Erzählt ihm, daß Kardinal Ugolini Bruder Thomas überredet hat, sich gegen das Bündnis zwischen Christen und Tataren zu stellen.«

»Und was bringt es Euch, wenn Simon glaubt, Ihr hättet Bruder Thomas für Euch gewonnen?«

»Die Ungläubigen arbeiten verzweifelt daran, den Schaden zu beheben, den ich dem Ruf der Tataren zugefügt habe«, erwiderte Daoud. »Wenn sie denken, sie hätten Bruder Thomas verloren, könnte sie das verleiten, genau das Falsche zu tun.«

»Und das wäre?«

»Wenn sie nicht wissen, daß Bruder Thomas sich bemüht, neutral zu bleiben, werden sie mit allen Mitteln versuchen, ihn wieder auf ihre Seite zu ziehen. Ich hoffe, daß sie mit Kardinal de Verceuils Einfluß auftrumpfen. Wenn Verceuil zu Bruder Thomas geht – oder noch besser, zu dessen Oberen –, könnte er den gelehrten Mönch sehr leicht in unser Lager treiben.«

»Und wenn Ihr Euch irrt? Wie, wenn Verceuil und die anderen Franzosen Bruder Thomas überreden, die Allianz zu unterstützen? Wäre es nicht besser, ihn zu lassen, wo er ist, in der neutralen Ecke?«

Daoud schüttelte den Kopf. »Auf diese Weise beeinflussen wir die Entwicklung.«

Sie lächelte. »Ich habe gedacht, Ihr Moslems überlaßt alles dem Schicksal.«

»Im Tun der Menschen äußert sich ja das Wirken des Schicksals.«

Sie würde seine moslemische Denkweise wahrscheinlich nie verstehen. Vielleicht wollte er ihre Liebe nicht, weil sie für ihn eine Ungläubige war. Es machte sie zornig zu denken, daß er sich wegen ihrer Religion von ihr fernhielt – er, der nicht einmal als Moslem geboren war. »Die Türken haben Eure Eltern ermordet«, sagte sie. »Wie könnt Ihr da ein Moslem sein?«

Er sah sie mit dem ihm eigenen brennenden Blick an, und sie fragte sich, ob sie in Gefahr war.

»Es war mein Schicksal«, sagte er. »Ich mußte Mutter und Vater verlieren, um Gott zu finden.«

Bevor sie sich zurückhalten konnte, begann sie zu lachen. Sie war zornig auf ihn gewesen, hatte ihn gereizt und gefürchtet, daß er zurückschlagen könnte, und statt dessen stellte er eine absolut lächerliche Behauptung auf.

Als sie anfing zu lachen, wich er einen Schritt zurück, als habe sie ihn geschlagen, und sein braunes Gesicht wurde rot.

Jetzt hatte sie wirklich Angst. Diesmal war sie zu weit gegangen.

»Vergebt mir. Eure Antwort hat mich überrascht. Bei einem Mann wie Euch klingt es so merkwürdig, wenn er sagt, er habe Gott gefunden. Ihr seid doch ein Krieger und ein Spion, kein heiliger Mann.«

»Darüber brauchen wir nicht zu sprechen.« Er wandte sich von ihr ab und blickte aus dem Fenster.

Sie schaute an ihm vorbei auf Dachfirste. In der Ferne zog ein Taubenschwarm am Himmel seine Kreise. »Nein«, sagte sie. »Und als Ungläubige würde ich es ohnehin nicht verstehen.«

Überraschend kam er auf sie zu und blickte ernst und ohne Zorn auf sie herunter. »Wenn Ihr je ganz aufrichtig etwas über den Islam erfahren wollt, kommt zu mir und fragt mich. Ich werde Eure Fragen beantworten, so gut ich kann. Aber redet keinen Unsinn und lacht nicht.«

Sie glaubte ihn jetzt besser zu verstehen. Die Moslems hatten seinen Körper gefangengenommen, und obwohl versklavt, hatte er seine Seele hingebungsvoll ihrer Religion überantwortet. Er diente nicht den Türken. Er diente dem Gott, den sie Allah nannten. Wie das zustande gekommen war, konnte sie sich nicht vorstellen. Doch sie begriff jetzt besser, warum sein Sultan ihn mit dieser Aufgabe betraut hatte. Er wurde ihr vollkommen gerecht.

»Ich muß gehen«, sagte er.

»Um Eure Nachricht weiterzugeben?« Sie zeigte auf seine Faust, die das Stück Pergament umklammerte. »Gibt es in Orvieto jemand, der sie lesen kann?«

Er lächelte. »Es schadet ja nichts, wenn ich es Euch sage. Die Nachricht geht durch Brieftauben und Schiffe an meinen Sultan.«

»Und bekommt Ihr die Antworten auf demselben Weg?«

»Es dauert jeweils über einen Monat; daher habe ich, seit ich in Italien bin, erst eine einzige Nachricht von meinem Sultan bekommen.«

»Hält sich der Kardinal denn Brieftauben?«

Er hatte eine winzige Lederkapsel aus der Gürteltasche geholt und schob den Brief jetzt hinein. »Frau Tilia hat Tauben.«

«Also geht Ihr zu ihr?« Schuldbewußt erinnerte sich Sophia, daß sie eine Zeitlang nicht an Rachel gedacht hatte. »Würdet Ihr fragen, wie es Rachel geht? Bitte, Daoud!«

Daoud warf ihr einen schnellen Blick zu und schaute wieder weg.

»Was ist mit ihr passiert?« fragte sie und faßte Daoud am Arm, damit er sich nicht abwenden konnte.

Er versuchte nicht, sich loszureißen. »Es geht ihr gut. Sie ist sogar reich geworden.« Seine Augen wichen den ihren aus.

»O Gott! Ein Mann hat sie gehabt!« Sie ließ Daoud los und kehrte ihm den Rücken zu.

Wieder trat Stille ein, während der Zorn in Sophia kochte. Am liebsten wäre sie über Daoud hergefallen und hätte ihm das Gesicht zerkratzt. Sie haßte sich, weil auch sie eine Rolle bei der Erniedrigung des Mädchens gespielt hatte.

»Sophia«, sagte Daoud hinter ihr, leise, mit ein wenig unsicher klingender Stimme, »wart Ihr denn so viel älter als Rachel, als Ihr zur Frau wurdet?«

Zorn übermannte sie, verdrängte alle anderen Gefühle, und sie fuhr zu ihm herum. »Ja, glaubt Ihr denn, das macht ein Mädchen zur Frau?«

»Wie alt, Sophia?« Seine Stimme klang jetzt sicherer, als habe er durch ihren Zorn festeren Boden unter den Füßen bekommen.

Sie dachte an Alexis, den Jungen, den sie geliebt hatte, und an die langen Nachmittage zu zweit, unter einem alten, geborstenen Bogen auf der ägäischen Seite von Konstantinopel. Sie schüttelte den Kopf. »Ja, ich war in ihrem Alter. Aber ich war verliebt. Für Geld und für meine Stadt habe ich es erst viel später getan, als ich allein in der Welt stand und älter war.«

In seinen Augen stand eine Bitte. »Aber Ihr wißt, was es heißt, allein und in Not zu sein. Ebenso freiwillig wie Ihr Euch entschlossen habt, dem Kaiser von Konstantinopel mit Eurem Körper zu dienen, hat Rachel sich entschlossen, sich ihre Jungfräulichkeit mit einem Vermögen in Gold aufwiegen zu lassen.«

Seine Gefühllosigkeit machte sie nur noch wütender. »Ihr wißt nichts von Freiheit und Frauen. Rachel konnte sich ihre Jungfräulichkeit ebenso wenig bewahren wie Ihr Euer Christentum, nachdem Euch die Türken gefangengenommen hatten. Was mich angeht, so weiß ich wenigstens genug, um die Mörder meiner Eltern zu hassen.«

Seine Finger gruben sich so tief in ihre Schultern, daß es weh tat, und das Feuer in seinen Augen jagte ihr Angst ein. Doch ihr Gesicht blieb starr, verriet weder Schmerz noch Furcht.

»Sagt nichts mehr«, flüsterte er mit erstickter Stimme. »Kein einziges Wort.«

Sie sah den Kampf in Daouds Gesicht. Sie hatte ihn so weit getrieben, daß er sie verletzen wollte. Aber er beherrschte sich, ließ es nicht zu. Sie dachte, sie müsse hundertmal Atem geholt haben, ehe er den Griff an ihren Schultern lockerte und sie losließ.

Wieder fragte sie sich, was er durchgemacht haben mochte, um sich so eisern beherrschen zu lernen. Sie stand da, sah ihn an und atmete schwer, weil die Angst noch in ihr nachbebte. Ich bin eine Närrin, etwas so Starkes zu verachten wie das, was er hat, dachte sie.

Er musterte sie von oben bis unten und wandte sich zur Tür.

»Bemüht Euch nicht, Euch nach Rachel zu erkundigen«, sagte sie. »Ich werde es selbst tun.«

Er blieb stehen, und wieder mußte sie sich gegen den Zorn in seinem Gesicht wappnen.

»Das dürft Ihr nicht! Man darf Euch Tilias Haus nicht betreten sehen!«

»Glaubt Ihr, ich habe jahrelang großen Männern gedient, ohne gelernt zu haben, wie man sich unauffällig in einer Stadt bewegt?«

»Dann geht.« Sein Gesicht war rot vor Wut. »Und laßt Euch von Rachel selbst erzählen, was der Tatar ihr angetan hat!«

»Ein Tatar? Der Mann war ein Tatar? Ihr habt geduldet, daß ein Tatar sie bekam?« Sophia packte den erstbesten Gegenstand in ihrer Nähe – es war der bemalte Totenschädel – und warf ihn nach Daoud. Der Schädel prallte gegen Daouds Brust, und Daoud wich einen Schritt zurück.

»Du dreckiger Bastard!« schrie sie. »Du Türkenschwein!«

Mit ausdruckslosem Gesicht machte er kehrt, ging hinaus und schloß die Tür hinter sich.

Sie sank weinend zu Boden. »Rachel, Rachel, wie durften sie dir das antun? Mit einem Tataren! O nein!«

Sie saß da, bis ihre Tränen versiegten und sie wieder einigermaßen vernünftig denken konnte. Der Schädel, der neben ihr lag, schien ihren Blick zu erwidern. Danke, Daoud, dachte sie, du hast mir die Entscheidung leichtgemacht. Simon de Gobignon soll mich haben.

29

Hier kann man das Fürchten lernen, dachte Daoud, als er sich in dem unterirdischen Raum umsah, der aus dem gelben Tuffstein herausgehauen worden war, auf dem das Gebäude stand. Von Fackeln erhellt, hingen von der gewölbten Decke Seile und Ketten herunter, an einer Wand Peitschen, Ruten und Geißeln, und in rauchenden Kohlenpfannen wurden Schürhaken und Brandeisen erhitzt. In einer Ecke stand eine Folterbank, und die Mitte des Raumes wurde von einem großen Rad aus

Holz und Eisen beherrscht, auf das ein Mann mit gespreizten Armen und Beinen gebunden werden konnte. Die Tür war aus solidem Eichenholz und erstickte jede Hoffnung auf Flucht im Keim.

Daoud saß in einem schwarzen, thronähnlichen Sessel, der auf einer Plattform an einer Wand stand. Wäre er mit ein paar Kissen gepolstert gewesen, hätte er recht bequem sein können. Dieser Raum, hatte Tilia Daoud erklärt, sei für Kunden, die gern folterten oder gefoltert werden wollten.

Für das, was Daoud vorhatte, war der Raum höchst geeignet. Der Mann freilich, mit dem er es heute abend zu tun haben würde, war hart und verschlagen. Es würde nicht leicht sein, sich gegen ihn zu behaupten.

Neben Daoud köchelte ein Topf, der über einer Kerzenflamme auf einem eisernen Dreifuß stand; er enthielt eine Mischung aus Wein, Haschisch und dem destillierten Saft anatolischen Mohns. Daoud schnupperte an dem schwachen Dampf, der aus dem warmen Gebräu aufstieg. Dann ermahnte er sich, damit aufzuhören, sonst war er nicht mehr fähig, den Verlauf des Abends mit klarem Kopf zu lenken. Er schaute auf eine der breiten Armlehnen des Sessels, auf der eine kleine Messingschale stand. In der Schale lag eine stählerne Nadel, so lang wie ein Zeigefinger, deren Spitze in eine schwarze Masse getaucht worden war.

Daoud hörte Lorenzos Stimme, und einen Augenblick später ging die schwere Tür auf. Ein Mann taumelte herein. Kopf und Gesicht steckten unter einer schwarzen Haube, seine Hände waren auf den Rücken gebunden, seine Füße eng aneinandergekettet. Zwei von Tilias stummen schwarzen Sklaven hielten ihn an den Armen fest. Hinter ihm ging Lorenzo, der einen Dolch mit breiter Klinge in der Hand hielt.

Daoud richtete sich auf und legte die Hände auf die Armlehne. Die Tür fiel laut ins Schloß, und auf einen Befehl Lorenzos lösten die Sklaven die Handfesseln des Gefangenen und zogen ihm die Haube vom Kopf.

Sordello stand vor Daoud, blinzelte und schaute sich wütend um. Daoud beobachtete ihn mit Vergnügen, weil der Gesichtsausdruck des Bravos sich beim Anblick der Eisen, Ketten und Geißeln aus Wut in Angst wandelte.

»Warum habt Ihr mir das angetan? Was zum Teufel ist das hier? Wo bin ich?«

Eine berechtigte Frage, dachte Daoud. »Du bist in der Hölle«, antwortete er.

Sordello musterte Daoud aus zusammengekniffenen Augen. »Und wer seid Ihr, Messer David – der Fürst der Finsternis?«

Daoud war über die trotzige Haltung des Mannes bestürzt. Er hatte gehofft, daß Sordello schon beim Anblick der Folterkammer anfangen würde, zu winseln und zu flehen. Man mußte ihn noch mehr erschrekken. »Laß ihn ans Rad ketten, Giancarlo!«

Sordello versetzte einem der schwarzen Sklaven, die Lorenzos Befehl ausführten, einen Tritt. Der Afrikaner drehte Sordello den Arm rasch auf den Rücken, und er heulte vor Schmerzen auf. Bald hing der alternde Bravo mit nach oben gestreckten Armen und gespreizten Beinen aufrecht in dem großen Rad. Es war mit einer Kette an der Decke befestigt; sie war so um einen riesigen Balken geschlungen, daß das Rad langsam rotieren konnte. Es fiel Daoud nicht schwer, sich vorzustellen, wie hilflos Sordello sich in dieser Stellung fühlte.

Lorenzo versetzte das Rad in Schwung. Sordello traten die Augen aus den Höhlen. »Ihr Hundesöhne!« schrie er, noch immer eher wütend als verängstigt. Aber vielleicht konnte er seine Furcht nur gut verbergen.

Mit einer leichten Handbewegung wies Daoud Lorenzo an, das Rad anzuhalten, und als es stand, sah sich Sordello Daoud von Angesicht zu Angesicht gegenüber.

Daoud musterte Sordello, suchte nach Anzeichen, die ihm seine wahren Gefühle verrieten. Sordellos Augen glitzerten voll Haß auf Daoud.

Lorenzo hatte Sordello einen Tag und eine Nacht in einer stockfinsteren Zelle gefangengehalten, bevor er ihn hierherbrachte. Sordellos Kiefermuskeln waren in ständiger Bewegung, und daran erkannte Daoud, daß er Angst hatte.

Daoud schnippte mit den Fingern. »Lies diesem Troubadour das Liebeslied vor, das du bei ihm gefunden hast, als du ihn gefangennahmst«, sagte er zu Lorenzo.

Lorenzo faltete ein viereckiges Stück Pergament auseinander und las: »Euer Magnifizenz, am vergangenen Donnerstag hat Donna Sophia die Kardinalsvilla allein verlassen, zu Fuß und tief verschleiert. Da sie offensichtlich nicht erkannt werden wollte, war Euer Diener der Meinung, daß er viel in Erfahrung bringen könnte, wenn er ihr folgte; also bin ich ihr gefolgt. Ich bedaure, Euch sagen zu müssen, daß sie den ganzen Nachmittag auf dem Markt der Handwerker umherwanderte, Handschuhe, Handtaschen und andere modische Kleinigkeiten kaufte. Vor dem Mittagsoffizium ging sie in die Kirche Sant' Andrea, wo sie eine Weile betete und dann beichtete. Euer Diener hat versucht sich anzuschleichen, um etwas zu hören, konnte jedoch nicht nah genug an sie herankommen, weil sie ihn sonst gesehen hätte.«

Er blickte kopfschüttelnd auf. »Was bist du doch für eine miese Kröte! Versuchst eine Beichte zu belauschen!« Er las weiter: »David von Trapezunt hat seine Tage damit verbracht, kreuz und quer durch Orvieto zu reiten und mit den Leitern verschiedener Handelshäuser zu verhandeln, die Gewürze und Seide verkaufen. Euer Diener fügt eine Liste mit den Namen bei. Der Kardinal verschläft fast den ganzen Tag und arbeitet die Nächte hindurch hinter der verschlossenen Tür seines Arbeitszimmers im obersten Stockwerk seiner Villa. Manchmal steigt er aufs Dach und studiert mit Hilfe magischer Instrumente die Sterne. Über den Diener Giancarlo weiß ich nichts zu berichten, da ich ihn die ganze Woche nicht gesehen habe.« Er lachte. »Das ist die einzige wahre Aussage in dieser Lügengeschichte. Du hast mich die ganze Woche nicht gesehen, weil ich ständig hinter dir war.«

Sordello spuckte ihm vor die Füße. »Schnüffler!«

Jetzt brachen Lorenzo und Daoud in lautes Gelächter aus, während Sordello sie wütend anstarrte. Das Rad, auf das er gespannt war, drehte sich langsam nach dieser und dann wieder nach der anderen Seite.

»Du bist entrüstet, weil man dir nachspioniert?« Lorenzo lachte glucksend. »Dann stell dir doch einmal vor, wie wir uns fühlen. Und was am schlimmsten ist – du sagst nicht einmal die Wahrheit über uns.«

»Ich pisse dir an die Zähne«, zischte Sordello.

»Zum Beispiel über Madonna Sophia«, fuhr Lorenzo ungerührt fort. »Du hast sie schon drei Straßen hinter der Kardinalsvilla verloren. Sie hat gewußt, daß du ihr folgst, und sich die Mühe gemacht, sich deiner unerwünschten Begleitung zu entledigen. Aber du konntest deinem Herrn natürlich nicht gestehen, was für ein Tölpel du bist, also hast du dir die Geschichte ausgedacht, daß sie Handschuhe gekauft hat und dann in die Kirche gegangen ist.«

Tatsächlich, dachte Daoud, war Sophia an jenem Nachmittag hier in Tilias Haus, und es wäre katastrophal gewesen, wäre Sordello ihr wirklich gefolgt. Dann hätten sie ihn töten müssen, was ihnen höchst unwillkommen gewesen wäre, denn es war viel, viel besser, ihn so zu behandeln, wie sie es jetzt taten.

Natürlich war es möglich, daß sie ihn noch töten mußten. Er wußte schon genug über sie, um sie auf den Scheiterhaufen zu bringen, wenn er je den Mund aufmachte. Sie mußten ihn entweder so weit bringen, daß er ihren Zwecken diente, oder er mußte unauffällig verschwinden.

»Du spionierst uns also nicht nur nach, du erzählst auch Lügengeschichten über uns«, sagte Daoud. »Und wem schickst du diese Lügengeschichten? Wer nimmt sie in Empfang, nachdem die Bulgarin Ana deine wöchentlichen Berichte in den Palazzo Monaldeschi gebracht hat? Verceuil? Gobignon?«

»Geht und verhökert Eure Gewürze und Eure Seide, Messer David.« Der Mann war so zornig, daß er nicht Verstand genug hatte, seinen Zorn und seinen Trotz zu unterdrücken.

Daoud knirschte vor Ärger mit den Zähnen. Sordello gab nicht schnell genug nach. Er gab Lorenzo ein Zeichen, und der stürzte sich mit seinem Dolch auf Sordello und schlitzte ihm Tunika, Gürtel und Hose auf. Die Schwarzen grinsten. Sordello brüllte protestierend. Ein letzter Schnitt des Dolchs, und auch das schmutzige Lendentuch fiel zu Boden. Im nächsten Augenblick hing Sordello nackt am Rad; die zerfetzten Kleider baumelten ihm an den Fußknöcheln oder lagen auf dem Boden. Sein Körper war muskulös; das Fackellicht hob die Schatten der Narben auf Brust und Bauch deutlich hervor.

Daoud legte die Fingerspitzen aneinander, kreuzte lässig die Beine und lehnte sich in seinem Sessel zurück, genoß den Unterschied zwischen seiner und Sordellos Situation.

Das Rad rotierte langsam. Sordello verdrehte den Hals, um über die Schultern hinweg Daoud ansehen zu können. »Wenn Ihr mich tötet, wird er es erfahren.« Seine Stimme bebte kaum merklich.

Daoud unterließ es zu fragen, wer »er« war, sondern sagte leise und freundlich: »Was wird er von deinem Tod erfahren, Sordello?«

Bevor Sordello antworten konnte, platzte Lorenzo heraus: »Aber wir werden ihn doch noch lange nicht töten, oder, Messer David? Ihr habt mir versprochen, ich dürfte meinen Spaß mit ihm haben.«

»Sei still, Giancarlo«, erwiderte Daoud, die Augen zukneifend. »Den bekommst du auch.«

»Warum mich foltern? Warum mich töten?« Sordellos Stimme klang jetzt flehend. »Ich habe nichts verraten, was Euch schaden könnte.«

»Du hast uns nichts gesagt, Sordello.« Daoud erhob sich. Die Plattform, auf der er stand, verhalf ihm zu eindrucksvoller Größe, und die hoch an der Wand angebrachten Fackeln warfen seinen Schatten durch den ganzen Raum. »Ich bewundere deine Treue gegen deinen Herrn, wer er auch ist«, fuhr er lächelnd fort. »Was für ein Jammer, daß er nie etwas davon erfahren wird! Wie ich dir schon gesagt habe, ist dies die Hölle, und du bist schon tot. Du wirst einfach verschwinden, wie ein Stück Unrat vom Regen aus der Stadt gespült werden. Dein Herr wird wahrscheinlich denken, du habest ihn im Stich gelassen; schließlich tut das ein Bravo wie du häufig.«

»Ich bin kein Straßenräuber!« Sordellos Aufschrei hallte in dem Gewölbe wider. »Ich bin ein Mann von Ehre, ein Troubadour.«

»Du bist Abschaum!« schrie Lorenzo und schlug Sordello ins Gesicht.

»Dafür werde ich dir eines Tages die Gedärme aus dem Leib schneiden«, knurrte Sordello.

Verärgert stellte Daoud fest, daß Schmerzen Sordello nur noch wütender machten. Wenn sie ihm weh genug taten, würde er zweifellos um Gnade betteln, doch bis dahin hätten sie ihn vielleicht so verletzt, daß er ihnen nicht mehr von Nutzen sein konnte.

»Laß ihn, Giancarlo«, sagte Daoud schroff.

»Ich habe Euch das Leben gerettet«, sagte Sordello zu Daoud. »Ich habe Euretwegen einen Mann getötet. Belohnt Ihr mich dafür, indem Ihr diesem Schwein erlaubt, mir die Kleider vom Leib zu reißen und mich zu schlagen?« In seinen zusammengekniffenen Augen war ein Ausdruck leichter Verschlagenheit. »Ich könnte für Euch zehnmal so viel wert sein wie dieser neapolitanische Zuhälter.«

»Wage du es nicht, mich einen Zuhälter zu nennen!« Lorenzo stürzte sich wieder auf Sordello und zielte diesmal mit der Spitze des Dolches auf seinen Bauch.

Sordello wand und krümmte sich und schrie vor Schreck auf.

»Giancarlo!« rief Daoud schroff. »Zurück!«

Sordello hing wie erstarrt in den Ketten. Schweiß rann ihm über das Gesicht. Sein Körper war schweißüberströmt und glänzte im Fackelschein; Daoud vermutete, daß er kalt sein würde, wenn man ihn berührte.

»Du bist im Augenblick für mich überhaupt nichts wert, Sordello, weil du dich sogar weigerst, mir die eine harmlose Auskunft zu geben, um die ich dich bitte. Du willst mir nicht sagen, wer dich beauftragt hat, hinter mir herzuspionieren. Daher kann ich dich ruhig Giancarlo überlassen, damit er seinen Spaß hat.« Er winkte Lorenzo zu, als gebe er ihm die Genehmigung weiterzumachen.

»Es ist Simon de Gobignon!« rief Sordello. »Meine Nachrichten sind für ihn bestimmt.«

Daouds Herzschlag beschleunigte sich, und er gestattete sich ein zufriedenes Aufseufzen. Ein kaum merkliches Fingerzucken wies Lorenzo an, den Dolch zu senken. Sordello hatte zum erstenmal kapituliert; das war die Basis für weitere Erfolge mit ihm.

Aber – Gobignon? Das war die Überraschung. Daoud war überzeugt gewesen, es sei der Kardinal de Verceuil, der versucht hatte, einen Spion in sein Lager einzuschleusen. Ein französischer Ritter wie Gobignon zog gewiß den direkten Angriff, den Kampf von Mann gegen Mann, irgendwelchen Ränken vor. Der französische Kardinal war von anderem Kaliber. Daoud hielt ihn für eine Mischung aus Stolz, Ehrgeiz und Skrupellosigkeit, für einen Mann, dem jedes Mittel recht war, den Feind zu schlagen. Aber wie die Wahrheit erfahren? Daoud biß die Zähne zusammen.

»Du lügst«, sagte er gelassen. »Du dienst dem Kardinal de Verceuil. Giancarlo ...« Er machte eine Handbewegung, und Lorenzo ging zu einer der Kohlenpfannen und nahm langsam ein Eisen heraus. Rot glühte die Spitze im schwachen Licht. Mit weiß unter dem dicken Schnurrbart hervorblitzenden Zähnen näherte sich Lorenzo seinem Opfer.

»Nein! Es ist die Wahrheit!« kreischte Sordello, und die Kette, an der das Rad hing, rasselte, als er versuchte, vor Lorenzo und der rauchenden Metallrute in seiner Hand zurückzuweichen. Während Lorenzo langsam näher kam, sagte Sordello stotternd, daß er von Karl von Anjou, dem Bruder des Königs von Frankreich, nach Venedig geschickt worden sei, um Armbrustschützen für Simon de Gobignon anzuwerben. Er sei mit einem armenischen Prinzen, der mit den Tataren nach Venedig gekommen sei, in Streit geraten und habe ihn verwundet; deshalb habe ihn Gobignon fortgeschickt. »Ich kann dem Grafen nicht offen dienen, weil die Armenier noch immer mein Blut wollen«, schloß er. »Deshalb hat er mich als Spion auf Euch angesetzt.«

Was Sordello mit verzweifelter Hast herausgesprudelt hatte, klang nach der Wahrheit. So lief es schon viel besser. Daouds angespannte Kiefermuskeln lockerten sich. Er nahm die Schale mit der Nadel, winkte Lorenzo zurück und schlenderte lässig auf Sordello zu. Er reichte Lorenzo die Schale und ging näher, bis sein Gesicht nur eine Handbreit von Sordellos Gesicht entfernt war und er den fauligen Atem des Mannes roch, der innerlich völlig verrottet zu sein schien. Sordello blickte seitlich an ihm vorbei und versuchte die Nadel in der Schale im Auge zu behalten, die Lorenzo hielt.

»Was sagte Gobignon über mich?« flüsterte Daoud. »Wofür hält er mich?«

»Er denkt, Ihr seid ein Ausländer, den Ugolini benutzt, um die französischen Pläne für einen Kreuzzug zu vereiteln«, stieß Sordello hervor. »Er sagt, Ugolini sei ein Agent des Stauferkönigs. Er denkt, daß Giancarlo Männer anwirbt, damit sie die Tataren ermorden. Bitte, um der Liebe Gottes willen, tut mir nicht weh, Messere.«

»Gib mir eine Kerze, Giancarlo«, sagte Daoud. Er streckte die Hand aus, ohne hinzusehen, und Lorenzo drückte ihm die brennende Kerze in die Hand. Einen Schritt zurücktretend, hielt Daoud die Flamme vor Sordellos schweißnasses Gesicht. Mit zitternden Lippen wandte Sordello den Kopf ab.

»Schau in die Flamme, Sordello«, sagte Daoud leise. »Schau nur in die Flamme und hör mir zu. Schau in die Flamme, und ich werde dir sagen, wer ich wirklich bin.« Er bewegte die Flamme vor Sordellos Gesicht hin und her und murmelte beruhigende Worte. Sordello folgte dem Licht mit den Augen.

Daoud fragte sich, ob es gelingen würde. Es schien ihm ein bißchen zu viel Magie zu sein. Er hatte die Zeremonie bei den Imams der Haschischia abgeschaut, selbst zelebriert hatte er noch nie. »Ich bin ein Magier, Sordello. Ein mächtiger Zauberer. Ich vermag jedes Hindernis zu überwinden. Ich kann sehen, was die Menschen Abertausende von Meilen von mir entfernt treiben. Ich kann Tote zum Leben erwecken. Ich habe dir gesagt, daß du ein toter Mann bist, Sordello. Du bist wirklich tot, doch du hast nichts zu befürchten, denn meine Macht kann dich wieder zum Leben erwecken.«

Sordello hing kraftlos in den Ketten, seine halbgeschlossenen Augen wanderten noch immer von rechts nach links und folgten der Kerzenflamme. Seine Knie waren eingeknickt und sein Bauch schlaff nach unten gesackt.

Daoud reichte die Kerze Lorenzo und winkte einem Schwarzen, der den Krug mit dem köchelnden, mit Drogen versetzten Wein vom Dreifuß nahm. Er reichte ihn Daoud mit dem langen hölzernen Stiel.

»Wo bist du, Sordello?«

»In der Hölle.«

»Und was bist du?«

»Ein toter Mann.«

»Und ich?«

»Ein mächtiger Zauberer.«

»Sehr gut. Jetzt trink das.« Daoud prüfte nach, ob die Tülle des Kruges nicht zu heiß war, und hielt sie Sordello an den Mund.

Gehorsam hob Sordello den Kopf und öffnete die Lippen, ließ sich von Daoud den warmen Wein in den Mund gießen und schluckte.

Daoud schüttete noch mehr in ihn hinein und gab Tilias Diener den Krug zurück. »Jetzt wirst du meine wahre Macht kennenlernen, Sordello. Bereite dich auf die wunderbarste Nacht deines Lebens vor. Du wirst eine Reise aus der Hölle in den Himmel machen. Schließ die Augen und heb den Kopf.«

Lorenzo reichte Daoud die Messingschale mit der Nadel.

Daoud nahm die Nadel heraus und hielt sie mit Daumen, Zeige- und Mittelfinger. Er wies Lorenzo mit einer Handbewegung an, die Kerzenflamme dicht an Sordellos Kehle zu halten, und suchte in der Beuge zwischen Sordellos Hals und Schulter nach einer Vene. »Du kannst den Schmerz nicht fühlen.« Er holte tief Atem und rief Gott an, ihm die Hand zu führen. Dann stieß er Sordello die Nadel in den Hals.

Der Bravo blieb völlig reglos, und Daoud hörte Lorenzo erstaunt aufseufzen. Daoud ließ die Nadel in dem blaßrose Fleisch stecken. Er beobachtete Sordello genau und hielt ihm die Hand vor den schlaffen Mund. Er fühlte Sordellos Atem auf seinem Handteller, langsam und ruhig, den Atem eines Schlafenden. Nach einiger Zeit fiel der zottige Kopf nach vorn, und der Körper hing leblos in den Ketten.

Bisher war alles so gegangen, wie er gehofft hatte. Aber der Mann war stärker, als Daoud gedacht hatte. In einem solchen Fall bestand immer die Gefahr, daß er sich tief in der Seele ein Stück Freiheit bewahren würde. Daoud hatte von solchen Zwischenfällen gehört, von Sklaven des

Alten vom Berge, die plötzlich rebelliert hatten. Er mußte es riskieren. Jetzt lag alles in Gottes Hand.

»Seid Ihr sicher, daß er nicht tot ist?« fragte Lorenzo leise.

»Überzeugt Euch selbst. Er atmet. Sein Herz schlägt.«

Lorenzo schüttelte den Kopf. »Was ist das für ein Zeug?«

Daoud zeigte auf die beiden Afrikaner, die gelassen dastanden und auf Befehle warteten. »Sie wissen es. Im Dschungel hinter der großen Wüste, wo es sehr heiß und feucht ist, kann ein Körper in wenigen Stunden verwesen. Dort wohnen winzige Männer, halb so groß wie wir, und jagen große Tiere, um Fleisch zu bekommen. Sie bestreichen ihre Pfeile mit diesem Zeug. Es stammt aus einem Pilz, der in ihren Wäldern wächst. Das getroffene Tier ist gelähmt und bewußtlos, aber es lebt. Sie können es in ihr Dorf transportieren, was Tage dauern kann, und dann können sie es schlachten und verarbeiten.«

»Was für ein Segen könnte das für Verwundete und Kranke sein«, meinte Lorenzo. »Warum weiß die Welt nichts davon?«

Daoud zuckte die Schultern. »Die kleinen Männer töten alle, die sich in ihre Wälder wagen. Das geringe Wissen, das arabische Händler mitbringen, bleibt ein kostbares Geheimnis. Nur die Sultane dürfen den Gebrauch erlauben.« Er wandte sich an die beiden Schwarzen. »Bringt ihn jetzt hinauf.«

30

Sehr zufrieden mit dem, was Tilia geschaffen hatte, betrachtete Daoud die in die dunkelblauen Wände der Wohnung gearbeiteten Fresken, die Sonnen, Monde und Sterne darstellten. Durch Fenster, die hinter Wandschirmen und feinen Vorhängen verborgen waren, strömte eine kühle nächtliche Brise. Aus dem ovalen Wasserbecken im größten Raum stieg Rosenduft auf. Violette, silberne und azurblaue Wandbehänge verwandelten die Räume in einen Irrgarten, der das Auge verblüffte.

Wohin er auch blickte, überall sah Daoud Betten, Diwans und Kissen. Auf dem Fußboden lagen weiche Teppiche, und auf den Tischen standen Weinkrüge und Teller mit Pfirsichen, Trauben und Melonenscheiben.

In der Ecke eines kleinen Zimmers mit braunen und schwarzen Wandbehängen erwärmte eine große Kerze in einer grünen Tonschale eine

Mischung aus Wein und Haschisch. Neben der Kerze stand ein einzelner Silberbecher.

»Und das alles für diesen Verräter?« fragte Lorenzo.

»Nach dem Erlebnis, das ich ihm heute nacht verschaffe, wird er kein Verräter mehr sein«, erwiderte Daoud. »Seine Seele wird mir gehören, und dafür lohnt sich alles hier.«

Er sah den beiden schweigsamen Schwarzen zu, die Sordellos Körper hereinschleppten, und zeigte auf einen tannengrünen Diwan neben dem Wasserbecken. Vorsichtig legten sie Sordello darauf.

Hinter einem Vorhang kam Tilia hervor. Die beiden Schwarzen verneigten sich vor Daoud und gingen.

Drei Frauen folgten Tilia in den Raum.

»Göttinnen«, flüsterte Lorenzo und bekam große Augen.

Daoud, der sie ausgesucht hatte, stimmte ihm zu. Zwei von ihnen waren Schwestern, wie Tilia ihm erklärt hatte, deren Spezialität es war, gemeinsam mit einem Mann zu »arbeiten«. Sie hatten honigfarbenes Haar, olivfarbene Haut und griechische Profile. Beide trugen goldene Stirnbänder und kurze Tuniken aus reinweißem Leinen, die eine Schulter und eine vollkommen geformte Brust freiließen, bei Orenetta rechts und bei Caterina links.

Die dritte Frau war hochgewachsen, und ihre bloßen Schultern waren breit. Aber ihr Körper in einem hautengen Kleid aus schwarzer Seide, das ihr nur bis zu den Brüsten reichte, war hinreißend weiblich. Das lange, offene Haar war glänzend und schwarz wie das Kleid, ihre Haut schneeweiß. Ihren Hals umschloß ein goldener Kragen, der aus spiralförmigen Fäden gewebt schien. Maiga, sagte Tilia, komme aus Irland, einer Insel westlich von Britannien. Und sie spreche nicht Italienisch, brauche es aber auch nicht.

Daoud fühlte beim Anblick der drei Frauen ein Flattern in der Brust, und der Duft des warmen Weines weckte in ihm Erinnerungen an seine eigene Initiation bei den Haschischia.

Es waren indirekt die Tataren gewesen, die sie ihm ermöglicht hatten. Sie hatten Alamut belagert und zerstört, die große persische Festung von Scheich al-Jebal, dem Alten vom Berge, und hatten ihn selbst zu Tode getrampelt, nachdem er sich ergeben hatte. Die überlebenden Jünger des Alten hatten sich über die ganze islamische Welt zerstreut. Einige der ranghöchsten hatten bei Sultan Qutuz von El Kahira Schutz gesucht.

Nachdem sie sich eingelebt hatten, war Baibars mit dem Vorschlag zu ihnen gegangen, daß sie bestimmte Mamelucken-Emire in ihre Sekte aufnehmen und in ihre Geheimnisse einweihen sollten. Fayum al-Burz, der neue Scheich al-Jebal, erblickte darin eine Möglichkeit, die höchste Kommandostelle der Mamelucken zu erlangen, und willigte höchst erfreut ein.

Daoud hatte, von Scheich Saadi darauf trainiert, der Macht des Haschischs zu widerstehen, das Tor des Paradieses durchschritten und mit der Zeit gelernt, wie man diese Erfahrung an andere weitergab.

Natürlich würde Sordello nach seinem Erlebnis nicht zum Jünger werden, sondern das Letzte vom Letzten sein – ein Werkzeug wie die Fedawi, die fanatischen Mörder, der Grundstein von Scheich al-Jebals Macht.

»Der Mann hat Glück«, meinte Tilia, und ihr großer Mund verzog sich zu einem lasziven Lächeln, das ihr Gesicht zu spalten schien. »Er wird heute nacht Verzückungen erleben, die die meisten meiner vornehmen Klienten nie genossen haben. Das Maß seiner Freuden wird nur davon abhängen, wieviel sein Körper aushalten kann.« Sie ging zu Sordello hinüber, der schlafend auf dem Diwan lag, und strich ihm mit den Fingern über die nackte Brust und den Bauch. »Und er scheint sehr kräftig zu sein für sein Alter. Diese Narben – ein richtiger Veteran, dieser Bravo.«

Obwohl das Zimmer Daoud ziemlich kühl vorkam, lief Tilia der Schweiß in den viereckigen Ausschnitt ihres purpurnen Kleides. Das tödliche Brustkreuz lag schwer auf dem Satin zwischen ihren Brüsten. Vielleicht braucht sie das Kreuz heute nacht noch, dachte Daoud. Wenn mit Sordello etwas schiefgeht . . .

»Ich beginne den Mann zu beneiden«, sagte Lorenzo, »obwohl er bisher so schlecht behandelt wurde.«

»Ihr werdet doch kein solcher Narr sein«, antwortete Daoud schroff. Doch dann fiel ihm ein, daß Lorenzo nicht ahnte, was die Initiationsbräuche der Haschischia einem Mann antaten.

Ein paar leise letzte Worte der Erklärung zu Caterina, Orenetta und Maiga, und dann führte Tilia Daoud und Lorenzo zu einem Wandpaneel, das aufging, als sie auf eine unsichtbare Feder drückte. Der Raum, den sie betraten, war so kühl wie der, den sie eben verlassen hatten. Das große Fenster mit dem feinmaschigen Netz, das frische Luft, aber keine

Insekten hereinließ, stand offen. Aber im anderen Zimmer war es heller gewesen; hier brannte eine einzige dicke Kerze in einem großen Kerzenhalter.

Francesca, die Frau, mit der Daoud bei seinen früheren Besuchen in Tilias Haus geschlafen hatte, erhob sich lächelnd und kam auf ihn zu. Als Daoud ihr die Hand küßte, drückte sie seine Finger. Die Wand- und Deckenbalken waren dunkelbraun wie Francescas Haar. Dem Fenster gegenüber war ein kleiner Kamin, aber der Rost war schwarz und leer.

»Von hier, hier und hier könnt Ihr beobachten, was dort drin vorgeht«, sagte Tilia, an einer Wand entlanggehend. Sie zeigte auf winzige runde Öffnungen. Unter jeder von ihnen stand ein Diwan, so daß man auch im Sitzen und sogar im Liegen alles beobachten konnte.

»Francesca ist zu Eurem Vergnügen da, sollte Euch das, was nebenan geschieht, allzu sehr erregen«, sagte Tilia und tupfte sich mit einem Taschentuch den Schweiß ab, der sich immer wieder auf ihrer Brust sammelte.

»Ihr habt wirklich an alles gedacht, Tilia«, meinte Daoud.

»Es gibt noch mehr«, erwiderte sie lächelnd und zog an einem bestickten Band, das an der Wand hing. Irgendwo im Haus ertönte eine Klingel. Dann kamen durch die Tür, die auf die äußere Galerie führte, zwei von Tilias schwarzen Dienern. Der erste trug ein Silbertablett, und Daoud stieg ein köstlicher und vertrauter Duft in die Nase.

Als der Diener das Tablett auf einem runden Tisch absetzte, erblickte Daoud Scheiben von gebratenem Kitzfleisch, garniert mit Käse, auf einem Reisbett mit Paprikaschoten. »Ein Jährlingsbraten!« rief er entzückt. Er biß in ein Stück Kitzfleisch. Es schmeckte wunderbar. Das Fleisch war zusammen mit Limonenscheiben gebraten worden und duftete nach grauer Ambra. »Wo habt Ihr denn gelernt, eine solche Speise zuzubereiten?«

Die kleine, untersetzte Frau rollte die Augen. »Es gibt vieles, das Ihr über mich nicht wißt. Wenn ich feststelle, daß Ihr es verdient, werde ich es Euch eines Tages erzählen. Inzwischen – genießt! Auch Ihr, Lorenzo. Und du, Francesca. Die levantinische Küche wird dich nicht vergiften.«

Der zweite Diener stellte eine Platte mit Pfirsichen und Feigen und eine Kanne Kaviyeh neben das Tablett. Eine gute Mahlzeit für eine lange Nacht, dachte Daoud.

Er setzte sich auf einen Diwan, um durch das Guckloch zu spähen. Die drei Frauen hatten sich um Sordellos leblosen Körper geschart und massierten ihn zart, wie es ihnen aufgetragen worden war. Aber es würde noch eine Weile dauern, ehe er erwachte, sich in Gesellschaft von drei wunderschönen Frauen wiederfand und alles, was ihm widerfuhr, mit durch den Haschischgenuß geschärften Sinnen viel stärker erlebte als sonst.

»Wir im Süden kennen und lieben sarazenische Speisen«, sagte Lorenzo lachend und leckte sich die Finger ab, nachdem er ein Stück Kitz verzehrt hatte. »Aber, Frau Tilia, soll ich mich mit dem Essen begnügen? Bekomme ich keine Gefährtin, die mir hilft, die Nachtarbeit zu überstehen?«

Tilia zupfte ihn an seinem ergrauten Bart. »Nur selten setzt ein Sizilianer den Fuß in mein Haus. Deshalb habe ich Euch mir selbst vorbehalten.«

»Wunderbar!« rief Lorenzo. »Statt einer von Venus' Gehilfinnen bekomme ich Venus selbst!«

Lorenzo ist ein wirklich geistreicher Mensch, dachte Daoud. Doch ihn beschäftigte im Augenblick etwas anderes als die Spiele der Venus. Seit seiner Auseinandersetzung mit Sophia vor ein paar Tagen hatte ihn der Gedanke an Rachel bedrückt. Zwar war Sophia selbst bei Rachel gewesen, hatte sich jedoch geweigert, mit ihm über sie zu sprechen. Jetzt wollte er selbst sehen, ob mit dem Mädchen alles in Ordnung war. »Während wir warten«, wandte er sich an Tilia, »würde ich gern unter vier Augen mit Euch sprechen.«

Sie gingen aus dem Zimmer, und Daoud sagte: »Ich will Rachel sehen.«

Tilia runzelte die Stirn. »Es geht ihr gut, sie ist glücklich und schon um fast zweitausend Goldgulden reicher. Eure Begleiterin Sophia hat sie besucht und alles in Ordnung gefunden. Aber der Kitzbraten wird kalt.«

Zweitausend Goldgulden, beinahe genug, um eine Villa wie die von Ugolini zu kaufen, dachte Daoud. Aber wie steht es um Rachel? »Bringt mich nur zu ihr, Tilia.«

Als er Rachels überraschtes Lächeln sah, dachte er, es gehe ihr wirklich gut und sie sei so glücklich, wie Tilia gesagt hatte. Aber dann wandte sie die dunklen Augen ab, und ihre geraden Brauen zogen sich zusammen. Sie begann mit der goldenen Litze am Saum ihres weißen Kleides zu spielen.

»Nun, Rachel«, sagte Daoud, »wie du so dasitzest, siehst du wie eine Königin aus.«

Bei Tilia hatte jede Frau ihr eigenes Zimmer, das wußte Daoud. Die Wandbehänge in Rachels Zimmer waren cremefarben, die Tische, Stühle und Bettpfosten elfenbeinfarben gestrichen, und der Betthimmel war aus Goldstoff. Sie saß mit untergeschlagenen Beinen in einer Ecke des Bettes. Das muß das Bett sein, auf dem der Tatar sie gehabt hat, dachte Daoud.

»Ich freue mich sehr, Euch zu sehen, Messer David«, sagte Rachel leise. »Was kann ich für Euch tun?« Sie lächelte ihn an, doch sein unbestechliches Auge sah, daß es ein falsches Lächeln war. Die Spur von Trotz und Stolz, mit der sie ihm begegnet war, als sie sich in Rom kennenlernten, war nicht mehr da.

»Rachel, ich will mich nur mit eigenen Augen überzeugen, daß du zufrieden bist und gut behandelt wirst.«

Sie hob leicht die Brauen und zuckte die Schultern. »Ich habe noch nie so bequem gelebt wie hier, Messer David.«

Daoud war klar, daß er sie nach dem Tataren fragen sollte. Tilia selbst hatte ihm von Rachels erster Nacht mit Johannes berichtet. Der Tatar war überraschend sanft mit ihr umgegangen. An dem, was mit ihr geschehen war, war Daoud genauso schuld wie alle anderen.

Nach seinem ersten Besuch war Johannes noch zweimal da gewesen, wie Daoud wußte, und hatte jedesmal tausend Goldgulden bezahlt, um einen Teil der Nacht mit Rachel verbringen zu können. Er habe sie offensichtlich sehr gern und behandle sie rücksichtsvoll, berichtete Tilia. Darüber hinaus wußte sie jedoch nichts, was Daoud nützlich gewesen wäre.

»Hat man dir auf irgendeine Weise weh getan?« fragte er.

Rachel sah ihn an, wandte den Blick ab und seufzte. Wie groß ihre dunklen Augen sind, dachte Daoud, wie seelenvoll. Ihr Blick bereitete ihm Unbehagen, und er war dankbar, daß er ihn nicht lange ertragen mußte.

Sie hörte nicht auf, mit dem Saum ihres Kleides zu spielen. »Alle waren sehr freundlich zu mir. Ihr braucht Euch nicht darum zu sorgen, daß mir jemand weh tun könnte. Schließlich seid Ihr Kaufmann und versteht, daß eine Ware im bestmöglichen Zustand erhalten werden muß, damit man Höchstpreise dafür erzielt. Das wissen die Leute hier natürlich auch.«

Die Bitterkeit und die Verzweiflung in ihrer Stimme waren nicht zu überhören. Hatte er denn anders empfunden, nachdem die Türken ihn gefangengenommen, mißbraucht, geschlagen und auf dem Sklavenmarkt verkauft hatten? »Bekommst du das Geld, das du verdienst?«

Sie nickte, ohne aufzublicken. »Mein Anteil sind fünfhundert Goldgulden für jeden seiner Besuche. Das erste Mal hat er mir außerdem einen Beutel mit dreihundert weiteren Gulden zugesteckt – weil ich Jungfrau war. Frau Tilia bewahrt das Geld für mich auf, aber ich darf es mir ansehen und es zählen.« Plötzlich hob sie den Kopf und setzte ernst hinzu: »Ich hätte in keine besseren als in Frau Tilias Hände kommen können.« Aber ihre erloschenen Augen straften ihre Worte Lügen.

»Niemand von uns hat dich gezwungen, dich dem Tataren hinzugeben!« stieß er hervor.

Bei seinen Worten kam Glanz in ihre Augen, das Feuer des Zorns. »Danke, daß Ihr mich erinnert, daß ich freiwillig zur Hure geworden bin. Seid Ihr deshalb zu mir gekommen, Messer David? Um mir zu sagen, alles sei allein meine Schuld?« Sie verzog die Lippen zu einem bösen Lächeln. »Wenn Ihr mich ausreichend bezahlt, sage ich alles, was Ihr hören wollt.«

Starr hingen Rachels Blicke an den seinen und seine an den ihren, bis Daoud die Lider senkte und sich abwandte.

Ihm fiel kein einziges Wort ein, das er zum Abschied sagen konnte. Ihm war, als habe er ein Kind getötet. Der Schmerz war unerträglich. Er wünschte sich, er könnte vor ihm fliehen.

31

Tilia blickte ihm besorgt entgegen. »Es ist doch so, wie ich gesagt habe? Es geht ihr gut, und sie ist glücklich, nicht wahr?« Sie hob ihr Brustkreuz und die schwere Goldkette ein wenig an und wischte sich mit einem hellgrünen Seidentuch den Schweiß von den Brüsten.

Er erinnerte sich an die in dem Kreuz verborgene Klinge und fragte sich, ob Tilia befürchtete, er werde über sie herfallen.

Er wünschte, er könnte sie hassen für das, was Rachel widerfahren war. Aber Tilia hatte das Mädchen nur mit dem Leben bekannt gemacht, das sie selbst lohnend fand. »Es geht ihr so gut, wie ich es unter diesen Umständen erwartet habe«, sagte er, und aus seiner Stimme klang die gleiche Hoffnungslosigkeit wie vorher aus Rachels Stimme. Er ließ sich auf einen Diwan fallen.

Lorenzo musterte Daoud forschend. Dieser sah durch ein Guckloch, daß Sordello aufgewacht war. Der grauhaarige Bravo schaute sich, knapp zwei Meter von Daouds spähendem Auge entfernt, verwundert um, während Maiga ihn sanft auf den Diwan zurückdrückte, Orenetta ihm etwas zuflüsterte und Caterinas blonder Kopf sich zwischen seinen Beinen hob und senkte.

Francesca setzte sich neben Daoud auf den Diwan und bot ihm ein Stück Fleisch an. Er nahm es und kaute, doch obwohl Tilia es hervorragend zubereitet und gewürzt hatte, kam es ihm geschmacklos vor. Ihm wurde bewußt, daß es nicht nur Rachels Schicksal war, das ihn beunruhigte. Es war auch das, was nebenan passierte – er fand es plötzlich unerträglich, daß diese drei schönen Frauen dem alten Raufbold wie Paradiesjungfrauen dienten. Sie würden es geschickt und sogar mit vorgetäuschter Hingabe tun, weil sie keine andere Wahl hatten.

Bevor er heute abend gesehen hatte, was mit Rachel geschehen war, hatte er nie wirklich darüber nachgedacht, was es für Frauen bedeutete, so zu leben.

»Gott ist eine Flamme«, hatte Scheich Saadi immer gesagt, »und jede menschliche Seele ist ein Funke von dieser Flamme. Wenn wir unseren Bruder oder unsere Schwester wie eine Sache behandeln, treten wir Gott mit Füßen.«

Sie waren Sklavinnen in Tilias Haus. Er hatte Rachel hierher in die Sklaverei geschickt.

Baibars hatte gut daran getan, die Bordelle in El Kahira zu schließen. Der Sinn der Liebe war es, daß sie aus freiem Willen geschenkt wurde. Liebe war gegenseitige freiwillige Unterwerfung, ebenso wie man sich als Moslem freiwillig Gottes Gebot unterwarf. Daoud hatte zum erstenmal Liebe erfahren, als er und Nicetas einander ihre Körper gegeben hatten, und später mit Blühendes Gras.

Er konnte heute nacht nicht bei Francesca liegen. Er hätte das Gefühl, bei Rachel zu sein. Er konnte auch nicht mitansehen, was Orenetta, Caterina und Maiga mit Sordello tun würden. Was sie ihm antun sollten, war abscheulich. So verachtenswert dieser Mann auch war, er hatte eine Seele, und heute nacht trat Daoud Gott in Gestalt von Sordello mit Füßen. Und dennoch mußte er dafür sorgen, daß alles ablief wie geplant. Wollte er denn, daß sein Land vernichtet wurde?

Er sprang plötzlich auf. »Ich muß zu Kardinal Ugolini zurück!«

Tilia, Lorenzo und Francesca sahen ihn erstaunt an.

Tilia faßte sich als erste. »Aber Ihr wolltet die ganze Nacht hier verbringen. Was ist mit . . .« Sie zeigte auf die Wand.

Daoud schüttelte den Kopf. »Hier werde ich nicht gebraucht, und ich habe mit Ugolini eine wichtige Sache zu besprechen.«

»Die Euch eben erst eingefallen ist«, meinte Lorenzo und sah ihn mürrisch an.

Daoud preßte die Lippen zusammen. »Diese drei Frauen wissen, was sie zu tun haben. Kein Dritter braucht sich einzumischen, es sei denn, Sordello beginnt sich zu widersetzen. Und dann könnt Ihr ihn genauso leicht töten wie ich.«

Dumpf hallten Daouds Schritte über das Pflaster, und das Geräusch wurde von den Fassaden der Häuser zurückgeworfen. Mit Schwert und Dolch bewaffnet, fühlte Daoud sich sicher vor jedem Angriff, obwohl es schon nach Mitternacht war. Außerdem waren die Filippeschis jetzt auf seiner Seite, und er brauchte sie nicht mehr zu fürchten.

Auch hatte er heute nacht den Skorpion griffbereit. Er machte nicht mehr den Fehler, nachts durch die Straßen von Orvieto zu gehen, ohne den Skorpion in einer Tasche seines Umhangs bei sich zu tragen.

Er ging an der Kathedrale San Giovenale vorbei und hörte durch das offene Portal die Stimmen der Priester des Domkapitels. Schwerer Weihrauchduft hing in der feuchten Nachtluft und stieg ihm in die Nase. Schmerz umklammerte sein Herz, als er das Licht durchschritt, das durch das Portal auf die Straße fiel. Er glaubte eine schwere Hand auf seiner Schulter zu fühlen und blickte auf. Von seiner Erinnerung heraufbeschworen, schien sein blonder Vater, ein rotes Kreuz auf der Schulter seines weißen Umhangs, neben ihm zu stehen. Eine warme Hand hielt Daouds Hand fest, und seine Mutter, mit Perlenschnüren im rotgoldenen Haar, lächelte auf ihn herunter. Ihr Kleid war blau wie das, in dem sie gestorben war.

Was für Erinnerungen quälen Rachel? dachte er.

Unmittelbar vor ihm mündete die Straße in eine breitere, die an Kardinal Ugolinis Haus vorüberführte. Daoud hatte eben ein Gasthaus passiert, als hinter ihm verstohlen eine Tür geöffnet wurde, leise; aber seinen scharfen Ohren entging das Geräusch nicht. Er blickte zurück. Werde ich beobachtet? fragte er sich. Er hielt es für unwahrscheinlich, denn der Beobachter hätte keine Ahnung gehabt, wann er ihn erwarten konnte, und die ganze Nacht hinter der Tür auf ihn lauern müssen. Er ging zur Villa Ugolinis hinüber. Die Straße war breit genug und erlaubte einer Person vom Gasthaus aus einen Blick auf die Vorderseite der Kardinalsvilla.

Daoud wandte sich nach rechts, so daß er vom Gasthaus nicht mehr gesehen werden konnte. Durch einen Vorhang im dritten Stockwerk fiel gelbes Licht. Sophias Zimmer. War der Mann an der Tür des Gasthauses Simon de Gobignon?

Nein, er war es nicht, denn jetzt sah er Gobignon. Die unverkennbare hohe Gestalt stand hinter dem Vorhang des von Kerzenschein erhellten Fensters.

Gobignon in Sophias Zimmer. Daoud ballte die Hände und verzog wütend die Lippen, so daß es fast aussah, als fletsche er die Zähne.

Aber Sophia würde Gobignon erlauben, sie zu lieben, und in seiner Leidenschaft würde er ihr viel erzählen. Vielleicht konnte Daoud mehr darüber erfahren, warum Gobignon Sordello bei ihm eingeschleust hatte. Vielleicht würde Gobignon Sophia durch eine Andeutung verraten, welchen Gegenzug er plante. Währenddessen würde Sophia ihm weismachen, daß Bruder Thomas sich gegen das Bündnis gewandt hatte.

Gobignon zu töten wäre eine Dummheit. Bisher schienen die Mißgeschicke, die Franzosen und Tataren getroffen hatten, Zufall zu sein. Ermordete er jedoch Gobignon, hatten seine Feinde den Beweis, daß es in Orvieto eine Verschwörung gab, und man würde nach den Schuldigen suchen. Und zuallererst würde man an dem Ort suchen, an dem Gobignon getötet worden war – bei Kardinal Ugolini, dem Hauptgegner der tatarisch-christlichen Allianz.

Dennoch kochte Daoud das Blut in den Adern. Er erinnerte sich an eine Sommernacht vor zehn Jahren, als er einen Sklaven bestochen und sich durch eine unverschlossene Gartentür in die Arme von Ayesha geschlichen hatte, der jungen Ehefrau von Emir Tughril al-Din, damals sein Vorgesetzter. Sie hatten die ganze Nacht auf dem Dach der Villa von Tughril al-Din beieinandergelegen, in Schweiß gebadet, und die süße Angst vor den Klingen, die seinen nackten Körper in Stücke hauen würden, wenn man sie entdeckte, hatte ihn dazu getrieben, immer und immer wieder in Ayesha einzudringen. Nur der Mond und die Sterne waren Zeugen dafür, daß er mit der Frau des Mannes schlief, der ihm Befehle erteilte und ihn bestrafte, wenn er einen Fehler machte. Gegen Morgen wurde das Entzücken über seinen Streich übermächtig, und er lachte so laut, daß die kleine Tscherkessin ihm die Hand auf den Mund preßte. Und jetzt tut er mir an, was ich Tughril al-Din angetan habe, dachte Daoud.

Er schüttelte den Kopf. Unsinn! Sophia war nicht seine Frau, und er hatte sie ja nur hierhergebracht, damit sie den Feind verführte und aushorchte.

Die Silhouette einer zweiten Gestalt tauchte neben Gobignon auf; sie war viel kleiner, mit offenem, welligem Haar und schmaler Taille. Sie legte Gobignon die Hand auf die Schultern. Gleich darauf nahm sie die Hand des Franzosen, und beide wandten sich vom Fenster ab. Der Vorhang schloß sich hinter ihnen.

Sie führt ihn zum Bett, dachte Daoud und zitterte vor Zorn. Jeder Muskel seines Körpers drängte ihn, Gobignon zu töten. O Gott, gib mir die Möglichkeit, ihn zu vernichten!

Er hörte ein Geräusch zu seiner Linken, von Stiefeln auf dem Pflaster. Hastig griff er zu seinem Schwert und warf einen Blick auf die Straße, durch die er eben gekommen war. Nichts.

Gobignon hatte einen Freund oder einen Diener mitgebracht. Der Freund wartete im Gasthaus, von wo er die Vorderseite der Kardinalsvilla beobachten und Gobignon ein Signal geben konnte, wenn der Morgen graute.

Gobignons Freund hatte Daoud gesehen. Er mußte annehmen, daß Daoud den jungen Grafen hinter Sophias Fenster entdeckt hatte, und erwartete gewiß, daß Daoud Alarm schlug. Und wenn er es nicht tat, würde Gobignon erraten, daß Daoud es billigte, daß er sich mit der Nichte des Kardinals einließ. Und da würde es nur ein kleiner Schritt zu der Erkenntnis sein, daß Daoud und Sophia gemeinsam eine Intrige spannen.

Wieder hörte Daoud das Geräusch einer Stiefelsohle auf dem Pflaster.

Er zog sich tiefer unter das überhängende Obergeschoß des der Kardinalsvilla gegenüberliegenden Hauses zurück. Jetzt konnte Gobignons Mann ihn nicht sehen, ohne sich selbst zu zeigen.

Es war nur eines zu tun, und Daoud fühlte grimmige Befriedigung, als ihm das klar wurde. Ich kann Gobignon nicht töten, aber ich muß seinen Mann umbringen. Er holte den Skorpion aus der Tasche im Saum seines Umhangs. Schnell setzte er ihn zusammen. Den stählernen Pfeil, halb so lang wie sein Finger, entnahm er einem Lederetui. Die Spitze war mit der gleichen Salbe bestrichen, die Sordello bewußtlos gemacht hatte. Mit der Faust zog er die Sehne aus gedrehtem Rohleder zurück und legte den Pfeil ein.

Der Franzose trat einen Schritt aus seinem Versteck hervor. Daoud sah ihn als großen Schatten an der Ecke des Gebäudes. Gewiß überlegte er, wie er seinen Herrn warnen könnte, bevor die Wachen des Kardinals gerufen wurden.

Daoud hob den Skorpion, aber die Dunkelheit machte den Schuß schwierig. Gobignons Mann war schlecht zu sehen.

»Pardonnez-moi, Messire«, sagte er in der Sprache, die er seit seinem zehnten Lebensjahr nicht mehr gesprochen hatte. »Ich habe eine Nachricht für den Herrn Grafen.« Er sprach so beiläufig und freundlich wie möglich und sah, daß die Hand des Mannes auf dem Griff seines Schwertes lag.

»Warum wendet Ihr Euch an mich?« Es war eine junge Stimme.

»Weil Ihr sein Mann seid«, sagte Daoud und drehte mit dem Daumen an dem gekerbten Rad, das die Bogensehne hielt.

Die Sehne sirrte, der Pfeil löste sich und grub sich in den Körper des Franzosen.

Dieser schrie vor Schmerz und Zorn auf und preßte die Linke auf seine Brust, während er mit der Rechten das Schwert zog. »Du griechischer Halunke!« stöhnte er, fiel zuerst auf die Knie und dann aufs Gesicht. Er hatte David von Trapezunt erkannt.

Daoud rollte den Bewußtlosen auf den Rücken. Seine Finger fanden den Pfeil sehr schnell und zogen ihn heraus. Daoud griff nach seinem Dolch. Unter dem Brustbein stieß er auf das Herz zu. Der Oberkörper des Mannes bäumte sich heftig auf. Als Daoud den Dolch herauszog, strömte ihm warmes Blut über die Hand. Er flüsterte einen Fluch und wischte Hand und Klinge an der Tunika des Mannes ab.

Es mußte nach einem gewöhnlichen Straßenraub aussehen, als sei der Mann wegen des Geldes ermordet worden, das er bei sich getragen hatte. Noch einmal stieß Daoud den Dolch in den Körper des Toten.

Daoud zog die Leiche des Franzosen in den Schatten unter dem Überhang des nächsten Hauses. Er tastete an dem Toten herum, bis er seine Börse fand, die klein und nicht sehr schwer war, und steckte sie in seinen Gürtel.

Hatte jemand etwas gesehen? Die Häuser ringsum waren dunkel und still. Das einzige helle Fenster war jenes im dritten Stockwerk der Villa Ugolinis.

Er konnte jetzt nicht in die Villa zurück, da Blut an ihm klebte. Wer ihm jetzt das Tor aufschloß, mußte ihn mit dem Ermordeten in Verbindung bringen, der am Morgen gefunden werden würde. Die Behörden von Orvieto würden jeden befragen, und Ugolini konnte nicht wissen, was seine Diener möglicherweise aussagten.

Dann also zurück zu Tilia! Er nahm eine andere Straße, um nicht noch einmal an dem Gasthaus vorbeizugehen, wo Gobignons Mann Wache gestanden hatte. Im Gehen schweiften seine Gedanken zu seiner Tat zurück. Daß er getötet hatte, belastete ihn sehr. Aber dieser Mord war notwendig, dachte er. Dieser junge Franzose mußte sterben, damit der Islam von den Horden der Ungläubigen aus Ost und West verschont blieb. Doch wenn er in sein Herz blickte, mußte Daoud zugeben, daß es kein ehrenhafter Kampf gewesen war. Der Franzose hatte keine Chance gehabt.

Reinige mein Herz, o Gott, betete er, als er zu Tilia Caballos Bordell zurückging.

32

Als Simon Sophia ansah, erinnerte er sich an die Küsse im Garten des Palazzo Monaldeschi, und seine Arme sehnten sich danach, sie zu umfassen. Aber er mußte sich beherrschen. Er wußte noch immer nicht, ob er ihr trauen konnte. Und selbst wenn er von ihrer Aufrichtigkeit überzeugt gewesen wäre, gebot ihm die höfische Sitte, sie nicht zu berühren, ehe er nicht monatelang voller Ergebenheit um sie geworben hatte.

»Ich muß meinem Onkel sagen, daß sein Haus nicht so gut geschützt ist, wie er glaubt«, erklärte sie. »Seine Wachen müssen heute abend geschlafen haben.«

Auf ihrem Gesicht spiegelte sich der Schein der sechs kleinen Kerzen, die sie im Zimmer aufgestellt hatte. Das dunkelbraune Haar fiel ihr in Wellen auf die Schultern.

Simons Herz schlug schneller, als er sie ansah. »Ihr habt mich zu Euch eingeladen, Madonna.« Er war stolz darauf, daß es ihm gelungen war, in der Nähe des Tores auf die Mauer zu steigen und, als die Wachen außer Sicht waren, aufs Dach des mittleren Flügels zu klettern.

»Ja, aber ich habe nichts getan, um Euch zu helfen! Ich bewundere Euch, daß Ihr bis hierher gelangen konntet.«

Ihm war nicht klar, ob das Gewand, das sie trug, fürs Bett, für ihn oder für beides war. Es war eine durchsichtige weiße Tunika, ärmellos und vorn tief ausgeschnitten; sie enthüllte ihre schwellenden Brüste und wurde an der Taille von einem goldfarbenen Gürtel zusammengehalten. Um den Hals trug sie eine Goldkette mit einem großen Medaillon, in das ein Pferdekopf eingraviert war.

Simons Augen schweiften immer wieder von ihren Schultern zu ihren Brüsten und weiter zu ihrer schmalen Taille. Sich beherrschen zu müssen und jede Berührung zu vermeiden war eine Qual. Eine süße Qual. »Ich habe Übung darin, mich in Burgen und Paläste einzuschleichen.«

»Ich dachte, die Franzosen neigten eher dazu, bei hellem Tageslicht mit fliegenden Fahnen vor einer Burg aufzumarschieren und sie zu stürmen«, sagte sie. Ihre Zähne blitzten im Kerzenlicht.

Er wünschte, sie würde ihn auffordern, sich zu setzen. Doch dann erkannte er in dem, was sie gesagt hatte, eine Möglichkeit, über das gegenseitige Vertrauen zu sprechen. »Das ist richtig, Madonna. Wir Franzosen zeichnen uns in offener Kriegsführung aus, während ihr Italiener eher zu Intrigen neigt.«

»Zu Intrigen? Wie meint Ihr das?«

»Oh, zum Beispiel« – er bemühte sich, es so leichthin wie möglich zu sagen – »Eure geschickte Art, mich im Palazzo Monaldeschi abzulenken, während David von Trapezunt die tatarischen Gesandten dazu brachte, sich zu Narren zu machen.«

Sie antwortete nicht sofort. Dann sagte sie schroff: »Ich bitte Euch zu gehen, Signore.«

Er prallte bestürzt zurück. »Madonna!«

»Ihr werdet auf demselben Weg hinausfinden, auf dem Ihr gekommen seid.«

»Aber ich wollte doch nur Euer diplomatisches Geschick preisen. Ich hoffe, ich habe Euch nicht gekränkt!«

»Ein Edelmann weiß immer, wann er jemand kränkt.«

»Ich – ich möchte doch nur klären . . .« Simon geriet ins Stottern. Er verwünschte sich wegen seines plumpen Versuchs, sie auf die Probe zu stellen. Es stimmte, die Franzosen verstanden sich nicht aufs Intrigieren.

Sie ging zur Tür und blieb, ihm den Rücken kehrend, dort stehen. Wollte sie um Hilfe rufen? Wie peinlich, wenn man ihn hier entdeckte!

»Wenn Ihr nicht geht, dann gehe ich«, sagte Sophia und griff nach der schwarzen eisernen Türklinke. »Ihr könnt hier bleiben, wenn Ihr wollt.«

Verzweifelt zerbrach er sich den Kopf nach einem Ausweg, Aber er mußte handeln. Er warf sich, die Arme ausstreckend, auf die Knie und wartete. Lange, schweigende Sekunden verstrichen . . .

Endlich wandte Sophia den Kopf. Ihre zarten rosenfarbenen Lippen teilten sich, und sie bekam große Augen. Sie drehte sich ganz um. Dann begann sie zu lachen.

»Lacht mich aus, wenn Ihr wollt, aber werft mich nicht hinaus.«

Ihr Lachen war ein heller Glockenklang. Im nächsten Augenblick verstummte es jedoch, und sie begann zu lächeln. Ein schönes Lächeln, dachte er, ein freundliches Lächeln. Wenn sie ihn so anlächelte, konnte er bis in alle Ewigkeit vor ihr knien.

»Noch nie hat ein Mann vor mir gekniet«, sagte sie. Ein Ausdruck leichter Gereiztheit flog über ihr Gesicht. »Zuerst beschuldigt Ihr mich, ich hätte Euch nur geküßt, um ein Komplott meines Onkels gegen die Tataren zu unterstützen, dann kniet Ihr vor mir. Was soll ich von Euch halten?«

»Macht mich zu Eurem Sklaven.«

»Zu meinem Sklaven? Ihr spielt mit mir, Signore.«

»Ich mit Euch spielen? Nie und nimmer. Nennt mich Simon, wenn Ihr wollt.«

»Ihr wollt mein Freund sein?«

»Ich wäre gern mehr als Euer Freund, Madonna.«

Sie kam zu ihm und streckte ihm die Hände entgegen. Ihr Lächeln blendete ihn förmlich. »Nun, Simon, Ihr dürft mich Sophia nennen. Und Ihr dürft Euch erheben.«

Simon ergriff ihre Hände, und Freude durchströmte ihn bis in die Fingerspitzen. Er sprang auf und dachte daran, sie in seine Arme zu ziehen, doch sie befreite sich mit einer schnellen Bewegung und wich einen Schritt zurück.

»In Sizilien ist es nicht üblich, daß ein Mann vor einer Frau kniet, Simon«, sagte sie leise.

Es war so, wie er vermutet hatte. Sie war mit den Gebräuchen der höfischen Liebe nicht vertraut.

»Wenn ich etwas tue, das Euch fremd anmutet, Sophia« – zum erstenmal nannte er sie beim Vornamen, und es entzückte ihn –, »dann sollt Ihr wissen, daß meine Handlungen bestimmt werden von dem, was wir die höfische Liebe nennen, was bedeutet, daß wir wissen, wie wir Frauen zu schätzen haben, deren Wert unschätzbar ist.«

»Ich habe schon davon gehört. Diese Art zu lieben kommt mir blasphemisch vor, fast so, als bete der Mann die Frau an. Ich glaube nicht, daß Euer Schutzheiliger damit einverstanden wäre.«

»Mein Schutzheiliger?«

»Er.« Sie zeigte auf ein kleines Bild in einem vergoldeten Holzgehäuse, das mit halb geöffneter Flügeltür auf einer großen schwarzen Kommode stand, links und rechts von einer Kerze in einem schweren Emailleuchter flankiert.

Sophia nahm Simon bei der Hand. Als ihre kühlen Finger ihn berührten, spannten sich seine Armmuskeln. Sie führte ihn durch das Zimmer. Noch immer seine Hand festhaltend, öffnete sie die kleinen Türflügel weiter, so daß er das Bild deutlich sah.

Daß es ein Heiliger war, erkannte man sofort an dem goldenen Heiligenschein, der über den schwarzen Haaren schwebte. Simon sah ein schmales Gesicht mit riesigen, starr blickenden Augen, die so blau waren wie Saphire. Verglichen mit den Augen des Heiligen, wirkte der Himmel hinter seinem Kopf blaß. Unter den Augen lagen rötlich-blaue Schatten, und die Wangen waren eingefallen wie die eines Verhungernden. Bart und Schnurrbart waren glatt, aber fransig an den Spitzen, und das wenige, das man von seinem Gewand sah, war grau. Im Hintergrund ragte rechts neben dem Heiligenschein eine kannelierte Elfenbeinsäule mit einem quadratischen Sockel und ausladendem oberem Ende auf. Die Säule verband den azurblauen Himmel und die ockerfarbene Erde.

Simon empfand Bewunderung für das Gesicht; in dieser trostlosen Umgebung mußte der Heilige unter schweren Entbehrungen gelitten haben.

»Ein wunderbares Gesicht«, sagte Simon und wandte sich lächelnd Sophia zu. »Und Ihr sagt, das sei mein Namenspatron?«

»Symeon aus der Wüste«, erwiderte sie. »Symeon Stylites.«

»Stylites? Was heißt das? Ich kann kein Griechisch.«

»Ich auch nicht«, sagte sie. »Aber ein Priester hat mir erklärt, daß es ›der auf der Säule‹ heißt. Der heilige Symeon war ein Eremit, der vor langer, langer Zeit lebte, als die Kirche noch jung war. Er lebte und betete dreißig Jahre auf einer Säule, dem einzigen Überrest eines heidnischen Tempels. Es ist die Säule, die hinter ihm steht.«

Dreißig Jahre auf einer Säule leben? Simon drängten sich unzählige Fragen auf. Wieso war der Heilige nicht heruntergefallen, wenn er schlief? Woher bekam er Nahrung und Wasser? »Wie hoch war die Säule?«

Sophia schüttelte den Kopf. »Ich weiß nicht. So hoch, daß er eine Leiter benutzen mußte, um hinaufzuklettern. Dann haben seine Anhänger sie wieder weggenommen.« Sie zeigte auf die Säule. »Ich habe sie so zu malen versucht, daß man sie sich in jeder beliebigen Höhe vorstellen kann.«

»Ihr habt das Bild gemalt?«

»Es fällt Euch schwer, das zu glauben«, sagte sie amüsiert. »Deshalb sage ich das auch kaum jemand. Viele Leute wären überzeugt, daß ich lüge. Andere würden denken, eine malende Frau sei ein Naturwunder oder es sei unehrenhaft für sie zu malen – so wie wenn zum Beispiel Ihr ein Händler würdet. Wie denkt Ihr darüber?«

»Ich denke, Gott hat Euch ein großes Talent gegeben«, erwiderte Simon ernst.

Sie drückte ihm die Hand, was ihn mit Freude erfüllte, ließ sie aber zu seinem Kummer wieder los. »Ich habe gewußt, Ihr würdet mich verstehen. Als ich erfuhr, daß Ihr Simon heißt, da wußte ich, daß Ihr für mich sehr wichtig werden würdet. Ich denke, mein Heiliger hat sich gewünscht, daß wir uns kennenlernen.«

Wie reizend unschuldig sie ist, dachte Simon. Er schämte sich der

Gedanken, die ihn im Zusammenhang mit ihr bedrängten, seit sie sich im Garten der Monaldeschis geküßt hatten.

Sophia ging zu ihrem Bett hinüber und setzte sich auf dessen Kante. Das Bettgestell unter dem Himmel war sehr hoch, und als Sophia darauf saß, ließ sie anmutig die Beine baumeln, was Simon daran erinnerte, daß sie viel kleiner war als er.

Er begann zu zittern, und seine Leidenschaft erschreckte ihn. Es war niemand da, der das unschuldige Mädchen vor ihm beschützen konnte, außer ihm selbst.

»Setzt Euch zu mir», sagte sie und klopfte neben sich auf die Tagesdecke.

Er wußte, daß er nicht in ihre Nähe kommen durfte, wenn er sie wirklich beschützen wollte. Andererseits sehnte er sich verzweifelt danach, neben ihr zu sitzen, ihre Hand wieder in der seinen zu fühlen, die Arme um sie zu legen. Aber wie konnte er sich zurückhalten, wenn er sie auf ihrem Bett in die Arme nahm? Dennoch, sie hatte ihn aufgefordert, sich zu ihr zu setzen, und ihre Einladung war für ihn Befehl.

Er hatte die Absicht gehabt, ihr ein Liebeslied vorzusingen. Er hatte zwar nicht das Talent, sich Lieder auszudenken, aber er hatte eine schöne Tenorstimme und sehr früh ein paar Dutzend Liebeslieder gelernt. Er hatte sie schon gesungen, bevor er verstand, was sie bedeuteten, weil die Melodien ihm gefielen. Er verbeugte sich und setzte sich so weit wie möglich von ihr entfernt auf den Bettrand. »Darf ich Euch etwas vorsingen?«

Wenn sie lächelte, hatte sie Grübchen in den Wangen. »Oh, das wäre schön. Aber leise bitte. Wir wollen doch nicht die Diener meines Onkels wecken.«

Also begann er leise zu singen.

Sophia lächelte, als er die erste Strophe beendet hatte. Sie lehnte sich zurück, griff hinter sich und stützte sich auf die Hände. Als er die zweite und die dritte Strophe sang, schloß sie die Augen. Bei der vierten Strophe rückte sie so nahe an ihn heran, daß ihre Beine sich berührten. Er zwang sich, sich auf das Lied zu konzentrieren, und fuhr mit der fünften Strophe fort. Er beschloß, aufzustehen und sich zu entfernen, sobald er damit fertig war.

Als er die Strophe beendete, lehnte Sophia sich an ihn und streichelte seinen Nacken. Ohne daß es ihm so recht bewußt wurde, legte er ihr den

Arm um die Taille und zog sie an sich. Ihr Kopf lag an seiner Schulter, ihre Augen waren geschlossen. Langsam schoben sich ihre Finger seinen Nacken hinauf in sein Haar und jagten ihm einen Schauer nach dem anderen das Rückgrat hinunter.

»Hört auf«, flüsterte er. »Bitte hört auf!«

»Habt Ihr Angst vor mir?« fragte sie leise.

»Ich habe Angst um uns beide. Ihr ahnt ja nicht, was für ein verzehrendes Feuer eine schöne Frau wie Ihr in einem Mann entfachen kann.«

Sie nahm die Hand von seinem Nacken und legte sie ihm auf den Oberschenkel. Das, dachte er, macht es mir nur noch schwerer.

»Ich muß Euch etwas gestehen«, sagte sie. »Ich bin nicht – ganz unerfahren.«

In seinem Herzen breitete sich plötzlich Kälte aus. Wie konnte dieses geliebte Geschöpf etwas anderes sein als unerfahren?

Sie legte die Hände in den Schoß und schlug die Augen nieder. »Wie Ihr bestimmt wißt, sind die meisten Frauen über zwanzig, wenn es keine Nonnen sind, verheiratet. Ihr müßt Euch gefragt haben, was ich in Orvieto tue, unverheiratet, wie ich bin, und im Haus meines Onkels lebend.«

»Darüber habe ich nie nachgedacht.«

»Dann seid Ihr sehr unerfahren.«

»Ihr habt einen Gatten?« Seine Stimme war schwer vor Kummer. In seiner Torheit hatte er davon geträumt, daß sie vielleicht noch jungfräulich war. Aber zu den Regeln der höfischen Liebe gehörte, daß man sich in eine Dame verliebte, die mit einem anderen Mann verheiratet war. Seine Lieben in Paris waren verheiratete Frauen gewesen. Warum war er jetzt so enttäuscht?

»Ich wurde mit vierzehn Jahren verheiratet. Er hieß Alessandro. Zwei Jahre später ist er an dem verdammten Fieber gestorben, das so viele Sizilianer dahinrafft. Er war sehr lieb zu mir, und ich war untröstlich.«

»Ah, Ihr trauert noch immer um ihn?«

»Ich habe ihn so sehr geliebt, daß ich nicht einmal daran denken konnte, einen anderen Mann aus Siracusa zu heiraten. Schließlich haben meine Eltern mich zu meinem Onkel geschickt. Sie hoffen, daß ich Alessandro eines Tages vergessen werde und mich wieder verheiraten kann.«

»Wollt Ihr denn wieder heiraten?«

»Ich habe noch keinen Mann kennengelernt, zu dem ich mich hingezogen fühlte – außer zu Euch, Simon. Und eine Ehe zwischen Euch und mir wäre undenkbar. Meine Familie steht tief unter der Euren.«

Sein Herz schlug höher vor Glück. Sie war frei, aber, wie sie sagte, nicht völlig unerfahren. Er brauchte sich wegen der leidenschaftlichen Gedanken, die er für sie hegte, nicht schuldig zu fühlen. Und was eine Ehe zwischen ihnen anging, so ahnte sie ja nicht, daß keine der großen französischen Familien einer ihrer Töchter gestatten würde, den Namen Gobignon anzunehmen. Aber Sophia war immerhin die Nichte eines Kardinals, eines Kirchenfürsten.

Es war Liebe, nicht der Gedanke an Heirat, der ihn hierhergeführt hatte. Dennoch mußte er ihre Witwenschaft achten. Er sprang auf und trat in die Mitte des Zimmers. »Glaubt mir, für mich seid Ihr noch genauso rein, als wärt Ihr nie verheiratet gewesen.«

Überrascht sah sie zu ihm auf, die Hände im Schoß gefaltet, die Augen groß und dunkel. »Ich bin überglücklich, das zu hören. Aber« – sie schlug die Augen nieder und lächelte schwach – »bedeutet das, daß zwischen uns gar nichts sein kann?«

»Ich liebe Euch«, sagte Simon. »Ich werde Euch immer lieben. Ich denke Tag und Nacht an Euch. Und ich bitte Euch, meine Liebe zu erwidern.«

»O Simon! Wie schön!« Sie streckte ihm die Arme entgegen.

Doch er blieb stehen und hob warnend die Hand. »Ich werde Euch nach den Geboten der höfischen Liebe lieben. Mit jeder Faser meines Seins sehne ich mich danach, ganz der Eure zu sein, aber Ihr müßt mir widerstehen.«

»Muß ich?«

»Ihr müßt meine Herrin sein. Ihr müßt mich beherrschen. Eines Tages werden wir uns körperlich vereinen, doch erst nachdem ich geprüft und für würdig befunden wurde.«

»Bedeutet das höfische Liebe?«

»Ja. Und deshalb ist sie auch viel schöner als die Ehe. Mann und Frau mögen einander körperlich lieben, sobald der Priester den Segen über sie gesprochen hat, ja man erwartet es von ihnen. Liebende, die einander in höfischer Liebe verbunden sind, erkennen einander erst, nachdem die Liebe ihnen den Weg bereitet hat, so daß ihre Vereinigung ein Augenblick von vollkommener Schönheit ist.«

Sophia sah ihn schweigend an. Ihr Gesichtsausdruck war plötzlich nicht zu enträtseln.

»Habt Ihr mich verstanden?« fragte er, nachdem er ihr eine Zeitlang in die glänzenden braunen Augen geschaut hatte. »Vielleicht sind Euch diese Gedanken neu.«

»Die Frau ist Herrscherin über den Mann?«

»Ja.«

Ihre Mundwinkel zuckten. »Nun denn, was wäre, wenn ich Euch jetzt befehlen würde, mit mir zu Bett zu gehen?«

Er sah an ihrem Lächeln, daß sie scherzte. Aber ihm fiel keine Antwort ein. Er überlegte, was er gelesen, was er gehört, was er mit anderen Frauen getan hatte. Den Frauen, die beim ersten Stelldichein mit ihm ins Bett gefallen waren, war es mit der Liebe nicht ernst gewesen und ihm ebenso wenig. In allen überlieferten Geschichten über die höfische Liebe hatte die Frau den Mann warten lassen – manchmal jahre- und manchmal sein ganzes Leben lang –, und der Mann war glücklich gewesen, daß er warten durfte.

Und dann erinnerte er sich an etwas, das seine Mutter ihm erzählt hatte, ein Geheimnis, so kostbar, daß er es nie einem Menschen anvertrauen würde, nicht einmal Sophia. Jetzt leitete es ihn.

»Als wir zum erstenmal miteinander allein waren, dein Vater und ich«, hatte seine Mutter gesagt, »wollte ich ihn auf der Stelle. Aber er war stark genug für uns beide. Es dauerte ein ganzes Jahr, ehe wir einander körperlich besaßen. Und aus dieser Vereinigung stammst du.«

»Ihr werdet es mir nicht befehlen«, meinte er mit fröhlicher Zuversicht.

Sie hob die Brauen. »Ach wirklich?«

»Weil Ihr wißt, daß es viel besser wäre zu warten. Wir wollen einander jetzt. Aber wenn wir diesem Hunger widerstehen, wird er wachsen, wird nicht mehr nur fleischliche Lust, sondern ein geistig-seelisches Verlangen sein. Es heißt, die Seelen im Paradies kennten kein größeres Glück als zwei Liebende, die in Körper und Seele vereint sind.«

»Wunderbar«, erwiderte sie. »Aber ich bin ein einfaches sizilianisches Mädchen und habe vielleicht nicht das verfeinerte, geistige Verlangen eines französischen Edelmannes. Wie, wenn ich nicht warten kann?«

»Das ist nur natürlich«, sagte Simon und dachte wieder an das, was seine Mutter ihm anvertraut hatte. »Dann muß ich stark genug für uns beide sein.« Der Gedanke an die mächtige Leidenschaft, die er so mühsam unterdrückte, erregte ihn. Sich von ihr fernzuhalten würde schmerzlich sein – und köstlich zugleich. Er mußte nur an die Ekstase denken, die am Ende ihre Vereinigung krönen würde.

Sophia seufzte tief auf. »So sei es denn, Simon. Ihr werdet mich die höfische Liebe lehren, und ich will mein Bestes tun, um Eure – wie habt Ihr sie genannt? – Geliebte zu sein.«

»Meine Herrin.«

Ihre Zähne blitzten weiß im Kerzenlicht, und ihre Lippen schimmerten. Simons Lippen brannten, so sehr sehnte er sich nach den ihren.

»Wie seltsam! Aber Ihr seid ein echter Mann, Simon, und gebt mir sehr stark das Gefühl, eine Frau zu sein.«

Simon wandte sich ab und trat ans Fenster. Nachtluft wehte durch den dünnen Vorhang, und Simon fühlte sich wunderbar. Er fragte sich, ob Alain, der draußen im Dunkeln stand, ihn hier am Fenster sah? Er schob den Vorhang zur Seite.

Sophia trat zu ihm und legte ihm die Hand auf die Schulter.

»Ihr könnt nicht die ganze Nacht hier stehen bleiben, Simon. Kommt, setzt Euch wieder.«

Er verneigte sich. »Wie meine Herrin befiehlt.« Er ließ es zu, daß sie seine Hand nahm und ihn vom Fenster fortzog.

Im Zimmer stand nur ein Stuhl, und Simon setzte sich darauf. Es wäre töricht gewesen, sich wieder neben ihr auf dem Bett niederzulassen. Sophia zuckte lächelnd die Schultern und setzte sich aufs Bett.

Würde sie ihm erlauben, die ganze Nacht zu bleiben? Wann immer er mit einer Frau die ganze Nacht zusammen gewesen war, hatten sie sich geliebt. Sollte er ihr wieder etwas vorsingen? Würde sie schlafen wollen? Er stellte sich vor, wie er über sie wachte, während sie schlief, neben ihrem Bett kniend vielleicht, und diese Vorstellung war erregend schön.

Jetzt fiel ihm etwas ein, das sie zu Beginn des Abends gesagt hatte: daß er sie beschuldigt habe, sie habe ihn nur geküßt, um das Komplott ihres Onkels gegen die Tataren zu unterstützen. Sie wußte also, was Ugolini tat, und Simon dachte: Sie hat keine Ahnung, wieviel sie mir verraten hat.

Er sang ein anderes Lied und durfte ihr die roten Pantoffeln ausziehen; als sie ihre Zehen auf seinem Handteller krümmte, vergaß er um ein Haar alles, was er sich vorgenommen hatte. Er zwang sich, aufzustehen und im Zimmer umherzugehen, während sie, den Kopf auf den Ellbogen gestützt, lässig auf dem Bett ruhte und ihn mit ihrem bezaubernden Lächeln beobachtete.

Sie fragte ihn nach seinem Leben aus, und er bot ihr eine vereinfachte Fassung, erzählte ihr nicht, daß er illegitim geboren war, und auch nichts von der Ehrlosigkeit des Mannes, dessen Namen er trug. Während er mit ihr sprach, kam ihm der Gedanke, daß vielleicht dies, Amalric de Gobignons Verrat und Nicolette de Gobignons Ehebruch, ihm die Kraft gegeben hatte, der Versuchung zu widerstehen und Sophias Tugend zu achten. Er berichtete ihr, daß er in seiner Jugend viele Jahre am Hof des Königs von Frankreich gelebt und dies dazu geführt hatte, daß Graf Karl von Anjou ihm den Auftrag gab, die tatarischen Gesandten zu beschützen. Und so kamen sie zwangsläufig auf die Tataren zu sprechen.

»Warum habt Ihr diesen Auftrag des Grafen von Anjou angenommen?« fragte sie. »Ihr tragt einen hohen Titel, besitzt große Ländereien, habt alles, was Ihr Euch nur wünschen könnt. Warum belastet Ihr Euch mit all diesen Intrigen?«

Nachdem er beschlossen hatte, ihr nicht die Wahrheit über seine Vergangenheit zu sagen, konnte er ihre Frage weder aufrichtig noch erschöpfend beantworten. Er konnte ihr nicht erklären, daß er diese Mission auf sich genommen hatte, um den Namen Gobignon vom Makel des Verrats zu reinigen und zu beweisen, daß er ein Recht auf den Titel hatte. Also nannte er ihr einen anderen, ebenso wahren Grund. »Ich bin ein Halbwaise, und der König war für mich wie ein zweiter Vater. Es ist sein Wunsch, daß Christen und Tataren sich verbünden, um das Heilige Land zu befreien. Und ich würde alles für ihn tun.«

Sophia runzelte die Stirn. »Das zu verstehen fällt mir schwer. Ich hasse nämlich die Tataren.«

Simons Gedanken überstürzten sich förmlich. Konnte sie in Ugolinis Komplott tiefer verstrickt sein, als sie zugegeben hatte? »Warum haßt Ihr die Tataren? Ihr wißt wenig von ihnen.«

»Ich weiß, daß wir ihretwegen beinahe zu Feinden geworden wären, weil Ihr dachtet, ich hätte Euch nur geküßt, um meinem Onkel zu helfen.«

Jetzt mußt du dich vorsehen, Simon, dachte er. »Nun, ich bin sicher, Euer Onkel folgt genauso seinem Gewissen wie wir alle«, meinte er. In Wahrheit glaubte er das nicht, aber er wollte Sophia nicht kränken.

»Und Euer Gewissen gebietet Euch, diese Wilden zu bewachen?«

»Ich will Jerusalem befreit und die Sarazenen unterworfen sehen«, antwortete Simon. »So denkt jeder gute Christ.«

Sie richtete sich im Bett auf und sah ihn ernst an. »Fürchtet Ihr nicht, daß die Tataren schlimmer sind als die Sarazenen? Das behauptet mein Onkel nämlich.«

Schritt für Schritt erklärte ihr Simon, woran er glaubte. Ja, die Tataren seien Barbaren und hätten unaussprechliche Scheußlichkeiten begangen. Aber die Sarazenen, unter dem Mamelucken-Sultan von Ägypten geeint, waren jetzt mächtiger als je zuvor. Wenn man ihnen nicht Einhalt gebiete, würden sie alle Kreuzritter aus Syrien und Palästina vertreiben. Außerdem seien die Mauren in Spanien eine Macht, und es sei noch gar nicht so lange her, seit die Sarazenen in Frankreich und in Italien gewesen seien. Das Heer König Manfreds bestehe zum Teil aus Sarazenen, und er selbst sei ein Ungläubiger. Dadurch, daß sie glaubten, ihre Religion mit dem Schwert verbreiten zu müssen, seien die Sarazenen für die Christenheit eine viel größere Gefahr als die Tataren. Das seien schlichte Heiden, die sich leicht zum Christentum bekehren ließen. Bruder Mathieu habe selbst über ein Dutzend hochrangiger Tataren getauft.

Sophia hörte aufmerksam zu, die goldbraunen Augen so fest auf ihn gerichtet, daß er mehr als einmal fürchtete, den Faden zu verlieren. Als er schwieg, nickte sie nachdenklich. Jetzt, dachte er, kann ich die Rede auf ihren Onkel bringen. »All das ist so offensichtlich«, fuhr er fort, »daß es mir schwer fällt zu begreifen, warum Euer Onkel eine Partei gebildet hat, die sich dem Bündnis widersetzt.«

Vor Überraschung legte sie die Fingerspitzen auf die Lippen. Ihr Mund glich einer erblühten Rose. »Ihr glaubt, mein Onkel sei der Anführer der Leute, die gegen das Bündnis sind?«

»Ich dachte, das wüßtet Ihr bereits«, antwortete er.

»Dann hat er David von Trapezunt darauf angesetzt, die Tataren aus der Reserve zu locken, während wir beide so köstlich abgelenkt waren? Böser Onkel! Zu denken, daß ich Euch durch seine Schuld beinah verloren hätte.« Sie ballte die hübsche Hand. An ihrem kleinen Finger glänzte im Kerzenschein ein Granatring.

»Ich glaube, er hat David von Trapezunt und seinen Diener Giancarlo ebenso nach Orvieto geholt wie den ungarischen Ritter Cosmas, der beim päpstlichen Konzil gesprochen hat, um die Tataren zu verleumden.«

Sie nickte. »Jetzt verstehe ich, warum er sich immer so lange mit diesem Seidenhändler einschließt und mit ihm über einen Bruder Thomas spricht. Er hat David zu diesem Bruder Thomas geschickt, und als David zurückkam, hörte ich meinen Onkel immer wieder überglücklich rufen: ›Bruder Thomas ist auf unserer Seite!‹ Ist dieser Bruder Thomas ein bedeutender Mann?«

Simon bemühte sich, äußerlich Ruhe zu bewahren, aber er war entsetzt. Ihm fiel ein, daß die Familie von Bruder Thomas ebenso wie Ugolini aus Süditalien stammte, aus dem Königreich Manfreds. Und war diese Familie nicht sogar mit den Hohenstaufen verwandt? Dagegen mußte sofort etwas unternommen werden. Wie weit waren die Intriganten – denn Intriganten waren sie – mit Bruder Thomas gekommen? Und wie weit durfte er, Simon, dieses Thema noch verfolgen, ehe Sophia mißtrauisch wurde? Und wie weit, ehe er das Gefühl hatte, ihre Liebe zu erniedrigen?

Unsere Liebe? Aber sie hat nicht gesagt, daß sie mich liebt. Die Erkenntnis traf ihn wie ein Donnerschlag.

Was er einzig und allein wissen wollte, war, ob sie ihn liebte. Ohne Umschweife fragen konnte er sie nicht, das widersprach den Regeln der höfischen Liebe. Er mußte warten, daß sie es sagte. Aber solange sie über die Tataren und Ugolini redeten, würde sie nie von Liebe sprechen. Zum Teufel mit Ugolini und David von Trapezunt und Bruder Thomas und den Tataren!

Er hatte ohnehin genug erfahren. Sie hatte seinen Verdacht bestätigt, daß Ugolini der Anführer der Bündnisgegner war. Und sie hatte ihm verraten, daß sie Bruder Thomas in ihr verschwörerisches Treiben einbezogen hatten.

Einer Sache war er sich sicher: Wenn sie mit ihrem Onkel zusammenarbeitete, um das Bündnis zu verhindern, hätte sie ihm nicht so viel gesagt.

33

Eine Hand rüttelte Simon an der Schulter. Die ganze rechte Seite tat ihm weh. Er wehrte sich gegen das Aufwachen, versuchte sich tiefer in den Schlaf hineinzuwühlen.

»Simon! Ihr müßt aufwachen!«

Er öffnete die Augen. Langsam wurde ihm klar, daß er in Sophias Schlafgemach auf dem Perserteppich lag. Er wälzte sich auf den Rücken und rieb sich die schmerzende Seite. Sophias Gesicht war dicht über ihm.

Er konnte nicht anders, er streckte beide Arme nach ihr aus, zog sie zu sich herunter und küßte sie. Sie löste sich von ihm, und er versuchte nicht, sie festzuhalten.

»Es dringt Licht durch das Fenster, und ich höre Vogelgezwitscher«, sagte sie. »Ihr müßt gehen. Die Diener stehen bei Tagesanbruch auf.«

Er setzte sich auf. Sie kniete neben ihm, trug noch dasselbe cremefarbene Gewand. Er erinnerte sich jetzt, daß sie über die höfische Liebe und über ihre Kindheit in Sizilien gesprochen hatten. Zu seiner großen Enttäuschung hatte sie nicht gesagt, daß sie ihn liebe.

Sie war zuerst eingeschlafen. Auch ihn hatte der Schlaf übermannt, aber jedesmal, wenn er eindöste, drohte er von dem Stuhl hinunterzurutschen, auf dem er saß. Als es ihm zum vierten- oder fünftenmal so erging, streckte er sich auf dem Teppich aus.

»Beeilt Euch, Simon, ich flehe Euch an! Wenn mein Onkel je erfährt, daß Ihr hier wart, schickt er mich nach Siracusa zurück.«

Er ging rasch in die Ecke, wo er Schwert und Gürtel zurückgelassen hatte, und legte beides um. Ihm fiel ein, daß Alain auf der Straße ein Morgenlied singen sollte, um ihn zu warnen und zu wecken. Vielleicht hatte er gesungen, und Simon hatte zu fest geschlafen und nichts gehört.

»Habt Ihr jemand auf der Straße singen hören?« fragte er.

Lächelnd schüttelte Sophia den Kopf.

Verdammter Alain! Auch er mußte verschlafen haben.

»Wie wollt Ihr eigentlich hinauskommen?» fragte Sophia.

Simon ging zum Fenster und schob den Vorhang zur Seite. Das Seil, an dem er heruntergeklettert war, hing noch da. Er zog fest daran, und es hielt. Er blickte zum Himmel. Es dämmerte.

Sein Herz war leicht, obwohl er Sophia verließ. Es war eine schöne Nacht gewesen.

Auf dem Tisch neben ihrem Bett stand ein halbvolles Glas Wein. Er nahm einen kräftigen Schluck, um sich den Mund auszuspülen, und wischte sich mit dem Handrücken über die Lippen.

Sie stand neben dem Bett, ihr Blick war warm. Er streckte die Arme aus, und sie schmiegte sich mit einer Selbstverständlichkeit hinein, als liebten sie sich schon seit Jahren. Sie war kleiner als er, so daß er sich bücken mußte, um sie zu küssen, und als er es tat, drängte sich ihm ihr Körper entgegen.

»Ich liebe Euch«, flüsterte er, verlegen ob der Schlichtheit dieser Aussage. Aber es war nun einmal die Wahrheit.

»Und ich liebe Euch.« Sie küßte ihn schnell auf die Lippen und wandte sich ab.

Die Kerzen waren fast ganz heruntergebrannt. Simon warf einen Blick auf das Bild des heiligen Symeon Stylites, dessen blaue Augen ihn aus dem Schatten anzufunkeln schienen.

Er wickelte sich das Seil um beide Arme, zog noch einmal fest daran, um sicherzugehen, daß es oben hielt, und stieg auf den Fenstersims. Er begann zu klettern. Die Freude über ihre Abschiedsworte gab ihm Kraft. Seine Hände umfaßten das rauhe Seil, die Füße in den Stiefeln stemmten sich gegen die Mauer. Er vermied es, auf die zwei Stockwerke unter ihm liegende gepflasterte Straße hinunterzuschauen.

Er hörte Stimmen auf der Straße – und erstarrte. Dort unten scharten sich Männer zusammen. Wenn sie den Kopf hoben, würden sie sehen, wie er an der Fassade der Kardinalsvilla hinunterkletterte. Er kletterte zu der quadratischen Zinne hinauf, an der sein Seil befestigt war, zog sich über die Brustwehr und ließ sich erleichtert auf das mit Steinplatten belegte Flachdach fallen.

Er löste das Seil. Aus Neugier hätte er gern einen Blick auf die Männer geworfen, deren laute Stimmen zu ihm heraufdrangen. Das locker aufgerollte Seil in der Hand, lief er so leichtfüßig wie möglich dahin, um die Leute in den Räumen unter ihm nicht zu wecken. Er gelangte auf die Rückseite des Hauses, wo ein Stockwerk unter ihm eine mit Zinnen bewehrte, niedrigere Mauer an das Hauptgebäude stieß. Sie zog sich um den ganzen Hof herum. Er rollte das Seil auf und schlang es um eine Zinne. Dann packte er das Seil und begann hinunterzuklettern.

Plötzlich ertönte ohrenbetäubendes Gebell. Über den Hof raste ein großer grauer Hund. Er war außer sich vor Wut und war im nächsten Augenblick unter Simon. Seine spitzen weißen Zähne blitzten; zornig schlug er mit dem Schwanz.

Simon erinnerte sich, daß er den Hund mit Giancarlo, David von Trapezunts Diener, gesehen hatte. An dem Tag war das Tier recht freundlich gewesen. Aber jetzt sah es in Simon nur den Eindringling.

Simon hängte sich an die Außenseite der Mauer, ließ sich hinunterfallen und prallte so heftig auf das Pflaster auf, daß ihm ein scharfer Schmerz durch die Schienbeine schoß. Auf der anderen Seite der Mauer hörte er Schreie, die sich mit dem Gebell des Hundes mischten.

Er hinkte in die nächste Seitengasse. Er mußte einen Kreis schlagen, um auf die Straße zu kommen, an der die Kardinalsvilla stand, und würde sich ihr aus einer anderen Richtung nähern.

Es dauerte lang, ehe er aus dem Labyrinth der Gassen zurückfand. Doch war er nicht im geringsten beunruhigt. Er war glücklich, daß Sophias Abschiedsworte gelautet hatten: »Und ich liebe Euch.«

Der Morgen war feucht und grau. Er mußte die Straße überqueren und an der Kardinalsvilla vorübergehen, um zu dem Gasthaus zu kommen, in dem er und Alain sich treffen wollten. Es mußte etwa dort sein, wo sich die Männer im Kreis um etwas geschart hatten.

»Seid Ihr die Wache, Messere?« fragte einer und kam auf ihn zu.

»Das bin ich nicht«, antwortete Simon ein wenig hochmütig, und der Mann wich, Simons vornehme Kleidung, das Schwert und den Dolch musternd, zurück.

»Entschuldigung, Signore.«

Voller Ehrerbietung teilte sich der Kreis, als Simon ihn erreichte. Simon erblickte einen toten Mann.

Es war Alain.

Simon prallte zurück und hatte das Gefühl, eine Faust habe ihm einen Schlag aufs Herz versetzt. »Nein!« schrie er auf.

»Kennt Ihr diesen Mann, Signore?« fragte einer.

Simon antwortete nicht. Er fiel neben Alain auf die Knie, von Entsetzen erfüllt beim Anblick seines Gesichtes, das so weiß war, als sei es aus Marmor gehauen. Jetzt sah er auch den großen Blutfleck auf Alains hellgrüner Tunika.

Simon hob den Kopf, und durch die Tränen, die seinen Blick verschleierten, erkannte er den Gastwirt von gestern abend, einen kleinen Mann mit großen Augen und großer Nase.

»Wir haben nach der Wache geschickt, Signore«, sagte er.

»Hat jemand etwas gesehen oder gehört?«

»Meine Frau hat gehört, daß Euer Freund vor Tagesanbruch hinausging. Er ist nicht mehr zurückgekommen.«

Gott sei mir gnädig, dachte Simon. Es ist meine Schuld. Er ist hinausgegangen, um mich zu warnen. Und jemand hat ihn getötet.

Schuldbewußtsein überwältigte Simon. Er wollte sich neben die Leiche seines Freundes legen und auch sterben. Aber das durfte er nicht. Nein, er mußte Alains Mörder finden und töten.

Noch immer neben Alain kniend, trocknete er sich das Gesicht mit einem Zipfel seines Umhangs und musterte die Menge. »Ich bin Graf Simon de Gobignon aus Frankreich und werde jeden reich belohnen, der mir hilft, den Mann zu finden, der das getan hat. Wenn mir jemand den Mörder nennen kann, bezahle ich ihm« – er überlegte kurz – »tausend Goldgulden.«

Ein Raunen ging durch die Menge. Simon suchte an Alains Gürtel nach seiner Börse, doch sie war nicht mehr da. Erstochen wegen der paar Münzen, die er bei sich hatte, dachte Simon. Tot, mit zwanzig Jahren. Aber seltsam, daß Alain noch Schwert und Dolch trug. War er von jemand heimtückisch überrumpelt worden, der sich als ein Freund ausgegeben hatte? Hatte er seinen Mörder vielleicht sogar gekannt?

Simon fiel ein, daß die Wache auf dem Weg hierher war. Wenn sie kam, würde man wissen wollen, was er und Alain hier zu suchen gehabt hatten, würde Fragen stellen, die er jedoch erst beantworten wollte, nachdem er Zeit zum Nachdenken gehabt hatte. Ein Skandal würde Verceuil Gelegenheit geben, mich zu vernichten, dachte Simon. Ich muß Bruder Mathieu überreden, mir zu helfen. »Laßt im Palazzo Monaldeschi mein Pferd holen«, wandte er sich an den Gastwirt und stand unvermittelt auf.

»Wie Ihr wünscht, Signore«, antwortete der Wirt und hastete davon.

Simon ließ den Blick über die Männer schweifen. »Jeder, der etwas gesehen, etwas gehört hat, wird bezahlt. Kommt in den Palazzo Monaldeschi.«

Als der Knecht des Gastwirtes das Pferd brachte, hob Simon Alains Leiche mit Hilfe zweier Männer hinauf und band sie mit dem Gesicht nach unten auf dem Pferderücken fest, mit dem Seil, das er benutzt hatte, um in Sophias Gemach zu gelangen.

Sophia. Noch vor wenigen Augenblicken war er so glücklich gewesen, weil sie ihm zum Abschied gesagt hatte, daß sie ihn liebe. Er nahm die Zügel. Die Leute blieben zurück, als er sich auf der Straße in nördlicher Richtung zum Palazzo Monaldeschi entfernte. Er fühlte Wärme im Nacken, blickte auf und sah die Sonne durch die Wolken brechen.

Alain würde nie wieder die Sonne sehen.

Wer dir das angetan hat, Alain, schwor Simon, soll dafür büßen. Ich werde nicht ruhen, ehe ich ihn nicht mit eigener Hand getötet habe.

34

Sordellos Gesicht war grau vor Müdigkeit. Die Arme auf den Rücken gefesselt, kniete er in einem fleckigen braunen Gewand, das Tilia ihm gebracht hatte, vor Daoud.

Daoud selbst saß wieder in dem Sessel. An den Wänden standen Lorenzo und fünf von Tilias schwarzen Dienern in schwarzen Soutanen, die Gesichter unter Kapuzen verborgen. Immer wieder schweiften Sordellos Blicke zu den im ganzen Raum verteilten Folterwerkzeugen.

Aber die Schrecken der Nacht hatten seinen Mut nicht ganz gebrochen. »Wenn Ihr glaubt, mich mit diesem Spektakel erschrecken zu können, denkt noch einmal nach, Messer David. Ich habe der Inquisition standgehalten, und sie ist viel schrecklicher und furchteinflößender als Ihr und Eure Kreaturen.«

Laß ihm ein letztes bißchen Würde, dachte Daoud. Ein Mann, der das verliert, ist auch gefährlich. »Wir haben jetzt die Furcht hinter uns gelassen, Sordello, nicht wahr?«

Sordellos Augen glühten im Fackelschein wie die eines gefangenen Tieres. »Was für eine Art Teufel seid Ihr?«

Daoud bemühte sich, freundlich zu lächeln. »Ihr nennt mich einen Teufel, nachdem ich Euch ins Paradies geschickt habe?«

Der alte Bravo seufzte, und die Augen fielen ihm zu. »Ich habe nicht gewußt, daß mein Körper fähig ist, solche Lust zu empfinden. Nicht einmal, als ich zwanzig und auf der Höhe war, habe ich solches Entzükken erlebt. Es hat mich aufgewühlt.«

»Ich weiß.« Daoud dachte an seine eigene Initiation.

Nachdem sie in Ägypten Zuflucht gefunden hatten, hatten die Haschischia westlich von El Kahira am Fuß der Pyramiden einen Zeltpalast aus Holz und Seide errichtet. In mehreren Mondscheinnächten hatte Daoud das Gebräu des Alten vom Berge getrunken. Er war im Innern der großen Pyramide durch die Hölle gegangen und dann ins Paradies aufgestiegen, wo ihm die Paradiesjungfrauen, wie vom Propheten versprochen, eine Ewigkeit gedient hatten, wie es schien. O ja, er wußte sehr gut, welche Wonnen Sordello erlebt hatte.

»Was seid Ihr eigentlich?« knurrte Sordello, die Augen aufreißend. »Was für ein Hexengebräu habt Ihr mich trinken lassen?«

»Wollt Ihr ins Paradies zurückkehren?«

»Ihr seid der Teufel, Ihr wollt meine Seele.«

Der Mann ist schnell, dachte Daoud. Obwohl geschwächt, ist sein Geist ungebrochen. Er erinnert sich, daß er das Gemisch aus Wein und Haschisch hat trinken müssen, und er weiß, warum er, Daoud, ihn dazu gezwungen hat. »Ich bin nur ein Mensch wie Ihr, Sordello. Ich will nicht Eure Seele, ich verlange nur Ergebenheit.«

»Damit meint Ihr doch nur, daß Ihr mich zum Verrat verleiten wollt. Ihr wollt, daß ich meinen Herrn verrate, den Grafen de Gobignon.«

Das ist mehr als Schnelligkeit, dachte Daoud. Ein vernünftiger Mann, der wußte, daß er in der Hand einer Macht war, die er nicht besiegen konnte, würde nichts tun, um diese Macht gegen sich aufzubringen. Aber Sordello blieb hartnäckig dabei, Daoud herauszufordern.

Als Sordello Gobignons Namen erwähnte, kam Daouds Konzentration ins Wanken. Was würde der Graf tun, wenn er vor der Kardinalsvilla die Leiche seines Freundes fand? Es würde Unannehmlichkeiten geben, bestimmt würde es deshalb Unannehmlichkeiten geben. Daoud verwünschte sich, daß er Tilias Haus verlassen hatte und zur Villa Ugolinis zurückgegangen war.

Er zwang sich, wieder an Sordello zu denken. Wie sollte er mit diesem provokanten Geist umgehen? »Der Graf muß sehr auf Eure Fähigkeiten vertrauen, wenn er Euch ins Lager des Feindes geschickt hat.«

Sordello lachte zornig. »Vertrauen? Wahrscheinlich hat er gehofft, daß Ihr mich erwischt!«

Er verwünscht Gobignon, sagte sich Daoud. Ausgezeichnet. Oder tut er es, um mich zu täuschen? »Wer mir treu ist, wird nie hinausgeworfen«, sagte Daoud. »Egal, wie töricht er sich benimmt.«

«Kommt derjenige, der Euch treu ist, oft in den Genuß des Paradieses?« Sordellos Stimme klang heiser vor Verlangen.

Es war Zeit für den letzten Schritt. Daoud winkte. Die zunächststehende Gestalt zu seiner Rechten, Lorenzo, brachte einen irdenen grünen Becher, bückte sich und hielt ihn dem knienden Sordello hin.

»Noch mehr von Eurem Hexentrunk? Oder habt Ihr Euch endgültig entschlossen, mich zu vergiften?«

»Hätte ich Euch eine ganze Nacht lang Wunder über Wunder erleben lassen, wenn ich Euch jetzt töten wollte? Trinkt, Sordello.«

Nachdem er lange gezögert hatte, hob Sordello den Kopf und schluckte die Flüssigkeit, die Lorenzo ihm in den Mund schüttete. Er verzog angewidert das Gesicht. »Puh! Das schmeckt aber schlecht.«

Daoud sagte nichts und wartete ab. Nach ein paar Sekunden setzte Sordello sich auf die Fersen. Sein grauer Kopf begann zu nicken. Die Augen fielen ihm zu.

Daoud erhob sich von seinem Sessel und stieg mit einer Kerze in der Hand zu ihm hinunter. »Schaut mich an, Sordello!«

Der Gefangene hob den Kopf und sah Daoud starr in die Augen. Daoud bückte sich und bewegte die Kerzenflamme dicht vor Sordellos Gesicht hin und her, doch der Blick des Bravo blieb starr und folgte ihr nicht.

»Liebt oder haßt Ihr Simon de Gobignon?«

»Ich hasse ihn«, sagte Sordello mit dumpfer Stimme. »Ich habe seinetwegen viel gelitten.«

»Würdet Ihr ihn töten, wenn Ihr die Gelegenheit hättet?«

Sogar in Trance schienen Sordellos Augen zu glühen, und sein Gesicht rötete sich. »Ja. O ja. Mit Vergnügen.«

Das war gut. Der Wille mußte vorhanden sein. Dann mußte die Tat nur noch geplant werden. Daoud griff unter den Kragen seiner Tunika und holte das silberne Medaillon heraus, das Blühendes Gras ihm gegeben hatte. Er war zu dem Schluß gekommen, daß es bessere Dienste leistete als ein Wort oder eine Wortkombination. Es war etwas, das Sordello nie wieder zu sehen bekommen würde, außer Daoud wollte es. Er ließ das Medaillon an seiner Kette vor Sordellos Gesicht hin und her baumeln und hielt die Kerze so, daß sich die Flamme in der silbernen

Scheibe spiegelte. »Betrachtet das Medaillon, Sordello. Seht es Euch genau an. Prägt es Euch gut ein, bis Ihr sicher seid, daß Ihr es wiedererkennen würdet.«

Lange ließ er das Medaillon schwingen, und Sordello wandte den Kopf von einer Seite auf die andere.

»Kennt Ihr das Medaillon jetzt, Sordello? Kennt Ihr es wirklich?«

»Ja.«

»Könntet Ihr es mit einem anderen verwechseln?«

»Nein.«

»Gut. Dann befehle ich Euch: Sobald Ihr das Medaillon wiedersehen werdet, wird es ein Zeichen sein. Es wird Euch sagen, daß Ihr Simon de Gobignon töten müßt. Auf der Stelle. Wenn Ihr dieses Medaillon seht, müßt Ihr nach der erstbesten Waffe greifen und auf die erste Gelegenheit warten, ihn zu töten. Habt Ihr verstanden?«

»Ja.«

»Werdet Ihr es tun?«

»Ja, mit Freuden.«

»Sagt mir, was Ihr tun werdet, Sordello.«

»Sobald ich dieses Medaillon sehe, werde ich Simon de Gobignon auf der Stelle töten.«

»Das ist gut. In einiger Zeit werdet Ihr aufwachen, und Ihr werdet Euch an nichts von dem erinnern, was ich Euch gesagt habe – weder an das Medaillon noch daran, daß Ihr Simon de Gobignon töten müßt. Ihr werdet alles vergessen – bis zu dem Augenblick, in dem Ihr das Medaillon wiederseht. Und dann schlagt Ihr zu.«

»Ja.«

Daoud kehrte zu seinem Sessel zurück und setzte sich. Er ließ die Silberkette über seinen Kopf gleiten und verbarg die silberne Scheibe unter der Tunika. Nach zehn Minuten hob Sordello den Kopf, die Augen blutunterlaufen, aber hellwach. »Darf ich bald wieder das Paradies besuchen?«

»Nein«, sagte Daoud. »Aber dient mir zuverlässig, und es wird wieder geschehen.« Er konnte Sordello zwar nicht ein Jahr warten lassen, wie das die Haschischia gewöhnlich mit ihren Neulingen taten. Doch ein paar Monate mußten es sein, weil das Erlebnis sonst seinen Zauber verlor. Und in ein paar Monaten war sein Auftrag in Orvieto vielleicht erledigt.

»Sagt mir, was ich zu tun habe«, bat Sordello.

»Dient mir treu, und von Zeit zu Zeit sollt Ihr das Paradies wiedersehen. Wenn Ihr mir aber den Gehorsam verweigert oder mich verratet – wir erfahren es sofort –, dann findet Ihr Euch, wo Ihr es am wenigsten erwartet, in der Hölle. Nicht in der, die wir vergangene Nacht für Euch geschaffen haben. In der richtigen.«

»Ihr braucht mir nicht zu drohen«, erwiderte Sordello. »Sagt mir einfach, was Ihr wollt.«

»Macht weiter wie bisher. Ihr werdet dem Grafen Informationen über uns geben – nur werde von jetzt an ich Euch sagen, was Ihr ihm melden sollt. Und Ihr werdet mir alles über ihn berichten. Keine schwierige Aufgabe, wie Ihr seht.«

Sordello brummte. »Ich bezweifle, daß sie so leicht sein wird. Aber solange Ihr mit einer so großen Belohnung winkt, bin ich Euer Mann.«

Mein Sklave, dachte Daoud und hoffte, daß sich das Mitleid, das er mit dieser Kreatur hatte, nicht in seinem Gesicht verriet.

Dennoch mußte er daran denken, daß es in dieses Mannes Seele verborgene Winkel gab. Er hatte nie vorher versucht, einen Menschen mit den Mitteln der Haschischia zu versklaven, und konnte daher nicht sicher sein, daß es ihm jetzt ganz gelungen war. Dieser Mensch war also für ihn eine ebenso große Gefahr wie für andere. Die Haare sträubten sich ihm im Nacken.

Sie saß am Fenster und blickte auf die Stelle der Straße, wo die Leiche des jungen Mannes gelegen hatte. Sie hörte, daß hinter ihr die Tür geöffnet wurde, drehte sich um und sah, daß es Daoud war. Goldhaarig, schlank, groß, mit Augen voller Licht. Sie vergaß sich und wurde von Liebe übermannt, und dann krampfte sich ihr Herz vor Zorn zusammen. Warte ab, laß ihn zu Wort kommen, bevor du urteilst, ermahnte sie sich.

Er stand da, sah sie an, und sie begriff, daß sie etwas sagen mußte; er wartete darauf. Er wollte wissen, was sie und Simon in diesem Zimmer getan hatten, und er wollte nicht fragen. Gewiß fürchtete er, durch das, was sie ihm über sich und Simon zu berichten hatte, verletzt zu werden. Aber was war mit dem jungen Franzosen auf der Straße? Sie sah Simon neben ihm knien, um ihn weinen – und endlich hatte er ihn weggebracht. »Es ist etwas Schreckliches passiert«, sagte sie.

Seine Augen wurden schmal. »Ihr habt bei Gobignon keinen Erfolg gehabt?«

»Nein, jemand hat auf der Straße seinen Freund umgebracht, der auf ihn wartete. Simon wird mich nicht wiedersehen wollen. Er wird mir ganz gewiß die Schuld am Tod des jungen Mannes geben.«

»Wieso sollte er?« Daoud ging auf die Kommode zu, wo in den Kerzenständern zu beiden Seiten des Heiligen noch die Stümpfe der heruntergebrannten Kerzen steckten. Er setzte sich im Türkensitz vor der Kommode auf den Boden, stützte die Unterarme auf die Knie und richtete den Blick auf den flammenfarbenen und azurblauen Teppich. Tiefe Furchen durchzogen sein Gesicht. Er sah aus, als habe er die ganze Nacht nicht geschlafen.

Sophia seufzte und sagte geduldig: »Wie kann Simon etwas anderes vermuten, als daß sein Freund von einem meiner übereifrigen Beschützer getötet wurde?«

»Warum sollte ein Beschützer einen Mann auf der Straße töten, wenn ein anderer Mann sich im Schlafgemach der Frau aufhält, die er beschützen soll?«

Etwas in der Härte seines Blickes, im undurchdringlichen Ausdruck seiner stahlgrauen Augen sagte ihr, daß er Simons Begleiter getötet hatte. Aber war er nicht die ganze Nacht bei Tilia gewesen? Sie nickte bedächtig. »Ja, so wird Gobignon wahrscheinlich auch denken.«

Von seinem Platz auf dem Fußboden blickte Daoud mit einem harten Lächeln zu ihr auf. »Und da ich überzeugt bin, daß Ihr ihm unvergleichliche Freuden geschenkt habt, wird er alle Vorbehalte überwinden, die er gegen ein Wiedersehen mit Euch hat.«

Sie hatte das Gefühl, er habe auf ihrem Herzen herumgetrampelt. Für ihn war sie nur eine Dirne, die er dazu benutzte, seine Feinde zu vernichten. Und wie sollte es ihr möglich sein, besser von sich zu denken, wenn sie in seinen Augen nichts anderes war?

Doch sie wollte ihm die Wahrheit sagen, ob er sie nun glaubte oder nicht. »Zwischen uns ist nichts geschehen«, sagte sie tonlos.

Er starrte auf den Teppich. Hoffnung und Zweifel stritten in seinem Gesicht um die Oberhand. Der Zweifel siegte. Daoud lächelte zynisch. »Ihr habt es nicht geschafft, ihn zu verführen? Das glaube ich nicht.«

»Es ist mir gleich, was Ihr glaubt. So war es jedenfalls.«

»Warum belügt Ihr mich?« Seine Wangen röteten sich vor Zorn.

»Warum sollte ich Euch belügen? Euch wäre es doch gleichgültig, wenn ich mit Simon ins Bett ginge.«

»Wenn, wie Ihr behauptet, nichts geschehen ist, dann erklärt mir bitte, warum.« Er kreuzte die Arme über der Brust und saß vorgebeugt da.

»Wenn ein Mann wie Simon liebt –«, begann sie und unterbrach sich. »Versteht Ihr, was ich mit Liebe meine?« Was empfand ein als türkischer Sklave in Ägypten aufgewachsener Mann für Frauen? Die Sarazenen hielten, wie sie wußte, ihre zahlreichen Frauen die meiste Zeit eingesperrt.

Daoud zuckte die Schultern »Ich kann nur raten, was *Ihr* unter Liebe versteht.«

»Ein Mann wie Simon zeigt seine Liebe, indem er seine Leidenschaft beherrscht. Ihm ist nicht klar, daß ich das weiß. Ich ließ ihn denken, daß er mich die höfische Liebe lehrt.«

»Und was habt Ihr gelernt, indem Ihr Euch auf höfische Weise von ihm umwerben ließt?« Er fing an ihr zu glauben.

»Er wollte viel über mich erfahren. Er ist die reine Unschuld. Er hatte keine Ahnung, daß ich ihm nur sagte, was Ihr mir aufgetragen habt.«

Daoud seufzte, stand auf und trat ans Fenster. Wie breit seine Schultern waren, geschmeidig und kraftvoll. Seine Haltung war gerade und dennoch biegsam wie eine Klinge aus feinstem Stahl. Sie stellte sich ihn ohne Hemd vor. Ihre Handteller prickelten, als sie in Gedanken seine Schultern streichelte.

»Habt Ihr nicht mit ihm ins Bett gehen wollen?« fragte er kalt.

Sie dachte an ihre Nacht mit Simon zurück. Während dieser Stunden, als Sophia Orfali, war sie enttäuscht gewesen, als Simon darauf bestand, sie nicht anzurühren. Zuerst hatte sie aus Rache mit Simon ins Bett gehen, hatte sich an Daoud rächen wollen, weil er es zugelassen hatte, daß Rachel von einem Tataren benutzt wurde. Aber gestern nacht hatte sie Simon entscheiden lassen, was geschehen sollte. Wenn sie mit ihm zusammen war, dann war sie so, wie er sie haben wollte. Sie atmete mit einem kurzen, heftigen Seufzer aus. »Ich wollte tun, was nötig war. Wäre es nötig gewesen, mit ihm zu schlafen, hätte ich es getan.« Sie schloß kurz die Augen. Nun, da Daoud hier war, wollte sie ihn und nicht Simon. Und sie haßte sich selbst, weil sie ihn wollte, denn wie Manfred sah er in ihr nur einen nützlichen Gegenstand.

Dennoch war sie überzeugt, daß Daoud sie mochte, sie vielleicht sogar liebte, wenn er es auch nie zugeben würde. Warum hätte er sie sonst so eifersüchtig ausgefragt? Vielleicht hatte er Simons Freund sogar deshalb getötet. Der Gedanke ließ ihr Herz eine Sekunde stillstehen, und ihr Körper wurde eiskalt. Simon selbst zu töten hätte Daouds Pläne vielleicht zunichte gemacht, daher hatte er seine rasende Eifersucht möglicherweise an Simons Freund ausgelassen.

»Aber was wolltet Ihr mit Gobignon tun?« fragte Daoud, sich vom Fenster abwendend.

Sie glitt vom Bett, ging zur Kommode, blieb mit dem Rücken zu Daoud stehen und betrachtete das Bild des Heiligen. Zorn verschleierte ihr den Blick, und sie konnte es kaum sehen. »Das brauche ich Euch nicht zu sagen«, antwortete sie mit erstickter Stimme. »Es ist nicht wichtig. Ich tue, was nötig ist.«

»Wie ich«, stieß er hervor.

Was meint er damit? fragte sie sich. Sie drehte sich um, und als sie seinen Gesichtsausdruck sah, wurde ihr fast übel. Seine Zähne lagen bloß, und die Augen waren nur noch glühende Schlitze. Jetzt mußte er es von ihr selbst hören. »Habt Ihr den Jungen getötet?«

»Aber natürlich.«

Etwas in ihr zerbrach. Kummer überwältigte sie. Sie trauerte um den jungen Franzosen. Sie kannte den Mann nicht, den Daoud getötet hatte, aber sie stellte sich ihn wie einen zweiten Simon vor. Sie weinte seinet- und Simons wegen. Und sie weinte um Daoud. Sie wollte es nicht, doch sie konnte nicht anders. Langsam ging sie zum Bett und ließ sich darauffallen. »Warum habt Ihr ihn getötet?«

»Ich habe es bei Tilia nicht mehr ausgehalten und habe den Fehler gemacht, hierher zurückzukommen. Von der Straße sah ich Gobignon an Eurem Fenster.« Seine Stimme klang belegt, die Worte kamen abgehackt, als versuche er etwas zurückzuhalten. »Und dann entdeckte mich der Franzose, der unten Wache hielt. Hätte ich ihn am Leben gelassen, hätte Gobignon gewußt, daß ich mit seinem Besuch bei Euch einverstanden war. Und er war kein Junge, sondern ein Ritter, stark und kampferprobt.«

»Er kann kein Gegner für Euch gewesen sein.«

»Dazu habe ich ihm keine Gelegenheit gegeben. Wir sind hier nicht auf einem Turnier. Euer Leben ist genauso in Gefahr wie das meine.«

»Das vergesse ich nie«, erwiderte sie. Daoud hatte Simons Freund getötet. Sie wünschte, sie wäre mit Simon ins Bett gegangen.

»Glaubt Ihr wirklich, daß Gobignon jetzt Angst davor hat, Euch wiederzusehen, und den Versuch nicht mehr wagen wird?«

Der Hohn in Daouds Stimme trieb ihr das Blut ins Gesicht. »Simon ist kein Feigling.«

Er sah sie aus müden Augen und mit einem gepreßten Lächeln an. »Nun gut. Er wird Euch wiedersehen wollen. Schickt ihm eine Nachricht. Trefft Euch an einem anderen Ort mit ihm, nicht hier. Irgendwo, wo er sich sicher fühlen wird. In einer Kirche vielleicht.«

»In einer Kirche? Ja, der Vorschlag ist gut. Dann braucht Ihr Euch nicht den Kopf darüber zu zerbrechen, was wir tun.«

»Nach allem, was ich über katholische Kirchen gehört habe, trifft das nicht unbedingt zu.«

Sie wünschte, sie könnte wieder den Totenschädel nach ihm werfen. Das war alles, was von dem armen jungen Ritter bleiben würde – ein Totenschädel, in der Erde verscharrt. »Wie dürft Ihr es wagen, die Religion zu beleidigen, in die Ihr hineingeboren wurdet?« rief sie. »Habt Ihr vergessen, daß ich Christin bin?«

Er warf ihr einen finsteren Blick zu, machte auf dem Absatz kehrt und stürmte hinaus.

Sophia ließ sich auf ihr Bett sinken, sie fühlte sich einsam, ungeliebt und schluchzte heftig. Daoud hatte sie tief verletzt.

35

»Ist es denn keine Sünde, Bruder Mathieu, die Leiche eines Menschen so zu untersuchen?«

»An vielen Orten wird es als Verbrechen betrachtet. Aber es ist keine Sünde, wenn man es mit Ehrfurcht tut und um der Wahrheit willen.«

Simons Magen rebellierte, während er Bruder Mathieu zusah. Der alte Priester beugte sich über die nackte Gestalt von Alain de Pirenne, die auf Simons Bett lag. In der Hand hielt er ein frisch geschärftes Tranchiermesser aus der Küche der Monaldeschis. Das Messer blitzte im Licht der Kerzen, die um das Bett herumstanden, während Bruder Mathieu die Wunde in Alains Bauch vergrößerte.

»Es tut mir weh, daß Ihr Alain so behandelt«, sagte Simon, »obwohl ich weiß, daß Ihr damit nur Gutes tun wollt.«

»Mein Mitbruder Roger von Oxford sagt, um Gott zu begreifen, müsse man Seine Werke so genau betrachten wie möglich. Er sagt, besser als philosophische Werke zu lesen sei es, die göttliche Schöpfung zu studieren, und das sei eine Form des Gebets.« Bruder Mathieu hatte die Wunde um das Dreifache erweitert, zog jetzt die Wundränder auseinander und spähte angestrengt hinein.

Von Übelkeit gepackt, wandte sich Simon ab. Er fragte sich, ob er in diesem Bett je wieder schlafen konnte, seit er wußte, daß Alains armer nackter Körper hier gelegen und noch im Tode von dem alten Arzt-Priester gepeinigt worden war.

Wenn er das Bett ablehnte, mußte er jedoch auch das Zimmer aufgeben. Es war ein kriegerisches Zimmer, wie es einem jungen Ritter anstand, geschmückt mit zerbeulten Waffen. Rostfleckige gekreuzte Hellebarden zierten den steinernen Kamin, der von der Küche im Erdgeschoß heraufführte. Eingedellte und zerkratzte Schilde, jeder beinahe mannshoch, hingen einander an den Wänden gegenüber.

Bruder Mathieu hatte die Vorhänge zurückgezogen und das Fenster geöffnet, um mehr Licht zu bekommen. Simon trat hinzu und blickte durch die eisernen Gitterstäbe auf den Platz hinunter. Bei der Treppe, die zum Haupteingang führte, warteten zwei Männer und drei Pferde. Sie trugen gelbblaue Livreen in den Farben der Stadt Orvieto.

»Ich denke, ich habe etwas gefunden«, sagte Bruder Mathieu. Kaum hatte er das letzte Wort gesprochen, hämmerte jemand laut an Simons Tür.

Simon ging zur Tür und öffnete. Vor ihm stand ein untersetzter Mann. Simon stellte fest, daß der kräftige, tonnenförmige Körper keineswegs fett, sondern sehr muskulös war. Der Mann trug eine gelbe, blau eingefaßte Seidentunika und einen kurzen himmelblauen Umhang, um den Hals eine Goldkette mit einem funkelnden Goldmedaillon. An der rechten Seite seines Gürtels hingen zwei Dolche, der eine lang und breit, der andere kurz und schlank. Das Schwert an seiner linken Seite reichte ihm von der Taille bis zu den Fußknöcheln. Simon wußte, daß er den Mann schon gesehen hatte, er konnte sich jedoch nicht erinnern, wo das gewesen war.

»Herr Graf, es ist mir eine Ehre, mit Euch zu sprechen«, sagte der

Untersetzte. Seine Worte klangen höflich, der Ton streng. Er mußte den Kopf zurücklegen, um zu Simon aufblicken zu können. Dieser schwieg und trat auch nicht zur Seite, um den Mann einzulassen. Zuerst sollte er sich vorstellen.

Nach einer Pause sagte der Mann: »Herr Graf, ich bin Frescobaldo d'Ucello, Bürgermeister von Orvieto.« Er musterte Simon mit funkelnden schwarzen Augen. Sein schwarzer Schnurrbart war so gestutzt, daß er über dem Mund nur einen dünnen Strich bildete. Jetzt erinnerte sich Simon, wo er diesen Mann, das Oberhaupt der Stadt, schon gesehen hatte: vor einem Monat bei der Hinrichtung des bedauernswerten Ketzers.

»Herr Bürgermeister«, Simon verbeugte sich, »die Ehre ist ganz auf meiner Seite.«

»Durchaus nicht, Herr Graf.« Jetzt blickte d'Ucello an Simon vorbei ins Zimmer, und seine Brauen hoben sich. Simon wandte sich um und sah Bruder Mathieu mit dem Daumen, den er in Öl getaucht hatte, ein Kreuz auf Alains weiße Stirn zeichnen. Der größte Teil von Alains Körper wurde von der gestickten Tagesdecke verhüllt, und das Küchenmesser war verschwunden.

D'Ucello bekreuzigte sich und sagte leise: »Ich werde den Leichnam untersuchen, sobald Bruder Mathieu mit der Letzten Ölung fertig ist. Wärt Ihr so gütig, Herr Graf, mit mir auf den Flur zu kommen, damit wir miteinander sprechen können?«

Die Tür hinter sich schließend, folgte Simon dem Bürgermeister durch den Flur auf die Säulengalerie, in der Sophia und er sich am Abend des großen Empfangs geküßt hatten.

Simon erzählte d'Ucello, was er sich ausgedacht hatte – er und Alain hätten Frauen gesucht und seien getrennt worden.

»Verzeiht, Herr Graf, aber ich muß klar sehen. Heißt das, daß Ihr vergangene Nacht bei einer Frau gelegen habt?«

Simon bemühte sich, beschämt dreinzuschauen. »Ja.«

»Und wo hat das stattgefunden?«

»Im Zimmer eines Gasthauses.«

»Wer war sie?«

Simon war auf diese Frage vorbereitet. »Das weiß ich nicht. Eine entgegenkommende Dame, die ich in der Schankstube kennengelernt habe.«

»In diesem Teil der Stadt gibt es keine Huren, Herr Graf. Es gehört zu meinen Pflichten, dafür zu sorgen, daß die Prostituierten sich auf ein Viertel beschränken, in dem sie die Eminenzen nicht belästigen. Gegenüber der Stelle, an der die Leiche Eures Freundes gefunden wurde, steht die Residenz eines Kardinals. Die Frau, die Eurer Lust gedient hat, muß eine ehrbare Person gewesen sein, die beschlossen hatte, in dieser Nacht vom Pfad der Tugend abzuweichen.« Er ließ eine Pause eintreten und sah grimmig zu Simon auf.

Dieser hatte das Gefühl, in die Maschen eines Netzes zu geraten, aus dem er nicht loskam, und das ärgerte ihn.

»Wie hat die Frau geheißen?« wiederholte d'Ucello drängend.

»Keine Ahnung.«

Die dicken schwarzen Brauen hoben sich. »Ihr habt die ganze Nacht mit dieser Frau verbracht und sie nicht ein einziges Mal beim Namen genannt?«

»Wir haben nur sehr wenig gesprochen. Ich habe ihr ein paar alberne Kosenamen gegeben.«

»Könnt Ihr sie beschreiben?«

»Es war fast immer dunkel.« Simon hatte das Gefühl, d'Ucello habe ihn genug ausgefragt. Es war Zeit, sich zu wehren. »Herr Bürgermeister, mein Freund ist auf der Straße ermordet worden, einer Straße, die angeblich von Euch bewacht wird. Ich verstehe nicht, wie Ihr Eurer Pflicht genügen und seinen Mörder finden wollt, indem Ihr mich wie einen Verbrecher verhört.«

Der Bürgermeister zog die Brauen zusammen und wich ein paar Schritte zurück. »Herr Graf, ich habe vom Wirt des Gasthauses, in dem Ihr gewesen seid, erfahren, daß nur Euer Freund bei ihm übernachtet hat. Ich weiß, daß Ihr in dem Gasthaus weder Frau noch Mann kennengelernt habt. Ihr habt Euch dort nur kurz aufgehalten und seid wieder gegangen. Ihr habt Euch auch kein Zimmer genommen. Das haben der Wirt und ein paar andere Leute übereinstimmend erklärt. Wollt Ihr also so gütig sein, mir zu sagen, wo Ihr wart?«

Simon war darüber entsetzt, daß d'Ucello seine Lügen so leicht widerlegt hatte. »Die Leute, mit denen Ihr gesprochen habt, müssen sich irren«, sagte er. »Vielleicht haben sie nicht gemerkt, daß ich ins Gasthaus zurückkam.« Blitzartig kam ihm ein Gedanke. »Vielleicht wollen sie die Frau schützen, mit der ich zusammen war.«

D'Ucello lächelte. »Ich verstehe. Das heißt dann wohl, daß Ihr Geschlechtsverkehr mit einer Frau hattet und Euer Freund zugesehen hat.«

Simon verschlug es die Sprache. Wie zwei feindselige Hunde mit gesträubtem Fell standen sie sich gegenüber, als Simon hörte, wie eine Tür geöffnet wurde. Einen Augenblick später trat zu seiner ungeheuren Erleichterung Bruder Mathieu zu ihnen.

»Wenn Ihr Herrn de Pirennes Leichnam untersuchen wollt – er liegt im Zimmer des Herrn Grafen und wartet auf Euch, Signore«, sagte er. »Das ist ein sehr trauriger Tag für uns.«

Mit einem finsteren Blick auf Simon verbeugte sich d'Ucello vor dem alten Priester und verließ die Galerie.

Als sie allein waren, brummte Bruder Mathieu: »Wie gut, daß ich die Wunden, die Alain davongetragen hat, nur erweitert habe. Der Bürgermeister hätte mich sehr leicht wegen Leichenschändung anklagen können, wenn ich den Toten seziert hätte.«

»Konntet Ihr etwas in Erfahrung bringen?« fragte Simon.

»Ich bin überzeugt, daß Alain nicht nur erstochen wurde.«

»Wie meint Ihr das?«

»Es könnte auch ein vergifteter Pfeil gewesen sein. Alain hat blaue Lippen. Das ist manchmal ein Zeichen für Gift.«

Simon hörte schwere Schritte im Flur. Er eilte hinein. Kardinal de Verceuil und zwei schwarzgekleidete Priester gingen auf das Zimmer zu, in dem Alain lag.

»Jetzt ist also einer Eurer Ritter getötet worden!« rief Verceuil. Bekleidet war er mit einer Tunika von dunklem Kirschrot, einer vielfarbigen Hose und tannengrünen, spitzen Stiefeln. Einziger Hinweis auf seine kirchliche Stellung war das Fehlen eines Schwertes und das Vorhandensein eines großen, juwelenbesetzten Kreuzes, das er an einer Halskette trug. Auf seinem glänzenden schwarzen Haar saß eine purpurne Samtkappe mit einer schwarzen Feder.

Simon erklärte dem Kardinal, er und Alain seien noch spät unterwegs gewesen und hätten beschlossen, in einem Gasthaus zu bleiben, um während der gefährlichen Nachtstunden nicht durch die ganze Stadt gehen zu müssen. Bruder Mathieu kam und grüßte den Kardinal und die beiden Priester. Hochmütig musterten sie die braune Kutte des alten Franziskaners und antworteten mit einem kurzen Nicken.

Als Simon seinen Bericht beendet hatte, beugte sich Verceuil, die

Unterlippe schürzend, leicht vor. »Wenn Ihr Eure eigenen Ritter nicht schützen könnt, wie sollte es Euch bei den Gesandten aus dem Tatarenland gelingen?«

»Wir tun alles, was wir können, um den Mörder zu finden, Euer Eminenz.«

»Bei Gott, ich wünschte, dies wäre meine Diözese!« rief Verceuil. »Ich nähme ein Dutzend Männer aus diesem Viertel und ließe täglich einen hängen, bis der Mörder gefunden ist. Ich hätte den Mann sehr bald.«

Die Tür des Zimmers, in dem Alain lag, flog auf, und der Bürgermeister erschien. Schweigend stand er da und blickte finster zu Verceuil auf. Simon hätte gern gewußt, ob der Leichnam des armen Alain d'Ucello etwas verraten hatte.

»Und wie, Euer Eminenz, wenn die Leute in diesem Viertel wirklich nicht wissen, wer Herrn de Pirenne getötet hat?« fragte Bruder Mathieu.

Bisher hatte Simon angenommen, Alain sei von einem Einheimischen umgebracht worden. Aber wenn das nicht zutraf, wer war es dann gewesen? Giancarlo und die Bravi fielen ihm ein, denen er auf der Straße begegnet war. Alain war das Geld gestohlen worden, nicht aber die Waffen. Und Giancarlo diente David von Trapezunt, und David wiederum war ein Gefolgsmann von Ugolini. Wollte Ugolini auf diese Weise die Ehre seiner Nichte schützen? Wenn Giancarlo etwas damit zu tun hatte, müßte Sordello es herausfinden können.

»Wenn wir alle Männer verhafteten, die in der Straße leben, in der Herr de Pirenne ermordet wurde, wäre mit großer Wahrscheinlichkeit der Mann darunter, der es getan hat«, sagte Verceuil. »Diese Italiener! Kleine Ladenbesitzer bei Tag und Räuber bei Nacht.«

Die Gesichter der beiden Priester in seiner Begleitung spannten sich. Simon warf einen Blick auf d'Ucello und sah, daß seine braunen Wangen sich dunkel färbten.

»Die Leute in dieser Straße gehören zu den geachtetsten von Orvieto, Euer Eminenz«, erwiderte der Bürgermeister.

»Ein französischer Ritter wurde in Eurer Stadt ermordet, Herr Bürgermeister«, sagte Verceuil. »Ungeachtet der hohen Meinung, die Ihr von den Leuten des Viertels habt, in dem der Mord geschehen ist, erwarte ich von Euch, daß Ihr entsprechenden Druck auf sie ausübt, bis Ihr den Mörder gefunden habt. So etwas kann einfach nicht geschehen, ohne daß jemand etwas gehört oder gesehen hat.«

Das erinnerte Simon daran, daß niemand gekommen war, um sich die Belohnung abzuholen, die er ausgesetzt hatte. Falls jemand etwas gehört oder gesehen haben sollte, war er zweifellos zu ängstlich, um darüber zu sprechen.

»Euer Eminenz geben mir einen sehr schätzenswerten Rat», sagte d'Ucello. »Ich verspreche Euch, wir werden nicht ruhen, bis der Mörder gefunden ist.« Er machte auf dem Absatz kehrt und entfernte sich.

Jetzt wandte sich der Kardinal an Simon. »Überlaßt es nicht dem Kommandanten der Wache, den Mörder zu finden. Der Ritter – wie hieß er doch gleich?«

Simon sagte es ihm.

»Pirenne war Euer Mann, und Ihr seid für seinen Tod verantwortlich. Setzt alle Eure Männer auf den Mörder an. Tut, was getan werden muß. Wir dürfen den Tod eines französischen Ritters nicht ungerächt lassen.«

»Euer Wunsch ist auch der meine«, erwiderte Simon.

Verceuil hob einen Finger. »Und er bekommt eine prachtvolle Beerdigung. Der Papst selbst wird anwesend sein. Die Erhabenheit der Zeremonie soll allen zeigen, daß wir Franzosen den Mord an einem der Unseren nicht leicht nehmen. Sollen diese hinterhältigen Italiener doch vor unserem Zorn erzittern!«

36

»Aus dem Weg, du Lump! Sonst lasse ich mir dein Herz auf einem Tablett servieren!«

Simon hörte das Geschrei, unterdrückte einen Fluch und sah, als er sich umdrehte, drohend geschwungene Waffen und einen Mann im ledernen Brustpanzer zurücktaumeln, nachdem ein anderer ihn gestoßen hatte. Der Mann, der geschrien und gestoßen hatte, war Peppino, einer von Simons venezianischen Armbrustschützen. Der andere war Grigor, ein Leibwächter der Tataren.

Aus dem Sattel seines mit einer schwarzen Schabracke geschmückten Hengstes blickte Simon auf leuchtend bunte Helme im Hof des Palazzo Monaldeschi hinunter. Er gab seinem Pferd die Sporen und ritt mitten unter den Menschenhaufen. Er mußte den Kampf verhindern, bevor er begann.

Der Armenier stand wieder auf den Beinen und griff nach seinem Dolch. Peppinos Hand lag auf dem Griff seiner Klinge. Ehe Simon die beiden erreichte, drängte sich Teodoro, von Simon nach Sordellos Entlassung zum Hauptmann der Armbrustschützen ernannt, zwischen die beiden Kampfhähne. Dem Armenier den Rücken zukehrend, gab er Peppino mit beiden Händen einen heftigen Stoß vor die Brust. »Dummkopf! Zurück in die Reihe!«

»Was soll das?« fragte Simon.

Teodoro drehte sich um und salutierte vor Simon. »Peppino ist ein Narr. Aber die Armenier haben ihn provoziert. Sie bestehen darauf, im Trauerzug vor uns zu gehen. Sollen wir denn nicht hinter den französischen Rittern marschieren?«

Simon schickte nach Ana, der Bulgarin, die den Armeniern Simons Erklärung übersetzte, daß die französischen Ritter als Ehrenwache hinter Alains Totenbahre reiten würden und die Venezianer, da sie unter französischem Kommando standen, als nächste kommen mußten. Auch dürfe niemand zwischen die tatarischen Gesandten und ihre armenischen Leibwächter kommen; daher müßten die Venezianer vor den Armeniern marschieren.

»Sergeanten, sorgt dafür, daß Eure Männer sich wieder in Reih und Glied aufstellen!« brüllte Simon den Anführern der etwa hundert Monaldeschi-Soldaten zu, die sich unter die Venezianer und Armenier gemischt hatten.

Simon kehrte mit seinem Pferd an die Spitze des Zuges zurück, wo er hinter der Totenbahre, die sich schon auf der Straße befand, Aufstellung nahm.

Alain de Pirenne ruhte auf einem Rechteck aus rotem Samt mit Goldbesatz, das über einen flachen vierrädrigen Wagen drapiert war. In die Radspeichen waren rote Bänder geflochten. Die beiden Pferde, die den Wagen zogen, trugen rote Schabracken. Rot stand für Märtyrertum, für Alains Blut. Simon seufzte und hoffte, daß Gott in Alain einen Märtyrer sah und ihn in den Himmel geholt hatte. War er nicht im Dienst der Kirche gestorben?

Oh, wieviel Leid würde über Alains verwitwete Mutter und seinen jüngeren Bruder kommen, wenn Simons Schreiben sie erreichte! Bruder Mathieu hatte ihm geholfen, die furchtbaren Zeilen aufzusetzen; doch noch immer hatte er das Gefühl, sie seien nicht tröstlich genug. Er verabscheute sich, weil er erleichtert war, daß er die Nachricht nicht selbst überbringen mußte. Er hatte den Brief an seinen Kaplan in Gobignon gesandt und ihn angewiesen, den Pirennes seine Zeilen vorzulesen und ihnen jeden nur erdenklichen Trost zu spenden.

Um die Taille trug Alain den juwelenbesetzten Gürtel seines ritterlichen Standes, und an den Lederstiefeln waren die silbernen Sporen der Ritter befestigt. Die in Samthandschuhen steckenden, auf der Brust gefalteten Hände umschlossen den Griff des Langschwertes. Der Helm, von seinem Diener spiegelblank poliert, lag neben Alains blondem Kopf und zu seinen Füßen sein Schild, oben eckig und unten spitz, geschmückt mit fünf schwarzen Adlern auf Goldgrund. Diese Dinge nahm Alain in seine letzte Ruhestätte.

Ein leichter Wind fuhr durch die blonden Locken des blassen Hauptes, das auf einem roten Seidenkissen ruhte. Die Luft von Orvieto hatte sich in den drei Tagen nach dem Mord stark abgekühlt. Bis in den Spätherbst hinein war das Wetter fast sommerlich gewesen, aber der November hatte die Stadt mit eisigen Klauen gepackt. Der Himmel war an diesem Morgen grau, und in der Luft hing eine Feuchtigkeit, die Regen ankündigte.

An der Spitze des Trauerzuges ging Henri de Puys; barhäuptig, aber in voller Rüstung führte er Alains großes Pferd. Der Wagen mit dem Leichnam, gefahren von einem Diener in orangefarbener und grüner Monaldeschi-Livree, folgte. Dann kamen Simon und die anderen französischen Ritter.

Simon blickte zurück und sah, daß die beiden Tataren in ihren mit roten Steinen verzierten Mützen und den roten und blauen Seidenjacken auf ihre Pferde gestiegen waren. Weil Alain ein Krieger gewesen war und sie auch Krieger waren, waren sie ihm zu Ehren heute beritten.

Hinter den Tataren sah man Speerspitzen und Sturmhauben; das waren die Soldaten der Monaldeschis. Dem Monaldeschi-Banner folgte eine mit Vorhängen verhangene und mit schwarzen Trauerbändern geschmückte Sänfte. Darin saßen, wie Simon wußte, die Gräfin und ihr Großneffe.

Simon hatte auf das Erscheinen der Gräfin gewartet. Er hob den Arm zum Signal für Puys, der sich, Alains Pferd am Zügel mit sich ziehend, nach Süden wandte, auf den Corso zu. Die Wagenräder begannen sich knarrend zu drehen.

Als der Trauerzug sich durch die Straßen von Orvieto bewegte, kam Simon der Gedanke, daß Alains Mörder vielleicht unter den Zuschauern war.

Sordello hatte durch Ana die Nachricht geschickt, daß von Lorenzos Bravi keiner eine Ahnung hatte, wer Alain erstochen haben könnte.

Schuldbewußtsein durchfuhr Simon. Um Sophia zu schützen, hatte er Verceuil und d'Ucello vorgelogen, sie seien bei Dirnen gewesen. Er hatte Alains Ruf besudelt.

Der Trauerzug hielt bei jeder Kirche von Orvieto an, und vor jeder wurde Alains Leichnam von zwei oder drei Kardinälen gesegnet, die sich dann mit ihrem Gefolge dem langen Zug anschlossen. Über die Schulter zurückblickend, konnte Simon das Ende nicht mehr sehen. Es war hinter einer Straßenbiegung verborgen.

Viele Frauen und junge Mädchen weinten, winkten mit ihren Tüchern und warfen Blumen von den Balkonen auf den hübschen Franzosen, der in der Blüte seines Lebens ermordet worden war. Alain hätte sich mehr Aufmerksamkeit von euch gewünscht, als er noch am Leben war, dachte Simon bitter.

Beim Kloster der Dominikaner, einer Ansammlung brauner Gebäude hinter einer hohen Mauer, trat der beleibte Bruder Thomas auf die Straße, gefolgt von mindestens zwei Dutzend seiner Mitbrüder in weißen Wolltuniken und schwarzen Umhängen. Drei der höchsten Würdenträger des Predigerordens, der Generalobere, der Pater Visitator für Norditalien und der Prior des Klosters, segneten den Leichnam. Bruder Thomas sollte die Totenmesse zelebrieren, eine große Ehre für Alain.

Doch beim Anblick des Dominikaners begann Simon zu frösteln, da er sich erinnerte, daß Sophia ihm gesagt hatte, jener habe sich gegen die Tataren gewandt.

Das einzige, das die Tragödie von Alains Tod in geringem Maß rechtfertigen konnte, war die wichtige Information, die Sophia unwissentlich an Simon weitergegeben hatte. Simon hatte Bruder Mathieu mitgeteilt, was er erfahren hatte, und der alte Franziskaner, der wußte, daß ihm keine andere Wahl blieb, hatte Verceuil unterrichtet. Simon wollte nicht, daß er es tat, doch er mußte einsehen, daß Verceuil es sich als einziger erlauben konnte, Bruder Thomas Fragen zu stellen.

Verceuil hatte den Generaloberen der Dominikaner aufgesucht, aber was hinter den Klostermauern gesprochen worden war, erfuhren weder

Bruder Mathieu noch Simon. In seiner üblichen aufreizenden Art hatte Verceuil sich geweigert, darüber zu reden.

Am Tor seines Palastes erwartete Papst Urban, ganz in Gold und Weiß, den Trauerzug. Als Simon abstieg und vor Seiner Heiligkeit niederkniete, um den Segen zu empfangen, fiel ihm auf, daß das Gesicht des alten Mannes so weiß war wie sein Ornat und daß seine Hände zitterten. Hatte der Mord an Alain ihn so erschüttert, oder war er krank? Urban wurde von sechs Kardinälen in leuchtend roten Hüten und Gewändern flankiert. Zu seiner Rechten standen die Kardinäle de Verceuil und Le Gros, dem Simon beim Konzil des Papstes begegnet war.

Le Gros sah zornig aus. Simon hoffte, daß sein Zorn dem Mord an Alain galt. Jeder Franzose in Orvieto mußte so empfinden.

Zu Urbans Linker standen drei Italiener, der kleine Ugolini unmittelbar neben dem Papst. Sein Anblick wirkte auf Simon abstoßend. In seiner Villa hatte Simon sich aufgehalten und Sophia umworben, während Alain ermordet worden war und seine Leiche auf der Straße gelegen hatte.

Und wo war Sophia? Besorgt hielt Simon nach ihr Ausschau. Wollte sie nicht kommen? Hatte Alains Tod sie erschreckt? Würde er, Simon, sie je wiedersehen?

Nach dem Segen ging Papst Urban mit den Kardinälen an der Spitze des Trauerzuges, der sich auf den Platz vor der Kathedrale zubewegte, auf dem sich die Menschen genauso drängten wie an dem Tag, an dem der Ketzer hingerichtet worden war. Hier waren sie wieder, um den Tod zu feiern.

Als Alains Leichnam vor der Kathedrale eintraf, segnete Papst Urban ihn noch einmal. Simon und die anderen französischen Ritter hoben die Bahre, die der rote Samt verdeckt hatte, auf und trugen Alain in die Kathedrale.

Das Gotteshaus war festlich erleuchtet, und als Simon das sah, fühlte er sich ein bißchen wohler. Simon und Verceuil waren übereingekommen, sich in die Beerdigungskosten zu teilen, wozu auch die unzähligen Kerzen auf dem Altar und im Mittelgang des Hauptschiffes gehörten.

Die Ritter setzten die Bahre auf einem rot drapierten Katafalk vor dem Altar ab. Simon nahm seinen Platz auf der rechten Seite ein. Von hier aus konnte er die Kardinäle und Bischöfe sehen, die in der ersten Reihe saßen.

Die Gräfin Monaldeschi kam, auf den Arm ihres Großneffen gestützt, langsam den Mittelgang entlang. Als sie sich dem Altar näherte, verließ Kardinal Ugolini seinen Platz an der Seite des Papstes, lief auf sie zu und nahm ihren anderen Arm. Mit diesen beiden Begleitern wankte die Gräfin zu einem hochlehnigen, gepolsterten Stuhl rechts vom Altar. Ugolini streichelte ihre Hand, flüsterte mit ihr, küßte sie auf die Wange und kehrte auf seinen Platz an der Seite des Papstes zurück.

Ich wünschte, er wäre mit der Gräfin nicht so eng befreundet, dachte Simon. Es ist eine Gefahr für das Bündnis. Und Alains Tod ist völlig sinnlos, wenn der Pakt zwischen Tataren und Christen nicht zustande kommt. Jetzt hatte Simon noch einen Grund, sich für das Bündnis einzusetzen – außer seiner ehrgeizigen Hoffnung, die Familienehre wiederherzustellen, und seiner Liebe zu König Ludwig.

Auf der anderen Seite des Altars, der Gräfin gegenüber, saß, ebenfalls in einem hochlehnigen Stuhl, ein dunkler junger Mann in Simons Alter; er trug einen Wappenrock aus blauem Samt und um den Hals eine schwere Goldkette. Er saß hoch aufgerichtet da, und seine dunklen Augen brannten vor Haß, als er am Altar vorbei die Gräfin und ihren Großneffen starr ansah. Es war Marco di Filippeschi, wie Simon erfahren hatte, das Oberhaupt der Familie, die mit den Monaldeschis seit Generationen bis aufs Blut verfeindet war.

Die Gräfin höchstselbst hatte angedeutet, daß möglicherweise ein Filippeschi Alain ermordet hatte, weil er Gast der Monaldeschis gewesen war. Simon vermutete, das Oberhaupt der Filippeschis erwies Alain öffentlich die letzte Ehre, um zu demonstrieren, daß seine Familie unschuldig war. Die Filippeschis, hatte Simon gehört, waren gegen die Anwesenheit von Franzosen in Italien – möglicherweise nur deshalb, weil die Monaldeschis die Franzosen entgegenkommend behandelten.

Waren sie so sehr dagegen, daß sie einen harmlosen jungen Mann ermorden würden? Simon brannte darauf, Marco di Filippeschi zu pakken und so lange zu würgen, bis er die Wahrheit sprach.

Wenn Simon den Kopf leicht zur Seite wandte, konnte er links Bruder Mathieu unter seinen Mitbrüdern sitzen sehen.

Hinter den Franziskanern, im Schatten einer Säule, stand ein untersetzter Mann in dunklem Umhang und dunkler Tunika, d'Ucello, der Bürgermeister. Er beobachtete alles sehr genau – vielleicht, daß Alains Mörder an der Trauerfeier teilnahm.

Spüre Alains Mörder auf, verdammter Kerl! dachte Simon, die Zähne zusammenbeißend.

Er drehte sich kurz um, um die Menge zu überblicken, die das Kirchenschiff bis zum Portal füllte. Auf halbem Weg fiel das Licht auf den blonden Kopf eines Mannes. Simon war fast sicher, daß es David von Trapezunt war. Er entdeckte noch immer keine Spur von Sophia, und das Herz wurde ihm schwer.

Während der Papst, unterstützt von Ugolini und Le Gros, die Totenmesse zelebrierte, fragte sich Simon, ob Alain wohl vom Himmel aus zusah. Er mußte im Himmel sein. War er denn kein Märtyrer?

Der Papst sang das Evangelium mit zitternder Stimme. Ein Chor junger Priester respondierte mit kräftigen Stimmen, die sich in die hohe Kirchenkuppel emporschwangen.

Simon nahm sich vor, Alains Mutter zu schreiben und ihr von dieser Totenmesse zu berichten.

Als die Zeit für die Predigt gekommen war, erhob sich Bruder Thomas von der Bank, die vor dem Altar für ihn aufgestellt worden war. Er drehte sich um, verneigte sich vor Papst Urban, der rechts neben dem Altar auf einem Thron saß. Der Papst erteilte ihm mit einem kaum merklichen Zucken seiner Hand den Segen. Am Kopfende von Alains Katafalk stehend, war Simon nahe genug, um Bruder Thomas' pfeifenden Atem zu hören, als er sich anstrengte, seine gewaltigen Massen von der Bank zu den Altarstufen zu schleppen.

Schwer mit Weihrauch geschwängerte Stille senkte sich auf die Menge, die im Kirchenschiff versammelt war. Während der Predigt eines Bischofs oder sogar eines Kardinals hätten die hochrangigen Geistlichen weiterhin miteinander geflüstert. Aber alle waren daran interessiert, den bei der ganzen Christenheit berühmten Philosophen-Mönch zu hören, den manche als Heiligen verehrten und in dem andere einen versteckten Ketzer vermuteten.

Bruder Thomas sprach lateinisch, wie das vor einer Versammlung von Kirchenmännern üblich war. Seine Tenorstimme hallte hoch und klar durch das Gotteshaus. »Es ist«, sagte er, »ein trauriger Augenblick, wenn Gott beschließt, einen jungen Mann in der Blüte seines Lebens dahinzunehmen. Ich teile den Schmerz und die Trauer der Familie und der Freunde dieses ausgezeichneten jungen Ritters«, fuhr er fort, und Simon fühlte sich getröstet. Wie man es von ihm erwartete, erging sich der dicke Mönch in philosophischen Gedanken über das fünfte Gebot: »Du sollst nicht töten« und benutzte Alain als Beispiel. Der Tod Alain de Pirennes sei Mord gewesen, sagte er.

Lautes Husten unterbrach die Predigt. Es war Papst Urban, der, auf seinem Thron zusammengekrümmt und von Kardinal Le Gros an Arm und Schulter festgehalten, gurgelnd hustete, als seien seine Lungen voller Flüssigkeit. Kardinal Ugolini machte ein erschrockenes Gesicht. Ein solcher Husten im November ist bösartig, dachte Simon.

Bruder Thomas nahm seine Predigt wieder auf, nachdem Seine Heiligkeit sich beruhigt hatte. Zu töten sei nicht immer Sünde, sagte er, aber Sünde sei es, einen Unschuldigen zu ermorden. »Es ist keine Sünde, Krieg gegen die Sarazenen zu führen, zu dem ein Papst nach dem anderen tapfere christliche Krieger aufgerufen hat, da die Sarazenen nicht unschuldig sind. Sie haben die heiligsten Stätten der Christenheit – das Land, in dem unser Herr Jesus Christus geboren wurde und starb – in den Klauen und lassen es nicht los. Sie berauben und ermorden Pilger, die jene heiligen Stätten besuchen wollen, und sie versuchen die falsche Religion des Mohammedanismus zu verbreiten, der das größte Mysterium unseres Glaubens leugnet – die Kreuzigung, den Tod und die Auferstehung Christi. Aus all diesen Gründen sollen die Sarazenen bekämpft werden.«

Bruder Thomas ließ eine Pause eintreten und sah sich um. Simon vermutete, daß diese Pause etwas Bedeutendes einleiten sollte. Doch die Stille wurde durch ein Flüstern gestört. Simon schaute nach rechts, wo die Bulgarin Ana mit den beiden Tataren saß und dem älteren, Johannes, Bruder Thomas' Predigt übersetzte.

»Wir fragen uns vielleicht, warum Gott es gestattet, daß ein unschuldiger junger Mann auf diese Weise stirbt«, fuhr der Dominikaner fort. »Die Antwort lautet, daß er es tut, um ein größeres Gut zu ermöglichen, den Einsatz des freien Willens, den er uns Menschen gegeben hat. Ich sage Euch, daß unser Herr Jesus Christus, gekreuzigt im Alter von dreiunddreißig Jahren, für alle jungen Männer steht, die durch das Böse gestorben sind. Und das Böse ist eine unvermeidliche Folge des freien Willens.« Wieder betrachtete er einen Augenblick seine Zuhörerschaft und sagte dann: »Gott muß Freiheit sehr hoch einschätzen, wenn Er erlaubt, daß in ihrem Namen so viel Böses geschieht, nur damit sie überhaupt existieren kann.«

Jetzt bemerkte Simon, daß Bruder Thomas Verceuil ansah.

»Oft, allzu oft, will ein Mann einen anderen der Freiheit berauben, der Freiheit zu tun, was richtig ist«, rief Bruder Thomas. »Wenn ein Vorgesetzter einem Untergebenen befiehlt, Unrecht zu tun, und dieser gehorcht, dann trägt derjenige, der den Befehl gegeben hat, die größere Schuld. Aber ein Teil der Schuld fällt auch auf den zurück, der gehorcht. Nur nach reiflicher Überlegung sollte man den Befehl eines Höhergestellten nicht befolgen. Es gibt jedoch Zeiten, in denen man es tun muß.« Wieder sah er Verceuil an. »Wenn wir daher ein mächtiges Volk sehen, das Unschuldigen immer wieder Leid zufügt, dann müssen wir unserem Gewissen folgen und dieses Volk öffentlich anprangern.«

Simon wußte, was kam. Und andere wußten es offenbar auch, denn durch die ganze Kirche ging ein Raunen.

Bruder Thomas schloß und öffnete langsam die Augen, als wolle er allen zeigen, daß er der Unruhe, die er erregte, gelassen entgegensah. »Wir müssen uns gegen einen ungerechten Krieg auflehnen, auch wenn der Bösewicht uns die Hand zum Bündnis reicht. Wenn ein mächtiges Volk die Waffen gegen die Welt erhebt, wenn es Krieg zu seiner Hauptbeschäftigung macht, wenn es Menschen angreift, die ihm nichts getan haben, wenn es die ganze Menschheit bedroht, dann dürfen wir solches Unrecht nicht dulden. Wenn dieses Volk den Krieg zu unschuldigen, unbewaffneten Männern, Frauen und Kindern trägt, Zehn- und Hunderttausende abschlachtet, die nicht Krieg führen, dann haben wir die Pflicht, es zu verurteilen.«

Wenn dies das Urteil der Kirche ist, dann ist alles verloren, dachte Simon und musterte den Papst auf dem Thron rechts vom Altar. Er saß zusammengesunken da, die weiße Mitra war schräg nach vorn gerutscht, und die Augen hatte er halb geschlossen, als sei er tief in Gedanken. Simon sah nichts, was darauf hingedeutet hätte, daß Urban mit dem, was Bruder Thomas sagte, nicht einverstanden war.

Der dicke Dominikaner streckte einen Arm im weißen Ärmel aus und zeigte auf die stille Gestalt auf dem roten Katafalk. »Man wird sich vielleicht fragen, warum ich über diese Dinge an einem so unglücklichen Tag spreche, an dem ein junger Mann betrauert wird, der grausam ermordet wurde. Wir sind es diesem jungen Mann und jedem anderen schuldig, der in Erfüllung seiner Pflicht stirbt, daß wir selbst auch unsere Pflicht tun.«

»Genug! Setzt Euch!« flüsterte jemand links von Simon, und als er sich umdrehte, sah er Verceuil, der sich mit geballten Händen halb von seinem Stuhl erhoben hatte. Es war Verceuil gewesen, der gewünscht hatte, Bruder Thomas, der begnadetste Prediger in Orvieto, solle bei der Trauerfeier die Predigt halten. Zweifellos war Verceuil zu hart mit Bruder Thomas umgesprungen und hatte dadurch diese besondere Predigt herausgefordert. Jetzt versuchte er Bruder Thomas in aller Öffentlichkeit zum Schweigen zu bringen und machte sich und ihrer Sache noch mehr Feinde.

Bruder Thomas wandte sich zu Verceuil um, schloß abermals die Augen, öffnete sie langsam wieder und wandte sich ab. Dann sprach er weiter. »Und vielleicht hat Gott diesen jungen Mann von uns genommen, um uns daran zu erinnern, wie viele andere unschuldige Menschen ihr Leben verlieren werden, wenn wir uns unüberlegt in einen Krieg stürzen.«

Simon und die anderen französischen Ritter trugen die Bahre die Treppe vor der Kathedrale hinunter und hoben sie auf den Wagen, der Alain zu seiner letzten Ruhestätte in dem nördlich von Orvieto auf einem Hügel liegenden Friedhof bringen würde. Und wohin werde ich gehen? fragte sich Simon.

Der Versuch, Bruder Thomas durch Verceuil umstimmen zu lassen, war ein schwerer Fehler gewesen. Jeder Kirchenmann in Orvieto hatte gehört, wie der größte Denker der Christenheit sich nachdrücklich gegen den Plan ausgesprochen hatte, daß Christen und Tataren gemeinsame Sache gegen die Sarazenen machen sollten. Was würde jetzt geschehen?

Nichts.

Nichts würde geschehen, und mehr war nicht nötig, um die Allianz zu Fall zu bringen. Die Tataren würden heimkehren. Sie würden den Krieg gegen die Sarazenen fortsetzen, den Krieg, den sie in letzter Zeit ohne christliche Hilfe verloren. Und eines Tages würden die Mamelucken Palästina und Syrien überrennen, und die christlichen Festungen würden wie Sandburgen einstürzen.

Das Wappenschild der Gobignons ist noch schmutziger geworden, dachte Simon. Ich habe meinen besten Freund in einen sinnlosen Tod geführt. Wenn die Tataren Italien verlassen, und das wird wahrscheinlich bald sein, werde ich nach Gobignon zurückkehren, ein Versager.

Er dachte an seine Begegnung mit Graf Karl von Anjou im vergangenen Juli zurück. Damals hatte es so ausgesehen, als könne es sein Leben zum Guten verändern, wenn er den Tataren half, sich mit den Christen zu verbünden. Dann hätte er seinen angestammten Platz im Königreich einnehmen können. Er wollte die Schande überwinden, mit der er immer gelebt hatte. Er wollte den Kopf im Kreis der Adligen wieder hoch erheben, und König Ludwig und Graf Karl würden ihn achten.

Jetzt konnte er nichts von alldem vollbringen. Er würde zu den lebenden Toten zurückkehren, würde wieder Angst davor haben, sein Gesicht außerhalb der Grenzen von Gobignon sehen zu lassen, dem einzigen Ort auf der Welt, wo man ihn achtete.

Nach Gobignon zurückkehren und Sophia nie wiedersehen? Sie zumindest würde nicht geringer von ihm denken, weil die große Allianz nicht zustande gekommen war. Vermutlich bedauerte sie Alain, fühlte sich vielleicht sogar für seinen Tod verantwortlich. Er sollte zu ihr gehen und sie trösten. Und was dann? Ihr Lebewohl sagen?

Aber wie, wenn er Sophia als seine Braut nach Gobignon mitnähme? Es gab viele, die ihn deswegen tadeln würden. Besonders seine Großmutter, selbst die Tochter eines Königs, würde vor Zorn außer sich sein. König Ludwig und Onkel Karl würden es ihm vielleicht verbieten. Aber er war der Graf de Gobignon, ein Pair des Königreichs, fast ein König von eigenen Gnaden. Er hatte versucht zu tun, was man von ihm erwartete, und hatte versagt.

Zweimal hatte er Frauen geliebt, die, hochgeboren und reich an Ländereien, in den Augen der Welt vollkommene Gefährtinnen gewesen wären, und zweimal war er daran gehindert worden, die Frau seiner Wahl zu heiraten, weil er durch das böse Erbe Graf Amalrics gezeichnet war.

Aber zum Teufel! Wenn man ihn nicht als Edelmann anerkennen wollte, dann war er nicht verpflichtet, sich so zu benehmen.

Sicherlich würden seine Mutter und sein Vater einverstanden sein – eingedenk der Umstände, die zu ihrer Heirat geführt hatten. Auch bezweifelte er, daß Kardinal Ugolini sich seiner Heirat mit Sophia widersetzen würde.

37

Ein offener Brief von Bruder Thomas von Aquin vom Predigerorden an die Herrscher Europas, gegeben in Orvieto, am 7. Tag des Novembers im Jahre des Herrn 1263.

»Überlassen wir es doch diesen wilden Tieren, Tataren und Muslimen, einander zu zerfleischen, damit sie alle vernichtet werden und zugrunde gehen. Wir werden danach gegen die Feinde Christi antreten, die noch übrig sind, werden sie erschlagen und das Angesicht der Erde von ihnen reinigen, so daß die ganze Welt der alleinseligmachenden Kirche zufallen und es nur einen Hirten und eine Herde geben wird.«

Als Simon und Bruder Mathieu die steinernen Stufen zu Bruder Thomas' Zelle hinaufgestiegen waren und eintraten, beugte sich der gelehrte Dominikaner über ein Pergament. Er hielt die eingerollten Enden mit den Fingerspitzen auseinander; die Rolle sah sehr alt aus, und er behandelte sie, als könne sie jeden Augenblick in seinen Fingern zerfallen. Er sah nicht auf, als seine beiden Besucher hereinkamen.

Bruder Mathieus Vorgesetzte hatten nach Alains Beerdigung eine ganze Woche heikle Verhandlungen geführt, ehe es ihnen gelungen war, für Bruder Mathieu und Simon eine Audienz bei dem Philosophen der Dominikaner zu bekommen. Simon hoffte, daß sie ihn überreden konnten, seine Einstellung zur Allianz zu ändern.

Bruder Thomas legte die breite Rechte auf die Rolle, um sie offenzuhalten, nahm einen Federkiel in die Linke, tauchte die scharfe Spitze in ein winziges Tintenfaß und begann hastig kleine Zeichen auf ein Stück Pergament zu kritzeln. Simon sah ihm interessiert zu. Seit er die Universität verlassen hatte, bekam er kaum Leute zu sehen, die lasen und schrieben, und daran, daß er je einen Menschen mit der linken Hand schreiben gesehen hätte, konnte er sich überhaupt nicht erinnern. Als der Federkiel trocken war, blickte Bruder Thomas zufällig auf.

»Vergebt mir, Freunde!« rief er. »Ich habe Euch nicht eintreten hören. Verzeiht mir meine Unhöflichkeit.« Simon war dankbar, daß er Französisch sprach, und beeindruckt, wie fließend er es konnte.

»Die Unhöflichkeit liegt ganz bei uns«, erwiderte Bruder Mathieu, »da wir Euch bei der Arbeit stören.«

»Meine Brüder in Christo sind wichtiger als Bücher«, sagte Bruder Thomas und bot ihnen mit einer Geste Platz auf seinem Bett an.

Seine Zelle war ein runder Raum im obersten Stockwerk eines Turms, der zum Dominikanerkloster gehörte. Über dem Bett hing ein schwarzes Holzkreuz mit einem Gekreuzigten aus weißem Elfenbein. Bruder Thomas saß mit dem Rücken zum Fenster an einer großen, auf Böcke gestellten Tischplatte, mit Bücherstapeln und Schachteln voller Pergamentrollen auf beiden Seiten. Sein Bett war ein breites Gestell mit einer Strohmatratze und einer Decke. »Ich muß zugeben, daß diese Rolle ein seltener Schatz ist und ich mich kaum von ihr losreißen kann«, sagte er, »eine bisher verschollen gewesene Abhandlung von Aristoteles über die Beschaffenheit und die Bewegungen der Himmelskörper. Diese Abschrift ist möglicherweise über sechshundert Jahre alt. In Griechisch. Ist Euch Aristoteles bekannt?« Voller Eifer sah er zuerst Bruder Mathieu und dann Simon an.

»Ich habe ein Jahr am Kollegium von Hochwürden Sorbonne in Paris studiert«, sagte Simon. »Wir haben die Werke mehrerer Philosophen gelesen.«

Bruder Thomas lächelte nachsichtig. »Ich nenne Aristoteles immer *den* Philosophen, denn von ihm kann ich mehr lernen als von jedem anderen antiken oder modernen Denker. Seid Ihr nicht auch dieser Meinung, Bruder Mathieu? Oder seid Ihr, wie so viele Eurer Ordensbrüder, an Philosophie nicht interessiert?«

Er verachtet die Franziskaner, dachte Simon betroffen. Unsere Mission wird scheitern.

»Ich wünschte, ich hätte Zeit dafür«, antwortete Bruder Mathieu ungekränkt. »Aber ich bin ununterbrochen auf Reisen.«

Bruder Thomas nickte. »Ihr und der Kaufmann aus Trapezunt seid die einzigen Christen in Orvieto, die mit den Tataren gereist sind. Eure Erklärung beim päpstlichen Konzil hat mich fasziniert.«

»Aber auch überzeugt?« Bruder Mathieu beugte sich lebhaft vor.

»Ich habe vermutet, daß Ihr mich deshalb sprechen wollt«, meinte Bruder Thomas mit einem selbstzufriedenen Lächeln. »Laßt Euch von mir versichern, guter Bruder und edler Graf, daß ich bis vor einer Woche strengste Neutralität wahren wollte, weil ich das Gefühl hatte, daß ich Seiner Heiligkeit auf diese Weise nützlicher sein konnte – auch noch nachdem ich gehört habe, wie die Tataren sich auf dem Empfang der

Gräfin Monaldeschi praktisch selbst den Strick um den Hals legten. Aber dann habe ich meine Meinung geändert.«

»Darf ich Euch eine Frage stellen?« sagte Bruder Mathieu.

Bruder Thomas lehnte sich zurück und legte die Hände gefaltet auf seinen Bauch. »Jede Frage, die Ihr wollt.«

»Hat Kardinal de Verceuils Verhalten gegen Euch etwas mit Eurem Sinneswandel zu tun?«

Die Falten auf der Stirn des Dominikaners gruben sich tiefer. Simon krümmte sich innerlich. Wie, wenn Bruder Thomas jetzt unversöhnlich gekränkt war?

»Ihr nehmt doch gewiß nicht an, daß ein persönlicher Groll meine Haltung in einer Angelegenheit beeinflussen könnte, die für die Zukunft des Christentums so wichtig ist?«

»Da ich Euren Ruf kenne, bin ich nicht erstaunt, daß Ihr begriffen habt, wie wichtig die Angelegenheit ist«, erwiderte Bruder Mathieu.

Elegant ausgewichen, dachte Simon.

»Genau. Und als Kardinal de Verceuil zu meinem Generaloberen ging und von ihm verlangte, er solle mir befehlen, meinen Standpunkt im Hinblick auf die Tataren zu ändern, wurde mir klar, daß es für mich an der Zeit war, zu einem Entschluß zu kommen.«

»Ich habe einen furchtbaren Fehler begangen«, meinte Bruder Mathieu ebenso zu sich selbst wie zu Simon und Bruder Thomas. »Möge Gott mir vergeben.«

»Was für einen Fehler?« fragte Bruder Thomas.

»Ich habe nicht versucht, die Angelegenheit mit Euch zu erörtern – wie jetzt. Um ehrlich zu sein, habe ich befürchtet, Ihr wolltet mit einem armen Franziskaner nichts zu tun haben.«

»Wieder tut Ihr mir unrecht«, sagte Bruder Thomas. »Aristoteles sagt uns, daß wir Wissen zuerst durch unsere fünf Sinne aufnehmen. Wenn Ihr daher etwas erfahren wollt, fragt jene, die es selbst gesehen haben.« Der Sessel knarrte laut, als Bruder Thomas sich vorbeugte und die Ellenbogen auf den Tisch stützte. »Ich bin mir meines Entschlusses so sicher, daß ich an König Boleslav von Polen und König Wenzel von Ungarn geschrieben habe, Herrscher, deren Länder unter den Raubzügen der Tataren zu leiden hatten. Ich habe sie eindringlich gebeten, auf Seine Heiligkeit einzuwirken, daß er diesen Plan verwirft, der die Grenzen der Tataren so viel näher an uns heranrücken würde. Ich habe auch an König Ludwig von Frankreich geschrieben, Euren Lehensherrn, Herr Graf, obwohl man ihm nachsagt, er wünsche den Pakt mit den Tataren. Darüber hinaus überlegt sich Pater da Varda meinen Vorschlag, daß der Dominikanerorden in der ganzen christlichen Welt gegen eine Allianz mit den Tataren predigen sollte.«

Bruder Thomas' Worte waren der Ruin all seiner Hoffnungen, daher konnte Simon sich nicht mehr beherrschen. »Warum?« stieß er hervor.

Bruder Thomas sah erstaunt, ja sogar ein bißchen beleidigt drein. »Ich habe meine Gründe vergangenen Freitag in der Kirche dargelegt, und Ihr habt sie gehört. Die Tataren sind nicht nur Wilde, mein junger Freund, sie sind des Teufels.«

Es war hoffnungslos. Simon wurde das Herz immer schwerer. Der große Prediger hatte seine Entscheidung getroffen.

»Ja, aber ...« Verzweiflung drängte Simon, mit einem Mann zu streiten, von dem er wußte, daß er in Streitgesprächen unbesiegbar war. »Wir wissen doch, daß Christen und Sarazenen oft genauso grausam waren.«

Bruder Mathieu brummte zustimmend.

Bruder Thomas betrachtete seine Daumen, die auf seinem dicken Bauch ruhten. Er sagte nichts. Er denkt, dachte Simon. Er konnte sich nicht erinnern, je erlebt zu haben, daß ein Mann sich in einem Streitgespräch die Zeit nahm nachzudenken, bevor er sprach.

Bruder Thomas hob einen dicken Zeigefinger. »Ja, ich weiß, daß christliche Ritter Greueltaten begangen haben. Aber sie haben es in sinnloser Wut getan und sich hinterher dafür geschämt. Sogar der mohammedanische Glaube lehrt die Sarazenen, nur gerechte Kriege zu führen, mitleidig zu sein und die Unschuldigen und Hilflosen zu schonen. Ich räume ein, daß weder Christen noch Mohammedaner sich streng an diese Gebote halten. Aber sie *bekennen* sich zu ihnen. Die Tataren haben keine solchen Gebote. In ihrer bodenlosen Unwissenheit denken sie, es sei gut, Grausamkeiten zu begehen, und sie begehen sie mit kaltem Verstand. Wie David von Trapezunt mir berichtete, wissen sie, daß es immer ein paar Überlebende gibt, nachdem sie die Bevölkerung einer Stadt ausgelöscht haben. Daher kehren sie ein paar Wochen später in die Ruinen zurück, sobald die wenigen, die übrig sind, ihre Verstecke verlassen haben, und metzeln alle nieder. Das ist die schlimmste Form des Bösen – Böses, das mit kaltem Verstand, absichtlich getan wird.«

Möge David in der Hölle brennen, dachte Simon.

»Ich bitte Euch zu glauben«, rief Bruder Mathieu, »daß man ihnen die Gnade Christi zugänglich machen kann. Ich habe es getan.«

Wir gewinnen an Boden, dachte Simon. Falls Bruder Thomas sich von der Aussage eines Mannes umstimmen läßt, der es selbst getan hat, dann haben wir eine Chance.

Jemand klopfte an die Tür, und Simon zuckte zusammen. Bruder Thomas lächelte und rief: »Herein!« Der junge Dominikaner, der eintrat, war so sehr außer Atem, daß er fast nicht sprechen konnte. »Bruder Thomas! Etwas Neues aus Bolsena! Ein Wunder!«

Bruder Thomas öffnete weit die Augen. »Bolsena? Ist das hier in der Nähe?«

»So nahe, daß uns die Nachricht schon heute nachmittag erreichte, obwohl das Wunder sich erst gestern ereignet hat.«

»Was für ein Wunder?«

»Ein ausländischer Priester – aus einem östlichen Land – hat die Messe gelesen. Und als er bei der Wandlung die heilige Hostie hob« – die Augen des jungen Mönchs begannen zu glühen –, »hat sie geblutet.«

Simon sah Bruder Thomas an, und all seine Hoffnungen schwanden. Das Gesicht des Philosophen strahlte vor Erleichterung. Enttäuschung breitete sich in Simon aus. Sie hatten keine Chance, hatten vielleicht nie eine gehabt.

Kurz darauf durchschritten Bruder Mathieu und Simon wieder das Tor des Dominikanerklosters. Hinter ihnen wurden Rufe laut, und weißgekleidete Mönche flatterten umher wie ein Flug aufgeschreckter Tauben. Wie es schien, war das ganze Kloster wegen des Wunders in Bolsena in Aufruhr.

Bruder Thomas hatte sie höflich, aber entschieden entlassen; er müsse den Überbringer der Nachricht vernehmen, hatte er gesagt. Es sei möglich, daß man ihn auffordere, sich mit dem Ereignis in Bolsena näher zu befassen, und darauf müsse er sich vorbereiten.

Simon hatte protestieren wollen. Hätte Bruder Thomas ihnen nur mehr Zeit zugestanden, hätte er seinen Entschluß bezüglich der Tataren bestimmt rückgängig gemacht.

Der Himmel war kalt und grau.

Alles ist verloren, dachte Simon. Gerade als sie bei Bruder Thomas ein wenig an Boden gewonnen hatten, war der junge Mönch mit der Nachricht von dem Wunder hereingeplatzt. War Gott selbst gegen sie?

Also auf Schleichwegen zurück nach Gobignon! Er war nicht der Graf, der geholfen hatte, Jerusalem zu befreien, sondern der für immer gebrandmarkte Sohn des Verräters Amalric. Dann dachte er an Sophia.

Sofort wurde es hell in ihm. Auf Schleichwegen nach Gobignon zurückkehren? O nein, im Triumph, mit der schönsten Frau der Welt als seiner Braut.

Noch hatte er den Mut nicht gehabt, um Sophia anzuhalten, doch nun, da sie bei Bruder Thomas gescheitert waren, konnte er es nicht erwarten, sie wiederzusehen.

Bruder Mathieu kratzte sich nachdenklich den weißhaarigen Kopf. »Verceuil hat das Zünglein an der Waage zu Ungunsten der Tataren beeinflußt. Und wir haben ihn vorgeschickt. Ich habe gedacht, er könnte uns endlich einmal von Nutzen sein.«

»Bruder Thomas hat sich schon vorher auf Ugolinis Seite geschlagen«, meinte Simon, »deshalb sollte Verceuil ja seinen Einfluß geltend machen.«

»Bruder Thomas hat uns heute erklärt, er habe versucht, neutral zu bleiben«, erwiderte Bruder Mathieu. »Aber Sophia hat Euch gegenüber behauptet, er habe schon Ugolinis Partei ergriffen. Glaubt Ihr, der große Dominikaner ist nicht ehrlich zu uns gewesen? Oder war Sophia unaufrichtig?«

Tief bestürzt sah Simon Bruder Mathieu an, faßte sich aber. Er hatte eine Möglichkeit, die Wahrheit über Sophia zu erfahren. Er mußte Sordello einsetzen. Er mußte die Wahrheit wissen.

38

Brief von Emir Daoud ibn Abdallah an El Malik Baibars al-Bunduqdari, gegeben in Orvieto, am 13. Tag des ersten Monats des Jahres 663 der Hedschra:

»O Säule des Glaubens, das Geschenk der antiken Pergamentrolle für den christlichen Wissenschaftler Thomas von Aquin hat unserer Sache gedient und in seiner Wirkung meine Erwartungen weit übertroffen. Als ich ihm die Pergamentrolle brachte, hatte ich für die Verbündeten der Tataren vorausschauend alles so eingerichtet, daß sie glauben mußten, Thomas stehe bereits in unserem Lager. Sie haben den anmaßenden Kardinal de Verceuil, von dem ich Euch schon schrieb, zu Thomas geschickt, damit er ihn unter Druck setze. Die Behandlung, die er von dem Kardinal erfahren mußte, hat Thomas so beleidigt, daß er sich auf die von uns gewünschte Seite schlug.

Dieser Thomas hat die Wolken, die Ugolini und ich aufziehen ließen, in ein mächtiges Gewitter verwandelt. Der Papst kann keinen Kreuzzug ausrufen, wenn er nicht von den christlichen Königen und Völkern unterstützt wird. Täte er es, würden sie ihn nur halbherzig oder gar nicht unterstützen. Ich muß gestehen, ich bin überrascht, wie oft die Christen nur lässig oder überhaupt nicht tun, was der Papst von ihnen fordert.

Wie wir wissen, sind die jetzigen Christen bei weitem nicht so darauf erpicht, gegen uns Krieg zu führen, wie ihre Vorfahren. Lassen wir die Zeit wirken: Hulagu Khan wird die Geduld verlieren und seine Gesandten zurückrufen. Die Christen werden einander bekämpfen und der Islam in Frieden leben, so Gott will. Das ist mein größter Wunsch.

Die Zeit, o siegreicher König, ist unser Verbündeter.«

Daoud stand vor seinem Schreibpult und betrachtete lächelnd die winzigen arabischen Schriftzeichen, mit denen er das kleine Pergamentquadrat bedeckt hatte.

Der siegreiche König. Wie gut erinnerte sich Daoud an den Tag, an dem Baibars mit seiner Hilfe diesen Titel errungen hatte.

Nach der siegreichen Schlacht an Goliaths Brunnen hatte das Mameluckenheer sein Lager außerhalb von Bilbeis aufgeschlagen, zwei Tagesritte nordöstlich von El Kahira. Am Tag darauf wollte Sultan Qutuz in Bilbeis Audienz erteilen und danach im Triumph in El Kahira einziehen, einem Triumph, den Baibars und er, Daoud, für ihn erstritten hatten.

Baibars hatte Daoud rufen lassen und war, als er kam, allein in seinem Zelt. Sein blaues Auge funkelte aus dem Schatten hervor, den eine kleine Öllampe warf, die von der Mitte des Zeltdachs herunterhing.

Mit eigenen Händen servierte Baibars Daoud Kaviyeh aus einem Topf, der auf einer flachen Kohlenpfanne stand, und die beiden Männer nahmen einander gegenüber Platz.

»Er hat es mir wieder abgeschlagen«, sagte Baibars. »Ich habe ihm jede nur mögliche Chance gegeben, Daoud.«

Baibars' Gesicht war ganz ruhig, doch Daoud wußte, daß wahrer Tatarenzorn in ihm kochte.

Das Zelt verschwamm vor Daouds Augen in einem rötlichen Dunst, während er seine eigene Wut über die Ungerechtigkeit zu unterdrücken versuchte, die Baibars widerfahren war.

»Er glaubt, ich will nur aus Ehrgeiz Gouverneur von Aleppo werden«, fuhr Baibars fort.

»Der Sultan ist ein Narr«, meinte Daoud.

Baibars' einziges sehendes Auge war mit stechendem Blick auf ihn gerichtet. »Nein, kein Narr. Als er sich selbst zum Sultan ernannte, spielte er sehr geschickt mit der Macht. Niemand konnte ihm den Mord an Ai Beg und Perlmund in die Schuhe schieben. Er hat in El Kahira die Ordnung wiederhergestellt. Jetzt macht er den Fehler, mir nicht zu vertrauen. Es ist ein verständlicher Fehler.« Baibars verzog plötzlich die Lippen zu einem durchtriebenen Lachen.

»Wieso verständlich?« Wieder, wie schon so oft, hatte Daoud das beunruhigende Gefühl, daß der einäugige Emir ihm immer zwei oder drei Sprünge voraus war.

»Das kommt daher, wenn man zu klug sein will«, sagte Baibars. »Er glaubt mir nicht, daß ich nur Statthalter von Aleppo werden will, weil es die erste Stadt ist, die Hulagu Khan überfallen wird. Er denkt, ich werde, wenn er mir Aleppo gibt, mit El Kahira brechen und ganz Syrien für mich beanspruchen. Er denkt so, weil er so handeln würde. Aber Hulagu Khan, der sich für die Niederlage bei Goliaths Brunnen rächen will, drängt mit aller Macht aus Persien herein. Wenn der Sultan der Meinung ist, es sei zu gefährlich, mich zum Statthalter von Aleppo zu machen, bedeutet das, daß er auch glaubt, es sei zu gefährlich, mich am Leben zu lassen.«

Daoud hatte das Gefühl, er stürze in einen dunklen Brunnenschacht. Wenn Qutuz Baibars vernichtete, vernichtete er den Islam, El Kahira und sie alle, Daouds ganze Welt. »Was wollt Ihr tun?« fragte er.

»Ich weiß nicht, was ich tun werde«, sagte Baibars und sah Daoud fest an. »Aber du weißt, daß er, wenn er mich tötet, auch alle töten wird, die mir nahestehen. Was wirst du tun?«

Nie wieder seit dem Tag, an dem Qutuz seinen Tod gefordert hatte, hatte Daoud die scharfe Klinge des Henkers so deutlich im Nacken gespürt. Der Gedanke, er könnte auf Qutuz' Befehl hingerichtet werden, empörte ihn. Es war eines, als Märtyrer des Heiligen Krieges zu sterben, als ein Mann, dem das Paradies bestimmt war; doch was für ein beschämendes Schicksal, ermordet zu werden, weil einem der Herrscher mißtraute. »Ich bin Euer Sklave, Effendi.«

»Kein Sklave, Daoud. Du bist mir nah wie ein Sohn, so nah ein Mameluck mir nur sein kann. Bist du nicht der Ehemann meiner Lieblingstochter? Ich spreche jetzt mit dir, weil ich sprechen muß und du in diesem Lager der einzige bist, auf den ich mich völlig verlassen kann.« Baibars legte Daoud die große, kräftige Hand auf den Arm. »Nie andere Brüder kennenzulernen als unsere Kameraden, nie einen anderen Vater zu kennen als den Emir, der uns ausgebildet und freigelassen hat, macht uns zu den härtesten und besten Kriegern der Welt. Aber wir sehnen uns nach der liebenden Familie, die wir nie hatten.«

Lange saßen sie beisammen, ohne ein Wort zu sagen, während Daoud, seinen langen blonden Bart streichend, allmählich begriff, worum Baibars ihn bat.

»Weißt du noch, wie Ket Bogha, der Anführer der Tataren, Qutuz genannt hat?« fragte Baibars endlich. »Den Mörder seines Herrn. Die Welt verachtet uns, weil jeder Sultan den Thron über die Leiche des ermordeten Sultans bestieg, der sein Vorgänger war. Turan Shah, ermordet.« Er hob die linke Hand, seine Schwerthand. »Ich selbst habe Turan Shah getötet, weil er die Mamelucken verraten hat. Als nächster Ai Beg, ermordet. Die Sultanin Perlmund, ermordet. Ali, der Sohn von Ai Beg, ermordet. Jeder Mord schwächt den Thron.«

»Der Thron ist so stark wie der Mann, der ihn innehat«, sagte Daoud.

Baibars betrachtete, den Kopf in der Art der Einäugigen seitlich geneigt, weiterhin seine linke Hand. »Dennoch, Ai Beg hat Turan Shah nicht selbst getötet, so wenig wie Qutuz Ali. Wenn ich Qutuz mit eigener Hand töte und den Thron mit seinem Blut an den Händen besteige, wird jeder Mamelucken-Emir versuchen mich zu töten, sobald ich ihm den Rücken kehre.«

Daoud hatte das Gefühl, im Eingang einer riesigen schwarzen Höhle zu stehen. Es war eines zu denken, daß Qutuz unfähig war, etwas anderes jedoch, daran zu denken, den Sultan zu töten, den von Gott Gesalbten. Wenn Daoud die Höhle betrat, fand er vielleicht nie wieder ins Freie zurück. Er würde sie nur verlassen, um in die Flammen der Hölle zu stürzen. Er glaubte in der Tiefe der Höhle Sterne zu sehen, als blicke er in eine Welt jenseits dieser Welt. Irgendwo inmitten der Sterne wohnte Gott in Seinem Paradies, und jene, die Er liebte, scharten sich um Ihn – der Erzengel Gabriel und der Prophet und Abraham und Jesus und die Heiligen und Märtyrer des Islam. Ist es Gottes Wille, daß ich den Sultan töte? Wie kann ich das wissen?

Er konnte es nicht wissen. Er wußte aber, daß nach seiner Hingabe an Gott das Wichtigste in seinem Leben die Treue zu seinem Emir war. Wie Baibars sagte, waren seine Kameraden und sein Emir alles, was ein Mameluck hatte. Daoud beugte sich zu Baibars hinüber. »Wer meinen Herrn Baibars beleidigt, verdient auf der Stelle den Tod durch die Hand des Dieners meines Herrn.«

Mit zufriedener Miene schloß Baibars beide Augen. »Habe ich dich gebeten, jemanden zu töten?«

»Nein, Effendi.«

Sie schwiegen wieder. Der Wüstenwind summte in den Schnüren von Baibars' Zelt, und die Zeltstangen schwankten und knarrten.

»Wenn jemand Qutuz töten wollte«, sagte Baibars, »sollte er bedenken, daß wir schon sehr nahe bei El Kahira sind. Sobald Qutuz über einen Blumenteppich durch Straßen reitet, die mit Seidengirlanden geschmückt sind, sobald ihn die Menschen als Sieger von Goliaths Brunnen bejubeln, werden sie ihn zu sehr lieben. Sie würden nie hinnehmen, daß man ihn ihnen entreißt. Wir würden ihrer Wut nicht mehr Herr.«

»Morgen«, meinte Daoud, »werden während der Audienz im Palast des Statthalters von Bilbeis viele Männer mit Bitten, Forderungen, Sorgen an ihn herantreten, sich lärmend um ihn drängen. Jeder könnte da an ihn herankommen.«

Baibars nickte. »Soll er vor den Augen vieler stürzen! Ich sähe ihn lieber auf diese Weise sterben als durch Gift oder aus dem Hinterhalt.« Er verzog die schmalen Lippen zu einem Lächeln. »Wenn ich mich recht erinnere, hast auch du eine Vorliebe dafür, dich in aller Öffentlichkeit zu rächen.«

»Wenn die anderen Emire von Euch fordern, den zu bestrafen, der den Sultan getötet hat, dann müßt Ihr Euren Diener opfern«, sagte Daoud.

Baibars' Gesicht spannte sich. »Das werden sie nicht. Sie werden hinnehmen, was wir beide tun.«

Daoud stand im Audienzsaal des Statthalterpalastes von Bilbeis ziemlich weit vorn neben einer Säule. Es war ein kleiner, aber eleganter Raum. Der Boden bestand aus gesprenkeltem grünen Marmor, und rosenfarbene Säulen flankierten den Zugang zu dem vergoldeten Thron, der auf einer Plattform stand.

Kaufleute und kleine Landbesitzer, Beamte im roten Fez, Beduinenscheichs in schwarzen Gewändern und Burnussen drängten sich im Saal. Jeder hatte eine Pergamentrolle mit irgendeinem Anliegen in der Hand.

Daoud trug keine Bittschrift bei sich, aber sein linker Ärmel verbarg eine um das Gelenk geschnallte Scheide mit einem Flammendolch, der Waffe der Haschischia.

Er konnte es kaum erwarten, daß Qutuz den Saal betrat, damit der Totentanz beginnen konnte, den er im Geist tausendmal durchgeprobt hatte.

Er hatte an diesem Morgen länger und mit größerer Hingabe gebetet als seit vielen Jahren. Wann würde Qutuz kommen?

An den Türen und in den Ecken standen Soldaten der Leibwache des Sultans, Stahlhelme und Brustpanzer mit goldenen Einlegearbeiten verziert, die Tuniken leuchtend gelb. Was würden sie tun, wenn sie sahen, daß er Qutuz angriff? Es waren Mamelucken; sie hatten Qutuz' Angst an Goliaths Brunnen miterlebt und wie er sich hinterher aufgespielt hatte. Aber es war ihre Pflicht, ihn zu schützen. Daoud ahnte nicht, welche Gefühle sie bewegen würden.

Hier und da überragten die kugelförmigen weißen Turbane der Mamelucken-Emire die Köpfe der anderen Männer; es waren die Emire, die ebenfalls an Goliaths Brunnen gekämpft hatten. Dort stand Kalawun, genannt al-Elfi, der Tausender, denn sein erster Herr hatte ihn für den unglaublichen Preis von tausend Golddinaren gekauft; hier war Bektout, neben einer blauweißen Säule, ein Kiptschak wie Baibars. Ungefähr sechs weitere unterhielten sich leise unter dem Spitzbogen des Eingangs zum Audienzsaal. Kein Emir achtete auf die Bittsteller, die an ihnen vorbei in den Raum strömten.

In der von der Plattform am weitesten entfernten Ecke stand Baibars allein. Größer als alle um ihn herum, wandte er den Kopf mit dem weißen Turban von einer Seite auf die andere, um mit dem gesunden Auge den ganzen Saal überschauen zu können.

Seitlich vom Thron wurde eine Tür geöffnet, die zu den persönlichen Räumen des Statthalters führte, und zwei Offiziere der Leibwache kamen heraus. Einer rief: »Der Geliebte im Herrn, der Sieger von Goliaths Brunnen, El Malik al-Mudhaffar Qutuz!«

Das Stimmengemurmel verstummte, und Daoud dröhnte sein Herzschlag in den Ohren.

Qutuz trat ein, und Jubel stieg auf. Der Sultan trug einen juwelengeschmückten grünen Turban und ein schwarzsilbernes Ehrengewand. Ihm folgte sein Kammerherr, ein untersetzter Mann, mit einem Korb.

Die Bittsteller stürmten mit lautem Geschrei, ihre Pergamentrollen schwenkend, los. Die Männer der Leibwache versuchten nicht, sie zurückzuhalten. Ein blaugekleideter Kaufmann war als erster bei Qutuz, weinend umarmte er den Sultan. Zuerst schob er Qutuz einen kleinen Seidenbeutel in die Hand, der sehr schnell unter dem schwarzsilbernen Gewand verschwand; dann drängte er Qutuz eine Pergamentrolle auf.

Qutuz reichte die Rolle seinem Kammerherrn, der sie in den Korb legte. Der Sultan genoß es, bei seinem Volk den Vater zu spielen. Und obwohl man meinen konnte, er sei reich genug, war er nicht darüber erhaben, seinen Reichtum durch Gold und Juwelen zu vergrößern, die ihm bei Gelegenheiten wie dieser als Geschenk überreicht wurden.

Langsam schritt Qutuz durch die Reihen der Bittsteller, den Kopf hoch erhoben. Seine Lippen umspielte ein nachsichtiges Lächeln. Er erlaubte ihnen, ihn auf dem Weg zum Thron aufzuhalten. Die Bittsteller umringten ihn, einige zupften ihn am Ärmel, manche fielen ihm vor die Füße, manche zogen am Saum seines Gewandes und küßten ihn sogar in ihrer Begeisterung.

Das Durcheinander der Stimmen, von denen jede die anderen zu überschreien suchte, verursachte Daoud Kopfschmerzen. Von seinem Platz weit vorn im Saal erhaschte Daoud nur hin und wieder einen Blick auf des Sultans grünen Turban. Wo er gerade war, erkannte Daoud, wenn er jeweils die Stelle beobachtete, an der es am heißesten zuging. Das Gewühl glich einem jener Sandstürme, die durch die Wüste wirbeln, und Qutuz war das Zentrum.

Als Daoud vermutete, daß Qutuz den halben Weg zum Thron zurückgelegt hatte, setzte er sich in Bewegung. Er tauchte jetzt in die schwarze Höhle ein, hinter der irgendwo im unendlichen Raum Gott lebte. Zweifel und Angst ließ er beim Höhleneingang zurück. Für das, was er gleich tun würde, mußte er seine ganze Kraft und seinen ganzen Willen aufbieten.

Er stürzte sich in den Sturm, der um Qutuz tobte. Jeder wurde so völlig von dem verzweifelten Wunsch angetrieben, zum Sultan zu gelangen, daß keiner zu merken schien, wie Daoud sich dazwischen drängte.

Qutuz sah ihn kommen. Die Stirn runzelnd, richtete er die dunklen Augen fragend auf ihn. Ein Mamelucken-Emir vom Rang Daouds mischte sich gewöhnlich nicht unter die Bittsteller. Unter den Armen und in den Händen hatte der Sultan unzählige Pergamentrollen. Sein Kammerherr war längst von ihm abgedrängt worden.

»O Sultan, gewährt mir meine inständige Bitte!« rief Daoud mit lauter Stimme.

Qutuz' Kiefermuskeln spannten sich, und seine Augen weiteten sich in einem ersten Anflug von Furcht, als Daoud auf ihn zukam und ihn umschlang. Daouds Arme trafen sich hinter Qutuz' Rücken; Daoud griff mit der rechten Hand unter den linken Ärmel und zog den Dolch aus der Scheide.

Qutuz stieß mit den Händen gegen Daouds Brust. So eng war Daouds Umarmung, daß er fühlte, wie der Sultan Atem holte, um einen Hilfeschrei auszustoßen. Sie waren ineinander verschlungen wie Liebende.

Daoud streckte den rechten Arm aus und stieß dem Sultan mit der ganzen Kraft dieses Armes den Dolch in den Rücken. Er zielte in die Mitte des Rückens, zwischen zwei Rippen, so daß die Dolchspitze Qutuz' Herz treffen und sein Leben auslöschen mußte.

Der Stoß gelang. Der schlanke Körper zuckte heftig und wurde dann in Daouds Armen schlaff. Qutuz rutschte langsam tiefer. Daoud war überzeugt, daß er schon tot war, denn er regte sich nicht und schrie auch nicht.

Triumph loderte in Daoud auf. Er hatte es getan. Er hatte den Sultan getötet. Er ließ den Dolch los, der bis ans Herz in Qutuz' Rücken steckte, trat schnell zurück und drängte sich in die wogende Menge. Die Knie zitterten ihm.

»Der Sultan ist ohnmächtig geworden!« – »Gott helfe uns!« – »Der Sultan ist verletzt!« Um Daoud herum schrien alle wild durcheinander.

Er wich weiter zurück. Wenn man ihn angriff, wollte er sein Schwert ziehen und sich wehren. Er wünschte sich, im Kampf zu sterben, wenn es denn sein mußte, nicht auf dem Richtblock des Henkers.

»Blut!« kreischte ein Mann. »Ein Dolch!« Die Schreie waren ohrenbetäubend.

Alle, die sich um den Sultan gedrängt hatten, wichen zurück. Daoud wurde von der Menge immer weiter von Qutuz weggerissen. Wenn er über die Köpfe schaute, sah er den Leichnam mit dem Gesicht nach unten auf dem grünen Marmorboden liegen und auf dem schwarzsilbernen Gewand einen um den Dolchgriff herum immer größer werdenden roten Fleck.

Mansur ibn Ziri, der Befehlshaber der Leibwache, und Anis, der Oberstallmeister, drängten sich zu Qutuz' Leiche durch, während ein paar Männer, ihre Pergamentrollen umklammernd, aus dem Saal stürmten. Sie hatten Angst davor, sich in demselben Raum aufzuhalten, in dem der Sultan ermordet worden war.

Ich habe den Sultan getötet, dachte Daoud. Er zitterte am ganzen Körper. Er hatte eine Schwäche in den Gliedern, doch sein Herz war voller Jubel. Die Hand auf dem Schwertknauf, blickte er sich in dem großen Raum um. Die Mamelucken-Emire sahen nicht den toten Qutuz, sondern einander an, und sie schauten immer wieder zu Daoud herüber.

Sie hatten gesehen, wie Daoud den Sultan umarmte. Sie wußten, wer ihn getötet hatte, und sie wußten auch, warum.

Baibars stand noch immer allein in seiner Ecke. Sein gesundes Auge streifte Daoud, doch sein Gesicht war eine Maske.

Als der letzte Bittsteller von der Stätte des Todes geflohen war, wurde es still im Raum. Die Mamelucken waren allein mit ihrem toten Sultan. Die Männer der Leibwache, die geschworen hatten, den Sultan zu schützen, sahen die Emire an. Nur zwei Stimmen waren zu hören, die von Mansur und Anis, als sie sich über Qutuz beugten.

Mansur zog Qutuz den Dolch aus der Wunde. Daoud straffte sich. Sein Herz hämmerte. Würde Mansur sich umdrehen und ihn anklagen? Er schaute über die Schulter, um sich zu überzeugen, daß niemand hinter ihm war, und wich mit gleitenden Schritten immer weiter zurück, bis er rücklings gegen eine Säule stieß.

Mansur sagte mit einer Stimme, die im ganzen Saal zu hören war: »Der Flammendolch. Unser Herr wurde von den Haschischia ermordet.«

Um ein Haar hätte Daoud vor Erleichterung laut aufgelacht. Mansur sagte allen, die wußten, was geschehen war, was sie jenen sagen sollten, die es nicht wußten.

Würde jemand Mansur widersprechen? Keiner tat es. Wieder durchrieselte Daoud ein Gefühl der Erleichterung.

Vorsichtig, beinahe sanft legte Mansur den Dolch neben Qutuz auf den Boden. Er stand auf und wischte sich die Hände an seinem Umhang ab. Dann durchquerte er mit raschen Schritten den Saal und ging auf Baibars zu. Warum? Wollte er ihn verhaften? Wozu hatte er sich entschlossen?

Dazu, sich tief vor Baibars zu verneigen. Mit einer weitausholenden Geste zeigte er auf den leeren Thron. »Mein Gebieter, die Macht ist Euer.«

Gott sei gelobt.

Baibars' einziges Auge ruhte sekundenlang der Reihe nach auf jedem Emir. Jeder Blick war Frage und Herausforderung zugleich.

Einige Emire neigten leicht den Kopf. Andere, wie Kalawun al-Elfi, erwiderten nur schweigend seinen Blick, und das war Zustimmung genug.

Baibars reckte die rechte Hand zu der hohen, gewölbten Decke, der weite Ärmel seines Gewandes fiel zurück und enthüllte den mächtigen Arm. »Mit deiner Hilfe, o Gott!« Er rief es nicht laut, doch seine Stimme war im ganzen Saal zu hören. Langsam durchquerte er den Raum. Es war so still, daß Daoud auf den Marmorstufen, die zum Thron führten, das Geräusch von Baibars' Stiefeln hören konnte. Baibars ließ sich auf dem Thron nieder und legte die Hände auf die Armlehnen. Er lehnte sich leicht zurück, und sein Auge schien auf eine Stelle über und hinter den Köpfen der Männer gerichtet, die ihn beobachteten.

Mansur wandte sich an einen Offizier der Leibwache. »Schickt Boten nach El Kahira. Sie sollen dem Volk sagen: ›Betet um Gottes Gnade für El Malik al-Mudhaffar Qutuz. Betet um ein langes Leben für euren Sultan Baibars.‹«

Ich will ihm als erster huldigen, dachte Daoud. Und wenn er mich töten will für das, was ich getan habe, dann soll es jetzt geschehen.

Bebend vor Glück schritt er durch die Menge bis in die Mitte des Saales. »Mein Sultan und Gebieter«, sagte er laut, »siegreicher König!« Er fiel auf die Knie und warf sich dann der Länge nach auf den harten, kalten Boden.

Als es an seiner Tür klopfte, rollte Daoud den Streifen dünnen Pergaments zusammen und schob ihn in die Gürteltasche.

Auf seine Aufforderung trat Sordello ein, grüßte und salutierte. »Ich sehe, Ihr seid einer von uns, Messer David.«

»Einer von Euch?«

Sordello zeigte auf das Schreibpult, an dem Daoud gestanden hatte, und auf das Bündel gespitzte Federkiele. »Einer von denen, die des Lesens und Schreibens mächtig sind. Ich schreibe alle meine Lieder selbst nieder.«

Eine Verwandtschaft mit Sordello war Daoud nicht erwünscht. Der Bravo hatte sich seit mehreren Tagen nicht mehr den Bart geschabt, und die grauen Stoppeln unter der Nase, auf Kinn und Wangen sahen unappetitlich aus – wie ein Pelz. Ein Mann soll einen Bart tragen oder sich die Wangen glattschaben, dachte Daoud. »Was führt dich zu mir?« fragte er kurz.

»Der Graf de Gobignon hat mir durch Ana, die Bulgarin, eine Nachricht geschickt. Wollt Ihr sie lesen?«

Gobignons Nachricht lautete: »Die Dame Sophia, Kardinal Ugolinis Nichte, hat alles getan, um auf mich den Eindruck einer aufrichtigen Frau zu machen, die nichts von Politik versteht und weder für noch gegen die Allianz mit den Tataren ist. Stell fest, ob sie die Wahrheit sagt. Ich erwarte deinen Bericht in drei Tagen.«

Daoud war zufrieden mit sich. Daß er Sordello als Spion umgedreht hatte, brachte ihm nützliche Erkenntnisse. Es überraschte ihn nicht, daß der Franzose gegen Sophia mißtrauisch war. Sie stand der Partei sehr nahe, die gegen das Bündnis opponierte. Doch jetzt, dachte Daoud glücklich, haben wir die Mittel, seinen Verdacht zu zerstreuen. Er gab Sordello den Brief zurück. »Das ist kurz und bündig ausgedrückt«, sagte er. »Aber es verrät Euch nicht, wie Ihr erfahren könnt, ob Madonna Sophia aufrichtig ist oder nicht.«

»Ich könnte vorgeben, im Haus des Kardinals beim Abendessen gesungen zu haben«, meinte Sordello. »Und ich könnte vorgeben, ich hätte ein Tischgespräch gehört, das beweist, daß Madonna Sophia so unschuldig ist, wie er sie gern hätte.«

»Ihr sprecht dauernd von Euren Liedern und davon, daß Ihr singt«, sagte Daoud. »Gebt mir jetzt eine ehrliche Antwort – seid Ihr wirklich gut in diesen Dingen?«

Sordello zuckte die Schultern. »Ich könnte behaupten, ich sei einer der besten Troubadoure Italiens, doch wenn ich das täte, würdet Ihr mit Fug und Recht fragen, warum ich mir meinen Lebensunterhalt als Söldner verdienen muß. Daher sage ich nur, ich bin so gut, daß ich meine ganze Zeit der Dichtung und dem Gesang widmen würde, wäre nur für meinen Lebensunterhalt gesorgt.«

»Also werdet Ihr an der Tafel des Kardinals singen. Euer Vorschlag ist gut. Ich werde es auch einrichten, daß Ihr noch ein paarmal mit Madonna Sophia zusammentrefft, damit Ihr aufrichtig behaupten könnt, einiges über sie zu wissen.«

»Sehr gut, Messer David.« Sordello wandte sich zum Gehen, drehte sich dann aber wieder um. »Messere?«

»Ja?«

»Glaubt Ihr, Ihr könnt mich in nächster Zeit wieder auf eine Reise ins Paradies schicken?« Das lüsterne Funkeln in Sordellos Augen widerte Daoud an.

»Macht Eure Arbeit gut, und ich werde dafür sorgen, daß Ihr entsprechend belohnt werdet.«

Sordello ging, und Daoud brütete voller Scham über das nach, was er dem Mann angetan hatte – er war kein Mensch mehr, war geringer als ein Tier, eine Art Dämon, der nur nach dem einen gierte.

Im nächsten Augenblick schon zwang sich Daoud, an etwas anderes zu denken. Ein Soldat des Heiligen Krieges mußte viele häßliche Dinge tun, doch alle geschahen zur größeren Ehre Gottes.

39

Der Choral, von Tausenden von kräftigen Stimmen gesungen, hallte in den Hügeln wider. Die gesamte Geistlichkeit von Orvieto, vom Papst bis hinunter zum niedrigsten Subdiakon, und der größte Teil der Bevölkerung hatten die Stadt verlassen. Aber Daouds Aufmerksamkeit galt nicht der langen Prozession, die die Straße herunterkam, und ebenso wenig der Menge auf der Wiese um ihn herum, sondern der erstaunlichen Veränderung, die über die Landschaft gekommen war.

Es war, als habe eine verheerende Krankheit alles befallen, was in dieser Gegend wuchs, von den höchsten Bäumen bis zu den Grashalmen. Die entlaubten Bäume reckten, betenden Menschen gleich, skelettartige schwarze Arme zum leuchtend blauen Himmel. Die Weinstöcke auf den Hügeln waren graue Klumpen, das Gras der Wiese, auf der er stand, gelb und spröd; es barst unter den Füßen.

Er hatte natürlich gewußt, daß europäische Landschaften sich in jedem Winter veränderten. Aber solche Trostlosigkeit mit eigenen Augen zu sehen war erschreckender, als er für möglich gehalten hatte. Bald würden die Christen die Geburt ihres Messias feiern, von dem sie glaubten, er sei Gott. Jetzt, da er den Tod der Landschaft sah, die ihn umgab, fiel es Daoud leichter zu verstehen, warum diese Götzenanbeter sich bemüßigt fühlten, einen Gott zu verehren, der von den Toten auferstanden war.

Er hoffte, es werde seiner Mission helfen, daß die Begeisterung für das Wunder von Bolsena ganz Orvieto erfaßt hatte. Er hoffte auch, der Papst werde keine Zeit und kein Interesse mehr haben, an die Tataren zu denken oder mit ihnen zu verhandeln. Aber das Wunder an sich und das ganze Gerede darüber flößten ihm Unbehagen ein. Den Fanatismus in den Gesichtern könnte man nach jeder Richtung lenken, dachte er. Es mußte der gleiche Fanatismus sein, der Generationen von Kreuzfahrern getrieben hatte, sich auf Palästina zu stürzen.

Bruder Thomas stand im Mittelpunkt des Aufruhrs. Er war es gewesen, der aus Bolsena die Nachricht geschickt hatte, daß – soweit er es beurteilen konnte – das Wunder echt sei.

Und da war noch etwas anderes, etwas, das einen tief in Daouds Seele begrabenen Schrecken wieder aufleben ließ. Jesus, der gekreuzigte Gott der Christen, regte sich in diesem Wunder. Als Junge, unter Moslems aufwachsend, hatte Daoud dem Glauben an Kreuzigung und Wiederauferstehung Jesu abgeschworen. Jetzt fühlte er wieder seines Vaters Geisterhand auf der Schulter, und seine Nackenhaare sträubten sich.

»Schaut Euch die Reihen der Kranken und Gebrechlichen zu beiden Seiten der Straße an«, sagte Lorenzo. »Ich hätte nicht geglaubt, daß es in Orvieto so viele Menschen gibt, die nicht gesund sind.« Er und Daoud standen Seite an Seite an einer Stelle, an der die Straße zwischen Bolsena und Orvieto durch ein weites Tal führte; die Pferde hatten sie in einem Pappelwäldchen in der Nähe festgebunden. Sie waren ein paar Schritte vom Straßenrand zurückgetreten, um etwa einem Dutzend in Decken gepackter Männer und Frauen auf Tragbahren Platz zu machen, die von den Franziskanern aus ihrem Krankenhaus hierhergebracht worden waren.

Um Lorenzo und Daoud herum standen Kardinal Ugolinis Soldaten und Diener. Ugolinis gesamter Haushalt war hier, außer einigen, die mit dem Kardinal hinter dem Papst marschierten.

Da er befürchtet hatte, daß niemand sich um Scipio kümmern würde, hatte Lorenzo ihn mitgenommen und hielt ihn an einer starken Lederleine. Der graue Rüde knurrte von Zeit zu Zeit.

Auf der Wiese gegenüber hatten die Diener des Papstes ein Zelt ohne Wände errichtet, einen Seidenbaldachin in den päpstlichen Farben Gold und Weiß; von starken Pfählen gestützt, verjüngte er sich zu drei Spitzen. Dort würde Papst Urban die Messe lesen.

Daoud blickte die Straße hinunter, dahin, wo Sophia stand. Sie waren übereingekommen, daß es am besten war, wenn sie sich in der Öffentlichkeit voneinander so fern wie möglich hielten. Sie war wie eine wohlhabende Italienerin gekleidet, das Haar unter einer runden, flachen Leinenmütze versteckt, die unter dem Kinn gebunden wurde, und sie trug ein loses dunkelblaues Gewand mit langen, schmalen Ärmeln und darüber eine ärmellose Tunika aus hellblauer Seide. Neben Sophia stand eine andere Gestalt, grau verschleiert und in einem grauen Gewand. Die beiden steckten die Köpfe zusammen und schwatzten miteinander.

»Mit wem ist Sophia da zusammen?« wandte Daoud sich an Lorenzo.

»Mit Rachel, denke ich.« Lorenzo durchsuchte aufmerksam Scipios Fell nach Flöhen.

»Sie zeigt sich mit Rachel in der Öffentlichkeit?« fragte Daoud zornig.

Lorenzo zuckte die Schultern. »Niemand weiß, wer Rachel ist.« Er klopfte Scipio auf die Flanke. »Sitz!«

»Es hat mir schon nicht gefallen, daß Sophia sie besucht hat«, meinte Daoud. »Noch weniger paßt mir, daß sie in der Öffentlichkeit zusammen gesehen werden.«

Trompeten schmetterten und Trommeln dröhnten, als der Gesang verstummte. Daoud blickte in die Richtung, in der Orvieto lag. Die

Straße, die sich an den graugelben Falten des Kalksteins vorbeischlängelte, war voller Menschen.

Der Papst in Gold und Weiß und die Kardinäle des Heiligen Kollegiums in leuchtendem Rot führten die Prozession an. Aus der Mitte der langen Reihe leuchteten der Purpur der Erzbischöfe und Bischöfe und die bunte Kleidung des Adels. Den Abschluß bildete das Braun und Grau des niedrigen Volkes.

Aus dieser Entfernung konnte Daoud das Gesicht des Papstes nicht sehen, doch die bienenstockförmige Mitra war unverkennbar.

Zum Glück für den Papst ist es kalt, dachte Daoud. Diese schweren Insignien an einem heißen Tag tragen zu müssen würde den alten Mann gewiß umbringen. Daß er heute zu Fuß ging, war ein Zeichen dafür, wieviel Bedeutung er dem Wunder beimaß.

Daoud drehte sich um und schaute nach Westen. Der Zug aus Bolsena war schon sehr nahe, und auf der Wiese fielen die Leute auf die Knie. Ich werde auch niederknien und zum Schein ihren Götzen huldigen müssen, dachte er. Vergib mir, Gott. Er sah, daß Sophia und Rachel auf die Knie sanken. Gewiß halten sie davon genauso wenig wie ich, sagte er sich.

Der Zug trug ein großes Banner vor sich her, das Daouds religiöse Gefühle tief verletzte. Auf einem roten Tuch sah man Kopf und Schultern eines bärtigen Mannes, des Messias. Seine Stirn verunstaltete ein Kranz aus geflochtenen Dornenranken, und über dem Kopf schwebte eine goldene Scheibe. Aus den Nagellöchern in den aufwärts gerichteten Handflächen fielen gemalte Blutstropfen. Ein Götzenbild, wie es der Koran verbot; sie zu vernichten, war der Prophet in diese Welt gekommen.

Dann dachte Daoud an das große Kruzifix, das in der Kapelle von Schloß Langmuir vor den Toren von Askalon gehangen hatte, und er erinnerte sich, wie seine Mutter ihn an der Hand nahm, um mit ihm vor dem Kruzifix zu beten. »Weil Er hier gelebt hat und gestorben ist«, hatte ihre liebliche Stimme gesagt, »deshalb sind wir im Heiligen Land.«

Plötzlich packte ihn ein kurzes Schwindelgefühl. Seine Mutter und sein Vater hatten geglaubt, dieser bärtige Mann mit den Kreuzigungswunden an den Händen sei Gott. Und auch er hatte daran geglaubt.

Nein, es gab nur einen Gott. Er konnte kein Vater sein, der im

Himmel herrschte, und ein Sohn, der auf Erden weilte. Gott war herrlich und allmächtig. Er konnte nicht gekreuzigt werden. Gott war der Schöpfer, er konnte nicht Teil seiner Schöpfung sein.

Die Ungläubigen um ihn herum warfen sich vor dem Banner auf die Knie, sogar auf das Gesicht. Vor dem Bannerträger schritt ein Mann in Schwarz. Seine starren Augen und der breite, nach unten verzogene Mund gaben ihm das Aussehen eines Fisches.

Der Priester, Pater Kyrill, hielt ein weißes Stück Leinen an zwei Ecken in die Höhe. Das, dachte Daoud, muß das Altartuch sein, auf das die Blutstropfen aus der Hostie gefallen sind. Langsam voranschreitend, drehte sich Pater Kyrill mit ernstem Gesicht einmal nach links, dann nach rechts und wieder nach links und nach rechts, damit alle Menschen auf beiden Seiten der Straße das Tuch sehen konnten.

»Kniet nieder, David, um Gottes willen!« stieß Lorenzo hervor.

In seiner Neugier hatte Daoud sich vergessen. Er fiel auf die Knie. Lorenzo kniete, den Hund am Halsband festhaltend, an Daouds Seite. Die Kranken und die Krüppel, die am Straßenrand lagen, jammerten und streckten flehend die Arme aus.

Wieder bat Daoud Gott um Vergebung für seine scheinbare Götzenanbetung.

Pater Kyrill und das Altartuch waren nur noch etwa ein Dutzend Schritt entfernt, und jetzt sah Daoud die braunen Blutflecken auf dem weißen Leinen. Erstaunlicherweise schienen sie das Profil eines bärtigen Mannes zu bilden.

Wie einen kalten Wind im Rücken fühlte er plötzlich wieder die seit langem vergessene Angst vor dem Zorn des Christengottes.

Der große Hund neben ihm bellte so laut, daß es wie Donnergetöse klang. Daoud zuckte erschrocken zusammen. Das Herz hämmerte ihm in der Brust.

Pater Kyrill wich einen Schritt zurück. Die Menschen, die dem blutbefleckten Tuch gehuldigt hatten, drehten sich mit empörten Rufen um.

»Scipio!« Lorenzo gab dem Hund einen harten Schlag auf den Kopf.

Der Hund bellte weiter. Pater Kyrill preßte das blutbefleckte Tuch an die Brust. Auf ein Wort von ihm, dachte Daoud, wird die Menge den Hund, Lorenzo und vielleicht auch mich in Stücke reißen.

Lorenzo packte Scipios Schnauze mit beiden Händen und hielt sie zu.

Scipio knurrte weiter durch die Zähne. Lorenzo knurrte zurück: »Sei still!« Er zwang den Hund zu Boden, bis der graue Kopf im Gras lag.

»In dem Hund könnte der Teufel stecken«, sagte ein braungewandeter Mönch unheilvoll. Aber Scipio hatte sich unter Lorenzos Händen beruhigt, und die Leute wandten sich wieder der Prozession zu.

Daoud war wütend. Lorenzos verdammter Hund war für ihn seit ihrer Abreise aus Lucera wie ein Stein im Schuh gewesen. Lorenzo war ein wertvoller Mann, doch er versammelte ständig Geschöpfe um sich, die einem endlose Schwierigkeiten bereiteten. Wie der Hund, wie Rachel.

Ein Schrei übertönte die Musik, so schrill, daß Daoud sich die Ohren zuhielt.

»Mein Gott! Ich kann sehen!« Eine Frau war aufgesprungen, klatschte in die Hände, breitete die Arme aus. Ein Franziskaner umarmte sie; ob er mit ihr jubeln oder sie zurückhalten wollte, konnte Daoud nicht sagen. Sie aber stieß den Franziskaner weg und stolperte hinter Pater Kyrill her. Nach der Art und Weise zu schließen, wie sie mit den Händen in der Luft herumtastete, sah sie zwar nicht besonders gut, aber sie jauchzte dennoch vor Freude.

Sie schloß sich einer Gruppe von Leuten an, von denen viele mit Stöcken und Krücken winkten, anderen hingen blutige Verbände von den Händen. Einem Mann fehlte ein Fuß, und er hinkte über die ungepflasterte Straße ohne Krücken und ohne Stock, auf einem gesunden Bein und einem Stumpf, der bis zum Knöchel mit einem dreckigen Lappen verbunden war.

Hinter den frohlockenden Krüppeln schritten mehrere Reihen Geistlicher aus Bolsena. Daoud erblickte eine bekannte Gestalt, Bruder Thomas, die Wangen feuerrot vor Kälte und Anstrengung. Sein schwarzer Mantel wehte im Wind. Wie Daoud wußte, hatte er die beiden letzten Wochen in Bolsena verbracht, das Wunder untersucht und die Vorbereitungen für die Übergabe des Altartuches an Papst Urban überwacht.

Was dachte er jetzt? Daoud hätte viel darum gegeben, das zu wissen. Würde er auch weiterhin alles tun, um das Bündnis zu verhindern?

Plötzliche Stille senkte sich über die Wiese. Die zitternden Hände erhoben, näherte Papst Urban sich Pater Kyrill, der Daoud den Rücken zukehrte.

Pater Kyrill warf sich vor dem Papst auf die Knie und hielt das weiße Tuch wie ein Banner in die Höhe. Dann kniete auch der Papst leicht schwankend nieder, gestützt von zwei jungen Geistlichen in weißen Chorhemden und schwarzen Soutanen. Urban griff nach dem Altartuch, legte es sich über das Gesicht und küßte es.

Er sieht dieses Tuch zum erstenmal und scheint dennoch nicht zu bezweifeln, daß dies das Blut Gottes ist, der gekreuzigt wurde, dachte Daoud. Er fühlte tief innen eine Kälte, die eisiger war als die Dezemberluft.

Daoud kämpfte sich bis vor das offene Zelt durch, wo der Papst, unterstützt von Pater Kyrill und Bruder Thomas, ein Hochamt las. Eine Musikkapelle spielte auf Oboen und Trompeten, auf großen Violen, Harfen und Trommeln.

Das weiße Tuch mit dem merkwürdigen rostfarbenen Fleck hing, auf einen vergoldeten Rahmen gespannt, über dem Altar. Daoud fühlte sich jedesmal unbehaglich, wenn er es ansah. Gerade als er eine Möglichkeit gefunden hatte, das Bündnis zwischen Tataren und Kreuzfahrern zu verhindern, geschah ein Wunder. Was hatte es zu bedeuten?

In der Erinnerung sah er seine Eltern bei der Osterfeier. Hand in Hand hatten sie vor dem Altar in der Kapelle von Schloß Langmuir gestanden und von ihrem Pfarrer die geweihte Hostie empfangen. Sobald er alt genug sei, hatte die Mutter ihm gesagt, dürfe auch er die geweihte Oblate empfangen und damit Jesus in sein Herz aufnehmen. Was für ein seltsamer Glaube! Damals jedoch war er ihm sehr schön vorgekommen.

Er sah sich im Zelt um und entdeckte viele Gesichter, denen er in den letzten Monaten begegnet war. Da war Kardinal de Verceuil mit der großen Nase und dem kleinen Mund; dort Ugolini, ungefähr so groß wie ein als Kardinal verkleidetes Kind, hastig blinzelnd und ziemlich gelangweilt aussehend. In der ersten Reihe der Gläubigen standen Johannes und Philipp, die beiden Tataren, neben ihnen Bruder Mathieu, der Franziskaner und klügste von Daouds Gegnern. Daoud hielt ihn für heilig, sofern man einen Ungläubigen heilig nennen konnte. Neben ihm entdeckte Daoud das blasse junge Gesicht des Grafen de Gobignon. Als Daoud ihn ansah, erwiderte Gobignon den Blick, und seine Augen weiteten sich ein wenig. Eines Tages, Graf, wirst du von meiner Hand sterben, schwor sich Daoud.

Die Messe begann, und obwohl sich an die fünftausend Menschen in diesem Tal versammelt hatten, herrschte absolute Stille. Eine unheimliche Stille. Feierten Moslems ein religiöses Fest, würde die Menge singen, Musik würde spielen, Derwische tanzen, und inmitten der Menge würden mehrere Mullahs oder einfache Männer aus dem Stegreif predigen.

Papst Urban erhob sich, um zu sprechen. Die Mitra hatte er abgesetzt. Das weiße Haar, der lange Bart und der hängende Schnurrbart schienen, seit Daoud ihn im letzten Sommer zum erstenmal gesehen hatte, viel dünner geworden zu sein. Sein Gesicht war so bleich wie sein Haar, und seine Hände zitterten.

Vor ein paar Monaten noch war die Stimme des Papstes kraftvoll aus seiner Brust gekommen. Heute war sie hoch und leise. Er erzählte die Geschichte des Wunders von Bolsena und erklärte, Pater Kyrill sei ein Priester aus Böhmen, der daran gezweifelt hatte, daß Christus in jeder geweihten Hostie zugegen war. Konnte ein kleines Stückchen Brot wirklich zum Leib Jesu werden, wenn ein Priester ein paar Worte darüber sprach?

Wo steckte die Krankheit? Daouds von den Sufi-Meistern geschulte Augen sagten ihm, daß sie tief in Papst Urban hauste, die Klauen in seine Brust geschlagen hatte. Ich glaube nicht, daß dieser Papst noch lange zu leben hat, dachte er.

Ugolini hatte Daoud erzählt, daß Urban sich verzweifelt wünschte, der Familie Hohenstaufen, bevor er starb, einen tödlichen Schlag zu versetzen. Graf Karl von Anjou, der Bruder des Königs von Frankreich, sollte Manfred die sizilianische Krone entreißen, aber König Ludwig hatte seinem Bruder verboten, gegen Manfred Krieg zu führen.

Ludwig wollte einen anderen Krieg, einen gemeinsamen Krieg von Tataren und Christen gegen den Islam. Bisher war der Papst dagegen gewesen, daß ein christlicher Monarch mit den Tataren gemeinsame Sache machte. Doch würde Urban, wenn er die Schwingen des Todes nahe fühlte, geneigter sein, Ludwigs Wunsch zu erfüllen?

Ein Murmeln ging durch die Menge, als die Leute die Worte des Papstes an diejenigen weitergaben, die zu weit entfernt waren, um ihn verstehen zu können. Jetzt sah Daoud auch das Falkenprofil der Gräfin Monaldeschi. Sie saß in einem bequemen Sessel. Neben ihr stand ein plumper Junge in rotem Samt.

Papst Urban fuhr fort, Pater Kyrill sei sich darüber im klaren gewesen, daß er zu ewiger Verdammnis verurteilt war, wenn er seine Zweifel nicht überwand, und war zu einer Pilgerfahrt nach Rom aufgebrochen. Aber Rom erlebte böse Zeiten, die Straßen waren zu Schlachtfeldern der Ghibellinen und Guelfen geworden, und Pater Kyrill konnte seinen Frieden dort nicht finden. Er beschloß, nach Orvieto zu gehen und den Papst selbst zu bitten, er möge für ihn beten. Dieser Entschluß war belohnt worden, noch ehe er Orvieto erreichte. Vor zwei Monaten, als er auf seinem Weg nach Orvieto in Bolsena die Messe las und darum betete, Gott möge ihn von seinen Zweifeln befreien, hob er nach der Wandlung die geweihte Hostie über den Kopf, und Hunderte von Augenzeugen sahen die Blutstropfen, die aus der Hostie auf das Altartuch fielen.

»Und nun« – Urban zeigte auf das über dem Altar ausgebreitete Tuch – »sehen Wir mit eigenen Augen Christi Blut und haben den Beweis dafür, daß Jesus im heiligen Sakrament lebt. Gott dem Herrn dreifachen Dank für Seine Großmut, Uns dieses Wunders teilhaft werden zu lassen! Als erstes wollen Wir den Tag, an dem Pater Kyrill die Hostie bluten sah, hinfort als das Fest des Heiligen Leibes Christi feiern. Und das soll der ganzen Christenheit verkündet werden. Zweitens werden Wir zu Ehren dieser allerheiligsten Reliquie in Orvieto eine große und prachtvolle Kathedrale erbauen lassen, dazu bestimmt, für alle Ewigkeit Mittelpunkt der Verehrung und Anbetung von Christi Leib zu sein, ein Schrein, in dem das Altartuch aufbewahrt werden soll.«

Daoud seufzte bei dem Gedanken an ein weiteres großes Gebäude, wo dem Götzendienst gefrönt werden sollte. Und doch war die Kapelle von Schloß Langmuir ein ebensolcher Ort gewesen.

Während die Leute die Worte des Papstes wiederholten, wurde das Gemurmel lauter. Jemand in Daouds Nähe sagte: »Aber das Wunder hat sich in Bolsena ereignet und nicht in Orvieto.« Ein anderer brachte den Protestierenden zum Schweigen.

Es würde mich nicht wundern, wenn die beiden Städte wegen dieser Reliquie einen Krieg begännen, dachte Daoud.

»Endlich«, sagte Papst Urban, ohne zu ahnen, daß seine vorhergehende Erklärung unter den Bewohnern von Bolsena Unmut hervorgerufen hatte, »ordnen Wir an, daß alle Priester der Heiligen Kirche alljährlich am Leib-Christ-Fest zur Erinnerung an dieses Wunder einen besonderen Gottesdienst abhalten. Nach Gottes Willen lebt unter uns der größte Gelehrte unserer Zeit, Bruder Thomas von Aquin. Wir betrauen diesen Unseren geliebten Sohn Thomas mit der Aufgabe, die Liturgie des Gottesdienstes zu verfassen.«

Bruder Thomas erhob sich schwerfällig von einer Bank rechts vom Altar. Schnaufend und trotz des kühlen Tages schwitzend, verneigte er sich mit vor der Brust gekreuzten Armen vor dem Papst.

Das muß eine große Ehre sein, dachte Daoud. Bruder Thomas schwieg zwar im Augenblick, aber die Worte aus seiner Feder würden, solange Christen dieses Fest feierten, von Tausenden von Priestern wiederholt werden. Mehr denn je stand er in der Schuld des Papstes. Und Urban würde diese Schuld einfordern, falls er die Franzosen überreden wollte, einen Krieg gegen Manfred von Hohenstaufen vom Zaun zu brechen.

Während Papst Urban fortfuhr, seine Pläne für das Fest, die Kathedrale, den Gottesdienst zu entwickeln, beobachtete Daoud Bruder Thomas und sah einen Glanz auf den feisten Zügen, der ihn beunruhigte. Er hatte immer geglaubt, er müsse nur abwarten, dann werde der Bündnisplan eines Tages an Altersschwäche sterben, nachdem Kardinal Ugolini und Bruder Thomas die ganze christliche Welt zum Widerstand gegen die unselige Allianz aufgestachelt hatten.

Jetzt konnte er dessen nicht mehr so sicher sein. Bruder Thomas' Widerstand gegen das Bündnis war nicht sehr stark, und das Wunder hatte ihn vielleicht ganz gebrochen.

Das Blut des Messias hatte die Macht, den Lauf der Dinge zu ändern. Daoud spürte, daß er zitterte.

40

Daoud wartete schon den ganzen Vormittag auf Ugolinis Rückkehr aus dem Dominikanerkloster.

Er saß an Ugolinis Arbeitstisch und versuchte zu lesen. In der Bibliothek hatte er einen Folianten in arabischer Sprache gefunden, die »Aphorismen« von ibn Zaina, ein Buch, das Scheich Saadi oft gerühmt hatte. Zu anderer Zeit hätte Daoud es genossen, jetzt weigerte sein Kopf sich jedoch, den Worten zu folgen. Daß er Ugolini zu Bruder Thomas geschickt hatte, war sein letzter Versuch zu erfahren, was schief gegangen und ob noch etwas zu retten war.

Was würde Bruder Thomas zu Ugolini sagen? Wenigstens konnte man sich darauf verlassen, daß Ugolini ihrer Sache nicht schaden würde, wie Verceuil von der gegnerischen Seite seinen eigenen Leuten geschadet hatte.

Man schrieb den Monat Februar, und die Kälte, die Daoud durchdrang, kam nicht nur aus der Luft, sondern ebenso aus seiner sorgenvollen Seele. Das Holzfeuer in dem kleinen Kamin neben dem Tisch vermochte die Kälte im Raum nicht zu vertreiben.

In den beiden Monaten nach der Ankunft des blutbefleckten Altartuchs in Orvieto hatte sich Bruder Thomas nach und nach zurückgezogen. Ein Dominikaner, der auf Ugolinis Lohnliste stand, hatte berichtet, der Philosoph habe noch einmal an die europäischen Könige geschrieben und erklärt, sein Widerstand gegen eine Allianz zwischen Christen und Tataren sei ein Irrtum gewesen. Mindestens drei italienische Kardinäle hatten Ugolini gesagt, Bruder Thomas habe ihnen dies persönlich erklärt. Hatte Urban anfangs dem Bündnis neutral, vielleicht sogar ablehnend gegenübergestanden, schien er es jetzt zu befürworten. Ebenso wie das Rieseln eines einzigen Sandkorns eine ganze Düne herabstürzen lassen konnte, die eine Karawane unter sich begrub, hatten die Blutstropfen von Bolsena eine Lawine der Meinungsänderung in Gang gebracht.

Wie ein Angeklagter auf die Urteilsverkündung, so wartete Daoud auf Ugolinis Rückkehr und die Nachricht, die er brachte.

Und wenn es zutraf, daß Bruder Thomas sich unwiderruflich gegen sie gewendet hatte? Dann mußte Daoud sich einen ganz neuen Plan überlegen, um das Bündnis zum Scheitern zu bringen.

Daoud stemmte sich aus dem Sessel hoch, um ein bißchen frische Luft zu schnappen. Er öffnete das Fenster und erblickte Ugolinis Sänfte, die, von vier Dienern getragen, zum Eingang der Villa schwankte.

Die Sänfte passierte den Laden auf der gegenüberliegenden Straßenseite, wo große und kleine Töpfe mit leuchtend bunten Blumenmustern auf einer großen Decke auslagen. Der Töpfer und seine Frau, in dicke Mäntel gehüllt, baten laut um den Segen des Kardinals. Eine winzige Hand tauchte zwischen den gegen die Februarkälte geschlossenen Vorhängen der Sänfte auf. Der Töpfer und seine Frau fielen auf die Knie, und die Hand schlug hastig das Kreuzzeichen.

Ob der Töpfer und seine Frau wohl glaubten, daß der Platz, an dem sie ihre Waren feilboten, ein Unglücksort war? Genau dort hatten Verceuils Armbrustschützen zwei Männer aus der Menge erschossen, als die Tataren ihren Einzug in die Stadt gehalten hatten. Und vor dem nächtlich verschlossenen Laden war auch Alain de Pirennes Leichnam gefunden worden. Hatten der Töpfer und seine Frau etwas gesehen und schwiegen aus Angst? Monate waren vergangen, aber Bürgermeister d'Ucello hatte die Untersuchungen noch nicht eingestellt und hörte nicht auf, diejenigen zu befragen, die vielleicht etwas wissen konnten.

Nervös ging Daoud im Zimmer auf und ab, bis Ugolini eintrat und einem Diener den pelzverbrämten Umhang und den breitrandigen roten Hut zuwarf. Er setzte sich in den Sessel, den vorher Daoud eingenommen hatte. Daoud schloß die Tür. Wie ein Verdurstender, der um Wasser bettelt, betete er um eine gute Nachricht.

Aber Ugolinis blasses Gesicht, die eingesunkenen Augen und nach unten gezogenen Mundwinkel sagten etwas anderes.

Daouds Herz versank in Hoffnungslosigkeit. »Hat er sich gegen uns gewandt?« Er verabscheute den flehenden Unterton in seiner Stimme.

Ugolini seufzte und schielte an seiner spitzen Nase entlang auf den bemalten Totenschädel, der ihn angrinste. Seine rastlosen Finger schlossen sich um das optische Instrument, das auf dem Tisch lag, und er begann das Messingrohr in der Hand zu drehen. »Ich habe jedes Argument vorgetragen, das mir einfiel«, sagte er. »Ich habe ihm sogar die Argumente vorgehalten, die er in seinen Briefen und Predigten anführte, in denen er sich gegen die Tataren wandte.«

»Ein Streitgespräch mit Bruder Thomas gleicht einem Ringkampf mit einem Dschinn«, erwiderte Daoud. »Ich bewundere Euren Mut, es auch nur zu versuchen.«

Ugolini hob einen Finger. »Ich dachte schon, ich könnte etwas erreichen. Er hat dauernd versucht, das Thema zu wechseln, hat immer gefragt, welchen Weg die Erde einschlägt, wenn sie sich bewegt und die Sonne stillsteht – er scheint überzeugt zu sein, daß es so ist. Ich habe ihm gesagt, daß die Griechen –« Er unterbrach sich und sah Daoud an. »Ach, vergessen wir die Griechen. Worauf es ankommt – er hat sich über mich lustig gemacht.«

»Er hat sich über Euch lustig gemacht?«

»Ja. Hat über Himmelskörper gesprochen. Dabei bezog er sich auf die

Pergamentrolle, die Ihr ihm geschenkt habt, dieses Werk von Aristoteles. Was für eine Verschwendung! Was gäbe ich darum, es selbst zu besitzen!«

»Warum hat er immer wieder versucht, das Thema zu wechseln? Hat er Euch denn mit keinem Wort gesagt, wie er zu dem Bündnis steht?«

Ugolini nickte mit geschlossenen Augen. »Ja, zum Schluß hat er es gesagt. Es sei ein schwerer Fehler von ihm gewesen, sich gegen die Allianz zu stellen, sagte er. Er sagte, daß die Tataren möglicherweise den Glauben Mohammeds annehmen würden, wenn die Christen die Gelegenheit nicht nutzten. In Rußland sei das bereits geschehen, und es wäre die größtmögliche aller Katastrophen.« Er schlug die Augen auf und sah Daoud an. »Wir haben ihn verloren.«

»Können wir denn gar nichts tun, um ihn umzustimmen?«

»Es ist hoffnungslos, davon bin ich überzeugt.«

Als er diese Worte hörte, überkam Daoud das Gefühl einer unendlichen Erschöpfung. Er sackte gegen die Wand von Ugolinis Studierzimmer und hätte sich am liebsten auf den Boden gesetzt, was nicht ging, da er dann den Kardinal nicht mehr gesehen hätte.

»Das hat uns Urban angetan«, sagte Ugolini. »Er muß zu dem Schluß gekommen sein, daß die Franzosen ihn nur dann gegen König Manfred unterstützen werden, wenn er das Bündnis befürwortet. Er hat Bruder Thomas mit etwas gelockt, das für ihn viel wertvoller ist als eine alte Pergamentrolle. Er hat ihm mehr Ruhm und Macht in der Kirche versprochen.«

Der Engel des Todes hat es fertiggebracht, dachte Daoud. Da er sich todkrank fühlte, war dem Papst klar geworden, daß er mit dem König von Frankreich nicht mehr unter gleichen Bedingungen verhandeln konnte; seine Position war entscheidend geschwächt. Er mußte Ludwig anbieten, was er wollte, die Erlaubnis, sich mit den Tataren zu verbünden.

»Wird der Papst die Allianz jetzt ganz offen unterstützen?« Wenn ich mich zum Kampf entschließe, dachte Daoud, dann muß ich schnell und unbarmherzig zuschlagen. Dann muß ich die Tataren töten.

Obwohl das Glück es nicht gut mit ihm meinte, war es Daoud, als er sich diese Aussichten überlegte, seltsam leicht ums Herz. Er hatte keine Möglichkeit unversucht gelassen, das Bündnis zwischen Christen und Tataren zu verhindern, hatte sich der Überredung, der Bestechung bedient und Lügen verbreitet. Jetzt endlich konnte er auf das zurückgreifen, was er am besten konnte, den Krieg.

»Urban wird sich nicht sofort zu der Allianz bekennen«, sagte Ugolini. »Vor Bolsena haben Bruder Thomas und meine italienischen Kollegen im Kardinalskollegium die Gefühle so stark gegen die Tataren aufgeputscht, daß Urban die Unterstützung von ganz Europa verlieren würde, wenn er sich jetzt für einen Pakt zwischen Christen und Tataren einsetzte. Daher muß er nun vorsichtig zu Werke gehen und kann nur nach und nach versuchen, Stimmen für die Allianz zu gewinnen.«

»Und was wäre, wenn die Franzosen ihm jetzt eine Armee schickten?«

Ugolini lachte. »Glaubt Ihr, König Ludwig könne über Nacht eine Armee auf seinen Feldern wachsen lassen? Er müßte die Pairs von Frankreich zusammenrufen, und sie müßten entscheiden, ob sie seine Sache unterstützen wollen. Dann müßte er den übrigen Adel um sich sammeln. Die Versorgung der Truppen müßte gesichert und Geld aufgetrieben werden, damit man die Soldaten bezahlen kann. Es dauert manchmal Jahre, ehe man eine Armee auf die Beine stellt, die einen Krieg wagen kann.«

»Wenn der Papst noch nicht bereit ist, sich zur Allianz zu bekennen, haben wir Zeit«, sagte Daoud. »Dann ist noch nichts endgültig verloren.«

»Zeit wozu? Was wollt Ihr jetzt tun?«

Daoud stieß sich von der Wand ab, trat an ein Fenster und öffnete es. Im Nordwesten blickte ein Turm mit orangefarbenen Ziegeln auf das Gewirr spitzgiebeliger roter Dächer herunter. Vom Turm flatterte die orangefarbene und grüne Fahne der Monaldeschis. Dort waren die Tataren.

Daoud wandte sich vom Fenster ab und ging langsam auf Ugolinis Tisch zu. »Es tut mir leid«, sagte er, so sanft er konnte. »Es ist noch nicht zu Ende.«

Ugolini hatte mit dem Fernrohr gespielt. Jetzt ließ er es fallen, und es rollte klappernd über den Tisch. »Was soll das heißen?« Seine Stimme zitterte und klang schrill vor Furcht.

»Das heißt, daß ich den Palazzo Monaldeschi angreifen muß.«

»Die Monaldeschis angreifen!« Das war fast ein Schrei.

Daoud breitete die Hände aus. »Ich habe keine andere Wahl.«

Ugolini sprang auf. »Wahnsinn! Ihr seid wahnsinnig.«

Ihr seid es, der fast wahnsinnig ist – vor Angst, dachte Daoud. Er würde mit Ugolini Schwierigkeiten bekommen, ohne Zweifel. Laut sagte er nur: »Wir werden noch darüber sprechen. Ihr könnt uns beim Planen helfen. Entschuldigt mich, Euer Eminenz, daß ich jetzt Lorenzo holen lasse.«

»Es wird natürlich spät nachts sein müssen«, sagte Lorenzo. »Aber im wesentlichen hängt es davon ab, wann Marco di Filippeschi die Männer seiner Familie aufbieten kann. Sie müssen Waffen kaufen . . .«

Daoud und Lorenzo standen am Tisch des Kardinals, der mit kurzen Schritten zwischen den Fenstern und dem Kamin hin- und herging. Er murmelte vor sich hin und fuhr sich mit zitternden Händen immer wieder durch den weißen Haarschopf.

»Was ist mit unseren Männern?« fragte Daoud.

»Wir haben jetzt mehr als zweihundert, über die ganze Stadt verteilt«, meinte Lorenzo.

Ugolini blieb vor ihnen stehen. »Ihr sprecht wie Mondsüchtige! Wollt Ihr in Orvieto einen Bürgerkrieg anzetteln?«

»Nicht wir, Euer Eminenz«, erwiderte Lorenzo. »Haben die beiden Familien sich nicht seit Jahrhunderten bekämpft?«

Und Daoud sagte: »Was habt Ihr dagegen einzuwenden?«

Ugolini musterte sie mit einem grimmigen Blick. »Sechs Monate habe ich nachts wachgelegen, mich im Gefängnis, entehrt, gefoltert und auf dem Richtblock gesehen. Mit Hilfe mehrerer Wunder ist es Euch gelungen, Eure Pläne durchzuführen, ohne entlarvt zu werden. Jetzt wollt Ihr noch wildere Pläne in die Tat umsetzen – unglaubliche, phantastische Dinge tun. Ich habe genug. Gott hat mich bisher am Leben gelassen. Ich will Ihn nicht noch mehr herausfordern.«

»Mein lieber Kardinal«, sagte Daoud, »sind die Tataren erst einmal tot, ist alles vorbei. Ich kehre nach Ägypten zurück, Lorenzo und Sophia an den Hof von König Manfred. Dann habt Ihr nichts mehr zu fürchten.«

»Ihr hättet, seit die Tataren hier sind, jederzeit versuchen können, sie zu töten«, entgegnete Ugolini. »Warum jetzt?«

»Ich mußte zwischen Christen und Tataren so viel Feindschaft wie möglich säen«, erklärte Daoud. »Hätte ich die Tataren sofort getötet, hätten sie sich nicht selbst in Mißkredit bringen können. Bruder Thomas und Eure Kollegen, die italienischen Kardinäle, hätten nie und nimmer so viel Angst und Haß im Volk schüren können. Ich habe alles getan, was ich tun konnte, aber Bruder Thomas ist schon dabei, alles wieder zunichte zu machen.«

»Und warum wollt Ihr die Monaldeschis und Filippeschis hineinziehen?« rief Ugolini.

»Damit es so aussieht, als seien die Tataren von verfeindeten Italienern getötet worden. Dann wird Hulagu Khan es sich zweimal überlegen, ob er solche Leute als Verbündete haben will.«

Ugolini schüttelte den Kopf. »Ich muß doch nicht ausgerechnet Euch erklären, was Krieg ist. Und aus Messer Lorenzos Haltung schließe ich, daß er auch mehr als eine Schlacht mitgemacht hat. Ihr wißt beide, daß im Krieg der Zufall jeden Augenblick regiert.«

»Das stimmt«, meinte Daoud. Und wenn der Zufall sich gegen sie entschied? Einen Augenblick sah er Sophia nackt, von Folterzangen auseinandergerissen, und hätte fast angefangen zu zittern.

»Ich nehme an, Ihr wollt bei dem Angriff gegen die Monaldeschis dabei sein«, fuhr Ugolini fort.

»Und ob ich das will!« rief Daoud.

»Und wie, wenn Euch jemand erkennt?«

»Ich werde den Angriff nicht offen anführen, sondern mich heimlich in den Palazzo schleichen und die Tataren töten.«

»So«, erwiderte Ugolini, »Ihr wollt also nicht nur auf der Straße vor dem Palazzo Monaldeschi sein? Ihr wollt sogar in den Palazzo eindringen, allein, und versuchen, die Tataren zu ermorden. Sagt mir, klingt das wie der Plan eines vernünftigen, vorsichtigen Mannes?«

Der Plan eines vernünftigen, vorsichtigen Mannes? Nein. Es schien, als wollte Daoud mit diesem Plan Gott herausfordern, wie Ugolini gesagt hatte. Aber Ugolini wußte ja nicht, daß er, Daoud, nicht nur die Fähigkeiten eines Mamelucken besaß, sondern auch zum Haschischia-Kämpfer ausgebildet worden war, dem in den islamischen Ländern viele Menschen magische Kräfte zuschrieben. »Ich werde eine Maske und Kleider tragen, in denen ich beinahe unsichtbar bin. Ich werde mich nicht zu erkennen geben und mich nur im Dunkeln bewegen, denn ich habe gelernt, meinen Weg im Dunkeln genauso sicher zu finden, als wäre es hellichter Tag.«

Ugolini schüttelte den Kopf. »Versteht mich richtig. Ich würde mich nicht länger mit Euch auf diese Weise auseinandersetzen, wenn ich nicht das Gefühl hätte, daß es um mein Leben geht und um das Tilias und das Leben aller, die von Euch abhängig sind. Ihr müßt zugeben, daß Ihr gefangen oder getötet werden könntet, Ihr, mein Hausgast, der dabei überrascht wurde, als er versuchte, die tatarischen Gesandten zu ermorden.«

Daoud breitete die Hände aus. »Dann müßt Ihr mich öffentlich verleugnen, müßt behaupten, Ihr hättet nicht geahnt, was für ein Dämon sich in Euer Haus eingeschlichen habe.«

Ugolini lachte auf. »Haltet Ihr Eure Gegner für Dummköpfe? Denkt Ihr wirklich, sie würden mir auch nur eine Sekunde lang glauben? Nach einem Bürgerkrieg in Orvieto wird jeder sterben müssen, der auch nur im entferntesten verdächtig ist. Die Monaldeschis, die Franzosen, die Kirchenbehörden, alle werden Rache nehmen. Das versteht Ihr doch wohl?«

Daouds Herz wurde kalt, als er vor sich sah, was Ugolini schilderte: die Niederlage, den furchtbaren Tod seiner Kameraden und dahinter die Kreuzfahrer und die tatarischen Reiter, die über die islamischen Länder hinwegfegten. Er konnte Ugolini nicht in die Augen sehen und sagen, daß sich alles zum Guten wenden werde.

Aber was würde geschehen, wenn er nichts tat? Er hörte die Worte, die Scheich Saadi zu ihm gesagt hatte: »Wir sind Werkzeuge Gottes, dazu bestimmt, Seinen Willen zu tun. Der Narr tut nichts und vertraut auf Gott. Der Weise handelt und vertraut auf Gott.«

Er würde handeln.

Er wandte sich an Lorenzo, der neben ihm am Tisch des Kardinals stand. »Euer Leben steht in dieser Sache auf dem Spiel. Wie denkt Ihr darüber?«

Lorenzos Gesicht war so ernst, wie Daoud es noch nie gesehen hatte. »Wenn die Filippeschis den Palazzo Monaldeschi angreifen, werden sie zurückgeschlagen. Aber wenn der Angriff mit mehr als fünfhundert Mann erfolgt, wird es den Franzosen nicht möglich sein, die Tataren ausreichend zu schützen. Wenn es Euch gelingt einzudringen, sie zu töten und ungesehen zu entkommen, können wir, glaube ich, unbesorgt sein. Werdet Ihr gefangengenommen oder getötet, wird es, denke ich, so sein, wie der Kardinal sagt. Dann sind wir alle verloren.«

»Genau!« rief Ugolini, der jetzt wieder hinter dem Tisch stand. »Warum also sollen wir das Ganze riskieren?«

»Weil wir es müssen«, sagte Lorenzo zu ihm. »Wenn wir die Allianz nicht verhindern, wird der Papst mit dem König von Frankreich einen Handel schließen. Eine französische Armee wird gegen König Manfred aufmarschieren, und danach werden Kreuzfahrer und Tataren über Messer Davids Volk herfallen.«

Aufseufzend ließ sich Ugolini in seinen Sessel sinken.

Daoud war erleichtert. Er hatte bereits beschlossen, den Palazzo Monaldeschi auch dann anzugreifen, wenn Lorenzo dagegen war. Aber wenn er Lorenzo auf seiner Seite hatte, glaubte er mit größerer Zuversicht daran, daß sein Plan gelingen werde.

Lorenzo wandte sich wieder ihm zu. »Alles hängt von Euch ab. Ich setze darauf, daß Ihr es schafft. Was müssen wir zuerst tun?«

»Vereinbart ein geheimes Treffen zwischen Marco di Filippeschi und mir«, antwortete Daoud. »Und sendet König Manfred die Nachricht, daß der Papst und die Franzosen demnächst eine Vereinbarung wegen des Bündnisses mit den Tataren treffen und die Franzosen Italien besetzen werden. Sagt ihm, es sei jetzt an der Zeit, daß die Ghibellinen aus dem Norden sich nach Orvieto in Marsch setzen.«

Lorenzo nickte. »Ich schicke einen meiner Leute nach Lucera. Lieber wäre es mir, ich könnte selbst gehen.«

»Sobald die Tataren tot sind«, erwiderte Daoud, »gehen wir alle nach Hause. Sucht jetzt Sordello und schickt ihn in mein Zimmer.«

Als Daoud Ugolinis Arbeitszimmer verließ, warf er einen Blick zurück und sah den Kardinal mit dem Oberkörper auf dem Tisch liegen, die Finger im Haar vergraben. Er würde ihm Mut machen müssen.

Sophia stand im Flur, als Daoud an diesem Abend sein Zimmer verließ, um sich mit dem Familienoberhaupt der Filippeschis zu treffen. Er war nicht überrascht, sie zu sehen. Ugolini oder Lorenzo hatten ihr wohl von seinem neuen Plan erzählt. Er winkte sie in sein Zimmer und schloß die Tür. Immer wenn ihm der Gedanke an eine Niederlage kam, hatte seine größte Sorge der Frage gegolten, was dann aus Sophia werden sollte; dadurch war er gezwungen, sich einzugestehen, wieviel sie ihm bedeutete. Er hätte ihr gern eingeredet, sie habe nichts zu befürchten. Aber er wußte, daß das eine Lüge gewesen wäre. »Ihr und Sordello werdet bezeugen«, sagte er zu ihr, »daß Lorenzo und ich während der Belagerung des Palazzo Monaldeschi in Perugia waren. Lorenzo hat Verbündete in Perugia, die das ebenfalls bestätigen werden.«

Sophia sah ihn aus großen, ernsten Augen an. »Ihr riskiert alles.« Sie streckte die Hand aus, ergriff die seine und drückte sie fest. »Wenn man Euch im Palazzo Monaldeschi entdeckt, ist das unser aller Ende.«

Er wollte sie in die Arme nehmen. Doch er hielt sich zurück. Solange Gobignon am Leben war, konnte zwischen ihnen nichts sein. »Ich kenne hundert Wege, heimlich in einen Palazzo hinein- und wieder herauszukommen«, sagte er. »Sobald ich drin bin, werde ich die Tataren suchen und töten, während die anderen draußen kämpfen. Dann verschwinde ich ungesehen.« Im Innersten schämte er sich. Er war bereit, das Leben dieser Frau zu opfern, obwohl er wußte, daß sie vielleicht eines furchtbaren Todes starb, daß Folter, Verstümmelung, öffentliche Hinrichtung sie erwarteten. Wie konnte er ihr überhaupt ins Gesicht sehen? Er hatte diese Entscheidung getroffen, um zu verhindern, daß Hunderttausende seiner Landsleute dahingemetzelt wurden, und um seine Religion vor der Ausrottung zu bewahren. Doch das war für ihn kein Trost in diesem Augenblick, in dem er mit Sophia allein war.

»Werdet Ihr gegen Gobignon kämpfen?«

Sein Blut erhitzte sich. Daß sie jetzt an Gobignon denken konnte, anstatt an sich selbst – oder an ihn, Daoud –, machte ihn so wütend, daß er vorübergehend seine eigene Schuld und seine Angst um ihr Leben vergaß. »Der Graf wird vermutlich den Kampf auf dem Festungswall anführen.« Er wußte, wieviel Gehässigkeit in seinen nächsten Worten lag, doch er konnte nicht anders, als sie auszusprechen. »Es wird ein ziemlicher Schlag für ihn sein, wenn er die Tataren tot auffindet und begreifen muß, wie sehr er versagt hat.«

Sophia hatte Tränen in den Augen. »Wenn Ihr nur nicht . . .«

Daoud bereute schon, mit ihr gesprochen zu haben. »Wenn ich nur nicht – was?«

»Wenn Ihr nur nicht blind wärt!« Sie drehte sich hastig um und griff nach der Türklinke.

Doch Daoud konnte sie nicht gehen lassen. Er war noch vor Sophia an der Tür, sah sie an und ergriff ihre Hand. »Ich bin nicht blind«, sagte er rauh. »Ich sehe, wie schwer es Euch wird, etwas vortäuschen zu müssen, was Ihr nicht seid. Ich wünschte, wir könnten wenigstens beieinander sein, was wir wirklich sind.«

»Das können wir nicht«, sagte sie bitter. »Laßt mich gehen.«

Er ließ ihre Hand los, und fort war sie.

Eines Tages, dachte er. Eines Tages, Sophia. Er starrte die geschlossene Tür an und fühlte einen fast unerträglichen Schmerz. Er hatte sie Gobignon in die Arme getrieben. Er hatte mit Worten nach ihr geschlagen, sie ungerecht behandelt, sie verletzt. Und jetzt wollte er sie einer noch größeren Gefahr aussetzen. Wie konnte er behaupten, daß er sie liebe?

Daoud konnte Marco di Filippeschi in der Dunkelheit kaum erkennen. Das Mondlicht spiegelte sich in dem goldenen Medaillon auf Marcos Brust und in dem silbernen Abzeichen auf seiner Mütze. Alles andere, Gesicht und Gestalt, glich einem Schattenriß. Trotz des Vollmonds war es in dieser engen Gasse zwischen einem Haus und der Stadtmauer fast so schwarz wie auf dem Grund eines Brunnens.

Daouds bei den Haschischia verfeinerte Sinne brauchten kein Licht, um zu sehen. Er hatte gelernt, mit den Ohren ebenso zu »sehen« wie mit dem Geruchssinn. Er fühlte, welche Waffen Marco trug – ein Kurzschwert und zwei Dolche im Gürtel und, nach dem unterschiedlichen Klang seiner Schritte zu schließen, einen dritten, der in einer Scheide im rechten Stiefel steckte. Er wußte, daß Marco die Wahrheit gesprochen hatte, als er sagte, er sei zu diesem Treffen allein gekommen.

Lorenzo hatte Daoud versichert, daß Marco sich wie ein hungriger Wolf auf jede Gelegenheit stürzen werde, sich an den Monaldeschis zu rächen. Aber, fragte sich Daoud, würde das Familienoberhaupt der Filippeschis wirklich bereit sein, einen Kampf gegen die Monaldeschis zu führen, der eher Niederlage als Sieg versprach?

»Ich kann Euch zweihundert kräftige Bravi zur Verfügung stellen, von jemand angeheuert, den Ihr kennt«, sagte Daoud. Um Marco nicht allzu deutlich zu verraten, wer sein eigentlicher Wohltäter war, vermied er es, Giancarlos Namen zu nennen. Marco konnte Daoud und seine Gefährten vernichten, wenn er den Namen desjenigen preisgab, der ihn zu dem Überfall auf die Monaldeschis angestiftet hatte. Wenn man ihn gefangennahm und folterte, würde er vermutlich alles verraten.

Daoud griff in den Beutel an seinem Gürtel und nahm zwei Smaragde heraus. Er hielt sie Marco auf der flachen Hand hin. Das Mondlicht funkelte in ihren Facetten. »Nehmt sie als Geschenk«, sagte er. »Wenn Ihr Euch entschließt, den Palazzo Monaldeschi anzugreifen, werdet Ihr kostspielige Vorbereitungen treffen müssen.« Er mußte die Edelsteine ein Geschenk nennen. Marco war kein Mann, den man für eine Arbeit bezahlen konnte.

Marcos Hand schloß sich um die Smaragde, und mit der anderen packte er Daouds Unterarm. »Ich werde Waffen dafür kaufen«, sagte er. »Armbrüste, um noch mehr Monaldeschis zu töten, Katapulte, um ihre Mauern einstürzen zu lassen. Es ist mir gleichgültig, welchen Preis ich bezahlen muß.«

Das ist gut, dachte Daoud, denn er wird vielleicht sehr hoch sein.

»Ich werde bis zum Frühling brauchen«, fuhr Marco fort. »Der Waffenkauf wird so lange dauern. Ich muß langsam und unauffällig arbeiten, damit der alte Geier nicht merkt, was ich tue.«

»Die Monaldeschis mauscheln mit diesem französischen Papst und seinen französischen Kardinälen«, sagte Daoud, um Marco noch mehr aufzuhetzen. »Und die französische Partei ist drauf und dran, eine französische Armee unter Karl von Anjou nach Italien einzuladen.«

»Verdammte Franzosen!« rief Marco. »Und verdammt seien die alte Vettel und ihre Familie, die mit ihnen zusammenarbeiten.«

»Auch hat, wie jedermann weiß«, fuhr Daoud fort, »der Papst nicht mehr lange zu leben. Setzt mit einem Donnerschlag ein Zeichen für Italien, und Ihr erschreckt die Kardinäle kurz vor der nächsten Papstwahl. Euer Schlag sollte daher nicht später als im Frühling erfolgen.«

»Wir Filippeschis sind genauso papsttreu wie die Monaldeschis – vielleicht sogar noch treuer.«

»Mein Herr, den ich lieber nicht nennen möchte«, sagte Daoud und wußte, daß Marco dachte, er spreche von König Manfred, »wünscht kein Bündnis zwischen dem Papst und den Franzosen.«

»Dieser Krieg zwischen Guelfen und Ghibellinen macht uns zur Beute jedes französischen und deutschen Straßenräubers, der uns unser Land rauben will«, antwortete Marco. Offenbar liebte er die Hohenstaufen auch nicht sehr.

»Wie wollt Ihr Euren Kampf beginnen?« fragte Daoud.

»Zwei oder drei meiner Vettern werden an einem Freitagabend vor dem Palazzo Monaldeschi umherschlendern«, erwiderte Marco. »Wenn ihre Anwesenheit nicht genügt, um einen Zwischenfall heraufzubeschwören, werden sie ein paar Leuten auf die Zehen treten.«

»Sie werden Mut brauchen, wenn sie sich in die Höhle des Löwen begeben«, sagte Daoud.

Das Familienoberhaupt der Filippeschis lachte ein bißchen wehmütig. »An Mut fehlt es uns gewiß nicht, dafür aber an allem anderen um so mehr.«

Wenn ihnen auch die Besonnenheit fehlt, ein Geheimnis zu wahren, dann ist alles verloren, dachte Daoud.

41

Im bunten Glas der hinteren Fenster der Kathedrale brach sich an diesem Aprilmorgen die Sonne in blauen, gelben und roten Strahlen. Während er langsam den Mittelgang entlangging, fragte sich Simon, warum Sordello darauf bestanden haben mochte, sich mit ihm in der Kathedrale zu treffen, anstatt ihm seine Nachricht durch Ana zukommen zu lassen. Daß sie von ihrem üblichen Verfahren abwichen, rief in Simon das unbehagliche Gefühl hervor, daß ihn irgendein Unheil erwarte.

Das wundertätige Altartuch mit den dunklen Flecken in der Mitte hing, in einen vergoldeten Rahmen gespannt, über dem Altar. Auf beiden Seiten brannte je eine große weiße Kerze. Vor dem Altar knieten zwei Priester in schwarzen Soutanen und weißen Chorröcken in den Bänken, den Kopf in den gekreuzten Armen vergraben, so daß man nicht sagen konnte, ob sie schliefen oder beteten. Seit das Tuch vor vier Monaten nach Orvieto gebracht worden war, war es keinen Augenblick unbewacht geblieben. Der Papst hatte verfügt, daß das Blut des Erlösers Tag und Nacht von zwei Priestern bewacht werden mußte, die jeweils nach einer Stunde von zwei anderen abgelöst wurden.

Simon vermutete, daß nicht allein Ehrerbietung der Grund dieses Wachdienstes war. Er kannte Geschichten vom Diebstahl berühmter Reliquien, nicht nur aus religiöser Leidenschaft, sondern weil Reliquien Pilger und ihr Geld anzogen. Die Leute von Bolsena waren vielleicht voll Neid.

Als er Schritte hinter sich hörte, ging er auf den Altar zu, beugte die Knie und trat dann in den Schatten auf der linken Seite der Kathedrale. Bei einer Säule, die wie ein Baumstamm in die Höhe ragte, blieb er stehen. Ein Bettler in einem fleckigen grauen Umhang, der ihm bis an die Knöchel reichte, kam auf ihn zu. Eine große Kapuze verbarg sein Gesicht, aber Simon erkannte ihn trotzdem. Es war Sordello.

»Ich habe Euch etwas Wichtiges zu sagen, Herr, aber es geht nicht um Kardinal Ugolini und seinen Kreis«, flüsterte Sordello heiser. »Die Filippeschis wollen den Palazzo Monaldeschi angreifen.«

Die Nachricht wirkte auf Simon wie ein Hieb. Die Tataren – und er und seine Männer – würden zwischen den beiden Parteien gefangen sein. Er mußte an Alain denken. Seit sein Freund ermordet worden war, hatte er das Gefühl, daß Orvieto für ihn und seine Männer eine Todesfalle werden konnte. »Wann wollen sie angreifen?«

»Heute abend, nach dem Gottesdienst.«

Heute abend! Simons Blut schien zu Eis zu erstarren. Am liebsten wäre er zum Palazzo zurückgelaufen und hätte auf dem ganzen Weg laute Warnrufe ausgestoßen. Er brauchte seine ganze Kraft dazu, bei Sordello stehenzubleiben und seinem Verstand seinen Willen aufzuzwingen; er mußte sich beruhigen, mußte Fragen stellen. »Woher weißt du das?«

»Aus einer Taverne. Ein paar von den Bravi, die Giancarlo angeworben hat, haben mit Filippeschi-Männern getrunken.«

Schweiß brach Simon aus allen Poren. Die Tataren. Er mußte sie aus dem Palazzo Monaldeschi wegbringen. Aber er war seit vielen Monaten Gast bei der Gräfin. Er selbst lag zwar nicht in Streit mit den Filippeschis, hatte aber die Verpflichtung, die Gräfin zu verteidigen. »Wie lange weißt du es schon?«

»Ich habe es erst gestern erfahren, aber sie müssen den Angriff seit Monaten vorbereitet haben.«

»Warum jetzt?«

Sordellos Blick traf sich mit dem von Simon. »Die Filippeschis glauben, daß die Monaldeschis Italien an Euch Franzosen verraten.«

Wenn die Filippeschis jetzt angriffen, weil er sich im Palazzo aufhielt, dann hatte er Streit mit ihnen, ob er wollte oder nicht. Und es war in einem gewissen Sinn seine Schuld, daß die Gräfin in Gefahr war. »Italien an die Franzosen verraten? Was heißt das?«

»Der Papst ist Franzose. Er bittet die Gräfin, die Tataren in ihrem Haus aufzunehmen. Dann kommt Ihr und Kardinal de Verceuil mit den Tataren. Und jetzt haben alle gehört, daß der Papst Karl von Anjou ins Land ruft, damit er König Manfred Sizilien und Süditalien entreißt. Die Filippeschis wollen das Blatt wenden, sagen sie, bevor ganz Italien den Franzosen gehört.«

Das Gesicht von Onkel Karl tauchte vor Simons geistigem Auge auf, die große Nase, die vorquellenden Augen. Als sie vor über einem Jahr im Louvre über seinen Auftrag gesprochen hatten, hatte er Sizilien nicht erwähnt, nur von der Befreiung Jerusalems und der Vernichtung des Islam gesprochen. Aber war vielleicht Sizilien sein eigentliches Ziel? Oder ganz Italien?

Was konnte er tun? Simon wurde erschreckend deutlich bewußt, daß außer ihm niemand da war, der die Verantwortung übernehmen konnte. Er hatte das Kommando. Er mußte die Entscheidungen treffen. Sein Herz hämmerte, und er betete darum, daß Sordello ihm die Bestürzung nicht anmerkte, die er empfand. »Wie viele Männer haben sie? Welche Waffen?«

Sordello schüttelte den Kopf. »Darüber weiß ich sehr wenig. Ich war in Kardinal Ugolinis Villa, nicht bei den Filippeschis. Ich schätze, sie haben so um die fünfhundert Mann und Katapulte. Sie wären verrückt, wenn sie ein solches Unternehmen mit geringeren Kräften angehen würden.«

»Fünfhundert Mann und Katapulte!« Simon stellte sich vor, wie der große Palazzo Monaldeschi mit dem hohen Turm unter dem Steinhagel einstürzte. Er sah Männer wie Ameisen kreuz und quer laufen, sah die Verteidiger tot in den Ruinen liegen – Puys, Thierry, die Armenier, die Venezianer, sich selbst. Er sah die Tataren mit durchschnittenen Kehlen vor sich.

Wieder hatte er das Gefühl, zum Palazzo laufen und sich sofort auf den Angriff vorbereiten zu müssen. Wieder unterdrückte er, was ihn vorwärtstreiben wollte. Er mußte noch mehr Fragen stellen. »Woher haben sie so viele Männer?«

Sordello zuckte die Schultern. »Die Filippeschis sind eine große Familie. Sie haben in allen umliegenden Städten Verwandte.«

Simon beugte sich vor und sah Sordello tief in die blutunterlaufenen Augen. »Bist du sicher, daß Ugolini und David von Trapezunt und die übrigen nichts damit zu tun haben? Wenn wir Franzosen und die Tataren der Grund der Feindseligkeiten sind, dann muß Ugolini dahinterstecken.«

»Herr, ich beobachte sie so scharf, wie die Priester das wundertätige Altartuch bewachen. Ugolini war den ganzen Winter über verzweifelt, seit Bruder Thomas die Seiten gewechselt hat. Er vergräbt sich mit seinen geheimnisvollen Instrumenten in seinem Arbeitszimmer. David hat längst jedes Interesse an den Tataren verloren und denkt nur an Geschäfte. Er hat mit Giancarlo darüber gesprochen, daß er nach Trapezunt zurückkehren will. Die beiden sind gestern in Geschäften nach Perugia gereist.«

»Und was ist mit Giancarlos Bravi?«

»Insgesamt hat Giancarlo nur ein Dutzend angeworben, mich eingeschlossen. Wir bewachen Davids Waren.« Sordello winkte mit einer geringschätzigen Geste ab.

»Und was ist mit der Nichte des Kardinals?« fragte Simon, bemüht, nicht allzu interessiert zu wirken.

Sordello zuckte die Schultern. »Die schöne Dame hält sich für sich. Sie geht in die Kirche, sie liest, sie malt.«

Obwohl wegen des bevorstehenden Angriffs der Filippeschis besorgt, wurde Simon vor Freude leicht ums Herz. Sophia war unschuldig. Seine Liebe zu ihr war gerechtfertigt. Und wenn all dies vorbei war, wollte er zu ihr gehen und mit ihr über die Heirat sprechen. »Du mußt Madonna Sophia für mich beschützen«, sagte er. »Bleib in ihrer Nähe. Laß sie heute abend nicht fortgehen.«

»Ich soll in ihrer Nähe bleiben?« Sordello grinste. »Das wird mir nicht sehr schwer fallen.«

Simon packte Sordello an der Tunika. »Sprich ja nie wieder in diesem Ton von ihr!«

Sordello riß sich los und strich sich glättend über die Tunika. »Ich bin ein Mann, Herr! Behandelt mich nicht wie einen Sklaven.« Das grobe Gesicht wurde blaß vor empörtem Stolz.

Er vergißt so leicht, wohin er gehört. Aber es ist sonst keiner da, der auf Sophia aufpassen könnte, dachte Simon. »Ich will, daß du ihre Sicherheit im Auge hast und nur das«, meinte er ruhiger.

Sordello verneigte sich. »Ich verstehe.« Aber in seinen zusammengekniffenen Augen schwelte Groll.

Trotz seiner Angst fühlte Simon etwas wie prickelnde Erwartung; etwas in ihm freute sich darauf, einen Kampf anzuführen. »Wenn du mehr erfährst, versuch mir eine Nachricht zu schicken«, sagte er, machte kehrt und ging rasch auf das Hauptportal der Kathedrale zu, wobei er sich beherrschen mußte, um nicht zu laufen.

»Uns anzugreifen ist Wahnsinn«, sagte die Gräfin. »Wir haben doppelt so viel Bewaffnete wie sie. Dennoch bete ich darum, daß das Gerücht wahr ist. Denn dann wird morgen früh Marco di Filippeschi an unseren Zinnen hängen.« Die Sehnen an ihrem Hals traten hervor, und ihre Nase glich noch mehr als sonst dem Schnabel eines Geiers.

»Verzeihung, Frau Gräfin«, erwiderte Simon, »aber sie müssen mehr Männer haben als Ihr. Man hat mir gesagt, es seien fünfhundert. Außerdem haben sie Katapulte.«

Sie saßen in dem Beratungszimmer des Palazzo Monaldeschi an einem runden braunen Holztisch beisammen – Simon, die Gräfin, Verceuil, Henri de Puys und Bruder Mathieu.

»Aber wir haben gewiß die besseren Männer«, sagte Puys auf französisch. »Was für Krieger können denn diese Filippeschis angeworben haben? Straßenräuber?«

Bruder Mathieu wandte sich an Verceuil. »Darf ich vorschlagen, daß Euer Eminenz Euren Einfluß bei Papst Urban geltend machen? Vielleicht kann Seine Heiligkeit den Kampf verhindern.«

»Ja«, meinte Verceuil, »ich werde mit ihm sprechen. Aber er ist krank und interessiert sich kaum noch für etwas.«

»Ich denke, es würde seine Gesundheit noch mehr gefährden, wenn in Orvieto ein Krieg ausbräche«, sagte Bruder Mathieu.

»Ich gehe zu ihm«, antwortete Verceuil. »Aber ich werde mich und auch meine Männer bewaffnen, damit wir dieses Haus verteidigen können.«

Simon fürchtete, Verceuil werde gleich vorschlagen, daß er selbst das Kommando übernehme, doch zu seiner Freude hatte der Kardinal sonst nichts mehr zu sagen. Dann kam Simon der Verdacht, daß Verceuil sich scheute, im Fall einer Niederlage die Verantwortung zu übernehmen.

»Danke, Euer Eminenz«, sagte die Gräfin.

»Ich muß Herrn d'Ucello aufsuchen«, erklärte Simon. »Gewiß wird er in der von ihm verwalteten Stadt keinen Bürgerkrieg dulden.«

Die Gräfin lachte. »Geht zu ihm, wenn Ihr wollt, aber Ihr vergeudet nur Eure Zeit. Er kann und will die Filippeschis nicht zurückhalten. Er ist mit ihnen verwandt, müßt Ihr wissen. Er könnte jedoch mich ebenso wenig daran hindern, wenn es mir einfiele, sie anzugreifen.«

»Vielleicht sollten wir die Gesandten in den Papstpalast bringen«, äußerte Bruder Mathieu. »Das brächte sie außer Gefahr.«

Simons ganzer Körper schien sich zu versteifen. Für die Tataren war er verantwortlich. Nie würde er sie der päpstlichen Garde überlassen. »Nein!« sagte er. »Sie zu schützen ist meine Pflicht, und die trete ich an niemand ab.«

Puys schlug mit der flachen Hand auf den Tisch. »Mutig gesprochen, Herr Graf.«

Bruder Mathieu seufzte.

Verceuil zeigte mit dem Finger auf Simon. »Herr Graf, Ihr habt kein Recht, um Eures Ruhmes willen das Leben der Gesandten in Gefahr zu bringen.«

Simon blickte in die Runde. Er war der Jüngste, und sie behandelten ihn wie ein Kind. Er erinnerte sich, daß der Doge Zeno ihm gedroht hatte, ihn in den Markuskanal zu werfen. Er erinnerte sich an die zahlreichen Gelegenheiten, bei denen Verceuil ihn herablassend behandelt hatte. Ausgerechnet dieser Mann beschuldigte einen anderen, nur an den eigenen Ruhm zu denken!

Schon wollte er trotzig aufbegehren, als ihm die königlichen Ratssitzungen einfielen, an denen er als König Ludwigs Page teilgenommen hatte. Die engsten Berater des Königs waren oft anderer Meinung gewesen als er, aber am Ende geschah meistens das, was er wollte. Ludwig war in seiner sanften Art vielleicht der stärkste Mann, dem Simon je begegnet war, doch er hatte nie gehört, daß der König mit erhobener Stimme gesprochen hätte. So sagte er verbindlich: »Der Bruder Seiner Majestät, Graf Karl, hat mir diese Aufgabe anvertraut. Soll ich zurückweichen, wenn erste Schwierigkeiten drohen? Soll ich den Schutz der Gesandten Männern anvertrauen, die ich nicht kenne, von denen einige uns Franzosen hassen? Es ist meine Pflicht, die Gesandten innerhalb dieser Mauern zu bewachen.«

Alle schwiegen.

Nach einer Weile sagte Bruder Mathieu: »Graf Simon hat einen guten Grund vorgebracht. Johannes und Philipp werden, auch während eines Angriffs, im Schutz unserer Leute besser aufgehoben sein.«

Nun, da sie einverstanden waren, wurde Simon unruhig. Wenn die Tataren in dem bevorstehenden Kampf getötet wurden, weil er darauf bestanden hatte, sie im Palazzo zu behalten, würde man ihm die Schuld geben. Anstatt seinen Namen reinzuwaschen, würde er ihn nur noch tiefer in den Schmutz ziehen.

Puys blickte von Simon zum Kardinal und sagte: »Vielleicht könnten unsere Ritter und Armbrustschützen mit den Tataren in den Papstpalast gehen.«

»Nein!« rief die Gräfin. »Man greift mich an, weil ich mein Haus den Tataren und den Franzosen geöffnet habe, und Ihr wollt mich im Stich lassen? Außer dem Knaben Vittorio sind alle Männer meiner Familie tot.« Sie drehte sich zu Simon um und packte mit ihrer klauenartigen Hand die seine. »Ihr müßt mich verteidigen! Ihr müßt mein Ritter sein!«

Mit beiden Händen drückte Simon die ihre. Der Gräfin liefen Tränen über die welken Wangen.

»Ich würde nicht im Traum daran denken, Euch zu verlassen, Frau Gräfin.«

»Aber, Frau Gräfin«, wandte Bruder Mathieu ein, »vielleicht greifen die Filippeschis Euch gar nicht an, wenn die Tataren sich nicht mehr in Eurem Palazzo aufhalten.«

»Nein, nein.« Die Gräfin schüttelte den Kopf. »Wenn sie glauben, sie seien stark genug, über mich herzufallen, dann werden sie es auch tun. Sie sind schon lange darauf aus, mich und Vittorio zu töten. Diese Kanaillen! Möge Gott den kleinen Bastard Marco und alle anderen Filippeschis zur Hölle schicken!«

Bruder Mathieu zuckte zusammen und schlug ein Kreuzeszeichen.

Innerlich zuckte auch Simon zusammen, wie immer, wenn er das Wort Bastard hörte. Aber, Bastard oder nicht, er sollte in einem belagerten Palazzo das Kommando führen. Die Brust schwoll ihm bei dieser Vorstellung.

In dem von Kerzenlicht erhellten Sprechzimmer des Bürgermeisters waren zum Schutz gegen die Abendluft die Vorhänge zugezogen. Auf einem Gobelin, der hinter d'Ucello an der Wand hing, waren Jesus und Barabbas dargestellt, wie sie in Jerusalem der Menge übergeben wurden, während Pilatus sich die Hände wusch. Simon hatte noch nie eine Szene mit so fein gestickten Gestalten gesehen und äußerte laut seine Bewunderung.

»Der Teppich hängt hier, um mich immer daran zu erinnern, daß ein Richter, der auf die Stimme des Volkes hört, vielleicht einen schweren Fehler macht«, sagte der kleine Mann hinter dem großen Tisch. »Was kann ich für Euch tun, Herr Graf?«

Während Simon ihm berichtete, was er über den geplanten Überfall der Filippeschis auf den Palazzo der Gräfin wußte, lehnte sich d'Ucello in seinem Sessel zurück, die Augen in die Ferne gerichtet, die Mundwinkel unter dem dünnen Schnurrbart nach unten gezogen.

Als Simon geendet hatte, fragte d'Ucello: »Hat Kardinal Ugolini oder jemand von seinen Gästen mit der Sache zu tun?«

»Der Mann, der mich gewarnt hat, sagte nein.«

D'Ucello sah ihn scharf an. »Und wer hat Euch gewarnt?«

»Das möchte ich nicht sagen. Ich habe einen Informanten in Kardinal Ugolinis Haushalt.«

»Ach, wirklich? Wie gut für Euch.« Der Bürgermeister musterte Simon. »Aber wenn es zum Kampf zwischen den Monaldeschis und den Filippeschis kommt, kann ich nichts dagegen tun.«

Simon war uneins mit sich selbst. Er war bereit, fast alles zu tun, um den bevorstehenden Kampf zu verhindern. Aber er sah sich zugleich in voller Rüstung seinen Männern ihre Stellungen auf den Wehrmauern der Monaldeschis zuweisen. »Ist es nicht Eure Pflicht, in Orvieto den Frieden zu wahren?« fragte er den Bürgermeister.

»Alle meine Wachen zusammen machen nicht einmal ein Zehntel der Männer aus, die den Monaldeschis und den Filippeschis zur Verfügung stehen. Ich versichere Euch, wenn meine Wachen versuchen wollten, den Kampf zu verhindern, würden die Monaldeschis und die Filippeschis sich gegen meine Männer zusammentun. Erst später würden sie darangehen, einander in Stücke zu reißen. Die Familien dieser Stadt erwarten von mir, daß ich Betrug, Diebstahl, Notzucht und Mord verhindere oder bestrafe. Doch wenn sie einen Streit haben, der nur durch Blutvergießen zu schlichten ist, wünschen sie keine Einmischung. Hat die Gräfin Euch geschickt? Sollt Ihr mich in ihrem Auftrag um Hilfe bitten?«

»Nein, sie hat gesagt, Ihr könntet die Filippeschis nicht zurückhalten«, antwortete Simon.

D'Ucello nickte zufrieden. »Natürlich. Sie glaubt jetzt eine Chance zu haben, Marco di Filippeschi zu erledigen, eine Chance, die sie seit Jahren herbeigesehnt hat. Ich kann nicht tun, um was Ihr mich bittet. Ich kenne die Grenzen meiner Macht.«

Macht, dachte Simon. Das war es, was diese Feindseligkeiten entscheiden würde, und er konnte nur dafür sorgen, daß seine Partei die stärkere war. Ein grimmiger und zugleich heiterer Entschluß reifte in ihm. Er stand auf und neigte den Kopf. Der kleine, untersetzte Mann erhob und verbeugte sich ebenfalls.

»Dann kann ich nicht mit Euch rechnen?« fragte Simon.

D'Ucello zuckte die Schultern. »Ich versuche noch immer, den Mörder Eures Freundes zu finden. Wie ich erfahren habe, haben sich weder David von Trapezunt noch sein Diener Giancarlo in der Villa von Kardinal Ugolini aufgehalten, als Euer Freund getötet wurde. Ich denke, daß es heute, während die Monaldeschis und die Filippeschis einander die Kehlen durchschneiden, sehr günstig wäre, wenn ich in die Villa ginge, um die beiden Herren zu fragen, wo sie an jenem Abend waren. Wenn ich es nicht herausfinde, könnte mir vielleicht der Informant helfen, den Ihr in die Villa eingeschleust habt. Warum sollte ich sie nicht fragen?«

Er denkt, ich habe Sophia gemeint, ging es Simon durch den Kopf, und er wünschte, er könnte Sophia aufsuchen. Wie, wenn er heute nacht getötet wurde und sie nie wiedersah?

D'Ucello hatte wahrscheinlich erraten, daß Simon bei Sophia war, als Alain ermordet wurde. Simons Gesicht wurde heiß vor Zorn. Es war ihm nicht gelungen, sein Geheimnis zu wahren – seines und das Sophias.

Ihm fiel ein, daß Sordello ihm berichtet hatte, David und Giancarlo seien nach Perugia geritten. Wenn er es d'Ucello sagte, konnte dieser eine Menge Zeit sparen. Aber warum sollte er sich die Mühe machen? Hatte er vielleicht ihm geholfen?

Über den Bürgermeister und sich selbst verärgert, verabschiedete sich Simon.

Von zweien seiner Ritter flankiert, den Herren de Borion und de Vilbiz, begab sich Simon rasch in den Palazzo Monaldeschi. Während sie durch die allmählich dunkel werdenden Straßen eilten, blickten die beiden Begleiter oft über die Schulter zurück; aber keine Bravi fielen aus dem Hinterhalt über sie her, keine Pfeile flogen von den Dächern. Tatsächlich waren die Straßen für einen späten Freitagnachmittag ungewöhnlich still; das Klirren der Sporen an den Stiefeln der Ritter und der dumpfe Klang ihrer Schritte auf dem Pflaster waren weit und breit das lauteste Geräusch. Die Fensterläden waren verriegelt, die Türen fest verschlossen. In der ganzen Gegend weiß man offenbar schon, was geschehen wird, dachte Simon.

Als sie um eine Ecke bogen und auf den Platz vor dem Palazzo

Monaldeschi kamen, hörten sie lautes Hämmern. Simon hatte Puys befohlen, den Bau von schrägen Holzabdeckungen für die Wehrgänge zu beaufsichtigen, über die später zum Schutz gegen brennende Pfeile nasse Decken geworfen werden sollten. Die Arbeit war fast beendet, und Simon nahm sich vor, Puys ein besonderes Lob auszusprechen, wenn er ihn sah.

Seine wichtigste Aufgabe im Palazzo war es, für die Sicherheit der Tataren zu sorgen. Seiner Meinung nach war die Gewürzkammer im Keller der sicherste Platz für sie. Doch wie, wenn die Gegner den Palazzo überrannten und die Tataren in der Gewürzkammer in der Falle saßen und getötet wurden? Simon war entschlossen, sich nicht zu ergeben. Die Filippeschis würden ihn töten müssen, wenn sie zu den Tataren vordringen wollten.

Simon klopfte, und Bruder Mathieu kam an die Tür. Simon hatte die Räume der Tataren noch nie betreten und erschrak. An den Wänden lagen Matratzen mit darübergebreiteten Decken. Teppiche und Kissen waren über den ganzen Raum verstreut, aber es gab weder ein Bett noch einen Tisch noch einen Stuhl. Der Geruch verbrannten Fleisches nahm Simon im ersten Zimmer, das er betrat, fast den Atem. In der Mitte des Holzfußbodens lag eine geschwärzte Steinplatte, auf der Platte ein Haufen Asche. Neben diesem primitiven Herd stapelten sich zerbrochene Tierknochen, Melonenschalen und anderer Abfall. Aus einem offenen Weinfaß strömte süßlicher Geruch und mischte sich mit dem von Fäulnis.

Simon fragte sich, ob die Gräfin diesen Unrat schon gesehen hatte. Sie hatte den Tataren etwas Besonders bieten wollen und ihnen drei Räume in der Nordwestecke des dritten Stockwerks zur Verfügung gestellt. In den meisten Palazzi war ein Einzelzimmer das Äußerste, was sogar der vornehmste Gast erwarten konnte. Wenn die Gräfin sie schon für Wilde hielt, nachdem David von Trapezunt bei ihrem Empfang dafür gesorgt hatte, daß sie sich selbst entlarvten, was würde sie denken, wenn sie diesen Schweinestall sah?

Johannes und Philipp erhoben sich, als er eintrat, und verneigten sich breit lächelnd. Der Zustand ihrer Zimmer schien ihnen nicht im geringsten peinlich zu sein.

Simon verbeugte sich ebenfalls und bemühte sich um ein Lächeln. »Wenn Kardinal Ugolini Gelegenheit hätte, diese Zimmer dem Kardinalskollegium zu zeigen, würden viele Kardinäle die Tataren genauso verachten wie er«, sagte er zu Bruder Mathieu. »Ein Wunder, daß sie an dem Rauch nicht erstickt sind.«

Mit einem schiefen Lächeln zeigte Bruder Mathieu zur Zimmerdecke, wo über dem Herd ein großes Stück Mauerwerk herausgebrochen worden war. »Zum Glück für alle sind sie hier im obersten Stockwerk des Palazzo untergebracht«, sagte der Franziskaner. »Sie haben nur versucht, sich ein Heim zu schaffen wie das, in dem sie sonst auch leben – bis hin zu dem Rauchabzug in der Decke.«

Der weißhaarige Johannes sagte etwas in der Tatarensprache zu Bruder Mathieu.

»Sie haben von dem bevorstehenden Kampf erfahren«, übersetzte der Franziskaner, »wollen Waffen und einen Platz an den Schießscharten. Sie sagen, es sei ihre Pflicht, ihre Gastgeberin zu verteidigen.«

Simon hatte etwas Ähnliches befürchtet, und deshalb wählte er seine Worte. »Ich bin überzeugt, die Gräfin wird gerührt sein, wenn ich ihr von diesem großmütigen Angebot berichte. Aber wir wollen uns vor dem mächtigen Hulagu Khan nicht verantworten müssen, falls ihnen etwas zustößt und ihr Auftrag dadurch in Gefahr gerät. Sagt ihnen das, und daß es unsere Pflicht sei, für ihre Sicherheit zu sorgen. Unter der Küche gibt es eine gemauerte Gewürzkammer. Ich habe mich umgesehen; diese Kammer ist der sicherste Ort. Dorthin müssen sie sich in dem Augenblick zurückziehen, in dem die Filippeschis angreifen. Die Armenier sollten sie mitnehmen.«

Nachdem Bruder Mathieu übersetzt hatte, machten die Tataren zornige Gesichter und protestierten lebhaft in ihrer bellenden Sprache. Philipp, der Jüngere, wandte sich an Simon. Er packte das goldene Rechteck, das er als Zeichen seines Ranges an einer Kette um den Hals trug, und fuchtelte Simon damit vor dem Gesicht herum.

»Er erinnert Euch daran, daß er den Titel Baghadur trägt, was Held bedeutet. Er sagt, daß Ihr ihn beleidigt, wenn Ihr ihn auffordert, sich im Keller zu verstecken. Bei seinem Volk versteckt sich niemand. Sogar Frauen und Kinder kämpfen.«

»Macht ihnen begreiflich, daß sie die Pflicht haben, für ihren Khan am Leben zu bleiben und die Verhandlungen fortzusetzen«, sagte Simon ernst zu Bruder Mathieu.

Nach einem weiteren Palaver erklärte Bruder Mathieu: »Sie behaupten, Hulagu Khan erwarte von ihnen, daß sie kämpfen.«

Plötzlich hatte Simon eine Eingebung. »Sagt ihnen, daß der König von Frankreich mir den Kopf abschlagen lassen würde, wenn sie im Kampf auch nur die leichteste Verletzung davontrügen.«

Bruder Mathieu übersetzte wie geheißen. »Ihr seid ein tapferer junger Krieger, sagt Johannes«, wandte er sich dann wieder an Simon, »und es wäre ein Jammer, wenn man Euch den Kopf abschlüge und Euch um die Freuden unzähliger Schlachten brächte, denn schließlich liege noch ein ganzes Leben voller Kämpfe vor Euch. Euch zuliebe wollen sie auf das Vergnügen dieses Kampfes verzichten. Aber sie bestehen darauf, nur zwei von ihren Wachen mitzunehmen. Die übrigen sollen Seite an Seite mit Euren Männern kämpfen.«

Erleichterung überkam Simon. »Ich kann ihre anderen Männer gut brauchen. Laßt alles in die Gewürzkammer bringen, was die Gesandten zu ihrer Bequemlichkeit benötigen.« Er musterte wieder den Müllhaufen. »Sagt ihnen, die Kammer sei unter der Küche. Das wird ihnen gefallen.«

42

»Herr Graf!«

Simon erkannte die krächzende Stimme der Gräfin.

Sie trug ein bodenlanges Kleid aus purpurnem Samt und hielt ihm ein scheibenförmiges Bronzemedaillon an einer silbernen Kette entgegen. »Nehmt, mein junger Paladin. Tragt es im Kampf für mich.«

Simon ging auf sie zu. Seine stählerne Rüstung klirrte und rasselte bei jedem Schritt.

Eingraviert in das Medaillon war das Bild eines Ritters zu Pferde, der einem sich windenden Drachen mit Fledermausflügeln und weit aufgerissenem Rachen die Lanze in den Leib stieß. An der Stelle, an der die Lanze den Schuppenpanzer durchbohrte, saß ein winziger, tränenförmiger Rubin.

»Ich danke Euch, Donna Elvira«, sagte er fast ehrfürchtig, voller Bewunderung für die Arbeit.

Sie hob die Arme und legte ihm die Kette um den Hals. »Der heilige Georg. Das Medaillon hat meinem Mann gehört, und ich habe es in meiner Schmuckschatulle aufbewahrt seit dem Tag, an dem die stinkenden Filippeschis ihn ermordet haben. Es gehört jetzt Euch. Der heilige

Georg wird Euch zum Sieg verhelfen.« Sie stellte sich auf die Zehenspitzen und preßte die trockenen Lippen auf seine Wange.

»Ich werde diesen Augenblick nie vergessen, Madonna.« Mit den Fingerspitzen wischte er ihr die Tränen von den gelblichen Wangen. Sie sollte nicht wissen, daß dies sein erster Kampf war.

In seiner Rüstung stieg Simon die steile Wendeltreppe zum Turm hinauf und gelangte durch eine Falltür auf eine viereckige, gepflasterte Plattform. Drei behelmte Köpfe wandten sich ihm zu: Puys, dessen engmaschiger Kopfschutz nur seine Augen, seine Nase und den schnurrbärtigen Mund freiließ, Teodoro, der Hauptmann seiner venezianischen Armbrustschützen, der einen schüsselförmigen Helm trug, und Verceuil, dessen hoher Helm leuchtend rot angestrichen war und die Form einer Kardinalsmitra hatte.

Von den vier Männern auf dem Turm trug Verceuil die kunstvollste Rüstung; der Kettenpanzer war an Schultern, Knien und Schienbeinen mit Stahlplatten verstärkt. An seinem breiten Gürtel hing ein Streitkolben, eine Eisenkugel an einem etwa dreißig Zentimeter langen Stiel. Das war die angemessene Waffe für einen Kirchenmann, der kein Blut vergießen durfte.

Über dem Kettenhemd trug Verceuil einen karminroten, mit goldenen Malteserkreuzen bestickten Mantel. Puys hatte sich, ebenso wie Simon, einen purpurnen Mantel umgehängt, auf den mehrfach die drei goldenen Kronen der Gobignons aufgenäht waren. Teodoros schlichter Brustpanzer aus gehärtetem Leder war mit Stahlplatten verstärkt.

Simon trat zu einer Schießscharte und atmete tief die milde Frühlingsluft ein. Es wäre ein schöner Abend gewesen, hätte er nicht gewußt, daß viele Männer sterben würden. Er beobachtete die letzten Wagen, die, beladen mit Wasser- und Weinfässern, Säcken mit Getreide und Bohnen – Vorräten für den Fall, daß die Belagerung sich hinzog –, über die Zugbrücke durch das hintere Tor in den Hof des Palazzo fuhren. Besonders Wasser wurde in dieser auf einem Felsen erbauten Stadt sehr schnell knapp. Zwar hatte der Palazzo eine eigene Quelle, die jedoch nicht genug Wasser lieferte, um den ganzen Haushalt zu versorgen. Simon erinnerte sich, daß Sophia dieses Wasser im Garten aus seinen Händen getrunken hatte. Er murmelte ein kurzes Gebet für sie. Aber sie war nicht in Gefahr. Niemand bedrohte Kardinal Ugolini.

Simon hatte angeordnet, daß jedes in Orvieto vorhandene Wasserfaß gekauft und jedes Gefäß gefüllt werden sollte. Die Angreifer würden bestimmt Feuer als Waffe einsetzen. Außerdem hatte er aus einem Steinbruch außerhalb der Stadt große Steine als zusätzliche Munition für die auf dem Dach postierten Steinschleudern holen lassen.

Sordello hatte gesagt, die Filippeschis planten einen Überraschungsangriff. Bestimmt hatten sie von Simons Vorbereitungen erfahren und wußten, daß die Monaldeschis ihren Plan entdeckt hatten. Wie, wenn sie überhaupt nicht kamen? Wenn die Tatsache, daß Simon vorbereitet war, genügte, um den Angriff zu verhindern, war das die beste Lösung.

Der Sonnenuntergang färbte die Dächer um den Palazzo rot. Von hier oben konnte Simon die Campanili der fünf Kirchen und die Türme der anderen Palazzi sehen. Über einem Turm im Südwesten der Stadt flatterte eine grüne Fahne, die aus dieser Entfernung so klein war, daß man das Wappen darauf nicht erkannte; sie wehte über dem Palazzo der Filippeschis.

Simon ging auf die andere Seite des Turms und blickte auf die Stadtmauer hinunter. Dort blähten sich die grün-orangefarbenen Monaldeschi-Banner. Er hatte zwanzig Bogenschützen der Monaldeschis – so viele er vom Palazzo abzuziehen wagte – dazu bestimmt, den dem Palazzo nächstliegenden Mauerabschnitt zu sichern. Am liebsten hätte er auch Männer in den Häusern um den Palazzo postiert, aber Puys hatte ihn überzeugt, daß diese Außenposten bestimmt überrannt würden und die Männer sehr schnell verloren wären. Es war besser, alle Kräfte im Palazzo selbst zu konzentrieren.

Kardinal Ugolinis Haus irgendwo im Südosten konnte er nicht ausmachen. Es hatte keinen Turm, an dem man es erkannt hätte. Aber Simon dachte wieder an Sophia. Wie schön wäre es doch, bei ihr zu sitzen und zu plaudern, anstatt auf diesem Turm einen tödlichen Angriff zu erwarten. Wie wunderbar wäre es, wenn seine einzige Sorge der Frage gälte, ob sie seinen Heiratsantrag annähme oder nicht.

Auf die Stadt hinunterblickend, dachte er: Dort draußen gibt es noch einen anderen Feind. Selbst wenn, wie Sordello gesagt hat, Ugolini nichts mit diesem Angriff zu tun hat, kann es jemand geben, der hinter den Filippeschis und dem Kardinal steht. Seit er nach Orvieto gekommen war, fühlte Simon, daß irgendwo in der Stadt ein verborgener Feind lauerte, ein Feind, der zwar ihn, den aber er nicht kannte und der ihn beobachtete, der Mann – davon war Simon überzeugt –, der Alain getötet hatte. »Ich warte auf dich«, murmelte er.

Jeder alte Soldat, mit dem Simon gesprochen hatte, hatte gesagt, im Krieg dauere das Warten immer länger als der Kampf. Simon fand die Mischung aus Langeweile und Furcht fast unerträglich.

Puys hatte es sich, mit dem Rücken an einer Zinne lehnend, auf dem Boden bequem gemacht und döste vor sich hin. Auch Verceuil saß, den Helm neben sich, auf dem Boden; er las, lateinische Wörter murmelnd, in einem kleinen, ledergebundenen Buch. Simon vermutete, daß es sich um sein Brevier handelte, die Gebete, die jeder Priester täglich las.

Teodoro zog es vor, sich zu beschäftigen. Er lief ständig zwischen dem Turm und dem zwei Stockwerke tiefer liegenden Dach hin und her, auf dem seine Männer Stellung bezogen hatten. Er machte einen Rundgang auf dem Turm, blickte stirnrunzelnd auf seine Armbrustschützen hinunter, ging zu ihnen und befahl sechs Männern, ihren Standort zu wechseln. Er inspizierte die Waffen, auch die Bogen der acht Armenier, die Seite an Seite mit den Venezianern kämpfen würden. Die Händel zwischen Armeniern und Venezianern waren, wie Simon festgestellt hatte, viel geringer geworden, nachdem er Teodoro zum Hauptmann befördert hatte. Er war ein guter Anführer. Auf Ersuchen der Gräfin inspizierte er auch die Monaldeschi-Soldaten, die vor allem an den beiden Toren, in den Fluren und an den Fenstern aufgestellt waren.

Simon verließ den Turm nur einmal, um seine vier Ritter auf dem Dach zu besuchen; sie waren mit jeweils sechs Soldaten bei den Steinschleudern an den vier Ecken des Daches postiert. Ihre Geschosse würden auf diese Weise die Abschirmung schützen, die er über den Wehrgängen hatte errichten lasen. Die Ritter waren nicht einverstanden, daß er sie zu den Steinschleudern gestellt hatte. Sie wollten, sagten sie zu ihm, die Möglichkeit haben, den Feind direkt anzugreifen. Simon bemühte sich, bei ihnen Verständnis dafür zu wecken, daß sie während der Kämpfe im Palazzo bleiben mußten, doch es fiel ihm schwer, Männern Befehle zu erteilen, die viel älter als er und kampferprobt waren. Er vermißte Alain, und ihm wurde erst jetzt richtig bewußt, wie sehr er sich auf seinen jungen Freund als Mittler zwischen sich und den anderen Rittern verlassen hatte.

Auf das Turmdach zurückgekehrt, ging Simon rastlos auf und ab, immer von einer Ecke zur anderen. Er spielte mit dem juwelenbesetzten Griff seines Schwertes und versuchte sich abzulenken, indem er an Sophia dachte; er überlegte, wie er seinen Heiratsantrag formulieren würde. Er fürchtete den Kampf, wünschte jedoch, er begänne endlich.

Die Schatten breiteten sich aus, wurden tiefer, verschluckten die Hügel hinter der Stadt, dann die Stadtmauer, dann die Türme. Die vier Männer standen im Dunkeln. Das Licht auf dem Dach unter ihnen kam von den in Pfannen glimmenden Holzkohlen, die für Feuerpfeile bereitstanden.

Über den Hügeln im Osten tauchte orangefarbener Glanz auf – der Mond. Aus der Ferne hörte man Geschrei, Schlachtrufe.

»Die Filippeschis«, sagte Teodoro.

Flackerndes rotes Licht tanzte an Hausmauern auf und ab, kam immer näher, näherte sich von allen Seiten.

Sie sind also gekommen, obwohl sie wußten, daß wir auf den Angriff vorbereitet sind, dachte Simon.

Auf der Straße, dem Haupttor des Palazzo gegenüber, tauchte etwas auf, das wie eine Riesenschildkröte aussah. Die gleichen Ungetüme erschienen jetzt am Ende aller Straßen, die auf den Platz mündeten. Die Schildkröten waren groß genug, um einem Dutzend Männern Schutz zu gewähren. Es waren jetzt sechs, die über den offenen Platz krochen.

»Schießt mit Feuerpfeilen!« rief Simon.

Teodoro gab den Befehl an seine Leute weiter. Auf dem Dach unter ihnen rannten die Männer zwischen den Schießscharten und den Kohlenbecken hin und her, und Feuerpfeile flogen im hohen Bogen vom Dach auf die Schildkröten.

Simon hörte die brennenden Pfeile auf den nassen Holzrahmen und den nassen Häuten zischen. Die Häute brannten nicht, aber der Feuerschein der Pfeile erleichterte es den Armbrustschützen auf den Zinnen, ihre Ziele anzuvisieren. Teodoro stand unten auf dem Dach und lenkte das Feuer. Die Armbrustschützen belegten die erste Schildkröte mit einer Salve. Die Stahlbolzen durchbohrten die Häute und spießten die Männer darunter auf. Simon hörte den dumpfen Aufprall von dreißig Bolzen, die gleichzeitig eine Schildkröte trafen. Dann hörte er Schreie. Die Schildkröte bewegte sich nicht mehr, und Männer kamen darunter hervorgekrochen. Ein paar liefen davon und suchten in den Seitenstraßen Zuflucht; andere schleppten sich ein paar Schritte hin und brachen dann zusammen.

Etwas zischte an Simons Kopf vorüber und traf die Zinne neben ihm. Es regnete Splitter auf seine Rüstung.

»Sie schießen zurück«, sagte Teodoro.

In den Einmündungen der Straßen, die von Nord und Süd zum Palazzo führten, flackerte Fackelschein hinter Schutzschilden aus Holz. Hölzerne Rechtecke nahmen die ganze Breite der Straße ein. Von dieser Höhe aus konnte Simon die Männer sehen, die sich hinter jedem Rechteck drängten.

Feuerpfeile flogen über ihre Köpfe hinweg und fielen, einen Funkenregen hinter sich herziehend, in das Atrium des Palazzo. »Schickt mehr von Euren Männern an die Seiten«, sagte Simon zu Teodoro, und dieser eilte über die Innentreppe zum Dach hinunter.

Der Mond stand jetzt am östlichen Himmel. Sein Licht würde den Filippeschis helfen, die Verteidiger auf dem Dach leichter zu treffen, sie selbst aber blieben im Dunkeln.

Ein lautes Krachen erschreckte Simon, und er spürte, wie der Boden des Turmes bebte. Ein zweites Krachen und dann noch eines. Katapulte. Die Steine kamen aus allen Richtungen geflogen, und Simon hörte Schreie. Er wandte sich an Puys. »Setzt unsere Steinschleudern ein!«

Puys ging, und nur Simon und der Kardinal blieben auf dem Turm. Sie hatten einander nichts zu sagen. Der Kardinal hatte sich sofort, als die Filippeschis auftauchten, den mitraförmigen Helm über den Kopf gestülpt, und Simon konnte sein Gesicht nicht sehen. Er wünschte Teodoro herbei.

Kurz darauf hob Simons Stallmeister Thierry von unten die Falltür. »Hauptmann Teodoro ist getroffen.«

»Gütiger Gott!« Simon schob sich an Thierry vorbei und lief die Innentreppe hinunter.

Von Soldaten umringt, lag Teodoro in der Nähe des Turmeingangs. Er atmete keuchend und stöhnte immer wieder vor Schmerzen.

Vorsichtig betastete Simon den Körper des Hauptmanns. Sein Lederküraß war in der Mitte gespalten. Unmittelbar unter der Brust stieß Simon mit der Hand auf einen großen Stein. Er war naß, vermutlich von Teodoros Blut.

»Es hat ihn direkt in der Mitte getroffen«, sagte ein Armbrustschütze, der hinter Simon stand. »Hat ihm Bauch und Rückgrat zerquetscht.«

Ein Gurgeln entwich Teodoros Kehle. Er erbrach sich, und warme Flüssigkeit ergoß sich über Simons Hand. Simon stand auf und bereute es sofort, denn er hatte Teodoro den Tod erleichtern wollen. Aber das Keuchen war verstummt.

Er wischte sich die Hände an seinem Mantel ab. Laut gab er den Armbrustschützen den Befehl, an ihre Plätze zurückzukehren, und ging zum Turmeingang.

Jemand ergriff seinen Arm, und Bruder Mathieus Stimme sagte: »Wie ich höre, habt Ihr den Hauptmann der Armbrustschützen verloren.«

»Es ist schlimm«, murmelte Simon.

»Vertraut auf Euch, Simon«, tröstete Bruder Mathieu.

Im Schein eines Feuerpfeils, der in der Abdeckung steckte und allmählich abbrannte, erblickte Simon die Gräfin. Ihr Kleid war bis in Kniehöhe geschürzt, damit sie sich flinker bewegen konnte. Sie rief Bruder Mathieu zu, er müsse sich um einen Verwundeten kümmern, und begrüßte dann Simon.

Wer war bei den Venezianern der Ranghöchste nach Teodoro? Er hieß Peppino, und Simon beförderte ihn zum Kommandanten der Venezianer. Dann kehrte er auf das Turmdach zurück.

»Sie bombardieren das hintere Torhaus mit Katapulten«, sagte Puys.

Simon hörte Felsbrocken auf die Zugbrücke an der Rückseite des Palazzo donnern, den Eingang für Pferd und Wagen. Im Mondlicht konnte er auf der gegenüberliegenden Straßenseite vier Katapulte ausmachen.

»Woher haben die Filippeschis so viele Männer und so viel Kriegsgerät?« fragte sich Simon laut.

»Ich habe gedacht, das wißt Ihr«, meinte Verceuil mit durch den Helm gedämpfter Stimme. »Seid Ihr nicht unser militärischer Fachmann?«

So zahlreich die Filippeschis auch sein mochten, sie hatten nur eine geringe Chance, den Palazzo Monaldeschi zu erstürmen, zumal ihnen der geplante Überraschungsangriff nicht gelungen war. Ist ihr Haß gegen die Monaldeschis so groß, daß ihnen eine ungewisse Chance genügt, das Wagnis auf sich zu nehmen? fragte sich Simon. Wenn ich nur Marco di Filippeschi gefangennehmen und fragen könnte, warum er das tut ... Wie, wenn der Angriff ein Ablenkungsmanöver war, eine Tarnung für einen Schlag, der heimlich vorbereitet wurde? Simon begann zu frösteln. »Ich muß nach den tatarischen Gesandten sehen«, erklärte er und wandte sich zur Falltür.

»Herr Graf, seht doch, die Filippeschis greifen an.« Puys hielt ihn zurück.

Simon drehte sich um, blickte über den Rand einer Zinne auf den Platz hinunter und sah, daß die Schildkröten sich wieder bewegten, während das Torhaus im ersten Stock mit Katapulten beschossen wurde. Nein, dachte er. Selbst wenn sie durch das Tor brechen, kommen sie nie und nimmer die Treppe herauf. Dieser Angriff ist eine Finte. »Ich glaube, die Gesandten sind in Gefahr«, sagte er.

»Gott im Himmel!« rief Verceuil unter dem Helm hervor. »Zieht Ihr Euch aus dem Kampf zurück?«

»Der Kampf findet dort statt, wo die Gesandten sind«, sagte Simon. »Der einzige Zweck dieses Angriffs ist es, ihrer habhaft zu werden.«

»Und der einzige Zweck Eurer Worte ist es, Euch der Gefahr zu entziehen«, antwortete Verceuil.

Simon zitterte vor Zorn. Verceuils Augen glitzerten im Mondlicht durch die Schlitze des Helms. Am liebsten hätte Simon sein Schwert gezogen und es auf den Kopf des verdammten Kardinals niedersausen lassen. Er fühlte sich plötzlich wie in Ketten gelegt. Wie konnte er den Turm verlassen, nachdem Verceuil ihn der Feigheit geziehen hatte?

Puys legte ihm beschwichtigend die Hand auf den Arm. »Herr Graf, niemand kann zu den Gesandten vordringen. Nicht solange wir hier aushalten.«

Simon entdeckte Mitleid in Puys' Gesicht, aber auch eine Spur Verachtung. Auch der alte Krieger glaubte, sein Herr wolle davonlaufen. Wenn Simon den Turm jetzt verließ, würde er zum Gespött seines Vasallen werden. Es war auch kaum denkbar, daß Puys anderen gegenüber schweigen würde. Die Geschichte würde sich wie ein Lauffeuer in ganz Gobignon verbreiten.

Aber er wußte, daß er kein Feigling war. Wenn er zu den Gesandten ging und feststellte, daß sie nicht angegriffen wurden, hatte er sich geirrt; wenn er aber blieb und die Tataren angegriffen und ermordet wurden, war alles verloren. »Die Sicherheit der Gesandten ist meine wichtigste Aufgabe. Schon jetzt könnten Feinde im Palazzo sein.«

Verceuil brachte sein stahlgepanzertes Gesicht ganz dicht an das Simons heran. »Man weiß ja, daß es in Eurer Familie schlechtes Blut gibt.«

Simon wurde feuerrot, als halte man ihm eine Fackel vors Gesicht. Es dauerte einen Augenblick, ehe er wieder sprechen konnte. »Dafür würde ich Euch töten, wenn Ihr kein Mann der Kirche wärt.« Seine Stimme bebte.

»Ach, wirklich? Ich bezweifle, daß Ihr das wagen würdet.« Verceuil wandte sich ab.

»Herr Graf«, rief Puys, das Gesicht röter denn je, »ich möchte mich nicht dafür schämen müssen, daß ich Purpur und Gold trage.«

Das schmerzte mehr als alles, was Verceuil gesagt hatte. Es tat so weh, daß Simon vor Zorn und Enttäuschung am liebsten geweint hätte. Doch er weinte nicht, hob nur wortlos die Falltür und eilte die Treppe hinunter.

Er hielt sich kurz auf dem Dach auf, um Bruder Mathieu zu suchen. Die Armbrustschützen liefen in kleinen Gruppen von einer Seite zur anderen. Bruder Mathieu schlug eben das Kreuz über einen Gefallenen.

»Ich fürchte, die Tataren sind in Gefahr, Bruder Mathieu«, sagte Simon. »Ich möchte, daß Ihr mich begleitet, damit ich mit ihnen sprechen kann.«

Zu Simons Erleichterung war der alte Franziskaner einverstanden. »Am besten, wir nehmen zwei Armenier mit«, sagte er. »Wenn Gefahr besteht, solltet Ihr nicht allein gehen.«

Simon, Bruder Mathieu und zwei Armenier namens Stefan und Grigor stiegen über die Innentreppe ins Erdgeschoß hinunter. Einzelne Kerzen erhellten die Flure. Hier waren die Vorratsräume und Kammern, in denen die Dienerschaft arbeitete und wohnte. Der unbarmherzige Steinhagel ließ die Mauern erzittern. Ab und zu drangen schrille Schreie durch die Schießscharten.

Monaldeschi-Soldaten mit Armbrüsten, die an den Schießscharten standen, kehrten Simon den Rücken, als er vorbeieilte. Der Geruch feuchter Steine hing in der Luft. Simon stellte fest, daß, wie er angeordnet hatte, überall im Flur Eimer mit Wasser standen, damit Brände schnell gelöscht werden konnten.

Die Küche lag auf der Nordseite des Gebäudes. Sie war dunkel wie eine Höhle. Im Kamin, der so groß war, daß ein Mann darin umhergehen konnte, brannte kein Feuer. Sie kamen an leeren Kesseln vorüber, an hoch aufgestapelten Säcken, an Reihen von Fässern, alle kaum zu sehen im Licht einer halb heruntergebrannten Wachskerze, die in einem Leuchter auf dem Tisch stand. Die Mitte der Küche nahm ein großes Wasserfaß ein, und um das Faß herum waren Eimer und Töpfe bereitgestellt.

Der Vorratsraum, in dem die Gräfin ihre aus dem Osten importierten kostbaren Gewürze aufbewahrte, lag unter der Erde. Stefan hob eine schwere Falltür, und einer nach dem anderen kletterten sie eine schmale Holztreppe hinunter, die kein Geländer hatte. Grigor, der als letzter ging, leuchtete ihnen mit einer Kerze.

Vor Simon lag eine Tür aus rohen Eichenplanken, die mit Eisenbändern verstärkt war. Sein Magen verkrampfte sich, als er darauf zuging. Wie, wenn sie zu spät kamen?

Er hatte angeordnet, daß das eiserne schwarze Türschloß unversperrt blieb für den Fall, daß die Tataren fliehen mußten. Er drückte die Klinke nieder. Die Tür war von innen verriegelt; den Riegel hatte der Schreiner der Monaldeschis erst am Nachmittag auf Simons Befehl angebracht. Hinter der Tür stellte jemand eine kaum vernehmbare Frage.

»Ich bin es, Graf de Gobignon«, antwortete Simon. »Laßt uns hinein.«

Bruder Mathieu fügte ein paar Worte in der Tatarensprache hinzu. Der Riegel wurde zurückgezogen, und die Tür öffnete sich nach innen. Simon trat ein, um zu sehen, wie es seinen Schützlingen ging.

Der Vorratsraum wurde von einer Öllampe schwach erleuchtet. Die beiden Armenier, die bei den Gesandten waren, hatten sich von Stühlen erhoben. Ihre Bogen waren gespannt, die Pfeile eingelegt. Sie standen vor den beiden Tataren. Johannes, der weißhaarige, und Philipp, der schwarzhaarige, saßen auf Kissen auf dem Boden und lehnten an den Regalen mit Gewürzkrügen, die drei Wände des Raumes bedeckten. Ihre Bogen lagen auf einem Tisch, ihre Krummschwerter auf ihren Knien.

Simon freute sich, daß sie so wachsam waren. Es mußte sie verrückt machen, hier unten im Halbdunkeln zu sitzen und nichts zu tun, während oben ein Kampf tobte.

Wenn niemand versuchte, die Tataren anzugreifen, während die Filippeschis den Palazzo belagerten, dann war sein Ruf dahin. Er ertappte sich dabei, daß er hoffte, der Feind möge hierherkommen. Rasch verdrängte er den Gedanken wieder. Ruf nie den Teufel! Er könnte dich hören und wirklich erscheinen.

43

Hinter Weinfässern verborgen, beobachtete Daoud den französischen Grafen, den alten Priester und die beiden Armenier, die vor der Gewürzkammer stehenblieben. Er hatte die Tataren eben durch einen Trick dazu bringen wollen, ihn in die Gewürzkammer einzulassen, als Gobignon und die anderen die Treppe heruntergekommen waren. Er unterdrückte seinen Zorn und zwang sich, ruhig zu bleiben.

Die Kammertür öffnete sich für Gobignon und seine Begleiter. Von seinem Versteck aus konnte Daoud nur einen flüchtigen Blick auf die Tataren erhaschen; sie saßen auf dem Boden, ihre noch in der Scheide steckenden Schwerter griffbereit auf dem Schoß, und vor ihnen standen die beiden armenischen Wachen. Ihr Zufluchtsort schien nur von einer einzigen Lampe erleuchtet zu werden.

Daoud war vielleicht nur zwölf Schritte von der Tür entfernt, aber der Keller lag fast völlig im Dunkeln, und er war ganz schwarz gekleidet, sein Kopf mit einer engen schwarzen Kapuze bedeckt, das Gesicht maskiert. Um sich leichter und lautlos bewegen zu können, trug er kein Kettenhemd. Es war die Ausrüstung der Haschischia-Kämpfer.

Mit Gebärden wies Gobignon die beiden Armenier an, vor der Tür Wache zu stehen. Einer stellte eine Kerze in einen der hoch an der Kellermauer angebrachten Leuchter. Dann nahmen sie ihre Bogen von der Schulter, legten die Pfeile ein und postierten sich zu beiden Seiten der Tür, die sich hinter Gobignon und dem alten Priester schloß. Daoud hörte, wie ein Riegel vorgeschoben wurde.

Verblüfft biß er sich auf die Unterlippe. Was hatte Gobignon bewogen, ausgerechnet jetzt den Turm zu verlassen und zu den Tataren herunterzukommen? Jetzt konnte er nicht ungesehen, und nicht ohne zuvor die beiden Armenier niedergemacht zu haben, in die Kammer eindringen. Denen in der Kammer würde das Getümmel aber kaum entgehen, und außerdem war die Tür verriegelt. Er atmete tief ein und aus, um seine Enttäuschung abzuschütteln. Er würde seinen Angriffsplan ändern müssen.

Um in den Palazzo Monaldeschi hineinzukommen, hatte er sich den Mantel eines Bauern übergeworfen und hohe Stiefel angezogen, ähnlich denen, die er getragen hatte, als er im vergangenen Sommer in Manfredonia an Land gegangen war. Es war eine einfache Sache gewesen, einem Bauern ein paar Silberdenare zu bezahlen und dann beim Auf- und Abladen von Reissäcken zu helfen, die den Monaldeschis geliefert wurden. Einmal im Hof des Palazzo, war es das Werk eines Augenblicks gewesen, sich davonzumachen und in dem Labyrinth dunkler Gelasse im Erdgeschoß des Palazzo zu verstecken. Dort hatte er seine Bauernkleidung abgelegt, unter der er den Kampfanzug der Haschischia trug, und hatte sich Kapuze und Maske übergezogen.

Doch der Umstand, der es ihm so leicht gemacht hatte, mit einer Wagenladung Reis in den Palazzo einzudringen, hatte auch ein Unbehagen in ihm ausgelöst. Die Monaldeschis bereiteten sich auf eine Belagerung vor. Er hatte gesehen, daß sie auf den Dächern Abschirmungen gegen Feuerpfeile anbrachten.

Jemand hatte die Monaldeschis gewarnt. Wenn die Filippeschis heute nacht kamen, würden ihre Erbfeinde sie erwarten. Wenn er, gelobte er sich, dieses Unternehmen überlebte, würde er denjenigen suchen und bestrafen, der ihn verraten hatte.

Er hatte seine Waffen noch einmal überprüft – die Würgeschnur, den Skorpion, das winzige Gefäß mit dem Griechischen Feuer in dem wattierten Beutel, die Wurfscheibe aus Indien und einen Dolch mit schwarz gefärbter Klinge. Nach Dunkelwerden wollte er in die Zimmer der Tataren eindringen, die, wie er wußte, im obersten Stockwerk waren, wo die schönsten Räume des Palazzo lagen. In der Zwischenzeit hatte er sich in der Küche hinter einem großen Wasserfaß versteckt. Angespannt hatte er dort gekauert und gewartet, ob die Filippeschis angreifen würden.

Als er durch die schmalen Schießscharten im Erdgeschoß die ersten Schlachtrufe hörte, hatte er erleichtert aufgeseufzt. Natürlich würde Marco di Filippeschi den Angriff durchführen. Er war nicht der Mann, der eine Kehrtwendung machte, nachdem er sich zu etwas entschlossen hatte.

Noch während ihm all das durch den Kopf gegangen war, hatte Daoud zu seinem Erstaunen die beiden Tataren und zwei ihrer Armenier an sich vorbeigehen sehen. Gobignon ist auf den Gedanken gekommen, die Tataren könnten das eigentliche Ziel sein, dachte Daoud, und er läßt sie an einen sicheren Ort bringen. Einen Augenblick sah er die Tataren unmittelbar vor sich. Zwei Giftpfeile aus dem Skorpion, und es war vorbei.

Mit den Tataren war jedoch etwa ein Dutzend schwerbewaffneter Armbrustschützen der Monaldeschis mit geladenen Armbrüsten in die Küche und die umliegenden Räume gekommen und hatte an den Schießscharten Aufstellung genommen. Vor Erregung fast zitternd, die winzige Armbrust in der Hand, war Daoud in sein Versteck zurückgesunken. Wenn er die Tataren erschoß, konnte er vielleicht den beiden Armeniern entrinnen, aber die übrigen Soldaten würden ihn gewiß töten oder, schlimmer noch, gefangennehmen. Und sobald sie ihn entlarvten, waren Sophia, Ugolini und alle, die mit ihm zusammenarbeiteten, sehr schnell in den Händen der Franzosen.

Außer sich vor Enttäuschung beobachtete er die Armenier, die eine in den Keller führende Falltür öffneten, durch die sie und die Tataren aus seinem Blickfeld verschwanden.

Er kam zu dem Schluß, daß Gott ihm gnädig gewesen war. Obwohl er ihm eine der Möglichkeiten genommen hatte, die Tataren zu töten, hatte er ihn wissen lassen, wo sie zu finden waren.

Entspannt und dennoch wachsam saß er in seinem Versteck und hörte zu, wie die Armbrustschützen der Monaldeschis einander Mut zusprachen, während sie auf die Filippeschis schossen, die versuchten, den Platz zu überqueren. Nach einer Weile verlor Daoud alle Hoffnung, je in den Keller gelangen zu können.

Ein paarmal kamen Diener angelaufen und füllten Eimer mit Wasser, um kleinere Brände im Atrium zu löschen. Im Dunkeln hinter dem Faß hockend, sah Daoud, daß um das Faß herum bereits gefüllte Eimer, Töpfe und Kessel zum sofortigen Gebrauch bereitstanden.

Lange nach Beginn des Kampfes kam ein Page die Treppe heruntergerannt und überbrachte den Armbrustschützen den Befehl, auf das Dach zu kommen.

Sie ließen nur einen einzigen Mann an einer Schießscharte zurück. Er trug einen ledernen, glänzend braunen Doppelkoller und kehrte Daoud den Rücken zu.

Der Kampflärm von draußen ist laut genug, um jedes Geräusch zu übertönen, das ich mache, dachte Daoud. Er schlüpfte hinter dem Faß hervor und hob einen mit Wasser gefüllten hölzernen Eimer auf. Mit dem Eimer in der Hand ging er lautlos zu der Falltür, die in den Keller führte. Den Armbrustschützen nicht aus den Augen lassend, setzte er den Eimer ab, hielt den Atem an, packte den Griff der Falltür und hob sie hoch. Als er neben der offenen Falltür kauerte, bewegte sich der Soldat. Daoud erstarrte. Aber der Mann drehte sich nicht um.

Als der Soldat wieder ruhig dastand, schlich Daoud, in einer Hand den Eimer, die Kellertreppe hinunter und ließ vorsichtig die Falltür über seinem Kopf herunter. Er beobachtete den Armbrustschützen, bis der offene Spalt zu klein geworden war und er ihn nicht mehr sah. Er war in einem pechschwarzen Keller, in dem es nach Wein roch.

Er sah einen Lichtstreifen unter einer Tür und hörte Stimmen. Schon war er drauf und dran, an die Tür zu klopfen und vorzugeben, er sei ein Soldat mit einer Nachricht. Wenn die beiden Armenier öffneten, wollte er ihre Laterne mit dem Wasser aus seinem Eimer löschen und dann im Dunkeln die Tataren angreifen.

Und genau in diesem Augenblick wurde über ihm die Falltür geöffnet. Hastig schlüpfte Daoud hinter die Weinfässer, als Gobignon, der Mönch und noch zwei Armenier die Treppe herunterkamen, um sich zu ihren tatarischen Schützlingen zu begeben.

Steine prallten in so rascher Folge gegen die Mauern, daß das Gebäude ununterbrochen bebte. Das mußte der Höhepunkt des Angriffs der Filippeschis sein. Als nächstes würden sie mit allen Männern versuchen, den Palazzo zu stürmen, und den Durchbruch entweder schaffen oder zurückgeschlagen werden. Vermutlich wird der Angriff mißlingen, dachte Daoud. Aber auch dann würde er die Gelegenheit bekommen, die er brauchte.

Die armenischen Wachen lehnten mit dem Rücken an der Wand und hielten ihre Bogen locker und lässig in den Händen. Lautlos hob er den Eimer Wasser auf, den er mitgebracht hatte, und stellte ihn vor die Weinfässer, damit er ihn später schnell erreichen konnte. Dann lud er den Skorpion und spannte die Sehne.

Er kam hinter den Fässern hervor, zielte nach dem Auge des zunächststehenden Postens und schoß. Der Bolzen drang dem Armenier durch den Augapfel ins Gehirn. Der Mann schrie nicht einmal auf. Der Körper in Stahl und Leder sackte zusammen und stürzte krachend zu Boden.

Der andere Armenier rief etwas in seiner Muttersprache. Er starrte

Daoud entsetzt an und zielte mit dem schweren Kampfbogen auf seine Brust.

Daoud hatte inzwischen aus dem flachen Beutel, der links an seinem Gürtel hing, die indische Wurfscheibe hervorgeholt. Er steckte den Skorpion in die Tasche und nahm die Scheibe in die rechte Hand. Sie wog etwa ein halbes Pfund. Die Mitte bestand aus starkem, biegsamem, der Rand aus einem härteren Stahl, der so fein geschliffen werden konnte, daß er ein Haar der Länge nach spaltete.

Daoud zielte mit der Scheibe auf die Kerze, die neben der Tür zur Gewürzkammer in einem Wandleuchter steckte. Die Scheibe durchschnitt die Kerzenspitze dicht unter dem Docht. Die Flamme ging aus, und im Keller wurde es stockdunkel. Die Scheibe prallte gegen die Mauer und fiel zu Boden. Daouds geschultes Gehör merkte sich die Stelle. Der Pfeil des Armeniers flog pfeifend an ihm vorbei und traf die Mauer.

In der Gewürzkammer schrien die Stimmen durcheinander und stellten Fragen. Das mußten die beiden Armenier sein, die zuerst mit den Tataren heruntergekommen waren. Der Mann vor der Tür antwortete, und Daoud hörte die Angst in seiner Stimme. Gobignon würde gewiß die Tür nicht aufmachen, um dem Armenier zu helfen, weil er fürchtete, die Tataren zu gefährden. Man mußte ihn zwingen, die Tür zu öffnen.

Daoud stand reglos da, hörte den schnellen, schweren Atem des Mannes und das Geräusch seiner Stiefelsohlen auf dem Steinboden.

Auf Zehenspitzen schlich Daoud zu seiner Wurfscheibe, hob sie auf und steckte sie in ihren Beutel. Ohne ein Geräusch zu machen, nahm er den Eimer und schob sich näher an den Posten heran. Er hörte, wie sich der Armenier den Bogen über die Schulter hängte und das Schwert aus der Scheide zog.

Daoud setzte den Eimer ab, kroch ganz nah zu dem Armenier hin und lauschte angespannt auf die vielen kleinen Geräusche, die ihm verrieten, wo der Mann jetzt war und wie er dastand – horchte, wie er atmete, schluckte, sich die Lippen leckte, wie die Lederrüstung knarrte, Stahl gegen Stahl schlug. Langsam streckte Daoud die Hände nach dem Hals des Mannes aus und packte plötzlich mit Daumen und Fingern zu wie mit den Klauen eines Falken.

Es hatte die gewünschte Wirkung. Der Armenier schrie und schrie, preßte immer wieder Luft durch seine Kehle, die kaum noch Luft durchließ. Er versuchte Daoud den Arm abzuhauen, verfehlte ihn aber.

Mit der freien Hand packte Daoud das Handgelenk des Armeniers und verdrehte es. Er ließ den Hals des Gegners los und zwang seinen Schwertarm mit beiden Armen nach unten. Dann streckte er den Arm des Armeniers und preßte ihm das Knie auf den Ellenbogen.

Der Posten schrie vor Schmerz laut auf und ließ das Schwert fallen. Daoud stieß es mit einem Fußtritt in die Dunkelheit, und es tanzte klirrend über den Steinboden. Der Armenier fiel stöhnend gegen die Tür der Gewürzkammer.

Von drinnen kamen gedämpfte Rufe. Man wollte wissen, was geschehen war.

Die schmerzgepeinigte Stimme des Postens flehte sie an, ihn hineinzulassen, ihn vor dem Mann zu retten, der ihn in der Finsternis tötete.

Daoud bereitete sich vor, ging zu seinem Eimer und nahm ihn auf. Er hielt ihn mit beiden Händen, am Griff und am Boden. Ihm würde nur sehr wenig Zeit bleiben, ihn zu benutzen.

In der Gewürzkammer wurde der eiserne Riegel zurückgeschoben. Es ist das einzige, was sie tun können, dachte Daoud. Die anderen Armenier konnten nicht noch länger tatenlos mitanhören, wie ihr Gefährte starb.

Die hölzerne Tür öffnete sich nach innen. Aus einer Öllampe fiel Licht in den Keller. Daoud sah jetzt den Armenier, gegen den er gekämpft hatte, einen untersetzten Mann mit einem dicken schwarzen Schnurrbart. Er weinte vor Schmerz, und sein rechter Arm baumelte schlaff an seiner Seite.

In dem Sekundenbruchteil, bevor seine Feinde ihn erblickten, nahm Daoud alles in sich auf, was er in der Gewürzkammer sah.

Mit seinem Schwert in der Rechten stand Gobignon an der Tür. Mit der linken Hand griff er nach dem verwundeten Wachposten, um ihn hereinzuziehen. Links und rechts von ihm standen die beiden anderen Armenier, die Bogen gespannt und schußbereit. Hinter ihnen erblickte Daoud den alten Priester und die beiden Tataren, mit ebenfalls schußbereiten Bogen.

Aber das Wichtigste für Daoud war die kleine, schwache Flamme der Lampe, die in der Mitte der Kammer auf dem Tisch stand.

Daoud trat in die Tür, hob den Eimer und schüttete das Wasser mit einem Schwung über denTisch.

Eine Bogensehne sirrte, und ein Pfeil pfiff an seiner Schulter vorbei.

Seine und Gobignons Augen trafen sich in der Sekunde, in der das Licht ausging.

Wie ein von einem Katapult abgeschossener Stein warf sich Daoud in die Kammer, ging sofort in die Hocke und wechselte ein-, zwei-, dreimal die Richtung, bis er wieder an der Tür war. Er warf sie zu und verriegelte sie.

In der totalen Finsternis begann er sich mit Hilfe von Gehör, Geruch und Tastsinn, die ihm die Augen ersetzten, an die Tataren heranzupirschen.

44

Simon stand in einer Finsternis, die schwärzer war, als jede Nacht im Freien gewesen wäre. Das Schwert hing unsichtbar in seiner Hand. Es war alles, was er gegen den ebenso unsichtbaren Feind einsetzen konnte. Er fühlte den Tod aus der Dunkelheit auf sich zukommen.

Außer dem Beben, das die gegen die Mauern des Palazzo prallenden Steingeschosse verursachten, hörte man hier unten in der Gewürzkammer nichts vom Kampfgetümmel. In der tiefen Stille dröhnte Simon sein Herzschlag in den Ohren. Es war meine Dummheit, die ihm die Tür geöffnet hat . . .

Er hatte nur einen flüchtigen Blick auf den Feind werfen können. Er war ganz in Schwarz gekleidet; seine Augen funkelten durch ovale Löcher in der Gesichtsmaske. Ein wahrer Teufel.

Der Schwarze hatte das Licht absichtlich gelöscht, was nur bedeuten konnte, daß er seine Opfer auch im Dunkeln fand.

Simon versuchte sich zum Denken zu zwingen, aber sein Geist war unbeweglich.

Um ihn herum herrschte unbeschreibliche Verwirrung. Grigor, der Wachposten, der kurz, bevor das Licht ausging, in die Kammer getaumelt war, stöhnte vor Schmerz. Männer stolperten planlos umher. Ständig stießen sie mit Simon zusammen. Er ließ sein Schwert sinken, damit er nicht durch Zufall einen der Ihren erstach.

Es krachte, und Simon zuckte zusammen. Das war die Lampe, wahrscheinlich von dem Mann in Schwarz zerschmettert. Gleich würde er anfangen, sie zu töten, einen nach dem anderen.

Brannte die Kerze im Keller noch? »Die Tür!« brüllte Simon. »Öffnet die Tür!«

Bruder Mathieu wiederholte den Befehl auf armenisch.

Simon hörte ein Scharren, jemand zerrte an dem schweren Riegel. Dann ein dumpfer Schlag und ein erstickter Schmerzensschrei. Gleich darauf ein Geräusch, als werde ein voller Sack auf den Boden geworfen.

Simon stöhnte auf. Er konnte sich vorstellen, was geschehen war. Jetzt hielt nicht nur der Riegel die Tür verschlossen, sondern auch ein Leichnam.

Unter der Rüstung trat ihm der Schweiß aus allen Poren. Die Schwärze war undurchdringlich, eine Decke, die ihn erstickte. Der Geruch der Gewürze machte ihn benommen, ihm wurde schwindlig. »Feuerstein und Zunder!« rief er, und Bruder Mathieu wiederholte seine Worte für die Armenier und die Tataren.

Aber, sagte sich Simon gleich darauf, jeder, der versucht, ein Licht anzuzünden, macht sich zur nächsten Zielscheibe des Feindes.

Gütiger Gott, schon wenn die Armenier Bruder Mathieu antworteten, verrieten sie dem Feind ihren Standort. Der Mann in Schwarz mußte imstande sein, seine Opfer nach dem Gehör zu finden.

Wenn Geräusche sie sichtbar machten, dann gab es nur eine Möglichkeit, diesen Dämon zu überlisten: Sie mußten sich absolut still verhalten. Doch ausgerechnet jetzt fingen die Männer an, seine Frage nach Feuerstein und Zunder zu beantworten.

»Seid still!« schrie er.

Einen Augenblick herrschte völlige Lautlosigkeit.

»Er findet uns nach den Geräuschen, die wir machen«, erklärte Simon. »Wenn wir ganz still sind, werden wir hören, wenn er sich bewegt.«

Während Bruder Mathieu übersetzte, wurde Simon klar, daß entweder er oder Bruder Mathieu das nächste Ziel sein konnten. Der Dämon würde den Franziskaner töten wollen, damit Simon sich nicht mehr mit den Tataren und Armeniern verständigen konnte.

Ein Armenier war schwer verletzt, einer lag vermutlich tot hinter der Tür und einer vor ihr. Kämpfen konnten nur noch er, die Tataren und ein Armenier. Sie hatten Schwerter und Bogen, aber die waren in dieser Finsternis nur hinderlich.

Schon in ein paar Minuten konnten die Gesandten tot sein.

Ich muß ihn zwingen, zu mir zu kommen, dachte Simon. Welche Waffen hatte der Dämon? Bei dem flüchtigen Blick, den Simon auf ihn werfen konnte, bevor die Lampe ausgegangen war, hatte er den Eindruck gehabt, der Mann sei mit leeren Händen gekommen. Seine Waffen mußten klein sein, aber für einen Gepanzerten vielleicht nicht so gefährlich.

»Alle bleiben still stehen«, sagte Simon laut. »Ihr werdet hören, daß ich leise umhergehe. Hört Ihr noch jemand außer mir, dann ist es der Feind.« Er zermarterte sich den Kopf, um sich die Ausmaße der Gewürzkammer ins Gedächtnis zu rufen. Das Schwert niedrig haltend, legte er die Hand vors Gesicht und zwang sich, einen Schritt zu machen, dann einen zweiten. Ein Angriff konnte aus jeder Richtung kommen.

Seine Hand berührte ein Gesicht. Der Mann stöhnte auf und wandte das Gesicht ab.

»Ich bin's«, sagte Simon. Er hatte keine Angst davor, die Aufmerksamkeit des Schwarzen auf sich zu lenken. Er wollte, daß er ihn angriff, und er wollte, daß die Männer, die zu ihm gehörten, wußten, wo er war, damit sie ihn nicht irrtümlich angriffen.

Das Gesicht, das er gefühlt hatte, war heiß, verschwitzt, mit einem buschigen Schnurrbart – ein Armenier. Der Mörder trug eine Maske. Simon klopfte dem Armenier auf die Schulter und schlich weiter. Er bezweifelte, daß er den Schwarzen auf diese Weise finden konnte. Wenn dieser Erfahrung darin hatte, sich im Dunkeln zu bewegen – und es sah ganz so aus –, dann konnte er Simon leicht ausweichen.

Jetzt fühlte Simon einen langen, dichten Bart. Bruder Mathieu. »Ich bin's«, sagte er wieder, und eine Hand ergriff die seine und drückte sie beruhigend.

Das nächste Gesicht war hart, knochig. Die Schnurrbartspitzen, die er abtastete, reichten bis an den Mund. Der Bart war dünn und sproß nur aus dem Kinn. Ein Tatare. Das Gesicht zuckte unter seiner Berührung. Gott sei Dank, der Mann lebte.

Simon streckte die Hand weiter aus und berührte eine Schulter. Das mußte der andere Tatare sein. Aber nein – die Schulter war hoch, mit dem Kopf des Tataren auf gleicher Höhe.

Als er eben zurücktreten wollte, streifte etwas sein Haar. Eine Schlinge legte sich ihm um den Hals und wurde mit solcher Kraft zugezogen, daß sie ihm sofort den Atem abschnitt.

Sein Schrei erstarb zu einem langgezogenen Stöhnen, als die Schlinge noch fester zugezogen wurde. Das Blut staute sich in seinem Kopf, und es war, als treibe ihm jemand Nägel in den Kopf.

Er hob sein Schwert über die rechte Schulter und ließ es niedersausen. Es traf nur leere Luft. Der Mörder hatte die Bewegung geahnt und sich seitlich weggeduckt. Doch kurz hatte sich die Schlinge um Simons Hals ein wenig gelockert.

Um sich herum hörte er Stimmen. Die anderen wußten, was geschah. Sie stolperten herum, konnten ihn aber weder sehen noch erreichen. Er wurde nach hinten gezerrt, fort von seinen Gefährten. Die Schlinge grub sich immer tiefer in seinen Hals. Es konnte nur noch einen Augenblick dauern, bis er das Bewußtsein verlor. Er würde nicht einmal merken, wann er starb. Aber er wollte leben. Er wollte Sophia wiedersehen.

Der Angreifer zerrte ihn immer weiter, doch mit letzter Kraft zwang Simon seinen Körper in die Hocke, schnellte dann in die Höhe und warf sich in Richtung des Feindes.

Durch das Gewicht seiner Rüstung und das Überraschungsmoment, das auf seiner Seite war, fielen sie nach vorn und krachten gemeinsam in ein Regal. Porzellan zerbrach. Wolken gemahlener Gewürze flogen um sie herum auf, als sie zu Boden stürzten. Simon kam auf seinen Angreifer zu liegen.

Der Mann stöhnte, als ihm die Luft aus den Lungen gepreßt wurde. Aber Simon konnte wieder atmen. Die Schlinge hatte sich gelockert.

Bei dem Sturz war ihm das Schwert aus der Hand geschlagen worden. Verzweifelt tastete er danach, doch es war, als sei es in einen Brunnen gefallen.

»Simon!« rief Bruder Mathieu. »Wo seid Ihr?«

Simon wollte um Hilfe rufen, doch die Stimme gehorchte ihm nicht. Er fühlte, daß die Gestalt unter ihm sich mit furchterregender Kraft bewegte. Die Schlinge wurde mit einem Ruck wieder zugezogen, doch erst nachdem Simon eine Hand daruntergeschoben hatte.

Der Mörder zog so heftig an der dünnen Schnur, daß Simon das Gefühl hatte, die Finger würden ihm aufgeschlitzt. Doch er hielt mit der ganzen Kraft seines rechten Armes dagegen und lockerte die Schlinge so weit, daß er Luft in die Lungen ziehen konnte. Er schob auch die andere Hand in die Schlinge. Ein Schrei löste sich aus seiner Kehle. »Helft mir! Hier! Hier!«

Stiefel stampften über den Boden. Simon spürte, daß Männer ihn umringten. »Unter mir! Stecht zu! Ihr könnt mich nicht verletzen.«

Die Schnur wurde schlaff. Der Angreifer hatte sie losgelassen. Abermals schöpfte Simon verzweifelt Luft.

Bevor er auf die Beine kommen konnte, legte ihm der Dämon einen Arm um den Hals und preßte ihn fest an sich. Simon spürte die Spitze eines Dolches an der Kehle.

Er hörte den Atem des Dämons an seinem rechten Ohr. Wie rasend stieß er den Kopf vor und wieder zurück und rammte dem Unsichtbaren den Hinterkopf ins Gesicht, so daß dessen Kopf gegen den Steinboden knallte. Simon war benommen, und auch der andere mußte halb betäubt sein. Er hörte ein leises Stöhnen.

Über ihm redeten Männer, Füße bewegten sich um ihn herum, aber obwohl er es befohlen hatte, stieß keiner mit dem Schwert nach dem Feind. Sie hatten Angst, Simon zu erstechen.

Er wölbte seinen Körper und ließ sich mit seinem ganzen Gewicht auf den Mörder fallen, der gleich darauf mit der scharfen Klinge seines Dolches über die Kette fuhr, die Simon um den Hals trug. Dieser stieß dem anderen seinen gepanzerten Ellenbogen in die Rippen. Diesmal stöhnte der Mörder lauter als vorher, und Simon befreite sich mit einem Ruck. Er warf sich herum und streckte die Arme aus, um den Feind zu umschlingen. Ich muß ihn auf dem Boden festhalten, darf ihn hier drin nicht mehr loslassen, dachte er.

Aber der unter ihm zog die Knie an, trat mit den Füßen nach ihm und schleuderte ihn von sich fort.

»Vor mir!« schrie Simon. »Stecht zu!« Dann jedoch wurde ihm verzweifelt klar, daß keiner der Männer ihn verstand. Und anscheinend hatte auch keiner Feuerstein und Zunder bei sich, um ein Licht anzuzünden – er selbst auch nicht.

Sein Fuß trat gegen etwas, das auf dem Stein klapperte. Sein Schwert. Er hob es auf und stach blindlings zu. Die Spitze prallte gegen eine Steinmauer, und er fühlte, wie sich die Klinge verbog. Er konnte eben noch rechtzeitig innehalten, bevor sie zerbrach.

Er hörte eine Bewegung zu seiner Linken und stach abermals zu. Wieder traf er nur auf Stein. Der Teufel war irgendwo in diesem Teil der Kammer . . .

»Die Tür!« brüllte Simon. »Mathieu, öffnet die Tür!«

Der Eisenriegel wurde zurückgeschoben, Angeln quietschten, der Körper des toten Armeniers wurde weggezogen. Aber die Dunkelheit blieb.

Er muß die Kerze im Keller gelöscht haben, ehe er hier einbrach, dachte Simon. Vor der Gewürzkammer hörte er Schritte. Sandalen, die über hölzerne Stufen klatschten. Die Falltür am Ende der Kellertreppe ächzte. Und dann sah er Licht, schwaches Licht; aber nach der absoluten Dunkelheit war ihm, als sei plötzlich die Sonne aufgegangen. Gott segne Euch, Mathieu . . .

Das Krummschwert gezückt, sah Simon sich im Raum um.

Ungefähr in der Mitte einer Längswand entdeckte er eine schattenhafte Gestalt, die etwas mit beiden Händen vor sich hielt. Eine Miniaturarmbrust, ein bösartig aussehendes Ding. Simon drehte sich um, um zu sehen, auf wen sie gerichtet war.

Auf der anderen Seite der Kammer stand Johannes dem Mörder gegenüber.

Simon hörte ein metallisches Schnappen.

Aber Grigor, der Armenier, der vor der Gewürzkammer verwundet worden war, hatte sich vor Johannes geworfen, und der Bolzen bohrte sich in seinen Lederküraß.

Im Halbdunkel konnte Simon das Loch im Küraß nicht sehen, aber Grigor fuhr sich mit der Hand an die Brust, ehe er zusammenbrach.

Philipp und der zweite Armenier hatten Bogen vom Boden aufgehoben. Beide zielten auf den Mann in Schwarz.

Jetzt haben wir ihn in die Ecke gedrängt, dachte Simon, und gleich werde ich ihm die Maske herunterreißen, um zu sehen, wer er ist.

Der Schwarze hob blitzschnell die Hand und warf einen winzigen runden Gegenstand unter die Regalbretter, die in einem Haufen auf dem Boden lagen. Ein Krachen machte Simon für Sekunden taub, und grellweiß emporschießende Flammen blendeten ihn. Die Holzbretter brannten, und die durch die Luft fliegenden Gewürzflocken nährten das Feuer.

Als Simon und die anderen sich von ihrem Schreck erholt hatten, war der Feind zur Tür hinaus und rannte zur Kellertreppe. Simon tobte. Der andere durfte nicht entkommen, nicht nach dem, was er ihnen angetan hatte.

Als der Schwarze am Fuß der Treppe angekommen war, trat Philipp unter die Tür, spannte seinen Bogen so langsam und sorgfältig, als sei er auf der Jagd, und schoß einen Pfeil ab. Der Schwarze blieb ruckartig stehen. Simon sah, daß der Schaft des Pfeils aus seinem rechten Oberschenkel ragte.

Der Mann bückte sich und brach den Schaft mit einer raschen Bewegung ab. Er zog einen Dolch mit einer seltsamen Klinge, die nicht glänzte; sie war rabenschwarz. Hinkend, aber mit übermenschlicher Kraft und Schnelligkeit rannte er die Treppe hinauf. Noch zwei Pfeile flogen ihm hinterher, verfehlten ihn jedoch und trafen nur die Kellermauer.

Auf der obersten Stufe stand Bruder Mathieu mit ausgebreiteten Armen, in einer Hand eine brennende weiße Kerze. Der Mann drang mit dem Dolch auf ihn ein.

»Nein!« schrie Simon.

Mit einer Handbewegung fegte der Schwarze Bruder Mathieu von der geländerlosen Treppe. Der alte Priester fiel fast zwei Meter tief auf den Steinboden, prallte mit einem schrecklichen Geräusch auf und blieb reglos liegen.

Als Simon und die anderen in die Küche kamen, war der Mann in Schwarz längst verschwunden.

Was war das für ein Wesen, gegen das Simon in pechschwarzer Finsternis gekämpft hatte. Ein Christ? Ein Sarazene? Oder ein Geschöpf der Hölle?

Ganz sicher war es kein Bravo der Filippeschis, der die Verteidigungslinien des Palazzo Monaldeschi durchbrochen hatte. Simons Vermutung auf dem Turmdach war richtig gewesen. Der Überfall der Filippeschis war nur ein Ablenkungsmanöver.

Wenn ein solcher Dämon die Allianz bekämpfte, mußte sie einfach zustande kommen. Simon war fest entschlossen, sich noch mehr für sie einzusetzen. Das war der verborgene Feind gewesen, dessen Nähe Simon gefühlt hatte, seit er in Orvieto eingeritten war, die Macht, die den Pakt zwischen Christen und Tataren verhindern wollte, die Macht, die den armen Teufel von Ketzer aufgehetzt hatte, in der Kathedrale den Dolch gegen die braunen Männer aus dem Osten zu ziehen. Der verborgene Feind war auch Alains Mörder.

Haß loderte in Simon empor.

Es war ihm nicht gelungen, den Schwarzen zu töten oder seiner habhaft zu werden. Er hatte fliehen können. Jetzt mußte Simon vor einem Feind auf der Hut sein, der so böse war wie Satan, mächtig genug, einen befestigten Palazzo mit einer ganzen Armee anzugreifen, und gerissen genug, in einen uneinnehmbaren Raum einzudringen und unter seinen Opfern zu wüten, ein Wesen, dessen Kraft und Fähigkeiten es zu etwas Übermenschlichem machten. Es war grausam und unbarmherzig, und bedenkenlos mordete es jeden, der sich ihm in den Weg stellte.

Es war so sicher wie ein Gottesurteil, daß sie wieder gegeneinander kämpfen würden. Dies war ein Kampf auf Leben und Tod.